대 산 세 계 문 학 총 서 **0 3 9**

## 드리나 강의 다리

*Na Drini ćuprija*

Ivo Andrić

NA DRINI ĆUPRIJA
by Ivo Andrić

Copyright ⓒ The Ivo Andrić Foundation, Milutina Bojića 4, Beograd
Korean Translation Copyright ⓒ 2005 by Moonji Publishing Co., Ltd.
All Rights Reserved.

This Korean edition was published by arrangement with The Ivo Andrić Foundation.

이 책의 한국어판 저작권은 The Ivo Andrić Foundation과 독점 계약한
(주)문학과지성사에 있습니다.
저작권법에 의해 보호 받는 저작물이므로 무단 전재 및 복제를 금합니다.

# 드리나 강의 다리

이보 안드리치 지음
김지향 옮김

문학과지성사
2005

대산세계문학총서 039_소설

## 드리나 강의 다리

지은이  이보 안드리치
옮긴이  김지향
펴낸이  이광호
펴낸곳  ㈜문학과지성사
등록번호  제1993-000098호
주소  04034 서울 마포구 잔다리로7길 18(서교동 377-20)
전화  02) 338-7224
팩스  02) 323-4180(편집)  02) 338-7221(영업)
전자우편  moonji@moonji.com
홈페이지  www.moonji.com

제1판 제 1쇄  2005년  2월 25일
제1판 제12쇄  2024년 11월 22일

ISBN  89-320-1581-3
ISBN  89-320-1246-6 (세트)

이 책의 판권은 저작권자와 ㈜문학과지성사에 있습니다.
양측의 서면 동의 없는 무단 전재 및 복제를 금합니다.

이 책은 대산문화재단의 외국문학 번역지원사업을 통해 발간되었습니다.
대산문화재단은 大山 愼鏞虎 선생의 뜻에 따라 교보생명의 출연으로 창립되어
우리 문학의 창달과 세계화를 위해 다양한 공익문화사업을 펼치고 있습니다.

드리나 강의 다리 앞에 서 있는 이보 안드리치

드리나 강의 다리
| 차례


드리나 강의 다리 · 9

옮긴이 해설: 이보 안드리치의 생애와 작품 세계 · 473

작가 연보 · 484

기획의 말 · 487

**일러두기**
본문 중의 각주(脚註)는 모두 역주(譯註)입니다.

I

    드리나 강의 큰 물줄기의 대부분은 가파른 산 사이의 협곡(峽谷) 혹은 절벽의 둑을 안은 깊은 산협(山峽) 사이로 흐른다. 강줄기의 불과 몇몇 군데에서만 탁 트인 골짜기가 만들어지고 그 강의 양면(兩面)으로 제법 평평하고 집도 짓고 농사도 지을 만한 비교적 비옥한 곳이 생겨났다. 그렇게 만들어진 곳이 바로 이곳 비셰그라드[1]에도 있는데 바로 이곳이 드리나 강이 부트코바 암벽과 우좌브니크 산맥 사이에서 생겨난 깊은 협곡 사이에서 갑자기 물살을 바꾸는 곳이기도 하다. 드리나 강이 만들어내는 이 전환점(轉換點)은 이상할 정도로 날카로운 데다 양쪽에 있는 산들이 어찌나 가파른지 가까이 들여다보면 마치 닫힌 단층지괴(斷層地塊)처럼 보이고 마치 검은 벽으로부터 강이 뻗어나온 것 같다. 하지만 이곳에서 산들은 가장 넓은 곳이라고 해야 직경이 기껏 15킬로미터도 넘지 못하는 들쑥날쑥한 원형의 분지로 갑자기 퍼져나간다.

    거무칙칙하고 가파른 산들의 폐쇄된 곳으로부터 거품을 튀기며 전속력(全速力)으로 녹색의 물살을 만들어내며 흐르는 드리나 강의 바로 이 자리에는 널찍한 아치가 11개나 되는, 조화롭게 깎아 자른 듯한 돌

---

[1] 우리나라의 '읍(邑)'에 해당하는 작은 시골 마을이지만 보스니아에서는 지방 소도시(小都市)로서 이보 안드리치가 유년 시절을 보낸 곳이기도 함.

다리가 놓여 있다. 그 다리에서부터 11개의 굽이치는 계곡이 비셰그라드의 카사바²와 카사바의 주변 마을들, 언덕과 목장, 슐리바³나무들로 둘러싸인 숲들, 들녘 그리고 보기 드문 침엽수림들과 더불어 부채꼴처럼 펼쳐져 있다. 먼발치에서 바라다보면 하얀 다리의 넓은 아치들 사이로 푸른 드리나 강만이 흐르는 것이 아니라 다리 위에 있는 모든 것들과 위로는 남녘의 하늘을 품은 비옥하고 기름진 공간이 흐르는 것처럼 보이는 듯하다.

우측 강변에는 바로 다리에서 시작해서 일부는 평지에, 일부는 언덕의 경사지(傾斜地)에 위치한 마을의 장터가 자리하고 있는 카사바의 요지(要地)가 있다. 말루히노 평원까지 뻗어 있는 왼쪽 강둑을 따라 다리의 건너편에는 사라예보⁴로 향한 길이 이어져 있고 그 길가엔 몇 채의 집들이 흩어져 있다. 그렇게 다리는 사라예보로 향한 길 양끝을 연결시키면서 카사바와 그 주변의 마을들을 이어주고 있는 것이다.

요컨대, '연결하다'라고 말하는 것은 우리 같은 사람들이 자신의 주위를 돌아보고 필요한 일들을 시작하기 위해서 이른 아침에 해가 뜨고, 또 우리가 잠잘 수 있고 피곤한 일상으로부터 쉴 수 있도록 하기 위해서 저녁에 해가 진다고 이야기하는 것만큼 아주 정확한 것이다. 왜냐하면 이 거대한 돌다리는 훨씬 더 부유하고 발달한 도시들에서도 찾아볼 수 없는(아주 예전에 터키 제국에 이런 다리가 2개 정도 있었다고 전해지기는 한다) 유일한 미(美)를 갖춘 건축물인 데다 드리나 강의 중, 상류에서 유일하게 안전하고 확실한 횡단로(橫斷路)이며, 보스니아를 세르비아와 잇는 길을 연결시키고 게다가 터키 제국의 다른 지역들과 심지

---

**2** 아랍어로 도시 내의 행정구역을 일컫는 말.
**3** 푸른 빛깔을 띠는 자두의 일종.
**4** 보스니아의 수도.

어는 이스탄불까지 잇는 역할을 하기 때문이다. 카사바와 그 주변의 마을들은 교통의 중심지들과 크고 중요한 다리들의 양쪽에서는 필연적으로 발전해나가기 마련인 마을들일 뿐이다.

시간이 지나면서 이곳에서도 집들이 몰려들고 다리 양쪽의 마을은 늘어만갔다. 카사바는 다리에 의존해서 살았고 마치 자신만의 죽지 않는 뿌리로부터 성장하듯 다리에 의존해 성장했다.

(카사바의 풍경과 다리에 대한 그 관계의 천성을 확실하게 보고 완전하게 깨닫기 위해서는 마을에 강이 하나 더 있듯이 다리가 하나 더 있다는 사실을 알아야 한다. 그 강이 바로 르자브이고 그 위의 나무다리가 바로 그것이다. 마을의 끝자락에서 르자브 강은 드리나 강으로 흘러들어가 마을의 중심지이자 그 요지가 큰 강과 작은 강 사이의 모래곶[串]에 놓여 있는 것이다. 바로 그곳에 자리한 마을의 변두리가 다리들의 건너편에서 시작해서 드리나 강의 왼쪽 강변과 르자브의 오른쪽 강변을 따라 흩어져 있었다. 마을이 물 위에 있는 셈이다. 그러나 강이 하나 더 있고 다리가 하나 더 있지만 "다리 위에서"라고 말을 하면 아름다움이라고는 전혀 없고 역사도 없고 그곳 주민(住民)들에게 그리고 그들의 가축들에게 그저 지나가는 교량 정도에 지나지 않을 뿐만 아니라 다른 어떤 의미도 전혀 찾을 수 없는 단순한 나무 건축물을 의미하는 르자브 강의 다리를 지칭한 적은 한번도 없었으며 언제나 드리나 강 위에 있는 그 돌다리를 지칭할 뿐이었다.)

다리의 길이는 대략 250보(步) 정도이며 폭은 중앙을 빼고는 10보쯤 되는데 중앙에는 양쪽으로 똑같은 테라스가 있고 다리의 양쪽 길은 테라스의 2배 정도 넓었다. 이곳이 바로 카피야[5]라고 불리는 다리의 일부였다. 꼭대기 부근에서 넓게 퍼지는 중앙의 기둥에 양쪽으로 늘어지

---

**5** 터키어로 '문'을 뜻함.

듯이 버팀목이 세워져 있었고 그 기둥에는 좌우 양쪽 각각에 테라스가 있는데 소란스럽게 흐르는 푸른 물결 바로 위로 다리에서 불쑥 튀어나온 2개의 테라스가 있었다. 이 2개의 테라스는 모두 5폭 정도 되는 길이에 넓이도 그 정도 되었으며, 깊숙이 박혀 있는 다리들이 모두 그렇듯이 돌난간으로 둘러져 있었지만 어찌되었든 열려진 상태 그대로였고 꾸밈이 없었다. 마을의 읍내에서 오다가 오른쪽에 있는 테라스는 소파[6]라고 불렸다. 두 계단을 더 올린 오른쪽 테라스에는 벤치들마다 등받이 역할을 하는 난간이 있었고, 계단과 벤치들, 난간들은 모두 똑같이 밝은 색깔의 돌로 완벽하게 만들어져 있었다. 소파의 건너편 왼쪽 테라스도 오른쪽 테라스와 같았지만 앉는 자리가 없어서 텅 비어 있었다. 그 난간의 중앙에는 사람의 키보다도 훨씬 높게 세워진 벽이 있었는데, 그 벽의 꼭대기 부근에 하얀 대리석으로 만들어진 석판(石板)이 박혀 있었고, 그 석판에는 다리를 세운 사람의 이름과 연도를 13행의 연대기 형식으로 적은 타리흐[7]라고 하는 화려한 터키식 비문(碑文)이 새겨져 있었다. 벽의 바닥에서는 샘이 흘렀다. 돌로 만든 뱀의 입에서 가는 물줄기가 흘렀다. 그 테라스에는 제즈바[8]와 터키식 커피잔들, 항상 불이 지펴져 있는 화로가 있었고, 건너편으로 소파에 있는 손님들에게 커피를 나르는 소년을 부리고 있는 카페의 주인이 자리하고 있었다. 이곳이 바로 카피야이다.

    다리와 그곳의 카피야에서 그리고 그 주위 혹은, 그것들과 관련해서 우리가 앞으로 보게 될 테지만 카사바에서의 사람들의 생활이 계속 전개된다. 개인적이거나 가족적이거나 공동의 경험들에 관한 모든 이야

---

**6** 터키어로 우리나라의 '현관'에 해당하는 곳.
**7** 터키어로 '역사'를 뜻함.
**8** 터키식 커피를 끓이는 손잡이가 긴 바가지 모양의 주전자를 말함.

기들에서 언제나 '다리 위에서'라는 말을 듣게 된다. 그리고 실제 이 드리나 강 위의 다리에서 어린아이들의 최초의 산책, 그리고 소년들의 첫 장난들이 있었다. 드리나 강변의 왼쪽에서 태어난 기독교도의 아이들은 태어나자마자 이 다리를 건너는데 왜냐하면 아기들은 태어난 지 첫 주에 이미 세례를 받기 위해 교회로 데려가기 때문이다. 그러나 다른 모든 아이들과 강의 오른쪽에서 태어나서 전혀 세례를 받지 않은 이슬람[9]의 아이들은 그들의 아버지와 할아버지들이 그랬듯이 유년 시절의 매우 중요한 시간을 다리 주변에서 보냈다. 그들은 다리 주위에서 고기를 잡거나 그 아치 아래에서 비둘기들을 잡았다. 아주 어린 시절부터 아이들의 눈은 밝은 빛깔의, 구멍이 많은, 정교한, 전혀 손색이 없는 돌로 만든 그 위대한 건축물의 조화로운 선에 익숙해져 있었다. 아이들은 다리의 건축과 유래에 얽힌 모든 이야기들과 전설 같은 석공(石工)의 형상과 내막들을 잘 알고 있는데 물론, 그 안에는 상상과 사실, 현실과 꿈이 놀라울 정도로 그리고 복잡하게 얽히고 섞여 있었다. 그들은 마치 태어날 때부터 알고 있었다는 듯, 어느 누구로부터 배웠는지 언제 처음 들었는지는 기억할 수 없었지만 그들이 기도문(祈禱文)을 알고 있는 것처럼 언제나 무의식적으로 그것들을 알고 있었다.

그들은 다리와 카사바를 둘러싸고 있는 이 산들 중의 어느 산 뒤에 위치한 소콜로비치라는 마을 출신의 위대한 베지르[10] 메흐메드 파샤[11]가 이 다리를 지었다는 것을 알고 있었다. 오직 베지르만이 돌로 된 이 영원한 기적을 만들 수 있는 모든 것을 줄 수 있었다. (베지르란 아이들의 의식에선 뭔가 대단하고 어마어마하고 환상적이고 묘한 것이었다.) 이 다

---

**9** 회교도가 자기 종교를 이르는 말 또는 회교도인 전체를 일컫는 말.
**10** 터키 제국의 고관.
**11** 터키 제국의 문무고관(文武高官)에게 주어진 명예적인 칭호.

리는 석공 라데가 세웠는데 그는 세르비아 땅들에 온갖 아름답고 영원한 것들을 만들기 위해 몇백 년 동안을 살아야 했던 인물이다. 그는 많은 것들을 기억하길 좋아하지 않았고, 많은 사람들에게 기억에서조차도 빚을 지길 원치 않았기 때문에 모든 사람들이 더욱 더 갈망하고 소망하는 전설적인, 그야말로 무명(無名)의 명장(名匠)이었다. 늘 어디에서든 일을 방해하는 사람이 있듯이 낮에 세워둔 것을 밤이 되면 부숴버리는 뱃사람들의 요정이 있다는 것을 사람들은 알고 있었다. 물 속에서 '뭔가'가 석공 라데에게 스토야, 오스토야라는 이름의 쌍둥이 남매를 찾아 다리의 중앙 교각에 묻어버리라며 속삭이며 일러주었다. 이내 보스니아 전역에는 그들을 찾는 일이 시작되었다. 그리고 그 쌍둥이를 찾아 데리고 오는 사람에게는 상금이 수여될 것이라고 했다.

　　마침내 보초병(步哨兵)들이 조금 떨어진 어느 마을에서 쌍둥이 남매를 찾아내자 베지르의 부하들이 그들을 강제로 빼앗았다. 그러나 그들이 아이들을 데리고 가자 어미는 욕을 해대거나 구타를 하는 것에도 아랑곳하지 않고 울며 사정을 하며 그 아이들과 떨어지지 않기 위해서 발버둥을 치며 급기야 그들을 쫓아 비셰그라드까지 오게 됐다. 그곳에서 그녀는 석공 라데에게 막무가내로 덤벼들었다.

　　그들은 다른 방도가 없었기 때문에 아이들을 교각 속에 넣고 벽을 둘러쳤는데, 사람들 말에 의하면 라데가 그 불쌍한 어미가 자신의 희생된 아이들에게 젖을 먹일 수 있도록 교각에 구멍을 남겨놓도록 했다고 한다. 그것들은 총구멍처럼 좁고 훌륭하게 깎아놓은 막힌 창들이었는데, 지금은 들비둘기들의 둥지가 되어버렸다. 이 일을 기억하기라도 하듯이 벌써 몇백 년 동안이나 벽에서는 어미의 젖이 흘러나왔다. 이것이 바로 일 년에 한철 이 흠잡을 곳 없는 건축물로부터 흘러내리는 백색의 가는 물줄기였는데, 이 물줄기는 돌 위에 지울 수 없는 흔적을 남겨놓았다. (여자의 젖에 대한 생각은 아이들의 의식 속에서 아주 친근감 있고 강한 향수를 느끼게 하며 베지르나 석공처럼 막연하고 신비스러운 동시에 그들을 혼란스럽게 만들고 거절하도록 만든다) 사람들은 교각들마다 젖의 흔적을 갈아내어 아이를 낳은 후에도 젖이 나오지 않는 여자들에게 효험 있는 가루로 팔았다.

카피야 아래 다리의 중앙 교각에는 마치 거인의 총구멍 같은 문틀이 없는, 좁고, 긴 문이 있는 조금 더 큰 출구가 있었다. 사람들의 말에 의하면 그 교각 안에는 커다란 방이 하나 있는데, 그 어둠침침한 방에서 검은 아랍인이 살고 있다는 것이었다. 모든 아이들이 그 이야기를 알고 있었다. 이 아랍인은 아이들의 꿈과 환상 속에서 큰 역할을 하고 있었다. 그 아랍인을 보게 되는 사람은 반드시 죽게 된다는 것이었다. 어느 아이들도 아직 그를 보지는 못했는데 왜냐하면 죽은 아이들이 없기 때문이었다. 그러나 어느 날 밤 천식을 앓고 있는 데다 늘 술에 취한 모습으로 눈까지 빨개져서 다니는 주정뱅이 짐꾼 하미드라는 자가 그 아랍인을 보았는데 그날 밤 바로 벽 옆에서 숨을 거두었다. 사실, 그날도 어김없이 정신을 잃을 정도로 취해서 영하 15도를 밑도는 추운 날씨에 맑은 하늘 아래 다리 위 바로 그 자리에서 밤을 지새운 것이었다. 아이들은 끔찍하기도 하고 매력적이기도 한 굴을 보듯 강변에서 때때로 그 어둠침침한 구멍을 들여다보았다. 아이들은 눈도 깜빡거리지 않고 쳐다보다가 맨 먼저 무엇이든 보게 되는 사람이 소리치기로 약속을 정했다. 호기심과 두려움으로 몸을 떨면서 그 넓고 컴컴한 굴 속을 뚫어져라 보고 있노라면 빈혈기가 있는 어느 아이의 눈에는 검은 장막처럼 입구가 흔들리고 움직이는 일도 있었고, 아이들 중에 장난기가 있고 경솔한 아이 (언제나 이런 녀석이 한 명쯤은 있게 마련이다)가 "아랍인이다!" 하고 도망치는 시늉을 하는 일도 있었다. 이렇게 되면 놀이는 망쳐지게 되고 상상의 놀이를 좋아하고, 아이러니를 싫어하며, 그들이 주의 깊게 주시하면 뭔가를 볼 수 있고 경험할 수 있을 거라고 믿었던 아이들에게는 실망과 불평이 일었다. 어머니가 깨워서 그 고통스런 꿈으로부터 헤어나기 전까지 밤이면 꿈속에서 마치 운명과 싸우기라도 하듯이 다리에서 온 아랍인과 격투를 벌이는 것이었다. 그럴 때면 어머니들은 찬물을 먹이고('공포를 몰아내기 위해서') 신의 이름을 불러댔다. 낮의 놀이에 지쳐 있는 아이는 이내 다시 잠이 들고 꿈을 꾸게 되지만 어린 시절의 공포는 다시 생각나지도 오래 지속되지도 않았다.

회색 빛깔 석회석의 가파른 강변, 다리의 상류에는 양쪽으로 둥근 모양의 구멍이 보이는데 그 모양은 마치 어마어마하게 커다란 말발굽 자국이 돌에 새겨진 것처럼 똑같은 간격으로 모두 두 개씩 짝을 이루고 있으며 이 구멍들은 옛 성채(城砦)로부터 흘러내려와 다시 절벽을 타고 강까지 내려오고, 다른 강변에 다시 나타나기는 하지만 그곳에서 검은 흙과 넝쿨 아래로 사라지고 만다.

여름날이면 이 돌더미 강둑을 따라 하루 종일 작은 물고기들을 잡는 아이들은 그것이 아주 오래전의 늙은 전사들의 흔적이라는 것을 알고 있었다. 그 시대에는 훌륭한 영웅들이 땅 위에 살았고, 돌이 아직 굳어지지 않아서 땅처럼 부드러웠으며, 영웅들이 그랬듯이 말들도 거인의 몸집처럼 컸다. 다만 세르비아 아이들에게는 이것이 샤라츠의 말발굽 흔적이었고, 이 흔적은 마르코 크랄례비치가 옛 성채에 갇혀 있다가 도망쳐나와 언덕을 내려와서는, 당시에는 드리나 강 위에 다리가 없었기 때문에 물 속으로 뛰어들어 강을 건넜던 그 시절부터 남아 있는 것이다. 그러나 터키 아이들은 그 인물이 마르코 크랄례비치가 아닌 것은 말할 것도 없고 있을 수도 없는 일(왜냐하면 그 몹쓸 녀석에게 어디에서 그런 힘과 말이 났겠느냐 말이다!)이라고 믿고 있었고, 나루터의 뱃사공 따위는 거들떠보지도 않고 강을 마치 개천을 건너듯 날개 돋친 말을 타고 훌쩍 뛰어넘는 인물은 바로 알리야 제르젤레즈라고 알고 있었다. 이 점에 대해서는 서로 다툴 생각을 하지도 않았고, 그만큼 서로 각자 자신들의 믿음에 대하여 강한 확신을 가지고 있었다. 지금껏 한 번도 상대방의 생각을 바꾸게 하는 데 성공한 예도 없었을 뿐만 아니라 자신의 생각을 바꾼 사람은 한 사람도 없었다.

마치 큰 사발처럼 둥글고, 넓고, 깊이 팬 그 구멍에는 돌로 만들어진 그릇들에서처럼 비가 온 뒤에도 여전히 오랫동안 물이 담겨 있었다. 아이들은 미지근한 빗물이 담긴 이 구멍을 우물이라 부르며 세르비아 아이들이든 터키 아이들이든 종교의 차이 없이 모두 그 안에 모샘치[12] 같은 작은 물고기들을 가지고 있었다.

왼쪽 강변, 길 위의 바로 한쪽에 회색의 돌처럼 굳은 단단한 흙으로 된 커다란 흙무덤이 있었다. 이 무덤에는 흔한 풀조차 나는 법이 없었고 마치 철로 된 선(線) 같은 뻣뻣하고 가시 돋친 풀만이 날 뿐이었다. 이 흙무덤은 다리 주위에서 노는 아이들의 경계선도 되었고 목적지도 되었다. 한때 이곳은 라디사브의 무덤으로 불렸었다. 그가 세르비아의 으뜸가는 장사(壯士)였다는 얘기도 있었다. 베지르 메흐메드 파샤가 드리나 강 위에 다리를 세울 것을 결심하고 부하들을 시켜 터키의 술탄[13]을 위해 돈도 주지 않고 강제로 끌고 와서는 사람들을 강제노동에 밀어넣고 굴복시키자 그 라디사브라는 사람이 혼자 사람들을 선동하여 드리나 강 위에 다리를 세우는 것은 말도 안 되는 일이니 그 일을 중단할 것을 베지르에게 제안하였다. 베지르가 라디사브를 꺾는 데는 고통이 따랐는데 왜냐하면 그는 여느 사람들과는 남다른 영웅이었을 뿐만 아니라 그를

---

**12** 잉어과(科)의 민물고기.
**13** 터키 제국의 황제.

드리나 강의 다리

막을 수 있는 총도 없고 칼도 없고 그를 묶을 수 있는 밧줄이나 사슬도 없었기 때문이었다. 하지만 그런 것들이 있다고 해도 그는 마치 실오라기처럼 그것들을 부숴버렸을 것이다. 그는 그런 힘을 가지고 있었다. 베지르가 자신의 부하들 중에 현명하고 수단 좋은 자를 골라 라디사브의 부하를 매수해서 내막을 샅샅이 캐내지 않았다면 다리를 지을 수 있었을지는 정말로 의문이다. 그들은 그런 방법으로 라디사브를 급습했고 그가 자고 있는 사이에 명주로 된 실로 그를 묶어버렸는데 왜냐하면 그를 당해내는 것은 그 명주실밖에는 없었기 때문이다. 세르비아 여자들은 일 년에 하룻밤 백광(白光)이 하늘에서 바로 그 무덤으로 떨어지는 것을 볼 수 있다고 믿고 있다. 그것은 성모승천대축일(聖母昇天大祝日)과 성모마리아탄생축일(聖母Maria 誕生祝日)사이의 가을쯤이었다. 그러나 이것을 믿는 아이들과 믿지 않는 아이들 사이에 분쟁이 일어나서 라디사브의 무덤을 지켜보기 위해 창가에서 꼼짝도 않고 남아 있기로 했지만 그들은 한 번도 거룩한 불빛을 보질 못했는데 이유인 즉은 아이들은 자정이 되기도 전에 이미 꿈나라로 가기 때문이었다. 그러나 이런 사실을 전혀 모르는 여행객들은 밤에 카사바로 돌아오다가 다리 너머 이 무덤에서 백광(白光)을 보곤 했다.

　　이와는 반대로, 카사바의 터키인들은 오래전부터 바로 이 자리에서 셰호[14] 투르하니야라는 이름을 가진 어느 이슬람 금욕파의 수도사가 이슬람 순교자로 목숨을 바쳤다고 이야기하고 있다. 그들의 이야기에 따르면 그가 이교도(異敎徒)의 군대가 드리나 강을 넘어오는 것을 막았다는 것이다. 이 자리에 기념비나 무덤이 없는 이유는 그 수도사의 소망이었다고 하는데 왜냐하면 그는 그가 이곳에 있다는 것을 아무도 알지 못

---

[14] 수도사(修道士)의 우두머리.

하도록 하기 위해 어떤 표시나 흔적도 남기지 않고 묻히기를 원했기 때문이었다. 이유인 즉은 만약 또다시 이교도의 군대가 쳐들어오면 그가 이 무덤에서 벌떡 일어나 예전에 그랬던 것처럼 그들을 가로막아 비셰그라드의 다리에는 한 발짝도 갈 수 없도록 만들 것이기 때문이었다. 그 때문에 가끔씩 하늘만이 그의 무덤으로 빛을 쏟는 것이었다.

이렇게 카사바의 아이들의 생활은 다리 밑과 그 주위에서 천진스런 놀이들이나 그들의 상상 속에서 연출되었다. 성년(盛年)의 초반기가 되면 생활은 다리, 바로 카피야로 옮겨지는데 이곳에서 청년의 상상은 새로운 목표와 국면을 맞이하지만 또 바로 이곳에서 인생의 고민과 투쟁, 의무들이 이미 시작되는 것이다.

카피야와 그 주위에서는 첫사랑의 환상과 오며 가며 마주치는 첫눈길들, 이성의 유혹과 속삭임이 있었다. 이곳에서는 또한 최초의 거래들과 장사, 분쟁과 협약, 약속과 기다림도 있었다. 이곳 돌다리의 난간에는 갓 따온 앵두와 멜론, 아침에 마시는 샐럽[15] 음료, 갓 구운 시미트[16]들이 놓여 있다. 하지만 이곳에는 자신들을 드러내길 좋아하고 다른 사람들을 만나길 원하는 젊고 건강한 사람들뿐만 아니라 거지들, 불구자들, 나병 환자들도 모여든다. 그리고 자신이 재배한 열매들이나 옷가지, 혹은 무기들과 같이 뭔가를 보여주고자 하는 온갖 사람들이 모이는 장소이기도 하다. 또한 나이가 지긋한 마을의 유지들이 공공(公共)의 문제들이나 공동의 걱정거리들에 대해 상의하기 위해서 모여 앉아 있기도 하지만 노래와 농담만을 아는 젊은이들이 훨씬 더 자주 모여드는 곳이기도 하다. 큰 사건이나 역사적인 변화를 필요로 하는 경우에는 성명서(聲明書)와 공고들(터키 비문이 있는 대리석 석판 아래, 샘 위의 높이 세

---

**15** 난초과 식물의 구근(球根)에서 얻은 식용 가루.
**16** 둥그런 모양의 빵.

운 벽에)이 나붙지만, 1878년까지는 이유 여하를 막론하고 이 카사바에서 처형을 당한 사람들의 머리를 말뚝에 꽂아 여기저기 매달거나 내돌리기도 하였고, 앞으로도 보게 되겠지만 특히 혼란스런 시절에는 그런 일들이 매일 벌어질 정도로 빈번했다.

결혼식이나 장례식이 있어 다리를 건너게 되면 반드시 카피야에서 발걸음을 멈춰야 했다. 이곳에서 결혼식 하객들은 마을의 읍내로 들어가기 전에 의복을 다시 고쳐 잡고 매무새를 다듬었다. 평화롭고 걱정이 없던 시절에는 이곳에서 라키야[17]를 마시고 노래를 부르며 콜로[18]를 추는 바람에 그들이 생각했던 것보다 늦어지는 경우가 잦았다. 장례 때에는 관을 든 상여꾼들이 고인(故人)이 생전에 즐거운 시간들을 주로 보낸 이 카피야에서 관을 내려놓고 쉬어간다.

다리가 마을의 가장 중요한 부분이라면 카피야는 다리의 가장 중요한 부분인데 비셰그라드의 주민들이 후히 대접한 바 있는 어느 터키인 여행객은 자신의 여행기(旅行記)에서 '모든 사람들의 가슴에 남아 있는 이 마을의 심장인 다리의 심장은 바로 이 카피야이다'라고 적었다. 카피야는 그것을 만든 건축가들이 얼마나 나이를 먹었을까를 짐작케 하며 그리고 그들에 대해서는, 전해오는 이야기에서처럼 요정들도 등장하고, 살아 있는 아이들을 생매장하기도 하고, 갖가지 기적들도 함께 전해온다. 그 건축가들은 건축물의 미와 영속성(永續性)만을 생각한 것이 아니라 그 건축물로부터 가능한 많은 세대가 퍼져나갈 수 있도록 실리와 편리성까지도 고려했다. 그래서 이곳의 생활을 알게 되어 잘 생각해본 사람이라면 이 마을의 모든 사람들이 카피야에서 누릴 수 있는 그런 편리함과 즐거움을 누릴 수 있는 사람들이 이 보스니아에는 극히 소수임

---

**17** 유고슬라비아의 전통 과실주.
**18** 둥근 원을 만들며 추는 유고슬라비아의 전통 춤.

을 혼잣말로 하게 된다.

물론 겨울에는 예외였는데 왜냐하면 겨울이 되면 강 위로 어찌나 바람이 세차게 불어대던지 찬바람에 목이 달아날까 싶어 움츠리고 걸음을 재촉하게 되기 때문에 그야말로 반드시 길을 나설 이유를 가진 사람만이 다리를 건널 뿐이었으므로 거의 인적이 드물었다. 그래서 카피야의 탁 트인 테라스에서 서성대는 사람이 없다는 것은 당연한 일이었다. 하지만 겨울을 제외한 다른 계절에는 그 카피야가 어른이나 아이들 모두에게 정말로 고마운 선물이었다. 그럴 때면 그곳의 모든 주민들은 밤낮을 가리지 않고 카피야로 나와 소파에 앉거나 그 주위에서 시간을 보내며 일을 하거나 이야기를 나눈다. 용솟음치는 푸른 물결 15미터 위에 걸려 있는 이 돌 소파는 물 위의 허공에 떠 있고, 삼면(三面)이 짙푸른 언덕들로 둘러싸여 있으며 그 위로는 하늘에 구름들과 별들이 가득하고, 강을 내려다보는 탁 트인 전망까지 있어서 안쪽에서 검은 산들이 닫히는 마치 좁은 원형 극장과도 같았다.

이 세상에 자기의 기쁨이나 걱정 혹은 자기의 즐거움과 여유로운 시간을 이런 마을로 가져올 수 있는 베지르나 부자는 과연 얼마나 될까? 소수, 지극히 소수에 지나지 않을 것이다. 하지만 몇백 년의 세월과 세대를 이어오는 시간 속에서 새벽이나 황혼(黃昏)이나 늦은 밤에 이곳에 앉아서 자기 머리 위에 총총히 떠 있는 창공을 바라보면서 자리를 옮겼던 마을의 사람들은 얼마나 될까! 실제로 우리네 수많은 사람들이 바로 이 자리, 맨들맨들한 돌 위에 오밀조밀 붙어 앉아서 하늘 위 구름들과 산 위의 빛들이 펼치는 영원한 놀이 앞에서 늘 변함없고 언제나 새로운 방식으로 우리 마을의 운명을 풀어나갔다. 그 옛날 누군가가 이 카피야가 마을의 운명과 그 주민의 성향에도 영향을 끼치고 있다고 단언(그는 외국인이었고, 사실은 농담 삼아 이런 말을 했다고 한다)한 적이 있었다. 꽤 많은 시간을 그곳에 앉아 있으면서 이 외국인은 마을의 주민 대부분이 명상을 하고 상상을 즐길 수 있는 그 비장(祕藏)의 열쇠가 무엇인지를 찾아야 한다고 마음을 먹었는데 왜냐하면 이것이 마을의 모든 주민들의 특성이라고 할 수 있는, 걱정을 하지 않고 낙천적이 되는 가장 큰 이유라고 생각했기 때문이었다.

어쨌든 예로부터 다른 고장의 사람들과 비교해봤을 때 비셰그라드의 주민들이 단순하고 향락을 즐기며 씀씀이가 헤프다는 것은 부인할 수 없는 사실이다. 그들의 마을은 좋은 위치에 자리하고 있고, 주위의 마을들도 대대로 부유하고 풍족해서 많은 돈이 비셰그라드로 흘러들어가지만 그곳에서 그리 오래 머물지 못한다는 것 또한 사실이다. 만약 아무런 열정도 없이 그저 모을 줄만 알고 인색하게 구는 부자가 있다면 틀림없이 타지에서 온 사람일 것이다. 그러나 비셰그라드의 물과 공기가 워낙 그런 분위기여서 그들의 자손들은 이미 아낌없이 술술 돈을 써대고 아무 걱정 없이 삶을 즐기며 '내일은 또 내일의 먹을거리가 생기겠지'라는 생각으로 삶을 즐기며 살아가게 된다.

그들 사이에서는 스타리나 노바크의 이야기도 있었다. 노바크가 루마니아에서 강도질을 하던 시절 힘이 쇠잔해져서 물러날 즈음에 그의 자리를 대신할 디예테 그루이차에게 다음과 같이 가르쳤다.

"매복(埋伏)을 하고 있을 때는 지나가는 여행객들을 잘 살피거라. 거만하게 말을 타고 붉은 갑옷에 은으로 장식한 징을 달고 흰색 토즈루케[19]를 두른 자가 있거든 그자는 틀림없이 포차[20]에서 온 녀석일 테니 냅다 내리치거라. 그자들은 늘 수중에 그리고 말 안장 주머니에도 돈을 들고 다니기 마련이지. 그리고 만약 궁색한 여행객의 차림으로 몸을 숙이

---

**19** 이슬람 교도들이 입는 랩 스커트.
**20** 보스니아의 마을 이름.

고 말을 타고 가는 자가 있거든 아무 걱정 말고 두들겨라. 그런 자들은 로가티차[21]에서 온 자들이지. 그자들은 모두 구두쇠에다 인색하기 짝이 없는 자들이지만 석류마냥 늘 돈이 가득하지. 하지만 안장 위에 다리를 꼬고 앉아 북을 치며 목청껏 노래를 불러대며 거만하게 지나가는 자가 있거든 절대로 건드리지 말거라. 괜히 헛수고만 하게 되는 것이니 그냥 지나가게 내버려두라는 얘기다. 그런 놈들은 필시 비셰그라드 놈들인데 아무것도 없는 빈털터리야. 왜냐하면 그자들은 돈을 들고 다니는 법이 없거든."

    이 모든 것들은 저 외국인의 고견을 확증하는 것이다. 하지만 이 생각이 옳다고 단언하는 것도 어려운 일임에 틀림없다. 대부분의 다른 모든 일에서도 그렇듯이 여기에서도 어느 것이 원인이고 결과인지를 정하기는 쉬운 일이 아니다. 카피야가 지금의 이 모습대로 마을 사람들을 만든 것인지 아니면 반대로, 마을 사람들의 의식과 영혼 속에서 상상해낸 대로 그들의 필요와 습관에 따라 카피야가 만들어진 것인지? 그건 공연한 질문에 지나지 않는다. 석공들이 만들어낸 건축물에 아무 의미 없이 그은 선이나 형식이 있을 수 없듯이 사람들이 태어나고 희망과 필요와 의식이 존재하는 인간 사회와는 전혀 상관없이 우연히 세워진 건물은 있을 수 없기 때문이다. 모든 위대하고 아름답고 유용한 건축물의 기원과 생명은 그것이 세워진 장소에 따라 운명이 정해지듯이 그 안에 다양하고 신비스러운 역사를 종종 안고 있다. 그리고 한 가지 분명한 사실은 마을에서 살아가는 사람들의 삶과 이 다리 사이에는 수백 년 동안 이어 오는 긴밀한 연대가 있다는 것이다. 그들의 운명은 어찌나 서로 얽혀 있던지 따로 생각할 수도 분리해서 말할 수도 없는 지경이다. 다리의 유래

---

**21** 보스니아의 마을 이름.

와 운명에 대한 이야기는 동시에 세대와 세대를 거듭해 내려오는 마을의 삶과 그 사람들에 관한 이야기인 것이다. 이는 흡사 마을에 관한 모든 이야기들이 11개의 아치와 중간 부분에 왕관 같은 카피야를 가진 돌다리의 선과도 같다 할 수 있을 것이다.

II

이제 우리는 지금 있는 이 다리에 관한 것은 말할 것도 없고 이 자리에 다리라는 것이 있을 수 있다는 것을 생각조차 할 수 없었던 시절로 돌아가야 할 것 같다.

어쩌면 그 아득한 옛날에도 이곳을 지나가는, 피로에 지치고, 비에 흠뻑 젖은 행색의 어느 나그네가 이토록 넓고 포효하는 강 위에 기적처럼 다리가 생겨 자신이 목적하는 곳까지 쉽고 빠르게 갈 수 있었으면 하고 바랐음 직도 하다. 왜냐하면 모든 여행객들이 언제나 좋은 길, 확실한 벗과 따뜻한 쉼터를 상상하는 것과 같이 여러 난관을 이겨내고 이곳까지 도착한 그토록 많은 사람들이 이런 자리에 건널목을 만들어 좀더 편리하고 확실하게 지나가는 상상을 했을 거라는 사실은 믿어 의심치 않기 때문이다. 다만 모든 소망들이 늘 이루어지는 것도 아니며 모든 생각들이 원하는 대로 이루어질 정도의 힘과 의지가 있는 것도 아니다.

이루어지고야 말 운명을 가지고 있었던 이 다리에 대한 첫번째 생각은, 물론 이때는 전혀 가능성도 없고 막연한 상상에 지나지 않았을 테지만 1516년의 어느 아침, 사람들이 소콜로비치 마을에서 10살짜리 소년을 화려하고 어마어마한 이스탄불로 데리고 가는 도중에 이미 소년의 머릿속에 떠올랐던 것이다.

그 당시에도 이 드리나는 지금과 다름없이 삭막하고 벌거벗은 돌로 된 강변과 모래로 된 강변 사이에서 '자주 포효를 일으키는' 산악지대에 흐르는 푸른 강이었다. 카사바는 이때에도 존재했지만 다른 모습이었고 크기도 달랐다. 강의 오른쪽 강변 가파른 언덕 정상에는 지금은 폐허가 되었지만 예전에는 잘 보존된 스타리그라드[22]가 있었는데 그것은 상당한 권력을 가지고 있었던 파블로비치 귀족 가문의 한 사람이 만든 것으로 그곳에는 보스니아 왕조의 전성기 시대부터 전해내려오는 넓게 펼쳐진 보루(堡壘)와 탑, 성벽이 있었다. 그 성채 아래 경사지에는 성채의 보호를 받는 기독교 마을인 메이단과 비카바츠, 그리고 최근에 이슬람으로 개종한 마을인 두쉬체가 있었다. 나중에 진짜 카사바로 변모하게 되는 드리나 강과 르자브 강 사이의 이 평지는 한낱 풀밭에 지나지 않았고, 이 풀밭을 가로질러 오솔길이 나 있었고, 길가에는 오래된 한과 몇 개의 물레방아와 오두막이 있을 뿐이었다.

드리나가 길을 잘라버리는 바로 그곳이 저 유명한 '비셰그라드의 나루터'이다. 그것은 검고 오래된 나루터였으며 그곳에는 야마크라는 이름을 가진 심술 많고 게으른 뱃사공이 있었는데 그를 부리기는 어찌나 힘이 드는지 깊이 잠들어 있는 사람을 부리는 게 차라리 쉬울 정도였다. 거인 같은 덩치에 평범하지 않은 힘을 가지고는 있었지만 그가 이름을 떨쳤던 수많은 전쟁터에서 그 힘을 못쓰게 되어버렸다. 눈도 하나뿐이었으며 귀도, 다리(목발이 한쪽 다리를 대신했다)도 각각 하나뿐이었다. 인사를 건네는 일도 없었고, 웃는 법도 없었으며, 그저 자기가 내킬 때에나 아무 말 없이 사람들과 짐들을 실어다줄 뿐이었고, 그의 이러한

---

**22** 옛 성채.

게으름과 변덕은 그의 신용과 정직함과 더불어 사람들 입에 오르내리게 되었다. 그는 자기가 실어다주는 손님들과는 대화를 하거나 부딪치는 일조차도 원치 않았다. 하루 종일 모래와 물이 차 있는 배 바닥에 사람들이 뱃삯으로 던져놓은 동전을, 저녁이 되서야 뱃사공은 배 안의 물과 함께 바가지에 담고는 강둑의 오두막으로 향했다.

나루에서는 강의 흐름과 수위(水位)가 보통이거나 보통보다 약간 높을 경우에만 배를 띄웠다. 강물이 흐려지거나 수위가 한계를 넘어설 라치면 야마크는 자신의 그 흉물스런 배를 나루터 한쪽에 단단히 묶어 버리기 때문에 이때는 드리나도 거대한 바다마냥 길이 꽉 막히고 마는 것이다. 이럴 때면 야마크는 멀쩡한 귀마저도 들리지 않는지 그라드로 올라가 자기 밭을 가꿀 뿐이었다. 그런 날이면 건너편 강둑에는 보스니아에서 와서 길을 건너려는 사람들이 하루 종일 서 있었고, 비에 흠뻑 젖어 얼어붙은 몸으로 멍하니 나루터와 뱃사공만 쳐다볼 뿐이었으며, 성난듯이 마구 넘쳐나는 강물 위로 사람들이 이따금씩 외쳐대곤 했다.

"오—, 야아-마아-크으-야!"

그러나 물이 줄어들기 전에는 대답을 하는 사람도 모습을 드러내는 사람도 없었다. 상의나 설명이라는 것을 전혀 모르는 무뚝뚝한 야마크가 혼자서 그 순간을 결정하는 것이었다.

당시에 드리나 강의 오른쪽에 위치한 마을은 그야말로 아주 작은 마을에 불과했고, 한때는 성채였으나 이제는 폐허가 된 곳의 바로 아래 가파른 언덕에 자리하고 있었는데 이유인 즉은 그때에는 카사바가 없었고 그곳에 다리가 지어지고 교통이 생기면서부터 상업이 성해지자 카사바가 모습을 드러냈기 때문이었다.

11월의 어느 날, 강의 왼쪽 강변에 짐을 실은 말들의 긴 행렬이 밤을 보내기 위해 발길을 멈췄다. 무장한 호위병을 거느린 예니체리[23]들의 행렬이 보스니아의 동부 마을들에서 아좌미-오글란[24]으로 선발한 일정 수의 기독교 어린이들을 데리고 이스탄불로 돌아가는 길이었다.

혈세[25]로 아이들을 데려간 지 이미 6년이나 지났기 때문에 이번에 아이들을 징집하는 것은 수월하기도 했고 그 수도 많았다. 비록 많은 부모들이 자신의 아이들을 숲 속에 숨기고, 모자란 아이처럼 보이기 위한 방법들을 가르치고, 누더기 옷을 입혀 더럽게 만들어놓기도 함으로써 징집대장의 명단으로부터 제외되게 하려고 노력했음에도 불구하고 10살에서 15살 사이의 건강하고 영리하며 용모가 수려한 남자 아이들을 원하는 수만큼 징집하는 것은 별 어려움이 없었다. 심지어 어떤 이들은 자기 친자식의 손가락 한 개를 절단하기도 했었다.

징집한 아이들을 보스니아 산(産) 조랑말에 태운 긴 행렬이 이어졌다. 모든 말들의 양쪽에 하나씩 마치 과일처럼 실로 짠 자루들을 매달았고, 그 자루들에 아이들을 하나씩 집어넣었다. 그 아이들은 모두 작은 보따리와 둥그런 빵을 한 개씩 가지고 있었는데 이 빵이야말로 부모에게서 받은 마지막 선물이 되는 것이었다. 서로의 무게가 어느 정도 맞아서 말들은 균형을 잡고 뒤뚱거렸고, 그 자루 속에서 잡혀가는 아이들의 생생하고도 겁에 질린 얼굴들이 모습을 드러냈다. 어떤 아이들은 말 엉덩이 너머로 자기의 고향이 사라질 때까지 쳐다보기도 했고, 어떤 아이들은 울면서 빵을 먹기도 했고, 또 어떤 아이들은 자루에 머리를 박고 잠들어 있기도 했다.

이 괴상한 행렬에는 제일 마지막으로 따라가는 말과 약간 떨어져서

---

**23** 터키 제국 당시의 근위보병(近衛步兵).
**24** '미숙한 어린이들'을 가리키는 터키어로 예니체리늘이 징집(徵集)한 소년늘을 말함.
**25** 어린 소년들을 세금의 일환으로 징집해 가는 터키 제국의 제도.

헝클어진 머리카락에 거의 탈진 상태에다 마지막 몸부림을 치는 아이들의 부모들과 친척들이 있었다. 왜냐하면 영원히 돌아오지 못할 타국으로 떠나는 아이들은 터키인이 되어 자신의 신앙과 고향, 자신의 뿌리를 잊게 되고 예니체리 군대에서 삶을 보내게 되거나 터키 제국의 다른 어떤 높은 지위에서 일을 하며 일생을 보낼 것이었기 때문이다. 그 행렬의 대부분은 여자들, 특히 끌려가는 아이들의 어머니, 할머니와 누이들이었다. 이 무리들이 너무 가까이 다가오게 되자 행렬을 이끄는 대장이 말들을 세게 몰아대며 채찍으로 그들을 마구 때렸다. 그러면 여자들은 움찔 달아나 길가 숲 속에 몸을 숨겼다가 또다시 행렬 뒤로 몰려들어 비오듯 눈물을 쏟아 부으면서 빼앗긴 아들들의 얼굴을 다시 한 번이라도 더 보기 위해 안간힘을 썼다. 특히 어머니들이 가장 악착같고 필사적이었다. 어떤 어머니들은 마치 장례식 때처럼 주위의 모든 것들을 다 잊기라도 한 듯이 가슴을 풀어헤치고 머리를 쥐어뜯으며 앞도 보지 않고 달려들며 울부짖는가 하면 또 어떤 어머니들은 거의 정신이 나가서 마치 해산의 진통 때에 내는 그런 아픈 신음 소리를 내면서 눈물이 앞을 가려 보이지도 않는 터라 곧바로 기병(騎兵)에게 달려들어 그들이 휘두르는 채찍에 얻어맞아가면서 이에 응답이라도 하듯이 소용없는 질문을 퍼부었다. "어디로 데려가는 거요? 왜 내 아이를 뺏어가는 거요?" 어떤 어미들은 안간힘을 써대며 가는 도중에 주의할 것이나 마지막 말이라도 전하기 위해 마구 달려들었다.

"라데야, 엄마를 잊지 말거라······"

"일리야! 일리야! 일리야!" 이렇게 떠나가면 이제는 이 이름마저도 빼앗겨 영영 기억도 못하게 될 테니 아이들이 자기의 이름이라도 기억하게 하기 위해서 그 이름들을 수도 없이 되풀이하며 외쳐댔고, 늘 쓰다듬어주어 낯익은 사랑스런 아이들의 머리를 찾아대며 울부짖었다.

그러나 길은 멀고 땅은 험난하고 몸은 약했지만 오스만 제국 사람들은 힘도 셌고 피눈물도 없었다. 걸어서 지치고 매를 맞아 지쳐서 여자들은 조금씩 멀리 떨어져나갔고 하나 둘씩 소용없는 노력을 포기해야 했다. 이곳 비셰그라드의 나루터에 이르면 아무리 악착같은 어머니라고 해도 멈출 수밖에 없었다. 왜냐하면 뱃사공이 그들을 받아주지도 않았고, 헤엄을 쳐서 강을 건널 수도 없었기 때문이었다. 더 이상 그들을 핍박할 사람이 없었기 때문에 이곳 강둑에 앉아 마음놓고 울 수가 있었다. 이곳에서 그들은 배고픔도, 갈증도, 추위도 잊고 마치 화석처럼 굳은 채로 강 건너편 도브룬[26]으로 향하는 말의 행렬이 다시 나타나기를 기다렸다. 그리고는 시야에서 자신들의 친자식들이 사라져가는 것을 지켜보았다.

11월의 그 날, 두메산골 소콜로비치 마을 출신의 10살쯤 된 검은 피부의 소년이 그 수많은 자루들 속에서 메마른 눈망울을 굴리며 입을 다물고 있었다. 찬 바람 때문에 빨갛게 된 손에는 휘어진 칼이 쥐어져 있었고 이것으로 그는 자루의 가장자리를 깎으면서 주위를 둘러보았다. 소년은 잎이 져서 벌거벗은 듯한 버드나무가 즐비한 돌더미 강둑과 심술궂은 뱃사공, 까마귀들이 허공을 나는 이 말썽 많은 드리나 강을 모두 한 번에 건널 수 없어서 하룻밤을 보내야 했던, 거미줄과 맞바람이 심한 물레방아를 기억했다. 그는 자기 몸의 어느 한 구석에 2, 3 초에 한번씩 바늘로 콕콕 찌르는 듯한 통증을 느꼈고 언제나 길이 잘린 바로 이 장소, 고독과 절망을 모두 내던진 그 돌더미 강둑, 건너기 어려운 데다 경비도 들고 불안한 그 장소로 기억을 옮겼다. 이곳은 불행이 확연하게 드러나고 명백한 산골의 낙후된 비운의 땅이었으며 자신의 무력함으로 수

---

**26** 보스니아의 도시 이름.

줍어하는 사람들이 다시 한 번 더 자기의 고독과 슬픔을 더욱 처절하게 확인하게 되는 땅이었다.

이 모든 것들은 바로 그 11월 어느 날 소년 안에 남아 있던 육체적인 고통 속에 파묻혀버렸고 그가 훗날 생활양식을 바꾸고 종교와 이름, 조국을 바꿨다고 해도 결코 벗어날 수 없는 것들이었다.

자루 속의 바로 이 소년이 훗날 무엇이 되었는지는 모든 역사들에서 모든 언어들로 보이고 있으며 이곳 보스니아에서보다도 넓은 세상에 더욱 잘 알려져 있다. 세월이 흘러 그는 술탄의 황실에서 젊고 용감한 실라흐다르[27]가 되었고 이어 카푸단-파샤,[28] 황제의 사위, 장군, 뒤이어 세계적인 명성을 지닌 정치가 메흐메드 파샤 소콜리가 되었다. 그가 바로 세 대륙에 걸친 전쟁들을 대부분 승리로 이끌며 밖으로는 영토를 넓히고 안으로는 안정된 정치를 함으로써 터키 제국의 영토를 확장한 장본인이었다. 그는 60여 년이 넘는 세월을 거치며 세 명의 술탄을 섬기면서 소수의 정해진 사람들만이 경험하게 되는 희로애락(喜怒哀樂)을 모두 겪었고 우리에게는 생소한 권력과 권위의 최고봉에 올랐다. 이러한 자리에 오른 사람도 드물 뿐 아니라 이를 유지한 인물도 극히 드물었는데 그가 바로 그 예외에 속한 인물이었다. 우리들로서는 상상으로라도 결코 따라갈 수 없는 머나먼 이국 땅에서 새롭게 태어난 이 사람은 언젠가 그를 데리고 온 그 땅에서 자기가 남기고 왔던 모든 것들을 잊어야 했을 것이다. 그는 비셰그라드 드리나 강의 건널목도, 여행객들이 추위와 불안으로 떨고 있었던 그 황량한 강변도, 낡은 나룻배도 괴상한 뱃사공도 탁한 강 위를 날아다니던 굶주린 까마귀 떼도 모두 잊었을 것이다. 그러나 이런 모든 것들 중에 남아 있는 바로 그 고통의 감정은 결코

---

**27** 아랍어로 무기에 관한 것을 관장하는 직책을 뜻함.
**28** 터키 제국의 해군 제독.

완전히 사라지지 않았다. 반대로 세월이 지날수록 나이를 먹을수록 더욱 자주 생각이 났다. 가슴을 관통하는 언제나 똑같은 검은 선은 특히 그의 가슴을 잘라놓았으며 어린 시절 얻은 이 고통은 그가 어른이 된 후에 알게 되는 고통과 아픔들과는 확실히 차이가 있었다. 그때 베지르는 두 눈을 지그시 감고 검은 칼 같은 것이 지나가고 고통이 사라지기를 기다렸다. 그런 고통의 순간들 중에 한 번은 끊일 줄 모르고 계속되는 가난과 불편함이 자리한 저 머나먼 드리나 강에 나루터를 없애버리고 제방을 만들어 가파른 둑과 그 사이를 흐르는 강에 다리를 놓아 보스니아와 동방을 잇도록 하고, 다시 말해, 자기가 태어난 고향과 지금 살고 있는 곳을 영원히 안전하게 연결하게 되면 이 고통에서 벗어날지도 모른다는 생각을 하기에 이르렀다. 이렇게 해서 그는 그 자리에 생길 수밖에 없는 위대한 돌다리의 확실하고 정확한 실루엣을 지그시 감은 두 눈으로 보게 된 최초의 사람이 되었다.

그래서 바로 그해에 베지르의 명령과 그의 출자로 드리나 강의 커다란 다리 공사가 시작된 것이다. 공사는 5년 동안 계속되었다. 이때가 바로 크고 작은 사건들이 늘 일어나 변화가 많은 시기였으며 카사바 전체로도 이례적으로 생기가 있고 중요한 시기였다. 그러나 이상하게도 수백 년 동안 온갖 이야기들이 전해져 내려오지만 다리와 직접 관련된 것들만큼은 그리 전해지는 얘기들이 없다.

사람들이란 자기들이 이해할 수 있고 전설로 바꿀 수 있는 것들만을 기억하고 다시 곱씹어 이야기하는 법이다. 그 밖의 다른 것들은 무엇이 되었든 간에 여러 가지 자연 현상들에 대해 무관심하듯 그렇게 특별한 흔적을 남기는 법도 없이 사람들 사이를 지나갈 뿐인 것이다. 이런 것들은 사람들의 상상력을 건드리지도 그들의 기억 속에 남아 있지도 않는 법이니까. 이 어렵고 기나긴 공사는 남의 돈을 들여 하는 남의 일에 지나지 않았다. 그런 어마어마한 노력의 결실로 거대한 다리가 세워지고 나서야 사람들은 비로소 다리를 세우게 된 직접적인 동기와 사연들을 떠올리게 되었고 그것들에 상상력을 덧붙임으로써 두고두고 기억할 수 있는 얘깃거리들로 옮겨놓았다.

III

베지르가 다리를 건설하기로 결정한 그해 봄에 다리를 세우는 데 필요한 모든 준비를 갖춘 그의 부하들이 호위병들과 함께 카사바에 도착했다. 말을 타고 오거나 마차를 타고 오거나 다양한 도구들을 싣고 천막 따위를 가지고 왔는데 그 수는 꽤 많았다. 이 작은 마을과 그 주변의 시골들에는 두려움과 혼란이 팽배했고 특히, 기독교 마을에서는 더욱 심했다.

다리 건설을 위해 총독(總督) 베지르가 특별히 파견한 아비다가가 행렬의 선두에 섰고 그의 곁에는 건축가 토순에펜디야[29]가 있었다. (이 아비다가에 대해서는 이미 잔혹하고 막무가내에다 깐깐하기로 마을에 소문이 파다했다.) 메이단 아래 천막들에 자리를 잡자마자 아비다가는 마을의 유지들과 터키인 유지들을 협의 차 불러모았다. 그곳에서 많은 것들이 상의되지는 못했는데 이유는 단지 한 사람만이 이야기를 하고 있을 뿐이었기 때문이며 그는 바로 아비다가였다. 그다지 건강해 보이지 않는 붉은 얼굴과 초록색 눈에 화려한 이스탄불식 의복을 입고 역시 불그스름한 턱수염과 콧수염을 이상하게 헝가리식으로 말아올린 거대한 체

---

[29] 터키 제국에서 관리나 학자에게 붙여주는 경칭.

구의 남자 앞에 사람들은 몰려 있었다. 이 억센 사나이가 몰려온 사람들에게 한 말은 그의 외모보다도 더욱 그들을 놀라게 했다.

"내 생각으로는 내가 이곳에 오기 전에 이미 나에 대한 소문을 들었으리라 믿고 또한 그것들은 그리 좋은 얘기도 듣기 좋은 소리일 리도 없다는 것을 나는 이미 잘 알고 있다. 나는 누구든 내 말에 복종하고 일하도록 요구하는 사람이며 해야 할 일을 하지 않는다든가 내 말을 듣지 않는 자는 누가 되었든 죽일 것이라는 걸 아마 여러분도 들었을 것이다. 난 '안 된다' '없다'라는 말을 모르는 사람이다. 하찮은 것이라도 불만을 얘기하는 자가 있으면 목이 달아날 것이다. 나는 내 몸에 피를 묻히기를 좋아하는 잔인하고 제멋대로인 사람이다. 나는 여러분들이 들은 소문이 헛소문이라든가 과장된 것이 아니라는 것을 말해두고자 한다. 나의 나무 아래에는 그늘이란 게 없다. 나는 위대한 베지르로부터 하명 받은 명령을 오랫동안 수행하면서 그런 정평이 붙은 사람이다. 나는 나에게 맡겨진 임무를 수행할 뿐이며, 그 일을 마치면 떠나게 될 테고, 그 후에는 나에 대한 더욱 악명 높은 소문이 들리기를 원하는 사람이다."

모두들 숨을 죽이고 눈을 내리깐 채 그 범상치 않은 소리를 듣고 난 뒤에 아비다가는 이 땅에 다리를 놓는 일은 그 어떤 부유한 나라에서도 행해진 바 없는 일이며 5년, 아마도 6년이 걸리게 될 텐데 중요한 것은 베지르의 뜻을 받들어 모든 것이 주도면밀하고 정확하게 이루어져야 한다는 말을 덧붙였다. 그러고 나서는 이 일에 필요한 가장 우선 과제가 무엇이며 일이 어떻게 준비되어야 하고 그가 본토박이 터키인들과 기독교인, 라야[30]에게서 원하는 것이 무엇인지를 늘어놓았다.

아비다가 곁에는 자그마한 몸집에 창백한 누런 빛깔의 얼굴을 한 이

---

**30** 터키 제국 지배 당시 비이슬람 교도를 지칭하는 말.

슬람 개종자이자 그리스 섬 출신 석공이며 이스탄불에서 메흐메드 파샤의 기념관들을 많이 지은 인물인 토순에펜디야가 앉아 있었다. 그는 아비다가의 말을 듣지 않는 건지 아니면 이해를 못 하는 건지 그저 얌전하고 무관심하게 있을 뿐이었다. 그는 자기 손을 쳐다보고 있다가는 가끔씩 고개를 들었다. 그때 사람들은 그의 커다란 눈과 근시이면서도 부드러운 눈빛을 볼 수 있었다. 그의 눈은 자기 일에만 골몰하고 인생과 이 세상의 것은 보지도 듣지도 느끼지도 알지도 못하는 그런 분위기였다.

사람들로 꽉 차서 뜨겁게 달아오른 천막 아래에서 사람들은 당황스럽고 기가 죽은 채로 나왔다. 그들은 새로 입고 나온 옷 속에선 식은땀이 흘러내리고, 두려움과 불안이 얼마나 빠르게 그들을 삼켜버렸는지를 느끼고 있었다.

지금 카사바를 뒤엎고 이 마을 전체를 삼켜버린 이것은 이제껏 한 번도 일어난 적이 없는, 어마어마하고 예측하기도 힘든 재앙이었던 것이다. 맨 먼저 벌목을 하고 나무를 나르는 일부터 시작되었다. 드리나 강의 양쪽 강변에는 엄청나게 큰 나뭇더미가 모여져 있어서 사람들은 한동안 나무로 다리를 만드는 것으로 생각했다. 그리고 나서는 이내 땅을 파는 작업이 시작되었고 푸석푸석한 둑에다 자갈을 까는 작업이 이어졌다. 이렇게 모든 일들이 착착 진행되었다. 초반 작업이 끝나자 사람들은 작업을 잠시 중단했는데 그때가 늦가을 무렵이었다.

이 모든 것들은 아비다가의 지휘 아래 그리고 노래에도 등장하는 그의 초록색 지팡이 아래서 이루어진 것들이었다. 왜냐하면 그가 그 지팡이로 누구를 가리키기만 하면 경비병들이 당장 그 자리에서 그를 잡아다가 실컷 때리고 피가 흥건하게 퍼져 까무러친 뒤에 찬물을 끼얹어 깨어나게 해서는 다시 일하는 자리로 돌려보냈던 것이다. 마을을 떠나야 되는 늦가을에 아비다가는 또다시 마을의 유지들을 불러 모아놓고 자기는 이 겨울 동안 다른 곳으로 가게 되지만 자기의 눈은 그들을 계속 지켜보고 있을 거라며 으름장을 놓았다. 모든 사람들이 공동 책임을 져야 한다는 내용이었다. 공사의 어떤 부분이 무너지거나 나무발판의 막대기라도 없어지는 날에는 마을 전체를 가만두지 않을 테니 그 점을 명심하라고도 덧붙였다. 홍수 때문에 피해를 입게 될지도 모른다고 마을의 유지들은 가까스로 입을 열었지만 그는 이 마을은 당신들의 땅이며 강 또한 당신들의 것이니 강이 어떤 피해를 입혀도 그 책임은 당신들에게 있노라고 싸늘하고 냉정하게 대답할 뿐이었다.

마을 사람들은 겨울 동안에도 공사장과 그곳에 있는 건축자재들을 자기 얼굴에 있는 눈처럼 애지중지 지켰다. 봄이 되자 아비다가와 토순 에펜디야가 돌아왔는데 이때는 사람들이 '로마의 명장'이라고 부르는 달마티야 출신의 석공들도 함께 왔었다. 처음에는 대략 30명 정도가 왔었다. 그들의 우두머리는 울치니[31] 출신의 기독교도인 명장 안토니예였다. 그는 큰 키에 커다란 눈, 매부리코에 어깨까지 내려오는 갈색 머리에 귀족 스타일의 서구식 옷을 차려 입은 잘생긴 사람이었다. 그의 부하는 흑인 중에서도 토종 흑인으로 마을 전체가 그를 아랍인이라고 불렀는데 매우 쾌활한 젊은이였다.

어마어마한 나뭇더미로 미루어 보아 작년에는 사람들이 아비다가가 나무다리를 지을 것이라고 생각했는데 이제는 드리나 위의 이곳에 새로운 이스탄불을 지을 것이라는 생각이 들었다. 채석장에서 돌을 끌어오는 일이 시작되었는데 카사바에서 한 시간쯤 걸어야 하는 곳에 위치한 바냐[32] 근처의 산속에서 이루어졌다.

이듬해 비셰그라드 나루터에는 특별한 봄이 찾아왔다. 매년 이맘때

---

[31] 아드리아 해안에 위치한 도시.
[32] 보스니아의 마을 이름.

면 싹들이 움트고 꽃이 피는 것 외에도 오두막으로 이루어진 한 마을이 생겨나는가 하면 새 길들이 만들어지고, 소들이 이끄는 마차가 헤아릴 수도 없이 왔다 갔다 하는가 하면 짐을 실은 말들도 여기저기를 누비고 다녔다. 메이단과 오콜리슈테에서 사람들은 매일같이 마치 무슨 추수 때처럼 강가에서 분주하게 움직이는 사람들과 가축들이 갖가지 건축자재들을 쉴 새 없이 날라대는 모습을 내려다 볼 수 있었다.

가파른 둑에서는 석공들이 일을 하고 있었다. 그래서 그 주위 전체는 돌먼지로 뿌옇게 되었다. 약간 떨어진 모래밭에는 이 지역 출신의 장인들이 돌을 깨고 있었는데 그 돌더미에서 높이 솟아오른 연기 때문에 온통 하얀 밀가루를 뒤집어 쓴 듯했다. 길들은 너무 과중하게 짐을 실은 마차 때문에 패이기 시작했다. 배는 하루 종일 그 십장(什長)들과 인부들을 이 강둑에서 저 강둑으로 나르느라 분주했다. 봄의 강물에 허리까지 잠기어 걸어다니던 특수 기술자들은 말뚝을 물 속에 넣어 박고, 진흙을 가득 담은 통을 세우면서 강물을 막아댔다.

드리나 강의 나루터 옆 산비탈에 뿔뿔이 흩어져 이제까지 평온하게 살고 있었던 사람들은 모든 것을 보게 되었다. 그러나 그들도 이 모든 것들을 그저 바라다보고만 있을 수 있다면 좋았겠지만 이 모든 일들은 엄청나게 거대한 데다 그 추진하는 힘이 어찌나 거세던지 이 마을뿐 아니라 멀리 떨어진 다른 곳들의 온갖 생물과 살아 있지 않은 것들까지도 이 회오리에 몰아넣고 말았다. 공사가 2년째에 접어들게 되자 인부들의 수가 급격하게 늘었는데 이 마을에 사는 남자들의 수와 거의 같을 지경이었다. 모든 마차, 모든 말들과 소들은 오로지 다리 건설에 쓰일 뿐이었다. 비틀대더라도 걸어 다닐 수만 있으면 잡아다가 일을 시켰는데 때로는 돈을 주기도 하고 때로는 쿨루크[33]로 하는 경우도 잦았다. 돈은 전보다 훨씬 더 많이 돌았지만 화폐가 따라잡는 것보다 더 빠르게 물가는 올라가고 물건이 줄어드는 속도는 더 빨랐다. 그래서 돈이 손에 들어온 다고 해도 이미 먹을 것을 사는 것으로 반은 없어지고 말았다. 이렇게 물가가 올라가고 물자 파동이 일어나는 것보다도 더욱 심각한 것은 일을 하기 위하여 이 마을로 들어온 외지의 인부들 때문에 발생하는 불안과 혼란, 신변 안전의 문제들이었고 이는 카사바의 주민들을 위협하고 있었다. 아비다가의 그런 엄격함에도 불구하고 인부들 사이에서는 싸움이 잦았고 마을 곳곳의 뜰이나 마당에서 도둑질이 그치질 않았다. 이슬람의 여자들은 외출을 할 때면 얼굴을 가려야 했는데 왜냐하면 이 지방 출신이나 타지에서 온 짓궂은 인부들과 도처에서 눈이 마주칠 수 있기 때문이었다. 카사바의 터키인들은 개종을 한 지 얼마 되지 않은 사람들로 이슬람의 의식을 엄격하게 지켰다. 그들의 아버지나 할아버지 중에 기독교도가 아닌 사람은 한 사람도 없었다. 여러 가지 이유들 중에서도 이슬람의 율법을 신봉하는 노인들은 다리 기초 공사 때문에 그들의 나루터 양쪽으로 모두 번져 와서는 그들의 거리와 마당, 뜰까지 파고들어 온 그 멍청한 타지 출신의 인부들과 짐을 나르는 마소와 나무, 흙, 돌과 같은 자재들로 마을이 엉망진창이 되는 것에 대해 드러내놓고 화를 내며 공공연하게 무시를 했다.

처음에는 베지르가 그들의 마을에 커다란 기념물을 세우는 것에 모두들 찬성했다. 그때는 지금 그들이 보고 있는 것을 아직 알지 못했을 때였다. 이처럼 큰 혼란과 불안, 힘과 돈이 드는 줄은 결코 생각을 못했던 것이다. 그들의 생각으로는 그들을 지배하는 고귀한 종교에 귀속하는 것은 훌륭하며 이스탄불에서 온 베지르를 모시는 것은 근사한 일이며 이 강 위에 단단하고 값진 다리를 짓는 것은 더없이 아름다운 일이라

---

**33** 나라를 위한 무임 노동.

고 생각했지만, 지금 일어나고 있는 이 모든 일들은 그런 것들과는 전혀 관계가 없는 듯했다. 오히려 마을은 지옥이 되어버렸고 납득이 되지 않는 노동과 연기, 소란, 먼지, 소음들로 인해 엉망진창이 되어버렸다. 세월은 흘러 공사는 확장되었지만 마을 사람들에게는 언제 끝난다는 기약이 없었다. 이것은 온갖 것들을 연상시키기는 했어도 결코 다리만은 연상시키지 않았다.

개종한 카사바의 터키인들은 서로 쉬쉬하면서 자기들은 귀족으로서 긍지와 미래의 영광을 안고 살아왔음을 이야기했고 다리와 베지르가 사라지고, 그들과 그들의 집에 도래한 이 재앙으로부터 그들을 구원해주기를 하나님에게 기도할 뿐이었다. 그들은 드리나 강의 낡은 나루터 옆에서 소박하게 살았던 당시의 평온과 안정을 그저 바랄 뿐이었다.

다리 공사는 터키인들에게도 영향을 끼쳤지만 비셰그라드 마을 전체의 라야들에게는 말할 나위도 없었는데 왜냐하면 그들에게는 뭔가를 묻는 사람도 없을 뿐만 아니라 그들 스스로도 자신들의 의견을 드러낼 수 없었기 때문이었다. 새로운 건축물을 건설한답시고 개인의 재산들, 말들, 소들을 끌어간 지도 어언 3년째였다. 이곳 출신의 라야뿐 아니라 이웃 마을의 농부들로부터도 착취를 했다. 아비다가의 기마병들은 도처에서 농부들을 잡아다가 다리 건설에 몰아넣었다. 그들은 사람들이 자고 있는 동안에 마치 닭을 잡아가듯 급습을 하기 일쑤였다. 보스니아 일대에서는 나그네들이 다른 나그네들에게 드리나 강을 건너지 말 것을 당부했는데 왜냐하면 그 강을 건너는 사람들은 그가 누구인지 무슨 일을 하는 사람인지 어디로 가는지 묻지도 않고 모두 잡아다가 적어도 며칠씩은 일을 시키기 때문이었다. 마을의 기독교인들은 뇌물을 이용해 달아나기도 했다. 마을의 젊은이들도 달아나려고 시도했지만 그러기만 하면 아비다가의 부하들이 그들의 집에서 도망간 남자 대신에 인질로 여자들을 잡아가곤 하였다.

　마을의 주민들이 다리 건설에 끌려간 지도 벌써 세번째 가을을 맞이하게 되었지만 어떤 것을 보아도 공사가 진행되고 있는 건지 이 불안이 끝날 기미가 있는 건지 까마득하기만 했다. 가을에는 벌써 날씨가 나빠져서 잎들도 다 떨어지고 비 때문에 길들도 망가지고 드리나 강이 불어나 물도 뿌옇게 되고 까마귀 떼가 새까맣게 내려앉곤 하였다. 그러나 아비다가는 공사를 멈추지 않았다. 쓸쓸한 11월의 태양 아래서 농부들은 맨발이거나 '피가 흠뻑 묻은' 나막신을 신고 나무와 돌을 질질 끌었으며 어찌나 힘이 들던지 땀을 흘리면서도 매서운 바람에 덜덜 떨어야 했다. 그들은 여기저기 기운 자국이 있는 데다 구멍이 뻥뻥 뚫린 소매 없는 외투를 걸치고 비와 흙먼지와 바람으로 시꺼멓게 그을렸건만 그 조각난 옷들이나마 아예 물 속에 녹아 없어질까봐 물에 담그지도 못했다. 이들의 머리 위에는 아비다가의 초록색 지팡이가 휘날릴 뿐이었는데 왜냐하면 아비다가는 하루에도 몇 번씩이나 바냐에 있는 채석장과 다리 공사 현장을 둘러보았기 때문이었다. 그는 해가 갈수록 짧아지는데 왜 자기가 마음먹은 대로 빨리 공사가 진행되지 않느냐며 마구 화를 냈다. 러시아산 모피로 된 무거운 외투에 높은 부츠를 신고 얼굴은 벌겋게 상기된 아비다가는 이미 물 속에 우뚝 선 교각의 나무발판을 내려다 보며 소리를 고래고래 지르는가 하면 철공소와 인부들의 천막으로 들어와 십장들이건 하청업자들이건 간에 차례로 다그쳐댔다.

　"하루는 짧아. 점점 짧아지고 있다구! 이런 빌어먹을 새끼들 같으니라구. 하는 일 없이 빵만 축내고 있잖아!"

　마치 일찍 날이 어두워지고 새벽이 늦게 오는 것이 그들의 죄인 것처럼 마구 성을 내는 것이었다. 가파른 언덕의 그림자가 마을을 짓누르듯이 성큼 다가들고 영겁처럼 무겁고 막막한 밤의 장막이 내리 닫히는 어스름에, 야속하고도 걷잡을 수 없는 비셰그라드의 그런 어스름이 깃들기 전이면 아비다가는 화가 머리끝까지 치밀어올라 이리저리 닥치는 대로 화를 내다가 이제 분풀이 상대마저 사라지고 나면 스스로에게 화살을 돌려 아직 다리를 완성하지 못한 것이 마치 자기 책임이라고 다른 이들이 비방을 하는 것처럼 느끼며 이대로는 시간만 낭비하고 있다는 생각에 잠도 못 이룰 지경이었다. 그는 이를 부드득 갈았다. 그는 어떻게 하면 내일부터 하루를 더 잘 이용할 것인지 이 노동력을 어떻게 강화시킬 수 있을지를 상의하기 위해 십장들을 불러모았다.

그동안 마을 사람들은 천막과 마구간에서 잠을 자면서 겨우 휴식을 취했고 기운을 회복하였다. 그러나 모두가 잠을 자는 것은 아니었다. 어떤 이들은 자신의 이로움을 위해서 자기 식대로의 밤을 지새우는 법을 알고 있었다.

건조하고 널따란 마구간 가운데에는 모닥불이 타고 있었다. 아니 이제 거의 다 타버리기 직전이었다. 왜냐하면 타다 남은 나무가 어둠침침한 마구간 안에 두세 개밖에 남지 않았기 때문이었다. 마구간 안에는 연기가 자욱했고 젖은 옷가지와 신발의 케케묵은 악취와 30여 명의 사람들이 뿜어내는 입김으로 서리가 자욱했다. 그들은 하나같이 모두 짓밟힌 사람들, 그 주변 출신의 가난한 기독교인들, 라야들이었다. 모두 흙투성이였고, 몸이 젖어서 탈진상태였다. 그들은 윗마을에 있는 밭에서는 가을 경작을 한참 기다리고 있건만 여기 이렇게 돈 한 푼도 주지 않고 기약도 없는 강제노동에 매여 있는 자신들의 신세를 한탄하고 있었다. 대부분은 여전히 깨어 있었다. 불 옆에서 옷가지를 말리는 사람이 있는가 하면 나막신을 말리는 사람 혹은, 그저 물끄러미 타다 남은 재를 쳐다보는 사람도 있었다. 그 중에는 어떻게 왔는지 몬테네그로[34]인이 한 사람 끼어 있었는데 그는 이 노동이 얼마나 따분하고 고된 것인지 자기는 이 노예 같은 일을 체면상 도저히 할 수 없노라고 끊임없이 떠들어댔지만, 이미 그를 경비병들이 잡아온 지도 며칠이 되었고 어떻게 잡아왔는지도 아무도 알지 못했다.

지금은 깨어 있는 대부분의 사람들, 그 중에서도 특히 젊은이들이 그를 둘러싸고 앉아 있었다. 자신의 잿빛 외투의 깊숙한 주머니에서 이 몬테네그로인은 손바닥만한 크기에 어설프게 생긴 구슬레[35]를 꺼냈다. 농부 중에 한 사람이 마구간 밖으로 나가서 터키인이 오는지 망을 보았다. 모두들 이제야 처음 보는 것처럼 그 몬테네그로인과 그의 커다란 주먹에서 사라질 것만 같은 그 구슬레를 구경하였다. 그는 무릎에 놓인 구슬레 위에 엎드리듯이 몸을 굽히며 그 밑에 턱을 갖다대고 줄에다가 송진을 칠한 뒤 목판에 대고 크게 입김을 불어넣었다. 모든 것들이 축 늘어지고 질질 끌었다. 그가 마치 세상에 자기만이 존재하는 듯 자기도취에 취해 조용히 이 모든 하찮은 일들을 하고 있는 동안 사람들은 꼼짝도 하지 않고 그를 쳐다보았다. 마침내 찢어지는 듯한 높고 낮은 가냘픈 첫 번째 소리가 흘러나왔다. 흥분이 고조되었다. 몬테네그로인은 자기 가락을 찾아 구슬레로 장단을 맞추며 콧노래를 부르기 시작했다. 분위기가 무르익어 뭔가 이상한 이야기가 나올 것 같았다. 아니나 다를까 구슬레의 장단에 그럭저럭 자기 목소리를 맞추던 어느 순간 몬테네그로인은 갑자기 거세게, 그러면서도 거만하게 자신의 머리를 뒤로 젖혔는데 어찌나 힘을 주었던지 앙상한 목에는 목뼈가 툭 튀어나왔고 미끈한 뺨은 불빛에 확연히 드러났다. 그는 목을 쥐어짜면서 찢어지는 듯한 소리로 노래를 부르기 시작했다 "—아—, 아아—!—" 그리고 이내 맑고 우렁찬 가락이 이어졌다.

---

**34** 유고의 남부 지방.
**35** 슬라브 민족의 전통악기.

세르비아 황제 스테반은 포도주를 마셨지
비옥한 땅, 프리즈렌에서
그의 곁에는 늙은 대주교들이
네 명의 늙은 대주교들이
그들 곁에는 아홉 명의 주교와
스무 명의 예의바른 베지르들과
세르비아 지주들이 차례로 앉았지
시중꾼 미하일로가 포도주를 따르고
그리고 빛나는 누이 칸도시야는
가슴에 보석을 달고……

농부들은 이 구슬레를 연주하는 사람 주위에서 어깨춤을 추었지만 조금의 소음도 내지 않았고 심지어 그들의 숨소리조차 들리지 않았다. 그들은 지그시 눈을 감고 신기함에 홀리는 것만 같았다. 전율이 등줄기를 타고 내려왔고 척추가 꼿꼿이 서는가 싶더니 가슴이 부풀어오르고 두 눈은 반짝거리고 손가락들을 쥐었다 폈다를 계속하고 턱 신경이 굳어지는 것 같았다. 몬테네그로인은 갈수록 빠르고 그리고 더욱 아름답고 경쾌하게 가락을 이어갔으며 축 늘어져 잠을 이루지 못했던 인부들은 모든 것을 잊어버린 듯 마치 그것이 자신들의 보다 아름답고 더욱 빛나는 운명인 것처럼 노래에 홀려 노랫말을 되씹고 있었다.

강제노동에 끌려 온 수많은 농부들 중에는 이 카사바 바로 위에 위치한 작은 시골인 우니슈테에서 온 라디사브도 있었다. 그는 자그마한 키에 얼굴이 검고 눈길은 불안에 떨고 있었으며 허리가 약간 굽어서 마치 물결치는 밀 이삭처럼 머리와 어깨를 오른쪽-왼쪽으로 흔들흔들거리면서 다리를 벌려 빠르게 걷는 버릇이 있었다. 보이는 것처럼 그리 가난하지도 않았고 그런 척하는 만큼 그리 단순하지도 않았다. 그의 가족들은 헤라츠 가문으로 기름진 땅을 가지고 있었고 집안에 남자들도 많았지만 최근 40년 동안 그의 마을에서 거의 대부분의 사람들이 이슬람으로 개종을 하는 바람에 그의 가족은 외톨이가 되어 쓸쓸했다. 그래서 자그마한 체구에 허리가 굽은 이 라디사브는 가을 밤마다 이 마구간에서 저 마구간으로 '씨를 뿌리며' 농부들 사이를 송곳마냥 쑤시고 다니면서 한 사람 한 사람에게 귓속말을 했다. 그의 말들은 대충 이러했다.

"여보게, 이 정도면 잘 견디고 있는 셈이 아닌가. 잘 보게나, 이놈의 다리 공사가 우리를 냅다 들었다 집어삼키지 않겠는가 말이야. 만약 우리가 좀더 살아남는다 해도 우리 아이들도 이 강제노동에 끌려올 거란 말일세. 이 일은 우리들한테는 땅을 파는 거 말고는 아무 의미도 없는 짓이지. 다리는 터키인들에게나 필요한 거지 우리같이 가난한 사람들이나 농부들에게는 아무 소용도 없는 거라구. 우리가 전쟁을 하겠나, 아니면 무역을 하겠나. 그러니까 우리한테는 나룻배면 충분하다는 거지. 그래서 우리 몇 사람들이 의견을 모았는데 아주 칠흑(漆黑) 같은 어둠이 내린 밤에 나가서 이제까지 해놓은 공사를 최대한 부숴버리자는 거야. 그리고는 드리나 강에 다리 세우는 것을 원치 않는 요정이 부숴버린 거라고 소문을 퍼트리잔 말일세. 그리고 경과를 지켜보자는 거야. 이 방법 말고는 없는데 그렇다고 가만히 있을 수도 없지 않은가 말일세."

늘 그런 법이지만 여기서도 역시 저 교활하고 기세등등한 터키인들이 자신들의 뜻을 굽힐 리도 없을 뿐더러 그렇게 되면 라야들은 하나님이 뜻하시는 것보다 더 오래 강제노동에 시달리지 않으면 안 될 것이기 때문에 그런 것은 부질없는 짓이라고 생각하는, 심약하고 신임이 가지 않는 사람들이 있었다. 그들은 이렇게 강제노동을 하는 게 더 낫지 더 상황이 안 좋아지는 것을 원치 않는다고 했다. 그런가 하면 이대로 초라한 옷을 걸친 채 그 마지막 조각이 언제 떨어져나갈지도 모르고 강제노동에 노예처럼 시달리면서 아비다가 주는 빵이나 받아먹으며 언제 탈진할지 모르는 힘마저 그저 이렇게 소진할 것이 아니라 어떻게든 결단을 내려야 한다고 생각하는 사람들도 있었다. 그들은 뜻이 있는 곳에 길이 있다고 생각했다. 이렇게 생각하는 사람들은 대부분 젊은이들이었고, 크게 확신을 갖거나 두려움을 갖지도 않고 걱정스럽게 말을 하는 신중한 가장들도 있었다.

"자, 녀석이 우리의 피를 다 빨아먹기 전에 우리가 부숴버립시다. 그러나 그것도 별 수 없게 되면……"

이 절망적인 결론에 이르자 그들은 손을 내저었다.

그렇게 가을 무렵에 소문이 번지기 시작해서 처음에는 인부들 사이에 그리고는 카사바 전체에 번져나갔는데 물의 요정이 낮에 해놓은 일을 밤에 부수고 허물어버리기 때문에 다리를 건설하는 이 일은 허사가 될 거라는 내용이었으며 소문과 더불어 땅을 파는 곳들과 다리를 짓는 곳들에서 정말로 밤 사이에 알 수 없는 손괴가 생겨나기 시작했다. 석공들이 이제까지 작업을 하다가 교각에 던져둔 연장들이 없어지는가 하면 흙을 쌓아둔 공사들이 부서지거나 물에 씻겨 내려갔다.

다리가 절대로 완성되지 못할 거라는 소문은 멀리 퍼져 터키인들과 기독교인들 사이에 번졌고 그것은 차츰 굳은 신념이 되었다. 기독교 라야들은 말없이 속닥거리기는 했지만 속으로는 기뻐 어쩔 줄을 몰랐다. 베지르의 다리 공사가 진행되는 것을 자랑스러운 듯 쳐다보곤 했던 이 지역의 터키인들은 못마땅하다는 듯 눈살을 찌푸리며 손을 내저었다. 종교를 바꾸어보았지만 자신들이 생각했던 것처럼 혜택을 받지 못하고 여전히 변변찮은 끼니에 팔꿈치를 기운 누더기 옷을 입고 있는 개종한 터키인들은 그 소문을 속 시원하게 생각하면서 다리 공사가 실패한다는 얘기들을 옮겼고 아무리 베지르라고 해도 마음먹은 대로 모두 이루어지는 것이 아니라는 생각에 오히려 만족스러워했다. 외국에서 온 기술자들이 떠날 준비를 하고 있다는 것과 다리가 결코 있지도 않았던 그 자리에 그리고 시작해서는 안 될 공사를 시작한 바로 그 자리에 했던 다리 공사는 무산될 거라는 소문이 떠돌기 시작했다. 이런 얘기들은 서로 범벅이 되어 사람들 사이로 재빠르게 번져나갔다.

대중이란 쉽게 이야기를 만들어내고 빠르게 퍼트리기도 하는데 그 이야기들에는 이상하게 그리고 미묘하게도 사실들이 섞여 있으며 다른 이야기들과도 덧붙여 전해졌다. 밤이면 구슬레의 연주에 귀를 기울이는 농부들은 다리를 부수는 요정이 아비다가에게 스토야와 오스토야 쌍둥이 남매를 다리의 중앙 교각에 집어넣지 않으면 다리를 부수는 일이 그치지 않을 것이라고 말했다는 이야기들을 했다. 그러자 여러 사람들이 경비병들이 그런 애들을 찾으러 다니는 것을 보았다고 맹세까지 하는 것이었다. (경비병들이 실제로 두루 살피고 다니기는 했으나 그것은 아이들을 찾으러 다니는 것이 아니라 아비다가의 명령에 따라 다리를 부수는 정체 모를 자가 누구인지를 알아내기 위해서 마을 사람들에게 물어보면서 탐문을 하러 다니는 것이었다.)

그러던 차에 비셰그라드 위의 어느 마을에서 남의 집 식모살이를 하는 한 모자란 벙어리 처녀가 아이를 뱄는데 말을 못해서인지 아니면 원치를 않아서인지 누구 아이인지를 밝히지 않았다. 처녀가, 게다가 그런 처녀가 아이를 뱄는데 더구나 아버지가 누군지 알 수도 없다는 것은 아주 드물고 듣지도 보지도 못한 일이었다. 그 소문은 멀리까지 퍼졌다. 그러나 산달이 다가와 처녀는 어느 마구간에서 아이를 낳았는데 쌍둥이였지만 모두 사산이었다. 마을의 여자들이 해산을 도왔는데 평범치 않은 아주 힘든 난산이었고 이내 죽은 아이들을 슈리바 밭에 묻어주었다. 사흘째가 되자 애써 몸을 추스른 어미는 아이들을 찾으러 마을 곳곳을 헤집고 다녔다. 아기들은 사산이어서 묻어주었노라고 설명을 해도 소용이 없었다. 어찌나 아기가 어디 있는지 물어댔는지 마을 사람들은 터키인들이 다리를 만드는 곳으로 그녀의 아이들을 데려갔다고 손짓 발짓을 섞어 일러주었다. 안 그래도 쇠약한 데다 절망적인 그녀는 마을로 가까스로 내려가 나루터와 공사장에 이르게 되어 겁을 집어먹은 채 사람들을 쳐다보는가 하면 무슨 말인지 알아들을 수 없는 말들로 아이들의 행방을 물었다. 사람들은 이상한 눈초리로 그녀를 쳐다보는가 하면 일에 방해가 된다고 내몰기도 했다. 자기가 무엇을 원하는지 사람들이 못 알아듣는다고 생각한 그녀는 가슴을 풀어헤치고 젖꼭지를 내보였다. 가슴은 팽팽하게 불어서 아파 보였고 젖을 빨아내지 않는 통에 이미 터져서 피멍이 맺혀 있었다. 아기들을 다리에 묻지 않았다고 아무리 설명해주어도 소용이 없으니 아무도 어찌해야 할 바를 모르고 있었다. 친절한 말로 일러주고 달래주어도, 욕설을 퍼붓고 겁을 주어도, 매서운 눈초리로 쏘아보아도 애처롭게 무어라고 말만 더듬을 뿐이었다. 마침내 사람들은 내몰기를 그만두고 그저 측은한 눈초리로 공사장을 서성이는 그녀를 내버려둘 뿐이었다. 식사 당번들은 주전자 밑에 탄 퓨레[36]를 인부들에게 나누어 주었다. 사람들은 그녀를 정신 나간 일린카라고 불렀고, 마을 전체가 그렇게 부르게 되었다. 아비다가마저도 아무 말 하지 않고 그녀의 곁을 지나면서 고개를 돌려 외면하기는 해도 그녀에게 동냥을 주라고 명령할 정도였다. 이렇게 해서 얌전한 미치광이는 공사장 근처에 남아 살게 되었다. 그러나 그녀 때문에 터키인들이 아기들을 다리로 데리고

---

**36** 감자를 으깨 우유와 섞어 만든 간단한 음식.

왔다는 소문이 굳어지게 된 것이다. 그 소문을 믿는 사람도 있었고 믿지 않는 사람도 있었지만 그 소문은 줄곧 되풀이되어 퍼지게 되었다.

하지만 그때에도 정도의 차이는 있었지만 손괴가 끊임없이 생겼다. 그리고 물의 요정이 드리나 강에 다리를 놓는 것을 방해한다는 소문들이 점점 더 퍼지게 되었다.

아비다가는 화가 머리끝까지 치밀었다. 그는 특히 자기가 자랑거리로 여겨온 그 전설적인 가혹성에도 불구하고 자기가 마음먹은 것에 대해 방해가 되는 자가 있다면 마땅히 찾아내야 하는데 그것을 못 찾는다는 것이 무척 화가 났다. 게다가 굼벵이처럼 느리고 서투르게 일을 하면서 어떻게 해야 할지 모르는 일에 대해 비꼬거나 남의 비위를 거스르는 말을 찾아내는 데에 비상한 재주를 가진 기독교도들이나 회교도들이 한결같이 그를 미워한다는 것도 화가 나는 이유였다. 아비다가는 양쪽 둑 모두에 보초를 세웠다. 그리고 나서부터는 흙으로 지은 기초공사에는 손괴가 없었으나 강 속의 다리 공사는 여전히 파괴되는 것이었다. 달이 환하게 떠 있는 밤에는 손괴가 없었다. 애초부터 요정의 짓이라고 믿지 않았던 아비다가는 그 요정은 눈에 보이지 않는 요정이 아니며 하늘에서 내려온 것도 아니라는 것에 확신을 갖게 되었다. 지금까지는 다리 공사가 부서지는 것이 라야들의 미친 짓 때문이라고 그에게 말해주는 사람들의 이야기에 귀를 기울이지 않았지만 사실이 그러한 것을 깨닫게 되고 나니 더욱 화가 치밀었다. 그러나 아비다가는 다리 공사를 망치고 있는 나쁜 놈을 잡아다가 물의 요정 얘기와 다리 공사를 계속하면 위험하니 중단해야 한다는 뜬소문을 당장 끝장내버리려면 화를 감추고 태연하게 행동해야 한다는 것쯤은 알고 있는 사람이었다. 그는 플레블예[37]

---

[37] 보스니아의 마을 이름.

출신이지만 이스탄불에서 자란 창백한 얼굴에 건강이 좋지 못한 경비대장을 불렀다.

두 사람은 천성적으로 어울리지 않는 사이였으나 그러면서도 곧잘 마주 붙었다가는 서로의 관계가 꼬이곤 했다. 왜냐하면 이들 사이에는 늘 증오와 반발, 두려움과 불신이 뒤엉켜 있었기 때문이었다. 어느 누구에게도 온화함이라든가 호감을 주는 분위기가 전혀 아닌 아비다가는 이 창백한 얼굴의 이슬람 개종자에 대해 노골적인 반감을 감추지 않았다. 경비대장의 언동은 매사에 아비다가의 화를 북돋웠고 욕지거리가 터져 나오게 했다. 그렇다고 해서 이 플례블예인이 굽실대고 비위를 맞추려 들면 아비다가는 오히려 더욱 뻣뻣하게 굴었다. 둘이 만나게 된 첫날부터 플례블예인은 이상하게도 아비다가가 무척이나 무서워졌고 이 공포감은 어느새 그를 떠나지 않는 숨 막히는 악몽이 되어버렸다. 플례블예인은 사사건건, 심지어 꿈속에서 더욱 빈번하게 자기의 언동에 대해 '아비다가가 뭐라고 할까?' 하며 두려워하고 있었다. 결국, 아비다가의 비위를 맞추어보려 해도 소용없는 일임을 알게 된 플례블예인은 될 대로 되라고 생각하게 되었다. 아비다가는 그가 무슨 일을 하든 무작정 못마땅하게 여겼다. 이런 까닭 모를 증오심이 플례블예에서 온 사람을 당황하게 만들고 그와의 관계를 더욱 서먹서먹하고 거북하게 만들어놓은 것이다. 그는 아비다가 때문에 이 직업과 자기 신분조차 잃게 되고 나중에는 목숨까지 잃게 될지도 모른다고 생각했다. 그래서 그는 늘 불안한 상태에서 살고 있었고 어쩌다가 따분하게 침체되어 있다가도 갑자기 미친 듯 열기를 띠고 무서우리만치 일에 몰두하곤 했다. 핏기 없는 창백한 얼굴로 거북살스럽게 아비다가 앞에 서 있는 지금 이 자리에서 아비다가는 매우 화가 나서 주체할 수 없는 노여움으로 거칠게 그를 윽박질렀다.

"들어봐라, 이 돌대가리 같은 자식아. 넌 저런 쓰레기 같은 녀석들에게는 친절하지. 네 놈은 저자들의 언어도 알고 저자들의 수작도 안단 말이야. 그러고도 베지르의 공사를 망치는 놈들이 어떤 녀석들인지를 알아내지 못한단 말이야? 네 놈도 분명 저자들과 한패일 거다. 그러니 못 찾는 시늉을 하는 게지. 경비대장이라는 자가 그런 놈들을 잡아내지 못한다는 게 말이나 되나. 아무도 못 찾겠다면 내가 찾아내지. 저 풀잎 사귀만 한 그림자도 땅 위에 만들지 못하게 네 놈을 땅 속에 파묻어버릴 테니 그리 알아라. 공사 중에 지금 벌어지는 저 손괴와 고장이 3일 안에 그치지 않고 물의 요정이 어쩌느니 하며 공사를 방해하는 뜬소문을 퍼트리는 작자를 잡아내지 못하면 그땐 각오해도 좋을 거야. 그땐 저 나무발판 맨 꼭대기에 네 놈을 산 채로 매달아놓고 모든 사람들이 네 놈 꼴을 구경하게 만들어놓고 목을 따버릴 것이다. 모두들 그 꼴을 보고 뜨끔해서 정신을 차리겠지. 이것은 내 목숨과 아주 귀중한 나의 신앙을 걸고 맹세하는 거야. 오늘이 목요일이니, 일요일까지면 충분할 거야. 자 이제 네 놈을 나에게 보낸 그 악마 놈에게로 꺼지란 말이다. 어서! 가란 말야!"

아비다가가 맹세를 하지 않더라도 플레블예인은 그의 말을 믿었을 것이다. 왜냐하면 그는 꿈속에서조차도 아비다가의 말과 그 눈초리에 소름이 끼치곤 하니 말이다. 그래서 그는 이젠 정말 마지막이구나 하는 공포감에 사로잡혀 뛰어나가서 필사적으로 그 일에 착수하기 시작했다. 그는 자기 부하들을 모아놓고 미친 듯 분개하면서 그들을 꾸짖기 시작했다.

"이 맹인 같은 자식들아! 멍청한 놈들!"

이 플레블예인은 마치 자기가 벌써 화형대에 매달린 것처럼 화를 내면서 경비병들의 얼굴을 하나하나 쏘아보았다.

"도대체 제국의 재산을 보호한다는 경비병들이라는 자들이 어떻게 경비를 서는 거야? 먹으러 갈 때는 생기가 돌아 번개같이 빠른 녀석들이 보초를 설 때는 다리가 묶여 있는 자들 같고 정신이 나간 놈들 같으니. 네 놈들 때문에 내 볼이 창피해서 확 달아오른단 말이야. 그러나 내 밑에 있는 동안 그렇게 어물대지는 못할 것이다! 이 나루터에서 모두 개죽음을 면치 못할 것이다! 만약 이틀 동안 이 말도 안 되는 수작이 멈추지 않고 그런 짓을 조작하는 작자들을 잡아내지 못하면 여기 있는 자들은 목이 남아나지 않을 거야. 목숨을 보존하려면 이틀이 남은 거야. 내 신앙과 코란에 걸고 맹세하지."

그는 한참동안 고함을 치고 떠들어댔다. 그것도 모자라 그들을 협박할 더 심한 말들을 찾아내지 못한 것 같아 경비병 한 사람 한 사람의 얼굴에 침을 뱉어댔다. 이런 광기에 찬 행동들을 벌이고 역시 분노의 형식으로 나타난 것이지만 스스로의 공포감에서 벗어나자 그는 곧 필사적으로 힘을 다해 일에 몰두하기 시작했다. 밤에는 경비병들과 양쪽 둑을 오르내리며 순찰을 돌았다. 그날 밤 강에서 가장 멀리 떨어져 있는 나무에서 무엇인가를 두드리는 소리가 나는 것 같아 그쪽으로 달려갔다. 나무판자가 삐걱거리고 잘리고 돌이 강물에 풍덩 떨어지는 소리를 들었다. 그들이 그곳에 도착했을 때는 정말로 나무발판이 몇 장 잘리고 돌기둥의 일부가 떨어져나가고 없었지만 수상한 자의 흔적은 없었다. 유령이 나타나는 공허감에 부딪친 경비병들은 미신적인 두려움과 밤의 어둠과 기분 나쁜 축축한 바람에 모두 몸을 떨었다. 그들은 서로 이름을 불러댔고 어둠 속을 들여다보며 횃불을 흔들었지만 모두가 허사였다. 다리 공사에 대한 파괴는 또 일어났고 그짓을 한 놈은 정말 눈에 보이지 않는 것인지 잡히지도 죽지도 않았다.

다음 날 저녁 플례블예인은 복병들을 더욱 잘 배치해놓았다. 건너편 강둑에도 경비병들을 배치해놓았다. 밤이 되자 경비병들을 나루터에 매복시키고 자기는 경비병 두 사람을 데리고 왼쪽 둑에서 어둠을 틈타 아무도 모르게 끌어낸 배에 올라탔다. 그곳에서는 이제 막 구축하기 시작한 두 개의 교각 중의 하나까지 노를 몇 번 젓지 않아도 닿게 되어 있었다. 이렇게 하면 수상한 놈들이 날개가 달렸거나 물 속에 사는 생물이 아닌 한 양쪽에서 그들을 덮칠 수가 있었다.

길고도 추운 겨울 밤 내내 플례블예인은 아비다가 정말 그 협박을 실행에 옮길 것인지 그래서 자기의 생명을 빼앗아갈 것인지 그런 놈 밑에서의 삶은 공포와 괴로움에 지나지 않는다는 여러 가지 생각을 하면서 양피만을 덮은 채 배 위에 누웠다. 그러나 다리 공사가 이루어지고 있는 전역에는 물결이 철썩이는 소리 밖에는 아무 소리도 들리지 않았다. 이렇게 날은 밝았고 플례블예인은 자기의 굳은 몸 안에서 목숨이 줄어들고 어두워져가고 있는 것을 느낄 뿐이었다.

이틀이 지나 사흘째가 되고 마지막 날의 밤에도 철야 경비를 세우고 같은 배치를 했는데도 똑같이 겁먹은 작은 소리만이 들릴 뿐이었다. 그렇게 자정이 지났다. 플례블예인은 죽음에 대해 이미 무감각해졌다. 그러자 물 속에 잠가두고 그 위에 나무발판을 얹어놓은 느티나무 판자 위에서 가볍게 철썩 하는 소리가 나더니 마침내 더 크게 쉬익 하는 소리가 들렸다. 갑자기 날카로운 휘파람 소리가 울렸다. 그러나 플례블예인이 탄 배는 이미 움직이고 있었다. 그는 벌떡 일어나 어둠 속을 노려보고 손을 저으며 거센 목소리로 고함쳤다.

"노를 저어, 저어! 어서!"

채 잠이 깨지 않아 얼떨떨한 경비병은 힘차게 노를 저었다. 그러나 거센 물결이 어느 결에 배를 사로잡았다. 그 바람에 배는 나무발판에 가 닿지도 못한 채 물길을 따라 아래로 떠내려갔다. 그들은 아무리 애를 써

봐도 물결을 거슬러 올라갈 수 없었고 생각지도 못했던 것이 뱃길을 막지 않았더라면 배는 물결에 휩쓸려 떠내려가버리고 말았을 것이다.

나무통이나 나무발판도 없는 강의 주류 한가운데로 휩쓸려 들어간 배는 나무로 된 육중한 것에 부딪쳐서 툭툭 둔탁한 소리를 울렸다. 이때야 비로소 머리 위의 나무발판 위에서 경비병들이 무엇 때문인지 서로 다투고 있다는 것을 알게 되었다. 이 지역 출신으로 이슬람으로 개종한 사람들의 자제들인 경비병들은 동시에 고함을 치고 있었다. 그들은 어둠 속에서 외마디 말과 영문 모를 소리가 뒤범벅이 된 가운데 서로 엎치락뒤치락하고 있었다.

"잡아, 놓치지 마!"

"어이, 여기다!"

"나야, 나!"

이렇게 고함 소리가 오고가는 사이에 무슨 무거운 물건 아니면 사람의 몸집 같은 것이 텀벙 물 속에 떨어지는 소리가 들렸다.

플레블예인은 잠시 동안 자기가 어디에 있으며 도대체 어떻게 된 영문인지조차 알 수가 없었지만 이내 정신을 차려 쇠갈고리로 배가 들이받은 나무통에 붙은 긴 막대기 끝을 찍어 당기기 시작했는데 그러자 떠내려가던 배는 물결을 거슬러 점점 나무발판 가까이로 다가갔다. 그는 얼른 느티나무 위로 올라가서 숨을 가다듬고 목청을 높여 큰소리로 외쳐댔다.

"불, 횃불을 켜라! 밧줄을 던져!"

처음에는 아무도 그에게 대답하는 사람이 없었다. 누구에게 들리는지 누가 알아듣는지도 몰랐지만 목이 터져라 외치자 머리 위에 희미한 횃불이 단속적으로 비쳤다. 갑자기 보는 불빛에 눈만 더 침침해져서 사람과 물체와 그 그림자가 물에 반사되어 붉은 불빛과 뒤엉켰다. 그러나 이때 다른 횃불이 누군가의 손에서 타고 있었다. 불빛이 온전히 가라앉자 경비병들은 한자리에 모여 서로의 얼굴을 알아보게 되었다. 이내 모든 것이 확연해졌고 납득이 되었다.

플례블예인이 탄 배와 나무발판 사이에는 통나무 셋을 엮은 조그마한 뗏목이 떠 있었다. 뗏목 앞부분에는 뗏목에 아주 안성맞춤인 짧고 그리 크지 않은 노만이 있었다. 뗏목은 나무껍질로 꼰 밧줄로 나무발판 아래의 횡목에 매여 있었고 뗏목에 부딪치며 출렁이는 세찬 물결이 이것을 휩쓸어가지 않게 매어놓은 것인데 물살은 이것을 강의 하류로 끌고 내려가려고 철썩거린 것이었다. 나무발판 위에 서 있던 경비병이 경비대장의 손을 붙잡아주어 뗏목을 건너 자기들이 있는 데까지 올라서게 하였다. 모두들 기진맥진하여 숨을 가쁘게 내쉬었다. 나무판자 위에는 농부 한 사람이 묶인 채 쓰러져 있었다. 그는 빠르고 세게 숨을 몰아쉬었고 겁을 집어먹은 눈에는 허여멀건 흰자위만이 드러나 있었다.

네 명의 경비병 중에서 제일 나이가 많은 한 사람이 자기들은 나무발판 위의 여러 군데서 보초를 보고 있었다고 흥분해서 씩씩거리며 플례블예인에게 설명을 했다. 그랬는데 어둠 속에서 노 젓는 소리가 났고 경비대장의 배인 줄 알고 일단은 가만 두고 보기로 하고 몸을 감추고 있었다는 것이다. 그러자 농부 두 명이 교각에 다가와서는 한참 동안 애를 써서 뗏목을 교각에 갖다 매더라는 것이었다. 그래서 자기들은 농부들이 기어올라가도록 내버려두었다가 자기들 앞까지 왔을 때 한꺼번에 덮쳐서 도끼로 때려 눕혀 묶어버렸다는 것이다. 한 놈은 도끼로 찍어서 까무러쳤기 때문에 쉽게 묶었지만 다른 한 놈은 반쯤 죽은 척하다가 잡고 있던 손에서 물고기처럼 재빠르게 빠져나가 나무발판 사이로 해서 물속으로 뛰어들어가버렸다는 것이었다. 말을 하고 있던 경비병은 플례블예인이 버럭 고함을 치는 통에 눈이 휘둥그레졌다.

"어느 새끼가 놓쳤어? 어떤 자식이 놓쳤는지 말해보란 말이야! 아니면 네 놈들 네 명을 모조리 갈기갈기 찢어놓을 테다!"

경비병들은 입을 다물었고 붉게 떨리는 불빛 속에서 눈만 깜빡이고 있었으며 플례블예인은 어둠 속에서 놈을 잡으려는 듯 이제껏 낮에는 한 번도 그들에게 해보지 않은 욕설들을 차례로 퍼부으면서 주위를 돌고 있었다. 그러나 그는 갑자기 무슨 귀중한 보물단지를 들여다보듯 묶여 쓰러져 있는 농부에게 몸을 구부려 내려다보면서 가느다랗고 울먹이는 목소리로 뇌까리기 시작했다.

"이놈을 지켜라, 아주 잘! 이놈마저 놓쳤다간 네 놈들 목이 달아날 줄 알아!"

경비병들은 농부 주위를 빙 둘러쌌다. 나루터 건너 두 명의 경비병이 달려와 가세했다. 플례블예인은 그놈을 더 단단하게 묶도록 시켰다. 이렇게 그들은 농부를 마치 시체처럼 조심스럽게 천천히 둑까지 날랐다. 플례블예인은 함께 걸어가면서도 어디를 어떻게 밟고 가는지는 생각지도 못하고 허둥지둥하면서 묶인 농부에게서 한시도 눈을 떼지 않았다. 그는 이제야 살았구나 하는 생각을 하면서 한 걸음 한 걸음을 내디뎠다.

둑 위에서는 새로운 횃불이 켜져서 타오르기 시작했다. 잡힌 농부를 모닥불이 피어 있는 인부들의 천막으로 끌고 가서 밧줄과 쇠사슬로 한 구석에다 묶어두었다. 그는 바로 우니슈테[38] 출신의 라디사브였다.

플례블예인은 다소 마음이 수그러져 고함을 치거나 욕설을 퍼붓지는 않았지만 그래도 가만히 있지를 못했다. 칠흑같이 어두운 밤에 달아난 농부가 빠져 죽지만 않았으면, 그를 찾아낸다거나 잡는다는 것이 불

---

**38** 보스니아의 마을 이름.

가능한 것은 당연한 일이었지만 플레블예인은 다시 한 번 녀석을 찾아보라고 경비병들을 양쪽 둑 아래로 보냈다. 그는 명령에 명령을 더했다. 밖으로 나갔다가는 다시 들어오고 흥분으로 어쩔 줄 몰라 술을 들이켰다. 이 모든 행동들은 자신의 초조함을 억누르고 감추기 위한 것이었다. 사실 그의 머릿속에는 아비다가를 기다린다는 한 가지 생각뿐이었다. 그리고 그를 오래 기다릴 필요도 없었다.

첫 꿈을 꾸고 나서 언제나 그랬듯이 자정이 넘어서 잠이 깬 아비다가는 더 이상 잠을 이룰 수가 없었고 창가에 서서 어둠을 지켜보았다. 낮이면 비카바츠[39]에 있는 그의 집에서 강이 흐르는 계곡과 인부들의 천막이며 작업장, 마구간 그리고 그 주변의 더럽고 황폐해진 밭과 다리 공사를 한눈에 볼 수 있었다. 지금 이 어둠 속에서 그는 모든 것을 예견했고 언젠가는 서서히 가까스로라도 베지르의 귀에까지 이 소문이 들리게 될 것이라는 생각에 씁쓸하고 있었다. 아무래도 누군가 그 눈치를 채고 말 것이다. 아무도 눈치를 못 챈다면 그때는 그 뺀질뺀질하고 냉정하고 약삭빠른 토순에펜디야가 눈치를 챌 것이다. 그러면 베지르의 눈 밖에 나는 것은 불을 보듯 뻔한 사실이었다. 그것이 바로 그가 잠을 이루지 못하고 있는 이유였다. 잠이 든다고 해도 그는 꿈속에서도 떨고 있는 것이었다. 그래서 먹는 음식들은 독약 같았고 사람들은 모두 밉살스러운 데다 자기 삶을 생각해보면 앞길마저 캄캄하였다. 곤경에 처한다는 것은 베지르로부터 멀어진다는 것을 의미하며 적들로부터 비웃음을 당한다는 것(아, 이것만은 면했으면!)을 의미하고 너는 아무것도 아니며 남의 눈에뿐 아니라 자신의 눈에도 빈털터리에 가치 없는 인간이 된다는 것을 의미한다. 그것은 어렵게 얻은 재물을 잃게 된다는 것을 의미하

---

[39] 보스니아의 마을 이름.

며 만약 그것을 가지고 있게 되더라도 남의 것을 훔친 비열한 자라는 비난을 받게 될 테고 이스탄불에서 멀리 떨어진 아주 막막한 곳으로 귀양을 가서 세인들로부터 잊혀져 보잘것없고 우스운 불쌍한 자로 남게 된다는 것을 의미한다. 안 돼, 그것만은 안 돼! 차라리 태양을 보지 못하고 숨을 쉴 수 없게 되는 게 낫지! 보잘것없는 자가 되고 아무것도 가진 것이 없이 되느니 차라리 그것이 100배나 낫지! 이런 생각들이 줄곧 그의 머리에서 떠나질 않았고 하루에도 몇 번씩 피가 치솟아 관자놀이가 쑤시고 아팠다. 그렇지 않은 시간에도 이 생각이 완전히 머리에서 사라진 적은 없었으며 검은 구름처럼 마음속에 맺혀 있었다. 이것은 바로 아비다가 베지르 앞에서 신임을 잃게 된다는 사실을 의미하며 이는 어느 날 어느 때에 일어날지 모르는 일이었다. 모두들 아비다가 그런 꼴이 되도록 애를 쓰고 있기 때문이었다. 그렇게 되지 않도록 막고 있는 것은 자기 자신뿐이었기 때문에 자신을 지켜 줄 사람도 자기 자신뿐인 것이었다. 그러니까 그는 모든 사물과 사람에게 대항하는 유일한 자였던 것이다. 이것은 베지르가 그를 신임하고 중대한 일을 맡긴 그날부터 15년 동안 지속되어온 것이었다. 누가 이것을 견딜 수 있겠는가? 누가 잠을 자고 얌전하게 있을 수 있을까?

    비록 춥고 눅눅한 가을밤이었지만 아비다가는 창문을 열고 어둠을 쳐다보았다. 왜냐하면 폐쇄된 공간에서는 숨이 막힐 것 같았기 때문이었다. 그때 나무발판 위와 양쪽 둑을 따라 불빛이 비치고 사람이 움직이는 기척이 눈에 띄었다. 사람들이 점점 많이 눈에 띄게 되자 그는 심상치 않은 일이 생긴 것을 짐작하고 옷을 입으며 하인을 깨웠다. 마침내 플레블예인이 어떻게 부하들을 채근할지, 누구에게 명령을 내릴지, 도대체 어떻게 시간을 단축시킬 수 있을지를 몰라 쩔쩔매고 있는 바로 그 순간에 아비다가는 불빛이 환한 마구간에 도착했다.

뜻밖에 아비다가가 나타나자 그는 당황해서 어쩔 줄을 몰랐다. 그토록 이 순간이 오기를 기다렸건만 이제 그런 순간이 오고 나니 그가 생각했던 대로 그에게 유리하도록 하기 위해 어떻게 해야 하는지 떠오르지 않았다. 그는 너무나 당황해서 말까지 더듬으며 묶어놓은 농부의 일을 감쪽같이 잊어버렸다. 아비다가는 그저 그의 머리 위에서 그를 노려보고는 곧 잡혀온 농부에게 다가갔다.

마구간 안에는 모닥불이 활활 타오르고 있었고 먼 구석까지도 밝힐 수 있도록 경비병들은 계속해서 새 나뭇단을 옮겨놓았다.

아비다가는 자신보다 훨씬 키가 큰, 묶여 있는 농부 앞에 섰다. 그는 조용하고 침착한 사람이었다. 모두 그의 말이 떨어지기를 기다리고 있었지만 그는 생각을 하고 있었다. 바로 이자가 나와 싸웠던 놈이란 말이지. 바로 이놈에게 나의 지위와 운명이 걸려 있었단 말이지. 바로 이놈에게 저 보잘것없고 멍청한 개종자 플레블예인과 저 라야들의 운명이 걸려 있었단 말이지. 그는 이내 몸을 뒤흔들고 명령을 내려 농부를 심문하기 시작했다.

마구간 안에는 경비병들이 가득 차 있었고 밖에서는 잠을 깬 십장들과 인부들의 목소리가 들렸다. 아비다가는 플레블예인에게 심문을 하도록 시켰다.

라디사브는 자기와 다른 한 청년이 도망을 치기로 결심하고 조그만 뗏목을 마련해 강가의 하류로 떠난 것이라고 우겼다. 어두운 밤인데다 바위와 나무토막이 가득하고 회오리로 요동치는 강을 따라 내려간다는 것은 불가능하며 정작 도망을 치는 사람들이었다면 나무발판에 올라 공사를 부숴버릴 필요가 없으니 그가 하는 말은 모두 거짓이라고 공박을 하자 그는 입을 다물고 있다가 얼굴을 찌푸리며 말했다.

"자, 당신들 손 안에 모든 게 달려 있소. 마음대로 하시오."

"그래, 우리가 뭘 원하는지 곧 보게 될 거다"라고 아비다가가 기세 등등하게 말했다.

경비병이 쇠사슬을 풀어내고 농부를 발가벗겼다. 그들은 쇠사슬을 불에 던져 넣고 기다렸다. 쇠사슬이 붉게 달아오르자 경비병들의 손과 벌거벗은 농부의 몸에도 붉은 상처들이 생겼다. 쇠사슬이 다 달궈지자 집시 메르촨이 다가와서 기다란 집게로 쇠사슬 한쪽을 집어 들고 경비병 하나가 다른 쪽을 똑같이 집어 들었다.

플례블예인이 아비다가의 말뜻을 새겨주었다.

"자, 이제야 네 놈이 우리에게 사실을 말하게 될 테다."

"내가 더 이상 무슨 할 말이 있다는 거요, 당신들은 뭐든 할 수 있고 전부 알고 있지 않소."

두 사람이 쇠사슬을 들어 털이 난 농부의 넓은 가슴에 감았다. 털이 불에 타는 소리가 났다. 농부의 입이 뒤틀리고 목에는 핏줄이 서고 갈비뼈가 곤두서는 것 같았으며 배의 신경은 사람이 음식을 토할 때처럼 죄었다 늘었다 했다. 그는 아픔에 못 이겨 비명을 지르면서 몸을 묶은 밧줄을 잡아당기는가 하면 시뻘겋게 달아오른 쇠사슬이 몸에 조금이라도 덜 닿을까 이리저리 몸을 꼬아보기도 했지만 모두 허사였다. 눈을 수도 없이 깜빡거렸고 눈물이 났다. 그들은 쇠사슬을 떼었다.

"자, 이건 시작에 불과하지. 아직도 더 할 말이 없나?"

농부는 코로 아주 세게 숨을 내쉴 뿐 아무 말도 없었다.

"어느 놈과 있었는지 말해!"

"요반이오. 하지만 난 그의 집이 어딘지 어느 마을 출신인지도 모르오."

그들이 다시 쇠사슬을 갖다대니 털과 살이 타는 소리가 부지직거렸다. 매워서 기침을 하고 아픔에 몸을 뒤틀면서 농부는 되는 대로 말을 하기 시작했다.

자기와 요반 단둘이서 다리 공사를 파괴하기로 모의를 했는데 그렇게 해야만 한다고 생각을 했고 그래서 의기투합하게 된 것이라고 말했다. 아무도 이 일에 대해서는 알지 못했고 가담하지도 않았다고 했다. 처음에는 둑의 여러 군데에서 아무 일 없이 덤벼들 수 있었으나 나무발판 위와 둑을 따라 보초가 선 뒤로는 나무판자를 세 장 떼어내어 뗏목을 만들어서 들키지 않고 강에서 다리 공사현장에 접근했다는 것이다. 그것은 사흘 전의 일이었다. 첫날에는 하마터면 잡힐 뻔했지만 사람만 겨우 빠져나왔다는 것이었다. 이날 밤 뗏목으로 다시 나섰으나 그 다음부터는 당신들이 알다시피 그렇게 되고 말았다는 것이었다.

"이게 전부요. 그렇게 된 거고 우리가 한 건 그뿐이오. 그러니 이제 당신들 마음대로 하시오."

"아니, 그렇게는 할 수 없지. 누가 네 놈들을 시켰는지를 대란 말야! 이제껏 당한 고통은 앞으로 전개될 고통에 비하면 아무것도 아니야."

"그럼, 마음대로 하시오."

메르찬이 이번에는 집게를 가지고 다가섰다. 그는 묶인 농부 앞에 무릎을 꿇고 앉아서 발톱을 빼기 시작했다. 농부는 이를 악물고 말이 없었지만 그의 몸이 이상하게 떨리고 허리까지 부르르 떨리는 것으로 보아 아픔은 어마어마하고 굉장한 것 같았다. 어느 순간 농부는 이 사이로 뭔가 불분명한 소리를 중얼거렸다. 그의 말과 행동에 촉각을 곤두세우고 뭔가가 있기를 기다리고 있던 플레블예인은 집시에게 손짓을 하고 이내 멈추게 하였다.

"뭐라구? 뭐라구 했어?"

"난 아무 말도 안했어. 무엇 때문에 날 고문하는지 왜 시간을 허비하는지 모르겠소."

"어느 놈이 시켰는지 말해!"

"시키긴 누가 날 시킵니까? 악마요!"

"악마?"

"악마요, 당신네들이 여기 와 다리를 놓도록 시킨 바로 그 악마요."
농부는 조용히 말했지만 강하고 분명했다.

악마! 그렇게 낯선 자리에서 그토록 혹독하게 내뱉은 이상한 단어. 악마! 플레블예인은 자기가 농부를 심문하는 것이 아니라 자기가 오히려 농부의 말을 듣도록 묶여 있는 것처럼 고개를 숙이고는 서서 생각에 잠겼다. 그 한 마디 단어가 그의 가장 예민한 곳을 찔렀고 그것은 자신이 이렇게 죄인을 잡아놓고 목숨을 쥐고 있으면서도 자신의 불안감과 두려움은 조금도 가시지 않고 그대로 마음속에 남아 있다는 것을 깨닫게 해 주었다. 아마도 이 모든 것들, 다리 공사를 하는 것과 이 미친 농부가 정말로 아비다가와 관련이 있는 악마의 소행일 수 있다. 악마! 이것이야말로 두려워해야 할 유일한 것일지도 모른다. 플레블예인은 몸을 부르르 떨고 전율을 느꼈다. 바로 그 순간 아비다가의 성난 목소리가 천둥처럼 울려 그의 정신을 깨웠다.

"뭐야? 자는 거야, 이 한심한 작자야?" 아비다가가 짧은 가죽 끈으로 자기의 오른쪽 신발을 탁탁 치면서 외쳤다.

집시는 손에 집게를 든 채 그대로 무릎을 꿇고 앉아서 아비다가의 모습에 놀란 듯 몸을 조아리고 새까만 눈만 멀뚱멀뚱 쳐다보았다. 경비병들은 활활 타오르는 불을 다시 거둬올렸다. 온 마구간이 환해졌고 열을 받아 빛나고 있었다. 분위기가 약간 장엄한 것이 다르기는 하지만 마치 용광로와도 같았다. 어둠침침하고 보잘것없는 건물 같던 이 마구간이 그날 밤에는 갑자기 모습이 달라져서 크고 넓어진 것 같았다. 마구간 안과 그 주위에는 일종의 뭔가를 기리는 흥분과 정의를 추궁하고 살아 있는 사람을 고문하거나 운명적인 일들이 벌어지는 장소들에서 늘 나타나는 특별한 침묵이 지배하고 있었다. 아비다가와 플례블예인과 묶인 농부는 마치 배우처럼 이야기하며 움직였고 나머지 사람들은 모두 억지로 말하라면 겨우 속삭이듯 말하는 것 외에는 입을 꼭 다물고 눈을 내리깔고 있었다. 사람들은 모두 이 자리에서 이런 일을 보지 않도록 해달라고 속으로 기원하고 있었고 이 모든 일들로부터 가능한 멀리 떨어질 수 있도록 말을 아꼈고 행동을 자제했다.

심문이 진전이 없고 결실이 없는 것을 보면서 아비다가는 안절부절못하더니 큰소리로 욕을 하면서 마구간을 나갔다. 그 뒤를 플례블예인이 따랐고 그 뒤를 경비병들이 따랐다.

밖은 환하게 밝아왔다. 해는 아직 뜨지 않았지만 모든 것이 환하게 보였다. 언덕들 사이에는 깊게 보라색 끈처럼 흐느적거리는 기다란 구름들이 보였고 구름과 구름 사이에는 환하고 맑은 거의 초록색에 가까운 하늘이 펼쳐져 있었다. 축축한 땅 위에는 노랗게 단풍진 잎사귀와 띄엄띄엄 달린 열매로 앙상한 나무가 누워 있었다. 아비다가는 채찍으로 구두를 치면서 계속 명령을 내렸다. 잡힌 농부를 계속 심문하되 특히 공모한 놈이 누구인지를 캐내고 죽으면 안 되니 정도껏 하라는 것이었다. 그리고 이날 정오에 공사장의 맨 끝 쪽 제일 높은 곳에서 그놈을 산 채로 묶어 사형에 처하되 온 마을 사람들과 인부들이 양쪽 둑 어디에서든 볼 수 있도록 준비를 갖추라는 것이었다. 메르찬이 모든 준비를 맡고, 다리 공사를 방해하면 어떤 꼴을 당하게 되는지 볼 수 있도록 정오에 마을 사람들을 모두 모으라고 터키인이든 라야든 아이부터 노인까지 남자들을 모두 모으라고 했다.

환하게 새고 있는 그날은 일요일이었다. 일요일에도 다른 날들처럼 일을 했지만 오늘은 십장들이 무관심했다. 날이 환하게 밝아오자 죄인이 한 사람 잡혀서 죽도록 고문을 당했고 정오에는 사형에 처한다는 소문이 쫙 퍼졌다. 마구간은 조용했고 의식을 거행하는 듯한 기운이 감돌았으며 공사장 일대에 그런 소문이 번졌다. 강제노동을 당하는 사람들은 말없이 일을 하고 서로 옆 사람의 눈길조차 피하는가 하면 마치 그것이 세상의 시작이자 끝인 것처럼 자기 앞의 일에만 정신이 쏠렸다.

정오가 되기 한 시간 전부터 마을 사람들, 대부분이 터키인들인 마을 사람들은 다리 근처의 평평한 자리에 모여들었다. 어린이들은 다리 위 여기저기 놓여 있는 돌더미 위에 앉았다. 인부들은 자기들에게 겨우 죽지 않을 정도의 형편없는 음식을 나누어 주던 좁은 판자에 모여 있었다. 뭔가를 질겅질겅 씹어대면서 그들은 말이 없었고 서로를 불안한 얼굴로 쳐다보았다. 그리고 얼마 있지 않아 아비다가가 토순에펜디야, 명장 안토니예와 몇몇 터키인 유지들의 호위를 받으며 나타났다. 사람들은 죄인이 있는 마구간과 다리 사이의 조그만 언덕 위에 서 있었다. 아비다가는 모든 준비를 갖추어놓으라고 했던 장소로 한 번 더 갔다. 그곳에는 거의 길이가 4아르쉰[40]이나 되고 끝을 뾰족하게 다듬어서 얇고 날카로운 쇠붙이를 씌워 그 위에 염소기름을 바른 느티나무 막대기가 있었다. 나무발판 위에는 이 창살 막대기를 세워서 못질할 수 있도록 바탕나무와 자살형에 쓸 나무망치와 밧줄, 그 밖에 필요한 것들이 모두 마련되어 있었다.

플례블예인은 당황해서 얼굴이 흙빛처럼 질렸고 눈에는 핏기가 돌았다. 그는 지금도 여전히 아비다가의 그 불타는 눈빛을 견딜 수가 없었다.

"듣거라, 만약 계획대로 되지 않고 사람들 앞에서 내 망신을 시키

---

**40** 길이를 재는 단위, 1아르쉰은 대략 68cm이다.

는 날에는 네 놈이고 저 집시 녀석이고 다시는 내 앞에 나타날 생각을 말아라. 눈 먼 개새끼마냥 너희들을 드리나 강으로 던져버릴 테니."

그리고는 오들오들 떨고 있는 집시를 향해 부드럽게 덧붙였다.

"일을 잘만 하면 네 녀석에게는 6그로쉬[41]를 줄 테고 해 질 때까지 살아 있도록 해놓으면 6그로쉬를 더 주마. 그러니 알아서 잘 해."

마을 중심지의 이슬람 사원 본관에서 호좌[42]가 날카롭고 선명한 목소리로 말을 하며 모습을 드러냈다. 모인 군중들 사이에는 웅성대는 불안이 감돌았고 잠시 후 마구간 문이 열렸다. 열 명의 경비병이 두 줄로 각 다섯 명씩 나란히 서서 나왔다. 그들 중에 맨발에 머리에 아무것도 쓰지 않은 라디사브가 있었다. 여느 때처럼 그는 재빠르고 허리가 굽었지만 걸음을 '걷는 것'이 아니고 발톱 대신에 피로 범벅이 된 상처 입은 발로 거의 깡충깡충 뛰듯이 이상하게 이동했다. 어깨에는 끝이 하얗고 뾰족한 긴 창살이 있었다. 그 뒤를 사형집행을 도와줄 두 명의 집시와 함께 메르찬이 따랐다. 어디선가 플레블예인이 느닷없이 말을 타고 나타나 행렬의 맨 앞에 섰다. 행렬은 첫 나무발판까지 100걸음 정도를 남겨두고 있었다.

사람들은 목을 길게 늘어뜨리고 발끝으로 서서는 그런 일을 꾸며 다리 공사를 파괴한 사람이 누구인지 보느라 야단이었다. 사람들은 자신들이 생각했던 것보다도 훨씬 더 비참하고 처량한 모습이 된 라디사브를 보고 놀랐다. 라디사브가 껑충껑충 뛰듯이 이상하게 걸음을 걷는 이유를 그들은 알 리가 없었고 왜 농부의 셔츠와 외투를 벗기고 그의 가슴에 왜 쇠사슬로 덴 자국이 뱀처럼 감겨 있는지를 알 수가 없었다. 그래서 그가 이렇게 처참한 꼴이 되고 사형을 당할 거라는 사실이 어이없

---

[41] 당시의 화폐 단위.
[42] 이슬람 사원의 성직자.

다는 생각이 들었다. 다만 하얗고 긴 창살 막대기만이 이런 무시무시하고 엄숙한 분위기를 모두에게 전해주고 있을 뿐이었다.

사람들이 둑에 흙을 쌓는 장소에 모두 도착하자 플레블예인은 아주 엄숙하고 과장된 표정으로 고삐를 청년에게 넘겨주고 강기슭까지 뻗어 있는 가파른 흙탕길로 일행을 거느리고 사라져버렸다. 그들이 나무발판에 똑같은 순서로, 나타날 때처럼 천천히 그리고 조심스럽게 오르고 있는 것을 사람들은 볼 수 있었다. 나무판자와 서까래로 걸어놓은 좁은 건널목에는 경비병들이 라디사브에게 바싹 붙어서 둘러싸듯이 경계를 하며 건너갔다. 그들은 라디사브가 물 속으로 뛰어들 것을 염려하고 있었다. 그들은 발을 질질 끌면서 천천히 걸어서 꼭대기까지 올라갔다. 강물 위의 그 높은 곳에 판자로 둘러싼 조그마한 방이 마련되어 있었다. 그곳에 라디사브와 플레블예인, 세 명의 집시가 자리를 잡았고 나머지 경비병들은 나무발판 주위에 흩어져 있었다.

이 광경을 구경하고 있던 구경꾼들은 불안해서 웅성거리고 돌아서곤 했다. 처형 장소에서 100보도 채 안 떨어져 있었기 때문에 그들은 그 자리에서 한 사람 한 사람이 어떻게 움직이는지를 훤히 내다볼 수는 있었지만 그들이 주고받는 말을 들을 수는 없을 뿐더러 자세한 구석까지 들여다볼 수도 없었다. 왼쪽 둑에 모인 마을 사람들과 인부들은 이곳에서보다 세 배나 멀리 떨어져 있어서 그런지 그 광경을 자세히 쳐다보려 애를 썼고 더욱 웅성거렸다. 그러나 그들은 한 마디 말도 들을 수 없었고 그래서 처음에는 아무 일도 아니며 별 흥미로운 일도 아니란 생각을 했지만 서서히 무서운 광경이 벌어지는지라 차마 볼 수 없어서 외면을 하는가 하면 구경 나온 것을 후회하면서 서둘러 집으로 돌아가는 사람들도 있었다.

그들이 라디사브에게 누우라고 명령하자 그는 한순간 주저하더니 집시나 경비병들은 아예 존재하지도 않는다는 듯이 쳐다보지도 않고 플레블예인에게 성큼성큼 다가가 마치 자신의 친구에게 말을 하듯 신뢰감을 가지고 그리고 조용히 가라앉은 목소리로 말했다.

"이보시게, 이승에서나 저승에서나 매 마찬가지니 내가 개새끼마냥 고통을 당하지 않도록 나를 단번에 잘 찔러주시오."

플레블예인은 이 지나친 신뢰감이 실린 대화로부터 자신을 방어하기라도 하듯 몸을 부르르 떨었고 그를 향해 외쳤다.

"이 개자식아, 닥쳐라! 황국의 공사를 부숴버린 위대한 영웅이 계집처럼 동정을 구한단 말이냐! 난 명령대로 거행할 뿐이며 넌 죗값을 치를 뿐이겠지."

라디사브는 머리를 푹 수그렸고 집시들이 달려들어 외투와 내의를 벗겼다. 가슴에는 쇠사슬에 덴 자국이 시뻘겋게 부풀어 있었다. 농부는 두 번 다시 구차한 말을 하지 않고 시키는 대로 엎드렸다. 집시들은 먼저 두 손을 뒤로 모아 묶은 후 두 다리의 발목에다 밧줄을 동여맸다. 그리고는 밧줄을 바깥으로 바짝 당겨서 농부의 다리를 힘껏 당겼다. 그러는 동안 메르챤은 창끝이 농부의 두 다리 사이를 겨누도록 나무판자 사이에 막대기를 설치했다. 허리춤에서 짧고 날이 넓은 칼을 꺼내어 뻗어 있는 농부 옆에 무릎을 대고 엎드려서 바지를 잘라냈다. 창으로 농부의 몸뚱이를 찌를 자리를 넓히기 위해서였다. 피비린내 나는 이 처형에 가장 무시무시한 부분은 다행히도 구경꾼들에게는 보이지 않았다. 그들에게는 칼로 푹 찌르자 묶인 몸이 부르르 떨다가 일어서려는 듯이 불쑥 솟았다가 곧 넘어지면서 나무판자에 풀썩 하고 부딪히는 것이 보일 뿐이었다. 집시는 훌쩍 뛰어 일어나면서 나무판자를 들고 창 끝으로 짐작을 하더니 천천히 박기 시작했다. 두 번 치고 나면 잠깐 손을 멈추고 창 끝이 뚫고 들어가는 몸뚱이를 들여다보고 다른 두 집시에게 밧줄을 수

평으로 천천히 당기라고 재촉했다. 팔다리가 묶인 농부의 몸뚱이는 경련하듯 뒤틀렸다. 흠씬 얻어맞을 때마다 등골이 비꼬였고 몸을 뒤틀면 밧줄이 다리를 당겨 쭉 뻗게 되었다. 양쪽 강둑에서는 모두들 숨을 죽이고 있는 터라 그를 내리치는 소리는 물론, 그것이 가파른 강벽에 메아리치는 소리까지도 똑똑히 들렸다. 가까이 있던 사람들은 농부의 이마가 나무판에 부딪치는 소리와 함께 다른 이상한 소리까지도 들을 수 있었다. 그러나 그것은 외치는 소리도 아니었고 울부짖는 소리도 아니었으며 앓는 소리도 아니었다. 사람의 소리 같지도 않은 그것은 사지를 뻗고 뒤틀린 몸뚱이에서 마치 담이 무너지고 나무가 쓰러지는 것처럼 찢어지고 깨지는 소리였다. 망치를 두 번씩 치고 난 뒤에 집시는 축 늘어진 남자를 남겨두고 가서는 그의 채찍이 올바른 방향으로 향했었는지를 묻고 남자의 가장 중요한 내장을 맞히지 못한 것을 확인하고는 다시 돌아와서 일을 계속했다.

강둑에서는 잘 들리지도 않았을 뿐더러 잘 보이지도 않았다. 그러나 모두들 얼굴이 하얗게 질려서는 두 발을 떨었고 손톱은 싸늘해졌다. 한순간 망치로 두들겨대던 것이 멈췄다. 메르챤은 남자의 오른쪽 어깨의 신경이 팽팽하게 부어오른 것을 보았다. 그는 얼른 다가가서 칼을 가지고 부풀어오른 살을 십자로 도려냈다. 멀건 피가 솟았다. 처음에는 천천히, 이어서 갈수록 속도를 더하여 콸콸 쏟아졌다. 몇 차례 더 가볍게 조심스럽게 치자 창 끝은 십자로 도려낸 자리에 꽂혔다. 창 끝이 바로 귓전에 올라올 때까지 두세 번 더 망치질을 했다. 남자는 꼬챙이에 꿰어놓은 양처럼 창살에 꿰여 있었다. 다만 창 끝이 입으로 나오지 않고 등 쪽으로 엇비슷이 나오긴 했지만 마침 내장이나 심장이나 폐는 다치지 않았다. 메르챤은 나무망치를 집어던지고 다가앉았다. 그는 창 끝이 들어간 자리와 나온 자리에서 솟구치는 피를 피하면서 축 늘어진 남자를 노려보았다. 피는 고인 물처럼 나무판자 위에 흥건히 고여 있었다. 두 집시는 남자의 굳은 몸뚱이를 반듯이 돌려 눕히고는 두 발을 창살에다 단단히 매달았다. 메르찬은 남자가 아직도 살아 있는가를 살펴보고 순식간에 엄청나게 부어오른 얼굴을 찬찬히 훑어보았다. 눈은 멍하니 커다랗게 뜨고는 있었지만 눈꺼풀은 움직이지 않았고 입은 딱 벌리고 있었지만 입술은 굳고 죄여서 그 사이로 삐쳐 나온 이가 허옇게 드러났다. 남자는 자기 몸의 어떤 신경도 마음대로 가눌 수가 없었다. 얼굴은 마치 무슨 가면과도 같았다. 그러나 심장은 여전히 뛰었고 폐도 역시 짧고 빠르게 작동하고 있었다. 두 명의 집시는 남자를 마치 꼬챙이에 꿴 양처럼 들어올렸다. 메르찬은 조심해서 다루라고 고함을 쳤고 자기도 거들었다. 마침내 그들은 창살의 뭉툭한 밑 끝을 두 개의 나무판자 사이에 두고 커다란 대못을 쳐서 고정시켰다. 그리고 뒤에는 같은 높이의 버팀대를 세워 창살과 나무발판 위에 있는 나무판자에다 대고 골고루 못을 박았다.

할 일을 거의 마친 집시들은 기어 내려와서 경비병들과 합세하여 거의 2아르쉰 정도의 높이로 라디사브의 몸뚱이를 번쩍 들어올렸다. 허리까지 벌거벗고 굳어버린 남자의 몸뚱이는 창살에 덩그러니 매달려 있었다. 멀리서 보면 발목을 비틀어 맨 창살이 그의 몸을 똑바로 꿰뚫고 지나가는 것 같았다. 몸뚱이는 강물 위에 높다랗게 걸려 있는 나무발판 꼭대기에 하늘 높이 치솟아서 사람들에게는 마치 동상처럼 보였다.

양쪽 둑의 구경꾼들 사이에는 저마다 속삭이는 소리가 들려오고 웅성웅성하는 기척이 보였다. 눈을 내리깔고만 있는 사람이 있는가 하면 돌아보지도 않고 총총걸음으로 집으로 가버리는 사람도 있었다. 그러나 대개는 이상하게도 굳어서 허공에 꼿꼿하게 치솟아 있는 사람의 몸뚱이를 숨을 죽이고 멀거니 쳐다보고 있었다. 무시무시하다는 생각에 그들은 간담이 서늘했고 발밑의 땅이 꺼지는 듯하였으나 그래도 그들은 그 광경에서 눈을 돌리고 떠나버릴 수가 없었다. 이렇게 겁을 집어먹은 군중들 속에서 미친 일린카는 자기의 아기들이 제물로 다리의 어디에 들어갔는지를 알아내려고 마주치는 사람들의 눈을 뚫어져라 쳐다보았다.

그때 플례블예인과 메르쨘, 두 명의 집시가 다시 이 붙잡힌 남자에게 다가와서 가까이 살피는 것이었다. 가느다란 핏줄기가 창살을 따라 흘러내리고 있었다. 남자는 아직 살아 있고 의식이 있었다. 가까스로 숨을 쉴 뿐이었고 목에는 핏대가 솟았고 눈알은 천천히 그러나 끊임없이 움직이고 있었다. 악문 이 사이로 신음소리가 길게 늘어져 나왔는데 가까스로 단어만을 나열할 뿐이었다.

"터키 놈들, 터키 놈들······" 매달린 남자는 썹듯이 말을 이었다.

"다리 위의 터키 놈들······ 지옥으로 떨어져라······ 개새끼들!······"

집시들은 자신의 연장들을 들고 플례블예인과 경비병들과 함께 나무발판에서 둑까지 내려왔다. 구경꾼들은 그들에게 길을 비켜주고 흩어지기 시작했다. 돌더미에 올라가 있던 어린이들과 앙상한 나무들만이 그 자리에 한참 더 남아 있었다. 그들은 이제 일이 다 끝났는지 구경거리가 더 남아 있는 건지 영문을 몰라 뛰다가 굳어버린 것처럼 강물 위에 춤추듯 치솟아 있는 이상한 사람이 다음에는 어떻게 되는 건지를 보기 위해 꼼짝도 안했다.

플례블예인은 아비다가에게 다가가서 모든 일이 순조롭고 만족스럽게 진행되었고 남자는 아직 살아 있으며 내장기관을 다치지 않았기 때문에 한동안 살아 있을 거라고 보고를 했다. 아비다가는 아무 대답도 하지 않고 눈길도 주지 않은 채 말을 끌고 오라고 손짓을 한 뒤 토순에 펜디야와 명장 안토니예에게 작별 인사를 했다. 사람들은 모두 흩어지기 시작했다. 어느 전령이 읍내 곳곳을 돌아다니면서 사형이 집행되었다고 외치는 소리가 들렸고 앞으로도 그런 짓을 하는 자는 그와 똑같이 혹은 그보다 더 지독한 벌을 받게 될 것이라는 소리도 들렸다.

플레블예인은 어리둥절해져서 아무 말도 하지 않고 갑자기 텅 빈 평지에 서 있었다. 마부는 말을 잡고 있었고 경비병들은 명령을 기다리고 있었다. 그는 무슨 말이든 해야 한다고 느끼고는 있었지만 그의 안에서 이제 막 자라나기 시작해서 마치 날아갈 것 같은 강한 흥분 때문에 아무 말도 할 수 없었다. 명령을 수행하느라 전에는 생각하지도 못했던 의식이 이제야 돌아오는 것 같았다. 만약 놈을 잡아들이지 못하면 네 놈을 창살에 꽂겠다고 했던 아비다가의 협박이 이제야 떠올랐다. 그가 그 위험을 모면하기는 했어도 정말로 마지막 기회에 가까스로 탈출한 셈이었다. 몸이 묶인 채 강물 위에 매달려 있으면서도 여전히 목숨이 붙어 있는 그 남자를 보자 그런 운명이 자기에게 떨어지지 않고 자기 몸이 아직도 성해서 자유롭게 움직일 수 있다고 하는 일종의 처절한 기쁨과 함께 온몸에 소름이 돋았다. 이런 생각을 하니 가슴이 타는 듯한 괴로움이 온몸에 번져나가서 무작정 몸을 움직이고 미소를 띠며 말을 하지 않고는 견딜 수가 없었다. 그것은 자기는 여전히 몸이 멀쩡하고 자유롭게 움직일 수 있으며 큰소리로 말하고 웃을 수 있으며 생각만 있으면 노래를 부를 수도 있고 오직 하나 남은 행복으로 죽음을 기다리면서 꼬챙이에 꿰뚫려 부질없는 욕지거리를 퍼붓고 있지 않다는 것을 자기 자신에게 다짐하는 것이었다. 그의 팔과 다리는 제멋대로 움직이고 벌어진 입에서는 자신도 모르게 쥐어짜는 듯한 웃음과 엄청난 말들이 흘러나왔다.

"하, 하, 하! 라디사브, 산의 요정이란 녀석이 왜 그렇게 뻗어 있는 거야? 왜 다리를 부수질 않지? 왜 축 늘어져서 죽어가는 소리를 하는 거냐구? 요정이여, 노래를 불러라! 요정이여, 춤을 춰라!"

놀라서 어쩔 줄을 몰라 하는 경비병들은 그들의 대장이 두 팔을 벌리면서 춤을 추고 간드러지게 웃는가 하면 이상한 말들을 내뱉기도 하고, 숨이 막힌 듯 입 언저리에서 하얀 거품이 나오는 것을 지켜보고 있었다. 그의 말도 겁에 질려 주인의 얼굴을 힐끔힐끔 쳐다볼 뿐이었다.

## IV

이쪽 강둑이든 저쪽 강둑이든 사형을 지켜본 모든 사람들은 마을 전체와 그 주변까지 이 무시무시한 소문을 퍼트렸다. 그 형용할 수 없는 공포는 인부들과 마을 사람들을 사로잡았다. 그 짧은 11월의 어느 날 자신들 가까이에서 벌어진 일들에 대해서 사람들은 차츰 뚜렷이 의식하기 시작했다. 마을 사람들의 이야기는 온통 나무 막대기에 꼬챙이처럼 꿰어 높이 매달려 있는, 아직도 살아 있는 남자로 가득했다. 누구나 그에 대한 이야기는 저마다 하지 않으려고 하면서도 생각은 늘 그것에 꽂혀 있고 눈길도 자꾸 그곳으로 가는 것을 어찌하겠는가?

소가 이끄는 마차에 돌을 싣고 오면서 바냐에서 돌아오는 농부들은 눈을 질끈 감고 서둘러 지나가기 위해 소들을 재촉했다. 둑에서나 나무 발판 위에서나 인부들은 서로 쉬쉬하면서 이야기하는 법이 없었다. 손에 나무몽둥이를 들고 있는 십장들마저도 온화해졌고 부드러워졌다. 달마티야 출신의 석공들이 입을 꼭 다문 채 다리를 등지고 온 세상이 죽은 듯이 고요한 가운데 정으로 세게 돌을 쪼는 통에 마치 딱따구리가 나무를 쪼는 소리처럼 들렸다.

어스름이 금세 져서 인부들은 가능한 한 빨리 나무발판에서 멀리 떨어지고 싶은 마음에 총총걸음으로 자신들의 오두막으로 향했다. 아주 깊은 어둠이 내리기 전에 메르찬과 아비다가의 충복 한 명이 다시 한 번 더 나무발판 위로 기어 올라가 사형이 집행된 지 네 시간이 지난 그 때에도 라디사브가 살아 있고 의식이 있는지를 확인했다. 온몸에 열꽃이 솟아있던 라디싸브는 천천히 그리고 아주 힘들게 눈을 움직였고 자기 밑에 집시가 있는 것을 발견하자 더욱 크게 신음을 하기 시작했다. 이렇게 터져나오는 신음 소리에서는 단지 몇 마디만을 알아들을 수 있을 뿐이었다.

"터키 놈들…… 터키 놈들…… 다리!"

만족한 그들은 길을 가다 만나는 사람들에게마다 죄인은 살아 있노라고 말을 하면서 비카바츠에 있는 아비다가의 집으로 돌아갔다. 그들은 죄인이 이를 갈며 나무막대기에 매달려 있으면서도 말을 하고 있으니 내일 정오까지는 살아 있을 거라고 덧붙였다. 아비다가도 만족스러워 메르찬에게 약속한 상을 내리라고 명령했다.

이날 밤 카사바에서 그리고 다리 주위에서 살아 있는 모든 것들은 공포에 떨었다. 그러나 정작 잠을 잔 사람들도 있었지만 그런 꿈이 눈에 아른거려 잠들지 못한 사람이 더욱 많았다.

이튿날 맑은 11월의 월요일이 밝았다. 카사바 전체에서나 그 주위에서나 물 위에 가로질러 놓은 발판과 나무판자 쪽을 바라보지 않은 사람은 아무도 없었다. 저 멀리 한끝에는 남자가 덩그러니 꼬챙이에 매달려 있었다. 전날 다리 위에서 벌어진 일이 간밤에 꿈에서 본 일이 아닌가 생각하던 사람들은 이제 깨어나서도 그 악몽이 태양 밑에 또렷이 남아 있는 것을 보지 않을 수 없었다.

인부들 사이에도 연민과 괴로움으로 가득 찬 이 아침의 침묵은 똑같이 흘렀다. 마을에서는 쑥덕대는 소리와 동요가 있었다. 메르찬과 아비다가의 그 부하는 또 한 번 발판 위에 올라가서 죄인 주위를 살폈고 서로 무어라고 말을 하면서 고개를 들고 위로 농부의 얼굴을 쳐다보았다. 한순간 메르찬은 남자의 바지를 벗겼다. 그들이 둑까지 내려와서 인부들 사이로 말없이 지나가는 것으로 보아 농부가 끝내 죽고 말았다는 것을 사람들은 모두 알아차렸다. 세르비아인들은 눈에 보이지 않은 승리를 거둔 듯 어떤 마음의 안도를 느꼈다.

이제야 사람들은 처형된 남자의 시체가 있는 나무발판 쪽을 예사로 볼 수 있게 되었다. 그들은 터키인들과의 끊임없는 힘의 대결에 있어서 운명이 자기들에게 불리하게 기울고 있다는 것을 깨달았다. 죽음은 가장 힘겨운 저당물이었다. 그때까지 두려움으로 굳었던 입들도 스스로 열리기 시작했다. 수염도 깎지 않고 핏기 없는 얼굴에 몸은 젖고 흙투성이가 되어 바냐에서 소나무 쐐기로 큰 돌을 굴려오면서 손바닥에 침을 뱉으려 잠시 쉬고 있는 동안 그들은 숨을 죽인 목소리로 서로에게 말했다.

"신이시여 죄를 사하시고 은총을 베푸소서!"

"어이, 순교자여! 가엾은 우리의 영웅이여!"

"하나님의 성도가 된 것이 보이지 않는가? 허, 성인 말일세."

행진에서 마치 선두에 선 것처럼 꼿꼿이 서 있는 죽은 자의 모습을 모두들 쳐다보곤 하였다. 저 높은 곳에 서 있는 죽은 자의 모습이 사람들에게는 더 이상 무시무시하거나 가엾지 않았다. 반대로 사람들에게는 그가 이제 얼마나 멀리 떨어져 있는지 얼마나 높이 있는지가 확실해진 것뿐이었다. 그는 땅을 디디고 있지도 않으며, 손으로 잡고 있는 것도 아니며, 헤엄을 치는 것도 아니며, 날아가는 것도 아니었다. 그는 자기 안에서 자기만의 무게를 가지고 있을 뿐이었다. 그는 삶의 관계와 짐에서 벗어나 자유로운 몸이 되었으며 고통스러워하지도 않았다. 이젠 아무도 그에게 어떤 짓도, 총으로도 칼로도 사악한 생각으로도 사람의 말로도 터키인들의 심판으로도 어떻게 할 수가 없었다. 허리까지 벌거벗긴 채 팔과 다리가 묶여 있었고 그의 머리는 꼬챙이에 꽂혀 있었다. 그의 얼굴은 성장한 다음에 썩어서 없어지는 인간의 몸과 비슷한 점이라고는 조금도 없었으며 오히려 영원히 그 자리에 남아 있을 불후의 동상으로 높이 세워져 꼿꼿하게 있을 뿐이었다.

강제노동을 하는 사람들은 다니면서 몰래 성호를 그었다.

메이단에서는 여자들이 마당을 건너다니면서 2, 3분 동안 서로 귓속말을 하더니 함께 눈물을 흘리고 이곳에서 저곳으로 뛰다시피 걸음을 옮겼고 준비해놓은 점심이 탈까 봐 뛰어서 돌아가곤 했다. 한 여인이 성상에 불을 밝혔다. 그러자 삽시간에 집집마다 방 안 구석들마다에 두었던 성상에 불을 밝혔다. 아이들은 이런 엄숙한 분위기와 오래된 문장들로 열거되는 ("오오, 신이시여 우리를 보살피소서!" "아아, 신에게 선택된 당신은 가장 커다란 교회를 지은 것과 같도다!" "유일한 신이시여, 우리를 도우소서. 악마를 물리지시어 우리를 지배하지 못하도록 하소서!") 분위기 속에서 두 눈을 깜빡이며 밝은 등불을 쳐다보면서 순교자가 무엇이며 누가 교회를 짓고 그건 또 어디에 있는지를 계속 물었다. 유난히 아이들은 호기심이 많았다. 어머니는 그들을 다독거렸다.

"애들아, 조용히 하렴! 조용, 엄마 말을 들어봐. 너희는 살아 있는 동안에는 반드시 저 못된 터키 놈들을 조심해야 해!"

날이 어둡기 전에 아비다가는 한 번 더 공사장을 돌아보고 그 끔찍한 본보기가 가져다준 효과에 매우 만족해하며 농부의 시체를 창살 기둥에서 끌어내리라고 명령하였다.

"저 개자식을 개새끼들에게 던져줘!"

마치 봄날처럼 화창하고 축축하던 이 날이 어느덧 저물자 인부들은 무엇인가를 속삭이며 왔다 갔다 하는 눈치였다. 예전에는 결코 들어

보지 못했던 파괴니 저항이니 하는 말을 들은 이들은 이제 자신을 희생해서 할 수 있는 일을 모두 하려고 하였다. 꼬챙이에 매달린 남자는 모든 사람이 걱정하는 대상이 되었고 성인에 준하는 대상이 되었다. 지칠 대로 지쳤으면서도 연민의 정과 오래전부터 내려오는 관습이라는 내적인 힘으로 감동된 수백 명의 인부들은 희생된 남자의 시신을 자신들이 인도하려고 적극적으로 나서게 되었다. 그들은 죽은 시신이나마 모욕을 당하지 않도록 기독교식으로 장례를 치러주자는 것이었다. 오두막과 마구간에서 남이 눈치 채지 못하게 속닥속닥 의논한 끝에 강제노동을 하는 사람들끼리 조금씩 모아서 자그마치 7그로쉬라는 돈을 모았다. 이들은 이것으로 메르찬을 매수할 셈이었다. 이 일을 성사시킬 사람으로 자기네들 중에 제일 꾀가 많은 세 명을 골라 그 망나니 녀석에게 흥정을 붙이기로 하였다. 모진 고역 때문에 지치고 몸이 축축해진 세 농부들은 묘하게 말을 돌려서 서서히 흥정을 붙이기 시작했다. 일부러 얼굴을 찌푸렸다가 머리를 긁적긁적 긁기도 하고 짐짓 말을 더듬기도 하면서 세 명 중에 제일 나이가 많은 농부가 집시에게 말을 건넸다.

"자, 이젠 모두 지난 일이잖소. 그게 그 사람의 운명이겠거니 해야지. 그런데 말이오. 그 사람도 알고 보면 하나님께서 창조하신 것인데 한낱 짐승들에게 먹도록 하거나 개들이 뜯도록 해야겠는가 말이오."

그들의 속마음을 눈치 챈 메르찬은 고집을 세우기보다는 오히려 슬픈 척하면서 자신의 변명을 늘어놓았다.

"어이, 큰일 날 소리! 그런 말은 입 밖에도 내지 마쇼. 그건 날 불구덩이로 집어넣겠다는 소리요. 당신들은 그 아비다가가 어떤 살쾡인지 잘 모를 거요!"

농부는 난처하다는 듯 얼굴을 찌푸리면서 외투의 얕은 호주머니에 오른손을 처박고 7그로쉬를 꽉 쥐면서 ─음, 십자가도 영혼도 없는 이 집시 녀석을 형제로 부를 수도 없고 이놈의 말은 저승의 말인지 이승의 말인지 통 알아들을 수가 없단 말야──라고 속으로 생각했다.

"아, 당연히 그건 나도 알지. 물론, 자네로서는 쉬운 일이 아니란 걸 우리도 알지. 다만 아무도 자넬 원망하지 않는다는 거지. 여기 우리가 애써 모은 4그로쉬가 있으니 이만하면 충분하지 않은가."

"에이, 어림없는 소리. 난 세상의 재물보다 내 목숨이 더 귀한 사람이오. 그랬다가는 아비다가가 날 살려두지 않을 거요. 왜냐하면 그 사람은 자고 있으면서도 모든 걸 보고 있으니까 말이오. 휴우, 그런 생각만 해도 난 죽은 목숨이지!"

"4그로쉬, 아니 5그로쉬면 어떻소. 이게 우리가 모을 수 있는 전분데." 농부는 집시의 엄살에 아랑곳없이 이렇게 계속 말을 이었다.

"못 해, 못 해, 어림없는 소리!"

"그렇지, 개에게 시체를 던져주라고…… 자네에게 명령이 떨어졌으니…… 그렇게 해야겠지. 하지만 자네가 던진 뒤에는 어떻게 되건 자네 책임이 아니니 누가 묻지도 않을 거요. 그러니 이렇게 하자는 거지. 이를테면 우리가 그 시체를 가져다가…… 우리 의식대로 묻어주고, 아 물론 아무도 모르게 감쪽같이 말이오. 그러면 다음 날 자네가 개들이 물고 갔다고 말을 하면 되지 않겠소. 그 시체를 말이오…… 그러면 아무에게도 피해가 가지 않고, 자네에겐 자네 몫만 남게 되는 거고."

농부는 아주 신중하고 용의주도하게 말했다. 다만 '시체'라는 말 앞에서만은 이상하게도 거북하게 말을 머뭇거렸다.

"아니 5그로쉬를 먹고 목을 내놓으라는 거요! 안 되지, 안 돼!"

"6그로쉬" 농부가 조용히 덧붙였다.

집시는 몸을 꼿꼿이 세우고 두 팔을 펼치면서 아주 심각한 표정을 지어 보이면서 어디까지가 진실이고 어디까지가 거짓인지를 모르겠다는 듯이 그는 농부 앞에 자신은 재판관이고 농부는 마치 죄인인 것처럼 버티고 서 있었다.

"그럴 운명이라면, 에라 모르겠다. 목을 내놓지. 그럼 마누라는 과부가 되고 애들은 고아가 되겠지. 7그로쉬를 낸다면 시체를 가져가도 좋소. 대신 누가 보거나 알게 해서는 절대 안 되오"

농부는 이 악마 녀석이 마지막 돈까지 빼앗아가는구나 싶어 몹시 씁쓸해하면서 고개를 저었다. 마치 이자가 내 손에 쥐고 있는 것을 보기라도 하듯이 말이다!

흥정이 성립되어 메르촨은 나무발판에서 시체를 끌어내려 어두워지자마자 왼쪽 강둑에 운반해두었다가 아비다가의 부하들이나 지나가는 모든 사람들에게 잘 보이도록 자갈밭에 던져두기로 하였다. 이때 세 명의 농부가 그곳에서 조금 떨어진 숲 속에 몸을 숨기고 있다가 어둠이 내리면 시체를 갖다 묻기로 하였다. 그러나 개들이 밤 사이에 시체를 갈기갈기 물어뜯어 먹은 것처럼 보이기 위해서 시체를 아무도 모르는 곳에 아무 흔적도 남기지 않고 묻어주기로 하였다. 이렇게 약속을 하고 3그로쉬는 선금으로 주고 나머지는 일이 끝나면 마저 주기로 하였다.

그날 밤 모든 것은 약속대로 진행되었다.

어스름이 내리자 메르촨은 시체를 가지고 와서 길 아래 강변에 던져놓았다. (그것은 지난 이틀 동안 사람들이 보았던 것처럼 꼬챙이에 꿰어 꼿꼿이 굳어 있는 시체가 아니었다. 그것은 작은 키에 허리가 구부러지고 피와 목숨만 없다뿐이지 예전 라디사브 그대로였다.) 그리고는 이내 청년들과 함께 나룻배로 강을 건너 카사바로 돌아왔다. 농부들은 숲 속에서 기다리고 있었다. 인부인지 아니면 터키인인지 한 명이 조금 늦게 집으로 돌아가느라 그곳을 지나갔다. 마침내 주위는 죽은 듯이 고요하고 어두워졌다. 개들이 나타나기 시작했다. 주인도 없고 굶주리고 지저분하고 억세면서도 겁이 많은 들개들이었다. 농부들은 숲 속에 숨은 채 돌을 던져 개들을 쫓았다. 개들은 꼬리를 말고 도망을 쳤지만 시체에서 20여 발자국 떨어진 곳에 가서는 어떻게 되나 보려는 듯 지키고 있었다. 어둠 속에서는 이글거리는 그들의 눈에서 불꽃이 튀었다. 해가 완전히 져서 지나가는 사람이 아무도 없을 것이라고 마음속으로 다짐하면서 농부들은 숨어 있던 자리에서 곡괭이와 삽을 들고 나왔다. 그들은 시신을 얹어 운반할 나무판자도 두어 장 가지고 왔다. 봄과 가을에 내려 드리나 강으로 흘러 들어간 빗물에 패여 개울이 생긴 곳이 있었고 지금은 말라붙어 버린 개천에서 큰 돌을 들어내고 아무 소리도 내지 않은 채 재빨리 무덤을 깊숙이 파내려갔다. 그 속에 뒤틀려서 싸늘하게 굳은 시신을 내려 뉘었다. 가장 나이 많은 농부가 무덤 속으로 훌쩍 뛰어 내려가서 몇 차례 조심스럽게 손으로 성호를 긋고 나뭇조각에 불을 붙여 초에 옮겨 붙였다. 그는 촛불을 손으로 가리고 죽은 사람의 머리맡에 갖다 놓고 다시 재빠르게 성호를 세 번 긋고는 기도했다. 나머지 두 사람도 어둠 속에서 성호를 그었다. 이어서 농부는 빈손으로 눈에 보이지 않는 성수를 뿌리듯이 죽은 사람의 머리 위에 대고 두 번 손을 저으며 부드럽고 엄숙하게 두 차례 말했다.

"그리스도여, 당신의 종을 위해서 성도들에게 평화가 있게 하소서."

그런 다음에 그는 관계 없는 듯한, 알아들을 수 없지만 기도를 드리는 의식을 갖춘 어려운 몇 마디를 속삭였다. 그래서 밖에 있는 두 명의 남자도 계속 성호를 긋고 있었다. 기도가 끝난 다음에 그들은 두 장의 나무판자를 시신 위에 지붕처럼 갖다 덮었다. 그러고 나서 제일 연장자인 농부는 또 한 번 성호를 그은 다음 촛불을 끄고 밖으로 나왔다. 그들은 조심스럽게 천천히 흙을 끌어다 덮고, 덮은 자리가 부풀지 않도록 꼭 꼭 밟아서 다졌다. 그들이 일을 마쳤을 때 마치 개울처럼 갓 파헤친 흙 위에다 자갈을 갖다 덮고 마지막으로 다시 한 번 성호를 세 번 긋고 될 수 있는 한 무덤에서 먼 길로 돌아 집으로 돌아왔다.

    그날 밤에는 마침 짙은 바람기 없는 조용한 비가 내려서, 날이 새자 온 골짜기에는 우유빛깔의 안개와 무거운 습기가 자욱이 끼어 있었다. 떠올랐다 가라앉았다 하는 하얀 불빛 속에서 태양이 미처 꿰뚫지 못하는 안개와 다투고 있는 것 같았다. 모두가 기묘하고 새롭고 신기했다. 안개 속에서 느닷없이 사람이 나타나는가 하면 순식간에 그곳으로 모습을 감추었다. 이런 날씨에 아침 일찍 읍내를 지나는 마차가 있었는데 마차에는 두 명의 경비병들이 어제까지만 해도 그들의 우두머리였던 플레블예인을 묶어서 끌고 가는 것이었다.

    그저께 자신이 살아 있고 꼬챙이에 매달리지 않았다는 예기치 못한 기쁨에 들뜬 그는 사람들 앞에서 춤을 추었고 도대체 가라앉을 기미가 보이지 않았다. 그의 모든 신경들이 실룩거렸고 그는 자기가 아직 팔다리가 멀쩡하고 움직일 수 있다는 것을 스스로에게 타이르고 다른 사람들에게 증명해 보이려는 걷잡을 수 없는 욕망 때문에 끊임없이 몸을 비틀고 있었다. 가끔 그는 아비다가를 떠올렸고(그것은 이런 그의 기쁨 안에 있는 검은 구름이었다!) 그는 이내 어두운 생각에 잠겼다. 그러나 이런 어두운 기분에 잠겨 있노라면 난데없이 새로운 힘이 내부로부터 솟아 일어나 그로 하여금 걷잡을 수 없게 마치 미치광이처럼 광적으로 발작적인 몸부림을 하지 않을 수 없도록 했다. 앉았다가는 곧장 일어나서 두 팔을 펼치고 손가락으로 장단을 맞추면서 춤추듯 몸을 비비 꼬아 댔다. 이렇게 느닷없이 펄쩍 날뛰면서 자기가 창살에 꿰어 매달리지 않았다는 것을 과시하고는 춤추는 동작 때문에 숨이 차서 외쳤다.

    "이봐, 이봐…… 난 할 수 있어, 이봐, 이봐…… 이봐!"

그는 음식을 먹으려 들지 않았고 무슨 얘기를 하려다가는 갑자기 멈추고 모든 행동들마다 어린아이 짓 같은 동작을 하면서 춤을 췄다.

"이봐, 봐봐, 여기…… 이봐, 이봐!"

마침내 지난 밤 경비병들은 아비다가에게 플레블예인에 대한 상태를 보고하게 되었다. 그는 냉정하고 짧게 말했다.

"그자를 플레블예의 집으로 끌고 가되 발작을 일으키지 못하도록 단단히 묶어서 이송하도록. 그리고 이 일은 있지도 않은 일이야."

아비다가의 명령대로 되었다. 그러나 경비대장이 하도 날치고 가만히 있지를 않아서 경비병들은 그를 마차에 앉힐 수밖에 없었다. 그는 울부짖으며 몸부림을 치는가 하면 자기 몸이 움직일 수 있는 한 온갖 발악을 하며 "이봐, 이봐!"하며 고함을 질러댔다. 마침내 그들은 그의 팔다리를 결박할 수밖에 없었고 그렇게 그는 온통 밧줄로 묶여서 마치 곡물자루마냥 던져져 마차에 앉아 있었다. 그러나 이제 움직일 수 없다는 것을 깨닫게 되자 자신이 자살형을 당하는 것이 아닌가 싶어 몸을 비틀어대며 절망적으로 외쳤다.

"난 아냐, 아냐! 그놈의 요정을 잡아라! 안 돼, 아비다가!"

마지막 집을 지나 마을을 거의 벗어날 무렵 사람들이 놀라서 악을 쓰면서 뛰쳐나왔지만 경비병들과 미친 사람을 실은 마차는 도브루나 길을 따라 자욱이 쌓인 짙은 안개 속으로 이내 사라져버렸다. 안개를 뚫고 햇살이 막 비치기 시작했다.

그 예기치 못하게 처량히 플레블예인이 떠난 것은 마을 사람들에게 뼛속 깊은 공포를 남겼다. 처형당한 농부는 알고 보니 무죄였다는 둥 그것이 플레블예인의 정신을 미치게 하였다는 둥 이런저런 소문이 나돌기 시작했다. 메이단에 사는 세르비아 여자들 사이에는 물의 요정들이 불쌍한 라디사브의 시신을 부트코바 암산 아래 묻어주었다느니 밤에는 수천 개의 촛불이 저 하늘에서 땅까지 잇달아 훨훨 타는가 하면 훤한 빛이 남자의 무덤을 비춰준다느니 하는 소문이 떠돌기 시작했다. 그들은 눈물 속에서 그런 광경을 보았다는 것이었다.

갖은 소문들이 들려왔고 속닥거렸지만 공포감만은 갈수록 더하여갔다. 다리 공사는 중단되거나 방해되는 일도 없이 순조롭게 제대로 진행되었다. 12월 초까지만 해도 이럭저럭 일이 계속되었지만 이때 난데없이 서리가 내렸다. 이것만은 아비다가의 권력으로도 어쩔 수가 없었다.

12월 15일까지는 이제껏 듣지도 보지도 못했던 서리와 눈보라가 휘몰아쳤다. 돌은 흙으로 얼어붙고 나무는 얼어서 갈라졌다. 작은 크리스털 같은 눈은 연장이고 천막이고 할 것 없이 온 누리를 뒤덮었고 이튿날에는 짓궂은 바람이 눈을 이리저리 휘몰다가 또 다른 곳을 덮어버리곤 하였다. 공사는 자연히 중단되었고 아비다가에 대한 공포심은 흐려졌다 나중에는 사라져버렸다. 아비다가는 눈사태와 싸워보려고 갖은 애를 썼지만 끝내 포기하고 말았다. 그는 인부들을 해산시키고 일을 중단시켰다. 함박눈이 쏟아지던 날 그는 자기 부하들을 데리고 떠나버렸다. 같은 날 토순에펜디야도 짚단과 담요를 잔뜩 실은 농부의 썰매를 타고 떠났고 명장 안토니예는 반대 방향으로 떠났다. 강제노동자들의 천막 전체는 마을들에서 깊은 계곡들에서 아무에게도 띄지 않고 아무에게도 들리지 않게 마치 물처럼 땅으로 스며서 흩어져버렸다. 공사장은 던져진 장난감마냥 남아 있을 뿐이었다.

떠나기 전에 아비다가는 다시 한 번 더 마을의 터키 유지들을 불러 모았다. 그는 화조차 내지 못할 지경으로 기가 죽어 있으면서도 작년에 잠시 떠날 때와 마찬가지로 모든 것이 그들의 손에 달려 있으니 그렇게 맡기고 그는 갈 것이며 책임은 모두 그들에게 있다고 하였다.

"나는 지금 떠나지만 내 눈은 이곳에 남아 있다. 그러니 조심들 하시오. 나는 황제 폐하의 못이 하나 없어지는 것보다도 말을 듣지 않는 놈들의 모가지 스무 개 자르는 것이 더 나은 사람이라는 것을 명심하도록. 봄에 싹이 트기 시작하자마자 돌아와 그 책임을 따질 것이다."

터키인 유지들은 지난해와 마찬가지로 모든 것을 약속했고 각자 집으로 돌아갔지만 마음은 걱정과 불안으로 가득했고 외투에 목도리를 걸친 그들은 하나님이 겨울에 눈사태를 이 세상에 베풀어줌으로써 아무리 강력한 힘을 가진 자라도 하나님의 권능으로 모두 꺾을 수 있다는 것을 보여준 데 대해서 하나님께 감사하고 있었다.

그러나 봄이 되자 돌아온 것은 아비다가가 아니라 토순에펜디야와 함께 베지르의 새로운 대표사절인 아리프베그[43]였다. 아비다가에게는 그가 그토록 두려워했던 일이 일어나고 말았다. 아비다가도 잘 알고 그의 밑에서 일하던 누군가가 비셰그라드의 다리에서 그가 한 일에 대한 상세하고 정확한 보고를 베지르에게 보냈던 것이다. 베지르는 지난 2년 동안 아비다가가 매일 이삼백 명의 인부들에게 강제노동을 시켜놓고 돈은 한 푼도 주지 않아 인부들이 각자 끼니를 해결해야 했고, 자신의 돈을 중간에서 아비다가가 모두 횡령했다는 사실을 정확히 알고 있었다(그때까지 그가 가로챈 돈이 환산되었다). 인생에서 그런 일이 흔히 일어나듯이 그는 열심히 과장을 해가면서 자기의 부정을 감추고 라야들뿐만 아니라 터키인들까지도 그 지방의 백성들이 그 위대한 기념물에 대해 감사하기는커녕 그 다리를 누구를 위해 놓는 것인지 그 사람과 그 일이 시작된 시간을 저주하고 있다고까지 비방하였다. 평생을 자신의 관리들의 공금횡령과 부정행위에 대해서 사투를 벌여온 메흐메드 파샤는 그 몹쓸 관리 아비다가에게 전액을 변상하게 하고 나머지 재산과 그의 하렘[44]을

---

[43] 터키 제국의 귀족이나 지위가 높은 사람을 부르는 호칭.
[44] 터키 제국의 처첩(妻妾).

모두 내놓고 더 끔찍한 변을 당하고 싶지 않으면 그에 대한 어떠한 소리도 들리지 않도록 아나톨리아의 작은 시골로 당장 떠나도록 명령했다.

아리프베그가 도착한 이틀 뒤에 명장 안토니예도 자신의 일급 일꾼들과 함께 달마티아에서 돌아왔다. 토순에펜디야가 그를 새로운 대표사절에게 소개했다. 4월의 어느 따뜻한 날 그들은 공사장을 둘러보고 우선 할 일에 대해서 순서를 정했다. 두 사람을 둑에 남겨두고 아리프베그가 물러가자 명장 안토니예는 이렇게 따뜻한 날씨에도 넓은 검은색 망토로 몸을 감고 있는 토순에펜디야를 물끄러미 쳐다보았다.

"이번 우두머리는 전혀 다른 종류의 사람이오. 고마운 일이지요! 난 누가 베지르에게 그렇게 용감하고 멋진 보고를 해서 그 짐승 같은 아비다가를 몰아냈는지 모르겠소."

토순에펜디야는 앞만 쳐다보면서 조용히 말했다.

"확실히, 이번 사람이 더 낫지."

"아마 아비다가의 일에 대해 아주 잘 알고 있고 베지르와도 매우 가까운 사람으로 그의 신임을 받고 있는 사람이 한 일 같소."

"그럼, 그럼, 당연히 이 사람이 더 낫지."

토순에펜디야는 이쪽을 쳐다보지도 않고 망토를 바싹 몸에 여미며 붙이며 대답했다.

이렇게 해서 새로운 우두머리 아리프베그의 지휘 하에 일은 시작되었다.

그는 정말로 전혀 다른 사람이었다. 유난히 키가 훤칠하게 크고 허리가 구부정하며 광대뼈가 튀어나오고 늘 웃는 모양의 쌍꺼풀 없는 검은 눈에 대머리였다. 사람들은 이내 그를 미시르 바바[45]라고 불렀다. 고

---

[45] 대머리 영감.

함을 치는 법도 없고 지휘봉을 들지도 않고 큰소리를 지르거나 이렇다 하게 애를 쓰는 것도 아닌데 그는 확고한 권위를 가지고 상냥하고 덤덤하게 명령을 내렸다. 무엇을 빠뜨리는 일도 실수하는 일도 없었다. 그러나 그 역시 베지르의 의도나 명령에 대해서는 매사에 엄격한 주의를 기울이는 열성만은 가지고 있었다. 두려울 것도 감출 것도 없는 조용하고 정상적이고 정직한 사람으로 보이는 그는 누구를 위협하거나 괴롭힐 필요가 없었다. 일은 똑같은 속도로(왜냐하면 이는 베지르가 원하는 것이었기 때문에) 진행되었고 실수가 있다면 전처럼 엄하게 벌을 줬지만 첫날부터 돈 한 푼 주지 않는 강제노동은 없었다. 모든 인부들에게는 임금이 주어졌고 그들은 밀가루와 소금을 받았으며 아비다가 때보다 공사가 훨씬 더 빠르고 순조롭게 진행되었다. 그 미친 일린카도 사라졌다. 그해 겨울 어느 시골에서 사라져버렸다.

공사는 진행되고 확장되었다.

이제 보니 베지르의 선물은 다리뿐만이 아니라 멀리서 오는 나그네들이 이 다리에 이르러 해가 저물면 자신의 말과 짐을 두고 유숙할 수 있는 장소라고 할 수 있는 대상숙관(隊商宿館) 같은 한[46]도 있었다. 아리프베그의 명령에 따라 한의 공사도 진행되었다. 다리에서 200보쯤 떨어진 읍내 초입에, 그러니까 메이단으로 가는 가파른 비탈이 시작되는 그곳은 이제까지는 수요일이면 가축시장이 열렸던 곳이었다. 이곳에 새로운 한을 짓기 시작했다. 일은 천천히 진행되었지만 처음부터 이것은 굉장한 규모로 고안된 견고하고 웅장한 건물이라는 것을 짐작케 했다. 사람들은 그 속도는 느리지만 거대한 석조건물인 한이 계속 지어지고 있는 것을 깨닫지 못했다. 왜냐하면 모든 사람들의 관심은 다리 건설에

---

[46] 나그네들이 묵을 수 있는 숙소.

쏠려 있었기 때문이었다.

드리나 강에서 지금 벌이고 있는 공사는 모든 일들이 정말로 복잡하게 얽혀 있어서 상당히 까다로웠기 때문에 둑에서 마을을 지켜보는 비셰그라드 주민들은 이젠 아예 눈으로도 어떻게 되어가는 것인지 알 수가 없었다. 늘 새로 둑을 쌓는가 하면 사방으로 개울물이 흐르고 강물이 갈라져서 지류 또는 역류로 흐르기도 하고 주류도 이쪽에서 저쪽으로 옮겨지곤 하였다. 명장 안토니예는 달마티아에서 숙련된 직공들을 데리고 와서 근처 일대에서까지 마리화나 담배를 긁어모았다. 특별히 마련된 건물들에서는 유난히 질기고 단단한 밧줄을 꼬고 있었다. 그리스의 목공들은 자신들의 설계와 토순에펜디야가 그린 설계에 따라 교반이 달린 커다란 목재 기중기를 만들어 뗏목 위에 세우고 밧줄을 걸어 아무리 무거운 돌이라도 끌어올려다가 강의 지반 위에 서기 시작한 교각 위에 올려놓곤 하였다. 이 큰 돌들을 하나하나 둑에서 교각 위의 기초까지 옮겨 얹어놓는 데에만 꼬박 사일이 걸렸다.

매일 매일을, 작년에도 올해에도 이것들을 지켜보는 이 마을 사람들은 시간의 감각을 잃어버리고 이 공사를 하는 사람들의 의도가 무엇인지를 깨닫는 분별력을 잃기 시작했다. 그들에게는 이 공사가 조금도 진전되는 것 같지도 않고 도리어 점점 더 복잡해지기만 해서 어떻게 보면 오히려 보조 작업이나 부수 작업에만 몰두하고 있는 것 같았다. 공사가 길어지면 길어질수록 그 모습은 뜻하는 바와는 점점 차이가 나는 것 같았다. 스스로 일을 하지 않고 일상에서 스스로 구하지 않는 사람들은 남의 일에는 늘 성급하고 실수를 하는 법이다. 비셰그라드의 터키인들은 다리에 관해 이야기를 할 때면 어깨를 들썩이며 손을 젓기 시작했다. 기독교인들은 입을 다물었지만 속으로는 이 공사를 못마땅하게 여겨 나쁘게 될 거라고 생각을 했고 그들이 모든 터키인들의 공사가 실패로 돌아가기만을 바라듯이 다리 공사에도 마찬가지였다. 바로 그 무렵 프리보예 근처의 바냐 수도원에 있는 이구만[47]이 성전의 맨 끝장 비어 있는 페이지에 다음과 같이 적어놓았다.

'메흐메드 파샤가 비셰그라드의 드리나 강 위에 다리를 건설하려고 할 때, 터키인들은 기독교인들을 엄청나게 탄압하고 심하게 박해하기 시작했다. 바다로부터는 석공들이 밀려왔다. 3년에 걸친 공사에 많은 비용이 들었다. 강물을 두 갈래 세 갈래로 가르기까지는 했지만 다리는 완성되지 못했다는 것은 익히 알려진 얘기이다.'

세월이 흘러 봄, 여름, 가을, 겨울이 바뀌고 인부들과 석공들이 떠났다가 돌아왔다. 이제 드리나 강은 다리가 아니라 소나무 판자와 통나무를 마구 얽어놓은 것 같은 나무발판으로 완전히 정복을 당했다. 양쪽 강가에 단단히 고정시켜놓은 듯이 보였다. 그 위에 놓은 뗏목 위로 높은 나무 기중기가 솟아 있었다. 양쪽 둑에서는 납을 끓이는 연기가 났다. 이 납은 돌과 돌 사이의 구멍에 부어 넣어서 보이지 않게 돌이 맞붙도록 하는 것이었다.

공사를 시작한지 3년이 다 되어갈 즈음에 이런 큰 공사에는 흔하게 일어나지 않는 불행한 일이 일어났다. 다른 것들보다 더 높고 그곳에 카피야를 안치해야 하므로 꼭대기는 다른 것보다 더 넓은 중앙교각이 완성되었다. 커다란 돌을 옮기는 작업을 할 때 일이 난관에 부딪쳤다. 일꾼들은 두꺼운 끈으로 묶은 사각의 어마어마한 돌 주위에서 낑낑거렸고 돌은 그들의 머리 위에서 흔들거렸다. 기중기가 정확하게 제 위치에 올려놓지를 못했다. 이때 명장 안토니예의 조수인 아랍인이 참지 못하고 달려와 성난 어조의 큰 소리로(당시 각 시에서 몰려온 사람들 사이에서

---

[47] 작은 수도원의 원장.

새로 생겨난 이상하고 복합적인 언어로) 기중기 아래 물 속에서 일을 하는 사람들에게 명령을 내렸다. 바로 그 순간 이해할 수 없는 방법으로 끈이 풀어졌고 돌이 조각나고 이때 자기 머리 위를 보지도 않고 물 속을 쳐다보고 있던 아랍인에게 그 무게가 전부 곤두박질쳤다. 모두들 우르르 모여들었고 사방에서 위험하다 경고하며 사람 살리라는 소리가 터져 나왔다. 명장 안토니예가 재빨리 달려왔다. 젊은 흑인은 처음에는 그대로 까무러쳤다가 곧 의식을 회복하고는 이를 악물고 신음하면서 애처롭고 놀란 눈초리로 명장 안토니예의 눈을 쳐다보았다. 완전히 새파랗게 질린 안토니예는 인부들에게 연장을 가지고 와서 돌을 들어올리도록 했다. 그러나 모두 소용없었다. 별안간 피가 쿨쿨 쏟아지면서 젊은 흑인은 숨을 옅게 쉬더니 시선을 잃어갔다. 그는 반 시간도 채 못 되어 안토니예의 손을 으스러지게 잡은 채 숨을 거두었다.

아랍인의 장례식은 길이 기억될 만큼 엄숙했다. 모든 이슬람의 남자들은 나와서 그의 상여를 지키고 차례로 몇 발자국씩 상여를 메고 갔다. 그의 하반신은 돌에 깔렸기 때문에 상여에는 상반신만이 얹혀 있었다. 명장 안토니예는 그의 무덤에 다리에 쓰인 것과 똑같은 돌로 근사한 비석을 세워주었다. 울치니[48]에서 몇몇 가족만이 가난하게 살고 있을 이 청년을 어린 시절에 데려왔기 때문에 그에게 이 청년의 죽음은 각별했다. 그러나 공사는 한순간도 멈추지 않았다.

그 이듬해 겨울에는 날씨가 따뜻해서 12월 중순까지 모든 일이 진행되었다. 공사는 5년째로 접어들었다. 이제야 나무와 돌과 부대시설과 그 밖에 여러 가지 재료의 뒤범벅이었던, 넓고 제대로 모습을 갖추지 못했던 원형이 점점 죄어들기 시작했다.

---

**48** 아드리아 해안의 작은 마을.

메이단으로 가는 길 옆 편편한 자리에는 새로운 한이 나무발판을 떼어냈다. 그것은 다리를 쌓아올린 것과 같은 돌로 지은 커다란 2층 건물이었다. 한의 안과 밖에서는 공사가 진행되고 있었지만 이제는 멀리서 보아도 그 규모나 선의 조화, 짜임새에 있어서 이 카사바에서는 일찍이 세워진 일도 없고 상상도 못했던 훌륭한 건물이라는 것이 뚜렷해졌다. 짙은 빨간색 타일로 지붕을 덮고 멋지게 곡선을 그린 창문들이 즐비하고 밝은 노란색이 나면서도 깔끔한 돌로 지은 이 건물은 카사바 사람들에게는 이제껏 듣지도 보지도 못하던 것으로 장차 그들의 일상생활에 중요한 구실을 할 것이었다. 베지르가 지은 건물에는 베지르만이 머물 수 있는 것 같았다. 건물 전체가 장엄하고 아치가 있는 데다 호화로워서 사람들은 어리둥절해 했다.

같은 무렵에 강물 위에 일정한 형태도 없이 이리저리 엇걸어놓은 나무판자들과 버팀목들은 점점 그 규모가 적어지고 앙상해지면서 그 뒤에 근사한 바냐 돌로 지은 다리가 차츰차츰 그 모습을 뚜렷이 드러내기 시작했다. 인부들 각자와 그 무리들은 다른 사람들이 생각하기에는 쓸데없고 보잘것없는 일을 해서 다리 공사와는 별로 상관이 없어 보이기는 했지만 가장 의심이 많은 사람들이 보기에도 그들의 빈틈없는 계산과 설계에 의해 다리가 솟아난 것만은 확실했다. 처음에는 높이로나 간격으로나 아주 작은 것이더니 강변으로 올수록 하나하나씩 모습을 드러내기 시작하면서 마침내는 열한 개의 아치로 이루어진 다리가 그제야 그 완숙하고 절묘한 아름다움을 드러내어 카사바 사람들의 눈에 새롭고 신기한 것으로 보였다.

좋은 일에나 나쁜 일에나 재빨리 반응을 보이는 비셰그라드의 주민들은 자기들이 의심은 갖고 신념을 갖지 못했던 것에 대해 부끄러워하였다. 그들은 이제 자기들의 경탄을 숨기려 하지도 않았으며 그런 기쁨을 감추려 하지도 않았다. 다리의 통행은 아직 허용되지 않았지만 특히 읍내와 마을의 가장 큰 부분이 있는 다리의 오른쪽에 사람들이 모여들었고 인부들이 다리를 오가며 다리의 난간과 카사바의 조금 높이 올려진 자리들을 매끄럽게 다듬어내고 있는 모습을 지켜보고 있었다. 그곳에 모여든 비셰그라드의 터키인들은 지난 5년 동안 갖은 악평을 퍼붓고 최악의 사태를 예언했던 이 남의 돈으로 진행된 타인의 작업을 지켜보게 된 것이다.

"아니, 내가 늘 말했잖아. 황제 폐하의 손길은 피할 수도 없고 그 뜻을 아는 사람들은 결국에는 그 일을 성사시키고 만다는 거야. 그래도 당신네들은 늘 그랬지. 그들이 안 할 거라고 못 할 거라고. 하지만 자네들이 보는 바와 같이 그들은 이렇게 다리를 건설했고 그것도 이렇게 편리하고 아름다운 다리를 만들고야 말았지." 두쉬체에서 온 어느 젊은 호좌가 기쁨에 차 흥분한 어조로 말했다.

어느 누구도 그가 언제 그런 말을 했었는지 기억을 하지는 못했지만 그 공사와 그것을 주도한 사람을 함께 비방했던 것은 사실이었기 때문에 모두 그의 말에 동조했다. 그리고 실제 모두들 공사의 결과에만 홀려 있는 것이었다.

"에, 여러분, 자 여러분, 우리 카사바에 무엇이 생겼는지 보시오!"

"베지르의 권력과 지혜가 어떤지 그곳에는 늘 이익과 축복이 있다는 것을 눈으로 보시오."

"그러나 아직 이건 아무것도 아니지. 이제부터 근사한 일이 생길 거요. 그들은 시장에 내놓는 말처럼 어찌나 손질을 하고 단장을 하는지!" 기쁨에 찬 젊은 호좌는 생기에 넘쳐 말을 이었다.

그는 그렇게 새롭고 아름답고 거창한 찬사의 어휘들을 찾으면서 좀 더 드러내기 위해서 경쟁을 하다시피 하였다. 다만 부유한 곡물 상인이

자 인색하고 구두쇠로 알려진 아흐메다가 쉐타만이 여전히 그 공사를 찬양하는 사람들과 건축물을 노려보고 있었다. 키가 훤칠하고 누렇게 바싹 마른 얼굴에 매섭게 보이는 검은 눈과 얇은 입술을 가진 모습은 그 모든 요소가 한데 엉켜서 9월의 태양 아래 번쩍이고 있는 것 같았다. 그만은 예전의 자기 생각을 꺾지 않았다. (왜냐하면 어떤 사람들에게는 다른 사람들이 생각해내고 만들어낸 것에 대해 까닭 없는 증오감이나 질투가 많을 수도 있기 때문이다.) 이 건축물은 요새보다도 튼튼하다고 말하면서 다리의 그 훌륭함과 견고함은 오래도록 남아 있을 거라고 그는 경멸하듯이 쏘아붙였다.

"홍수가 나거든, 그야말로 비셰그라드의 진짜 홍수가 나거든 두고 보시오! 그때 되면 다리에서 무엇이 남는지 알게 될 거요!"

모두들 그를 신랄하게 비난하며 다리에서 일을 했던 사람들, 특히 이 엄청난 건축물을 늘 웃는 얼굴로 만들어낸 아리프베그를 칭송했다. 그러나 쉐타만은 어느 누구의 말도 인정하려 들지 않으려고 결심한 사람 같았다.

"그러나 아비다가가 그의 초록색 지휘봉을 휘두르며 그렇게 무지막지하게 폭군 노릇을 하며 억누르지 않았더라면 이 일이 어떻게 되었겠소, 저 대머리 영감이 얼굴에 미소만 띄우고 늘 뒷짐만 지고 다녔어도 다리가 완성될 수 있었다고 생각하는 거요."

쉐타는 모두들 저렇게 한결같이 칭송을 하는 것이 마치 자기에 대한 모욕으로 느껴져서 화가 나 자신의 가게로 돌아와 태양도 다리도 보이지 않고 쓸데없이 미쳐 날뛰는 사람들의 주민들이 지껄여대는 소리도 들을 필요가 없는 자리로 와서 앉는 것이었다.

그러나 쉐타는 고독한 외톨이였다. 주민들의 즐거움과 열광은 점점 고조되어 이웃 마을까지 번져나갔다. 10월 초의 어느 날 아리프베그는 다리의 준공을 축하하는 큰 잔치를 베풀도록 명령했다. 아리프베그는 원칙을 준수하는 엄격함과 흔치 않은 존경을 받는 인물로 자신의 사사로운 곳에는 돈을 쓰지 않고 그가 계획한 곳에 돈을 지출해서 사람들로부터 신망을 두텁게 받은, 이 일에 관한 한 중심에 선 인물이었다. 베지르에 대해서보다 아리프베그에 대해 더 많이 이야기들을 했다. 그래서 그가 베푼 잔치는 훌륭했고 화려했다.

십장들과 인부들은 돈과 옷을 선물로 받았고 누구든 참석하고 싶으면 참석할 수 있는 잔치가 이틀이나 계속되었다. 베지르의 만수무강을 기원하며 음식을 먹었고 술을 마시고 음악을 연주하고 춤을 추며 노래를 불렀으며 경마와 도보 경기가 마련되었고 가난한 사람들에게는 고기와 케이크를 나누어주었다. 시장과 다리를 연결하는 광장에서는 커다란 가마솥에 할바[49]를 끓여 사람들에게 뜨거운 채로 나누어주었다. 바이람[50]에서 먹어보지 않은 사람들도 그 음식을 먹었다. 카사바 주변의 마을에서 그 할바를 먹은 사람이면 누구나 베지르에게는 건강을, 그의 시민들에게는 안녕을 기원했다. 아이들은 열네 번이나 할바를 끓이는 곳으로 오기도 했는데 그것을 알아차린 일꾼들이 나무주걱으로 아이들을 때리는 시늉을 하기는 했지만 내쫓지는 않았다. 한 집시는 뜨거운 할바를 너무 많이 먹어서 죽기도 했다.

다리를 놓던 얘기만 나오면 이날의 잔치 얘기는 으레 덩달아 나오고 오래도록 사람들의 기억에 남았는데 인자한 베지르와 그의 정직한 관리들이 최근에 세상을 떠나고 난 뒤에는 더욱 그러했고 그후로는 그런 잔치가 점점 드물어졌고 나중에는 아예 잊혀지게 되었다가 급기야 잔치 얘기는 물의 요정이나 스토야, 오스토야의 전설처럼 그런 비슷한

---

**49** 하얀 밀가루에 설탕을 섞어 만든 단 음식.
**50** 이슬람의 축제.

애기가 되어버렸다.

　잔치가 벌어지고 있는 동안 여느 때처럼 사람들은 다리 이쪽에서 저쪽으로 한없이 건너다녔는데 아이들은 뛰어다녔고 어른들은 다리에서 열린 새로운 구경거리들을 하나하나 찬찬히 들여다보며 이야기를 나누면서 천천히 걸어 다녔다. 병자나 불구자들도 들것에 실려 다리를 건넜다. 왜냐하면 이들도 이런 신기한 것을 보지 못하고 그곳에 끼지 못하고 남겨지기를 원치 않았기 때문이었다. 아주 보잘것없는 사람들까지도 자기의 힘이 갑자기 몇 배로 늘어난 것같이 생각하게 되었고 이 신기하고 초인적인 위대한 업적이 자기 힘 닿는 곳에 그리고 자기네 일상생활의 한계 안으로 들어온 것만 같았고, 땅과 물과 하늘이라는 이 자연의 요소 외에 새로운 것이 눈앞에 펼쳐져 있으며, 물 위를 건너가고 공간을 정복한다는, 이제껏 사람들의 꿈이자 가장 절실한 욕망이 인자한 사람의 노력으로 갑자기 이루어진 것 같은 생각이 들었다.

　터키의 젊은이들은 할바를 끓이는 가마솥 주위를 콜로를 추며 원을 만들었고 그렇게 다리를 건넜는데 왜냐하면 그들은 딱딱한 땅을 밟고 있는 것이 아니라 마치 허공을 날아가는 듯한 기분이 들었기 때문이었고 그들은 다리 위 카사바를 빙빙 돌며 춤을 추는가 하면 다리가 얼마나 튼튼한가 시험이나 하듯이 발꿈치로 바닥을 구르며 춤을 추는 것이었다. 젊은이들은 지치지도 않고 똑같은 가락으로 훌쩍훌쩍 뛰며 돌개바람처럼 돌아가는 콜로를 둘러쌌고 어린아이들도 마구 뛰놀고 있었다. 아이들은 춤추는 젊은이들의 다리 사이로 마치 움직이는 울타리를 대하듯 들어갔다 나왔다 하면서 다리 위에서 추는 춤을 생전 처음 보는 듯 콜로의 한가운데 들어가 서기도 하였다. 이 다리에 대해서 지난 몇 년 동안 온갖 소문이 나돌았고 심지어는 카피야에 대해서도 그 속에 불쌍한 아랍인의 몸뚱이가 들어 있어서 밤이면 그 혼이 나타난다는 소문도 있었다. 젊은이들의 콜로를 구경하고 있으면서도 어린이들은 그 아랍인이 생전에 다리 위에서 일할 때 그들이 머릿속에 박아 넣은 그 공포가 되살아나서 소름이 끼치기도 했다. 높고 신기한 새 다리 위에서 어린아이들은 마치 어머니와 집을 저버리고 흑인[51]들과 신기한 건축물과 이상한 춤의 나라에서 헤매고 있는 것같이 느껴졌다. 그들은 몸을 떨고 있었지만 그렇다고 아랍인에 대한 생각을 떨쳐버릴 수도 없었고 이 신기하고 새로운 카사바에서 콜로를 멈출 수도 없었다. 이 새로운 기적이 나타나서야 그들의 주의를 환기시킬 수 있었다.

네주케에서 온 투르고비치 귀족 가문의 모자란 청년 무라트는 벙어리라는 별명으로 불렸고 그는 늘 동네의 놀림감이었는데 어느 날 그가 갑자기 다리 난간으로 올라간 것이다. 이것을 보고 아이들이 찢어지는 듯한 소리를 내는가 하면 어른들도 놀라 고함을 쳤지만 멍청이는 발작이 일어난 듯 두 팔을 벌리고 고개를 뒤로 확 젖힌 채 난간의 좁은 돌 위를 한 걸음 한 걸음 걸어갔다. 그것은 마치 깊은 물 위에 붕 떠 있는 것이 아니라 가장 아름다운 춤을 추고 있는 것처럼 보였다. 장난꾸러기 아이들과 백수들이 그의 곁을 따라다니며 부추겼다. 다리의 반대편에 이르자 그의 형 알리아가가 그를 기다리고 있다가 마치 어린아이처럼 그를 때렸다.

많은 사람들이 걸어서 30분이나 걸리는 칼라타나 메잘린까지 강 아래로 내려가서 멀리까지 오고 갔으며 그곳에서 마치 검은 산 사이에서 푸른 물 위에 떠 있는 신기한 아라베스크 같은 하얗고 가벼운 어마어마한 크기의 11개의 아치가 있는 다리를 바라보았다.

그 무렵 아주 커다란 하얀색 비석이 도착했는데 다리 난간보다 거

---

**51** 아랍인을 유색 인종으로 지칭해서 표현한 말.

의 3아르쉰이나 높은 붉은색 돌로 된 그 벽의 카사바에 붙여졌다. 사람들이 몰려들어 그 기념비를 쳐다보았다. 그리고 어딘가에서 재주가 있는 건지 없는 건지 잘은 모르지만 어느 소프타[52] 아니면 하피스[53]로 보이는 사람이 나타나 커피 한 잔이나 수박 한 조각에 혹은 신의 선물로 그가 알고 할 수 있는 만큼 그 기념비의 내용을 읽어주기 전까지는 사람들이 흩어질 생각을 하지 않았다.

그 무렵 사람들은 이스탄불의 시인 바디가 쓴 이 타리흐[54]를 수백 번 읽었는데 그곳에는 다리를 선사해준 사람의 이름과 그것을 관장한 사람의 직위, 그리고 회교기원으로 979년, 그러니까 기독교 달력으로 1571년을 마치 행운의 해인 것처럼 새겨넣었다. 그 바디라는 사람은 꽤 괜찮은 보수를 받고 이 쉽고 읽기 좋은 문구를 적어놓은 것인데 그는 큰 건물을 세우거나 복구한 사람들을 그럴듯하게 위대한 사람으로 추켜올리는 데는 솜씨가 있었다. 그를 잘 아는 사람들(그리고 그를 어느 정도 부러워했던)은 바디의 펜으로 타리흐가 적히지 않은 것은 하늘의 창공이 유일한 것이라고 떠들어댔다. 지금은 돈을 꽤 잘 벌지만 그는 고아인데다 가난하기 그지없는 불쌍한 사람이었다.

글을 잘 모르는 데다 고집도 세고 상상력만 풍부한 이 마을의 사람들은 모두 카사바의 풋내기 학자들로부터 자기 식대로 읽고 돌에 새긴 바디의 타리흐를 해석했는데 그곳에 새겨진 모든 내용들은 한결같이 공개되는 것이었으며 다리 위의 영원한 돌 위에 영구히 세워져서 현명한 사람이고 어리석은 사람이고 착한 사람이고 악한 사람이고 모두 자기 식대로 그럴싸하게 해석을 했다. 다른 사람들의 말을 잘 듣는 사람들은

---

[52] 이슬람 중등학교의 학생.
[53] 코란을 줄줄 외고 있는 사람.
[54] 아랍문자로 쓴 기년명(紀年銘).

자기 귀와 자기 기분에 맞는 부분만 기억하였다. 이렇게 해서 모든 사람들이 보도록 놓인 그 단단한 돌 위의 비문 내용은 입에서 입으로 다양한 방법으로 전해져 내용도 바뀌고 무슨 소리인지도 모르게 변하기까지 하였다.

돌에는 다음과 같이 쓰여 있었다.

당대의 현자들과 위인들 중에서 가장 뛰어난 메흐메드 파샤를 보라,
온 정성과 노력으로 자기의 마음을 담은 성약을 창조함으로
드리나 강에 다리를 놓았도다.
이 깊고 빠른 물살 위에
그의 선조들은 아무것도 세우지 못했느니.
신의 자비로 이 건축물이 단단해지기를 기원하나이다.
다리에 행운이 깃들고
슬픔이 사라질지어다.
왜냐하면 자신의 생명으로 그는 이 건축물에 금은보화를 들였기 때문이다.
어느 누가 이 재산을 바칠 수 있겠는가.
누가 이런 목적으로 재산을 쓰겠는가.
이 건축물을 보는 이 자리에서 바디는 타리흐를 바치노라,
'이 놀랍고도 아름다운 건축물인 다리 위에 신의 축복이 내리시기를!'

마침내 사람들은 한껏 먹고 구경을 하고 실컷 걸어 다니며 비문의 내용들을 들었다. 아무리 신기한 일도 날이 가면 일상적인 것이 되어버

리는지라 이 다리도 사람들의 일상이 되어 그들은 다리 아래 거세게 물 결치는 물살에도 불구하고 이 다리를 아무 생각 없이 덤덤하게 종종걸 음으로 건너다녔다. 사람들과 마찬가지로 가축들도 이 다리를 밟고 지 나갔고 비문이 새겨진 돌은 다른 돌들과 마찬가지로 침묵을 지켰다.

　이제는 강의 왼쪽 둑의 길이 곧장 반대편의 평평한 부분과 연결되 어 있었다. 그 괴상한 사공과 그가 부리던 거무칙칙하고 벌레 먹은 배도 자취를 감추었다. 다리의 마지막 아치 아래에는 모래 바위와 가파른 둑 만이 남아 있었으며 그 둑은 여전히 오르내리기가 힘들어 지나가는 사 람들이 맥없이 기다리며 이쪽 둑에서 저쪽 둑을 향해 헛되게 사람을 부 르던 그 둑이었다. 성낸 강물과 함께 그런 모든 것들은 이제 마술을 부 린 것처럼 사라지고 말았다. 이제 사람들은 저 산처럼 육중하고 변함없 으면서 얄팍한 돌장으로 만든, 양 말발굽 소리마저 메아리치는 넓고 튼 튼한 다리를 거쳐 이쪽에서 저쪽으로 날개 돋친 듯 높다랗게 허공에 떠 서 바로 건너가곤 하였다.

　나무로 만든 물레방아와 나그네들이 마지못해 하룻밤을 보냈던 오 두막 주막도 사라져버렸다. 그것들 대신에 이제는 묵직하고 호화로운 한 이 매일같이 늘어나는 나그네들을 받아들였다. 지나가는 여행 행렬은 조 화로운 넓은 문으로 한에 들어가게 되었다. 양쪽에는 살창이 달린 커다 란 문이 있었는데 그 살창은 쇠로 된 것이 아니고 조각난 석회석을 다듬 어서 만든 것이었다. 네모난 넓은 안마당에는 상품과 짐을 부리는 장소 가 있었고 그 둘레에는 서른여섯 개의 방문이 나란히 붙어 있었다. 한의 뒤편 언덕 아래에는 마구간이 있었고 놀라운 것은 황제의 말을 모시는 마구간처럼 이곳도 돌로 지었다는 것이다. 사라예보에서 아드리아 해안 까지 그런 한은 한 군데도 없었다. 이 한에서는 따로 돈을 내지 않아도 거처뿐 아니라 불과 물이 제공되었는데 자기 몫 외에도 하인들과 그들이 거느린 동물들에게도 그것들이 제공되어 하루를 묵을 수 있었다.

이 모든 것도 저 다리처럼 대 베지르 메흐메드 파샤의 기념물이었는데 그는 60여 년 전 저 산 너머에 있는 산골 소콜로비치라는 마을에서 태어나 세르비아의 다른 농부들의 아들들처럼 혈세로 이스탄불에 끌려간 사람이었다. 한을 유지하는 모든 경비는 메흐메드 파샤가 새로 정복한 헝가리에서 얻은 재산인 바쿠프[55]에서 나왔다.

이리하여 눈에 보이는 것처럼 다리와 한이 생기는 통에 모든 고통과 불편도 사라지게 되었다. 베지르가 어릴 때 보스니아, 바로 이 비셰그라드에서 얻은 그 고통도 아마 사라졌을 것이다. 이따금씩 그의 가슴을 찢어대던 그 답답하고 뼈저린 통증이 사라진 것이다. 그러나 메흐메드 파샤는 이 통증 없이 오래 살 운명도 아니었으며 비셰그라드에 세운 그의 선물을 낙으로 삼으면서 오래 살 운명도 아니었다. 공사가 완전히 준공된 지 얼마 되지 않아서, 다시 말해 한이 제대로 운영되기 시작한 바로 그 무렵 드리나 강의 다리가 세상에 알려지게 될 때 메흐메드 파샤는 가슴에 또 한 번 '검은 비수'가 꽂히는 통증을 느꼈던 것이다. 그리고 그것이 마지막이었다.

어느 금요일 그가 수행원들을 데리고 이슬람 사원에 들어갔을 때 남루하게 옷을 입은 반미치광이 한 사나이가 구걸을 하며 왼손을 내미는 것이었다. 베지르는 수행원 중 한 명에게 동냥을 주라고 명령했다. 그러나 이 순간 사나이는 자기 소매에서 묵직한 백정의 칼을 빼어들고 베지르의 갈빗대를 마구 찔러댔다. 수행원이 그자를 칼로 내리쳤지만 베지르와 사나이 모두 그 자리에서 숨을 거두고 말았다. 몸집이 크고 얼굴이 붉은, 숨이 멎은 이 사나이는 무턱대고 칼질을 하던 흥분이 아직도

---

[55] 이슬람 교회 사업과 문화 · 교육 사업들에 쓰이는 이슬람교의 재산.

남아 있는지 팔다리를 쭉 뻗고 나동그라졌다. 그의 옆에 대 베지르는 가슴의 단추가 풀리고 페스[56]는 멀리 나가떨어진 채 쓰러져 있었다. 말년에 메흐메드 파샤는 살이 빠지고 허리가 구부러져 얼굴의 모습도 시들고 초라했었다. 가슴을 반쯤 드러내고 맨 머리에 피를 흘리며 몸이 뒤틀어지고 주름이 깊이 파인 얼굴의 메흐메드 파샤의 모습은 조금 전까지만 해도 터키 제국을 호령하던 고관의 모습이라기보다는 소콜로비치 출신의 지칠 대로 지친 늙은 농부 같았다.

베지르가 암살되었다는 소문이 카사바에 이른 것은 몇 달이 훨씬 지난 뒤였다. 게다가 확실하고 정확한 명제로 전해진 것이 아니라 진짜인지 아닌지 정확히 알 수 없는 소문으로 전해진 것이었다. 왜냐하면 터키 제국에서는 이웃 나라에서 일어난 나쁜 소식이나 불행한 사건들이라도 소문을 전하는 것이 금지되어 있었기 때문이었다. 그러니 자기 나라에서 일어난 일들은 두말할 나위도 없었다. 게다가 이 경우에 있어서는 대 베지르의 죽음에 대해서 말이 많아지면 누구를 막론하고 이롭지 못했기 때문이었다. 결국 베지르를 쓰러뜨린 반대파는 그의 장례식과 더불어 그에 대한 생생한 추억을 모두 묻어버리려고 하였다. 이스탄불에 있는 메흐메드 파샤의 친척들과 동조자들 추종자들은 대부분 이에 반대하지 않았다. 왜냐하면 베지르에 대한 업적들을 이야기하지 않음으로써 새 통치자들과 타협하고 자기들의 과거를 관대하게 보아주기를 바라고 있었기 때문이었다.

그러나 드리나 강의 두 개의 훌륭한 건축물들은 이미 통상과 무역에 영향을 끼치기 시작했고 비셰그라드의 카사바와 주변 전체에도 영향을 미쳤다. 또한 산 사람에게나 죽은 사람에게나 흥하는 사람에게나 망

---

[56] 터키식 모자.

하는 사람에게나 모두에게 영향을 끼치기 시작했다. 마을은 언덕에서 강까지 내려와 다리 근처에 사람들이 돌 한이라고 부르는 대상숙관까지 확장되어 발전을 했다.

 그렇게 카사바와 함께 다리는 생겨났고 다리 주위의 카사바도 함께 발전을 했다. 그 후 300년의 세월이 흐르는 동안 카사바의 발전에 있어서 다리의 위치와 카사바 사람들의 삶 속에서 그 의미는 앞에서 간단하게 언급한 그대로이다. 그 존재의 의의와 본질은 그 영속성에 있는 것과 같았다. 카사바의 구성에서 그 밝은 선은 하늘을 배경으로 한 산의 풍경마냥 조금도 변하지 않았다. 세상이 변하고 인간의 세대가 빠르게 사라지고 움트는 가운데에서도 다리만은 그 아래 흐르는 물결처럼 변함없이 그대로 남아 있었다. 물론 다리도 나이를 먹었지만 인간 세대의 길이로뿐 아니라 전체 세대에 걸친 흐름으로도 엄청나게 넓은 한 시간적인 폭에서 볼 때 그것의 나이는 눈으로 전혀 알아차릴 수가 없는 것이었다. 비록 종말이 있다고는 하지만 그것의 생명은 그 끝을 예측할 수 없기 때문에 영원에 가까웠다.

V

　인간과 그들의 무수한 업적들에게는 길고 지루했지만, 잘 건설되고 튼튼하게 기초를 닦은 위대한 건물에게는 보잘것없는 시간이었던 첫 100년이 지나가고 다리는 카피야와 그 근처의 대상숙관과 함께 개통된 첫날과 마찬가지로 한결같이 그 자리에서 제구실을 다하고 있었다. 그렇게 계절의 변화와 인간 세대의 교체와 더불어 다음 세기 또한 그들 위에서 흘러갔어도 건물들은 변함없이 그 자리에 남아 있었을 것이다. 그러나 시간이 하지 못한 일을 이 먼 고장에서 일어난 변덕스럽고 예측할 수 없는 자극들이 해낸 것이었다.
　17세기 말엽 그 시절에 보스니아에서는 100년 동안의 정복을 마치고 터키 군대가 헝가리에 의해 물러나게 되었고 사람들은 헝가리에 대해 노래를 부르고 이야기를 하며 속닥거렸다. 수많은 보스니아의 스파히야[57]들이 철수하기 전에 일어난 전투에서 그들은 자기네 재산을 보호하려다가 뼈를 헝가리에 묻었다. 그러나 그들은 어떤 의미에서 행복한 사람들이라고 할 수 있었다. 왜냐하면 위대한 헝가리 영토에서 귀족처럼 유하고 부유한 생활을 했지만 빈손으로 보스니아의 옛 고향으로 돌

---

[57] 군대에 복무할 것을 조건으로 토지를 차지하여 지주가 된 터키 제국의 비정규 기병.

아온 다른 스파히야들에게는 메마른 땅과 옹색하고 초라한 생애밖에 기다리는 것이 없었기 때문이었다. 아득하고 모호한 이 모든 것의 메아리는 멀리 비셰그라드까지 스며들어왔지만 비셰그라드에 사는 사람으로서 먼 전설의 제국 헝가리가 이 카사바의 현실적인 일상생활과 어떤 연관을 가질 수 있다고 생각하는 사람은 아무도 없었다. 어찌되었든 그랬다. 그러나 헝가리에서 터키인들이 물러갔지만 제국의 국경 밖에는 그 수입으로 비셰그라드의 대상숙관을 유지하는 바쿠프의 재산은 그대로 남아 있었다.

지난 100년 동안 이 돌로 지어진 한을 이용해온 비셰그라드 사람들이나 여행객들은 이 한을 으레 이용할 수 있는 것으로 여기고 그것이 어떻게 유지되고 재정에 필요한 돈이 어떻게 확보되며 어디에서 나오는지 생각해본 적이 없었다. 모든 사람들은 길가의 기름지고 풍성한 과수원을 이용하듯 어느 누구의 소유도 아니면서 모든 사람의 소유였던 그 한을 이용했던 것이다. 그들은 '베지르의 영혼에 평화가 깃들기를'을 기계적으로 언급하기는 했지만 베지르가 이미 100년 전에 죽었다는 것을 한 번도 생각한 일이 없었을 뿐만 아니라 지금은 누가 황국의 땅과 바쿠프를 관리하고 보호하고 있는지 물어보려고도 하지 않았다. 세상에서 일어난 일들이 서로 의존하고 있으며 먼 거리에 떨어져 있지만 서로 관련을 가지고 있다고 어느 누가 생각이나 할 수 있었겠는가? 처음에는 카사바에 살고 있는 사람들 중에서 어느 누구도 한의 수입이 동이 났다는 사실을 깨달은 이가 없었다. 예전처럼 일꾼들은 일을 하였고 한은 여전히 손님들을 받았다. 사람들은 전에도 그런 일이 종종 있었으므로 한을 유지하기 위한 자금 유입이 늦어지고 있는 줄로 알고 있었다. 그러나 달이 가고 해가 바뀌어도 돈은 들어오지 않았다. 청년들은 일을 그만두었다. 그 당시 바쿠프의 무테벨리야[58]인 다우트호좌 무테벨리치(사람들이 그의 성을 그렇게 부르기 시작해서 아예 그의 성이 되어버렸다)는 여러 군데 도움을 요청했지만 어디에서도 회답은 없었다. 여행객들은 필요한 일들을 제 손으로 하게 되었고 자기와 자기가 데려온 가축이 머무는 곳의 최소한의 청소는 각자 하게 되었다. 그러나 모두 떠날 때는 쓰레기를 남기고 어질러놓아서 그가 처음 들어왔을 때 더러운 것을 닦고 흩어진 것을 말끔히 정리했듯이 뒤에 오는 사람들로 하여금 청소하고 정리할 것들을 남겨두었다. 그러나 한 사람의 손님이 지나갈 때마다 그가 들어올 때보다 더 많은 먼지를 남겨놓고 갔다.

다우트호좌는 한을 보존하고 유지하기 위해 전력을 다했다. 먼저 자기 재산을 쏟아붓고 다음에는 친척들로부터도 빌려오기 시작했다. 그렇게 해를 거듭하면서 간신히 꾸려나갔고 이 귀중한 건물은 본래 가졌던 아름다움을 유지해나갔다. 보존할 수 없는 것을 보존하려다 스스로를 망치겠다고 그에게 말을 하는 사람들에게 그는 돈은 하나님에게서 빌린 것이며 그는 무테벨리야로서 모든 이들이 포기하고 떠난 기념물을 끝까지 지키겠다고 대답하였다.

카사바가 오래도록 기억했던 이 현명하고 경건하며 고집이 세고 끈질긴 남자는 누가 말려도 그 헛된 노력에서 손을 떼려고 하지 않았다. 모든 것을 바쳐가면서 자기가 맡은 일을 실천하던 그는 이미 오래전부터 이 세상에 태어난 우리들의 운명이란 퇴폐와 죽음과 붕괴에 대항하여 투쟁하는 데 있으니 비록 아무 성과가 없다고 할지라도 이 투쟁을 참고 견디지 않으면 안 된다는 생각을 품고 있었다. 그의 눈앞에서 사라져가고 있는 한 앞에 앉아 그만두기를 충고하거나 동조하는 다른 사람들에게 그는 이렇게 대답했다.

---

**58** 바쿠프를 관리하는 지배인.

"나를 불쌍하게 여길 필요는 없소. 위대한 사람들은 이 세상을 떠날 때 한 번, 평생을 공들인 그들의 업적이 사라질 때 한 번, 이렇게 두 번 죽지만 우리는 누구나 한 번밖에 죽지 않으니까 말이오."

허드렛일을 하는 사람들에게 더 이상 품삯을 지불하지 못하게 되자 그는 늙은 몸을 이끌고 자기 손으로 한 둘레의 잡초도 뽑고 사소한 수리도 하였다. 그는 어느 날 깨진 벽돌을 고치려고 지붕에 올라갔다가 떨어져 그렇게 세상을 등지고 말았다. 베지르가 창건했지만 역사가 외면하고 있는 것을 카사바의 호좌가 유지하는 것이 불가능했던 일임은 너무나도 당연한 것이었다.

다우트호좌의 죽음 뒤에 한은 급속히 황폐해지기 시작했다. 모든 것들에 퇴락의 징조가 나타났다. 처마의 홈통은 깨져서 악취가 나기 시작했고 지붕에서는 비가 샜고 문과 창문에는 바람이 스며들었고 마구간 안에는 쓰레기와 잡초가 가득했다. 그러나 겉모양새는 여전히 아름답고 한적하고 견고했다. 1층에 있는 아치형의 커다란 창문들은 연한 돌에 새긴 아주 고운 천처럼 부드러운 창살에 끼어 밖에서 보면 세상이 다 내다보였지만 위층의 단조로운 창문들에서는 이미 가난과 추위와 내부혼란의 징조를 보여주고 있었다. 사람들은 점점 카사바의 읍내를 꺼려했고 어쩌다 묵는 일이 생기면 돈을 주고 우스타무이치의 한에서 밤을 보냈다. 요금을 지불할 필요도 없고 다만 베지르의 영혼을 위해서 명복을 빌면 그뿐인데도 사람들의 발걸음은 차츰 대상숙관에서 멀어져갔다. 마침내 어디에서도 돈은 들어오지 않았다. 모든 사람들이 이 기념물을 멀리했고 심지어 새로 온 무테벨리야도 그러했다. 아무도 살지 않고 어느 누구도 돌보지 않는 모든 건물이 그렇듯이 한은 쓸쓸하게 말없이 그 자리에 서서 퇴락하며 황폐해져갔다. 온갖 야생풀과 잡초, 그리고 엉겅퀴가 무성하게 주위를 덮었다. 까마귀들이 지붕 위에 둥지를 틀고 새까맣게 떼를 지어 모여들었다.

이렇게 하여 때가 되기 전에 예상치 못하게 (이런 모든 일들은 뜻밖에 일어나는 법이지!) 베지르의 돌 한은 무너져 조각조각 파괴되기 시작했다.

그러나 기구한 운명에 휘말린 대상숙관이 자신의 사명을 버리고 때가 되기도 전에 허물어져간다면 감독이나 재정이 필요 없는 다리는 예나 지금이나 다름없이 그 자리에 우뚝 서서 세워지던 첫날과 마찬가지로 다리 양쪽을 연결하여 죽은 짐이건 산 짐이건 꾸준히 강을 건네주었던 것이다.

다리의 벽들에는 새들이 둥지를 틀었고 세월이 만들어놓은 다리 벽의 보이지 않는 틈새에는 촘촘히 풀들이 자라났다. 다리의 재료로 쓰인 누르스름한 다공질 석재는 번갈아 찾아오는 습기와 열에 힘입어 더욱 굳어지고 야무지게 좋아들었다. 쉴새없이 강 골짜기를 불어오르고 내리는 바람에 닦이고 비에 씻기고 여름철의 지독한 더위에 마르는 동안 다리의 돌은 세월이 흘러감에 따라 양피지 색깔처럼 흐릿한 하얀 색깔로 변하여 어스름이 내리면 그 속에 등불을 켠 듯 빛났다. 자주 일어나는 큰 홍수는 이 마을에게 늘 엄청난 위협이 되었지만 다리에게만은 조금도 해를 끼치지 못했다. 매년 봄가을로 홍수가 났어도 다리 옆의 마을에는 조금도 위험하거나 운명적인 일이 일어나진 않았다. 적어도 매년 한두 번씩은 강물이 사납게 불어나 흙탕물을 세차게 흘려보내면서 들판의 울타리며 뿌리째 뽑힌 나무 그루며 나뭇잎과 숲가지 등을 듬뿍 싣고 다리 아치 아래로 휘몰아갔다. 강에 아주 가까운 집들의 안마당과 뜰, 그리고 창고들은 피해를 입었지만 늘 그 정도로 그쳤다. 일정하지는 않았지만 20년이나 30년 사이를 두고 때로 대홍수가 일어나서는 폭풍이나 전쟁을 기억하듯 두고두고 사람들의 머릿속에 남게 되어 이는 건축물의 나이를 세거나 세월을 세거나 사람들의 긴 삶을 세는 데에 이용되었다 ('대홍수가 일어나기 5, 6년 전에는' '대홍수가 났을 때에는').

이런 대홍수가 밀고 간 뒤에는 드리나 강과 르자브 강 사이의 모래사장으로 된 평평한 곳에 놓여 있는 카사바의 절반에는 동산이라고는 아무것도 남아 있는 것이 없었다. 그런 홍수는 카사바 전체를 몇 년이나 퇴보시켜놓았다. 그 세대는 '대홍수'가 남기고 간 파괴와 불행을 보수하는데 여생을 보냈다. 사람들은 죽어가는 날까지 서로들 지난 일을 얘기하면서 차가운 비와 소름끼치는 바람 속으로 사라져가는 등불을 밟으며 저마다 가게에서 물건들을 들고 나와 메이단의 높은 지대에 있는 남의 가게나 창고에다 옮겨놓고 하던 그 가을밤의 공포를 회상하는 것이었다. 다음날 구름이 낀 칙칙한 새벽녘 언덕 위에 올라서서 자신의 피를 사랑하듯 무의식적으로 그리고 강렬하게 사랑하던 카사바를 내려다보고는 검은 흙탕물이 지붕 높이로 거리를 휩쓸고 있는 광경을 바라보면서 거품이 이는 저기 저 물결이 소리를 내면서 한 꺼풀씩 지붕을 벗겨가는 이 집은 누구의 집이며 아직 쓰러지지 않고 서 있는 저 집은 누구의 집일까 짐작들을 하느라 애를 쓰곤 하였다

슬라바[59]나 크리스마스나 라마단[60]의 밤들에는 인생살이에 지치고 걱정이 태산 같은 백발의 아버지들이 그들의 생애에서 가장 크고 쓰라린 사건이었던 그 '대홍수'에 화제가 미칠라치면 언제나 활기를 띠고 갑자기 말이 많아졌다. 그들이 다시 재산을 복구하고 집을 다시 지어 15년 또는 20년이라는 세월이 흘러간 뒤에는 이 '홍수'도 엄청나고 끔찍하기는 했지만 그러면서도 정다운 것으로 회상되었다. 왜냐하면 그것은 아직도 살아 있는 그 세대의 인간들 사이를 정답게 묶어주는 하나의 정

---

**59** 세르비아 정교의 종교 축일.
**60** 매일 일출에서 일몰까지 단식하는 이슬람력의 아홉번째 달.

겨운 유대와도 같은 것이었으니 극복해낼 수 있는 공동의 불행으로 그 것만큼 사람들을 서로 친밀하게 결속해주는 것은 없었기 때문이었다. 그리고 그들은 스쳐간 재앙의 추억으로 인해 서로 친근하게 묶여 있다 는 것을 느끼고 있었다. 그렇게 그들은 자신들의 평생에서 얻은 가장 쓰 라린 충격들을 추억으로 즐겨 되새기곤 했다. 회상은 그칠 줄 모르고 쉴 새 없이 되풀이되었고 되씹음으로써 확대되고 부풀려졌고 나이 든 사람 들은 서로 희멀겋게 된 눈을 들여다보며 그 속에서 젊은 사람들은 눈치 조차 못 채는 것을 찾아내었다. 그들은 자기들 자신의 얘기에 넋을 잃고 지금 겪고 있는 그날 그날의 모든 고통을 옛날에 체험하던 그 커다란 고 난의 회상 속에 떠내려보냈다.

예전에 그 홍수가 지나가버렸던 자기들의 따뜻한 방들에 앉아서 그 들은 감동적이거나 혹은 비극적인 광경을 몇백 번이나 되풀이하여 곱씹 어 얘기하면서 색다른 즐거움을 맛보았다. 끔찍하고 가슴 아픈 회상일 수록 재미는 더해갔다. 담배 연기나 부드러운 라키야의 유리잔을 통해 서 본 이런 광경들은 흔히 거리와 공상의 덕분으로 변형되고 확대되어 윤색되었지만 그들은 아무도 그것을 깨닫지 못했고 사실 그러했다고 맹 세라도 할 지경이었는데 왜냐하면 그들 자신들 모두 이 무의식적인 과 장에 한 몫 끼고 있었기 때문이었다.

이렇게 지난 '대홍수'를 기억하고 있는 노인들이 아직도 몇몇 살아 있어 자기들끼리 여전히 그 얘기를 했고 젊은 사람들에게는 이제 지난 날들과 같은 재난은 다시 없을 테지만 예전같이 좋고 축복받은 생활도 다시는 없을 것이라고 되풀이하였다.

엄청난 홍수 중에서도 가장 큰 홍수가 18세기 후반에 일어났는데 이것은 특히 오랫동안 사람들의 머릿속에 남아 있었고 수없는 얘깃거리 가 되었다.

훗날 노인들이 말한 것처럼 그 세대에는 그 대홍수를 뚜렷이 기억하고 있는 사람들이 사실 아무도 없었다. 비 내리는 가을의 어느 날 '물이 적이다'라는 사실을 알고 있는 사람들은 경계하기 시작했다. 그들은 강에서 가장 가까운 창고를 비워 다른 데로 옮기고 등불에 의지해서 밤새도록 강둑을 헤매 다니며 사나운 물결 소리에 귀를 기울였는데 이유인 즉은, 노인들이 어떤 특수한 물소리를 들어보면 그것이 해마다 일어나 조금밖에 피해를 입히지 않는 보통 홍수인지 아니면 다행히도 드물게 일어나기는 하지만 다리와 도시가 물에 잠기고 기초가 단단하지 못한 모든 것이 휩쓸려가고 마는 대홍수의 하나인지를 알 수 있다고 했기 때문이었다. 이튿날 드리나 강은 불지 않아 그날 밤 카사바 전체가 깊은 잠에 빠졌는데 왜냐하면 사람들은 잠이 부족한 데다 피로에 지쳐 있었고 흥분으로 경직되어 있었기 때문이었다. 이렇게 물이 그들을 기만한 일이 벌어지고 말았다. 바로 그날 밤 전례 없이 별안간 르자브 강의 물이 불어나 마침내 홍수로 변하여 드리나 강물과 합류한 것이었다. 그렇게 두 강은 온 카사바를 뒤덮어버렸다.

이 마을의 가장 부유한 터키인 중의 한 명인 술야가 오스마나기치에게는 당시 순종 아랍 말 한 필이 있었는데 밤색 털의 무척 값나가는 아름다운 말이었다. 힘이 붙은 드리나 강이 불어나기 시작하자마자 물결이 넘쳐나기 두 시간 전부터 이 말은 울어대기 시작했다. 마침내 마구간지기 소년들이 잠을 깨고 주인이 일어나서 강가에 있는 마구간으로부터 끌어내줄 때까지 울음을 멈추지 않았다. 그 바람에 마을 주민들도 잠에서 깨어났다. 어두운 10월의 밤, 차가운 비와 세찬 바람 속에서 피난이 시작되었고 건질 수 있는 것은 무엇이든 건져내려고 사람들의 움직임이 분주했다. 옷도 걸친 둥 만 둥 하여 무릎까지 찬 물 속을 선잠이 깨어 보채는 아이들을 업고 건넜다. 가축들이 겁에 질려 울어댔다. 강물에 휩쓸린 숲 속에서는 드리나의 물결이 실어온 나무통이 돌다리의 교각에 부딪치는 소리가 계속 들려왔다.

한 번도 물이 닿은 적이 없는 메이단의 꼭대기에서는 창문마다 불이 켜지고 깜빡거리는 등불이 어둠 속에서 너울거리며 떨렸다. 집집마다 모두 활짝 문을 열어젖히고 수해를 당한 사람들과 어린아이들, 또는 가장 귀중한 재산을 가슴에 안고 흠뻑 젖은 채 맥없이 올라오는 사람들을 반가이 맞아주었다. 집 안에서 몸을 말릴 장소를 찾지 못한 사람들은 여기저기 마구간에 들어가서 불을 지폈다.

가족들 단위로 자리를 차지했는데 터키인들은 터키인들의 가정에, 기독교인들과 유태인들은 기독교인들의 가정에 자리를 잡았는데 이렇게 마을에서 온 사람들은 하지 리스탄의 커다란 1층 방에 모여들었다. 그 중에는 집집마다 돌아다니며 각자의 신자들을 깨워 안전한 곳으로 피난을 시키느라 지칠 대로 지치고 몸까지 흠뻑 젖은 각 구역의 무크타르[61]들과 크메트[62]들도 함께 있었다. 터키인들과 기독교인, 유태인들이 함께 뒤섞여 있었다. 이렇게 하여 자연의 힘과 공통적인 불행의 짐은 모든 사람들로 하여금 한데 뭉치게 했으며 적어도 이날 하룻밤 동안은 종교와 종교를 갈라놓은, 특히 터키인들로부터 라야를 갈라놓은 틈에 다리를 놓았던 것이다. 술야가 오스마나기치, 상인 패타르 보그다노비치, 모드로 파포, 거대한 몸집에 입이 무겁지만 재치가 있는 교구의 성직자 미하일로, 뚱뚱하고 진지한 비셰그라드의 호좌 물라 이스매트, 건실한 판단과 쾌활한 성격으로 카사바 밖에까지 명성이 높은 하지 리아초로 알려진 유태인 목사 엘리아스 랍비 그리고 그 밖에도 각기 세 가지 종교에 속하는 사람들이 열 명쯤 있었다. 모두 온몸이 젖고 창백했으며 턱을

---

**61** 이슬람의 지도자.
**62** 기독교의 우두머리.

푹 숙이고 있었지만 겉으로는 침착해 보였다. 그들은 모두 앉아서 담배를 피우며 사람들을 구하기 위하여 무엇을 어떻게 해야 하는지, 이제부터 할 일이 무엇인지 의논했다. 젊은 사람들은 물을 뚝뚝 떨어뜨리며 쉴 새 없이 드나들면서 살아 있는 것은 모두 메이단과 성채에 옮겨 터키인들 것이건 기독교인들 것이건 그곳에 놓았으며 골짜기 아래에서는 아직도 물이 불어 거리를 하나하나 휩쓸고 있다고 보고하였다.

밤은 점점 깊어갔고 마치 골짜기의 물이 쉴새없이 불어나 폭풍이 되어 일어나듯이 그렇게 깊어만 갔고 상인들과 유지들은 커피와 라키야를 마시며 몸을 녹였다. 이렇게 하나의 새로운 현실처럼 따뜻하고 좁은 원이 생겨났지만 이것은 전에도 없었고 앞으로도 있을 수 없는 마치 시간의 홍수 위에 지나가는 섬과 같은 것이었다. 대화가 활기를 띠고 힘이 되살아났으며 화제가 온갖 방향으로 옮겨갔다. 그들은 이야기로만 듣던 지난날의 홍수에 대한 얘기는 피하면서 지금 이 순간에 일어나고 있는 불행과는 아무 관련도 없는 얘기들을 할 뿐이었다.

절망적인 사람들은 침착해 보이려고 하고 아니 거의 무관심한 체하려고 무척 애를 쓴다. 어떤 미신적인 합의에 의하여, 그리고 책에는 전혀 쓰여 있지는 않지만 예로부터 존재해온 수호자의 권위와 사물의 조리에 대한 신성한 법칙에 따라, 그들은 제각기 힘을 다하여 그 순간만큼은 자기가 어쩔 수 없는 재앙 앞에서 적어도 겉으로나마 걱정과 공포를 감추고, 아무 관계 없는 다른 일들을 가벼운 톤으로 얘기하는 것을 자신들의 의무라고 생각하고 있었다.

그러나 사람들이 그런 대화에서 안정을 찾고 그 속에서 시름을 잊는 순간을 발견하고 앞으로 그렇게 그들에게 필요할 휴식과 힘을 되찾으려는 그때에 어떤 남자가 코스타 바라나츠를 데리고 들어왔다. 이 젊은 상인은 온몸이 온통 축축하게 젖은 데다 무릎까지 진흙투성이였고 머리는 쑥대밭처럼 헝클어져 있었다. 불빛에 눈이 부시고 모여 있는 사람들이 어찌나 많은지 정신을 차릴 수가 없어 그는 손바닥으로 얼굴에서 물을 닦아내리면서 마치 꿈이라도 꾸듯 주변의 사람들을 쳐다보았다. 사람들은 그에게 자리를 내어주고 라키야를 권했지만 그는 라키야 잔을 입술까지 가져가지 못하고 온몸을 떨고 있었다. 그의 광으로 쓰였던 목재 건물이 있던 그 자리 위, 지금은 그 모래 위를 덮어버린 어두운 급류 속으로 그가 뛰어들려 했다고 방 안에 앉은 사람들 사이로 귓속말이 번져나갔다.

이 젊은 남자는 20년 전에 도제공으로 이 카사바에 끌려온 이주자로 나중에 좋은 가정에 장가들어 장사꾼이 된 사람이었다. 농부의 아들인 그는 지난 몇 해 동안 대담한 계산과 무자비한 착취로 이 카사바의 많은 부유한 가문들보다 훨씬 앞선 부자가 되었다. 그러나 손해에는 경험이 없는지라 이 재난을 감당해내지 못했다. 그해 가을에도 그는 지난 몇 해 동안과 마찬가지로 겨울이 되면 파란 자두와 호두 값을 좌우할 수 있을 줄 알고 빚도 갚고 수지도 맞출 작정으로 자기 능력에 버거운 다량의 파란 자두와 호두를 사들였다. 그는 이제 파산하고 말았다.

이 파산한 남자의 모습을 보고 느낀 인상이 그들의 머리에서 사라지자면 다시 상당한 시간이 걸릴 것 같았다. 왜냐하면 그 자리에 모인 사람들은 누구나 많고 작은 차이는 있지만 이 홍수로 말미암아 피해를 입었는데 다만 체면을 생각해서 이 벼락부자보다 좀더 자제하고 있을 뿐이었기 때문이었다.

그들 가운데서 제일 나이가 많고 으뜸가는 자리에 있는 유지가 다시 한 번 부질없는 얘기로 화제를 돌렸다. 그들은 아주 오래전의 이야기들을 늘어놓기 시작했는데 그것들은 지금 이곳에 그들을 한데 모이도록 한 것과 아무런 관련이 없는 것들이었다.

사람들은 따뜻한 라키야를 마셨다. 그들은 이야기 속에서 카사바의 괴팍한 특성과 기묘하고 우습고 이상한 온갖 사건들에 대한 회상과 옛날의 기이한 인물들을 들추어내고 있었다. 교구 성직자 미하일로와 하지 리아초가 화두를 열었다. 얘기가 어쩔 수 없이 지난날의 홍수로 돌아갈라치면 그들은 마치 물에다 주문을 외워서 홍수를 무시하고 싶은 듯 오직 유쾌하거나 우스꽝스런 일, 그렇지 않으면 하다못해 여러 해가 지난 뒤에 그렇게 여겨지던 일까지 들추어 회상하는 것이었다. 그들은 한때 성직자로 일을 했던 좋은 사람이지만 '복 받은 손이 아니었던' 그리고 하나님이 그의 기도에 그다지 귀를 기울이지 않았던 교구 성직자 요반에 대한 이야기를 했다.

때로 모든 농작물 수확을 망치는 여름철 가뭄이 있던 시기에 교구 성직자 요반은 정기적으로 부질없는 예식만 거행하고 기우제를 비는 기도만 낭독하고 있었다. 그러나 그의 기도 뒤에는 오히려 가뭄이 심해지고 숨 막히는 더위가 기승을 부릴 뿐이었다. 어느 해 가을 그런 가뭄이 심했던 여름이 지난 뒤 드리나 강이 불어서 홍수가 날 기미가 보이자 교구 성직자 요반은 강가에 나아가 사람들을 모아놓고 이번에는 비를 멈추시고 물이 걷히게 해달라고 기도문을 낭독하기 시작했다. 바로 이때 술주정뱅이 무직자인 요키차라는 자가 교구 성직자 요반이 기도하는 것은 언제나 반대로 나타난다고 하면서 큰소리로 소리를 지르기를,

"신부님, 제발 그 기도문 말고 여름에 비를 빌던 기도를 올리시오, 그러면 강물이 줄어들 겁니다."

뚱뚱하게 살이 찐 이스메트에펜디야는 자기들 조상들과 그들이 홍수와 싸운 이야기들을 다시 이야기했다. 예전에 이런 홍수가 왔을 때 비세그라드의 호좌 두 명이 이 재난을 물리칠 기도를 올리기 위해 밖으로 나갔다. 한 명의 호좌는 카사바의 낮은 위치에 집을 가지고 있었고 다른

한 명은 물이 닿을 수 없는 언덕에 집을 가지고 있었다. 먼저 언덕에 살고 있는 호좌가 기도를 드렸지만 물은 줄어들 기미가 보이지 않았다. 그때 집이 이미 절반쯤 물에 잠긴 하얀 피부의 집시가 소리쳤다.

"어이, 이 사람들아, 우리들처럼 집이 물에 잠긴 저 읍내에 사는 호좌에게 기도를 올려달라고 하세. 언덕에 살고 있는 이 사람이 성의를 다해 기도를 올릴 턱이 있나 말이야?"

붉은 얼굴에 늘 미소를 짓고 이상하게 얇은 페스 아래로 헝클어진 백발이 엉성하게 보이는 하지 리아초가 얘기를 듣고 웃어대면서 성직자와 호좌에게 농담을 걸었다.

"홍수 얘기는 그만들 하시오. 그러다간 모두들 귀담아 듣고 기도를 해달라고 우리 세 사람 모두를 이 억수같이 퍼붓는 빗속으로 끌어내겠소."

자신들에게는 사소한 것들이었고 다른 사람들에게는 이해할 수 없는, 단지 그들과 그들 세대에게는 어떤 의미가 있을 수 있는 그런 이야기들이 그렇게 꼬리를 물고 계속되었다. 모두 순수하지만 또 아름답고 힘겨웠던, 카사바에서 산 모든 사람의 일반적인 회상들이었던 것이다. 그 모든 것들은 예전에 있었던 얘기들로 그들과 가장 관련이 있는 것들이었지만 오늘 이렇게 환상적인 원을 만들게 된 이 밤의 드라마와는 아무 관련이 없었다.

이렇게 어릴 때부터 모든 불행에 길들여져 있던 마을의 유지들은 '대홍수'의 밤을 정복하고 그들을 뒤덮은 재앙 앞에서 이를 기꺼이 웃어넘길 수 있는 힘을 자신들 속에서 발견하였고 그렇게 함으로써 그들로서는 모면할 수 없는 괴로움을 극복하였던 것이다.

그러나 모두들 속으로는 걱정을 하고 있었고 그런 웃음과 농담 밑에 마치 가면 뒤처럼 걱정이 꿈틀대고 있었으며 재산을 송두리째 남겨놓고 온 저 카사바로부터 들려오는 우렁찬 물소리와 바람소리에 쉬지 않고 귀를 기울이고 있는 것이었다. 이렇게 밤을 지새운 다음날 아침 그들은 메이단에서 물이 든 집들이 혹은 반쯤 나와 있고 혹은 지붕까지 잠긴 산 아래 평지를 내려다보았다. 이때 그들은 평생 처음이자 마지막으로 다리 없는 자신들의 카사바를 보게 되었다. 물의 수위가 10미터를 훨씬 넘는지라 넓고 높은 아치가 물에 잠기고 파묻힌 다리의 보도 위로 물이 넘쳐흘렀다. 다만 다리 위 솟아 있는 부분인 카피야만은 사방에서 마치 작은 폭포처럼 쏟아지는 흙탕물 위에 고개를 쳐들고 있었다.

하지만 이틀 뒤 물이 갑자기 줄어들고 하늘이 개어 기름진 땅의 10월 어느 날과 마찬가지로 따뜻하고 풍요로운 해가 솟아올랐다. 이 아름다운 날에 보는 도시의 모습은 가련하고 처참했다. 강변에 사는 집시들과 가난한 사람들의 집들은 물이 흐르는 방향으로 기울어졌는데 대개는 지붕이 없어지고 진흙을 바른 벽이 모두 씻겨 내려가서 버드나무 가지로 엮은 틀만이 마치 해골처럼 남아 있었다. 돈 있는 사람들의 집들의 울타리 없는 마당들에는 창문들이 널려 있었고 불그스름한 흔적들이 남아 있어서 어디까지 물에 잠겼는지 알 수 있었다. 마구간도 대부분 밀려갔고 창고도 많이 뒤집어졌다. 낮은 지대의 가게들에는 진흙이 무릎까지 차 있었고 그 진흙 속에 미처 꺼내지 못한 물건들이 파묻혀 있었다. 길들에는 홍수가 어디에서 실어왔는지 송두리째 뽑힌 나무가 뒹굴고 물에 빠져 죽은 가축들의 불은 시체가 흩어져 있었다.

그것이 이제 그들이 내려가야 하고 삶을 지속해야 하는 그들의 카사바였던 것이다. 그러나 물이 넘친 양쪽 강둑 사이 지금도 여전히 도도히 흐르는 물결 위에는 그 하얀 다리가 여전히 태양을 받고 서 있었다. 물은 교각의 절반 높이에서 흐르고 있어서 다리는 마치 평소에 그 아래를 흐르던 강보다 더 깊은 다른 강 위에 서 있는 것 같았다. 다리 난간에는 아직도 진흙이 쌓여서 햇볕에 말라 갈라지고 카사바에는 떠내려가던 잔가지며 쓰레기들이 수북이 쌓여 있었지만 이 모든 것들도 결코 다리의 모양을 바꾸지는 못했고 오직 이 다리만이 아무런 변화 없이 가라앉지도 않고 묵묵히 홍수를 견디고 상처 하나 입지 않고 버텼던 것이다.

마을에선 모든 사람들이 즉시 일거리든 돈벌이든 손상을 복구하는 일에 뛰어들었고 어느 누구도 승리를 거둔 다리의 의미나 중요성을 생각할 시간이 없었다. 그러나 자신들의 일을 하면서 그 물이 어떤 예외도 없이 모두 손상시키거나 적어도 변형되게 했던 그 불운의 카사바에서 모두들 그들의 생활 속에서 모든 재난을 극복할 수 있는 그 무엇을 가지고 있다는 것과 그 조화된 구조와 견고한 기초 덕분으로 변화와 파괴 없이 온갖 시련을 지탱할 수 있다는 것을 알고 있었다.

그 당시 시작된 겨울은 무척 혹독했다. 마당과 광에 두었던 나무, 곡물, 건초 할 것 없이 모두 홍수가 쓸어가버렸고 집과 마구간 울타리는 고쳐야 했으며 창고와 가게에서 썩은 양식 대신 새로 먹을 것들을 외상으로 마련해야 했다. 파란 자두를 가지고 너무나 엉뚱하게 수지를 맞추려다 제일 큰 손해를 본 코스타 바라나츠는 겨울을 넘기지 못하고 그 겨울에 죽고 말았는데, 그는 수치와 슬픔으로 숨을 거둔 것이었다. 가엾은 아이들은 거의 고아가 되어 남겨졌고 액수는 얼마 되지 않지만 온 마을에 빚을 깔아놓은 채 가버렸다. 사람들 사이에서는 자기의 능력을 과신했던 남자로 그를 기억하게 되었다.

그러나 이듬해 여름에는 이미 그 대홍수에 대한 기억은 노인들의 회상거리가 되기 시작했고 또 앞으로 오래 두고 그들의 기억에 남게 될 것이었다. 젊은이들은 하얀 돌로 지은 매끈한 카피야에 앉아 저 아래 흐르는 물결을 바라보며 이야기를 나누고 잔잔한 물결 소리에 맞춰 즐겁게 노래를 불렀다. 망각은 모든 것을 치유시켜주었으며 노래는 망각의 가장 아름다운 방법이었던 것이다. 왜냐하면 사람은 노래 속에서 오직 사랑하는 것만을 기억하기 때문이었다.

    그렇게 하늘과 강과 산 사이 카사바에서 대를 이어간 세대는 혼탁한 물결이 휩쓸고 간 것에 그다지 슬퍼하지 않는 태도를 터득하게 되었던 것이다. 그곳에서 삶은 끊임없이 닳고 소모되지만 그러면서도 역시 지속되고 '마치 드리나 위의 다리처럼' 단단하게 서 있기 때문에 이해할 수 없는 기적이라는 카사바의 무의식적인 철학이 그들에게 스며든 것이었다.

# VI

다리와 다리의 카피야에 도전한 것은 홍수 외에도 다른 것들이 있었는데 그것은 사건들이 발전해나가고 인간과 인간이 충돌하는 과정에서 생긴 일들이었지만 이것들은 도도한 물결만큼 다리를 해치거나 그 위에 있는 것들에 변화를 주지는 못했다.

지난 세기 초에 세르비아에서 폭동이 일어났다. 보스니아와 세르비아의 바로 국경에 위치한 이 카사바는 세르비아에서 일어난 일들과 항상 긴밀한 관계가 있었고 마치 '손톱과 손가락처럼' 늘 더불어 성장해 왔었다. 가뭄이건 질병이건 탄압이건 폭동이건 비셰그라드에서 일어난 일들로 우쥐체[63]에 사는 사람들이 무관심할 수 있는 것은 하나도 없었고 그 반대의 경우도 마찬가지였다. 그러나 처음에는 먼 데서 생긴 사소한 일처럼 느껴졌다. 왜냐하면 베오그라드 파샤루크[64]의 저쪽에서 일어난 데다 폭동에 대한 소문들은 그렇게 새로운 소식들이 못 되었기 때문이었다. 그리고 제국이 탄생한 이래 그 또한 늘 함께 있어왔던 일이었으며 걱정이나 손실 없는 재산이 없듯이 폭동이나 근심거리 없는 정부는 없기 때문이었다. 그러나 시간이 지속되면서 세르비아에서의 폭동이 점차

---

[63] 세르비아의 도시.
[64] 파샤 한 명이 통치하는 지역.

보스니아 파샤루크 전체에 영향을 미치기 시작했고 특히 경계선에서 불과 도보로 한 시간이면 도착하는 이 카사바의 생활에는 더욱 세찬 파도가 밀어닥치기 시작했던 것이었다.

세르비아에서 분쟁이 커져감에 따라 보스니아의 터키인들로부터 군대에 보낼 사람들과 장비와 보급품을 요청하는 것이 점점 더 늘어갔다. 세르비아로 파견되는 군대와 보급이 대규모로 카사바를 지나갔다. 터키인들뿐 아니라 특히 예전보다도 훨씬 더 그해에는 상납금을 바쳐오고 의심을 받으며 쫓기던 세르비아인들에게 더욱 큰 비용과 불편함과 위험이 따랐다. 마침내 이 여름에 폭동이 이 지역에서도 번지고 말았다. 반란군들은 우쥐체를 우회하여 걸어서 두 시간이면 닿을 카사바까지 이르렀다. 이곳 벨레토보에서는 루트비베그의 탑을 대포로 파괴하고 츠른체에 있는 터키인들 집들을 모두 불살라버렸다.

카사바에서는 자기들 귀로 '카라조르제의 대포 소리'를 직접 들었다고 하는 터키인들과 세르비아인들이 있었다. (물론, 그들이 대포 소리를 들을 때의 감정은 서로 상반되었다.) 그러나 인간이란 흔히 자기가 바라거나 두려워하는 것을 들었다고 생각하기 때문에 만약 세르비아 반란자들이 쏘는 대포의 메아리가 이 카사바까지 들렸다고 한다면 그것은 카사바에서 산꼭대기에 드문드문 난 커다란 소나무들을 눈으로 셀 수 있는 벨레토보와 고스틸예 사이의 가파른 벌거숭이 암산인 파노스에서 밤에 반란군들이 붙인 담뱃불들이었다는 것은 의심의 여지가 없었다. 세르비아인들이고 터키인들이고 모두 그것을 못 본 척했지만 그들 모두는 잘 보았으며 매우 주의 깊게 지켜보았던 것이다. 어두운 창가에서든 무성한 정원에서든 양쪽 모두 그들이 불을 지피는 것과 움직임, 불을 끄는 것을 쫓고 있었다. (세르비아 여자들은 어둠 속에서 성호를 그었고 이해할 수 없는 감정에 사로잡혀 울먹였다. 그들은 옛날 라디사브의 무덤 위에 쏟아졌다는 불길, 거의 3세기 전 자기네 조상들이 같은 장소인 메이단에서 눈물로 바라보던 그 반항의 불길을 역시 눈물로 바라보고 있었던 것이다.)

하늘과 산이 하나가 되는 여름밤의 어두운 배경 속에서 퍼져 있는 이 불꽃들과 일정하지 않은 불똥들은 세르비아인들에게 다가오는 운명과 사건들을 예견해주는 어떤 새로운 성좌같이 보였다. 터키인들에게는 그것이 저기 세르비아로 퍼져나가고 이어서 카사바 위에 우뚝 솟은 산에 와서 부딪쳐 부서져버릴 불바다의 최초의 파도처럼 느껴졌다. 이 여름밤에 양쪽의 소원과 기도가 모두 불꽃 주위를 감돌았지만 내용은 서로 상반되었다. 세르비아인들은 언제나 가슴 속에 간직하여 조심스레 감춰온 감정의 불꽃 같은 이 구원의 불길이 산까지 번지도록 신께 기도를 드렸고, 터키인들은 이 불길의 전파를 막아 불이 꺼져 이교도들의 선동적인 의도를 헛되게 하고 전통적인 질서와 참된 신앙의 평화를 회복하게 해달라고 신께 기도를 드렸다. 이때의 밤은 온통 머리 위의 어둠 속으로 개가를 울리며 뛰어드는 가장 대담한 꿈과 영원, 그리고 터무니없는 생각과 계획의 그림자 없는 물결이 파도치는 조심스러우면서도 감격에 찬 속삭임으로 가득 찼다. 다음날 날이 밝자 터키인들과 세르비아인들은 모두 자기들의 일자리로 가서 서로 표정 없는 무뚝뚝한 얼굴을 맞대며 오래전부터 카사바 주위에 나돌았던 마치 위조지폐 같은, 그러나 이곳에서는 통했던 이 지역 특유의 예의를 갖춘 일상적인 말들을 주고받으며 인사를 나눴다.

일린단[65]이 지나서 얼마 후 파노스에서 불꽃이 사라지고 우쥐체로부터 폭동이 물러가자 이쪽이고 저쪽이고 다시 자신들의 기분을 겉으로 드러내진 않았다. 물론, 양쪽 모두 자기들이 정말로 바라는 것을 말하는

---

**65** 성(聖) 엘리아스 축일.

것은 힘들었을 것이다. 터키인들은 폭동이 멀리 사라진 것을 만족스럽게 여겼고 불경하고 사악한 것들이 완전히 사라지고 없어지도록 바라고 있었다. 그러나 그토록 가까이 다가왔던 위험을 잊는 것은 어려운 일이었기 때문에 그런 만족은 완전하지 않았고 의심의 여지가 있었다. 그들 중의 대부분은 여전히 꿈에서 그리고 카사바 주위에서 산마루에 빗발처럼 쏟아지는 환상적인 반란의 불들을 보았고 먼 데서 들려오는 메아리가 아니라 파괴를 가져오는 엄청난 대포 소리인 카라조르제의 대포 소리를 들었다. 당연한 얘기지만 세르비아인들은 파노스에서 불길이 물러간 뒤 환멸과 실망을 느꼈지만 가슴속 깊은 곳에서는 아무에게도 드러내 보이지 않는 이 사건의 추억과 함께 한 번 일어난 일은 다시 일어날 수 있다는 생각이 꺼지지 않고 살아 있었다. 거기에는 또한 짓밟힌 자의 위대한 재산인 희망, 광적인 희망이 남아 있었다. 왜냐하면 지배하기 위해서 통치하고 억누르는 사람은 이성에 따라 행동하는 법이기 때문에 감정에 휩쓸리거나 적에게 밀려 합리적인 행동의 한계를 벗어나는 날에는 그들이 비탈길을 내려가기 시작하고 그렇게 함으로써 그들 자신의 몰락이 시작되었다는 것을 폭로하게 되기 때문이었다. 짓밟히고 착취당하는 사람들은 계속적인 투쟁에 있어서 상이한 두 종류의 무기에 지나지 않는 이성과 감성을 똑같이 이용하기 때문에 압제자에 대하여 때로는 지하에 숨고 때로는 표면에 나타나곤 하는 것이다.

　이 시기에 보스니아의 파샤루크와 세르비아를 연결시키는 끈으로서의 다리의 중요성은 엄청나게 커졌다. 카사바에는 이제 휴전 중에도 해산하지 않고 드리나 강의 다리를 지켰던 상비군이 주둔하게 되었다. 그 일을 최소한의 노력으로 최대한 효율적으로 해내기 위하여 병사들은 다리 한가운데에 나무로 탑 같은 것을 짓기 시작했다. 그것은 형태로나 위치로나 사용된 재료로 보거나 완전히 괴상망측한 것이었다. (그러나 세상의 어느 군대나 그들의 특수한 목적과 경제적인 이유로 해서 나중에 정상적이고 평화로운 생활의 관점에서 보면 조리에도 맞지 않고 이해하기조차 어려운 이런 건물들을 짓곤 한다.) 그것은 이층으로 된 집이었는데 거칠고 대패질도 하지 않은 나무판자로 엉성하게 지어진 데다 아래에는 굴처럼 통로를 만들어놓은 서투르고 흉하기 그지없는 곳이었다. 그 탑은 튼튼한 서까래에 높다랗게 얹힌 것이 마치 다리를 걸치고 앉은 것 같았고 이 서까래의 두 끝은 카피야의 좌우로 난간에 걸쳐 있었다. 그 아래에는 마차와 말들, 보행인들이 맘놓고 다닐 수 있는 통로가 있기는 했지만 그 위 병사들이 잠을 자는 곳에서도 아래의 지나가는 모든 사람들을 검문하고 통행증이나 짐을 조사할 수 있었고 필요시에는 통행을 막을 수도 있었다.

그것은 정말 다리의 모습을 바꿔놓았다. 사랑스런 카피야는 마치 거대한 새처럼 그 위에 도사리고 앉은 목조 건물 아래에서 사라지고 말았다.

탑이 완성되던 날 아직도 생나무 냄새가 코를 찔렀고 발자국 소리에 빈 벽이 울렸고 이내 경비병들이 제각기 초소에 섰다. 첫날이 새자마자 이 탑은 마치 덫처럼 첫번째 희생자를 잡아들였다.

이른 아침 나직이 떠오른 불그스름한 태양 아래 탑 밑에는 군인들과 군대를 도와 카사바 주위에서 야간 경비를 서는 무장한 터키인 주민들이 몇 사람 모여들었다. 그 무리의 한가운데 대들보에는 경비대장이 앉아 있었고 그 앞에는 교회 사제를 닮은 것 같기도 하고 거지를 닮은 것 같기도 한, 그러나 어딘지 맑고 온화한 분위기의 방랑자 같은 하얀 머리에 흰 피부를 지닌 노인이 앉아 있었다. 그는 차이니체[66]에서 온 옐

---

[66] 드리나 강변의 보스니아 도시.

리시예라는 이름의 늙은 기인이었다. 그는 이미 여러 해에 걸쳐 이처럼 늘 부드럽고 겸손한 태도로 미소를 띠며 교회와 사원과 종교적인 모임과 축제를 찾아 사방을 돌아다니는 길이었다. 그는 기도하고 참회하고 단식하는 중이었다. 그전의 터키 정부는 이 노인을 보아도 아무런 관심을 두지 않고 그저 연약한 종교인으로 여기고 어디를 가든 무슨 소리를 하던 무엇을 좋아하든 마음대로 하도록 방치해둘 뿐이었다. 그러나 이제는 세르비아에서의 폭동 때문에 다른 시대가 왔고 가혹한 잣대가 적용되었다. 폭동 때에 반란군들에 의해 집이 불살라진 몇몇 터키인 가족들이 세르비아에서 이 카사바로 왔다. 그들은 증오를 퍼트렸으며 복수할 기회를 찾고 있었다. 여기저기서 경계가 심해지고 감독이 강화되었다. 근심에 쌓인 악의에 찬 이 지방 터키인들은 모든 것들을 의심의 눈초리로 보았다.

　노인은 로가디차[67]에서 이 길을 따라 여행을 하던 중이었는데 운이 나쁘게도 다리 위의 이 탑이 완성되어 첫 경비병들이 보초를 서기 시작한 바로 첫날 도착한 첫번째 여행객이었던 것이다. 그가 도착한 시간도 날이 완전히 밝지 않은 제일 나쁜 시기였다. 그는 마치 촛대를 들듯 이상한 지팡이를 들고 있었다. 그것은 이상한 기호와 글자를 새긴 굵직한 지팡이였다. 탑은 그를 마치 거미가 파리를 잡아먹듯이 집어삼켰다. 그들은 짧게 심문했다. 그들은 그가 누구이며 무엇을 하는 자이고 어디에서 왔으며 이 지팡이에는 무엇이 적혀 있는지를 물었지만 그는 그들이 묻는 것에 대답을 하지 않고 이런 고약한 터키인들 앞이 아니라 진짜 신의 의식을 드리는 곳에서 말을 하는 것처럼 편안하고 진솔하게 대답을 했다. 그는 자기는 아무것도 아닌 보잘것없는 사람이며 이 땅 위의 나그

---

[67] 보스니아의 도시.

네, 이렇듯 스쳐가는 시간의 행인이며 태양 아래 그림자이며 그러나 자신의 짧은 생애 동안 기도를 하며 모든 성스런 장소들과 세르비아 황제들의 유적과 무덤들을 다닐 때까지 이 사원에서 저 사원으로 옮겨 다니는 사람이라고 말했다. 지팡이에 새긴 글자와 모양에 대해서는 세르비아의 자유 그리고 과거와 미래를 통한 세르비아인들의 위대함을 표시하는 것이라고 덧붙였다. 노인은 책에서 읽은 것들과 이 땅 위 저 하늘에 보이는 것으로 보아 부활의 날은 아주 가까이에 다가와 있다고 부드럽게 미소를 지으며 겸손한 어조로 말했으며 심판으로 부활하여 진리를 기초로 한 황국이 다시 태어난다고 그는 얘기했다.

"난 여러분들이 이런 얘기를 들어야 한다는 것이 그리 유쾌하지 않으며 나 역시 여러분들 앞에서 이런 것을 말할 필요가 없다는 것을 알지만, 여러분들이 나를 멈춰 세우고 사실을 이야기하라니 낸들 별 수 있겠소. 하나님은 진리이며 신은 유일하오! 그러니 제발 내가 갈 수 있도록 길을 내어주시오. 난 오늘 중으로 바냐에 있는 스베타 트로이차 사원에 도착해야 한단 말이오."

통역 셰프코가 그 빈약한 터키어로 그러한 추상적인 단어들로 된 표현들을 찾으려는 부질없는 노력을 하느라 갖은 애를 쓰면서 말을 옮겼다. 몸이 허약한 아나톨리아인 경비대장은 아직 잠이 덜 깬 듯한 통역자의 불분명하고 모호한 말들을 들으면서 때때로 아무 두려운 것도 없이 불쾌한 표정을 짓고 있는 노인을 쳐다보았다. 그는 터키어를 한마디도 몰랐지만 통역자가 하는 말이 모두 사실인양 고개를 끄덕였다. 경비대장은 속으로 이 노인이 얼빠진 이교도의 탁발승이고 온순하고 아무 해가 되지 않는 미치광이라고 생각했다. 그리고 노인의 이상하기 그지없는 지팡이에 뭔가 숨겨져 있는 것이 있다고 생각해서 잘라봤지만 아무것도 찾은 것은 없었다. 그러나 셰프코가 옮기는 노인의 말에는 뭔가 수상한 게 느껴지고 정치와 반역적인 의도가 풍겼다. 대장 혼자였다면 그는 이 불쌍한 늙은이를 그냥 놓아주었겠지만 다른 군인들과 민간 경비병들이 모두 모여 심문에 귀를 기울이고 있었다. 게다가 그 자리에는 이미 몇 차례 상관에게 자기를 모함하고 조심성이 없고 엄격함이 부족하다고 자기를 비난한 바 있는 무뚝뚝하고 악의에 찬 자, 늘 눈에서 습기가 마르지 않는 간악한 지시관 타히르가 있었다. 또한 말을 옮기는 중에도 노인의 고상한 문장들을 되도록 가장 나쁜 말로 표현하려는 속셈이 있는 데다 사사건건 참견하여 아무렇지도 않은 일도 마구 퍼트리기 좋아하고 언제나 잘못된 보고뿐 아니라 거짓 증언도 할 수 있는 셰프코도 한몫을 한 것이다. 그리고 그곳에는 제법 뻐기면서 악착스럽게 순찰을 돌며 의심쩍은 사람들을 붙들어서는 쓸데없이 자기의 공무를 방해하는 이 지역의 터키인 유지들도 있었다. 그런 사람들이 한자리에 모여 있는 셈이었다. 그리고 그 즈음 그들은 모두 자기들이 처벌하고 싶은 자를 처벌하지 못하고 죽이고 싶은 자를 죽이지 못함으로써 할 수만 있다면 누구든지 처벌하고 죽이고 싶은 복수심에 차 있었다. 경비대장은 그들을 이해할 수도, 옳다고 받아들일 수도 없었지만 이곳에 모인 사람들 모두가 다리 탑의 첫날 아침 희생물을 잡아들여야 한다는 데 의견이 모아지고 있음은 의심할 여지가 없었다. 만약 그들의 욕망에 반대하다가는 분노에 취한 그들에게 자기 자신이 최초의 희생양이 될지도 모른다는 생각이 들었다. 이 미친 늙은이 때문에 자기가 불쾌한 꼴을 당할 것을 생각하니 그는 참을 수가 없었다. 그리고 세르비아 제국의 얘기를 들추어 낸 이 늙은이는 요즘 한창 성난 벌떼처럼 변한 이 지역 터키인들 사이에서 그리 멀리 갈 수 있을 것 같지가 않았다. 혼탁한 물이 그를 데리고 왔듯이 그저 데려가기를 바랄 뿐이었다.

　노인이 묶인 뒤 그의 처형을 보지 않으려고 경비대장은 이제 막 마을의 읍내로 나갈 준비를 마쳤는데 경비병들과 몇몇 터키인들이 초라한 옷차림의 세르비아 청년 한 명을 끌고 나타났다. 옷은 갈기갈기 찢어지고 얼굴과 손에는 상처가 나 있었다. 오소이니차[68]에서 물레방아를 돌리며 살던 자로 리예스카 출신의 밀레라는 가난한 청년이었다. 많아야 열아홉 살쯤 되었을까, 건강하고 체격도 좋고 혈기 왕성한 청년이었다.

밀레는 아침 해가 뜨기 전 찧을 보리를 방아에다 넣은 다음 나무하러 숲으로 갔다. 그는 도끼를 휘두르며 마치 볏짚을 자르듯 연한 오리나무 가지를 베었다. 그는 신선한 공기와 나무가 도끼로 쉽게 잘려지는 수월함을 만끽했다. 그에게는 자신의 그런 행동들이 사랑스러웠다. 도끼도 날카로웠지만 그의 힘 앞에 나무는 나약했다. 가슴속에 있는 그 무엇이 부풀어올라 도끼를 한 번씩 내리칠 때마다 소리 내어 외치지 않고는 못 배길 것 같았다. 그의 외침은 차츰 잦아지고 꼬리를 이어갔다. 리예스카에 사는 모든 남자들과 마찬가지로 노래를 들을 줄도 부를 줄도 모르는 밀레지만 이날은 어둡고 울창한 숲 속에서 노래를 부르고 소리를 질러댔다. 아무 생각 없이 지금 자기가 있는 장소가 어디인지조차 잊고 다른 사람들에게서 들은 노래를 불러댔다.

세르비아가 '강성했던' 당시에는 백성들이 불렀던 옛 가사는 이랬다,

    젊은 알리베그가 베그[69]가 되었을 때,
    소녀가 그의 깃발을 들어주었다네.

    그러나 새로운 가사는,

---

**68** 세르비아의 시골 마을.
**69** 터키의 지방 고관.

젊은 조르제[70]가 베그가 되었을 때,
소녀가 그의 깃발을 들어주었다네.

땅과 권력과 인생관과 질서를 위해서 두 종교 사이에 몇 세기를 두고 보스니아에서 벌어진 그 어마어마하고 기이한 전쟁에서 양쪽들 각각 여자와 말, 무기뿐 아니라 노래마저 서로 빼앗았던 것이다. 많은 노래 구설들을 아주 귀중한 전리품인 양 이쪽에서 뺏어가고 저쪽에서 뺏어오고 하였던 것이다.

이 노래도 최근 세르비아 사람들이 즐겨 부르는 노래였지만 문을 닫은 집 안에서나 슬라바 때에나 혹은 터키인들이 몇 해 만에 한 번씩 발을 들여놓을까 말까 한 외딴 목장이나 혼자 고독과 가난을 무릅쓰고 황야에 묻혀 자기가 살고 싶은 대로 살고 부르고 싶은 대로 노래 부를 수 있는 그런 곳에서만 몰래 숨어서 불러야 했다. 그래서 방아꾼 밀레가 길 바로 아래 숲 속에서 부르기에 딱 맞는다고 생각한 것은 바로 이 노래였던 것이다. 그리고 그 길을 따라 올루야츠와 오라호바츠의 터키인들이 장터로 향하느라 지나가고 있었다.

새벽은 이제 산봉우리에 걸려 있고 이곳 응달진 곳은 아직도 어둑어둑했다. 밀레는 이슬에 촉촉하니 젖었지만 단잠과 뜨끈뜨끈한 빵과 노동의 덕분으로 훈훈하니 더웠다. 도끼를 쳐들고 오리나무 밑동에 붙은 얇은 가지를 내리쳤지만 나무는 결혼식장으로 안내하는 쿰[71]의 손에 입맞춤하는 신부처럼 마치 이슬비 같은 차가운 이슬을 뿌리며 잠깐 숙였다가는 그대로 있는 것이었다. 그는 장난하듯 한 손에 도끼를 들고 푸

---

**70** 세르비아인을 대표하는 이름.
**71** 세르비아 정교 결혼식에서의 대부.

른 가지를 베었다. 이렇게 하는 동안에도 그는 즐거운 듯 어떤 구절에는 힘을 넣으면서 기를 쓰고 목청을 돋워 노래를 불렀다. '조르제'라는 말에는 막연하게나마 힘이 솟고 담대해졌으며 '소녀'와 '깃발' 역시 그가 모르는 일이지만 어쩐지 자기 자신의 여자를 맞이하고 깃발을 든다는 가장 가까운 자기의 꿈에 대답해주는 듯한 말들이었다. 어쨌든 그런 말을 입 밖에 낸다는 것은 달콤한 일이었다. 그래서 자기 속에 간직된 모든 힘에 북받친 채 그는 이러한 말들을 명확하게 수없이 되풀이했으며 그것을 높이 외치면 외칠수록 힘이 새로워지는 듯해서 소리도 드높이 또다시 되풀이하곤 하는 것이었다.

이렇게 밀레는 필요한 나뭇가지를 다 베어 간추릴 때까지 동트는 새벽 속에서 노래를 불렀고 지금 자른 나뭇단을 질질 끌면서 축축하게 젖은 비탈길을 내려왔다. 방앗간 앞에 어떤 터키인들이 있었다. 그들은 말고삐를 매어놓고 뭔가를 기다리고 있었다. 열 사람 정도였다. 밀레는 나무하러 가기 전이나 다름없이 눈앞에 조르제도 없고 소녀도 깃발도 없이 어설프고 덥수룩하고 어정쩡한 본래의 자기 자신으로 되돌아가는 것을 느꼈다. 터키인들은 그가 도끼를 내려놓기가 무섭게 사방에서 덮쳐 짧은 몸싸움이 있은 뒤에 그를 밧줄로 묶어 마을로 끌고 갔다. 가는 동안 그들은 너의 조르제는 지금 어디에 있냐며 물었고 그의 깃발과 소녀를 마구 욕하면서 막대로 등을 때렸고 발로 사타구니를 찼다.

이 죄 없는 노인이 묶여 있는 바로 그 장소, 카사바의 탑 아래에 아직 아침 해가 밝지도 않았는데 마을의 할 일 없는 사람들과 군인들이 몰려들었다. 그들 중에는 세르비아에서 집이 불살라지는 바람에 피난 온 터키인들도 있었다. 그들은 모두 무기를 가지고 있었고 마치 큰 사건이나 결정적인 전투라도 논의하고 있는 듯 심각한 표정들을 지었다. 그들의 흥분은 떠오르는 태양과 더불어 높아져갔다. 태양은 골레슈의 지평선을 내리덮은 안개를 비치면서 빠르게 솟아올랐다. 터키인들은 그 남루한 옷차림과 비참한 몰골, 그리고 폭동이 일어나지 않은 드리나 강 왼쪽 편에 혁명의 지도자로 끌려온 듯 공포에 질린 젊은이를 벼르고 있었다.

고의가 아니었다고 믿기 어렵게 거만한 태도를 취하며 악의를 가지고 서 있는 올루야츠와 오라호바츠에서 온 터키인들은 그가 도발적인 거동으로 길가에서 카라조르제와 이교도의 투사들에 대한 노래를 불렀다고 증언했다. 젊은이는 정말 어떤 영웅이나 위험한 인물하고는 영 거리가 멀어 보였다. 잔뜩 겁을 먹고 옷은 갈기갈기 찢어지고 몰매를 맞아 상처가 났으며 가슴에 독기를 품은 듯이 보이는 젊은이는 구원이라도 바라듯 경비대장을 쳐다보았다. 마을에 잘 내려오지 않는 터라 경비대장은 물론 다리에 탑이 생긴지도 알지 못했다. 그래서 마치 꿈속에서 간악하고 위험한 인간들이 들끓는 도시를 헤매듯 그에게는 모든 것이 이상해 보이고 거짓말 같았다. 땅에 눈을 내리깔면서 그는 절대로 그런 노래를 부른 일이 없고 터키인들을 때린 적도 없으며 자신은 물방아를 업으로 사는 가난한 사람이며 나무를 베고 있던 자기가 왜 여기까지 끌려오게 되었는지 알 수 없다고 떠듬떠듬 말했다. 그는 공포에 떨면서 무슨 일이 일어났고 냇물가의 시원한 공기를 마시며 즐거워했던 자신이 왜 갑자기 이 카사바 위에서 모든 사람들의 관심의 대상이 되어 대답을 해야 하는지 왜 이렇게 묶여서 매질을 당해야 하는지 알지를 못했다. 그는 자신이 이제껏 부른 노래 중에서도 가장 천진난만한 노래를 불렀다는 사실을 까마득히 잊고 있었던 것이다.

그러나 터키인늘은 자기들이 지나갈 때 그가 반란자들의 노래를 불렀고 묶으려 하니 저항했다고 우겨댔다. 그들 모두는 심문하는 대장에게 이렇게 맹세를 했다.

"발라히?[72]"

"발라히!"

"빌라히?[73]"

"빌라히!"

이렇게 세 번을 반복했다. 그리고 젊은이를 옐리시예 노인 옆에 세워놓고 그들은 어딘가에서 자고 있을 사형집행인을 깨우러 갔다. 노인은 이런 대낮에 다리 위에서 이토록 많은 사람들에게 둘러싸여 주목의 대상이 되어본 적이 없었으므로 영문도 모르고 창피한 표정으로 눈만 깜박거리고 있는 젊은이를 바라보았다.

"자네 이름이 뭔가?" 노인이 물었다.

"밀레요." 젊은이는 여전히 터키인들의 심문에 대답하듯 겸손하게 대답했다.

"밀레, 우리 입맞춤을 하세, 젊은이." 노인은 이렇게 말을 하면서 자신의 흰 머리를 밀레의 어깨 속으로 기울였다.

"우리 입을 맞추고 성호를 그으세나, 하나님 아버지의 이름과 그의 아들과 성령의 이름으로 말일세. 하나님 아버지와 그의 아들과 성령의 이름으로. 아멘."

그렇게 노인은 자신과 젊은이를 위해 말로 성호를 그었는데 왜냐하면 그들의 손은 묶여 있었고 사형 집행인이 벌써 도착했기 때문이었다.

역시 군인의 한 사람인 사형 집행인은 재빨리 일을 해치웠다. 장날이라 언덕에 내려와서 다리를 건너는 첫 통행인들은 다리의 탑 옆에 이제 막 잘라놓은 말뚝에 꽂은 머리 두 개와 다리 위 그들의 목을 벤 자리에서 자갈 위로 흩뿌려진 핏자국을 볼 수 있었다.

이렇게 탑은 임무를 '수행하기' 시작했다.

---

**72** 알라께 맹세합니까? 알라께 맹세합니다.
**73** 알라께 맹세합니까? 알라께 맹세합니다.

그날부터 줄곧 반란의 죄를 짓거나 가담한 혐의를 받은 사람들은 바로 이 다리에서 붙잡히거나 경계 지방 어디에서 잡히거나 해서 모두 카사바로 끌려왔다. 일단 이곳에 끌려오면 살아서 돌아가는 사람은 드물었다. 폭동에 가담한 사람들 혹은 단순히 운이 나빴던 사람들의 목은 탑 주위에 말뚝을 박아놓고 매달았으며 그들의 몸통은 누가 나타나서 목 없는 시체를 찾아가지 않으면 다리 위에서 드리나로 던져졌다.

짧게든 길게든 휴전을 거치며 '또 다른, 좀더 나은, 더 영리한 사람을 찾기 위해' 수 년 동안 지속되어온 폭동은 물을 따라 그해에는 부쩍 늘었다. 가난에 허덕이며 아무 죄도 없던 그 노인과 젊은이, 무지한 군중 속에서 나온 이 한 쌍의 불쌍한 백성은 그 행렬의 선두에 서야 하는 운명을 맞았고 힘없고 무관심한 자를 정복하려는 기회를 내어주고 만 것이었다. 거대한 사건의 소용돌이가 제일 먼저 휘감아놓고 그 소용돌이가 어쩔 수 없는 매력을 느끼며 삼키고 마는 것은 흔히 이런 사람들이었다. 그렇게 같은 순간에 목이 잘린 청년 밀레와 노인 엘리시예는 형제처럼 손을 맞잡고 카사바의 탑을 그들의 머리로 장식하게 되었고 그 후부터 카사바에는 폭동이 계속되는 동안 언제나 그런 장식이 끊이는 날이 없었다. 전에는 본 적도 들은 적도 없는 이 두 사람은 사람들의 기억 속에서 다른 무엇보다도 더 뚜렷하고 더 오래 지속되는 추억 속에서 가장 중요한 희생자로 함께 남게 된 것이다.

이렇게 피와 악명으로 얼룩진 고약한 탑 아래 카피야는 사라져버렸고 그와 더불어 모임도 대화도 노래도 즐거움도 사라져버렸다. 터키인들도 그후로는 꺼려하며 지나갔으니 세르비아인들이 그러는 것은 당연했다. 세르비아인들은 꼭 건너가야 하는 경우에만 고개를 푹 숙인 채 종종걸음으로 서둘러 지나갔다.

시간이 지남에 따라 회색으로 변했다가 다시 거무튀튀한 색으로 변한 나무판자로 만들어진 목조 탑 주위에는 군대가 장기적으로 사용하는 건물에 늘 감도는 그런 분위기가 만들어졌다. 병사들의 빨래가 나무 대들보에 걸려 나부끼고 쓰레기는 창문으로 드리나 강에 버려졌고 더러운 물과 병영 생활의 온갖 폐물이며 쓰레기 같은 것들이 너저분하게 흩어졌다. 다리 한가운데 흰 교각에는 멀리서도 보일 만큼 기다랗게 구정물 자국이 흘러나왔다.

처형된 사람들을 처리하는 일은 오랫동안 같은 군인이 맡아 했다. 그는 기름이 번들거리는 흙빛 얼굴에 탁하고 흐린 눈과 흑인 같은 입술을 가졌으며 피둥피둥 살찐 데다 살결이 검은 아나톨리아인이었다. 늘 웃음 지으며 흐뭇한 듯 미소를 머금은 자였다. 이름은 하이루딘이었고 그는 마을 전체와 국경 저 멀리까지 순식간에 알려졌다. 그는 자신의 일을 늘 만족스럽게 성심을 다해 거행했다. 일을 하는 데는 유난히 빠르고 능숙했다. 카사바의 주민들은 그의 손이 마을 읍내의 이발사 무산보다 가볍다고들 얘기했다. 나이 든 사람이든 젊은 사람이든 적어도 그의 이름을 모르는 사람이 없었고 그의 이름은 공포와 호기심을 자아내기에 충분했다. 햇빛이 좋은 날에 그는 다리 위에 하루 종일 앉아 있기도 하고 누워 있기도 하였다. 그러다가 이따금씩 일어나서 멜론 장수가 멜론을 살피듯 말뚝 위의 널려진 목들을 돌아보곤 했다. 그리고는 다시 응달에 깔아놓은 판자에 누워 마치 양떼를 지키는 개와도 같이 물기가 그렁그렁한 무거운 눈으로 기분 좋게 하품을 하며 기지개를 켜는 것이었다. 다리 끝 벽 뒤에서는 호기심에 찬 아이들이 모여 겁에 질려하면서도 그를 유심히 지켜보았다.

그러나 자기 일을 수행할 때 하이루딘은 정신이 바짝 들어 아주 세세한 것까지 완벽하게 처리했다. 그는 누구든지 자기 일에 참견하는 것을 싫어했고 그의 일은 반란이 일어남에 따라 점점 더 많아졌다. 반란자들이 카사바 위쪽에 있는 몇몇 마을을 불살랐을 때 터키인들의 분노는 절정에 달했다. 그들은 폭도들이든 스파이건 혹은 그들의 눈에 그렇게 비치는 사람들을 모두 붙잡아 다리 위의 경비대장에게 끌고 갔을 뿐 아니라 복수심에 불타서 심지어는 판결의 집행에까지 간섭하려 들었다.

그러던 어느 날 날이 밝았고 비셰그라드 교구 성직자의 목이, '대홍수'가 일어났던 밤 호좌와 유태인 목사와 농담을 나누던 폽 미하일로의 목이 말뚝에 꽂히게 되었다. 세르비아인 전체에 대한 노여움 속에서 그는 죄 없이 처형되었는데 집시 아이들이 죽은 입에 담배를 물려주었다.

이 모든 일들은 하이루딘이 절대로 용서하지 않았고 그가 할 수 있는 한 언제든지 막아냈던 일이었다.

어느 날 이 뚱뚱한 아나톨리아인이 갑자기 화농균 전염으로 생긴 혹 때문에 죽자 훨씬 서투른 새 사형집행인이 와서 그의 일을 몇 해 동안 계속했다. 세르비아에서 폭동이 가라앉을 때까지 카피야에는 두 세 개의 목이 걸려 있지 않은 날이 없었다. 그런 때에는 감각이 둔해지고 무뎌지는 속도도 빨라져서 사람들은 얼마 안 가 잘라진 목이 너무 눈에 익어서 그 옆을 무관심하게 지나가게 되고 쳐다보지도 않게 되었고 그래서 머리가 없어져도 언제 없어졌는지 모를 지경이었다.

세르비아와 국경에서 사태가 진압되자 탑은 그 중요성과 의의를 잃었다. 그러나 다리 위의 통행이 자유롭고 감시를 하지 않게 된 지가 오래되었는데도 경비병들은 여전히 그곳에서 머물렀다. 어느 군대에 있어서나 무슨 일이든 변화가 느린 법이지만 터키 군대는 다른 군대보다 더 느렸다. 어느 날 밤 켜놓고 자던 촛불로 인해 화재가 나지 않았던들 얼마나 더 오래 계속되었을지 모를 일이었다. 탑은 송진이 많은 판자로 지어진데다 낮에 쪼인 햇빛으로 아직 온기가 아래까지 남아 있었기 때문에 모두 다 타버렸고 결국에는 다리와 카피야의 돌로 된 비문까지 타버리게 했다.

　카사바에서 흥분한 사람들은 다리뿐 아니라 주위의 산까지 훤하게 비추고 강물에 반사되어 울렁거리는 엄청난 불길을 지켜보았다. 날이 새자 다리는 여러 해를 두고 카피야를 휘덮고 있던 흉측한 목조 괴물을 벗어나 본래의 모습을 드러냈다. 흰 돌은 거무죽죽하게 그을었지만 얼마 안 가서 비와 눈이 다시 깨끗하게 씻어놓았다. 그렇게 차츰 퇴색해서 마침내 그 세대와 더불어 사라지고 만 몇 가지 쓰라린 추억과 카피야의 돌계단에 꽂혀 있다가 타지 않고 남은 참나무 대들보 하나를 제외하고는 탑도 그와 관련된 피비린내 나는 사건들도 모두 흔적 없이 사라지고 말았다.

　이렇게 카피야는 다시 예전에 있었던 대로 카사바에 돌아왔다. 마을에서 오자면 왼쪽 테라스에 커피 장수가 다시 화로에 불을 피우고 그릇들을 늘어놓았다. 다만 물이 솟아나오는 뱀 머리가 부서져 분수는 망가져버렸다. 사람들은 다시 소파에 앉아서 이런 저런 일거리들 이야기를 나누거나 할 일 없이 졸면서 빈둥빈둥 시간을 보냈다. 여름철 밤에는 젊은이들이 그곳에서 무리를 지어 노래를 부르기도 하고 혹은 홀로 앉아 사랑에 그리운 마음을 억누르거나 기도하고 흔히 좁은 환경에서 자라난 젊은이들을 괴롭히는 욕망 즉 먼 세계로 나가서 위대한 행동을 하거나 큰일에 참여하고 싶은 막연한 욕망에 몸을 내맡기기도 했다. 그리고 이미 20여 년이 흐른 뒤에는 추한 목조의 그 탑이나 야간에 통행인을 정지시키는 경비병들의 그 거친 목소리나 하이루딘이나 또는 그가 그토록 능숙한 솜씨로 직접 목을 베어내던 사람들의 목도 기억하지 못하는 전혀 새로운 세대가 자라났다. 다만 셰프텔리야[74]를 서리하는 장난꾸러기들을 쫓는 나이 든 여자들이 이렇게 소리를 치며 화가 나 욕지거리를 할 뿐이었다.

"하이루딘이 네 놈들 머리를 자르도록 할 테다! 네 어미들이나 카사바에서 네 놈들을 알아볼 테지!"

그러나 울타리를 넘어 도망을 치는 아이들은 그 저주의 의미를 이해하지 못했다. 물론 아무것도 아닌 것은 아니었지만 그 의미를 충분히 알지는 못했다.

이렇듯 다리 곁에서 인간의 세대는 반복되었지만 다리는 그 위에 지나가는 사람들의 성품이나 필요성들을 남겨놓은 온갖 흔적들을 마치 먼지처럼 털어버렸고 모든 것이 지난 후에도 변하지 않고 그리고 변할 수도 없이 그냥 그렇게 남아 있었다.

---

**74** 페르시아어로 복숭아.

## VII

다리와 카사바 위로 해가 거듭되고 10년, 20년 세월이 흘렀다. 19세기 중엽의 몇십 년 동안 터키 제국은 서서히 쇠잔해갔다. 그 당시 사람들의 시선으로 따져보면 자기네 시대가 비록 근심과 걱정, 가뭄과 홍수와 전염병과 그 밖에 온갖 시끄러운 사건들을 겪기는 해도 비교적 평화롭고 잔잔한 시절로 여겨졌다. 다만 모든 것들이 긴 고요 속에서 짧은 몸살을 앓는 정도로 천천히 단계적으로 일어났다.

이 카사바를 거쳐 가는 보스니아와 베오그라드의 파샤루크 사이의 경계는 차츰 더 뚜렷하게 한계가 분명해져서 국경선의 형태와 의미를 지니기 시작했다. 그것은 그 지방 전체와 이 카사바의 생활조건에 변화를 가져왔고 교역과 통신, 그리고 터키인과 세르비아인들 상호 간의 관계에 영향을 주었다.

나이 많은 터키인들은 이 불쾌하고 믿을 수 없는 사실을 몰아내려는 듯 믿을 수 없다는 표정으로 이맛살을 찌푸리며 눈을 깜박거리면서 큰소리를 치기도 하고 의논도 하고 잇달아 몇 달 동안 그 일을 잊고 있다가는 가혹한 현실에 다시 정신을 차려 다시 놀라곤 하였다.

그러던 어느 봄날 경계지방인 벨레토보의 터키인 한 사람이 카피야에 앉아 요즈음 벨레토보에서 무슨 일이 일어나고 있는지를 모여든 터키인 유지들에게 이야기하고 있었다.

이 벨레토보인이 말하기로는 겨울 어느 날 그의 마을들에서 9월의 세르다르[75]로 불리는 악명 높은 요반 미치치가 심지어 아릴예로부터 무장한 자신들의 부하들을 데리고 경계선에 나타나 조사하고 이것저것 따져보고 있다는 것이었다. 그래서 사람들이 무엇을 하는 것이며 왜 그러는지를 물었더니 그가 거들먹거리며 대답하기를 누구에게도 그것을 말할 필요가 없을 뿐 아니라 적어도 보스니아의 개종한 이슬람 신자들에게는 더욱 말할 필요가 없다고 했다는 것이다. 그러나 그토록 알기를 원한다면 코쟈[76] 밀로쉬가 경계선이 어디를 지나가고 세르비아 땅을 어디까지로 할 것인지 알아보라고 시켜서 온 것이라고 말했다.

벨레토보인은 계속 말을 이었다. "우리는 이렇게 생각했지요. 이 자가 술이 취해 자기가 무슨 소리를 지껄이고 있는지도 모른다고. 우리는 그를 하이두크나 비열한 인간으로 오래전부터 알고 있었거든요. 그래서 그놈을 쫓아버리고는 깨끗이 잊어버리고 있었지요. 그런데 두 달이 채 안가서 녀석이 나타났는데 이번에는 밀로쉬의 일개 중대씩이나 거느리고 황제의 무바쉬르[77]까지 데리고 오는 게 아니겠어요. 황제의 무바쉬르는 이스탄불 사람인데 창백하게 생긴 약골이더군요. 우리는 우리 눈을 믿을 수가 없었어요. 그러나 무바쉬르가 사실이라고 하는데 어떡합니까. 수줍어서인지 땅만 쳐다보면서 단언하더군요. 그가 말하기를 이렇게 해서 밀로쉬가 황제의 이름으로 세르비아를 통치하게 되었으며 어디까지 그의 권한이 미치는가 정확하게 알기 위해서 경계선의 표지를 하라는 명령이 내렸다는 것이었습니다. 무바쉬르가 데리고 온 사람들이

---

[75] 대장이나 우두머리를 지칭.
[76] 터키어로 노인을 높여 부르는 말.
[77] 터키어로 말을 전하는 사람. 대변인.

테트레비차 밑으로 능선을 따라 말뚝을 박기 시작하니까 그 미치치가 달려와 말뚝을 뽑아 팽개치지 않겠습니까. 이 성난 이방인이(그 자식 개밥이나 돼버려라!) 무바쉬르에게 덤벼들며 마치 어린 사람이나 부하에게 하듯이 마구 소리를 질러대는 것이었습니다. 그는 그게 경계가 아니라고 하더군요. 술탄과 러시아의 황제가 경계를 정했는데 밀로쉬 '공(公)'에게 이제 경계는 림 강을 따라 곧장 비셰그라드의 다리까지 뻗어 그곳에서는 드리나를 따라 그어진다는 페르만[78]을 내렸다는 것이었다. 그러니 여기 이 땅도 모두 세르비아 땅이라는 것이었다. 그리고 그뿐인가, 그자의 말로는 이것도 다만 이 시기까지 그렇고 나중에는 더 확대된다는 것이었다. 무바쉬르는 그 녀석을 알아듣게 달래더니 결국 벨레토보 위에 경계선을 정하고 말더군요. 그래서 지금 그 자리가 경계선이 되었던 겁니다. 적어도 지금은요. 그제야 비로소 우리는 의심과 일종의 공포를 갖게 되었지요. 무엇을 어떻게 해야 할지 무슨 행동을 취해야 하는지 몰랐으니 말이에요. 우쥐체 사람들과도 상의를 해봤지만 그들도 무슨 일이 일어날지 이것이 어떻게 되어가는 건지를 모른다는 것이었어요. 두 번이나 촤바[79]를 다녀온 아흔 살이 된 노인인 하쥐 주코는 한 세대가 지나가기 전에 터키의 국경은 여기서 열다섯 개의 코나크[80]를 거치면 나오는 카라-데니즈[81]까지로 후퇴하게 될 거라고 말을 하는 거예요."

비셰그라드의 터키인 유지들은 벨레토보인의 이야기를 듣고 있었다. 그들은 겉으로는 아주 태연했지만 속으로는 전율을 느끼며 동요하고 있었다. 그 사람의 말을 들으면서 자기도 모르게 몸을 움찔거렸고 마

---

[78] 술탄의 명령.
[79] 아랍의 메카에 있는 이슬람 사원.
[80] 숙소를 가리키는 터키어.
[81] 흑해를 가리키는 터키어.

치 보이지 않는 억센 힘이 밑에서 다리를 뒤흔들거나 하는 것처럼 손으로 자기가 앉아 있는 돌을 움켜쥐었다. 그러다가 감정을 억누르고 이 사건의 중요성을 덜고 줄이기 위한 말들을 찾으려 애를 썼다.

그들은 카피야 위에서 반갑지 않은 소식이나 어려운 생각들, 심각하고 걱정스런 대화를 하는 것을 좋아하진 않았지만 이것이 좋은 징조가 아니란 것은 모두 알고 있었다. 벨레토보에서 온 사람이 한 말을 부정할 수도 없었고 그를 진정시키고 안심시킬 말을 찾지도 못했다. 그래서 기껏해야 이 유쾌하지 못한 소식을 가지고 온 농부가 산 너머 자기 마을로 돌아가주기를 기다리는 수밖에 없었다. 물론, 그것으로 자기들 걱정이 줄어드는 것은 아니었지만 걱정이 멀어지는 것만은 분명했다. 그리하여 정말 그 사람이 가버린 후 늘 하던 대로 돌아갈 수 있었고 생활을 불쾌하게 만들거나 미래를 무서운 것으로 만드는 이야기를 하지 않고 평화롭게 카피야에 다시 앉아 있게 되었고 산 너머 저쪽에서 일어난 사건의 무게를 줄이고 가볍게 하는 일로 시간을 보낼 수 있게 된 것이 무척 기뻤다.

세월도 흘렀다. 인생은 변화 없이 그렇게 흘러갔다. 카피야에서 그런 대화가 있은 지 30년이 지났다. 그러나 황제의 무바쉬르와 9월의 대장이 박아놓은 말뚝들에선 뿌리가 내려서 터키인들로서는 쓰디쓴 열매가 뒤늦게 열린 것이었다. 터키인들은 이제 세르비아에서 마지막 도시마저 포기하지 않으면 안 되었다. 어느 여름날 비셰그라드의 다리는 우쥐체에서 오는 가엾은 피난민들의 행렬이 줄을 이었다.

그것은 카피야에 기분 좋은 황혼이 오래도록 머무는 어느 여름날이었다. 터키인들이 마을의 장터에서 다리의 테라스 두 군데를 모두 차지했다. 작은 바구니에는 멜론이 가득했다. 하루 종일 잘 익은 멜론과 수박들을 차갑게 만들어놓고 나중에 온 사람들이 저녁 무렵에 그것을 사서 소파에 앉아 먹었다. 때때로 두 명의 남자가 수박 안이 빨간지 하얀지를 놓고 내기를 했다. 그것을 잘라 보고서 진 사람이 돈을 내는 것이었다. 그리고 대화를 하며 서로 목청껏 농담을 주고받으며 함께 먹었다.

돌로 된 테라스에서 여전히 낮의 열기가 솟아올랐지만 강물에서는 어스름과 더불어 이미 시원한 공기가 스며 올라왔다. 강 한가운데는 반짝반짝 빛나고 둑 가까이 수양버들 아래에서는 어둑어둑하고 흐린 초록빛으로 변해갔다. 주위의 산들은 모두 어떤 것은 진하게 어떤 것은 연하게 저녁 노을 아래 벌겋게 물들고 있었다. 그 위, 카피야로부터 시야가 펼쳐진 그 원형극장의 남서쪽의 반 전체가 끊임없이 색깔을 바꾸는 여름날 구름들로 덮였다. 이런 구름들은 여름철 카피야가 연출해내는 가장 아름다운 경치 중의 하나이다. 날이 차츰 밝아지고 태양이 솟아오르자마자 이내 산 뒤로 마치 두껍고 하얀, 은빛 같기도 한 연한 흰 덩어리 같은 안개가 나타나 환상적인 풍경과 고르지 못한 둥근 지붕, 기묘한 건물들을 수없이 만들어낸다. 그렇게 구름들은 태양이 비추고 있는 마을을 둘러싼 산 위에서 묵직하게 움직이지도 않고 하루 종일 머무는 것이다. 초저녁 무렵 카피야에 앉아 있는 터키인들은 공상 속에서 알 수 없는 행렬의 영상과 기운들 그리고 전쟁과 어느 신기하고 가늠할 수 없는 힘과 약탈을 보게 되며 마치 하얀 비단 같은 황제의 천막처럼 펼쳐진 구름들을 눈앞에서 보게 된다. 어둠이 그 여름의 구름들을 카사바 주위에서 지우고 흩어놓자 하늘에는 별과 달빛으로 인해 생긴 새로운 마술의 세계가 열린다.

카피야의 놀랍고 이례적으로 아름다운 광경은 여름날 이 시간이 절정이다. 그 위에서 인간은 마치 마법의 그네를 탄 것처럼 느끼게 된다. 그들은 땅 위로 물을 건너 하늘 높이 거침없이 올라갔지만 그러면서도 카사바와 강변의 슐리바나무 정원에 둘러싸인 하얀 집과의 튼튼하고 확실한 연결이 끊어지지는 않았다. 커피를 마시고 담배를 피우면서 이런 집에 약간의 재산과 읍내에 가게 몇 칸을 가지고 있을까 말까 한 가난한 주민들은 세계의 풍요함과 하나님이 주신 것의 무한함을 느끼곤 하였다. 이렇듯 아름답고 견고한 다리는 인간에게 이 모든 것을 제공할 수 있었고 또 닥쳐올 몇 세기 동안 끊임없이 제공해나갈 것이었다.

바로 이런 초저녁 무렵이었다. 주민들 사이에 서로 농담을 주고받으며 지나가는 사람들에게 농담을 던지기도 하면서 그렇게 웃음과 대화가 한창인 때였다.

땅딸막한 키에 힘이 억세게 센 이상한 외모의 젊은 남자를 두고 사람들은 가장 활발하고 가장 목청을 높여 농담들을 주고받았다. 그는 살코 초르칸이었다.

초르칸은 어느 집시와 언젠가 카사바에서 군복무를 한 적이 있는 사병인지 장교인지 사이에서 태어났는데 아버지 되는 그 사람은 자기가 원치 않는 이 아들이 태어나기 전에 그곳을 떠나버린 아나톨리아인이었다. 그리고 얼마 가지 않아 어머니가 죽고 아이는 가족 하나 없이 자라났다. 카사바 전체가 그를 먹여 살렸다. 그는 모든 사람들의 가족이면서 어느 누구의 가족도 아니었다. 여러 가게들과 집들에서 일을 했고 아무도 하지 않는 일을 자신이 맡아 했다. 그는 쓰레기 구덩이와 길가 개울을 치우고 죽었거나 물에 떠내려온 것을 태우는 일을 했다. 그는 자신의 집도 가족도 직업도 가진 적이 없었다. 음식은 서서 먹든 걸으면서 먹든 닥치는 대로 먹었고 다락방들에서 잠을 잤으며 옷은 얼룩덜룩 헝겊을 댄 남이 준 누더기를 입었다. 그는 어렸을 때 왼쪽 눈을 잃었다. 성품이 좋고 쾌활하며 늘 술에 취해 있는 그는 농담이나 웃음으로 카사바 주민들의 일을 기꺼이 해주었다.

초르칸의 주위에는 몇몇 청년들, 상인들의 아들들이 모여서 그를 둘러싸고 놀렸으며 마구 희롱을 해댔다.

공기 속에는 잘 익은 멜론 냄새와 갓 구운 커피 향이 배어 있었다. 낮에 받은 햇볕으로 아직 더운 기운이 있는 데다 물을 끼얹어서 돌로 된 커다란 비문에는 김이 솟아오르며 사람들 가슴속의 근심으로부터 벗어나게 하여 해방감을 채워주고 생생한 공상을 불러 일으켜주는 독특한 카피야의 냄새를 빚어내고 있었다.

그것은 낮과 밤이 교차하는 순간이었다. 태양은 졌지만 몰례브니크 위의 큰 별은 아직 보이지 않았다. 아무리 범상한 일이라도 위풍과 공포와 특수한 의미에 찬 환영의 양상을 띠는 그러한 순간에 우쥐체에서 오는 최초의 무하쥐르[82]들이 다리 위에 나타났던 것이다.

남자들은 대개 먼지를 뒤집어쓰고 고개를 푹 숙인 채 걸어나왔고 꾸러미들이나 상자들 속에서 묶여 있는 얼굴을 가리고 노려보는 여자들이나 힘없는 아이들이 조그만 말 등에서 흔들거리고 있었다. 이따금 좀 더 지위가 높은 사람이 좀더 좋은 말을 타고 지나갔지만 그 역시 고개를 숙이고 장례식 같은 걸음을 옮기고 있어 그들로 하여금 이곳으로 오게 한 불운을 더욱 드러냈다. 어떤 사람들은 짧은 고삐를 잡고 겨우 양 한 마리만 몰고 왔다. 어떤 사람들은 주문한 양들을 가지고 왔다. 모두 침묵을 지켰고 어린아이들조차 울지 않았다. 말굽 소리와 발자국 소리, 그리고 과중하게 짐을 실은 말 등 위에서 나무 그릇과 구리 그릇이 부딪치는 단조로운 음향뿐이었다.

이 지칠 대로 지친 궁색한 행렬의 출현은 카피야 위에서 갑자기 생기를 꺼버렸다. 나이 든 사람들은 돌 의자들에 남아 있었다. 젊은 사람들은 서서 카피야의 양쪽으로 살아 있는 벽을 만들었다. 그들 중 어떤

---

**82** 피난민들.

사람들은 그저 측은한 듯이 무하쥐르들을 바라보며 묵묵히 입을 다물었고 어떤 사람들은 "메르하바"[83]라고 하면서 인사를 하고 그들을 불러 세워 무엇이든 주려고 애를 썼다. 그들은 그러한 호의를 거들떠보지도 않고 인사에 응답을 하는 둥 마는 둥 다만 어둡기 전에 이날 밤에 묵을 오콜리슈테에 있는 코나크에 도착하려고 걸음을 서둘렀다.

모두 120가족쯤 되었다. 그 중 100여 가족은 정착할 가망이 있는 사라예보로 가는 중이었고 열다섯 가족은 카사바에 머물 작정이었다. 그들 대부분은 모두 그곳에 친척들이 있었다.

몹시 피로한 사람들 가운데 보기에는 가난해 보이고 홀몸으로 보이는 딱 한 명이 잠시 카피야 위에 발길을 멈추고 실컷 물을 마시고는 내미는 담배를 받아 피웠다. 그는 온통 뽀얗게 한길의 먼지를 덮어써서 눈은 열병을 앓듯 번들거렸고 시선을 어느 한 군데에 머물게 하지를 못했다. 그는 신경질적으로 연기를 뿜어대면서 몇 사람들이 머뭇머뭇 공손하게 던지는 질문에 대답도 하지 않고 번들거리는 불쾌한 눈으로 주위를 휘둘러보았다. 그는 다만 기다란 수염을 쓰다듬으면서 간단하게 감사를 표시하고 피로와 쫓기는 감정이 남아 있는 쓰디쓴 표정으로 눈여겨보지도 않는 변덕스런 시선을 이리저리 던지면서 몇 마디 중얼거릴 뿐이었다.

"당신들은 여기 앉아서 시간만 보내고 있지만 스타니셰바츠 뒤에서 무슨 일이 일어나고 있는지 모르고 있단 말이오. 지금은 우리가 터키 땅으로 도망을 가고 있지만 당신들 차례가 오면 당신들은 어디로 도망을 갈 생각이오? 당신들 중에는 아무도 그 점에 대해 생각해본 사람이 없겠지만 말이오."

---

**83** 터키 인사말. '안녕하세요?' 정도의 의미를 담고 있다.

그는 갑자기 말을 끊었다. 그가 말한 것은 그때까지 시름을 잊고 있던 사람들에게는 큰 의미였고 그의 시름에 대해서는 작은 것이어서 그에게 침묵을 지키게 하거나 확실하게 설명되는 것도 허용하지 않았다. 그는 스스로 작별 인사를 하면서 계속되는 행렬을 쫓으며 감사를 표하면서 불편한 침묵을 깨는 것이었다. 모든 사람들이 소리 높여 좋은 기원을 외치며 서 있었다.

그날 저녁 카피야에는 무거운 분위기가 남아 있었다. 모두 침울했고 말을 하지 않았다. 초르칸은 말을 하지 않은 채 돌층계 하나에서 움직이지 않고 앉아 있었다. 그 주위에는 사람들이 까먹고 던져버린 수박 껍질이 널려 있었다. 맥없이 묵묵히 눈을 내리깔고 얼빠진 듯 그 자리에 앉아 마치 바로 앞에 있는 돌을 보지 않고 자기도 거의 깨달을 수 없는 어디 먼 곳의 다른 것을 바라보고 있는 듯한 표정이었다. 사람들은 다른 때보다 일찍 흩어지기 시작했다.

그러나 이미 다음 날 사람들은 전과 같았다. 왜냐하면 카사바 주민들은 불길한 것을 다시 생각하기 싫어하고 장래에 대한 걱정을 하지 않았기 때문이었는데 그들의 피에는 참된 인생이 조용한 시간으로 이루어지는 것이고 존재하지도 않는 더 확고하고 더 영속되는 다른 인생을 모색하다가 그 시간을 망친다는 것은 미친 짓이며 쓸데없는 것이라는 믿음이 흐르고 있었다.

19세기 중엽 그 25년 동안에는 사라예보에 흑사병이 두 번, 콜레라가 한 번 덮쳤었다. 그때에 카사바는 전통에 따라 무하메드가 재난이 일어났을 경우 지침으로 자신의 신자들에게 내렸던 규칙을 지켰다. '어느 곳에 질병이 지배하는 동안에는 그곳으로 가지 마라. 왜냐하면 전염될 수 있기 때문이다. 만약 그 병이 퍼진 곳에 있다면 그곳에서 나오지 마라. 왜냐하면 다른 이에게 전염시키기 때문이다.' 그러나 인간이란 '관

(官)의 힘으로' 강제하지 않는 이상 하나님의 사도에게서 나온 것이라 할지라도 규칙이라고 하면 아무리 그것이 유익해도 잘 지키지 않게 마련이기 때문에 정부에서는 모든 '전염병'의 경우로 적용해 서신 왕래와 여행객들의 왕래를 제한하거나 철저히 차단시켰다. 그래서 카피야에서의 생활도 그 양상이 바뀌었다. 바쁘거나 한가하거나 생각에 잠기거나 노래를 부르던 주민들은 자취를 감추었고 텅 빈 소파에는 전쟁 때나 혁명 때와 마찬가지로 다시 몇몇 경비병들이 보초를 섰다. 그들은 사라예보에서 오는 모든 여행자들을 막으면서 총칼로 되돌려 보내거나 물러가도록 고함을 쳐댔다. 그들이 기마병들로부터 우편물들을 받았지만 그들의 기준으로 검열을 했다. 그때 카피야에는 '향기 나는 나무'에서 나는 작은 불꽃이 일었고 여기에선 커다란 하얀 연기가 피어올랐다. 경비병들은 부젓가락으로 한 장씩 편지를 받아 이 연기에 쏘였다. 이렇게 소독한 편지만이 그대로 배달되었다. 물건은 절대로 받지 않았다. 그러나 그들의 주요 임무는 편지에 있는 것이 아니라 산 사람들에게 있었다. 매일 몇 사람씩의 여행자들, 상인들, 소식을 전하는 사람들, 방랑객들이 도착했다. 경비병 한 사람이 다리 위에서 서 있다가 더 오지 못하도록 멀리서 그들에게 손짓을 했다. 행인들은 멈춰 서기는 했지만 자기들의 경우를 해명하고 설득시키기 위해 말을 하기 시작했다. 그들은 모두 자기만은 반드시 이 마을로 들어갈 필요가 있다고 생각했으며 자신들만은 사라예보의 어딘가에서 발생한 것과 '전혀 무관'하며 그런 콜레라와는 아무런 관련이 없다고 우겨댔다. 이렇게 설명을 하면서 여행객들은 조금조금씩 다리 중간으로 걸어왔고 카피야에까지 이르렀다. 그곳에서는 다른 경비병들이 대화에 한몫 끼어 몇 걸음씩 떨어져서 말을 주고받으며 크게 소리를 지르기도 하고 팔을 휘두르기도 했다. 하루 종일 카피야에 앉아 라키야를 마시며 마늘을 씹고 있던 다른 경비병들도 거들었다. 라

키야와 마늘을 전염병에 좋은 해독제로 믿고 있었기 때문에 그 임무를 맡은 그들에게는 이것을 먹고 마시는 권리가 부여되었다. 그래서 그들은 마음껏 이 특권을 즐기는 것이었다.

많은 행인들은 경비병들을 달래고 설득시키려다가 그만 지쳐서 볼 일도 보지 못하고 오콜리슈테로부터 난 길로 돌아가 내려갔다. 그러나 어떤 사람들은 고집이 세고 끈질겨서 수그러진 순간이나 부주의한 순간, 또는 신바람 나는 재수 좋은 기회를 기다려 언제까지나 카피야 위에서 머뭇거리고 떠나지 않았다. 그런 경우에는 경비대장인 살코 헤도가 나타나게 되고 그가 나타나면 행인들은 거의 아무런 목적도 달성하지 못했다. 헤도는 상대방을 보지도 않고 그의 얘기를 듣지도 않고 오직 시행중인 규칙대로 실천하는 정말 양심적인 관원이었다. 그는 임무를 수행하고 있는 동안에는 장님이고 귀머거리였다. 그리고 임무를 마친 후에도 벙어리가 되었다. 행인들은 부질없이 그에게 애원을 하거나 아첨을 했다.

"살리-아가,[84] 저는 건강합니다……"

"그래, 그럼 건강한 몸으로 네가 떠나온 곳으로 가버려. 어서, 꺼지란 말야!"

헤도와는 더 이상 대화할 수도 없었다. 그러나 젊은 경비병들만 있다면 뭔가 그래도 써볼 방법은 있었다. 행인들이 다리 위에 오래 머물러 있으면 있을수록, 더 소리 높이 더 많이 지껄이면서 자기의 온갖 걱정과 떠나온 이유와 모든 생활 문제를 호소하면 할수록, 그만큼 인간적으로 친근해지는 듯했고 차츰 콜레라 환자와는 거리가 먼 사람처럼 보였다. 마침내 경비병들 중의 한 사람이 카사바의 사람에게 무슨 메시지라도

---

[84] 직업 군인을 부르는 호칭.

전하고 싶으면 자기가 전해주겠노라고 말을 한다. 이것은 양보의 첫 단계였다. 그러나 행인들은 지금 눈앞에 보듯 경비병들은 언제나 술에 취해 정신이 혼미해 두통을 앓거나 여전히 술에 취해 무엇을 기억하기도 힘들고 자기들의 전달사항도 반대로 전달하는 판이라 그 메시지가 제대로 전달되지 않는다는 것을 너무도 잘 알고 있었다. 그렇기 때문에 행인들은 끈질기게 말을 걸면서 애걸하기도 하고 얼마를 주겠노라고 꼬이기도 하며 하나님과 경비병들에게 온정을 호소했다. 행인은 가장 순한 사람으로 보이는 경비병 한 명이 다리 위에 혼자 남을 때까지 계속 그러고 있었다. 그때서야 상황이 어떻게든 해결된다. 화통한 경비병은 마침내 고대의 조각 문자라도 읽듯이 우뚝 솟은 벽을 향해 뒷짐을 지고 돌아서서 오른쪽 손바닥을 펴들었다. 끈기 있는 행인은 좌우를 살피면서 합의를 본 금액을 경비병의 손바닥에 쥐어주고는 다리 안쪽으로 슬쩍 건너와서 카사바 안쪽으로 파묻혀 들어가는 것이었다. 경비병은 자기 자리로 돌아가서 마늘을 깨물고 라키야로 입 속을 헹궈냈다. 이것은 그에게 어떤 즐거움과 태평스런 결심을 품게 해주었고 콜레라로부터 카사바를 보호하도록 힘을 불어넣어주었다.

그러나 불행은 영원히 지속되지 않으며 (물론 기쁨도 마찬가지지만) 대신에 지나가거나 적어도 망각 속에 흩어지거나 자취를 감추고 마는 것이다. 그리고 다리 위에서의 삶도 모든 어려움에도 불구하고 언제나 반복되었으며 다리는 해를 거듭하거나 세기가 바뀌어도, 인간사의 가장 힘겨운 변화들에도 변화하는 법이 없었다. 매끈하고 완벽한 아치 아래 강물이 도도히 흘러가듯이 이 모든 것들도 그 위에서 지나가는 것이었다.

## VIII

전쟁들과 전염병 그리고 그 시대의 민족 대이동만이 다리를 강타하고 카피야에서의 생활을 중단시킨 것이 아니었다. 그것들이 일어난 해에 이름이 붙고 오랫동안 기억될 이례적인 사건들이 또 있었다.

양 방향으로 된 카피야의 좌우 돌난간은 이미 오래전부터 닳아서 반질반질거렸고 다른 것보다도 거무죽죽했다. 수백 년 동안 농부들은 다리를 건널 때 짐을 그 위에 올려놓고 쉬었으며 할 일 없는 사람들이 어깨를 기대거나 팔꿈치를 올려놓고 사람을 기다리면서 얘기를 하기도 했고 올려놓은 팔꿈치에다 또 턱을 받치고 유유히 서서 언제나 새로우면서도 늘 변함없이 거품을 일으키며 빠르게 흘러가는 깊은 물을 들여다보았다.

그러나 그해 8월 말처럼 한가하고 호기심에 찬 사람들이 그다지도 많이 난간에 기대어 마치 무슨 수수께끼의 답이라도 찾듯이 수면을 내려다본 일은 없었다. 강물은 이제 겨우 여름이 끝날 무렵밖에 안 되었는데도 비 때문에 흐려 있었다. 아치 밑에서 치는 소용돌이에는 하얀 거품이 일었고 잔가지와 조그만 나무토막과 쓰레기가 함께 빙그르 돌면서 흘러 내려갔다. 그러나 아무 생각 없이 다리 난간에 기대고 서 있는 카사바의 주민들은 사실 그들이 늘 보아왔고 그들에게 아무 말도 해주지 않는 물을 처다보고 있는 것이 아니라 물의 표면에서 마치 자신들의 대화에서처럼 자기들이 알아들을 만한 무슨 설명을 찾고 있었고 그 당시 그들을 당황하게 하고 놀라게 한 침울하고 참혹한 운명의 흔적이라도 혹시 보이지 않을까 하며 찾고 있었던 것이었다.

그 무렵 드리나 위에 다리와 카사바가 존재하는 한 절대로 다시 일어날 수 없는, 그리고 사람들이 오래도록 기억할 만한 아주 이례적인 사건이 카피야에서 일어났다. 그것은 카사바를 흥분시켰으며 흔들어 놓았고 세상을 떠도는 소문처럼 다른 지역들과 마을들로 멀리까지 전해졌다.

사실 그것은 비셰그라드의 두 작은 마을이었던 벨리 루그와 네주케의 이야기였다. 이 두 마을은 카사바 주위에 검은 산과 푸른 언덕이 빙 둘러싸서 마치 원형 극장 같은 지형의 양쪽 끝에 자리하고 있었다.

골짜기의 북동쪽에 위치한 마을의 커다란 군청인 스트라쥐슈테는 카사바에서 가장 가까이에 위치하고 있었다. 그 집들과 언덕들과 정원들은 몇 줄기의 야산 위에 펼쳐져서 그 야산 사이의 골짜기들을 휘덮고 있었다. 이 야산 하나의 둥근 측면에는 사방을 슐리바나무와 밭이 둘러싼 열다섯 채 가량의 집이 자리하고 있었다. 이것이 평화롭고 아름답고 부유한 윗마을에 위치한 터키인들의 마을인 벨리 루그였다. 이 마을은 스트라쥐슈테 군청에 속해 있었지만 자기네 군청보다는 카사바에 더 가까웠다. 왜냐하면 벨리 루그에서 사람들은 30분이면 다른 카사바의 주민들이 그렇듯이 가게가 있고 그곳에서 거래를 하는 읍내로 내려올 수 있었기 때문이었다. 이들과 진짜 카사바의 주민들 사이에는 차이가 없었으며 오히려 이곳에서 그들의 재산이 더 확실했고 지속력이 있었다. 왜냐하면 그들은 물이 차지 않는 아주 강하고 단단한 땅 위에 살고 있을 뿐 아니라 사람들도 마을의 나쁜 습관을 가지지 않았고 그저 소박하고 소극적이었기 때문이었다. 벨리 루그에는 좋은 땅과 맑은 물과 훌륭한 주민들이 있었다.

비셰그라드의 오스마나기치 가문의 일가가 이곳에 살았다. 카사바에서는 제법 숫자도 많았고 다른 이보다 더 부유했음에도 불구하고 사람들 사이에서는 이 가문의 본거지인 벨리 루그의 오스마나기치가 진짜고 이들은 '쇠락해가고' 있다고 여겼다. 그들은 훌륭한 혈통의 사람들이었고 자신들의 뿌리에 예민했으며 자부심이 강했다. 이 지역에서 가장 큰 그들의 집은 지붕을 잇는 검은 빛깔의 판자로 엮어진 지붕에 유리로 된 열네 개의 창문이 있었고 꼭대기 바로 아래 언덕 허리쯤에 남서쪽을 바라보며 하얗게 우뚝 솟아 있었다. 이 집은 멀리서도 볼 수 있어서 비셰그라드로 길을 따라 들어오거나 떠나갈 때도 여행객들의 눈에 맨 먼저 띄는 집이었다. 리예스탄 능선 뒤로 가라앉는 태양의 마지막 광선은 이곳에 머무르며 하얗게 반짝거리는 이 집의 표면을 비춰댔다. 카사바의 주민들은 해질 무렵이면 카사바에서 늘 이 집을 바라보았고 오스마나기치 집 창문에 반사되어 기울어가는 태양의 모습과 빛이 창문에서 차츰 사라져가는 광경을 지켜보았다. 해가 지고 어둠이 내리기 시작할 때면 구름을 뚫고 이 창문에 비치는 마지막 광선은 어두운 카사바 아래 반짝이는 거대한 붉은 별처럼 잠깐이지만 더 오래 빛나는 것 같았다.

그리고 카사바에서 잘 알려지고 존경을 받는 사람이 이 집의 주인인 아브다가 오스마나기치였다. 그는 일에서처럼 생활에서도 대담하고 열정적인 사람이었다. 그는 마을 읍내에 '가게' 하나를 가지고 있었는데 어둠침침하고 낮은 공간에는 옥수수와 말린 자두, 오배자[85] 같은 것이 판자와 멍석에 너절하게 펼쳐져 있었다. 아브다가는 도매밖에 하지 않

---

[85] 예전의 잉크 원료로 사용되었던 식물.

앉기 때문에 그의 가게는 매일 열려 있는 것이 아니라 장날에만 정기적으로 열려 있었고 장사의 필요에 따라 일주일 내내 문을 열어놓기도 했다. 가게에는 언제나 아브다가의 아들 중 한 명이 있었고 그는 때때로 가게 앞의 벤치에 앉아 있었다. 그곳에서 그는 손님들이나 혹은 아는 사람들과 대화를 나누었다. 그는 몸집이 크고 붉은 얼굴에 새하얀 수염과 구레나룻을 가진 남자였다. 목소리는 굵고 거칠었는데 여러 해 동안 심한 천식을 앓고 있었다. 이야기 중에 흥분하거나 목소리가 높아질 때면, 물론 이런 일은 그에게는 자주 일어났지만 갑자기 숨이 막혀 목의 힘줄이 부풀어오르고 더욱 붉어진 얼굴에 눈물이 맺혔으며 가슴이 심한 기침으로 헐떡거려 마치 산마루의 폭풍처럼 울리곤 하였다. 이런 숨 막히는 발작이 지나가면 다시 몸을 가다듬고 깊은 숨을 들이키면서 중단했던 얘기를 계속했지만 이미 목소리는 가냘프고 힘이 없었다. 그는 카사바와 그 주위에서는 말씨가 사납기는 해도 통 크고 맘 좋은 사람으로 알려져 있었다. 그렇게 그는 손해를 보는데도 불구하고 장사에든 뭐든 관여하지 않은 일이 없었다. 그는 자기의 이익에는 상관이 없는데도 욕심 많은 농사꾼이나 파렴치한 장사치들을 골려주기 위해서 슐리바나 옥수수 값을 대담하게 내리거나 올리거나 하였다. 비록 그의 판단이 성급하고 경우에 어긋나기는 해도 장터에서는 모두 그의 말에 귀를 기울였고 수용했다. 아브다가가 벨리 루그에서 내려와 그의 가게 앞에 앉아 있을 때면 혼자 있는 때가 드물었다. 왜냐하면 사람들은 그의 얘기를 듣는 것을 좋아했고 그의 의견을 듣고 싶어했기 때문이었다. 그는 언제나 솔직하고 화통하며 다른 사람들이 말하기 꺼리는 것도 늘 공공연히 화두에 올려 변호하는 데 주저하지 않았다. 천식과 기침으로 일어나는 발작은 늘 그의 얘기를 방해했지만 이상하게도 그렇다고 해서 그의 얘기가 시시해지는 일은 없었으며 오히려 더 믿음직하게 들렸을 뿐만 아니라 그의 의견을 애써 표명하려는 태도가 어쩐지 무겁고 고통에 찬 위엄을 지니게 되어 이 위엄에는 쉽사리 도전할 수가 없었다.

아브다가는 장성해서 이미 장가를 보낸 다섯 명의 아들과 이제 시집을 보내기에 딱 맞게 피어 있는 딸 하나가 있었다. 그의 딸 파타는 드물게 아름다운 데다 자기 아버지를 꼭 닮았다. 카사바와 거의 도시 전체가 그녀의 결혼 문제에 대해 말이 많았다. 각 세대마다 우리네에게는 언제나 한 아름다운 소녀가 있어서 애깃거리가 되고 그녀의 아름다움과 가치와 위엄이 노래로 읊어지기도 한다. 그녀는 몇 해 동안 모든 희망의 목표였으며 도달할 수 없는 표본이었다. 그녀의 이름만 들어도 공상이 타오르고 남자들의 열정과 여자들의 선망이 그녀를 둘러쌌다. 그것은 자연이 따로 떼어내어 위험한 높이에까지 올려다놓은 예외적인 생물이었던 것이다.

이 아브다가의 딸은 얼굴이나 맵시뿐 아니라 재치와 말솜씨가 역시 아버지를 빼닮았다. 이 점에 대해서는 결혼식이나 무슨 모임이 있을 때 값싼 아첨으로 그녀의 호기심을 사려고 했거나 농담으로 그녀를 당황하게 만들려고 애를 썼던 젊은이들이 가장 잘 알고 있었다. 그래서 아브다가의 파타(그런 비범한 생물들에 대한 노래는 저절로 생겨난 법이다!)에 대해 노래로 불려졌던 것이다.

    슬기로워라, 어여뻐라,
    아브다가의 아름다운 파타여!

카사바와 그 주변에서는 이렇게 노래를 부르고 그녀의 얘기를 했지만 벨리 루그의 이 처녀에게 감히 청혼할 용기를 가진 사람은 극히 드물었다. 그래서 그들이 모두 차례로 거절당했을 때 파타의 주위에는 일종의 진공상태가 형성되어 증오와 시기로 얼룩지고 들어주지 않는 소원과 악의가 가득한 기대로 연결된, 본정신을 잃은 테두리로 둘러싸이게 되고 그런 원은 언제나 비상한 재능과 특이한 운명을 타고난 인물을 반드시 감싸고 있게 마련이었다. 사람들의 입에 많이 오르내리고 노래에 자주 불려지는 그런 사람들은 타고난 그 특이한 운명 때문에 빠르게 사라지고 그 뒤에는 다 채운 생애가 아니라 노래나 이야기만 남을 뿐이었다.

우리 주위에도 흔히 사람들의 입에 많이 오르내리는, 청혼하는 사람도 없고 '남과 어울리지 못하는' 그런 처녀가 가끔 있는데 바로 그런 이유가 그녀들이 빠르고 손쉽게 결혼하지 못하도록 한다. 그러나 파타는 그런 운명에 빠지지는 않았다. 왜냐하면 그녀를 차지하겠다는 목적을 이루려는 수완과 끈기를 가진 청혼자가 한 명 나타났기 때문이었다.

비셰그라드 계곡이 그려지는 굴곡진 이 지방 경계선에, 벨리 루그와는 정반대 쪽에 네주케라는 마을이 있었다.

다리 위쪽으로 물줄기를 따라 한 시간쯤 거슬러 올라가면 샘에서 흘러나오듯 급한 곡선을 그으면서 드리나 강이 굽이쳐 나오는 물살을 이룬 어두운 산 가운데 돌투성이 강둑 옆으로 기름지고 근사한 땅이 길쭉하게 뻗어나가 있었다. 이는 강물과 부트코바 암산의 험준한 비탈을 흘러내리는 강과 빗물이 실어다준 퇴적물이 쌓이고 쌓인 땅이었다. 그곳에는 밭과 정원이 있고 조금 위 경사지에는 울퉁불퉁하게 내민 암석 꼭대기와 시커먼 잔풀에 덮인 엉성한 초원이 있었다. 이 마을은 모두 함지치 일가의 소유였는데 이 집안은 또한 투르고비치의 이름으로도 알려져 있었다. 이 마을 절반에는 취푸취야[86] 대여섯 가족이 살았고 나머지 절반에는 무스타이베그 함지치를 맏형으로 하는 함지치 형제들의 집들

---

**86** 자기 땅이 없는 농부들로 소작을 해서 먹고사는 사람들. '농노(農奴)'의 개념임.

이 있었다. 이 마을은 외지고 아늑하지 못하고 햇볕이 없는 대신 바람도 적었고 밀보다 과일과 건초가 더 많이 나는 고장이었다. 가파른 산이 사방을 둘러싸고 막아서 낮의 대부분이 응달과 정적에 잠겨 있었고 그래서 목동들이 부르는 소리나 소의 목에 달려 있는 방울 소리가 산에 울려서는 메아리가 되어 커다랗게 몇 번이고 되풀이하여 들리곤 하였다. 비셰그라드에서 이 마을로 들어오는 길은 오직 하나밖에 없었다. 다리를 건너 카사바에서 나오면 강물과 나란히 오른쪽으로 굽어 내려가는 큰길을 벗어나서 왼쪽으로 좁은 돌투성이 황무지를 가로질러 물가를 따라 드리나 강을 거슬러 올라가는, 마치 강으로 기울어진 어두운 비탈에다 하얗게 가장자리를 그은 듯한 좁은 돌길 하나가 나타난다. 말을 타거나 걸어서 이 오솔길을 걸어가는 사람을 다리 위에서 바라보면 물과 바위 사이의 가느다란 나무줄기를 타는 듯이 보였고 잔잔한 푸른 물 위에 그를 따르고 있는 그림자를 볼 수도 있었다.

그것이 카사바에서 네주케로 통하는 길이었고 네주케로부터는 더 갈래야 갈 곳이 없었기 때문에 길은 거기서 막혀서 더 뻗어나가지 않았다. 집이 서 있는 위쪽으로 드문드문 숲이 무성한 가파른 비탈에는 두 줄기로 하얗게 수로가 패여 있어 목동들이 산 위의 목장으로 소를 몰고 갈 때 이 수로를 따라 올라가곤 했다.

이곳에는 함지치 집안의 가장 나이가 많은 무스타이베그의 커다란 하얀 집이 있었다. 이 집은 벨리 루그의 오스마나기치의 집보다 조금도 작지는 않았지만 드리나 강가의 골짜기에 파묻혀 전혀 보이지 않는다는 것이 차이였다. 집 주변에는 열한 그루의 가늘고 높은 백양나무가 반원형으로 서 있어서 바람에 설레는 나뭇잎 소리와 그 움직임이 사방이 막혀 접근하기 힘든 이 지역에 생기를 불어넣어주었다. 이 집 아래에는 좀 작고 조잡하게 지은 다른 동생들의 집이 있었다. 함지치 형제들은 모두 자녀가 많았으며 그들은 또한 모두 고운 피부, 호리호리하고 날씬한 몸매, 무거운 입에 점잖은 성품들이었지만 장사하는 데에는 꽤 고집을 부릴 줄도 알고 모든 집안일에는 단결하여 적극 참여할 줄 알았다. 벨리 루그의 부자들과 마찬가지로 그들 또한 카사바에 가게를 벌이고 네주케에서 생산하는 온갖 농산물을 내다 팔곤 하였다. 주머니에 돈을 쑤셔넣은 채 산간에 파묻혀 보이지 않는 그들의 마을로 돌아가느라 개미떼처럼 떼를 지어 드리나 강가의 좁을 돌길을 오르내렸다.

무스타이베그 함지치의 커다란 흰 집은 어디로도 통하지 않을 것 같은 그 돌길 끝에 반갑고 놀라운 손님을 기다리듯 서 있었다. 그 집안에는 네 명의 딸들과 외아들 나일이 있었다. 네주케의 그 나일베그는 베그의 외아들로 벨리 루그의 파타에게 첫 시선을 던진 사람 중의 하나였다. 밖에서 포도송이처럼 몰려 서성거리고 있는 젊은이들 사이에 끼어 결혼식장에서 반쯤 열려 있는 문틈으로 파타를 바라보고 그 아름다움을 동경하게 되었다. 그 다음에 친구들에게 둘러싸인 이 처녀를 바라보는 기회가 생겼을 때 그는 대담하게 농담을 던져보았다.

"네주케의 무스타이베그가 당신에게 신부라고 이름 부를 일이 있을 거요!"

파타는 소리를 죽이고 키득키득 웃었다.

"웃지 마시오." 흥분한 젊은이는 비스듬히 열린 문틈으로 말했다. "언젠가 그 기적이 일어날 거요!"

"그럴 거예요, 벨리 루그가 네주케에 몰락당할 때 말이죠!" 처녀는 또다시 웃으면서 오직 그런 여자만이 그리고 그 나이 또래의 여자만이 할 수 있는 슬기로운 몸짓으로 이렇게 대답했다. 그 몸짓은 말이나 웃음보다 더 깊은 뭔가를 말해주고 있었다.

이렇듯 자연으로부터 특별하게 재능을 받은 생물들은 때때로 대담하고 무분별하게 자기의 운명에 자극을 주기 마련이다. 젊은 함지치에 대한 파타의 대답은 그녀가 행동하고 이야기한 모든 것들처럼 입에서 입으로 번져나갔다.

함지치 집안 사람들은 첫번째 난관 앞에서 멈춰서거나 낙심하는 사람들이 아니었다. 별로 문제 삼을 것 없는 조그만 일이라도 결코 성급하게 결론을 내리지 않는 그들이었으니 하물며 이러한 문제에 있어서는 말할 나위도 없었다. 카사바에 사는 어느 친척을 통해 시도를 해보았지만 성과가 없었다. 그러자 그때 나이 든 무스타이베그 함지치가 아들의 결론에 대해 손수 해결하려고 나섰다. 그는 아브다가와 예전부터 공통된 일을 가지고 있었다. 자신의 과격한 성격과 자부심 때문에 아브다가는 최근 큰 손해를 보았다. 무스타이베그는 훌륭한 상인들만이 어려운 상황에서 서로 돕고 버텨주는 것처럼 간결하게 그리고 자연스럽게 아무 말도 하지 않으면서 아브다가를 도와주었다.

어둠침침하고 응달진 가게 안에서 그리고 반들반들한 돌 의자 위의 그들 앞에서는 단지 돈과 상업적인 문제뿐만 아니라 인간의 운명에 관한 것도 해결되고 있었다. 아브다가 오스마나기치와 무스타이베그 함지치 사이에 무슨 일이 있었고 무스타이베그가 어떻게 자신의 외아들 나일이 파타를 원하게 되었는지를 설명하였는지 그리고 어떻게 자존심이 강하고 꿋꿋한 아브다가가 딸을 '주게' 되었을까? 그것은 누구도 결코 알 수가 없었다. 그리고 역시 벨리 루그에서 아버지와 그의 어여쁜 외동딸 사이에 어떻게 일이 해결되었는지도 알 수 없는 일이었다. 물론 그녀가 반대한다든가 하는 일은 있을 수도 없는 것이었다. 다만 괴롭고 놀라움에 찬 시선과 타고난 슬기로운 행동들, 그리고 예전부터 도처에서 언제나 그러하듯 아버지의 소망에 대한 침묵의 복종만이 있을 뿐이었다. 마치 꿈속에서처럼 그녀는 혼숫감[87]들을 준비하고 보충하고 다듬기 시작했다.

네주케로부터는 한마디의 말도 바깥세상으로 새어나오지 않았다. 신중한 함지치는 헛말이라도 그들의 성공을 확인해달라고 누구에게 부탁하지는 않았다. 그들은 소망을 달성했고 언제나 그렇듯 그 성공에 만족했다. 그들은 심지어 실패하거나 불행한 경우라도 누구에게 동정을 구한 일이 없었기 때문에 누구든 그들의 만족감에 동조할 필요도 없었다.

그러나 사람들이란 늘 이야기를 하듯이 모든 것에 대해 무작위로 이곳저곳에 아무 생각 없이 떠들고 다니기 마련이다. 카사바뿐 아니라 주변의 시골에까지 함지치 가문은 그들이 원하던 것을 차지했다는 것과 보스니아 전체에서 자격 있는 청혼자가 발견되지 않았던 아름답고 영리한 아브다가의 딸이 결국은 굽어들어 복종하고 말았다는 것과 파타가 그런 일은 없을 거라고 공공연하게 선언했지만 마침내 '벨리 루그가 네주케로 넘어가게 되었다'는 것을 신나게 떠들어댔다. 왜냐하면 사람들이란 너무나 높이 올라가고 날아가는, 그런 사람들의 몰락과 굴욕을 이야기하는 것을 좋아하기 때문이다.

사람들은 한 달 동안이나 이 사건을 되씹으며 마치 달콤한 물을 마시듯 파타에게 앞으로 펼쳐질 굴욕에 대해 이야기했다. 한 달 동안 네주케와 벨리 루그는 잔치 준비를 했다.

한 달 동안 파타는 친구들과 친척들, 가장 가까운 시녀들과 자신의 혼수를 매만졌다. 처녀들은 노래를 불렀다. 그녀도 불렀다. 노래 부를 힘도 있었다. 그녀는 자기 생각에 잠겨 있으면서도 자기 자신이 부르는 노래를 들었다. 꿰매 가는 한 땀 한 땀에 자신은 물론 바느질한 옷감도 결코 네주케를 보게 되지 않을 거라고 다짐을 했다. 그녀는 한순간도 이

---

**87** 이 당시 신부가 준비하는 혼수품은 신부가 손수 바느질해서 만드는 이불감, 식탁보 같은 것이었다.

것을 잊지 않았다. 이렇게 일을 하고 노래를 부를 때만은 적어도 그녀에게는 벨리 루그와 네주케의 거리가 먼 것같이 생각되고 한 달이 긴 시간같이 느껴졌다. 밤에도 마찬가지였다. 밤에 마쳐야 할 일이 있다는 핑계로 혼자 남아 있노라면 그녀의 눈앞에는 풍요하고 햇빛이 가득 찬 즐겁고 변화무쌍한 세계가 펼쳐지는 것이었다.

벨리 루그의 밤은 따뜻하고 신선했다. 나지막이 떠 있고 춤추는 별들은 하얗게 반짝거렸으며 찬란한 빛을 냈다. 창문 옆에 우두커니 서서 파타는 밤을 쳐다보았다. 온몸을 통해서 달콤하게 넘쳐흐르는 조용한 힘을 느꼈고 몸의 각 부분이, 다리며 엉덩이며 팔이며 목이며 특히 가슴이, 힘과 기쁨의 특수한 원천 같은 생각이 들었다. 풍만하고 크면서도 단단한 그녀의 가슴이 창문틀에 닿았다. 뜨거운 숨을 깊숙이 쉬면서 그 닿은 젖꼭지에 이 산과 그 위에 있는 모든 것, 빛나는 하늘에 펼쳐진 밤과 더불어 떠 있는 집과 창고와 밭과 그 밖의 모든 것을 느꼈다. 호흡과 함께 창문의 나무들이 가까워졌다 멀어졌다 하면서 가슴이 닿았다가는 다시 아득히 먼 거리로 떨어졌는가 하면 또 한 번 되돌아와서 가슴에 닿고 이렇게 연거푸 둥둥 떠다니는 것을 되풀이했다.

그렇다, 세계는 커다랬고, 비셰그라드의 계곡이 햇빛에 떨고 곡물이 익어가는 낮과 하얀 카피야가 푸른 강 주위에 서 있고 다리의 곧은 선과 검은 산들로 막혀 있는 낮에는 세상은 거대했다. 그러나 밤, 오직 밤에만은 하늘이 활기를 띠고 생명 있는 것이 잠적하여 그가 누구든 그가 어디로 가든 그가 무엇을 원하든 그가 무엇을 해야 하든 이제 아무런 의미도 없는 무한과 확대된 세계의 힘 속으로 문을 활짝 열어젖히는 것이었다. 오직 그곳에서만 참되게 살고 고요하게 살고 오래 살 것이다. 조금의 용서도 없이 흐르고 또 흐르는 짧은 시간과 오직 하나의 결과로써 죽음 아니면 치욕밖에 없는 이곳과는 달리 그 공간에는 이제 사람의 온 생애를 비극적으로 묶어놓는 말도 없고 사람이 회피하지 못하는 숙명적인 약속이나 환경도 없다. 그렇다, 그 공간에서는 한 번 말한 것은 취소할 수 없고 한 번 약속한 것은 모면할 수 없는 일상생활처럼은 아니었다. 그곳에서는 모든 것이 자유롭고 끝이 없고 이름도 말도 없다.

그때 어딘가에서 마치 먼 곳에서 들려오는 듯한 무겁고 깊고 쥐어짜는 듯한 소리가 들려왔다.

"아아아아, 야야야! 아아, 야야야!"

아래 1층의 커다란 방에서 아브다가가 밤마다 엄습하는 발작과 싸우고 있는 것이었다.

그녀는 그 목소리를 알아차렸을 뿐 아니라 아버지가 앉아서 담배를 피우며 기침 때문에 괴로워하고 있는 모습을 확실하게 보고 있었다. 그녀는 정감어린 풍경처럼 아버지의 커다란 갈색 눈, 노령의 그림자가 깃들고 눈물이 글썽이면서도 빛나는 웃음에 젖었을 뿐 자기 눈과 조금도 다름없는 그 눈을, 자기가 함지치 집안으로 시집갈 약속이 되었다는 것과 한 달 안에 준비를 다 마쳐야 한다는 말을 듣던 그날 처음으로 자기의 운명이 불가피함을 발견한 그 눈을 보고 있었다.

"콜록, 콜록, 콜록! 아아아!"

밤의 아름다움과 세상의 위대함에 취했던 조금 전의 황홀한 기분은 순식간에 사라졌다. 향기롭던 대지의 숨결도 멎었다. 처녀의 가슴은 끊어졌다 이어지는 경련으로 굳어졌다. 별들과 공간들이 가라앉는다. 다만 운명, 가혹하고 돌이킬 수 없는 그녀의 운명만이 이 세상 저편에 남아 있는 공간과 부동의 정적 속에 흐르는 시간과 함께 익어가고 있을 뿐이었다.

아래층 넓은 방으로부터 기침 소리가 메아리처럼 울렸다.

그렇다, 그녀는 눈앞에 서 있듯이 아버지를 보았으며 듣고 있었다.

그는 자기가 존재를 의식하고부터 이날까지 분리할 수 없는 정다운, 자기와 한 몸이라고 느껴온 귀중하고 믿음직한 오직 하나의 아버지였다. 그의 심하고, 울리는 기침 소리가 그녀의 가슴속에서 느껴졌다. 그것은 그녀가 '아니오'라고 대답한 것을 '예'라고 말한 바로 아버지의 그 입이었다. 그러나 그녀는 다른 모든 면에서처럼 이 점에서도 아버지와 일치했다. 그의 '예'라는 말을 자신의 대답처럼 그녀는 느꼈다. (자신의 대답은 여전히 '아니오'임에도 불구하고) 그렇기 때문에 그녀의 운명은 험난하고 비범하며 덧없던 것이고 그래서 그녀는 그 운명에서 출구를 찾을 수 없었으며 다른 운명을 발견할 수 없었던 것이다. 왜냐하면 다른 운명은 없었으니까. 그녀도 그 점에 대해서는 알고 있었다. 그녀의 '아니오'라는 대답과 마찬가지로 그를 묶어놓은 아버지의 '예'는 그녀 자신이 무스타이베그의 아들과 함께 카디야[88] 앞에 서야 하는 것을 의미했다. 왜냐하면 아브다가 오스마나기치가 약속을 어긴다는 것은 있을 수 없는 일이었기 때문이다. 그러나 그녀 역시 자신의 발걸음이 네주케로 향하지 않을 것이라는 것을 알고 있었다. 왜냐하면 그녀 역시 다짐을 어길 일이 없기 때문이었다. 하지만 이 역시 불가능한 것이었다. 왜냐하면 그것은 오스마나기치의 말이었기 때문이었다. 부동의 사실은 그녀 자신의 '아니오'와 아버지의 '예' 사이에 그리고 벨리 루그와 네주케 사이 가장 희망이 없는 곳에서 출구를 찾아야만 했다. 그녀의 생각이 지금 여기에 이르렀다. 더 이상 크고 풍요로운 세상의 공간에서도 아니며 벨리 루그에서 네주케까지의 길 전체도 아니라 카디야가 자기를 무스타이베그의 아들과 결혼시켜줄 재판소에 이르는 처량하고 불쌍한 짧은 길에서 기껏해야 자기가 절대로 발을 들여놓지 않을 것을 너무도 잘 알고 있는 네주

---

[88] 이슬람의 재판관.

케로 가는 좁은 오솔길로, 돌 많은 비탈이 굽어 내려간 다리 끝까지의 길을 떠올리고 있었던 것이었다. 그녀의 생각은 마치 틀 속에서 실을 짜 듯이 이 끝에서 저 끝까지 쉴 새 없이 왔다 갔다를 반복하고 있을 뿐이었다. 생각은 다시 재판소에서 마을 장터를 지나 다리 끝에 이르러 건너지 못하는 호수 앞에 다다른 듯 우뚝 멈추었다가 다시 다리를 건너 장터를 지나 재판소로 돌아왔다. 모든 것에 그랬다. 앞으로-뒤로, 앞으로-뒤로! 거기서 그녀의 운명이 짜여져갔다.

언제까지나 조용히 머무를 수 없고 빠져나갈 길을 발견하지 못한 그녀의 생각이 반복되는 동안에 차츰 저 카사바 위에서 사람들이 앉아 이야기하고 젊은이들이 노래를 부르며 그 아래로 깊고 푸른 드리나의 급류가 우렁차게 흘러가는 저 아름답게 빛나는 소파 위에서 멈추는 일이 점점 잦아졌다. 그런 탈출구로 겁을 집어먹은 생각이 마치 저주를 받은 듯 다시 이쪽에서 저쪽으로 날아갔다가 다른 해결을 보지 못하고 또 카사바로 돌아와서는 그곳에 머무는 것이었다. 그리고 매일 밤 생각은 점점 더 자주 그 장소에서 멈췄으며 점점 더 오래 그곳에서 머물렀다. 생각에서뿐만 아니라 실제로 그 길을 가야 하고 다리 끝에 이르는 사이에 벗어날 길을 발견해야 할 바로 그 날을 생각할 때면 죽음의 두려움과 부끄러움으로 가득 찬 생활이 모두 뒤를 따랐다. 이처럼 아무 힘도 없고 홀로 내버려진 그녀에게는 그런 생각에서 나오는 그 공포만이 그날을 없애주던가 적어도 연기시켜줄 것 같았다.

그러나 빠르지도 느리지도 않은 날들이 규칙적으로 운명적으로 지나가버리고 결혼식 날이 다가오고 말았다.

8월의 마지막 목요일 (그것은 운명의 날이었다) 말을 타고 온 함지치 가족이 처녀를 데리러 왔다. 갑옷에 몸을 감추듯 무겁고 검은 베일을 덮어쓴 파타는 말에 올려졌고 그렇게 카사바로 안내되었다. 같은 시간에 넓은 마당에는 말들이 그녀의 혼숫감을 넣은 상자를 싣고 있었다. 재판소에서는 카디야 앞에서 결혼이 선언되었다. 그렇게 아브다가가 무스타이베그의 아들에게 딸을 주겠노라고 한 약속은 지켜졌다. 그리고 이미 결혼 피로연이 준비되어 있는 네주케로 작은 행렬이 움직이기 시작했다.

그들은 파타가 생각 속에서 수도 없이 지나갔던, 출구 없는 바로 그 길인 장터의 반을 지나 시장으로 빠져나갔다. 그것은 평소에 다니던 탄탄한 현실의 길이라 생각 속에서보다 훨씬 더 통과하기가 쉬웠다. 별도 없고 창공도 없고 아버지의 억누른 기침 소리도 없고 빨리 가거라 천천히 가거라 하는 시간에 대한 소망도 없었다. 그들이 다리에 도달했을 때 처녀는 여름 밤 창문 앞에 섰을 때처럼 다시 한 번 강가에서 따로따로 자기 몸의 각 부분들을 느끼기 시작했다. 유난히 갑옷이 가슴을 죄어오는 것이 느껴졌다. 그들은 카피야에 도착했다. 그녀가 지난 밤 생각들 속에서 수도 없이 했던 대로 그녀는 그녀 옆에서 말을 타고 따르던 막내 동생에게 속삭이듯 이제 그들은 네주케로 통하는 돌 많은 오솔길로 나가려면 다리에서 내리막인 가파른 비탈길을 가야 하니 그녀의 발밑에 있는 말등자[89]를 줄여달라고 부탁하였다. 우선 그 두 사람이 말을 세웠고 뒤를 따르던 하객들도 말을 멈추었다. 모두 그 자리에 섰다. 이것은 조금도 이상한 일이 아니었다. 결혼 행렬이 카피야 위에서 멈춘다는 것은 이것이 처음도 아니며 또 훗날에도 있을 일이었기 때문이었다. 남동생이 말에서 내려 말을 돌아 고삐를 자기 팔에 걸치는 동안 처녀는 말을 다리 쪽으로 바싹 붙이고 오른발을 돌난간에 올려놓더니 마치 날개라도 돋친 듯 안장에서 뛰어올라 난간을 넘어 다리 밑으로 우렁차게 흐르는

---

[89] 말을 탈 때 두 발을 디디는 제구.

강물에 몸을 던졌다. 동생은 부리나케 그 뒤를 쫓아 난간 밖으로 전신을 내밀면서 휘날리는 너울을 향해 손을 뻗쳤지만 잡을 수가 없었다. 결혼식 하객들은 괴상한 외마디 소리를 지르면서 말에서 뛰어내려 난간에 달라붙었다. 마치 그들 자신이 돌로 변해버린 듯 난간에 나란히 이상한 자세로 얼어붙고 말았다.

같은 날 비마저 내렸는데 그 계절에 내리는 비로는 유난히 양도 많고 차가웠다. 드리나 강은 물이 불고 사나워졌다. 이튿날 누런 황톳물은 파타의 시체를 칼라타[90]의 어느 여울목에 밀어 올려놓았다. 그곳에서 이를 발견한 한 어부가 곧 달려가 경찰서장에게 알렸다. 잠시 후 서장 자신이 무크타르[91]와 어부, 살코 초르칸을 데리고 현장으로 달려왔다. 왜냐하면 살코 없이는 이런 나쁜 일이 일어나지 않기 때문이었다.

시체는 부드러운 젖은 모래 위에 누워 있었다. 파도에 시체가 흔들거리고 가끔 흐린 물결이 그 위를 씻고 지나갔다. 물이 벗겨버리지 못한 새까만 새 너울이 뒤집어져서 머리를 덮었고 이것이 숱이 많은 긴 머리카락과 엉켜 물결이 얇은 결혼 의상을 벗겨간 젊은 처녀의 희고 아름다운 육체 옆에서 검고 기이한 물체를 형성하고 있었다. 이맛살을 찌푸리며 이를 악물고 살코와 어부는 여울로 건너가 처녀의 벌거숭이 시체를 들고 아직 살아 있기나 하듯 거북해하면서 조심스럽게 젖은 모래밭에서 둑으로 운반했다가 진흙에 젖은 너울로 곧 시체를 덮었다.

역시 같은 날 물에 빠져 죽은 여자는 벨리 루그의 언덕 아래 가파른 비탈에서 가장 가까운 터키 무덤에 묻혔다. 저녁 무렵 건달들이 공허한 생활에 모든 아름다움을 박탈당하고 흥분과 사건 없이 괴로워하는 무리에게 특히 발달하는 불건전하고 호색적인 호기심으로 선술집에 모여 살

---

**90** 지명.
**91** 마을의 우두머리.

코와 어부를 에워쌌다. 그들은 시체와 매장에 관한 얘기를 듣기 위해 두 사람에게 라키야와 담배를 권했다. 그러나 별 도움이 되지 못했다. 라키야조차 그들의 혀를 풀게 하지는 못했다. 심지어 초르칸조차 아무 이야기도 하지 않았다. 그는 계속 담배만 피우면서 번쩍거리는 한쪽 눈으로 되도록 멀리 날아가도록 세차게 뿜어낸 연기를 바라보고 있었다. 다만 살코와 어부 두 사람만이 이따금 서로 얼굴을 쳐다보면서 마치 보이지 않는 그 무엇을 맹세나 하듯 묵묵히 조그마한 잔을 쳐들었다가 단숨에 들이키곤 하였다.

 이렇게 그 이상하고 기억할 수 없는 사건은 카피야에서 일어났던 것이다. 벨리 루그는 네주케로 내려오지 않았으며 아브다가의 파타는 결코 함지치로 시집가지 않았다.

 아브다가 오스마나기치는 두 번 다시 카사바로 내려오지 않았다. 그는 같은 해 겨울에 자기를 죽음에 이르게 한 슬픔에 대해서는 아무에게도 말 한 마디 하지 않고 기침 때문에 숨이 막혀 죽었다.

 카사바에서 사람들은 한동안 이 사건을 얘기하더니 곧 잊어버렸다. 남아 있는 것이라곤 오직 그 아름다움과 슬기가 마치 불멸의 존재인 듯 이 세상에서 빛나던 한 처녀에 대한 노래뿐이었다.

## IX

카라조르제 반란이 일어난 지 70여 년 후에 세르비아에서 또다시 전쟁이 일어났고 국경에서는 폭동이 이내 이에 가세했다. 쥴리예보, 고스틸야, 츠른취치, 벨레토보처럼 높은 지대에 있는 터키인 집들과 세르비아인 집들은 다시 불타올랐다. 여러 해가 지난 이 무렵에 다시 카피야에는 참살된 세르비아인들의 목이 굴러다녔다. 얼굴이 홀쭉하고 머리가 짧은 농부들의 목이었고 70년 전에도 그랬듯이 모두 바짝 여윈 얼굴에 하나같이 기다란 콧수염이 있었다. 그러나 이런 모든 일은 그리 오래 계속되진 않았다. 세르비아와 터키 사이에 전쟁이 끝나자 사람들은 또다시 평화로운 삶을 살 수 있었다. 그러나 그것은 실상 여전히 공포와 자극적인 낭설과 근심으로 가득 찬 귓속말이 사라질 줄 모르는 불안스런 평화였다. 오스트리아 군대가 보스니아로 들어온다는 것이 공공연히 그리고 좀더 확연하게 이야기되어졌다. 1878년 초여름 터키 군대가 사라예보에서 프리보이[92]로 가는 도중 이 카사바를 통과했다. 황제가 저항 없이 보스니아를 넘겨줄 거라는 소문이 나돌았다. 몇몇 가족들은 산좌크[93]로 이동할 준비를 갖췄다. 그들 중에는 대부분 13년 전에 세르비아

---

**92** 세르비아의 도시.
**93** 세르비아의 도시.

인들의 통치를 벗어나려고 우쥐체를 떠난 사람들이었는데 이제는 다시 새로운 다른 기독교 신자들의 지배를 피할 준비를 하고 있는 것이었다. 그러나 나머지 사람들은 무슨 일이 일어날지 괴로운 불안에 휩싸여 기다리면서 아무렇지도 않다는 듯 무관심한 표정을 지으면서 남아 있었다.

 7월 초 플례블예의 무프티야[94]가 비록 소수이기는 하지만 보스니아에서 오스트리아인들을 무찌를 비장한 결심을 한 자기 부하들을 데리고 왔다. 진중한 성격의 금발머리 남자는 조용해 보였지만 불 같은 정열을 가지고 있었고 그는 청명한 여름날 카피야에 앉아서 카사바에 사는 터키인 유지들을 불러놓고 오스트리아인들과 싸워야 한다고 격려하기 시작했다. 그는 마을을 떠나라는 공식적인 명령에도 불구하고 정규군의 대부분은 보스니아에 남아 민중들과 함께 새로운 정복자와 싸울 것이라고 그들에게 확언한 다음 청년들을 찾아다니며 자기와 합세해달라고 요청하고 일반인들에게는 사라예보에 식량을 보내자고 호소했다. 무프티야는 비셰그라드인들이 원래 투지가 있는 투사들은 아니며 광적으로 죽기보다는 오히려 어리석은 삶을 오래 지속하기 좋아하는 사람들이란 것을 알고는 있었지만 그들의 떨떠름한 반응에는 정말 놀라지 않을 수 없었다. 더 이상 참을 수가 없어서 무프티야는 민중의 정의와 신의 노여움을 내세워 그들을 위협하고 자기의 보조자인 오스만에펜디야 카라만리야에게 전체적인 봉기를 하려면 비셰그라드 터키인들의 협력이 필요하다는 것을 계속해서 역설하였다.

 무프티야와 대화를 하는 중에 가장 커다란 반대 의사를 비친 사람은 알리호좌 무테벨리치였다. 그의 가족은 카사바에서 가장 유서 깊고

---

[94] 한 지역 안에서 계급상 가장 나이 많은 이슬람 성직자.

유명한 집안 중의 하나였다. 그들은 결코 많은 재산 때문에 유명한 것이 아니라 그들의 정직하고 솔직한 성품 때문에 유명했다. 그들은 예전부터 고집 센 사람들로 알려져 있었지만 뇌물, 협박, 아첨 또는 그 밖의 다른 좋지 못한 일 따위는 도저히 받아들이지 못하는 사람들이었다. 그 집안의 가장 연장자인 무테벨리야는 200여 년 동안 카사바에서 메흐메드 파샤 바쿠프의 관리인이자 지배인이었다. 그는 다리 옆에 있는 유명한 석조 건물 한의 관리를 도맡아 했다. 헝가리의 패배 이후 그 한의 관리에 필요한 비용을 대는 수입의 길이 막히고 환경의 변화에 따라 한은 한낱 폐허로 바뀌었으나 그나마 관리에 돈도 들지 않고 특별한 어떤 손질을 요하지 않는 공공의 재산인 다리만은 베지르 재단에서 유일하게 남은 것이라는 것을 우리들은 보았었다. 무테벨리치 집안 사람들이 그토록 긴 세월 동안 명예를 가지고 수행해온 직책에 대한 강한 자부심으로 그들의 가족의 이름이 남아 있을 뿐이었다. 그 직책은 사실상 다우트 호좌가 석조 건물인 한을 지키려고 할 때 없어진 것이지만 그들은 계속해서 자부심을 가지고 있었다. 그 자부심과 더불어 무테벨리치 집안 사람들은 다리의 운명에도 책임이 있다고들 생각했는데 왜냐하면 다리는 적어도 외형상 그들이 관리해온 아름답고 훌륭한 바쿠프의 일부인데다 지금은 애처롭게 망가지고 부서졌지만 그들이 돌보아야 한다고 여겼다. 그리고 그 가족에게는 예전부터 내려오는 하나의 전통이 있었다. 무테벨리치 집안의 각 세대마다 적어도 한 명은 울레마[95]에 소속되어야 한다는 것이었다. 지금은 그 사람이 바로 알리호좌였다. 하지만 이제 그들에게 남아 있는 것이라고는 몇 채의 집과 얼마 되지 않는 새산뿐이었다. 이제는 농노와 다리 근처 시장의 가장 좋은 자리에 자리 잡은 오래 된

---

[95] 이슬람 성직자 단체.

가게가 있을 뿐이었다. 알리호좌의 형 둘은 전쟁에서 전사했는데 한 명은 러시아에서 또 한 명은 몬테네그로에서 사망했다.

알리호좌는 여전히 젊고 쾌활하고 건강하고 얼굴에 미소를 잃지 않는 청년이었다. 진짜 무테벨리치 집안 사람답게 그는 모든 일들에 자신의 생각을 가지고 있었으며 한번 의견을 내세우면 고집스럽게 끈기를 가지고 밀고 나갔다. 원래 성격이 솔직하고 생각을 하는 데에도 독립적이어서 지방 울레마들이나 관할 단체와 의견 충돌이 잦았다. 호좌라는 직함과 지위를 가지고 있었지만 의무도 없을 뿐 아니라 그 직위로 생기는 수입도 한 푼 없었다. 가능한 한 독립을 하려고 그는 아버지가 남겨준 가게를 직접 돌봤다.

비셰그라드의 이슬람교도 대부분이 그랬듯이 알리호좌도 역시 무력 항쟁을 반대했다. 그의 경우에는 그가 비겁해서거나 종교적인 신념이 미약해서가 아니었다. 그는 기독교 세력과 그것이 초래할 모든 것을 미워했으며 그에 못지않게 무프티야로서든 반역자로서든 똑같이 다가오는 기독교 세력과 그들이 몰고 올 모든 것을 증오했다. 그러나 술탄이 정말로 보스니아를 버리고 이미 나라를 오스트리아인들의 손에 내어주고 있다는 사실과 이곳 주민들의 성품을 잘 알고 있었기 때문에 그는 아무런 조직도 없는 무질서한 민중항쟁을 반대했던 것이었다. 이런 항쟁이 결국은 재난으로 끝나고 불행을 더욱 참혹하게 만들 뿐이라는 것이 분명했기 때문이었다. 일단 사태를 이렇게 판단하자 그는 공공연하게 자기의 의견을 내세우고 완고하게 우겨댔다. 이번에도 역시 그는 난처한 질문과 빈정대는 언사를 퍼부어 무프티야의 계획에 큰 혼란을 빚었다. 그렇게 그는 우연하게도 비셰그라드 주민들 사이에서 무프티야의 호전적인 의도에 공공연히 반대한다는 뉘앙스를 주고야 말았다. 물론, 이곳 비셰그라드인들이 자발적으로 전쟁터로 달려나갈 사람들도 아니었고 기꺼이 전쟁의 희생자가 되겠다고 앞장설 사람들도 아니었다.

오스만에펜디야 카라만리야가 비셰그라드인들과 대화를 하기 위해 남았을 때 알리호좌와 맞서게 되었다. 말들을 되씹고 표현들을 따지던 몇몇 베그들과 아가들은 사실상 알리호좌의 말에 동조하는 사람들이었으며 성실하고 열의에 넘치는 호좌로 하여금 그 문제를 공론에 붙여 카라만리야와 논쟁을 하도록 하였다.

비셰그라드의 유지인 터키인들은 저녁 무렵 카사바에 다리를 반쯤 꼬고 둥글게 둘러앉아 자리를 잡았다. 가운데 자리를 차지하고 있는 사람은 키가 후리후리하게 크고 여윈 얼굴이 창백한 남자 오스만에펜디야였다. 얼굴의 모든 근육은 부자연스럽게 긴장되었고 눈은 불꽃을 띄었으며 이마와 뺨은 간질 환자같이 온통 흉터투성이었다. 그 앞에 선 호좌는 얼굴이 불그스름하고 몸집이 작았지만 어딘지 인상적인 면이 있었고 그 갈대처럼 연약한 목소리로 계속 질문을 쏘아대는 것이었다. 우리에게 대체 무슨 힘이 있느냐? 우리는 어디로 가야 하느냐? 무슨 방법으로? 어떻게, 왜? 실패하는 경우엔 어떻게 되는 것이냐? 호좌의 침착하고 거의 짓궂어 보이는 그 현학적인 태도는 사실 기독교의 우세한 세력과 그에 대조되는 터키 사람들의 그 뚜렷한 허약함과 무질서에 대한 괴로운 불안을 감추기 위한 것이었다. 그러나 흥분해 있는 음흉한 오스만에펜디야는 그걸 이해할 수 있는 사람이 아니었다. 워낙 다혈질인데다 지나치게 격앙되어 있어서 그는 넘쳐오르는 분노를 억누르지 못하고 조금이라도 자신 없이 망설이고 동요하는 징조가 보일 때마다 오스트리아 사람을 공격하듯 호좌에게 비난을 퍼부었다. 호좌는 그를 놀리며 단지 일반적인 표현들과 뭉뚱그려진 단어들로 화를 삭이며 대답할 뿐이었다. 가야 할 방향으로 갈 뿐이며 가능할 때 할 수 있는 자들과 같이할 뿐이라는 것이었다. 중요한 것은 적들이 투쟁 없이 나라를 침략하는 법은 없으며 많이 묻는 사람들은 사태를 꼬이게 하고 적들을 돕게 된다는 것이었다. 마침내 완전히 화가 치민 에펜디야는 가까스로 비아냥거리는 것을 감추며 호좌의 모든 질문들에 답했다. "목숨을 바칠 때가 왔다" "우리는 목숨을 바쳐야 한다" "우리는 최후의 한 사람이 남을 때까지 싸울 것이다."

"그렇지." 호좌가 그의 말을 가로막았다. "나는 당신들이 오스트리아인들을 보스니아에서 내쫓고 그 때문에 우리를 모은 것이라고 생각하는데. 만약 그것이 죽는 문제에 지나지 않는다면 에펜디야, 우리 역시 당신 도움 없이 죽는 방법을 알고 있소. 죽는 것보다 쉬운 것은 아무것도 없지."

"아하, 내 눈에는 자네가 죽고 싶어하지 않는 거 같은데." 카라만리야가 거세게 그의 말을 가로막았다.

"내 눈에는 자네가 죽고 싶어하는 거 같은데. 그런 얼간이 같은 일에 동조할 동료를 왜 찾고 있는지는 모르겠군." 호좌가 날카롭게 대답했다.

그들의 대화는 오스만에펜디야가 알리호좌를 배교자라고 부르면서 세르비아 사람들이 당한 것처럼 그 목을 베어 카피야에 내버려야 한다고 하고 호좌는 마치 그런 공갈과 모욕적인 언사를 전혀 듣지 않는 사람처럼 태연하게 사리를 따져가면서 증거와 이유를 대며 추궁하는 싸움으로까지 번졌다.

정말 이토록 협상이 전혀 되지 않고 말이 통하지 않는 두 사람을 찾기는 어려울 정도로 둘의 의견은 너무도 상이했다. 이들이 토론을 계속한다면 사람들의 불안이 더 커지고 싸움이 더 커지는 결과밖엔 기대할 수 없을 것이었다. 이것은 유감스럽지만 별 도리가 없었다. 세상이 뒤집히고 어쩔 수 없는 큰 변화의 시기가 오면 언제나 그런 불완전하고 마음이 고르지 못한 사람들이 나타나 일을 더 혼란에 빠뜨리고 갈피를 못 잡게 만들어놓는 법이기 때문이었다. 이것은 혼돈의 시기를 암시하는 하나의 징조였다.

하지만 이런 이상야릇한 싸움이 베그들과 아가들에게는 더할 나위 없이 좋은 기회였다. 왜냐하면 그들이 폭동에 참여해야 하는가의 문제가 풀리지 않은 채로 남아 있을 것이었으며 그들 스스로도 이를 분명하게 드러낼 필요가 없기 때문이었다. 오스만에펜디야는 화가 나서 몸을 부르르 떨며 목소리를 높여 욕지거리를 퍼부었고 다음 날 부하 몇 사람을 거느리고 무프티야의 뒤를 이어 사라예보로 향했다.

그후 한 달 동안에 들어온 소식들은 아가들과 베그들이 자신들의 카사바와 집을 지키는 것이 좋겠다는 기회주의적인 생각을 굳히도록 했다. 8월 중순이 되자 오스트리아인들이 사라예보로 들어왔다. 그후 잠시 글라시나츠에서 불행한 충돌이 벌어졌다. 터키 잔류병들이 리예스카의 비탈진 길을 내려와 오콜리슈테를 넘어 카사바로 내려오기 시작했다. 그 중엔 술탄의 명령을 어기고 자기 멋대로 지방 폭도들과 항쟁운동에 가세한 정규군들도 몇 있었다. 군인들은 빵과 물을 찾았고 우바츠로 가는 길을 물을 뿐이었지만 지방 폭도들은 패주하면서도 기세가 꺾이지 않아 사납게 날치고 있었다. 새까맣게 먼지를 뒤집어쓰고 누더기를 걸친 그들은 전쟁에 참여하지 않는 비셰그라드 사람들이 묻는 말에도 무뚝뚝하게 대답을 할 뿐 웅덩이를 파며 드리나 위의 다리를 지킬 준비를 하고 있었다.

이번에도 역시 알리호좌가 나섰다. 그는 이 카사바는 절대로 방어할 수 없다는 것과 '오스트리아 놈들이 이미 보스니아를 넘어 지척에 가까이 와 있는 이때'에 카사바 사수는 소용없는 일이라며 끈기 있게 지적했다. 폭도들 역시 스스로 깨닫고 있었던 사실이지만 그것을 인정하고 싶지 않았다. 왜냐하면 이런 봉기나 항쟁을 교묘하게 피해 자기들 집이나 재산이나 챙기고 호의호식하는 자들이 그들을 자극했기 때문이었다. 이들 중에는 마치 실성한 것 같은 오스만에펜디야 카라만리야가 있었다. 그는 전보다 더 창백하고 야위었으며 또 전보다 더 열광적이고 호전적이었다. 그는 실패라는 것을 염두에 두지 않는 그런 종류의 인간이었다. 그래서 그는 어디서든 어떻게 해서든 항쟁을 해야 한다고 주장했으며 줄곧 죽음의 필요성을 역설했다. 불덩어리 같은 그의 열성 앞에서 사람들은 모두 뒷걸음질쳤고 피했지만 오직 알리호좌 한 사람만은 뜻을 굽히지 않고 반대하였다. 그는 침착하고 대담하게, 하지만 적의는 조금도 보이지 않으면서 그 적극적인 오스만에펜디야에게 봉기의 결과가 바로 이 카사바에서 한 달 전에 예측했던 대로였다고 증명을 했다. 그는 오스만에펜디야에게 가능한 한 빨리 부하들을 거느리고 플레블예로 떠나도록 권유하면서 또한 나쁘게 악화된 것을 더 나쁘게 만들지 말라고 했다. 하지만 호좌는 전에 비해 적극성을 잃었고 그 이유는 마치 환자를 대하는 것처럼 카라만리야에게 동정을 느끼기 시작했기 때문이었으며 가까이 다가오는 불행 때문에 그 안에서 이미 심한 전율을 느끼고 있었기 때문이었다. 뿌리 깊숙이 회교도인 그에게 이교도의 힘이 다가오고 있다는 것과 그들의 힘 앞에서 회교도의 질서가 오래 유지될 수 없다는 사실은 정말 가슴 아픈 일이었기 때문이었다. 그의 말 속에서는 본의 아니게 그 숨겨진 슬픔이 느껴지고 있었다.

카라만리야의 모욕적인 언사에 대해 그는 거의 슬픔에 차서 대답하고 있었다.

"에펜디야, 당신은 내가 그 오스트리아 놈들이 오는 걸 이렇게 기다리는 것이 쉬운 줄 압니까? 앞으로 우리에게 어떤 일이 일어날지도, 어떤 시대가 도래할지도 우리가 모르는 것 같습니까? 우리가 어떤 상처를 입게 될지 또 무엇을 잃게 될지 우리는 너무도 잘 알고 있습니다! 잘 알지요. 그러니 당신이 그걸 알려주기 위해서 이곳으로 다시 돌아왔다면 불필요한 일을 한 것이오. 플례블예에서도 움직일 필요가 없지요. 내가 보기에는 당신이 사태를 이해하지 못하고 있는 것 같기 때문이오. 만일 당신이 사태를 이해했다면 그런 행동도 그런 말도 하지 않았을 것이기 때문이오. 에펜디야, 우리는 지금 당신이 생각하고 있는 것보다 더 악화된 어려움에 당면해 있소. 나도 그 대책은 모르겠지만 내가 확실히 아는 것이라곤 당신이 말하는 대책이란 것이 적절하지 않다는 사실이오."

그러나 오스만에펜디야는 그의 심각하고 성실하고 열성적인 항쟁의 주장을 지지해주지 않는 말에는 무엇에나 귀를 기울이려 하지 않았다. 그래서 그는 이런 난리를 일으킨 오스트리아 놈들 못지않게 항쟁을 반대하는 호좌도 증오하고 있었다. 압도적으로 우세한 적들이 쳐들어오고 이쪽의 참패가 결정적일 때에는 언제나 그런 법이었다. 이런 상황에서는 언제나 동포들끼리 싸우고 서로 상대편들을 험담하는 일들이 벌어지게 마련이다. 새로운 공격의 말을 찾을 수 없는 에펜디야는 알리호좌를 반역자로 부르고 오스트리아 놈들이 들어오기 전에 기독교 세례를 받는 것이 좋을 거라며 비아냥거렸다.

"나의 조상도 세례를 받은 일이 없으니 나 역시 세례를 받을 일이 없소. 그리고 에펜디야, 나는 오스트리아 놈들과 세례를 받을 생각도 없지만 바보와 전쟁터에 나갈 생각도 없는 사람이오." 호좌는 침착하게 대답했다.

비셰그라드 유지인 터키인들은 알리호좌와 같은 생각을 하고 있었지만 모두들 그렇게 노골적으로 강경하게 말하는 것은 그리 신중한 태도가 아니라고 생각했다. 그들은 쳐들어오는 오스트리아인들도 무서웠지만 현재 자기 부하를 거느리고 이 카사바를 장악하고 있는 카라만리야도 두려웠다. 그래서 그들은 모두 집 안에 틀어박혀 있든지 그렇지 않으면 교외의 시골집으로 몸을 피했다. 그리고 카라만리야나 그의 부하를 꼭 만나야 하는 경우에는 적절한 구실이나 핑계로 그 자리를 모면할 수 있는 안전한 방법을 찾아 변명을 하는 것이었다.

대상숙관 폐허 앞 판판한 장소에서 카라만리야는 아침부터 저녁까지 사람들을 불러모아놓고 열변을 토했다. 그의 주위엔 늘 사람들이 모여 있었는데 그 중에는 별의별 사람들이 다 있었다. 그의 부하를 비롯하여 카사바의 새로운 주인에게 무언가를 애걸하러 온 우연히 지나가던 행인, 그리고 지방 폭도들이 사실은 강제로 그들의 대장 앞으로 끌고 온 사람들이었다. 카라만리야는 쉴 새 없이 열변을 토했다. 한 사람을 상대로 말할 때도 마치 수백 명의 군중 앞에서 연설하는 것처럼 소리를 질러댔다. 더 한층 창백한 얼굴에 눈동자를 마구 굴리면서 소리를 질러댔고 눈의 흰자위는 유달리 누래졌으며 양쪽 입가엔 흰 거품이 일어났다. 카사바에 사는 누군가가 그에게 예전에 드리나를 건너오는 이교도 군대를 막으면서 전사한 전설적인 인물 셰흐[96]-투르하니야에 대해 말해 주었다. 그의 말에 의하면 그는 다리 바로 위 반대 편 강둑에 매장되었는데 이교도들의 군대가 다리를 넘기만 하면 틀림없이 벌떡 일어나 그들을 무찌른다는 것이었다. 카라만리야는 곧바로 이 전설을 들먹이며 이 사람이야말로 자기네들을 구원해줄 것이라고 주장했다.

"동포 여러분, 이 다리는 베지르의 유물입니다. 이교도 군대는 절대로 이 다리를 넘을 수 없다고 씌어 있습니다. 우리뿐 아니라 총으로도 칼로도 죽일 수 없는 이 '훌륭한 분'도 함께 막을 것입니다. 만일 적이

---

[96] 이슬람 성직자의 장(長).

나타나면 이분은 무덤에서 벌떡 일어나 다리 한가운데에 설 것입니다. 그리고 그 오스트리아 놈들은 이분을 보기만 해도 다리를 떨며 가슴이 떨려 도망칠 수도 없을 것입니다. 그러니 터키 동포 여러분, 뿔뿔이 흩어지지 말고 나를 따라 다리로 갑시다!"

그렇게 카라만리야는 모인 사람들을 향해 소리쳤다. 낡아빠진 검은색 외투를 입고 꼿꼿이 서서 그 '훌륭한 분'이 다리 위에 이렇게 서 있을 거라고 두 팔을 벌려 흉내내는 모습은 꼭 페스 위에 올려놓은 높고 얄팍한 검은 십자가를 연상시켰다.

비셰그라드의 터키인들은 카라만리야보다 이 얘기를 더 잘 알고 있었다. 왜냐하면 어린 시절부터 수없이 들어서 알고는 있었기 때문이었다. 그렇지만 산 사람으로부터도 도움을 받을 수 없는 이때에 어떻게 죽은 사람의 도움을 받을 수 있겠느냐고 아예 그 도움을 바라지도 않았다. 한편 그의 가게를 멀리 떠나지 않고 있는 알리호좌에게 사람들이 찾아와 한에서 일어난 일들을 말해주었다. 애석하고 가엾다는 듯 그는 그의 두 팔을 흔들며 말했다.

"그 바보 천치는 이 카사바의 산 사람뿐 아니라 죽은 사람마저도 망쳐놓고 떠날 것이오. 알라 셀라메트 올순!"[97]

하지만 실제 적에 맞서 무력해진 카라만리야는 분노를 알리호좌에게 돌렸다.

그는 협박을 하고 소리를 지르고 카사바를 떠나야 하는 경우에는 그 고집쟁이 호좌를 오소리처럼 카피야에 묶어두고 오스트리아 놈들을 기다리게 해놓고 떠날 것이라고 맹세했다. 왜냐하면 그는 적과 싸우기도 원치 않고 남들이 싸우는 것을 용납하지도 않기 때문이라는 것이었다.

---

[97] 신이여 우리를 도우소서.

이런 모든 입씨름들은 오스트리아인들이 리예스카 고개에 나타나자 멈췄다. 그제야 이 카사바를 지킬 수 없다는 사실이 드러났다. 카라만리야는 자기가 끌어다 놓은 두 대의 대포를 대상숙관 앞 흙을 쌓아올린 판판한 축대 위에 버리고 마지막으로 카사바를 떠난 사람이었다. 그러나 떠나기 전에 그는 그의 협박을 실천했다. 그는 몸이 거대하고 머리는 바보인 원래 직업이 대장장이인 그의 부하 기마병에게 알리호좌를 묶게 한 다음 다리탑의 유물로 유일하게 하나 남은, 카피야의 두 개의 돌 사이에 끼어 있는 참나무 대들보에 그의 오른쪽 귀를 못 박도록 명령했다.
　시장과 다리 주위에 엄습한 그런 대대적인 혼잡과 혼란 속에서 사람들은 큰소리로 이 명령이 내려지는 것을 들었지만 설마 그대로 실천되리라고는 꿈에도 생각지 못했다. 이런 경우들에는 흔히 우겨대는 소리나 목청을 높여 서로 욕하는 소리나 그 밖의 별의별 소리들을 다 들을 수 있으니까 말이다! 이 명령도 역시 마찬가지였다. 도무지 그런 일은 생각할 수도 없는 일이었다. 그것은 마치 채근과 같은 그런 협박이라고들 생각했다. 알리호좌 자신도 이것을 그리 심각하게 생각하지 않았다. 이를 실천하라는 명령을 받고 지금 대포의 화문을 막는 데 바쁜 기마병만 하더라도 주저하며 깊이 생각하는 것 같아 보였다. 그러나 호좌가 카사바에 못 박혀야 한다는 생각은 원래 막연한 것이어서 의심 많고 심하게 욕을 해본 일이 없는 비셰그라드인들은 그런 무서운 일이 과연 일어날까 아닐까 하는 문제를 이리저리 생각해보았다. 그런 일이 일어날까-일어나지 않을까! 처음엔 그들 대부분이 그 일은 사실 무의미하고 추악하며 불가능하다고 생각했다. 그러나 군중이 흥분하고 있을 땐 무엇이든 비상하고 사람들이 놀랄 만한 일을 벌여야 하는 것이다. 일어날까-일어나지 않을까! 그리고 이 순간에 할 수 있는 일이란 그것밖에 없지 않은가. 가능성은 더욱 커 보였고 시간이 지남에 따라 더 한층 강해지고 더 한층 당연하게 여겨지는 것이었다. 그런 일이 일어나지 않으리란 법이 없지 않으냐 말이다! 두 사람의 남자가 그다지 대항하지 않는 호좌를 붙잡았다. 그리고 등 뒤에다 두 손을 묶었다. 그러나 그 광폭하고 무서운 현실에 이르기에는 아직 멀었다. 그래도 일은 차츰 진행되었다. 대장장이는 갑자기 자기의 심약함과 주저함을 부끄럽게 생각하거나 하는 것처럼 어딘가에서 조금 전에 대포 화문을 막을 때 쓰던 망치를 가져왔다. 오스트리아 놈들이 이미 반 시간만 행진하면 이 카사바에 들어올 수 있는 지점에까지 왔다는 생각이 들어 그는 자기가 받은 명령을 수행하기 위해 결심을 굳혔다. 하지만 이런 똑같은 고통스런 생각으로 호좌는 모든 것에 대한 자신의 고고한 무관심을 통해 이 광폭하고 우스꽝스럽고 창피한 처벌에 대해서 견디고 있었던 것이다.

조금 전까지만 해도 사람들이 불가능하며 믿을 수 없는 일이라고 여기던 일이 벌어지고 말았다. 이것이 올바르고 가능한 일이라고 생각한 사람은 아무도 없었지만 호좌가 카피야의 대들보에 오른쪽 귀를 못 박혀 다리 위에 방치되었다는 사실에는 누구나 조금씩은 책임이 있었다.

카사바로 내려온 오스트리아 놈들 앞에서 사람들은 앞 다투어 사방으로 도망을 쳤지만 호좌는 이 괴상하고 우스운 자세로 그 자리에 남아 있었다. 시간이 지남에 따라 그리고 조금만 움직여도 귀가 찢어지듯 몹시 아팠기 때문에 그는 죽은 사람처럼 움직이지 않고 무릎을 꿇고 있어야 했다. 그는 귀가 마치 산처럼 너무 무겁고 크게 느껴졌다. 소리를 질렀지만 그 소리를 듣고 이 괴로운 형벌에서 그를 도와주러 올 사람은 아무도 없었다. 왜냐하면 움직일 수 있는 사람은 누구나 한편으로는 쳐들어오는 오스트리아 놈들이 무서워서, 또 한편으로는 도망을 치는 지방 폭도들이 무서워서 모두 집 안에 숨어 있거나 이 마을 저 마을로 흩어졌기 때문이었다. 카사바는 죽은 듯 고요했고 다리는 마치 죽음이 휩쓸어 버리기라도 한 듯 텅 비어 있었다. 산 사람이고 죽은 사람이고 이 다리를 지킬 사람은 아무도 없었으며 다만 카피야에 움직이지 못하고 있는 알리호좌만이 머리를 대들보에 딱 붙인 채 웅크리고 있을 뿐이었다. 이렇게 아파서 신음을 하면서도 그는 카라만리야에게 말해줄 새로운 증언을 생각하고 있었다.

오스트리아인들이 서서히 다가왔다. 그러나 둑 다른 쪽에서 그들의 정찰대원들이 대상숙관 앞의 두 대포를 보더니 일단 행진을 멈추고 자신들의 대포가 도착하는 것을 기다렸다. 정오쯤 그들은 산속의 조그마한 포상에서 아무도 없는 대상숙관을 향하여 몇 방을 쏘았다. 그들은 이미 폐허가 된 한을 파괴했고 아담한 돌 하나하나에 가로지른 유난히 고급스럽게 만든 창살을 부숴버렸다. 조준을 해서 그 두 대의 터키 대포를 넘어뜨리고 그것이 사람 없는 거짓 대포라는 것을 확인하고서야 비로소 사격을 중지하고 조심조심 다리와 카피야로 접근하기 시작했다. 헝가리 군인들이 유유한 걸음으로 총알을 장전한 채 카피야로 다가왔다. 그러나 그들은 머리 위를 획획 날아다니는 포탄이 무서워 떨며 못 박힌 귀가 아파 몸을 움츠리고 있는 호좌 앞에 이르자 의심스러워 발길을 멈추었다. 발길을 멈춘 군인들이 모두들 그에게 총부리를 겨누는 것을 보자 호좌는 모든 이들이 이해할 수 있는 언어라고 생각을 하면서 흐느껴 울기 시작했다. 이것이 헝가리 군인들이 그를 총살하지 않도록 도운 셈이었다. 그 중 일부 군인 무리가 한 걸음 한 걸음 다리를 건너 천천히 전진을 계속했고 또 어떤 무리는 그가 어떻게 매달려 있는 건지 모르겠다는 듯 앞으로 가까이 다가가 보았다. 한 의무병이 도착하고 나서야 펜치를 구해 못을 박는데 쓰는 그 못을 조심스럽게 빼고 알리호좌를 구해주었다. 혼비백산하고 기진맥진한 그는 난간에 고꾸라져 신음을 하며 흐느껴 울었다. 의무병이 따끔거리는 어떤 물약을 상처 난 귀에 발라주었다. 눈물을 흘리면서 호좌는 마치 꿈속에서나 보는 것처럼 그 의무병의 왼 팔에 넓은 흰 완장이 있고 거기에 붉은 색으로 큼직한 십자가가 뚜렷이 그려져 있는 것을 보았다. 그런 발작적이고 무서운 광경은 열병을 앓을 때나 볼 수 있는 것이었다. 이 십자가가 그의 눈앞에서 이리저리 흔들리며 춤을 추고 악몽처럼 그의 눈앞을 뒤덮었다. 의무병은 상처를 붕대로 감아주고 붕대 위 그의 페스를 바로잡아주었다. 이렇게 머리를 붕대로 감은 호좌는 마치 허리가 부러진 사람처럼 억지로 몸을 일으켰지만 잠시 동안은 다리 위 돌 난간에 몸을 의지하지 않으면 안되었다. 그는 애써 정신을 가다듬고 가까스로 침착함을 찾았다. 그의 앞에서는 카사바 반대편 돌로 된 터키 비문 아래 한 군인이 넓은 하얀색 종이를 붙였다. 머리는 통증으로 아파왔지만 호좌는 호기심을 억제하지 못하고 그 하얀색 플래카드를 쳐다보지 않을 수 없었다. 그것은 주민들에게 알리는 것으로 터키어와 세르비아어로 쓰여진 필리포비치 장군의 포고문이었다. 오른쪽 눈을 찡그리면서 알리호좌는 터키어로 된 문장들을 쫓았지만 두껍게 인쇄체로 쓰인 글자만 보일 뿐이었다.

보스니아와 헤르체고비나의 주민이여!

오스트리아 황제와 헝가리 왕의 군대는 당신들의 국경을 넘었습니다. 우리는 영토를 힘으로 차지하려고 온 적군이 아닙니다. 우리는 여러 해 동안 보스니아와 헤르체고비나뿐 아니라 오스트리아-헝가리의 국경지방의 평화를 교란하던 무질서를 종식시키기 위해 온 친구입니다.

황제와 왕께서는 이웃나라들을 지배하고 있는 무력과 혼란을 더 이상 볼 수만은 없으셨고 그의 영토들의 국경을 침해하는 살상과 악의를 보고만 계실 수 없었습니다.

그는 유럽 다른 나라들에게 여러분의 위치를 상기시켜 오스트리아-헝가리 제국이 오래전에 여러분들이 잃어버렸던 평화와 번영을 되찾아주도록 만장일치로 가결(可決)하셨습니다.

여러분들을 가슴에 잘 품고 있는 여러분들의 위대한 술탄은 여러분들을 그의 강력한 친구인 황제와 왕께 보호를 맡기는 것이 좋다고 느끼셨습니다.

황제와 왕께서는 이 땅의 모든 백성이 법에 의해 같은 권리를 누릴 것이며 그들의 생명과 신앙과 재산은 모두 보호될 것이라고 하셨습니다.

보스니아와 헤르체고비나 주민 여러분! 오스트리아-헝가리의 빛나는 깃발 아래 보호받을 것이라는 사실을 믿기 바랍니다. 우리 군인들을 친구로서 환영하고 당국에 복종할 것이며 각자 일자리로 돌아가 여러분들의 노력으로 보호를 받도록 하십시오.

호좌는 한 문장 한 문장을 또박또박 읽었고 모든 말을 이해할 수는 없었지만 모두가 고통이었다. 그것은 특별한 아픔이었다. 그가 상처 입은 귀, 머리 그리고 허리의 상처에서 느껴지는 그런 통증이 아닌. 그는 이제야 '황제의 말들' 이라는 말에서 갑자기 그의 것들, 그들의 것들이 모두 한꺼번에, 하지만 어떤 의미에서는 이상한 방법으로 사라져간다는 것을 확연하게 느꼈다. 눈은 보고 입은 말하고 사람은 지속되지만 생명은, 진짜 생명은 더 이상 없는 것이다. 남의 황제가 그들을 지배할 것이며 남의 종교가 지배할 것이다. 이 커다란 글씨들과 애매한 메시지들이 분명히 알려주고 있는 것이었다. 인간으로서는 도저히 상상할 수 없고 참기 힘든 어려운 가슴속의 그 답답한 고통으로 짐작해보아 더욱더 분명히 알 수가 있었다. 오스만 카라만리야 같은 바보는 수천 명이 모여도 이럴 때 어떠한 대책을 꾸미거나 어떤 변화를 일으킬 수는 없을 것이었다. (호좌는 속으로 여전히 이렇게 따지고 있었다.) '우리는 모두 죽을 것이다!' '우리가 죽기 위해서!' 지금 이곳에 살 수도 없고 죽을 수도 없는 화를 당하고도 땅에 박힌 말뚝처럼 썩어빠져 그저 남이 하라는 대로 해야만 하게 된 인간 하나가 있는데 그런 호언장담이 무슨 소용이 있단 말인가. 이것은 카라만리야 같은 사람이 보지도 못하고 이해하지도 못하는 큰 불행이며 그들이 이해하지 못했던 탓으로 더 커지고 더욱 부끄럽게 된 것이었다.

깊은 생각에 잠기면서 알리호좌는 천천히 다리에서 걸어가고 있었다. 그 위생병이 그를 따라오고 있다는 것도 깨닫지 못했다. 그의 귀에서는 아까 '황제의 전언들'을 읽은 후 가슴을 찌르던 답답하고 뼈아픈 고통은 느껴지지 않았다. 그는 천천히 걸었다. 그러나 어찌해도 저쪽 둑으로는 갈 수 없을 것 같았다. 이 마을의 자랑인 그 다리, 처음 생긴 때부터 그토록 이 마을과 친밀한 관계를 맺어왔던 그 다리, 그리고 어릴 적부터 자기가 그 위에서 자랐고 또한 그 곁에서 평생을 보낸 다리가 바로 이 카피야에서 갑자기 그 중심이 부러진 것 같은 생각이 들었다. 오스트리아 놈들의 포고문을 적은 그 넓고 하얀 종이가 소리 없이 다리 가운데를 끊어버리고 그 대신 깊은 심연을 만들어놓은 것 같았다. 각각의 교각은 여전히 좌우로 서 있었지만 건널 길이 없는 것 같았다. 왜냐하면 더 이상 다리는 양쪽을 연결하는 것이 아니며 사람들은 그 일이 일어난 그 순간 저편에 머물러 있는 것 같았기 때문이었다.

알리호좌는 이런 끔찍한 광경 속에서 천천히 걷고 있었고 마치 심한 부상을 당한 사람처럼 보였으며 눈에서는 끊임없이 눈물이 흘렀다.

마치 처음으로 이 다리를 건너 낯선 미지의 마을로 들어가는 병약한 거지처럼 머뭇거리며 걸었다. 사람들의 소리를 듣고 그는 정신을 차렸다. 몇 명의 군인들이 그의 곁을 지나갔다. 팔에 적십자 표시를 하고 좀 전에 대들보에서 못을 빼어주던 의무병의 얼굴, 싱글싱글 웃으며 인정 있어 보이는 그 두툼한 얼굴도 그 중에 보였다. 아직도 미소를 잃지 않은 그 군인은 그의 붕대를 가리키면서 알 수 없는 언어로 무엇인가를 물었다. 무엇인지 도움을 주겠다는 것으로 생각한 호좌는 이내 긴장한 태도로 무뚝뚝하게 말했다.

"내가 할 수 있어요, 내가. 누구의 도움도 필요치 않습니다."

그리고 더욱 생기 있고 좀더 힘찬 발걸음으로 집으로 향했다.

X

오스트리아 군대의 화려하고 공식적인 입성은 다음 날에야 있었다. 카사바 주위에는 이제껏 있어본 적이 없던 그런 엄청난 침묵이 흘렀다. 가게들은 문을 열지 않았다. 8월 하순의 햇볕이 쨍쨍 내리쬐고 더운 날씨임에도 불구하고 집집마다 창문과 문들을 걸어 잠갔다. 거리들은 황량했고 뜰과 정원들은 쥐 죽은 듯 고요했다. 터키인들의 집에는 실망과 혼란이 가득 찼고 기독교 신자들의 집에는 경계와 불신이 가득했다. 그러나 어디에고 누구에게든 '공포'는 있었다. 입성한 오스트리아 놈들은 복병들을 두려워했다. 터키인들은 오스트리아 놈[98]들을, 세르비아인들은 오스트리아 놈들과 터키인들을 두려워했다. 유태인들은 모든 것들과 모든 이들을 두려워했다. 왜냐하면 특히 전시에는 모든 이들이 그들보다 강하기 때문이었다. 지난날의 대포 소리가 여전히 귓전에 울렸다. 사람들은 자신들의 공포를 듣게 될 때 어느 누구도 문 밖으로 머리를 내밀려 들지 않았다. 하지만 이제는 다른 주인이 나타난 것이다. 어제 카사바로 들어온 오스트리아 파견내는 물라짐[99]과 경비대장을 찾

---

[98] 오스트리아인을 가리키는 '아우스트리야나츠'라는 표현 대신에 이 작품에서는 간간이 그들을 부르는 말을 '슈밥'이라고 하기도 한다. 차이를 나타내기 위하여 이하, 전자의 단어는 '오스트리아인,' 후자는 '오스트리아 놈'으로 한다.

아냈다. 명령을 한 장교는 물라짐에게 그의 칼을 주면서 앞으로 계속 임무를 수행할 것과 마을의 질서를 지킬 것을 명령했다. 그리고 다음 날 정오 한 시간 전에 그들의 사령관이 올 텐데 카사바의 유지들과 세 종교의 대표들도 모두 그를 맞이해야 한다고 덧붙였다. 맥이 풀려 앉아 있는 물라짐은 곧 물라 이브라힘과 무데리스[100]인 후세인아가와 폽 니콜라, 그리고 랍비[101]인 다비드 레비예를 불러 그들은 '자타가 공인하는 일인자들'임을 알려 주면서 내일 정오에 오스트리아 사령관을 맞으러 카사바로 나와 그들의 시민의 이름으로 환영하고 읍내 중심가까지 영접을 해야 한다고 말했다.

지정된 시간보다 이르게 네 명의 '자타가 공인하는' 인물들은 사람 한 명 없는 시장에 모여 천천히 카피야를 향해 걸었다. 여기에는 물라짐의 보조인인 살코 혜도가 한 명의 헌병과 함께 오스트리아 사령관이 앉게 될 계단과 돌 의자에 강한 색깔의 터키 양탄자를 깔아놓았다. 그들은 엄숙하고 조용한 표정을 지으며 한참을 그곳에 서 있다가 환히 트여진 오콜리체 길가 쪽을 바라보고 사령관이 오는 기척이 없는 것을 확인하고는 무슨 합의라도 한 듯 서로 얼굴을 살피면서 돌 의자 위 양탄자를 깔지 않은 부분에 자리 잡고 앉았다. 폽 니콜라는 가죽으로 만든 큼직한 담배 주머니를 꺼내서 다른 사람들에게 권했다.

그렇게 그들은 예전에 그들이 젊고 걱정이 없었을 때 카피야에서 시간을 보냈던 것처럼 소파에 앉아 있었다. 지금 달라진 것이 있다면 그들이 나이를 먹었다는 것뿐이었다. 폽 니콜라와 물라 이브라힘은 꽤 나이 든 사람이었고 무데리스와 랍비는 한창인 나이였는데 그들은 차릴

---

**99** 중위.
**100** 이슬람 학교의 교사.
**101** 유태 교회의 율법 박사.

수 있는 가장 좋은 옷들을 입고 나왔다. 그러나 그들은 자신들과 그들의 주민에 대한 걱정으로 가득했다. 여름의 맹렬한 햇볕 속에서 서로 얼굴을 한참 동안 자세히 쳐다보았다. 모두들 나이에 비해 훨씬 늙어 보였고 피곤해 보였다. 저마다 옆에 앉은 사람들의 젊은 시절 혹은 자기의 세대에 따라 이 다리, 앞으로는 어떻게 될지 모를 이 다리 위에서 자라던 어린 시절들을 얘기했다.

그들은 담배를 피우면서 생각하는 것과는 다른 얘기들만 주고받았다. 얘기를 하면서도 그들의 운명을 좌우하고 그들의 카사바와 마을에 선과 악과 평화와 새로운 위험을 모두 가져올 수 있는 새 인물, 사령관이 오게 될 오콜리체 쪽을 힐끔힐끔 쳐다보았다.

이 네 사람 중에서 폽 니콜라가 의심할 여지 없이 가장 침착했으며 가장 동요하지 않았다. 적어도 겉으로 보기에는 그랬다. 그는 칠순을 넘긴 나이지만 여전히 생생하고 강했다. 터키인들이 바로 이 장소에서 목을 자른 유명한 폽 미하일로의 아들인 폽 니콜라는 파란만장한 젊은 시절을 보냈다. 그는 어느 터키인들의 증오와 복수를 피하기 위해서 몇 번이나 세르비아로 도망을 간 적이 있었으며 꿋꿋한 성품과 행동으로 때때로 미움과 증오를 받았다. 그러나 그 말썽 많던 시절이 지나가자 이 폽 미하일로의 아들은 그의 옛 교구에 자리를 잡고 아내를 맞아 조용한 생활을 시작했었다. 이것은 벌써 오래된 이야기라 이젠 모두들 잊고 있었다. ("이미 오래전에 나 역시도 다른 식의 영리함을 찾았고 우리 터키 친구들도 이젠 평화를 사랑하게 되었지"라며 폽 니콜라는 농담을 하곤 했다.) 폽 니콜라가 누구나 인생에서 당하는 평범한 불행과 변화 이외에는 별다른 사고 없이 노예 같은 헌신과 왕자 같은 위엄을 보이면서 그리고 터키인이나 일반 사람들이나 유지들이나 항상 공정하고 차별 없이 대하면서 어려운 지방의 넓은 교구를 침착하고 현명하게 맡아온 지도 이미 50년이란 세월이 흘렀다.

　카사바의 모든 사람들에게서 종교나 성별이나 연령에 상관없이 모두에게 '할아버지'로 불리는 이 폽처럼 많은 사람으로부터 존경과 명망(名望)을 받는 사람은 예전에도 없었으며 전무후무했다. 그는 카사바 전체와 스레즈[102] 전체에서 세르비아 교회와 사람들이 기독교 신앙이라고 부르고 또 생각하는 모든 것을 대표하는 인물이었다. 폽 니콜라는 이 카사바에서 그리고 사람들이 생각할 수 있는 모든 경우에라도 가장 완벽한 성직자였으며 타의 모범이 되는 연장자였던 것이다.

　그는 상당히 키가 크고 유난히 힘이 센 사나이였으며 약간의 글을 익혔으나 도량이 넓고 건전한 이성에 순진하고 솔직한 마음을 가진 사람이었다. 그의 미소는 누구나 그것을 보는 사람의 악의를 없애게 했고 마음을 안정시켜주며 기운을 북돋아주었다. 그것은 자기 자신을 비롯하여 주위에 있는 모든 것들과 아무 문제 없이 화목하게 살아가는 사람의 도저히 표현하기 어려운 미소로써 미소를 지을 때면 그 크고 푸른 눈이 조그맣게 오므라져서 불꽃처럼 반짝였다. 그런 모습이 나이를 먹어서도 남아 있었다. 항상 여우 털로 만든 긴 외투를 입고 있는 그의 그 수북한 붉은 수염은 나이가 들어감에 따라 점점 하얗게 돼서 가슴 전체를 덮었고 그 큼직한 벙거지 밑에 미끈하게 땋아 늘인 머리가 엿보였다. 이런 모습으로 장터를 마구 다니는 그를 보면 비단 50년 동안만이 아니라 또한 그의 교회를 위해서뿐 아니라 사람들이 아직 현재와 같이 여러 종파와 교회로 갈라지기 아주 오래전부터 다리 옆, 이 카사바와 산이 험한 이 지역 전체에서 성직자를 지내온 사람같이 보였다. 장터에서 가게를 하는 사람들은 그들의 종교가 무엇이건 사방에서 그를 반겼다. 여자들

---

**102** 행정구역 단위. 우리의 '읍'에 해당하는 크기로 카사바보다는 크다.

은 머리를 숙이고 한쪽으로 비켜서면서 이 할아버지가 지나기를 기다렸다. 아이들(심지어 유태인까지도)은 그들의 장난을 멈추고 아우성을 그쳤으며 그 중에서 가장 나이 많은 아이가 머뭇거리면서 엄숙히 이 할아버지 앞으로 오면, 할아버지는 잠깐 그들의 빡빡 깎은 머리와 장난감으로 화끈 달아오른 얼굴을 만져주며 강하고 활기를 띤 목소리로 이렇게 말했다.

"사셨도다! 사셨도다! 아들이여, 신께서 사셨도다!"

할아버지에 대한 존경의 행위는 카사바인으로 자라난 세대들에게는 오래된 이미 잘 알려진 의식 같은 것이었다.

폽 니콜라의 삶에도 그림자 하나는 있었다. 그에게는 자녀가 없었다. 의심할 여지없이 힘든 문제였지만 그나 그의 아내에게 슬픔의 말을 들어본 적이 없었고 서운한 내색을 본 적도 없었다. 그들은 언제나 시골 친척 집 아이를 적어도 둘은 맡아 자기네 돈을 들여 돌보며 길렀고 그 아이들이 자라서 결혼을 하면 또 다른 아이들을 데려다 기르곤 했다.

폽 니콜라 옆에는 물라 이브라힘이 앉아 있었다. 큰 키에 말랐고 수염이 드문드문 난 사람으로 폽 니콜라보다 그다지 많이 젊지는 않았고 많은 가족과 아버지로부터 받은 상당한 재산이 있었지만 원래 초라하고 마른 데다 모든 일에 주저하는 편이라서 그 어린아이 같은 푸른 눈을 비롯하여 어딘지 은둔자같이 보였고 많은 호좌의 후손인 비셰그라드의 호좌라기보다는 오히려 가난하고 신앙이 깊은 순례자같이 보였다. 물라 이브라힘은 한 가지 흠이 있었다. 말을 할 때 말을 질질 끌고 힘겹게 한다는 것이었다. ('사람들은 물라 이브라힘과 대화를 하려면 오래 기다려야 한다'라고 카사바 사람들은 농담을 주고받았다.) 그러나 물라 이브라힘의 어질고 착한 마음은 멀리까지 알려져 있었다. 온화함과 성실함 때문에 처음 만나는 사람도 그의 그 초라한 외모와 말을 더듬는 것을 잊을 수

있었다. 병이나 빈곤이나 그 밖에 다른 불행으로 고생을 하는 사람들을
그는 자기 안으로 받아들였다. 먼 시골에 사는 사람들이 물라 이브라힘
의 조언을 듣기 위해 찾아왔다. 그의 집 앞에는 언제나 그를 기다리는
사람들이 있었다. 조언이나 도움을 구하려는 사람들이나 여자들은 거리
에서 그를 종종 멈춰 세웠다. 그는 어느 누구의 청도 결코 거절하는 법
이 없었고 다른 호좌들처럼 주문이나 부적을 주고 많은 돈을 받은 일도
없었다. 그는 곧바로 가까이 있는 응달이나 맨 먼저 눈에 띄는 돌 위에
앉곤 했다. 그러면 사람들은 귓속말로 자신들의 걱정을 말했고 물라 이
브라힘은 그것들을 주의 깊게 경청을 하고 나서 그에게 가장 가능성 있
는 해결법이든 그렇지 않으면 남이 보지 않도록 살짝 깊은 외투 주머니
에 마른 손을 집어넣어서 돈을 몇 푼 건네주는 것으로 도움이 될 만한
조언을 해주는 것이었다. 다른 회교도들을 도와줄 때 그에게 어렵거나
귀찮거나 불가능한 것은 결코 없었다. 그런 때에는 늘 그에게 시간이 있
었으며 돈도 있었다. 게다가 이런 일에는 말을 더듬는 것도 방해가 되지
않았는데 왜냐하면 자신의 신자들과 고난 속에 속삭이면서 스스로 더듬
거리는 것이 있었기 때문이었다. 모든 사람들이 그에게서 완전한 안정
을 찾지는 않았다고 하더라도 적어도 일시적인 평온은 찾아서 돌아갔
다. 왜냐하면 누군가는 그의 고통을 마치 자신의 고통으로 느꼈기 때문
이었다. 그는 자신에 대해서는 결코 돌아볼 여력도 없이 늘 사람들의 걱
정하는 소리와 스트레스로 시간을 보냈지만 한평생 늘 건강하고 행복했
으며 부유했다.

비셰그라드의 무데리스인 후세인에펜디야는 체구가 자그마하고 통
통한 남자로 아직 젊었고 늘 옷을 잘 갖춰 입었으며 훌륭한 교육을 받은
사람이었다. 조심스럽게 깎아놓은 검고 짧은 수염에 둥글고 검은 눈을
가진 흰 피부에 불그스름한 얼굴을 하고 있었다. 학교 교육을 잘 받아서

많은 것을 알았고 그 자신도 많은 것을 알고 있다고 여겼고 실제 자기가 아는 것보다 더 많이 알고 있다는 생각을 늘 가지고 있었다. 그는 이야기를 하는 것과 사람들이 그의 이야기를 듣는 것을 좋아했다. 자기가 말을 잘 한다고 믿고 있었기 때문에 그는 자연히 말이 많아질 수밖에 없었다. 그는 두 팔과, 연분홍 손톱이 자란 희고 부드러운 손을 똑같은 높이로 조금 올리면서 짧고 검은 머리의 그늘진 얼굴에 교양 있는 사람의 표정을 짓고 조심스런 태도를 지어가며 이야기했다. 이야기를 하면서 마치 거울 앞에 있는 것처럼 행동했다. 그는 카사바에서 가장 많은 서적을 가지고 있었는데 그의 스승이 되는 유명한 아랍호좌의 유언으로 물려받은 책이 가득 찬 궤짝을 잘 잠가두었다. 먼지가 쌓이지 않고 좀이 먹지 않도록 이 책들을 늘 정성스럽게 관리하는 것과 가끔씩 짬을 내어 읽는 것을 잊지 않았다. 그러나 이와 같이 집에 수많은 귀중한 책이 있다는 것만으로도 책이라는 것이 무엇인지 잘 모르는 사람들은 그를 대단한 사람으로 생각했고 또 이 때문에 그는 우쭐해졌다. 사람들 말로는 그가 카사바에서 일어난 가장 중요한 일들로 엮인 연대기를 쓴다는 것이었다. 그래서 카사바 주민들 사이에서는 그는 유식하고 특출한 사람이라는 얘기가 나돌았는데 왜냐하면 이 카사바와 그곳에 사는 개인의 운명이 그의 손에 달려 있다고 생각했기 때문이었다. 사실 그 연대기는 그리 광범위한 것도 아니며 잘 묘사되어 있는 것도 아니었다. 무데리스가 일을 시작한 지 5, 6년이 되었는데도 작은 공책에는 네 페이지만이 찼을 뿐이었다. 왜냐하면 무데리스가 생각하기에는 카사바에서 일어난 일들이 그의 연대기에 넣을 만큼 그리 중요하다고 여겨지지 않았기 때문이었다. 그래서 그의 연대기는 건방진 노처녀처럼 메마르고 허무하고 보잘것없었다.

'자타가 공인하는' 네번째 인사는 비셰그라드의 유태교 선생 다비드 레비예로 그는 저 유명한 유태교 랍비 하쥐 리아초의 손자였다. 그러나 이 사람은 자기 할아버지의 명성과 지위, 재산만 물려받았지 그 정신과 청명하던 마음씨는 닮지 못했다.

그는 젊고 자그마한 체구에 창백한 얼굴빛을 가진 사람이었고 벨벳같이 검고 부드러운 눈에는 우울한 표정이 깃들어 있었다. 그리고 겁이 많아 좀처럼 말이 없었다. 유태교 랍비가 된 것도 아주 최근의 일이었고 결혼을 한 지도 그리 오래 되지 않았다. 좀더 크고 점잖은 사람같이 보이려고 그는 두툼한 천으로 만든 큼직한 옷을 입었다. 그러나 애써 기른 턱수염과 구레나룻은 조그만 얼굴에 어울리지 않았다. 그리고 그런 외양 밑에 숨어 있는 허약하고 추위를 잘 타는 체질이 엿보였다. 어린아이 같은 달걀 모양의 얼굴은 드문드문 난 검은 수염의 보람도 없이 무척 겁이 많아 보이게 했다. 대중 앞에 나가거나 또는 토론과 결정을 짓는 모임에 참여하면 그는 대단히 두려워했고 언제나 자기가 약하고 모자란 것같이 느끼곤 했다.

불편한 정장을 입은 데다 지금은 태양 아래 앉아 있어서 네 명 모두 땀을 흘리고 있었고 자신들은 보이려 하지 않았지만 그들이 흥분해 있고 걱정스러워하고 있다는 것이 여실히 드러났다.

"담배나 한 대 더 피웁시다. 그만한 시간은 있겠지, 새처럼 이 다리로 날아오지는 않을 테니 말이오." 걱정과 자신과 타인의 진짜 생각을 농담으로 숨기는 방법을 진작 터득한 사람인 폼 니콜라가 입을 열었다.

모두들 오콜리체 길을 바라보면서 담배를 피웠다.

천천히 그리고 조심스럽게 대화는 흘렀지만 계속 사령관의 환영이라는 문제에 봉착했다. 모두들 폼 니콜라가 사령관을 맞아 환영해야 한다는 것에 의견을 모았다. 이 말을 들은 폼 니콜라는 오랫동안 물끄러미 그리고 조심스럽게 세 사람을 쳐다보았고 이때 반쯤 감은 눈과 눈썹을 찌푸리자 미소 깃든 그의 눈이 금을 박은 긴 줄처럼 가느다래졌다.

젊은 랍비는 두려움으로 떨고 있었다. 그는 담배 연기를 뿜을 힘도 없어 연기가 코밑수염과 턱수염에서 뱅뱅 돌았다. 무데리스도 그만큼 두려워하고 있었다. 배운 사람으로서의 모든 웅변과 위엄이 그날 아침에 갑자기 사라져버린 것이다. 그러면서도 그는 자기가 얼마나 울적한 얼굴을 하고 있으며 얼마나 두려워하고 있다는 것을 깨닫지 못했다. 왜냐하면 자신에 대해 가지고 있던 고고한 생각이 그걸 믿도록 허용하지 않았기 때문이었다. 그는 모든 것을 설명할 수 있다는 듯 뻐기는 행동으로 문학 강연 하나를 해보려고 했지만 어쩐지 그의 예쁘장한 손이 무릎으로 자꾸만 떨어지고 말은 뒤죽박죽 끊겼다. 그 스스로도 자기가 늘 지니고 있던 위엄이 어디로 사라졌는지 알 수가 없어 그것을 되찾으려고 애를 써봤지만 소용이 없다는 사실에 놀라 하고 있었다. 오랫동안 가지고 있던 것이 하필이면 다른 어느 때보다도 가장 필요한 지금 이 순간에 그를 저버린 것이었다.

물라 이브라힘은 다른 때보다 조금 더 창백할 뿐 여전히 조용하고 침착했다. 그와 폽 니콜라는 마치 눈으로 대화를 하는 듯 가끔씩 서로를 쳐다보았다. 그들은 벌써 젊은 시절부터 알고 지냈고 친구 사이였다. 사람들이 터키인과 세르비아인 사이의 우정을 말할 때면 언제나 서슴지 않고 이 두 사람 사이를 말했다. 폽 니콜라가 젊은 시절에 비셰그라드의 터키 사람들과 '말썽'을 일으켰을 때 그는 몸을 숨기고 도망을 가야만 했다. 그때 물라 이브라힘이 도와주었다. 당시 그의 아버지는 카사바에서 상당히 권력을 가진 사람이었다. 그 후 카사바에 평화가 찾아와 이 두 종교 간에도 타협이 생기고 둘은 이미 어른이 되어 친구가 되었으며 농담으로 서로를 '이웃'이라 부르며 지냈다. 왜냐하면 그들의 집은 각각 카사바의 반대편에 자리하고 있었기 때문이었다. 가뭄과 홍수, 전염병이나 다른 불행이 닥쳐왔을 때 그들은 각각 자기들의 신자들을 돌보며 공동의 임무를 수행했다. 그리고 메이단이나 오콜리슈테에서 만날 때면 서로 안부를 물었는데 어디에서도 폽과 호좌가 서로 안부를 묻고 인사를 하는 광경은 볼 수가 없었다. 폽 니콜라가 강 옆의 카사바로 내려갈 때 긴 담뱃대로 읍내를 가리키며 반농담조로 이렇게 말을 했다.

"저 아래 숨쉬고 기어가는 모든 것들과 인간의 음성으로 말하는 것들은 자네와 내가 가슴으로 짊어져야 하는 것이오."

"그렇지, 맞아, 이웃이여. 구원을 해야지." 물라 이브라힘이 더듬으며 말을 했다.

(모든 것들과 모든 사람들을 비웃는 말을 찾는 카사바인들은 친구로 지내는 사람들을 이렇게 표현했다. '그들은 폽과 호좌처럼 서로 위하네.' 이 말은 이미 하나의 격언이 되어버렸다.)

그 두 남자는 말을 하지는 않았지만 서로 잘 이해하고 있었다. 폽 니콜라는 물라 이브라힘이 괴로워하는 마음을 알았고 물라 이브라힘은 지금의 사정이 결코 폽에게 쉽지가 않다는 것을 잘 알고 있었다. 그들은 전에도 어려운 경우에 그랬듯이 서로 쳐다보기만 하였다. 그들의 영혼에는 이 카사바에 사는 두 종류의 사람들, 세례를 받은 무리들과 머리를 숙이는 무리들의 영혼을 구제해야 하는 책임이 있었다.

이때 갑자기 말발굽 소리가 들렸다. 터키 헌병 한 명이 말라빠진 당나귀를 타고 달려왔다. 공포에 질린 표정으로 헐레벌떡거리며 그는 마치 포고를 알리는 테랄[103]처럼 멀리서 네 사람을 향하여 소리를 질렀다.

"사령관님이 오십니다. 하얀 말을 타고 저기 오십니다!"

언제나 침착하고 온화하고 말이 없는 물라짐도 나타났다.

---

**103** 공식대변인.

오콜리슈테를 따라 내려가는 길에 먼지가 일었다.

19세기까지 근근이 이어온 터키의 외딴 지역에서 태어나고 자란 이 사람들은 자연히 한 번도 어떤 커다란 강국의 잘 정비되고 강력한 군대를 보지 못했었다. 이 사람들이 이제껏 보아온 군대란 잘 먹지도 못하고 옷도 제대로 입지도 못하고 월급도 제대로 받지 못하는 직업 군인의 무리인 황제의 정규군이거나 이보다 더 사정이 나쁜 훈련이나 기강이 전혀 잡히지 않은 보스니아의 바쉬보주크[104]들이 고작이었다. 이제 난생 처음으로 그들 앞에 찬란한 상승의 군대, 언제나 자신만만한 제국의 정규군이 나타난 것이다. 이 군대를 한 번 보자 그들의 눈은 그냥 현혹되었고 목이 막혀 말이 제대로 나오지 않았다. 첫눈에 말 장식과 군인들 제복의 단추만 보아도 힘과 질서가 다른 세상의 풍족함을 느낄 수 있었다. 놀라움은 컸고 감동은 깊었다.

선두에는 살찐 얼룩말을 탄 나팔수가 앞장을 섰고 그 다음에는 검은 말을 탄 일소대의 경비병이 뒤따랐다. 말들은 길이 잘 들어 짧고 단정한 발걸음으로 소녀처럼 움직였다. 모두들 젊고 건강한 경비병들은 코밑에 초로 딱 굳혀놓은 것 같은 수염에 그들이 쓰고 있는 붉은 군모라든가 노란 단추가 달린 상의가 마치 충분한 휴식을 취하고 병사(兵舍)에서 막 나온 군인들처럼 싱싱하고 기운이 넘쳐흘렀다. 경비병 뒤에 대령 한 사람과 지휘하는 여섯 명의 장교단이 뒤따랐다. 모든 시선이 그에게 집중되었다. 그의 말은 다른 말보다 컸고 얼룩진 회색이었으며 곡선을 그리는 목이 이상하리만치 아주 길었다. 장교들의 뒤에는 예게르라고 하는 푸른 제복에 깃털 달린 가죽 모사를 쓰고 앞가슴에 하얀 띠를 두른 저격병들의 무리가 뒤를 따랐다. 묵묵히 행진하는 그들의 모습은

---

**104** 비정규병.

마치 움직이는 숲과 같았다.

나팔수와 경비병은 성직자와 물라짐 옆에서 말을 타고 지나갔으며 장터에서 행진을 멈추고 거리 한쪽으로 집결하였다.

카피야에 모인 창백하고 흥분한 사람들은 다리 가운데 서서 다가온 장교들의 얼굴을 쳐다보았다. 젊은 장교 한 사람이 그의 말을 세게 쳐서 대령의 앞으로 다가가 무언가를 말했다. 모든 사람들이 걸음을 늦추었다. 이 '자타가 공인하는' 인사들 앞에서 대령이 갑자기 멈추고 말에서 내리자 그의 뒤를 따르던 다른 장교들도 무슨 명령이라도 받은 듯 모두 말에서 내렸다. 말을 잡고 달렸던 군인들은 몇 걸음 더 달려나가서야 말을 멈추었다.

말에서 내려 땅을 밟자마자 대령의 모습은 사뭇 달랐다. 그는 작은 체구에 위엄이 없고 피로해 보였으며 마치 자기 혼자서 그들 모두를 위해 싸운 것처럼 행동하는 불쾌하고 도전적인 남자였던 것이다.

하얀 얼굴의 거만한 태도의 장교들과 달리 옷을 단순하게 차려 입은 그의 복장은 오히려 무척 검소해 보였고 지친 모습에 제대로 갖추지 않아 보였다. 표독스러워 보이는 그의 얼굴을 스스로 자신을 갉아먹는다는 인상을 주었다. 얼굴은 상기되었고 수염은 엉성한 데다 두 눈에는 근심과 불안이 깃들어 있었다. 제복은 구김이 많이 갔고 그의 깡마른 체구에 너무 커 보였다. 그는 부드러워는 보이지만 잘 닦지 않은 기병 장교의 가죽 장화를 신고 있었다. 말채찍을 흔들며 기수처럼 두 다리를 벌리고 가까이 걸어왔다. 장교 한 사람이 앞에 기다리는 사람을 가리키며 그에게 무언가를 말했다. 이때 대령이 잠시 날카로운 눈초리로 그들을 쳐다보았는데 그것이야말로 늘 어려운 임무와 극히 어려운 일에 종사하는 사람의 바로 그 눈초리였다. 그리고 이내 그는 다르게 쳐다보는 방법을 모른다는 것이 보였다.

그 순간 폽 니콜라가 침착하고 묵직한 목소리로 입을 열었다. 대령은 고개를 들고 검은 망토를 입은 이 거구의 남자의 얼굴을 쳐다보았다. 교구장의 큼직하고 침착한 얼굴이 순간 그의 관심을 끌었다. 이 노인이 하는 말을 듣지 못했든지 아니면 이해하지 못했을 수도 있었지만 그의 얼굴을 그대로 보고 넘길 수는 없었다. 폽 니콜라는 대령보다 자기 말을 통역해주는 젊은 장교를 보면서 자연스럽고 유창하게 말을 했다. 이곳에 모인 모든 성직자의 이름으로 그는 대령에게 자기들과 자기들의 카사바 주민들은 진주군에 복종할 마음의 준비가 되어 있고 새로운 당국의 요청에 따라 평화와 질서를 유지하기 위하여 자기들은 온 힘을 다하겠노라고 확언했다. 그러니 자기들과 자기들의 가족들을 보호해주고 평화로운 생활과 제대로 된 일자리를 마련해 달라고 요청했다.

폽 니콜라는 간단히 말하고 금세 말을 마쳤다. 신경질적인 대령도 화를 낼 구실을 찾지 못했다. 그러면서도 그는 젊은 장교의 통역이 끝나기도 전에 가로막으며 이상한 목소리로 말하기를,

"좋소, 좋아! 행동에 과실이 없는 사람은 보호할 것이오. 어디서나 평화와 질서는 유지되어야 하지. 원한다고 내가 모든 것을 다르게 할 수는 없지."

그는 고개를 끄덕이며 인사도 없이 쳐다보지도 않고 앞으로 나갔다. 성직자들은 그에게 길을 내주었다. 대령이 지나가자 장교들이 그 뒤를 따랐고 말 당번 사병들도 역시 뒤를 쫓았다. 카피야에 외로이 남은 유지들을 거들떠보는 사람은 하나도 없었다.

모두들 실망스러웠다. 왜냐하면 그들 중의 어느 누구도 제대로 잠도 이루지 못한 이날 아침과 간밤에 카사바에서 제국 군대 사령관을 환영하는 순간의 장면을 몇 번씩이나 되풀이하여 생각하고 또 생각했기 때문이었다. 각자 자기의 성질과 지식 수준에 따라 여러 가지 경우를 생

각했으며 최악의 경우에 대한 마음의 준비를 하고 있었다. 어떤 사람은 이미 오스트리아의 먼 곳으로 유형(流刑)을 당하는 자기의 모습을 상상하고 다시는 가족과 고향을 못 보게 될 것이라는 생각까지 했다. 한때 바로 이 카피야에서 사람들의 목을 베곤 하던 하이루딘의 이야기를 생각한 사람도 있었다. 그들은 여러 가지 경우를 생각해보았지만 조그맣고 냉혹한 그 심술궂은 장교와의 오늘 회담이 이렇게 끝나리라고는 생각지 못했다. 그 장교야말로 전쟁을 생명처럼 여기고 자기나 또는 그 누구든지 인간을 염려하는 것이 아니라 모든 인간과 땅을 전쟁의 도구나 장소로 생각하고 자기를 위하여 그리고 자기의 이름으로 전쟁을 하는 것처럼 행동하는 사람이었다.

그렇게 불안한 표정으로 서로를 쳐다보며 서 있었다. 그들의 이 표정은 소리 없이 이런 말을 하고 있는 것 같았다.

──우리가 드디어 살아남았군. 하지만 최악의 사태가 정말 지나가 버린 것이란 말인가?

──과연 우리를 기다리고 있는 것은 무엇이며 우리는 무엇을 해야 한단 말인가?

물라짐과 폽 니콜라가 제정신을 차렸다. 그들은 '자타가 공인하는' 유지들이 이제 임무를 다했지만 각자 집으로 돌아가서 카사바 주민들에게 두려워할 것 없이 집을 지키고 행동을 조심하라고 주의를 시키는 일이 남았을 뿐이라고 결론을 내렸다. 다른 사람들은 얼굴에 핏기를 잃고 정신 나간 사람처럼 그냥 그 결론을 받아들일 뿐이었다. 왜냐하면 다른 사람들은 무슨 결론을 낼 처지가 아니었기 때문이었다.

결코 한 번도 자신만의 평온을 잃지 않았던 물라짐은 자기 일을 하기 위해 가버렸다. 헌병들은 불행히도 사령관을 영접할 운명이 아니었던 무늬 있는 긴 양탄자를 말아 치웠고 운명의 여신처럼 냉정하고 무감각한 살코 헤도는 그의 옆에 서 있었다. 그러는 동안 '자타가 공인하는 유지'들은 각각 자기가 가야 할 방향으로 흩어졌다. 유태 교회 목사는 될 수 있는 대로 빨리 집으로 돌아가 또다시 어머니와 아내가 기다리는 따뜻한 가정의 온기와 보호에 안기려고 총총 걸음을 서둘렀다. 무데리스는 깊은 생각에 잠겨 어쩐지 느긋하게 떠났다. 험하고 불쾌하긴 했지만 모든 일이 예상 밖으로 쉽게 지나갔으니 더 이상 당황해 할 이유는 없는 것이라고 그는 믿었다. 그리고 자기는 사실 아무것도 두려워하지 않았었다고 생각하는 중이었다. 그는 오직 이 사건이 그의 연대기에서 얼마만큼 중요한 비중을 차지하고 이에 대해 얼마만큼의 페이지를 할당해야 하는지를 생각하고 있었다. 스무 줄이면 충분할 것이다. 아니면 열다섯 줄, 어쩌면 더 적을 수도 있지. 집에 가까워오면 올수록 그가 쓸 글의 줄 수는 점점 줄어들었다. 쓸 줄이 줄어듦에 따라 오늘 일은 점점 하찮게 생각되었고 무데리스라는 자기 자신이 스스로의 눈에도 더 위대하고 높아 보였다.

물라 이브라힘과 폽 니콜라는 메이단으로 가는 언덕에 이를 때까지 함께 걸었다. 그들은 다같이 말이 없었고 제국 군대 대령의 그 모습과 태도를 보고는 무척 놀라 기운을 잃었다. 두 사람 모두 될 수 있는 한 빨리 집으로 돌아가 가족을 만나볼 생각으로 걸음을 서둘렀다. 그들이 서로 헤어져야 하는 지점에 이르자 잠시 동안 서로 말없이 쳐다보았다. 물라 이브라힘은 두 눈을 굴리며 무엇인지 말하려고 했지만 입 안에서 빙빙 도는 말이 나오지 않는 듯 입술을 옴찔거렸다. 그 불꽃처럼 반짝이는 미소를 되찾은 폽 니콜라는 스스로와 호좌를 격려하면서 자신과 호좌의 생각을 이렇게 표현했다.

"이 군대는 온통 피로 얼룩져 있어, 물라 이브라힘!"

"자-자-자네 마-마-말이 맞아, 피-피-피로 말이야." 물라 이브라힘은 두 팔을 들고 머리를 흔들며 작별 인사를 하면서 말을 더듬거렸다.

폽 니콜라는 어렵게 그리고 천천히 교회 옆의 자기 집으로 돌아갔다. 그의 아내는 아무것도 묻지 않고 그를 맞았다. 곧바로 그는 장화를 벗고 망토를 벗고 붉은 빛이 도는, 하얗고 땋은 머리를 꾹 눌러 땀이 배어 있는 높은 성직자 모자를 벗었다. 그는 작은 벽 의자에 앉았다. 목제 팔걸이 위에는 이미 한 잔의 물과 각설탕이 놓여 있었다. 이것으로 기운을 찾은 다음 그는 담배에 불을 붙이고 피곤한 두 눈을 감았다. 그러나 마음 속 깊은 곳에서는 아직도 마치 사람을 눈멀게 하고 온통 그의 뛰어난 위치로 가득 채우는 번개처럼 대령의 모습이 생생했다. 폽은 한숨을 쉬며 담배 연기를 멀리로 뿜고 혼잣말처럼 조용히 말했다.

"그래, 그놈은 해괴한 괴물일 거야!"

마을 읍내에서 북소리가 들려왔고 그 뒤로 오스트리아 저격병들의 나팔소리가 흥겹고 가슴을 찌르는 듯한 새롭고 이상한 멜로디로 들려왔다.

XI

다리 옆 카사바의 생활에는 알리호좌의 수난 이외엔 별다른 희생 없이 그렇게 커다란 전환점이 생겼다. 며칠이 지나자 생활은 다시 전처럼 계속되었고 아무런 본질적인 변화도 없는 것 같았다. 알리호좌도 스스로 용기를 내서 다른 상인들처럼 다리 근처에 자신의 가게를 열었고 귀 밑의 상처가 보이지 않도록 아흐메디야[105]를 약간 오른쪽으로 눌러 썼다. 오스트리아군의 의무병 적십자 완장을 보았을 때 그의 가슴에 누웠던, 그 '납 총탄'과 '황제의 포고문'을 읽었을 때 눈물 사이에 흐른 것이 사라져버린 것은 아니었지만 그래도 이젠 염주의 작은 구슬마냥 작아졌기 때문에 그냥 가슴에 지니고 살아갈 수 있었다. 하지만 그것을 지니고 있는 사람은 알리호좌뿐만이 아니었다.

그들이 피할 수 없다고 생각했던 그 침략 아래 새로운 시대는 도래했고 사람들은 그것이 일시적인 것이라고 생각했다. 그 점령 이후에 다리를 지나가지 않은 것이 또 무엇이 있으랴! 누런 군용차들이 줄지어 다리를 지나갔고 식량, 의복, 가구, 그리고 이제껏 들어보지도 못했던 도구와 장비들을 날라왔다.

---

**105** 페스 주위에 두른 천.

처음에는 그저 군인들만 눈에 띄었다. 구석마다 수풀마다 불쑥 땅에서 물이 솟듯이 군인들이 쏟아져나왔다. 장터는 군인들로 가득 찼고 카사바 어느 곳에도 군인이 없는 곳은 없었다. 겁에 질린 여자들이 지르는 소리가 끊이질 않았다. 왜냐하면 안뜰에서나 집 뒤 슐리바 밭에서 갑자기 발견한 군인들을 보고 놀라 소리를 질렀기 때문이다. 두 달간의 행군과 전투로 얼굴이 시꺼멓게 탄 검푸른 군복을 입은 그들은 살아 있다는 것이 기뻤고 휴식과 향락을 찾아서 카사바와 그 마을 일대를 개미처럼 들쑤시고 다녔다. 다리 위에도 하루 종일 그들이 있었다. 언제나 군인들로 가득 차 있어서 카피야로 가는 주민들은 별로 없었다. 그곳에 앉아서 여러 나라 말로 노래를 부르고 우스갯소리를 해댔고 과일을 가죽 차양이 달린 모자에 담았고 그 모자에는 그들이 속해 있는 제국이란 이름의 첫 글자인 FJI가 노란 금속으로 박혀 있었다.

그러나 가을이 되자 군인들이 떠나기 시작했다. 그들의 수가 모르는 동안 조금씩 줄었다. 다만 헌병 파견대만이 잔류했다. 이들은 가옥들을 차지했고 아예 상주할 준비를 했던 것이다. 같은 시기에 낮은 직급이든 높은 직급이든 공무원들이 가족을 거느리고 도착했고 그 뒤를 이어 기술자들과 직공들이 도착해서 이제껏 이 마을에 없었던 갖가지 장사를 벌이기 시작했다. 그들 중에는 체코인, 폴란드인, 크로아티아인, 헝가리인과 독일인이 있었다.

처음에는 마치 바람에 실려온 듯 군정이 곧 끝나기라도 하듯이 당분간 이곳에서는 어느 정도 그전과 같은 생활이 지속되겠거니 하는 우연한 생각이 들었었다. 그러나 달이 갈수록 낯선 사람들의 수는 늘어갔다. 무엇보다 카사바 사람들을 놀라게 하고 의혹과 불신을 품게 한 것은 새로 들어오는 사람들의 수가 아니라 그들의 도무지 납득할 수 없는 계획과 그 계획의 실현을 추진해나가는 꾸준한 노력과 인내였다. 이 이방인들은 평화롭지도 않았고 타인들에게도 평온을 허용하지도 않았다. 눈에는 보이지 않으면서도 단호한 효과를 지닌 갖가지 법령, 규정, 명령의 망을 쳐서 사람, 가축, 사물 할 것 없이 온갖 형태의 생활을 간섭하고 그렇게 함으로써 도시의 외형은 물론, 요람에서 무덤까지 살아 있는 모든 사람의 풍속과 습관을 뜯어고치려고 결심한 것 같았다. 모든 것들은 평화롭게 그리고 그다지 얘기도 없이, 완력이나 도발 없이 이루어졌기 때문에 사람들은 항의할 만한 명분이 없었다. 이해하지 못하는 것이나 혹은, 그들이 바로 멈추게 되는 저항에 직면하게 되면 어딘가에서 눈에 띄지 않게 타협을 하고, 다만 자신들의 방향과 방법만을 바꾸어서는 다시 그들이 의도했던 대로 진행을 시키는 것이다. 그들이 시작한 모든 일들은 장난 같고 심지어 아무 생각이 없어 보였다. 그들은 황무지를 측량했고 숲에 나무를 심었으며 변소와 하수구를 검사했고 말과 소들의 이빨을 들여다보았으며 무게와 상태를 물었고 사람들이 질병이 있는지 과수원의 규모와 어떤 과일이 있는지 양이나 가축의 종류에는 무엇이 있는지를 조사했다. (그들은 마치 장난을 치는 것처럼 보였다. 이곳 주민들의 눈에는 그들이 하는 이 모든 일들이 이해할 수 없고 비현실적이며 소용없는 짓으로 여겨졌다.) 그토록 관심과 열정을 가지고 진행되었던 일들이 어디에선가 마치 흔적이나 소리도 없이 사라지는 것 같았다. 그러나 몇 달이 지나고 때로는 1년이 지난 후에 사람들이 완전하게 잊어버리고 있을 바로 그 무렵에야 그토록 어리석어 보이던 이런 일들의 참 의미가 갑자기 드러나는 것이었다. 각 지역의 무크타르들은 코나크[106]에 소환되어 삼림보호법, 발진티푸스 예방법, 과일과 과자-사탕류 판매법, 그리고 가축 반출의 허가 등에 대한 주의를 듣곤 했다. 그렇게 매일 새로운

---

**106** 행정관청.

명령이 떨어졌다. 이렇게 매일 새로운 명령이 떨어지거나 개인의 자유를 구속하는 임무들이 생길 때면 사람들은 그들의 자유가 감소되거나 혹은 의무가 증가되는 것을 느꼈지만 카사바와 시골 마을의 생활 그리고 주민 전체의 생활은 더욱 광범위해지고 더욱 풍요로워지는 것을 느꼈다.

그러나 터키인들의 집에서뿐만 아니라 세르비아인들의 집에서도 변화된 것은 아무것도 없었다. 그들은 예전 방식 그대로 생활하고 일하고 즐겼다. 여전히 빵을 반죽통에 빚었고 커피도 난로 위에 볶았으며 세탁물들을 가마에 넣고 삶았고 여자들의 손을 상하게 만드는 '양잿물'에 빨래를 했다. 여전히 집들마다 물레질을 했고 베틀로 베를 짰다. 슬라바라든가 공휴일, 결혼식 들 같은 오래된 전통들은 그대로 지켜졌으며 이방인들이 들여온 새로운 관습에 대해서는 여기저기 숙덕거리며 믿을 수 없는 것이라고 속삭일 뿐이었다. 한마디로 말하자면 그들은 여태까지 해온대로 일을 하며 살고 있었고 앞으로 15년, 20년이 지나도 대부분의 집들은 같은 모습으로 살 것이며 일을 할 것이었다.

그러나 어찌되었든 카사바의 외형적인 모습은 눈에 띄게 빠르게 변해갔다. 자신들의 집에서는 옛 전통을 그대로 유지하며, 변화라고는 결코 생각지도 않았던 바로 그 사람들이 이 변화에 어울리게 되었고 의혹과 불평의 기간이 얼마간 지나면 변화를 그대로 받아들였다. 이와 같은 환경에서는 언제 어디에서나 그렇듯 물론 여기서도 새 생활이란 사실상 낡은 것과 새것의 혼합을 의미했다. 낡은 이념과 가치가 새것과 충돌하여 새것에 흡수되어버리기도 하고 혹은 오래된 것들과 새것이 나란히 공존하여 마치 누군가가 다른 이를 정복하는지를 기다리고 있는 듯 했다. 사람들은 돈을 세는 데 포린트와 크라이차르를 썼지만 동시에 그로쉬와 파라도 썼으며 길이와 무게의 단위로는 아르쉰과 오케 그리고 드램[107]도 썼으나 미터라든가 킬로미터, 그램도 썼다. 지불증과 주문서 등에는 신력으로 날짜를 썼지만 여전히 성 조르제[108]와 미트로브단[109]과 같은 오랜 관습을 따랐다. 자연스런 법칙에 따라 사람들은 새로운 모든 것들에 저항했지만 그것이 끝까지 가는 법은 없었다. 왜냐하면 대부분의 삶은 언제나 그 외형보다는 실제가 더욱 중요하고 더욱 긴박했기 때문이었다. 오직 예외적인 사람에게만 신구 투쟁의 참된 연출이 보다 더 깊고 보다 더 오랫동안 계속되었다. 그들에게서 삶의 형태는 삶 그 자체와 결코 뗄 수 없는 불가분의 절대적인 연결로 이어져 있었던 것이다.

그런 사람으로는 카사바의 가장 부유하고 가장 유명한 베그 중의 한 명인 츠른체 출신의 쉠시베그 브란코비치가 있었다. 그는 아들 여섯이 있었는데 그 중 네 명은 결혼을 하였다. 그들의 집은 사방이 슐리바 밭과 관목들로 둘러싸인 하나의 마을을 이루고 있는 곳에 위치해 있었다. 쉠시베그는 그 커다란 공동체의 엄격하고 과묵한 자타가 공인하는 어른이었다. 키가 크고 고령으로 허리가 굽은 모습에, 머리엔 금빛 수를 박은 커다란 하얀 카우크[110]를 쓴 그가 장터에 나오는 것은 금요일마다 기도를 드리기 위해 회교 사원에 갈 때뿐이었다. 그 지역이 점령되자 그 날부터 그는 어디를 가거나 누구하고 이야기를 하거나 주위를 둘러보는 일이 없었다. 새로운 의복 스타일을 조금이라도 걸친 사람이나 새로운 연장을 가졌거나 새로운 말을 하는 사람들은 브란코비치의 집으로 감히 들어가지도 못했다. 그의 아들 중에는 새로운 정부 당국과 연관을 가진 자가 하나도 없었고 손자들은 학교에도 다니지 못하게 했다. 그런 이유

---

[107] 약 1.772그램.
[108] 세르비아 정교의 성인. 여기서는 성인을 기념하는 날을 의미.
[109] 11월 8일.
[110] 두꺼운 울이나 면으로 만든 터키 모자.

때문에 그들의 공동체는 고통을 겪어야 했다. 아들 중에는 노인의 완고함에 불만을 가진 자가 있었지만 감히 그것을 드러낼 엄두도 방법도 몰랐으며 그런 시선으로 쳐다보지도 못했다. 이방인들과 그 명령에 호응하여 장터에서 일을 하는 터키인들은 쉠시베그가 시장을 지날 때면, 공포와 숭배와 불안한 양심이 뒤섞여 말없이 공손하게 인사를 할 뿐이었다. 마을에서 온 가장 연장자이자 존경받는 터키인들이 가끔씩 순례지를 찾는 듯 츠른체로 가서 쉠시베그와 마주앉아 얘기를 나누곤 했다.

쉠시베그는 여름에도 겨울과 다름없이 외투의 단추까지 다 채우고 붉은 양탄자에 앉아 담배를 피우며 손님과 이야기를 나누었다. 그들의 대화는 대개 점령 당국의 색다르고 이해할 수 없는 흉악한 조치에 관한 것이거나 또는 새 질서에 차츰 적응해가는 터키인들에 대한 것이었다. 이 엄격하고 위풍당당한 사람 앞에서 모두들 마음속의 비통함과 공포, 의문 등을 토론하고 싶은 심정을 느꼈다. 모든 대화들은 이런 의문들로 끝났다. 이 모든 것들이 앞으로 어떻게 전개될 것이며 어디에서 끝날 것인가? 휴식이나 여유를 모르는 것 같은, 게다가 방법이나 한계도 모르는 것 같은 이 이방인들은 누구이며 어떤 사람들이란 말인가? 그들은 어떤 계획으로 이곳에 왔으며 전혀 상관없는 것 같은, 그들에게 그러한 필요성들이 다 무슨 소용인가, 끝조차 보이지 않는 이 새로운 사업들에 게다가 끊임없이 저주가 일어나는 듯한 이 일들을 그들은 왜 지속하려는 것일까.

쉠시베그는 그들을 바라볼 뿐 대부분 침묵을 지켰다. 그의 얼굴이 어두워진 것은 햇볕에 타서 그렇게 된 것이 아니라 속이 타버린 때문이었다. 외모는 단단해 보였지만 공허했고 초점을 잃은 것같이 보였다. 두 눈은 흐릿하고 검은 눈동자엔 희끄무레한 동그라미가 몇 줄기 나서 마치 늙은 독수리처럼 보였다. 입술이 있는 듯 없는 듯 보이는 그의 커다란 입은 굳게 닫혀 있었지만, 어떤 생각을 말없이 마음속에서만 되풀이하는 듯 입술을 천천히 움직였다.

하지만 어쨌거나 사람들은 그와 헤어질 때 고집불통의 비타협성이 마음의 진정과 위안을 주지는 않았지만 그들을 감동시켰고 그들에게 힘을 북돋아주는 안도감을 느꼈다.

다음 금요일 쉠시베그가 장터로 나갔을 때, 사람들에게서나 건물들에서 지난 금요일에 없었던 어떤 변화들이 다시 그를 기다리고 있었다. 변화를 보지 않으려고 시선을 일부러 땅에 고정시켰지만 반죽이 된 진흙길 위에서 말발굽 자국을 보고는 넓적하고 둥근 터키 말 발자국 옆에 뾰족하고 둥근 오스트리아 말 발자국이 점점 더 많아져가는 것을 깨달았다. 진흙 그 자체에서도 사람의 얼굴과 주위의 모든 사물에서 보이는 한 치의 오차도 없는 사실을 보았으니 그것은 바로 시간이 정지하지 않는다는 것이었다.

눈으로도 더 이상 갈 곳이 없다는 것을 보면서 쉠시베그는 장터로 가는 것을 완전히 그만두었다. 완전히 자신의 고향인 츠른체에 칩거해서 아무 말도 하지 않은 채 앉아 있을 뿐이었다. 그는 엄격하고 완고한 어른으로서 모든 사람들에게 그토록 엄했지만 자기 자신에게는 더욱 완고했다. 카사바의 나이 든 터키인 유지들은 마치 그를 살아 있는 성인(그들 중에는 특히 알리호좌 무테벨리치도 있었다)인양 그를 계속 방문했다. 그리고 점령 후 3년째에 쉠시베그는 병도 앓지 않았는데 숨을 거두었다. 그는 가슴에 품은 비통한 생각을 늙은 입술 끝에 영원히 간직한 채 말 한 마디 없이 세상을 떠났다. 그러나 그가 이제는 또다시 발을 들여놓지 못하게 된 장터에서는 누구나 새로운 생활을 시작하고 있었다.

카사바는 정말로 급격하게 바뀌었는데 왜냐하면 이방인들은 나무를 자르고 다른 곳에 이식하고 길을 새로 만들고 하수도를 파고 공공건물들을 짓는 등 여러 가지 일을 해놓았기 때문이다. 그들은 처음 몇 해 동안 도시 계획에 저촉되는 장터의 낡은 가게들을 부숴버렸지만 솔직히 말해서 그것이 아무에게도 불편을 주지 않았다. 내렸다 올렸다 하는 목재 진열장이 달린 구식 가게들을 헐어버리고 그 대신 터가 반듯하고, 지붕에 기와를 올리고, 철제문을 단 새 점포들이 세워졌다. (알리호좌의 가게도 이 조치로 헐어버리게 되었지만 호좌가 단호히 반대하고 소송을 거는 등 갖은 방법으로 끌어오다가 마침내 성공해서 그 가게는 예전 모습 그대로 그 자리에 남게 되었다.) 그들은 장터를 평탄하게 정리하고 확장했다. 법정과 지방 관청들이 들어갈 큰 코나크 건물도 지었다. 군대 또한 나름대로 민간 당국 못지않게 신속하고 빈틈없이 일을 수행해나갔다. 요새를 세우고 길을 개간하고 파내면서 전체 언덕의 모습을 바꿔 놓았다.

    나이 든 카사바 주민들은 어떻게 처신해야 할지를 몰라 그저 놀랄 뿐이었다. 한 가지 일에 무작정 정력을 쏟아 그 일이 다 끝났다고 생각하면 더 이해할 수 없는 새로운 일을 시작하는 것이 바로 이 이방인들이었다. 카사바인들은 발걸음을 멈추고 그들의 일을 쳐다보았다. 그것은 어른이 하는 일을 구경하는 어린이의 태도가 아니라 어린이들의 장난을 구경하는 어른들의 태도였다. 왜냐하면 왜 이방인들이 집을 짓고 또 땅을 파고 세우고 메우고 시설을 꾸몄다가는 다시 고치고 하는지 또 왜 그들은 자연력의 작용을 예측해서 그것을 피하고 극복하려는 영원한 욕망을 가지고 있는지 그것을 이해하고 판단할 수 있는 사람은 한 명도 없었기 때문이었다. 반면에 모든 카사바인들, 특히 나이 든 사람들은 그 안에서 이 건전하지 못한 움직임과 불길한 징조를 보고 있었다. 이방인들이 아니었더라면 이 카사바는 동양의 도시들처럼 종전의 모습을 그대로 지켜갔을 것이다. 터지는 것이나 막고 쓰러지는 것이나 받치고 할 뿐이지 그 이상 불필요한 일도 계획도 없을 것이며 기존의 건물들도 건드리지 않을 뿐 아니라 신이 내려주신 이 카사바의 외형에는 아무런 변화도 일어나지 않을 것이었다.

그러나 이방인들은 계속 신기하고 면밀한 계획을 세워 합리적으로 신속하게 하나하나 일을 마쳐나갔으며 카사바인들은 그저 감탄할 뿐이었다. 그래서 마침내 뜻밖에도 별안간에 퇴락해서 사람이 돌보지 않는 대상숙관마저 처분해야 할 차례가 오고야 말았다. 지금도 300년 전과 마찬가지로 이 대상숙관은 다리의 불가피한 일부분으로 여겨졌고 사람들에게 돌 한이라고 알려진 그 집이 완전히 파괴되다시피 된 것은 이미 오래전의 일이었다. 문은 썩고 레이스처럼 매끄러운 돌 창살도 부서지고 지붕은 건물 속으로 주저앉아서 그 속에서는 커다란 아카시아 나무와 이름 모를 관목과 잡초가 한 무더기 자라나고 있었지만 외곽의 담은 여전히 성해서 네모반듯한 원형으로 꼿꼿이 서 있었다. 카사바 사람들의 눈에는 이 세상에 태어나서 죽을 때까지 그것이 예사로운 폐허로 보이지는 않았고 그것은 다리의 종지부였으며 마치 그들의 생가처럼 카사바의 주요 부분이었으므로 시간이 흐르고 자연이 변하더라도 그들이 오랫동안 간직해온 이 한에 누가 감히 손을 댈 수 있으리라고는 꿈에도 생각지 못했다. 그러나 마침내 그 차례가 오고야 말았다. 처음에는 측량기사들이 폐허 주위에서 오랫동안 측량을 했고 그 다음엔 인부들과 십장들이 와서 돌을 하나하나 허물었다. 그랬더니 그 속에 둥지를 틀고 있던 갖가지 새들과 작은 들짐승들이 놀라서 달아나버렸다. 다리 옆 시장 위의 언덕은 빠르게 벌거숭이 공지로 변했고 한에는 조심스럽게 쌓아올린 돌더미만 남게 되었다. 1년 여의 시간이 지나자 하얀 돌로 된 예전의 대상숙관 대신에 높고 육중한, 2층으로 된 막사(幕舍)가 세워졌다. 그것은 연한 파란 색의 벽에 회색의 금속 철판으로 지붕을 올리고 모퉁이들에 총구멍이 있는 막사였다. 넓은 언덕에서는 군인들이 하루 종일 훈련을 했다. 하사관의 거센 구령에 따라 엎드려뻗쳐를 하기도 하고 애원을 하듯이 땅바닥에 원산폭격을 하기도 했다. 저녁이면 보기 흉한 이 건물의 여러 창문들에서 알아들을 수 없는 군인들의 노래가 하모니카 반주에 맞춰 흘러나왔다. 마을의 개들마저 짖게 만드는 우울한 선율(旋律)의 날카로운 군 나팔 소리가 들렸고 유리창의 불이 켜지면 그제야 노랫소리는 그쳤다. 이렇게 다리 옆 평지에서 베지르의 아름다운 유물들은 사라지고 옛 풍습에 충실한 사람들은 지금도 그 막사를 돌 한이라고 부르며 주위의 생활과 완전히 조화를 잃은 막사 생활이 시작되었다.

다리는 이제 완전히 고립되어 혼자가 되었다.

사실은, 다리에서도 변할 줄 모르는 이 지역 본토박이들의 오래된 관습이 이방인과 그들이 가져온 생활의 변화와 충돌하며 여러 가지 일들이 일어나고 있었다. 그리고 이러한 충돌에서 늘 패배하는 것은 오래된 것들과 토속적인 것들이었으며 그런 것은 새로운 것에 적응하지 않으면 안 되었다.

세르비아 주민들에게 달려 있는 한 카피야에서의 생활은 변화 없이 계속 흘렀을 것이다. 지금까지보다 세르비아인들과 유태인들이 더욱 편하게 그리고 숫적으로도 많이 매일 카피야로 올 수 있다는 것만은 눈에 띄게 달라진 점이었으며 또 그전처럼 터키 사람들의 풍습과 법률에 주의를 기울이지 않게 되었다. 하지만 모든 것들은 예전대로 진행되었다. 하루 종일 건달들이 앉아 있었고 농촌의 아낙네들을 기다리는 장사꾼들은 짐승 털로 짠 옷들과 계란, 닭들을 샀고 그들 곁에는 햇볕을 쪼이며 카사바의 이곳저곳을 다니는 한량들도 있었다. 초저녁 때가 되면 주민들이 다시 나타났고 장사꾼들과 일꾼들도 그 자리에 모여 얘기를 주고받거나 둑에 걸터앉아 버드나무와 모래사장이 있는 거대한 초록색 강을 말없이 바라보기도 했다. 밤은 젊은이들과 술을 즐기는 사람들을 위한 것이다. 그들에게 있어서 이제껏 단 한 번도 시간이나 행동에 제약이 되는 것은 아무것도 없었다.

밤 생활에 있어서는 적어도 처음에는 변화와 오해가 있었다. 새로운 정부는 마을에 상시로 불을 켜는 것을 도입했다. 점령 후 주요 거리들과 교차로들에 초록색 방향표지판을 설치했고 그 위에는 석유 심지를 이용한 가로등을 달았다. (아이들이 많은 집의 가난뱅이 꺽다리 페르하트는 가로등을 닦고 석유를 채우고 불을 댕겼다. 그는 이제까지 마을 사무소에서 잡일을 맡았었고 라마단 때 단식의 시간을 알리는 총소리를 내는 일을 했었는데 일정하게 돈을 받지도, 확실한 월급을 받지도 못했었다.) 그렇게 다리의 곳곳과 카피야에 불이 켜졌다. 이 가로등이 달린 방향대를 예전에 탑이 있던 난간에 여전히 남아 있는 참나무 대들보에 묶었다. 카피야의 이 가로등은 장난을 일삼는 사람들, 캄캄한 밤에 노래하기 좋아하는 사람들, 담배 피우며 잡담하는 사람들, 그리고 마음에 고독과 연민이 쌓여 파괴적 충동을 폭발시키는 라키야에 취한 사람들과의 싸움을 오래도록 견뎌야 했다. 깜박거리는 등불이 그들을 방해해 아예 등마저 깨버리는 일들이 허다했다. 그 때문에 벌금을 물고 징역을 받은 사람들도 있었다. 한때는 등을 지키는 관청의 특수 경비병을 두었다. 그렇게 카피야의 야간 방문객들은 이 가로등보다 더 불쾌한 생생한 증인을 갖게 되었던 것이다. 그러나 시간의 힘은 마침내 새로운 세대에게 이러한 환경에 익숙하게 했고 그 존재와 타협하지 않을 수 없도록 했다. 그들은 이 등의 희미한 불빛 아래서 밤의 감정을 마음껏 즐겼다. 이제는 막대기, 돌 같은 것을 닥치는 대로 내던지지도 않았다. 타협이 이렇게 쉽게 이루어진 것은 달빛이 환한 밤에 카피야에 사람들이 많이 모여 있으면 가로등에 아예 불을 켜지 않았기 때문이었다.

일년에 한 번 다리가 불야성일 때가 있었다. 매년 8월 18일 황제의 생일 저녁엔 다리를 꽃과 어린 소나무로 줄지어 장식을 하고 밤이 되면 쭉 늘어진 가로등과 작은 불들을 밝혔다. 소나 양의 기름과 스테아린으로 가득 찬 군대용 깡통 수백 개를 늘어놓자, 다리 중심부만 환하고 양쪽 끝과 밑 부분은 어둠에 묻혀 불빛이 비치는 중심부는 마치 어둠 속에 떠 있는 것 같았다. 그러나 모든 불은 빠르게 꺼졌고 온갖 잔치는 지나가버렸다. 다음 날 다시 다리는 예전의 모습을 되찾았다. 다만 어린아이들의 눈에만 잠시 환한 불빛 아래 비쳤던 다리의 새롭고 진귀한 모습이 마치 지나가는 꿈처럼 짧고 허무하고 찬란하고 인상 깊은 광경으로 남아 있을 뿐이었다.

이런 상시등 외에도 새 정부는 청결제도, 더 정확히 말하자면 그들의 이념에 맞는 청결제도를 카피야에서 실시했다. 이제는 비나 바람이 쓸어갈 때까지 과일 껍질이나 수박씨나 밤 혹은 호두 껍질 같은 것들을 며칠이고 돌 비문 위에 쌓아두는 일이 없었다. 관청 특수 청소부가 매일 아침 이곳을 쓸고 닦았다. 결국엔 이를 싫어하는 사람은 아무도 없었다. 왜냐하면 청결이란 것이 자기들의 습관이나 필요성으로는 느끼지 못하는 사람들도 깨끗한 것에는 쉽게 익숙해지기 때문이다. 물론, 자기들이 청소를 해야 한다면 문제는 달라지겠지만 말이다.

점령 기간과 새로운 사람들이 가져온 새로움이 하나 더 있었다. 카피야가 생긴 이래 처음으로 여자들이 오기 시작했다는 것이다. 관리들의 아내들과 딸들, 그들의 시녀들과 유모들이 와서 대화를 나누거나 휴일이 되면 군인이든 민간인이든 호위병들과 함께 이곳에 앉아 있었다. 이것은 자주 일어나는 일은 아니었지만 물 위를 보며 조용히 담배를 피우려던 나이 든 사람들의 기분을 상하게 했으며 젊은이들을 당황하고 혼란스럽게 했다.

물론, 카피야와 카사바의 여자들 사이에는 어떤 끈 같은 것이 예전부터 존재했었다. 하지만 그것은 남자들이 그곳에 모여 다리를 지나가는 처녀들에게 찬사를 던지거나 카피야에 앉아 여자에 대한 기쁨, 고민, 격분 등을 실토하여 마음의 시름을 푸는 따위에 불과할 뿐이었다. 외로운 사람들은 몇 시간이고 이곳에 앉아서 하루 종일 조용한 노래('나의 애인을 위하여')를 부르거나 그저 담배 연기를 뿜고 있거나 혹은 말없이 빠르게 흐르는 강물만 바라보며 그 슬기로움에 찬사를 보냈는데 그런 것들은 누릴 줄 아는 사람의 몫이었다. 젊은이들 사이의 상반된 의견들은 이곳에서 해결되었고 사랑의 유혹도 이곳에서 꾸며낸 것이었다. 여자들과 사랑에 대한 것들은 이곳에서 이야기되거나 상상하도록 만들었고 많은 열정이 이곳에서 태동해 이곳에서 사라졌다. 이곳에는 모든 것들이 있었지만 여자의 얼굴을 한 사람이 기독교도이건 하물며 이슬람교도이건 이곳 카피야에 앉아 있는 일은 없었다. 그 점이 이제는 바뀌었다.

휴일이나 일요일마다 카피야에는 허리를 꽉 죄어 얼굴이 빨갛게 상기되고 숨쉬기도 곤란한 옷을 입은 데다 살이 여기저기서 튕겨 나온 몸매의, 음식을 하는 여인네들이 눈에 띄었다. 그들과 함께 그들의 주인들이 있었는데 그들은 매끈한 제복에 가슴에는 '소총부대'의 붉은 줄 장식에 반짝이는 금속 단추를 달고 있었다. 평일 저녁에도 공무원들과 장교들은 자기들의 아내를 데리고 와서 카피야에 멈춰서는 그들의 알아듣지도 못하는 언어로 이야기를 하며 큰소리로 웃고 여유 있게 지나가는 것이었다.

이런 할 일 없고, 웃음을 짓는 헤픈 여자들은 정도의 차이는 있지만 사람들의 눈에 거슬리기 마련이었다. 사람들은 한동안 이상하게 생각했지만 그들이 그것을 받아들이지 않았음에도 불구하고 다른 새로운 일들

드리나 강의 다리 211

에 그렇게 익숙해진 것처럼 이번에도 익숙해졌다.

　사실, 다리 위에서 벌어지는 모든 변화는 그다지 중요하지도 않고 외형적이며 짧게 지속되었다. 마을 사람들의 정신들과 습관들, 그리고 마을 외형에서 나타나는 많은 상상했던 변화들은 마치 다리 곁을 건드리지도 않고 지나간 것처럼 그렇게 지나가버렸다. 3세기 동안 자신을 버리지 않고 상처나 흔적 없이 남아 있는 이 하얀, 오래된 다리는 '새로운 황제 치하에서도' 그렇게 계속 남아 있을 것이며 아무리 '큰 홍수'라도 언제나 이겨내서 지금까지처럼 삼켜버릴 듯한 성난 물결이 지나고 나면 다시 본래의 하얀 자태를 드러내듯이 다리는 이번에도 이 변화와 쇄신의 홍수를 꿋꿋이 이겨낼 것이다.

## XII

이제 카피야에서의 생활은 더욱 생기가 있고 더욱 다양해졌다.

이제는 하루 종일 아니, 어느 때에는 밤까지도 카피야에 세르비아인과 이방인, 젊은이와 노인들 할 것 없이 다양하고 많은 사람들이 몰려들었다. 그들은 모두 각자의 생각으로 사로잡혀 있었으며 모두들 그들을 카피야로 오게끔 만든 생각들이나 감정들과 열정들에 사로잡혀 있었다. 그래서 다른 생각들과 자신들의 걱정을 지니고, 고개를 좌우로 돌리지도 않으며 카피야에 누가 앉아 있는지 눈길조차 주지 않고 다리를 건너가는 행인들에게 아무도 관심을 기울이지 않았다.

그런 행인들 사이에는 언제나 오콜리슈테 출신의 밀란 글라시촤닌이라는 상인이 있었다. 그는 큰 키에 말랐고 창백한 얼굴에 등이 굽은 사람이었다. 그의 몸은 거의 빛에도 비춰질 만큼 가늘어서 거의 몸무게가 없는 사람 같았다. 그가 걸어가는 모습을 보면 마치 행진하는 어린아이의 손에 쥔 깃발 같았다. 머리와 수염은 마치 노인처럼 하얗고 눈은 언제나 내리깔았다. 그런 그가 지금 이 길을 몽유병자의 걸음으로 지나가고 있다. 카사바와 사람들의 변화를 아무것도 알아차리지 못한 채 아니 심지어 이곳으로 와 앉아 상상을 하고 노래를 하고 장사를 하고 대화를 나누며 시간을 보내는 사람들에게도 그는 눈에 띄지도 않았다. 나이든 사람들은 그를 잊고 있었고 젊은 사람들은 그를 더 이상 기억하지 못했으며 이방인들은 그를 알지 못했다. 하지만 적어도 10여 년, 12년 전에 카사바에서 그에 관해 회자되고 숙덕대던 것으로 보면 그의 운명이 분명 이 카피야와 깊은 연관이 있어 보였다.

밀란의 아버지인 상인 니콜라 글라시촤넌은 세르비아에서 폭동이 한창이었던 시기에 이 카사바로 왔다. 그는 오콜리슈테에서 제법 땅을 사들였다. 사람들은 그가 어렵사리 투명하지 않은 거액의 돈을 들고 어딘가에서 도망을 온 것이라고 줄곧 생각했었다. 아무도 그 점에 대해서는 증거를 갖고 있지 않았지만 모두 반 정도는 그렇게 믿고 있었다. 하지만 전적으로 아니라고 하는 사람은 아무도 없었다. 두 번 결혼을 했지만 그리 자식이 많은 팔자는 아니었다. 밀란이라는 외아들이 있었는데 그는 자기가 가지고 있는 모든 재산을 공식적으로든 비공식적으로든 그에게 모두 물려주었다. 그리고 밀란 역시 외아들 패타르 뿐이었다. 이 한 가지, 바로 이 한 가지 어쩔 수 없는 열정—도박만 없었다면 그에게 물려줄 재산은 넘치고도 넘쳤을 것이다.

진정한 카사바 사람은 천성적으로 노름꾼이 아니었다. 우리가 이제껏 본 것처럼 그들의 열정은 다른 것이었고 다른 형태였다. 여자들에 대한 무절제한 사랑, 술에 대한 집착, 노래, 강 옆을 거니는 산책이나 상상 같은 것이었다. 하지만 인간의 능력은 모든 것들과 이런 것들에도 한계가 있었다. 인간의 마음속에서 모든 열정은 서로 충돌하고 압박을 가하고 다른 것을 없애버리기도 한다. 그렇다고 해서 카사바에 도박하는 사람들이 전혀 없다는 것은 아니고 다른 마을에 비해서 그 수가 아주 적다는 것인데 대부분의 경우 이방인들이거나 이주자들이었다. 물론, 밀란 글라시촤넌은 그들 중의 하나였다. 그는 아주 젊었을 때부터 도박에 빠졌었다. 카사바에서 도박을 할 사람을 구하지 못할 때에는 다른 카딜

룩[111]으로 가서 마치 성공한 장사꾼처럼 돈을 가득 들고 돌아오거나 혹은 시계도 목걸이도 담뱃갑도 반지도 다 어찌되었든 마치 병을 앓고 있는 사람처럼 창백한 얼굴에 잠도 못 잔 듯한 얼굴로 빈털터리가 되어 돌아오곤 했다.

그가 항상 가는 곳은 비셰그라드 장터 안쪽에 있는 우스타무이치 한이었다. 그곳의 창문도 없는 아주 조그만 방에는 낮에도 촛불이 켜져 있었고 늘 도박을 하는 사람들이 서너 명은 있었다. 자욱한 담배 연기와 케케묵은 공기 속에서 두 눈은 충혈되고 입은 바짝 마르고 손은 떨고 있는 그들은 마치 수난자처럼 자신들의 열정에 노예가 되어 밤낮을 그렇게 모여 있는 것이었다. 그 작은 방에서 밀란은 자신의 젊은 시절의 대부분을 보내며 자신의 힘과 재산을 넘겼던 것이다.

그가 서른이 좀 넘어섰을 무렵 대부분의 사람들에게는 전혀 설명이 불가능한 커다란 변화가 그에게 일어났는데 그것은 힘겨운 열정으로부터 그를 영원히 구해주기는 했지만 동시에 그의 삶을 완전히 바꾸어놓았고 그를 전혀 다른 사람으로 만들어놓았다.

14년 전 어느 가을 무렵, 한에 이방인이 한 사람 나타났다. 늙지도 젊지도 못생기지도 잘생기지도 않은 중년의 표준 체형의 남자는 말이 없었고 눈으로만 미소를 지을 뿐이었다. 그는 장사꾼으로 왔다는 사실만으로도 관심의 대상이 되었다. 하룻밤을 그곳에서 보내고 어둠이 질 무렵 그는 이미 오후부터 모여 도박을 하고 있는 사람들이 있는 이 조그만 방으로 찾아왔다. 노름꾼들은 못 믿겠다는 눈초리로 그를 맞았지만 워낙 조용하고 겸손해서 그가 카드에 돈을 걸고 있다는 것을 아무도 눈치 채지 못했다. 그는 돈을 따기보다는 더 많이 돈을 잃었었다. 그는

---

**111** 터키 제국 시기에는 행정 구역을 넓이에 따라 빌라예트〉산좌크〉카딜룩〉나히예〉그라드〉마할라로 구분했다.

당황해하며 확실하지 않은 손짓으로 주머니 깊숙이에서 은돈을 꺼내었다. 그가 상당히 돈을 잃자 사람들은 그도 역시 카드를 나누도록 줄 수밖에 없었다. 처음에는 천천히 조심스럽게 카드를 나누더니 점점 더 생기 있고 더욱 자연스럽게 카드를 나눴다. 그는 당황하는 기색 없이 카드를 했지만 끝까지 그것을 고수해야 했다. 그의 앞에 은돈이 수북이 쌓였다. 사람들은 하나씩 떨어져나갔다. 한 사람이 카드에 금 목걸이를 내려놓자 이 이방인은 냉정하게 돈만을 걸 수 있을 뿐이라며 거절하는 것이었다.

야치야[112] 무렵 도박은 멈췄다. 왜냐하면 사람들은 가지고 있는 돈이 없었기 때문이었다. 밀란 글라시촤닌이 마지막까지 있었지만 그 역시 떨어져나가야 했다. 이방인은 예의바르게 인사를 하고 자기 방으로 갔다.

다음 날 다시 도박이 벌어졌다. 이방인은 역시나 잃기보다는 따기를 더 많이 하면서 잃고 따기를 계속했다. 그래서 카사바의 사람들은 다시 현금 하나 없는 신세가 되어버렸다. 그들은 그의 손과 소매를 쳐다보았고 사방에서 그를 감시했고 새 카드를 가져오기도 하고 앉는 자리를 바꿔보기도 했지만 아무 소용이 없었다. 그들은 간단하지만 악명 높은 카드놀이인 오투즈 비르(일명 31)라는, 그들이 어려서부터 해온 놀이이기는 하지만 이방인이 카드를 하는 방식을 도저히 익힐 수 없었던 바로 그것을 하고 있었다. 그는 29에서 빠지기도 하고 30에서 빠지기도 하고 어느 때에는 25에서 멈추기도 했다. 그는 많든 적든 판돈을 모두 받아들였고 노름꾼들의 사소한 속임수는 눈감아주었지만, 큰 것들에는 그리 많은 말을 한 것은 아니었으나 단호하게 거절해버렸다.

---

[112] 이슬람교의 밤 기도 시간.

한에서 이 낯선 사람의 존재는 밀란 글라시촤닌을 괴롭고 힘들게 만들었다. 그날 그는 어쩐지 몸이 쇠약해지고 열이 났다. 더 이상은 도박을 하지 않겠다고 속으로 맹세를 했지만 다시 도박판으로 가게 되고, 가면 한 푼도 없이 잃어 괴롭고 창피한 마음으로 집으로 돌아오곤 했다. 나흘째, 닷새째 저녁에는 마음을 잡고 집에 머무르는 데에 성공했다. 돈을 준비하고 옷을 챙겨 입었지만 처음 결심에 따라 주저앉았다. 그의 머리는 무거웠고 숨은 고르지 못했다. 그는 무엇을 먹는지도 모른 채 서둘러 허겁지겁 저녁 식사를 마쳤다. 몇 번이고 집을 나섰다가는 담배를 피우고 산책을 하고 밝은 가을밤 아래 잠잠한 카사바를 바라보았다. 그렇게 오래 산책을 하다가 저 길 쪽에 뭔가 움직이는 확실하지 않은 형상이 눈에 띄더니 그가 있는 난간 옆으로 다가오는 것이었다.

"안녕하시오, 이웃 양반!" 낯선 사람이 소리쳤다. 그 목소리로 보건데 그는 한에 머물고 있는 이방인이었다. 보아하니, 남자는 그를 만나러, 그와 이야기를 나누러 온 것이었다. 밀란이 난간으로 다가갔다.

"오늘 저녁에는 한에 오지 않으셨더군요?" 이방인은 그의 모습대로 그렇게 침착하고 냉정하게 물었다.

"오늘은 그럴 기분이 아니어서요. 다른 사람들은 있었지요."

"더 이상 아무도 없어요. 보통 때보다 모두 일찍들 가버렸어요. 그러니 우리 둘이 해봅시다."

"늦었어요. 어디 마땅히 할 만한 곳도 없고."

"카피야 아래 앉읍시다. 이제 달도 밝을 텐데."

"적절한 시간이 아닌데." 밀란은 사양했지만 입술은 나무토막 같았고 말들은 남의 말 같았다.

이방인은 마치 그가 말한 것과 결코 다르게 밀란이 생각할 리 없다고 생각을 하면서 계속 그렇게 서서 기다렸다.

그러자 정말로 밀란이 정원의 문을 잠그고 남자와 같이 가는 것이었다. 자기의 말들과 생각들 그리고 노력이 그 힘 앞에서 그대로 무너져 버리는 것 같았지만 자기를 끌어당기는 그 남자의 고요한 힘을 뿌리칠 수 없었던 것이다. 밀란은 그 이방인에 대하여 반발심과 반항이 솟구쳤지만 소용없는 일이었다.

그들은 오콜리슈테 아래로 빠르게 내려갔다. 스타니셰바츠 뒤로 정말로 커다랗고, 이미 밝아진 달이 떠올랐다. 다리는 끝도 없어 보였고 현실적이지 않은 것처럼 보였다. 왜냐하면 상판은 우윳빛 안개 속에 사라져버렸고 교각만이 까맣게 드러나서 무한히 뻗쳐 보였으므로 도무지 현실 같지 않았다. 교각과 아치 한쪽은 환하게 비쳤고 또 다른 한쪽은 캄캄한 그림자를 드리우고 있었다. 달빛에 비친 표면과 캄캄한 표면이 뚜렷하게 윤곽을 그리며 나뉘어지고 찢어져 다리 전체가 마치 빛과 어둠의 순간적 놀이에서 나타난 기이한 아라비아의 작품을 닮은 듯했다.

카피야에 살아 있는 것이라고는 아무것도 없었다. 그들은 앉았다. 이방인이 카드를 꺼냈다. 밀란은 다시 한 번 더 카드도 잘 보이지 않고 돈도 알아볼 수 없으며 카드 하기에는 좋지 않다고 말을 했지만 이방인은 더 이상 그를 보고 있지 않았다. 놀이가 시작됐다.

처음에는 가끔 말을 주고받았지만 카드 도박이 고조되면서 완전히 침묵이 흘렀다. 다만 담배를 주고받고 차례로 불을 붙이고 할 뿐이었다. 카드가 수 차례 이 손에서 저 손으로 옮겨졌지만 나중에는 카드가 이방인의 손에서 떠날 줄을 몰랐다. 차가운 이슬이 덮인 돌 위로 돈이 소리없이 떨어졌다. 이방인이 2 대 29, 1 대 30으로 멈췄을 때 밀란이 잘 아는 그 순간들이 시작된 것이다. 밀란의 목은 완전히 메어 시야까지 흐려졌다. 그러나 달빛에 비친 이방인의 얼굴은 여느 때보다도 더 침착했다. 한 시간도 채 안 되어서 밀란은 돈이 떨어졌다. 이방인은 밀란에게 집에 가서 돈을 더 가져오라고 하고는 자기도 따라가겠다고 했다. 그들은 집을 다녀와서 다시 카드를 계속했다. 밀란은 마치 귀머거리 장님처럼 카드를 했다. 그저 카드 숫자를 머릿속에서 점치며 원하는 숫자를 몸짓으로 나타내고 있을 뿐이었다. 그 둘 사이에서 카드는 마치 하나의 조그만 구실일 뿐 사실은 한 치의 여유도 없는 필사적인 격투가 벌어지고 있는 것 같았다. 밀란이 다시 돈을 다 잃자 이방인은 그에게 집에 가서 돈을 더 가져오라고 하고는 그동안 자기는 카피야에 앉아 담배를 피웠다. 이제는 밀란이 자기의 말에 따르지 않을 수가 없게 되었고 또 집으로 갔다가도 다시 오지 않을 수 없다고 생각하고 있었다. 밀란은 그 말을 따랐고 순순히 다시 돌아왔다. 그때 행운이 다시 바뀌었다. 밀란은 자기가 잃은 것을 모두 회복했다. 너무도 흥분해서 마치 목구멍에 매듭 같은 것이 막혀 있는 것 같았다. 이방인은 두 배 세 배로 돈을 걸었다. 도박은 더욱 빠르고 거세졌다. 그들 사이에는 카드가 오고 갔고 금화, 은화들이 왔다 갔다를 계속했다. 두 사람 모두 침묵을 지켰다. 밀란만 흥분돼서 숨이 가빠지고, 온화한 달빛을 받고 땀을 흘렸다가는 냉기를 느끼곤 했다. 그는 카드를 나누고 내고 했지만 재미있어서가 아니라 하지 않을 수 없었기 때문이었다. 그는 이 이방인이 자기에게서 빼앗으려고 하는 것은 1두카트, 2두카트의 돈이 아니라 뼈와 혈관에 흐르는 피 한 방울 한 방울이라고 느꼈다. 가끔씩 그는 이 도박의 적수 눈밑을 쳐다볼 뿐이었다. 악마 같은 이빨과 불타는 석탄 덩어리 같은 눈알이 박힌 악한의 얼굴을 생각했지만 사실은 이와 반대로 그의 평상시 얼굴 그대로였다. 그것은 쉽지도 즐겁지도 않은 일상의 일을 끝내려고 부지런히 일하는 한 남자의 열정적인 표정이었던 것이다.

 빠른 시간 안에 밀란은 다시 현금을 모두 잃었다. 그때 이방인은 그에게 가축, 토지 그리고 재산 등을 걸라고 제안했다.

"네 마리의 건강한 말과 안장, 그럼 되겠소?"

"좋소."

그렇게 말들이 날아갔고 그 다음에는 짐을 싣는 말 두 마리가, 그 다음에는 암소와 송아지들이 날아갔다. 용의주도하고 꼼꼼한 상인인 그 이방인은 마치 그 집에서 태어나 그 집에서 자란 것처럼 밀란의 마구간에 있는 가축의 이름을 일일이 들이대며 그 값을 하나하나 정했다.

"살큐쉬라고 하는 당신의 밭에 11두카트를 걸겠소! 좋소?"

"좋소."

이방인이 카드를 돌렸다. 밀란의 다섯 장 끗수는 28이었다.

"한 장 더?" 이방인은 침착하게 물었다.

"한 장 더." 밀란은 거의 속삭이는 듯한 목소리로 말했다. 그리고 온몸의 피가 심장으로 몰렸다.

이방인은 침착하게 카드 한 장을 뒤집었다. 2가 나왔다. 구제해주는 카드였다. 밀란은 이 사이로 무관심하게 말을 내뱉었다.

"충분해!"

카드를 손으로 꽉 감아쥐었다. 끗수가 얼마인지를 상대방이 눈치채지 못하도록 하기 위해서 그는 애써 무관심한 표정을 지으려 노력했다.

그때 이방인은 카드를 펼쳐가며 자기 것을 뽑기 시작했다. 27에 이르자 잠깐 손짓을 멈추더니 밀란의 눈치를 살폈지만 밀란은 시선을 피했다. 이방인은 카드를 한 장 더 뒤집었다. 2였다. 짧게 그리고 간신히 들릴까 말까 하게 한숨을 쉬었다. 그는 29에서 멈출 것 같았고 밀란은 승리의 기쁜 예감으로 핏기를 회복했다. 그러나 이방인은 가슴을 펴고 고개를 들었다. 그의 이마와 눈이 달빛 속에 빛났다. 그는 다시 카드를 한 장 더 뒤집었다. 또 2였다. 2가 세번 계속 나온다는 것은 있을 수 없는 일이지만 사실이 그랬다. 밀란은 뒤집어진 카드에서 자기 땅을 보는 것 같았다. 잘 갈고 써레질을 애써 해놓은 봄철 가장 좋을 때의 땅이었다. 고랑이 빙빙 돌았다. 이때 이방인의 침착한 목소리가 밀란을 환상에서 깨어나게 했다.

"오투즈 비르(31)! 밭은 내 것이오."

그러고 나서 다른 토지를 걸고 집을 두 채, 오소이니차에 있는 참나무 숲을 걸었다. 값을 매기는 데에는 이의가 없었다. 때로는 밀란이 이겨 돈을 긁어모았다. 눈앞에 황금처럼 희망이 비치기도 했지만 두세 번 불행의 '손길'이 지나간 뒤에는 다시 돈도 잃고 재산을 모두 잃는 일이 벌어졌다.

도박이 홍수처럼 모든 것을 휩쓸고 나면 두 노름꾼은 잠시 손을 멈추었지만 그것은 숨을 돌리기 위해서가 아니라 이번엔 무엇을 걸까 생각하기 위해서였다. 이방인은 첫 일을 마치고 난 후에 두번째 일로 들어가려고 서두르는 침착하고 성실한 일꾼처럼 보였다. 밀란은 얼어붙은 사람처럼 온몸이 긴장되었다. 피가 귀밑으로 솟구치고 발 밑 돌바닥이 일어났다 가라앉았다 하는 것 같았다. 그러자 이방인은 단조롭고 약간 콧소리가 나는 어조로 말했다.

"여보시게, 친구? 우리 모든 것을 걸고 한 번만 더 합시다. 나는 오늘 저녁에 딴 돈 전부를 걸 테니 당신은 생명을 거시오. 만약 당신이 이기면 돈, 토지, 소, 모든 것이 전처럼 당신 것이 될 테고 만약 당신이 진다면 당신은 카피야에서 드리나 강으로 뛰어내려야 합니다."

그는 마치 도박에 열중하는 사람들 간에 종종 있을 수 있는 내기인 것처럼 그렇게 건조하고 사무적으로 말했다.

이제는 생명을 잃느냐 구하느냐 하는 문제에 이르렀음을 밀란은 생각하고 그만 일어나 자기에게서 모든 것을 빼앗아가고 지금 또 불가항

력적인 힘으로 다시 이해할 수 없는 소용돌이로 빠뜨리려고 하는 것에서 빠져나오려고 했지만 이방인의 단 한 번의 눈길이 그를 다시 자리에 앉도록 하였다. 마치 한에서 3, 4그로쉬의 돈을 대고 도박을 하듯이 그는 고개를 숙이고 손을 내밀었다. 둘이서 패를 떼었다. 이방인은 4가 나왔고 밀란은 10이 나왔다. 밀란이 카드를 나눌 수 있었다. 그는 카드를 돌렸지만 이방인은 계속 새 카드를 요구했다.

"더! 더! 더!"

카드 다섯 장을 뽑자 그는 말했다. 좋소! 밀란이 카드를 뽑았다. 그는 28까지 왔을 때 눈을 한번 깜박거리고 이방인의 숨겨진 카드를 쳐다보고 이 수수께끼 같은 그의 얼굴을 바라보았다. 이방인의 끗수가 얼마인지는 어림이 가지 않았지만 28 이상이라는 것은 확실했다. 왜냐하면 첫째, 그가 오늘 저녁 한 번도 적은 수에서 멈춘 적이 없었다는 것과 둘째, 카드를 다섯 장 밖에 가지고 있지 않았기 때문이었다. 밀란이 마지막 카드를 뽑았다. 그는 카드를 뒤집어보았다. 4였다. 그러니까 32. 진 것이다.

카드를 들여다봤지만 눈으로도 믿을 수가 없었다. 이렇게 한번에 모두 잃다니, 그는 믿기지가 않았다. 발끝에서 머리 꼭대기까지 온몸에 불덩어리 같은 것이 소란스럽게 휘도는 것 같았다. 갑자기 모든 것이 분명해졌다. 삶의 가치를 뚜렷이 깨닫게 되고 사람이 무엇이며 자기의 저주받을 행위와 친구와 이방인, 또 자기 자신과 주위의 모든 사람과 도박하던 그 이해할 수 없는 정열이 분명해졌다. 모든 것이 마치 동이 트는 것처럼 확실해졌고 분명해졌으며 꿈속에서 도박을 하고 잃은 것 같았지만 모든 것은 사실이었고 불변이었으며 구제할 수가 없었다. 그는 뭔가 말하고 소리라도 치고 싶었다. 누군가에게 도움이라도 청하기 위해 적어도 한숨으로라도 내뱉고 싶었지만 그의 안에는 이미 그럴 만한 힘이 없었다.

그의 곁에는 이방인이 기다리고 있었다.

그때 갑자기 강둑 어딘가에서 수탉의 울음소리가 들렸다. 날갯짓을 하는 소리가 들릴 정도로 가까운 거리였다. 그리고 폭풍에 날리듯 카드 한 장이 흩어져 날아갔다. 돈이 흩날리고 카피야 전체가 밑바닥부터 흔들렸다. 밀란은 무서운 생각이 들어 두 눈을 감았고 최후의 순간이 온 것이라 생각했다. 다시 눈을 뜨자 자기 혼자만 서 있을 뿐이었다. 그의 적수는 어디론가 마치 비누거품처럼 사라져버렸고 그와 함께 돌바닥 위 카드와 돈도 깨끗이 사라졌다.

오렌지색의 초승달이 수평선의 바닥에서 헤엄을 치고 있었다. 조금은 한기가 느껴지는 바람이 불기 시작했다. 심연 속에서 물소리가 더 크게 들렸다. 밀란은 자기가 앉아 있는 돌을 조심스럽게 만져봤다. 기운을 차려 자기가 어디에 있으며 무슨 일이 있었는지 생각해보려고 했다. 그리고 무거운 몸을 일으켜 마치 남의 다리로 걷듯이 천천히 오콜리슈테의 자기 집으로 걸어갔다.

비틀거리고 신음하면서 그는 가까스로 집 앞에 이르자 부상자처럼 쓰러져 둔탁하게 문에 부딪쳤다. 그 소리에 잠을 깬 집안 사람들이 그를 침대로 옮겼다.

그는 열이 나고 실신 상태로 두 달을 누워 있었다. 사람들은 그가 살아나지 않을 것이라고 생각했다. 폽 니콜라가 와서 그의 몸에 성유까지 발라주었다. 그는 다시 회복하고 일어나기는 했지만 전혀 다른 사람이 되어 있었다. 나이보다 훨씬 더 늙어 보이고 마치 딴 세계에서 사는 기인과 같았으며 거의 말도 없고 되도록이면 사람들과 접촉하지도 않았다. 웃음이 없는 그의 얼굴은 심각하고 괴로워만 보였다. 마치 친구라든가 카드라는 것을 알지도 못한다는 듯이 자기 일만 했으며 자기 집만 바라볼 뿐이었다.

그는 앓고 있는 동안 폽 니콜라에게 그날 밤 카피야에서 벌어진 일들을 얘기했으며 나중에는 그의 절친한 친구 두 명에게도 말했다. 왜냐하면 그 비밀을 간직하고 살아갈 수 없다고 느꼈기 때문이었다. 이 사실은 풍문으로 퍼졌고 여러 사람들에게 전달되는 동안 늘 그렇듯, 본래의 이야기는 아무것도 아니라는 듯 이말 저말이 덧붙여져 결국에는 전혀 다른 이야기가 되고 말았다. 그리고 그런 경우들이 보통 그렇듯이 모든 사람의 주의가 어느 다른 운명에 쏠려 사람들은 밀란과 그의 경험을 잊게 되었다. 그렇게 한때의 밀란 글라시촤닌의 이야기는 그가 살아서 일을 하고 카사바 사람들과 어울려 지내고 있다는 것만이 남았다. 지금의 젊은이들은 그를 지금의 이 모습만 알고 있을 뿐이며 한때 전혀 다른 모습이었다는 것은 상상도 하지 못했다. 밀란 자신도 마치 모든 것을 잊은 것같이 보였다. 집에서 카사바로 내려오면서 몽유병자처럼 무거운 발걸음으로 천천히 다리를 건널 때, 그는 일말의 흥분이나 심지어 느낌도 없이 카피야 옆을 지나치는 것이다. 할 일 없는 태평한 사람들이 많이 모여드는 그 돌바닥 소파가 그날 밤 도박의 속임수에 전 재산을 걸고 현세와 내세의 생명까지 걸어 최후의 도박을 하던 그 멀고 먼 무거운 장소와 어떠한 인연이 있다는 것이 전혀 생각나지 않는 것이었다.

밀란은 그가 의식을 잃고 집 앞에 누워 꿈을 꾸었던 것이 아닌지 카피야에서 벌어진 일들이 단지 꿈은 아니었는지 그 사건으로 병이 생겨 그런 환상을 가졌던 것이 아닌지 몇 번씩 자문을 했다. 사실, 밀란의 비밀을 들은 두 친구나 폽 니콜라도 밀란의 이야기 전체를 밀란이 열병 때문에 정신착란이 되어 경험한 환상이었다고 보는 것이었다. 왜냐하면 악마가 오투즈 비르 같은 도박을 한다든가, 밀란을 파멸시키려고 카사바로 끌고 간다든가 하는 것이 도저히 믿어지지 않았기 때문이었다. 그러나 때로는 인간의 경험은 하도 벅차고 신비로운 경우가 있어 그것을 악마의 소행이라고 설명함으로써만 쉽게 정당화되고 이해가 된다는 것도 무리가 아니다.

지금은 꿈속에서든 사실에서든, 악마와 함께든 혹은 그의 도움 없이든 그런 일이 있다는 것을 밀란 글라시촤닌은 확신했다. 왜냐하면 하룻밤사이에 건강과 청춘과 재산을 잃고 그후부터는 기적적으로 도박의 악습에서 벗어나게 되었기 때문이었다. 그것뿐이 아니었다. 밀란 글라시촤닌의 이야기에 이어 또 다른 운명적인 이야기가 생겼는데 그 실마리도 카피야에서 시작되었다.

밀란 글라시촤닌이(꿈속에서든 실제에서든) 카피야에서 그 끔찍한 최후의 도박을 한 그 다음 날은 맑게 갠 가을날이었다. 토요일이었다. 언제나 토요일이 되면 비셰그라드의 유태인들, 상인들이 사내아이들을 데리고 카피야에 모여들었다. 그들은 폭이 넓은 바지, 털조끼, 검붉은 낮은 페스를 머리에 쓰고 이런 정식 옷차림으로 엄숙하고 조용히 안식일을 보내기도 했고 혹은 누군가를 찾는 듯 강변을 거닐기도 했다. 그러나 가장 많은 시간을 카피야에 앉아 스페인말로 떠들썩하고 생생한 대화를 나누었고 욕설을 할 때는 세르비아 말로 했다.

그날 아침 카피야에 제일 먼저 도착한 사람들 중에는 부쿠스 가온이 있었다. 그는 경건하고 정직한 가난한 이발사 아브람 가온의 장남이었다. 그는 열여섯 살이었고 아직 일정한 직업이나 정확한 직책이 없었다. 모든 가온 집 사람들처럼 그도 정신이 산만해서 이성적인 행동을 못했고 꾸준히 한 가지 직업을 지키지 못했으며 좀더 높고 좀더 좋은 것을 바라보는 경향이 있었다. 그는 어디든지 앉으려 할 때면 먼저 그 자리가 깨끗한가를 살폈다. 그가 오늘 카피야 돌 틈 사이에서 누런 빛이 엷게 번쩍이는 것을 본 것은 바로 이때였다. 사람들이 누구나 좋아하는 금이 반짝거리는 것이었다. 그는 좀더 자세히 들여다보았다. 의심의 여지가 없었다. 어쩌다 두카트가 떨어진 것이었다. 젊은이는 혹시나 보는 사람이 없나 주위를 살펴보며 숨어서 자기를 비웃고 있는 그 돈을 꺼낼 생각으로 무슨 도구를 찾아보았다. 그러나 갑자기 오늘이 토요일이란 생각이 들어 갑자기 죄의식이 들었다. 흥분과 초조 속에서 정오가 될 때까지 꼼짝 않고 그 자리에 앉아 있었다. 점심때가 되자 나이든 사람과 젊은 사람 할 것 없이 모든 유태인들이 각자 집으로 돌아갔고, 그는 두툼한 보릿짚대를 하나 찾아 가지고 죄의식도 휴일도 모두 잊고 돌 틈의 두카트를 조심스레 끌어냈다. 그것은 진짜 헝가리 두카트로 마른 낙엽처럼 얇고 가벼웠다. 그는 점심 식사에 늦었다. 열세 명의 가족(열 한 명의 아이들과 아버지 어머니)이 둘러앉은 초라한 식탁에 앉자 그의 아버지는 하루 종일 어디에서 시간을 보냈느냐며 아무 일도 하지 않는 무위도식 생활자라는 둥 게다가 점심시간도 지키지 못하는 녀석이라고 꾸지람을 했지만 그는 도통 듣고 있지 않았다. 다만 귀가 좀 울리고 눈이 좀 부신 것 같았다. 그의 앞에 지금까지 꿈꿔온 사치스런 앞날이 열려 있는 것이었다. 마치 주머니 속에 태양이라도 들어 있는 듯했다.

그 두카트를 들고 부쿠스는 많은 생각을 하지도 않고 다음날 우스타무이치 한으로 가 거의 매일 밤낮없이 도박이 한창인 작은 방에 자리를 잡았다. 이곳에 와서 행운을 노려보려고 꿈꿔왔지만 돈이 없어 이제껏 이루어보지 못한 꿈이 이제야 실현되는 순간이었다.

그는 그 방에서 초조와 흥분으로 가득 찬 시간을 보냈다. 처음에 노름꾼들은 경멸과 불신으로 그를 맞았다. 그가 헝가리 두카트를 꺼내서 잔돈으로 바꾸는 것을 보자 그들은 대뜸 그 돈을 훔쳐온 것이라고 생각했지만 그를 도박에 끼워주었다. (왜냐하면 도박판에서 모든 돈의 출처를 따진다면 도박이 벌어질 수 없기 때문이었다.) 그렇게 이 도박 초보자에게 새로운 비극이 벌어지게 되었다. 돈을 딸 때마다 피가 머리로 솟구쳤고 눈이 땀과 열로 몽롱해졌다. 크게 돈을 잃을 때는 숨이 끊기고 심장이 고동을 멈추는 듯했다. 그러나 피할 길 없는 그 고통을 겪고 저녁에 한을 나올 때는 주머니에 4두카트가 있었다. 불 속에 뛰어들었다 나온 듯 몸이 화끈거리고 지쳤지만 그래도 그는 머리를 제치고 장한 듯이 걸었다. 이글거리는 상상 앞에 찬란한 전망이 멀리 열려 있고 그의 빈곤이 화려한 빛을 받는 듯하며 온 카사바가 자기 앞에 굴복하는 것 같았다. 그는 술에 취한 듯 거만한 걸음으로 걸었다. 생전 처음으로 광채와 소리뿐만 아니라 금의 무게도 느껴봤기 때문이었다.

그해 가을 아직은 어리고 철부지였지만 부쿠스는 방랑자가 되었고 직업 도박사가 되어 부모의 집을 떠났다. 가온 노인은 이 장남 때문에 수치와 슬픔으로 기운을 잃었다. 그 유태인 마을의 모든 사람들도 그 불행을 마치 자신들이 직접 당한 듯이 슬퍼했다. 그후 부쿠스는 나쁜 도박의 운명을 따라 외지로 떠났다. 그리고 14년이 지난 지금도 그에 대해 아무 소식도 들리지 않았다. 세상 사람들은 이 모든 것이 토요일에 카사바에서 '악마의 두카트'를 얻었기 때문이라고 말했다.

## XIII

점령 4년째에 접어들었다. 마치 모든 것들이 평온해지고 '제대로 돌아가는' 듯이 보였다. 만약 터키 시대의 '감미로운 침묵'이 돌아오지만 않는다면 적어도 모든 것들은 새로운 가치관에 따라 정립될 것이다. 그러나 만약 이 마을에 다시 소요가 일어난다면 갑자기 새로운 부대가 나타날 테고 카피야에도 다시 경비병이 모습을 드러낼 것이다. 거기까지는 이런 방법으로 진행되었다.

새 정부는 그해 보스니아와 헤르체고비나에서 징집을 시작했다. 그것은 사람들 사이에서, 특히 터키인들 사이에서 생생한 혼란을 야기한 것이었다. 50년 전에 술탄이 정규군의 복장과 훈련 장비 등을 유럽식으로 한다는 등의 새로운 니잠[113]을 도입했을 때 터키인들은 반란을 일으키고 유혈극을 벌인 적이 있었다. 왜냐하면 그들은 그런 이교도의 복장을 원치 않았을 뿐만 아니라 가슴에 벨트를 엇갈라 매서 십자가의 상징으로 삼는 것을 싫어했기 때문이었다. 그런데 지금 또 그런 끔찍하고 '답답한 옷'을 입어야 하고 설상가상으로 신앙이 다른 통치자를 위해서 봉사해야 한다는 것이다.

---

[113] 1826년 터키 제국 내의 정규 군대.

점령 첫해에 이미 점령 당국은 가구 수와 주민의 수를 집계했는데 이러한 조처가 이미 터키인들 사이에 불신을 불러일으켰고 불분명하지만 심각한 불안감을 자아냈다.

그런 경우들에는 늘 그렇듯이 카사바의 터키인들 사이에 가장 유식하고 가장 학식이 높은 사람들이 모여서 이 조처가 갖는 의미를 토의하고 이에 대항해서 그들이 취할 태도를 의논하곤 하였다.

5월의 어느 날 마치 우연인 것처럼 카피야에서 이 '유지들'이 만나 소파 위의 모든 자리를 차지했다. 조용히 커피를 마시고 똑바로 앞만 응시하면서 그들은 나지막한 음성으로 새 정부의 의심스런 조처에 대해 이야기했다. 그들은 이 새로운 조처에 대해 한결같이 불안한 심사를 토로했다. 왜냐하면 본질적으로 그들의 생각이나 관습과는 무관한 일이었기 때문에 당국이 개인과 가정생활에 이렇게 개입을 하는 것은 불필요하고 이해할 수 없는 모욕이라고 모두들 생각했다. 그러나 이 집계의 진정한 의미가 무엇인지 아무도 설명하지 못했고 이에 항거하는 방법으로 어떻게 하면 좋겠느냐 하는 질문에 아무도 어떤 제안을 하지 못했다. 이들 중에는 이런 일이 아니면 좀처럼 카피야에 모습을 드러내지 않는 알리호좌도 있었는데 왜냐하면 그는 소파로 올라가는 돌층계를 보기만 해도 오른쪽 귀가 언제나 울리는 것 같았기 때문이었다.

유식하고 말 잘하는 비셰그라드의 무데리스 후세인아가는 아주 그럴싸하게 이렇게 가구 수를 세고 아이들과 어른들의 수를 세는 까닭을 설명했다.

"내 생각에는 이것이 이교도들의 관습인 것 같소. 30년 정도 된 것 같은데 아마 더 되지는 않았을 것 같고 트라브니크에 타히르파샤 스탐볼리야라는 베지르가 있었소. 이슬람으로 개종을 하기는 했지만 거짓이었고 엉터리였지. 정신은 예전 그대로 남아 있었거든. 사람들이 하는 말에 따르면 그는 항상 자기 옆에 종을 두고 하인을 부르고 싶으면 마치 교회 신부처럼 그 종을 흔들었다더군. 누군가 답을 할 때까지 말이오. 그래, 이 타히르파샤가 트라브니크에서 집의 수를 세고 집집마다 번호패를 단 첫번째 사람이라는 것 아니겠소. (그래서 사람들이 그의 성을 '타흐타르'[114]라고 불렀지.) 그러나 백성들은 이 집집마다 붙은 번호패를 모두 한군데에 모아 불을 질러버렸지. 이 때문에 유혈사태가 있을 뻔했지만 다행스럽게도 이스탄불에 이 보고가 전해져 그를 보스니아에서 소환시켜버렸지. 그런 녀석은 아주 흔적도 없이 매장해버려야 돼! 자, 그런데 이번 일도 흡사하지 않소. 저 오스트리아 놈들이 우리 머릿수를 모두 세려고 하거든."

모든 사람들이 지금 일어난 일에 대해 자신의 생각을 간단하고 명료하게 이야기하기보다는 남의 감정을 길게 늘어놓기 좋아하는 것으로 유명한 무데리스의 말에 귀를 기울이고 있었다.

늘 그러던 것처럼 알리호좌가 제일 먼저 인내심을 잃고 말았다.

"무데리스에펜디야, 이것은 오스트리아 놈들의 신앙에 관한 것이 아니라 이익에 관한 것이오. 그들은 놀고 있는 것이 아니고, 자고 있는 동안에도 시간을 낭비하지 않고 그저 자기 일들을 하는 것이란 말이오. 이것이 모두 무얼 의미하는지 지금은 모르지만 이제 한두 달이나 아마 1년 후면 우리도 알게 되겠지. 왜냐하면 죽은 솁시베그 브란코비치가 잘도 말했지. '오스트리아 놈들 광산은 긴 다이너마이트 선이야!' 이 가구 수와 인구 조사는 내 견해로는 무슨 세금을 매기는 데 필요하거나 그게 아니면 남자들을 강제노동이나 군대, 혹은 양쪽 모두 써먹을 수도 있지만 하여튼 그런 목적으로 쓸 것이 분명해. 우리가 어떻게 해야 하느냐

---

[114] 못질하는 사람.

고 묻는다면 내 의견은 이렇지. 즉시 들고일어나자니 우리는 군대가 없지. 그거야 하나님도 알고 우리도 알고 있는 일이니까. 그렇지만 우리는 명령하는 대로 뭐든지 복종할 필요는 없는 거야. 누구든지 자기 번호를 기억하거나 자기 나이를 말하지 마시게. 우리가 모두 언제 태어났는지 저들더러 추측을 하라고 해. 그래도 이 녀석들이 너무 심하게 굴고 우리 아이들과 우리의 명예를 더럽히려 들거든 그때는 한 치의 양보도 없이 우리 스스로를 방어해야지. 그 다음은 신께 맡기도록 하자구."

사람들은 당국의 그런 불쾌한 조처에 대해 오래도록 대화를 나눴지만 대부분 알리호좌가 말한 그 소극적인 방법에 동의했다. 남자들은 나이를 숨기거나 거짓 대답을 하고 문맹이라는 핑계를 내세웠다. 여자들에게는 감히 그런 것을 물어보려고도 하지 않았는데 이유는 그것이 최대의 모욕이라고 생각했기 때문이었다. 당국의 계몽과 위협에도 불구하고 사람들은 번호를 적은 표찰을 안쪽으로 뒤집어 달거나 눈에 띄지 않는 곳에 감춰버렸다. 또 그렇지 않으면 바로 집에 하얀색 칠을 하면서 표찰 번호까지도 하얗게 칠해버렸다.

저항이 음성적이기는 했지만 깊고 집요하다는 것을 지켜본 정부는 모른 척하면서 모든 결과와 이에 따라 불가피하게 일어나는 분규에 대해 엄격하게 법률을 적용하는 것을 회피했다.

그후로, 2년이라는 시간이 지났다. 인구 조사에 대한 흥분이 이미 사라지고 잊혀지고 있을 무렵, 신앙과 계급을 막론하고 젊은이들을 징집하기 시작했다. 동부 헤르체고비나에서 공공연한 반란이 일어났는데 여기에는 터키인들뿐만 아니라 세르비아인들도 가세했다. 반란군 지도자들은 외국, 특히 터키와 유대를 맺으려고 시도했고 점령군 당국이 베를린 협정에서 합의를 한 권한을 어겼다고 주장하고 아직 명목상으로 터키를 종주국으로 섬기는 점령지역에서 징집을 할 권리가 없다고 선언했다. 보스니아에서는 조직적인 반항은 없었지만 폭동이 포차와 고라주드[115]를 경유해서 비셰그라드 지방까지 번졌다. 해산한 폭도들이나 패잔 반란군들이 비셰그라드 다리를 건너 산악지대나 세르비아에 피난처를 구하려 들었다. 이런 난시에는 늘 그런 법이듯이 반란에 편승해서 도둑들이 들끓기 시작했다.

여러 해 뒤에 카피야에는 다시 경비병이 서 있었다. 비록 추운 겨울이었고, 눈도 많이 내렸었지만 카피야에서는 밤낮 두 명의 경찰이 서 있었다. 그들은 다리를 건너는 모든 낯설고 수상한 사람들을 정지시키고 심문을 하고 소지품을 검사했다.

두 주일 후에는 카사바에 슈트라이프 군단이 도착해서 경찰들과 교대했다. '슈트라이프 군단'은 헤르체고비나의 반란이 악화되자 조직된 군대였다. 행동하기 어려운 지형에서도 작전을 수행할 수 있도록 장비를 갖춘 기동 소탕부대로써 높은 급료를 받는 지원병으로 이루어져 있었다. 그들 중에는 점령군의 소집에 응해서 출정한 후로는 집으로도 돌아가려 하지 않고 슈트라이프 군단에 남아 있는 사람들도 있었다. 혹은 헌병대에서 이 새로 조직된 기동 부대를 지원하러 나와 있는 사람도 있었다. 그리고 결국에는 정보원과 안내자 역할을 하는 이 지역 주민들도 상당수 있었다.

짧지도 수월하지도 않은 그해 겨울 내내 슈트라이프 군단의 두 명의 경비병이 카피야를 지켰다. 보통 한 명은 외국인이었고 다른 한 명은 지역 사람이었다. 그들은 세르비아에서 카라조르제 반란이 일어났을 때 터키인들이 지었던 것처럼 탑을 짓지는 않았다. 살상이나 목을 자르는 일도 없었다. 그러나 카피야가 문을 닫게 되면 언제나 그랬듯이 이번에

---

[115] 보스니아의 지명.

도 이 마을에 훗날까지 그 흔적을 남긴 심상찮은 사건이 있게 되었다. 왜냐하면 난시에는 어느 누군가의 불행 없이 지나가는 법이 없었기 때문이었다.

카피야에서 보초를 교대한 슈트라이프 군단 중에 동부 갈리치야 출신으로 그레고르 페둔이라는 이름의 러시아인 청년 한 명이 있었다. 그 젊은이는 스물세 살의 나이에 거인 같은 몸집에 정신은 어린아이였고 힘이 세기로는 곰 같았고 수줍음을 타기로는 소녀 같았다. 그가 소속된 연대가 보스니아에 파견되었을 때 그는 복무기간을 거의 마칠 무렵이었다. 그는 마글라이와 글라시나츠 전투들에도 참전을 한 바 있었다. 그 후에는 동부 보스니아의 여러 지방들에서 1년 6개월을 보냈다. 그는 제대할 무렵이 되자, 여러 명의 아이들이 있지만 남은 것이라고는 별로 없는 아버지의 집, 갈리치카의 작은 마을 콜로메야로 돌아갈 생각을 하니 무척 힘들었다. 아버지의 집에는 아이들은 많고 생활은 궁핍했다. 슈트라이프 군단을 조직하기 위해 지원병 등록이 시작되었을 때 그는 이미 페스트[116]에 있었다. 수 개월 간의 전투를 통해 보스니아를 잘 아는 군인이라는 이유 때문에 페둔이 곧 채용되었다. 그는 고생스런 세월과 즐거운 나날을 보내던 곳, 즐거운 기억보다 고생스런 세월이 더욱 아름답고 역력하게 기억에 떠오르는 고장인 보스니아의 도시와 시골 마을들을 다시 보게 된 것이 무척 반가웠다. 슈트라이프 군단의 후한 급료를 집에 처음으로 송금했을 땐 은화를 받아 쥔 부모들과 형제자매들의 얼굴을 떠올리며 기쁨에 잠기고 자랑스럽기도 했다. 무엇보다 폭도들과의 전투도 힘들 뿐만 아니라 매우 위험한 일도 종종 있는 동부 헤르체고비나로 파견되지 않은 것이 다행이었다. 그는 드리나 강 연안의 카사바로

---

[116] 헝가리의 남부 도시.

파견되었는데 순찰과 보초를 서는 것이 그의 임무였다.

그곳에서 그는 겨울을 보냈고 청명한 서리가 내리는 밤에는 카피야에서 시린 발을 번갈아 구르고 두 손을 모아 입김으로 불곤 했다. 그런 밤이면 서리 속에서 바위가 갈라지는 소리가 들리는 것 같았고 하늘은 희미하게 도시를 덮어 가을에는 크게 보이던 별들도 조그맣고 얄궂은 촛불이 되었다. 그곳에서 그는 봄을 기다리며 카피야에서 첫 징조를 지켜보고 있었다. 드리나 강의 얼음이 서서히 육중하게 부풀어오르는 것을 온몸으로 깊숙이 느낄 수 있었고 다리 가까이 바싹 다가선 산의 벌거벗은 숲을 밤새도록 울리는 새로운 바람의 그 산란한 산들거림이 있었다.

자기 차례가 되었을 때 젊은이는 땅과 물 사이로 나타나는 봄이 천천히 자기 안으로 들어오는 것을 느끼면서 보초를 서고 있었다. 이런 봄의 기운이 그의 모든 감각과 사고를 뒤흔들어놓는 것 같았다. 그렇게 보초를 서면서 그의 고향에서 불렀던 소러시아 노래를 불러댔다. 노래를 부르고 있으면 하루 이틀 봄이 짙어감에 따라 이 쓸쓸하고 바람 부는 고장에서 누군가를 기다리고 있는 것만 같았다.

3월 초 사령부는 다리를 지키는 분견대에게 두 배로 신경을 쓸 것을 명령했다. 왜냐하면 신빙성 있는 정보에 따르면 하이두크[117] 야콥 체크를리야가 헤르체고비나에서 보스니아로 내려와 지금 비셰그라드 근처에 숨어 있는데 세르비아나 터키 국경으로 이동할 가능성이 많다는 것이었다. 경비를 서는 슈트라이프 군단의 군인들에게는 그 산적의 인상착의를 알려주었고 몸집은 작으며 보잘것없지만 힘이 세고 용감하고 매우 영리해서 그를 포위한 순찰대를 감쪽같이 속이고 도주에 성공한

---

[117] 반(反) 터키를 외치던 반란군들.

일이 여러 번 있었다고 설명도 해주었다.

페둔 역시 보고를 하면서 이런 경고를 듣고 다른 모든 지시를 들을 때와 마찬가지로 진지하게 받아들였다. 그러나 그는 이 경고가 필요 이상으로 과장된 것이라고 생각했다. 왜냐하면 넓이가 열 발자국밖에 안 되는 다리를 들키지 않고 건너간다는 것은 누구를 막론하고 도저히 상상할 수 없는 일이었기 때문이었다. 카피야에서 밤이나 낮 동안 몇 시간을 그는 평온한 마음으로 조금도 염려하지 않고 보냈다. 사실 그의 주의는 정말로 두 배나 더 민감해 있었지만 그것은 야콥이 소리나 흔적도 없이 나타난다는 것 때문이 아니라 카피야에 봄이 나타난다는 그런 현상들과 수많은 신호들 때문이었다.

사람이 스물셋의 나이에는 어느 한 가지에 집중을 하고 있기가 쉬운 일은 아니다. 온몸이 힘과 생명으로 떨리고 그의 사방을 둘러싼 모든 곳들에서 봄이 싹트고 빛나고 있으니 말이다. 골짜기에선 눈이 녹고 강물은 도도히 흐린 거울처럼 회색빛을 띠며 흐르고 있고 동북에서 불어오는 바람은 산에서 눈의 입김을 실어다 주고 골짜기에 첫 봉오리를 실어다 주었다. 야간 근무 시간에 기대서서 바람을 반주 삼아 소러시아의 노래를 흥얼거릴 때나 이리 왔다 저리 갔다 하면서 무료한 걸음을 옮길 때면 이런 모든 것이 페둔을 도취시키고 마음을 흔들어놓았다. 낮이나 밤이나 자신이 누군가를 기다리고 있다는 느낌이 그를 떠나지 않았는데 그것은 괴로우면서도 달콤한 느낌이었고 물 속에 땅 위에 그리고 하늘에 그의 주위에서 일어나는 모든 것에서 증명되는 것만 같았다.

어느 날 점심 무렵 작은 터키인 소녀가 경비 서는 곳 옆을 지나갔다. 그때는 이미 터키 소녀들이 더 이상 얼굴을 가리지는 않았지만 그렇다고 완전히 얼굴을 드러내는 것이 아니라 얇고 커다란 숄로 온몸과 머리, 손, 턱과 앞이마는 가리되 얼굴의 일부인 눈, 코, 입, 뺨은 그대로 내놓고 다니던 때였다. 그것은 이슬람의 여인들이 지금은 어린 티가 나서, 여성다운 이목구비를 순진하게 드러내놓고 다니고 있지만 나중에는 베일로 영영 감싸버릴지도 모르는, 소녀에서 부인으로 옮아가는 중간의 그 짧은 기간에 해당하는 때였던 것이다.

카피야에는 인기척 하나 없었다. 페둔은 슈트라이프 군단에 배치된 농부 중의 한 명인 스테반이라는 사람과 함께 보초를 서고 있었다. 그 사람은 중년의 나이에 라키야를 마시지 않고는 못 견디는 터라 규칙에는 위반되지만 돌 소파에 앉아서 꾸벅꾸벅 졸고 있었다.

페둔은 그 소녀를 조심스럽게 겁을 먹은 채 쳐다보았다. 몸을 감싼 밝은 색 숄이 마치 살아 있는 것처럼 너풀거리고 햇살을 받아 빛났으며 바람에 나부끼고 걸음의 리듬을 따라 움직였다. 고요하고 귀여운 얼굴은 숄을 빳빳하게 해서 빈틈없이 단단하게 두른 안에 있었다. 눈은 아래로 내리깔았지만 반짝반짝 빛났다. 소녀는 그의 앞을 지나 다리를 건너 장터 쪽으로 사라졌다.

젊은이는 더욱 쾌활하게 이쪽 테라스에서 저쪽 테라스로 왔다 갔다 하면서 장터 쪽을 계속 쳐다보았다. 이제야 정말로 그가 그토록 기다린 사람을 만난 것만 같았다. 30분 후에—다리에는 여전히 대낮의 노곤함이 지배하고 있을 무렵—터키 소녀는 장터에서 돌아와 들떠 있는 청년의 앞을 다시 지나갔다. 이번에는 좀더 오래 그리고 더욱 대담하게 그는 소녀를 바라보았는데 더욱 놀라운 것은 소녀 역시 그를 바라보고 있는 것이었다. 짧지만 해맑은 눈초리, 거의 교활에 가까우면서도 아이들이 놀이에서 상대편에게 짓는 그런 천진스런 교활함이 섞인 미소를 머금은 시선이었다. 그리고 다시 천천히 걸어갔다. 천천히 걸었지만 그 젊고 탄탄한 몸을 감싼 넓은 숄이 자유자재로 움직이며 그의 시야에서 금세 사라져버렸다. 숄의 동양적인 무늬와 생기 있는 빛깔만은 여전히 오래도록 반대편 강둑의 집들 사이에서 모습을 드러냈다.

　젊은이는 그제야 꿈에서 깨어났다. 소녀가 앞으로 지나가던 순간 서 있던 바로 그 장소에 그렇게 서 있었던 것이다. 움찔 몸을 떨면서 총을 만져보고 절호의 기회를 놓친 사람 같은 기분으로 사방을 둘러보았다. 스테반은 나른한 3월의 태양 아래서 졸고 있었다. 젊은이는 어찌 되었건 둘 다 임무를 완수하고 있지 못한 것만 같았고 자기네들 앞으로 일개 보병 소대의 병력이 지나가도 그들이 몇 명인지 그것이 무엇을 의미하는지도 모르는 것만 같이 느껴졌다. 이 같은 자신의 모습이 너무 부끄러워서 그는 야단스럽게 스테반을 깨우고 교대병이 올 때까지 둘이서 착실하게 보초를 서고 있었다.

　그날 하루 종일 휴식 시간이나 경비를 서는 시간이나 터키 소녀가 그의 의식 속에서 수도 없이 스쳐 지나갔다. 다음 날도 다리와 시장에 가장 사람들이 없을 시간인 정오 무렵 그녀는 다시 다리를 지나갔다. 페둔은 밝은 빛 숄을 두른 그 얼굴을 다시 한 번 더 볼 수 있었다. 모든 것이 전날과 같았다. 다만 그들의 마주치는 시선만이 더욱 오래되고 생기 있고 좀더 대담해서 마치 두 사람이 놀이를 하는 것 같았다. 돌 벤치에 앉아 졸고 있던 스테반은 늘 그렇듯이 깨어나서는 자기는 절대로 잔 것이 아니라고 맹세를 하면서 자기는 자기 집 침대에 누워도 한잠도 못자는 사람이라고 투덜거렸다. 돌아오는 길에 소녀는 걸음을 멈추고 슈트라이프 군단의 군인의 눈을 똑바로 응시했고 그는 무슨 말인지도 모를 별다른 의미도 없는 두 마디를 던졌으며 그의 다리는 흥분에 덜덜 떨고 있었고 자신이 지금 어디에 서 있는지조차도 잊고 있었다.

　이런 일들은 감히 꿈에서나 일어날 수 있는 일들이었다. 소녀가 다시 반대편 강둑에서 사라지자 젊은이는 두려움에 몸을 떨었다. 어린 터키 소녀가 오스트리아 군인을 똑바로 쳐다본다는 것은 믿을 수 없는 일이었다. 꿈속에서만 일어날 수 있는 이런 범상치 않은 일들은 그야말로 꿈속 아니면 봄날에 카피야에서만 일어날 수 있는 일이었다. 그리고 그는 이 땅에서, 게다가 그의 처지로 이슬람의 여자를 건드린다는 것이 얼마나 위험하고 경계해야 하는 일인가를 잘 알고 있었다. 군대에 있을 때에도 사람들이 그런 말들을 했었고 지금 슈트라이프 군단에서도 마찬가지였다. 그런 것을 어기는 데에 대한 처벌은 가혹했다. 모욕을 당하고, 격분한 터키인의 손에 생명을 빼앗긴 사람도 여러 명 있었다. 이런 모든 것을 알고 가장 성실하게 명령과 규칙을 지키려고 했지만 그 역시 이를 위반하는 행동을 한 것이다. 운이 안 좋은 사람들의 불행은 다른 것이 아니라 도저히 불가능하고 금지되어 있는 일이 갑자기 쉽고 해낼 만하게 되거나 적어도 그렇게 보이는 바로 그때인 것이다. 그러나 일단 이것이 그들의 욕망에 단단히 뿌리를 박게 되면 또다시 그전과 다름없이 손이 미치지 않고 금지당한 그대로의 상태로 돌아가게 되고, 모든 희생을 무릅쓰고 그것을 얻으려는 사람에게는 미리 정해진 온갖 재앙이 뒤따르기 마련인 것이다.

   3일째 정오 무렵 터키 소녀가 다시 나타났다. 그리고 꿈속에서처럼 그가 바라는 대로, 자기 자신에게 그렇게 되도록 명령하는 유일한 현실대로 이루어진 것이었다. 스테반은 다시 자기가 눈을 붙인 일도 없다고 스스로에게 말을 하고 남에게도 믿게 하려는 그런 태도로 졸고 있었다. 카피야에는 지나가는 사람이 한 명도 없었다. 젊은이는 이번에도 몇 마디를 입 속에서 중얼거렸고 소녀는 걸음을 멈추고 그에게 역시 불분명하고 겁먹은 듯이 대답을 하는 것이었다.

   위험하고 믿을 수 없는 놀이가 계속되었다. 나흘째 소녀가 다시 카피야에 아무도 지나가는 않는 틈을 타 지나가면서 그에게 다음 번 그의 보초 순서는 언제냐고 속삭이듯 물었다. 그는 석양이 지는 악샴[118] 무렵에 다시 카피야에서 보초를 서게 된다고 말했다.

"내가 장터의 코나크로 할머니를 모시고 갈 거예요. 그런데 혼자서 돌아올 거예요." 소녀는 발걸음을 멈추지도 않고 고개도 돌리지 않은 채 하지만 아주 선정적이고 의미심장한 눈길로 그를 쳐다보면서 속삭였다. 그리고 그 평범한 말들에는 그를 다시 만나게 될 거라는 기쁨이 숨겨져 있었다.

여섯 시간 후에 페둔은 졸기를 잘하는 친구와 함께 다시 카피야에 나타났다. 비가 내린 다음이라 석양이 지면서는 쌀쌀해졌고 이것이 그에게는 더욱 바라는 대로인 것 같았다. 지나가는 사람들이 점점 적어졌다. 그때 오소이니차에서 오는 길에 터키 소녀가 나타났다. 숄로 몸을 감싼 것이 석양의 어둠에 싸여 더욱 흐릿하게 보였다. 그녀 옆에는 베일로 칭칭 말다시피 한 터키 여자가 오른손으로는 지팡이를 짚고 몸을 의지하고 있었고 왼손으로는 소녀를 붙들고 거의 네발로 기어가는 것처럼 걷고 있었다.

그렇게 그들은 페둔의 옆을 지나갔다. 소녀는 그녀가 부축하는 노파의 발걸음에 맞춰 천천히 걸었다. 이른 황혼의 어둠 때문에 더욱 크게 뜬 소녀의 눈은 이제 그에게서 시선을 뗄 수 없다는 듯 대담하고 솔직하게 젊은이의 눈을 주시했다. 그들이 장터로 사라지자 그는 몸을 한 번 부르르 떨고 마치 그가 놓친 사람을 쫓기라도 하듯이 바쁜 걸음으로 이쪽 테라스에서 저쪽 테라스로 움직였다. 거의 두려움에 가까운 흥분을 느끼면서 그는 소녀를 기다리고 있었다. 스테반은 여전히 졸고만 있었다.

지나가면서 나에게 뭐라고 할까? 젊은이는 생각했다. 나는 뭐라고 말하지? 밤에 어디 눈에 안 띄는 장소에서 만나자고 하지 않을까? 그는

---

**118** 하루 중 석양 무렵, 이슬람의 네번째 기도 시간.

자신의 생각을 휘감고 있는 기쁨과 온몸이 떨리는 위험으로 몸을 떨고 있었다.

한 시간이 지나고 또 30분이 지나도록 소녀는 돌아오지 않았다. 그러나 기다림 속에서도 즐거움은 있었다. 어둠이 짙어감에 따라 그의 열띤 욕망도 커져갔다. 결국, 소녀 대신에 교대병이 나타났다. 그러나 이번에는 슈트라이프 군단의 두 병사뿐만 아니라 그들과 함께 특무상사 드라제노비치가 몸소 나타났다. 짧고 검은 수염을 기른 엄격한 군인 드라제노비치는 페둔과 스테반에게 부대로 돌아가거든 곧 내무반으로 가서 다시 명령이 있을 때까지 그곳을 떠나지 말라고 엄한 목소리고 날카롭게 명령을 내렸다. 페둔은 뭔가 실수를 한 것이 있구나 싶어 피가 거꾸로 솟는 것 같은 느낌을 받았다.

12개의 침대가 질서정연하게 놓여 있는 크고 냉랭한 내무반은 비어 있었다. 군인들은 저녁 식사를 하러 갔거나 마을에 있을 것이다. 페둔과 스테반은 의아하고 초조한 마음으로 기다렸고, 특무상사가 오늘따라 왜 그렇게 딱딱하고 날카로웠는지는 알 수가 없었다. 한 시간 후에 군인들이 자러 들어오기 시작해서야 병장이 황급히 나타나더니 굵고 거친 목소리로 따라오라고 명령했다. 그의 태도로 미루어 볼 때 두 사람은 자기들에 대한 문책이 가중된 것을 알고 있었고 아무래도 심상치 않다고 생각하고 있었다. 내무반을 나오자 그 둘은 각각 격리되었고 심문을 받았다.

밤이 깊어갔다. 카사바에는 마지막 남은 등불까지 꺼졌지만 막사의 창문에는 여전히 불빛이 빛났다. 카피야에는 가끔씩 벨 소리가 들렸고 열쇠가 째깍거리는 소리, 무거운 문이 쿵 하고 닫히는 소리가 들렸다. 전령이 어둡고 잠든 읍내를 빠른 걸음으로 달려 막사와 아직도 2층에 불빛이 켜져 있는 코나크 사이를 오고갔다. 이미 그런 외형적인 신호들로 보아 뭔가 카사바에 심상치 않은 일이 벌어지고 있다는 것을 알 수가 있었다.

밤 11시경에 군인들은 페둔을 특무상사의 사무실로 끌고 갔다. 그는 카피야에서 보초를 선 것이 며칠 아니 몇 주일은 더 된 것 같은 생각이 들었다. 테이블 위에는 초록색 사기로 갓을 만든 금속 석유램프가 타고 있었다. 그 옆에는 크르츠마르 소령이 앉아 있었다.

그의 손들은 팔꿈치까지 불빛에 비쳤지만 상반신과 머리는 초록색 갓이 드리우는 그림자에 가렸다. 젊은이는 소령의 창백하고 살찐 얼굴, 깨끗이 면도를 해서 털끝 하나 보이지 않고 눈 가장자리가 검은 그 여성스런 얼굴을 알고 있었다. 군인들은 이 몸집이 크고 침착한 장교의 느리고 무거운 말소리를 두려워했다. 회색의 커다란 눈으로 노려보는 시선을 오래 감당할 수 있는 군인은 드물었으며 그의 질문에 말을 더듬거리지 않고 대답하는 자도 드물었다. 부드러우면서도 냉정하고 명확하게 처음부터 끝까지 한 마디 한 마디를 마치 학교나 극장에서처럼 또박또박 발음하는 그런 질문들이었다. 테이블에서 조금 떨어진 곳에 특무상사 드라졔노비치가 서 있었다. 그 몸도 상반신은 전부 그림자 속에 있었고 양쪽에 힘없이 늘어진 두 손만이 강한 광선을 받고 환히 보였으며 그 중 한 손가락에서는 굵은 결혼반지가 번쩍거렸다.

드라졔노비치는 질문을 던졌다.

"오늘 오후 다섯 시에서 일곱 시까지 카피야에서 슈트라이프 군단의 보조원 스테반 칼라반과 보초를 서는 동안 시간을 어떻게 보냈는지 말을 하시오."

피가 페둔의 머리까지 솟구쳤다. 누구든지 최선을 다해 자기가 할 수 있는 한도 내에서 자신의 시간을 보내지만 이처럼 나중에 이런 엄격한 심판관 앞에서 그에 대한 답변을 해야 하고 일어난 모든 일을 상세하게 보고하고 남몰래 한 생각까지도 빼놓지 않고 알려야 한다고 생각하는 사람은 아무도 없을 것이다. 더구나 스물세 살 먹은 남자가 카피야에서 보낸 시간을 물으니 말이다. 대답할 게 무엇이 있을까? 경비를 서는 두 시간은 늘 그렇듯이 마치 어제처럼 그제처럼 그렇게 지나갔다. 늘 일상적으로 일어나는 일들뿐이어서 특별히 보고할 만한 것은 없었다. 다만 우연히 금지되어 있는 일을 했다는 기억이 날 뿐이었다. 하지만 그건 누구에게나 있을 수 있는 일이며 상사에게는 보통 이야기하지 않기로 되어 있었다. 스테반은 늘 그렇듯이 졸고 있었고 페둔 자신은 낯선 터키 소녀와 몇 마디 말을 주고받았다. 그리고 날이 어두워질 무렵에는 소녀가 돌아와 멋있고 근사한 일이 일어나기를 기대하면서 고향의 노래를 아주 부드럽고도 열렬하게 불렀다. 이런 대답을 하기란 어찌나 어려운지 모든 것을 얘기한다는 것은 불가능했고 그렇다고 침묵을 지키자니 답답했다! 서둘러야 했다. 왜냐하면 시간은 흐르고 있으며 혼란과 당황스러움이 더할 뿐이었기 때문이었다. 이런 침묵이 벌써 얼마나 지났을까?

"응?" 소령이 물었다. 모든 사람들이 그의 '응' 하는 소리가 어떤 강력하고 복잡하고 기름칠이 잘 된 기계 소리와도 같이 명확하고 부드러우며 힘이 넘친다는 것을 알고 있었다.

페둔은 말을 더듬기 시작했고 처음부터 마치 죄인처럼 당황스러워했다.

밤은 깊어갔지만 램프는 막사에도 코나크에도 꺼지지 않았다. 심문과 대질과 증언이 이어졌다. 그날 카피야에서 경비를 서던 다른 군인들도 심문을 받았다. 지나가던 행인들도 몇 명 찾아내 불러들였다. 그러나 그 나이 든 터키 여자와 그녀를 데리고 가던 한 소녀로 이야기가 좁혀지면서 점점 페둔과 스테반으로 수사는 좁혀졌다.

젊은이는 그가 꿈속에서 느낀 불가사의하고 마술적인 책임이 그의 두 어깨로 떨어지는 것만 같았다. 날이 새기 전에 그는 스테반과 대질을 했다. 이 농부는 교활하게 두 눈을 깜박거리며 멘 목소리로 자기는 문맹이고 일개 농사꾼이라는 사실을 되풀이하며 같이 보초를 섰던 친구를 '저 페둔 선생을' 이라고 지칭하면서 책임을 회피하려 들었다.

그렇게 대답해야 하는구나 하고 젊은이는 속으로 생각했다. 그의 내장 기관들에서 배가 고프다는 신호를 보내왔다. 일이 도대체 어떻게 되어가고 있는 건지 유죄인지 무죄인지의 문제가 정확하게 어디에 달려 있는지조차 몰랐지만 그는 겁이 나서 온몸이 떨렸다. 그러나 아침이 되면서 모든 것이 명백해졌다.

그날 밤새도록 그의 주위에는 믿기지 않는 원이 소용돌이쳤는데 그 가운데에 냉철하고 독이 오른 소령이 있었다. 자신은 입을 다물고 움직이지도 않으면서 다른 사람이 침묵을 지키거나 가만히 있는 것은 허용하지 않았다. 태도나 외모로나 그는 이미 인간이 아니었고 동정이라나 감정과는 거리가 멀며 초인간적인 힘을 갖고 먹는다든지 쉰다든지 잔다든지 하는 인간의 보통 욕구와는 상관없는 의무감에 불타는 사람이었고 무시무시한 재판을 주재하는 장본인인 것만 같았다. 날이 밝자 페둔은 재차 소령 앞으로 연행되었다. 이번에는 취조실 안에 소령과 드라제노비치 외에 무장한 헌병과 젊은이에게는 첫눈에 현실적이지 않은 것 같은 한 여인이 있었다. 램프는 꺼져 있었다. 방은 북쪽으로 나 있어서 춥고 어두웠다. 젊은이는 간밤의 꿈이 날이 새서도 희미하나마 사라지지 않고 이처럼 계속되는 것처럼 느껴졌다.

"이자가 경비를 서던 사람인가?" 드라제노비치가 여자에게 물었다.

페둔은 그제야 여자를 똑바로 쳐다보았다. 어제의 그 이슬람 소녀가 분명했다. 단지 베일을 쓰지 않고 맨머리에 밤색 머리채를 땋아 틀어올린 것이 다를 뿐이었다. 무늬가 있는 터키 식 바지를 입었지만 나머지 옷들은 셔츠나 벨트, 덧저고리가 카사바 위의 언덕 마을들에서 세르비아 소녀들이 입는 것과 같았다. 베일을 안 쓰니 그녀는 더 나이가 들어 보였고 더 강해 보였다. 입이 큰 것이 상스러웠고 눈꺼풀이 붉고 두 눈은 전날의 그윽한 그림자는 사라지고 그저 빛나고 있는 것이 얼굴 생김이 전혀 달랐다.

"맞아요." 여자는 무관심하고 단호한 목소리로 대답했고 그것이 페둔에게는 마찬가지로 지금 여기 서 있는 모습처럼 새롭고 이상한 것이었다.

드라제노비치는 그녀에게 모두 몇 번 정도 다리를 건넜는지 페둔에게 무슨 말을 했는지 그는 그녀에게 무슨 말을 했는지를 계속 물었다. 그녀는 대부분 정확하게 대답했지만 거만하고 무표정했다.

"좋아, 옐렌카. 그럼, 마지막으로 지나갈 때 이자가 너에게 뭐라고 했지?"

"무슨 말을 했지만 확실히는 못 들었어요. 왜냐하면 난 그의 말을 들질 않았고 야콥을 지나가게 해야 한다는 생각만을 했으니까."

"그것만 생각했다고?"

"그것만." 아주 지친 그녀는 자신이 꼭 해야 할 말 이외에는 별로 이야기를 하고 싶지 않아서 마지못해 대답했다. 그러나 특무상사는 집요했다. 고분고분 대답하는 것을 듣고야 말겠다는 자신을 드러내는 위협적인 목소리로 코나크에서 처음 심문을 받을 때 하던 말을 전부 그대로 되풀이하라고 소리쳤다.

여자는 변명도 하고 말을 줄이기도 하고 이전 증언의 여러 대목을 빼기도 했지만 그때마다 특무상사는 가로막고 나서서 날카롭고 교묘한 질문으로 다시 되돌아가서 결국은 전부 되풀이하도록 만들었다.

조금씩 모든 진실이 드러났다. 그 여자의 이름은 옐렌카였고 고르냐 리예스카의 타시치 마을 태생이었다. 그해 가을 그 마을로 하이두크 야콥 체크를리야가 들어와 그 마을보다 위쪽인 어느 마을의 마구간에서 겨울을 지냈다. 그녀의 집에서 그에게 음식과 옷을 날라주었다. 그녀가 가장 자주 그것들을 날라다주었다. 그들은 서로 좋아하는 사이가 되었다. 눈이 녹기 시작하고 슈트라이프 군단의 분대들이 더욱 빈번하게 나타나자 야콥은 어떻게 해서든 세르비아로 건너가기로 결심했다. 다리에 상시 경비가 있었는 데다 드리나 강을 건너는 것은 꽤 어려운 계절이었다. 그는 경비들의 눈을 속이고 다리를 건널 계획을 세웠다. 그녀가 목숨을 걸고 그를 돕기로 했다. 그들은 먼저 리예스카로 내려와서 오콜리슈테 위의 어느 동굴로 들어갔다. 그리고 먼저 글라시나츠로 나와서 야콥이 어떤 집시들에게서 베일과 터키 바지, 숄들과 같은 터키 여인 복장을 구했다. 그리고 그녀는 그의 지시에 따라 터키인들이 별로 다니지 않는 시간에 그러니까 그들이 이 낯선 소녀가 누구인지를 물을 필요도 없는 시간에 다리를 건너기 시작했고 그렇게 해서 그 경비병들이 그녀에게 익숙해지도록 했다. 그렇게 여자는 아무 할 일도 없이 삼 일 동안 다리를 건너다녔고 그리고 마침내 야콥을 데리고 가기로 결심을 한 것이다.

"왜 하필 이 군인이 경비를 서고 있을 때 건너려고 했었지?"

"어, 내가 보기에 이 사람이 가장 만만해 보여서요."

"그래?"

"그래요."

특무상사의 억지에 못 이겨 여자는 이야기를 계속했다. 모든 준비를 갖춘 다음에 야콥은 베일로 전신을 감싸고 때마침 어둡기 시작할 무렵 자기를 할머니라고 속이고 보초병 앞을 지나 다리를 건넌 것이었다.

보초병은 아무 눈치도 채지 못했다. 왜냐하면 젊은이는 노파는 보지 않고 그 여자만을 봤기 때문이었고 나머지 한 사람은 소파에서 졸고 있었기 때문이었다.

그들은 장터에 이르자 더욱 조심을 하느라고 곧장 시장으로 가지 않고 뒷골목으로 들어갔다. 이것이 그들의 일을 꼬이게 만들었다. 마을을 잘 알고 있지 못했으므로 길을 헤매기 시작했고 르자브 다리로 이어지는 길로 들어선 것이 아니라 마을에서 어느 국경으로 이어지는 길에 들어서서 결국은 어떤 터키 카페에 이르게 된 것이었다. 때마침 몇 사람이 카페에서 나왔다. 그들 중에는 이 마을에서 태어난 터키인 헌병이 있었다. 그는 이 전신을 감싼 노파와 그 전에 한 번도 본 적이 없는 젊은 소녀를 보자 의심이 되어 그들의 뒤를 쫓았다. 르자브 강까지 줄곧 뒤를 쫓은 그는 거기서 그들 가까이로 다가가 이름이 무엇이며 어디로 가는 길이냐고 물었다. 베일을 통해서 그를 뚫어지게 지켜보던 야콥은 이때가 도망칠 때라고 생각했다. 베일을 던져버리고 옐렌카를 힘껏 헌병에게 떠밀어서 두 사람은 중심을 잃고 쓰러졌다. (왜냐하면 그는 몸집이 작고 왜소하지만 힘은 땅처럼 세고 그의 힘을 당해낼 사람이 없을 테니까요!) 그 여자는 조용히 그러나 분명하게 고백하기를 그때 자신이 헌병의 다리에 매달렸다는 것이다. 헌병이 간신히 여자를 떼놓았을 때는 이미 야콥이 르자브 강으로 달려서 무릎 위까지 오는 강물을 마치 시냇물 건너듯 건너서 강둑 반대편의 버드나무 숲으로 사라져버린 뒤였다. 그리고 여자는 코나크로 연행되어서 매도 맞고 협박도 받았지만 더 이상은 할 말도 없고 하지도 않겠다고 버텼다.

특무상사는 하이두크를 돕고 감추고 하는 다른 사람들에 대한 정보와 야콥의 앞으로의 계획이며 하여튼 뭐든지 이 여자의 입에서 더 많은 정보를 끌어내려고 심문하면서 비위를 맞추기도 하고 위협도 했지만 모두가 허사였다. 이런 모든 노력이 여자에게는 조금도 효력이 없었다. 자기가 하고자 하는 얘기들은 잘도 했지만 드라쳬노비치가 아무리 애를 써도 그녀가 하고 싶지 않은 말은 한 마디도 얻어낼 수가 없었다.

"이제는 알고 있는 모든 걸 우리에게 말하는 게 좋을 거야, 안 그러면 지금쯤 국경에서 잡혀 있을 야콥을 심문하고 고문하게 될 테니까 말이야."

"누굴 잡았다구요? 그를? 허!"

여자는 철없이 지껄이는 사람을 보듯 특무상사를 가엾다는 눈초리로 바라보더니 윗입술을 오른쪽으로 건방지게 삐죽거렸다. (꿈틀거리는 거머리처럼 이렇게 윗입술이 말려 올라가는 것은 분노나 멸시 또는 금지가 말로 표현할 수 없을 지경에 이를 때면 언제나 그것을 표시하는 몸짓이었다. 이렇게 입을 삐죽거리면 예쁘고 얌전하던 얼굴이 잠깐 상스럽고 불쾌한 표정으로 바뀐다.) 그러나 금방 이런 흉한 찡그림과는 전혀 딴판인 아주 어린 소녀 같은 앳된 표정으로 마치 농부가 추수 때문에 날씨를 걱정하면서 밭을 바라보듯이 창밖을 내다보는 것이었다.

"신이 우리와 함께! 봐요, 날이 밝았죠. 어젯밤부터 지금까지라면 걸어서 겨우 한두 시간 걸리는 국경은 말할 나위도 없고 아마 보스니아를 다 건너가도 충분한 시간이예요. 나는 그걸 알아요. 내가 그를 도왔다는 이유로 당신들이 나를 때리든지 죽이든지 맘대로 할 수는 있지만 당신들이 그를 더 이상 보게 되지는 못할 거예요. 그건 생각조차 마시라구요. 허!"

윗입술이 말려 올라가고 얼굴 전체가 갑자기 더 나이가 들고 더 세파를 겪은 대담하고 추한 표정으로 바뀌었고 입술이 삐죽거리는 것을 멈추자 얼굴은 다시 대담하고 순진한 모험을 즐기는 어린아이 같은 표정이 되었다.

더 이상 어찌해야 할지를 모르는 드라제노비치는 소령을 쳐다보았고 소령은 그녀를 내보내라고 손짓했다. 이제 다시 페둔에 대한 심문이 시작되었다. 이제는 심문이 길고 엄격할 이유가 없었다. 젊은이는 모든 것을 시인했고 자신을 어떻게 변호해야 하는지도 모를 뿐 아니라 드라제노비치가 의도적으로 유도하는 질문들에조차 방어할 방법을 알지 못했다. 무자비하고 가시 돋친 판단을 내포하면서도 그것이 너무나 지독해서 고통스러운 심정을 억누르는 소령의 말도 이 젊은이를 정신적인 혼수상태에서 깨어나게 하지는 못했다.

"페둔" 하며 크르츠마르는 독일어로 말을 했다. "나는 너를 너의 성스러운 의무와 인생의 목표를 지닌 진지한 젊은이로 여겼다. 그리고 언젠가는 네가 훌륭한 일꾼으로 우리 부대의 명예가 되리라고 생각을 했다. 하지만 여자 따위가 네 코앞에 와서 꼬리를 좀 흔들었다고 단번에 눈이 멀어버렸다. 너는 도저히 중요한 일을 맡길 수 없는 의지박약한 놈의 행동을 취했다. 나는 너를 군법회의에 회부하겠다. 그러나 그 판결이 어떻게 나든지 네가 받은 신임을 배반하고 자기 직위에서 남자답게 그리고 군인답게 행동하지 못했다는 사실을 네가 알게 되는 것이 너에게는 가장 큰 벌이 될 것이다. 그만 가봐."

심지어 이런 말조차, 힘들게 잘라버린 매서운 말조차 아무런 새로운 것을 가져다주지는 못했다. 이미 모든 것이 그의 안에 있었다. 그 여자, 하이두크의 정부인 바로 그 여자의 행동과 말, 스테반의 처신, 간단한 조사 과정들은 그에게 갑자기 카피야에서 그가 지각없는, 철없는, 용서받을 수 없는 행동을 했음을 보여준 것이다. 소령의 말들은 이 모든 것들에 낙인을 찍는 것에 지나지 않을 뿐이었다. 그런 것들은 성문화되지는 않았지만 법과 질서의 확실한 명분을 위해서 페둔에게보다는 소령 자신에게 필요한 것들이었다. 예상치 못한 어마어마한 광경 앞에 서 있는 것처럼 젊은이는 아직도 의식할 수 없는 깨달음 앞에 서 있는 것이었다. 이런 최악의 순간과 위험한 상황에서 망각의 몇 순간들이 의미하는 것은 무엇일까. 그때 카피야에서 그들이 무사히 지나가 들키지만 않았다면 이 순간들은 아무 의미도 없는 것들이다. 이것은 훗날 램프 아래 사람들이 모여 경비를 서던 보초 시절 일어났던 일들을 친구들에게 이야기하는 것에 지나지 않았을 것이다. 하지만 일이 이렇게 된 이상 상황은 변했다. 죽음보다 더한 것을 의미하는 것이다. 모든 것의 끝, 그것은 바라지도 도달하지도 않은 종말의 끝이었다. 자신 앞에서도 다른 사람들 앞에서도 더 이상 덧붙일 설명도 없다. 더 이상 콜로메야에서의 편지도 없을 테고 가족들의 사진도 없고 그가 뿌듯한 마음을 가지고 집으로 보냈던 소포 뭉치도 더 이상은 없다. 속임을 당하고 그를 속이도록 허용한 사람의 종말은 그러했다.

그래서 그는 소령에게 대답할 말이 한 마디도 없었다.

폐둔에 대한 감시는 그리 엄하지 않았다. 그들은 아침 식사를 주었다. 그는 그것을 마치 다른 사람의 입으로 먹듯이 먹을 뿐이었다. 그리고는 자기의 사물을 꾸리고 무기와 관수품들을 반납하였고, 10시에 우편물 차가 오니 헌병의 감시 하에 사라예보로 이송돼 그곳에서 군법회의에 회부될 것이라는 명령이 내려졌다.

젊은이가 자기 침대 위의 선반에서 소지품들을 내리고 있는 동안 아직 내무반에 남아 있던 동료들은 발자국 소리를 죽여가면서 가만가만 밖으로 나갔고 문을 조심스레 닫았다. 불행이 닥친 사람의 주위에는 병든 동물의 주위에 감도는 그런 고독과 깊은 적막이 감돌고 있었다. 우선 그는 못에 걸린 소속 부대와 분대, 계급, 이름이 독일어로 쓰여 있는 명패를 내리고 뒤집어 무릎 위에 놓았다. 명패의 검은 뒷면에 젊은이는 분필 조각으로 빠르게 깨알같이 써내려갔다. "내가 간 뒤에 남은 물건은 콜로메야에 있는 나의 아버지에게 보내주십시오. 모든 동료들에게 인사를 전하며 상관께서 저를 용서해주시기를 부탁드립니다. G. 페둔" 그리고는 다시 한 번 그 좁은 창틀을 통해서 보이는 제한된 세계를 감상했다. 마침내 소총을 내려서 아직 기름으로 끈적끈적한 탄환을 한 발 장전했다. 그리고는 구두를 벗고 칼로 엄지발가락 부위의 양말을 찢고 침대에 반듯이 누워 총구가 바싹 턱밑에 닿도록 다리로 총을 끌어안고 양말의 찢어진 구멍이 방아쇠에 맞도록 오른쪽 다리를 올려서 방아쇠를 당겼다. 영내를 진동하는 총성이 울렸다.

위대한 결단 뒤에 모든 것들은 간단하고 단순했다. 의사가 도착했다. 조사단이 구성되고 그들의 조사 보고서에는 페둔 심문 조서의 사본이 기록으로 첨부되었다.

다음에는 페둔을 묻는 것이 문제였다. 드라졔노비치에게 폽 니콜라를 찾아가 이 문제를 상의하라는 명령이 내려졌다. 자기 손으로 목숨을 끊은 페둔이 교회 묘지에 매장(埋葬)될 수 있는지 고인의 신앙이 정교(正敎)이니 폽이 직접 예배를 주재해줄 것인지 하는 등등의 문제였다.

작년부터 폽 니콜라는 갑자기 몸이 쇠하여 다리에 힘도 없어지고 교구의 우두머리 간부 폽 요소를 보조로 두고 있었다. 그는 말이 없었지만 정서가 불안했고 성냥개비처럼 깡마른 체구에 얼굴빛이 검었다. 지난 몇 달 동안 도시와 시골의 거의 모든 폽 니콜라의 임무와 예배를 그가 도맡아서 해왔고, 폽 니콜라는 간신히 몸을 움직일 지경이었기 때문에 주로 집 안에서 할 수 있는 일이나 바로 자기 집 옆에 있는 교회에서 할 수 있는 일을 할 뿐이었다.

소령의 명령에 따라 드라졔노비치는 폽 니콜라에게 갔다. 노인은 평상에 누운 채 그를 맞았다. 그의 곁에는 폽 요소가 서 있었다. 드라졔노비치가 페둔의 죽음과 그의 장례에 대한 설명을 하자 두 폽은 아무 말이 없었다. 폽 니콜라가 침묵을 지키는 것을 보고 폽 요소가 먼저 입을 열고 소심하고 자신 없는 음성으로 의견을 말했다. 사건이 흔한 경우가 아니고 정상적이지 않기 때문에 교회의 교의나 관습에 모두 난점이 있는데 자살이 정상적인 정신 상태로 한 것이 아니라는 것만 밝혀지면 어떻게 해볼 수도 있다고 덧붙였다. 그러나 이때 폽 니콜라가 낡은 양탄자로 덮은 딱딱하고 좁은 평상 위에서 일어나 앉았다. 전에 장터를 걸어다니면서 사방에서 인사를 받던 그 근엄한 모습이 그의 몸에 되살아났다. 입을 열어 첫마디가 떨어지는 것과 동시에 얼굴이 빛났다. 엄청난 콧수염이 턱수염과 얽히고 굵다랗고 거의 백발이 된 눈썹은 짙고 무성해서 넓고 아직 혈색이 좋은 얼굴에는 천성적으로 독자적인 사고(思考)를 배운 사람, 자기 의견을 진지하게 피력하고 그것을 주장할 줄 아는 그런 사람의 표정을 드러내고 있었다.

　그렇게 크게 주저하지도 않고 돌려 말하는 것도 없이 그는 폽과 특무상사에게 직접적으로 대답을 했다.

　"불행은 이미 저질러졌으니 그건 어떻게 할 도리가 없습니다. 온전한 정신을 가진 사람이 어떻게 자기 생명을 겨누겠습니까? 그를 신앙도 없는 사람처럼 폽도 없이 아무 곳에나 묻는다는 것은 생각할 수도 없는 일이지요. 당신은 돌아가셔서 고인의 매장 준비를 해주시오. 우리도 될 수 있는 대로 빨리 매장을 하도록 하겠습니다. 그 무덤에 말이오, 당연하지요! 내가 진혼가를 부르도록 하지요. 나중에 다른 교직자가 와서 마음에 들지 않으면 자기 생각대로 더하든지 고치든지 하는 것은 나는 상관하고 싶지 않습니다."

　드라쳬노비치가 가버린 후에 그는 여전히 수줍어하고 놀라 있는 폽 요소에게 몸을 돌렸다.

　"세례 받은 사람을 내가 어떻게 묻지 않을 수 있겠나? 그리고 내가 진혼가를 부르면 안 되는 이유가 있나? 살아서 그런 불행을 겪은 것도 부족하냔 말일세? 그런 것들은 저기 나중에 우리의 죄도 물을 사람들이 묻도록 하세."

그렇게 카피야에서 잘못을 저지른 젊은이는 영원히 카사바에 남게 되었다. 다음 날 아침 폽 니콜라의 오래된 진혼곡과 성물(聖物) 보관인인 디미트리예의 노래에 맞춰 그는 매장되었다.

슈트라이프 군단의 전우들이 차례로 한 사람씩 무덤 옆을 지나가며 한 줌 흙을 뿌렸다. 두 명의 장의사가 바쁘게 일을 하는 동안 그들은 마치 명령을 기다리는 것처럼 그곳에 잠시 늘어서서 멀리 강 건너편 막사 근처에서 하얀 연기 기둥이 똑바로 올라가는 것을 바라보았다. 막사 위쪽 초록색 평지에서 페둔이 쓰던 피 묻은 침대 시트를 태우는 것이었다.

아무도 그 이름을 기억하지 못하는 카피야에서 부주의와 열정의 어느 봄날 몇 순간의 사건들을 목숨으로 지불해야 했던 젊은 슈트라이프 군인의 짧은 운명은 카사바의 사람들이 깊이 이해하고 오래도록 기억하는 일들이 되어버렸다. 불운을 지닌 예민한 젊은이에 대한 기억은 카피야에서 경비를 서는 보초보다도 오래 지속되었다.

이듬해 가을에는 헤르체고비나에서 일어났던 반란도 진압되었다. 회교도와 세르비아인 몇몇 중요한 주동자만이 몬테네그로나 터키로 도망을 쳤다. 어느 지역들에서는 몇몇 하이두크만이 아직 남아 있을 뿐이었는데 그들은 사실상 징집 반대 반란과는 실제 아무런 관련도 없는, 독자적인 활동을 하는 무리들이었다. 그들 또한 체포되거나 추방되었다. 헤르체고비나는 평온해졌다. 보스니아는 아무 저항 없이 징집에 응했다. 그러나 카사바에서 처음 징집당한 젊은이들의 출발은 쉽지도 단순하지도 않았다.

스레즈 전체에서 100여 명 이상의 젊은이들이 징집되었는데 그들이 코나크 앞에 모여 있던 날이면 농부들은 가방을 들고 몇 안 되는 도시 사람들은 나무 상자를 들고 있었는데 마치 무슨 천재지변이 일어난 듯한 큰 소동을 방불케 했다. 징집된 젊은이들은 아침부터 줄곧 이 술 저 술 마구 섞어 술을 마셨다. 농촌 출신은 깨끗한 하얀 셔츠를 입고 있었다. 아주 드물었지만 술을 마시지 않는 몇 사람은 담 옆에 자기 소지품을 기대어 놓고 졸고 있었다. 대부분은 흥분되어 있었고 술에 얼굴이 붉어진 데다 더운 날씨 탓에 땀을 흘리고 있었다. 같은 마을에서 온 네다섯 명의 청년들이 서로 끌어안고 머리들을 한데 모으고는 살아 있는 숲처럼 흔들거리면서 세상에는 저희들밖에 없는 듯 거칠게 그리고 길게 늘어뜨리며 합창을 했다.

   오, 소—녀—야—! 오오—!

  징집된 자들의 소동보다도 그 청년들의 아내들, 어머니들, 누이들의 소동이 더 컸다. 그들을 마중하기 위해, 그들을 한 번이라도 더 보기 위해서 멀리 시골에서 따라온 여자들은 울고 넋두리를 하며 마지막 선물이나 사랑의 마지막 징표를 주기 위해 쫓아왔다. 다리 가까이 시장에는 여자들로 빽빽했다. 그들은 마치 화석처럼 그곳에 앉아 손수건 가장자리로 가끔 눈물을 닦아냈다. 이미 그들의 마을에서 청년들이 전쟁에 나가는 것도 아니며, 노예로 팔려 가는 것도 아니며, 비엔나에서 황제를 모시게 되고, 잘 먹이고 잘 입히고 할 것이며, 2년 간의 복무를 마친 후에는 반드시 돌아올 것이며, 제국의 다른 지방 청년들도 전부 병역에 복무하고 있으며, 근무 기한은 3년이면 충분하다고 누차 설명을 했지만 아무 소용이 없었다. 그런 말들이 귀에 들어올 리도 없고 이해가 가지도 않았고 그저 지나가는 바람소리처럼 들릴 뿐이었다. 그들은 단지 본능을 믿을 뿐이었으며 그것에 따라 행동할 뿐이었다. 그들의 오래되고, 물려받은 본능은 그들의 눈에는 눈물을, 목에는 오열을 가져왔고, 알지도 못하는 임금이 알지도 못하는 땅에 데려다가 무슨 시련과 고역을 줄지도 모르는 생명보다 사랑하는 아들을 마지막으로 한 번이라도 더 보기 위해 갈 수 있는 데까지 굳이 따라가게 만드는 것이었다. 코나크에서 나온 헌병대와 장교들이 그들에게 가서 이렇게 야단스럽게 슬퍼할 까닭이 없으며 장담하건대 모두 무사히 돌아올 테니 이런 무질서와 혼란을 만들지 말라고 충고를 했지만 아무 소용이 없었다. 여자들은 그들의 말을 듣고 그저 아무 말도 하지 않고, 묵묵히 동의는 했지만 여전히 눈물을 흘리며 울부짖을 뿐이었다. 그들은 마치 눈물을 흘리도록 만드는 그 사람들을 사랑하는 것만큼 자신들의 눈물과 울부짖음을 사랑하는 것처럼 보였다.

시간이 되어 청년들이 줄을 맞춰 네 줄로 늘어서서 다리를 건너려 하자 이들은 마구 몰려와 뛰어들기 시작했다. 아무리 침착한 헌병대라고 해도 안색이 변하지 않을 수 없을 지경이었다. 여자들은 자기 혈육을 찾아 헌병대의 손을 뿌리치고 마구 뛰어들어가 서로 밀고 넘어지고 했다. 울음소리에 섞여서 비명을 지르고 애원하고 마지막 부탁을 하며 난장판을 벌였다. 어떤 여자들은 심지어 대열 전면으로 달려들어 네 명으로 짜인 헌병대 열의 발밑에 쓰러져 풀어헤친 가슴을 쥐어뜯으며 소리쳤다.

"나를 넘고 가! 차라리 나를 넘고 가란 말이다!"

헌병들은 그 여자들의 머리에 엉킨 신발을 조심스럽게 풀며 가까스로 헤쳐나왔다.

어떤 징집된 젊은이들은 창피해서 집으로 돌아가라며 화난 몸짓을 해보이기도 했지만 대부분의 청년들은 노래를 부르거나 소리를 질러서 더욱 혼잡만 가중될 뿐이었다. 몇몇 주민들은 흥분해서 창백해진 얼굴로 마을 사람들과 함께 노래를 함께 불러댔다.

사라예보와 보스니아,
가엾은 모든 어머니들,
자신의 아들을 황제에게
바친다네.

노래는 울음을 더욱 자아내게 만들었다.
그렇게 전 수송부대가 목표로 삼은 다리를 건너서 사라예보로 가는 길로 나서자 이번에는 카사바 주민들이 전부 길 양편에 서서 기다리고 있다가 징집된 젊은이들이 마치 총살 당하러 끌려가는 사람인양 눈물을 흘렸다. 가는 사람 중에 자기 친척이라고는 하나도 없는데도 그 한 사람 한 사람을 위해 우는 여자도 많았다. 왜냐하면 여자들은 늘 울 만한 이유를 가지고 있는 데다 남의 슬픔을 위해 울 때야말로 가장 달콤한 때이기 때문이다.
하지만 그 수는 점점 더 줄어들었다. 시골에서 온 여자들조차 더러는 단념했다. 가장 끈질긴 어머니들은 마치 열다섯 살 난 소녀처럼 수송부대 주위를 팔짝팔짝 뛰어다니며 길가 도랑을 이리저리 넘고 헌병대의 눈을 피해 될 수 있는 한 자기 아들 곁에 오래 남아 있으려고 애를 썼다. 끌려가는 청년들도 이것을 보며 화도 나고 어찌할 바를 몰라 얼굴이 파랗게 질려서는 돌아보며 소리를 질렀다.
"가라면 제발 집으로 돌아가요!"
하지만 어머니들은 계속 따라갔다. 그들에게는 자기 곁에서 떠나가는 아들 외에는 아무것도 보이지 않았고 자신들의 울음소리 이외에는 아무것도 들리지 않았다.

그렇게 소란스럽던 날들도 지나갔다. 사람들은 각자 자기 마을로 흩어졌고 도시는 다시 조용해졌다. 비엔나에 있는 신병들에게서 편지며 첫 사진들이 도착하자 한결 마음이 편안해졌고 견딜 만하게 되었다. 편지나 사진을 받은 여자들은 오래도록 울었지만 더 온화하고 조용하게 울었다.

슈트라이프 군단은 해산해서 카사바를 떠났다. 오랫동안 카피야에는 보초병이 없었고 주민들은 전에 그랬듯이 그곳에 앉아 놀았다.

2년이 빠르게 지나갔다. 그해 가을에 첫번째로 징집된 신병들이 돌아왔다. 깨끗하고 머리를 짧게 깎고 잘 먹어서 체격들이 좋았다. 그들이 하는 얘기에는 못 듣던 이름과 귀에 낯선 말투가 섞여 있었다. 다음 번 징집에는 울음판과 소란이 훨씬 덜했다.

대체로 모든 것들이 훨씬 더 수월해졌고 일상적이 되었다. 터키 시대의 선명하고 생생한 기억은 이미 사라졌고 최대한 신질서를 받아들인 젊은 세대가 성장했다. 그러나 카피야에서는 아직도 그 마을의 옛날 풍습 그대로 살아갔다. 새로운 의복이나 새로운 직업, 새로운 장사는 거들떠보지도 않고 지난 여러 세기 동안 내려온 그대로 거기 모여서는 그들의 마음과 상상력이 요구하는 대로 서로들 얘기를 주고받을 뿐이었다. 신병들은 소동이나 혼잡 없이 떠났다. 하이두크는 옛 노인들의 얘기에서나 나왔다. 카피야에 탑이 있었던 터키 시대처럼 슈트라이프 군단도 잊혀졌다.

## XIV

다리 옆 카사바에서의 생활은 점점 더 생기를 띠고 더욱 더 안정되고 풍요로워지는 것 같았으며 모든 삶이 오랜 동안 어디에서든 열망하는 바로 그 균형, 그러나 아주 드물게 그리고 국부적이며 스쳐가듯이 도달하는 낯선 균형과 균형잡힌 발걸음을 찾았던 것이었다.

지금 황제가 지배하고 ─19세기의 마지막 4반세기─ 당시에 모든 것을 바로 세웠던 우리에게는 멀고, 낯선 도시들에서는 사람들과 관계들, 사회적인 사건들에서 어떤 흔히 볼 수 없는 짧은 침묵의 기간이 있었다. 바다로부터 온 커다란 침묵이 아주 먼 곳들에서도 느껴지듯이 이렇게 외진 구석에서도 그런 침묵은 느껴졌다.

이것은 자유와 진보를 기반으로 하여, 개인의 풍족하고 행복한 발전이라고 하는 수백 년 내려오는 꿈을 실현하는 어떤 확실한 공식이 있다고 많은 유럽인들이 생각했던, 비교적 풍요롭고 가시적으로도 안정된 프란츠 요셉[119]의 평화가 지속되었던 30년 동안의 일이었는데 19세기가 수백만 인류의 눈앞에 다양히 그리고 기창하게 전개되어 보여졌고 누구에게나 적당한 값에 아니 심지어는 외상으로라도 안정과 안락과 행복

---

**119** 당시 오스트리아 황제의 이름.

의 신기루를 그려보였다. 그러나 이 외딴 보스니아의 카사바에서는 이런 모든 19세기적 생활의 단편적인 반향만이 스며들었고, 그나마도 그렇게 미개한 동양적 사회가 받아들일 수 있는 한도와 방법을 벗어나지 못하면서 제 나름의 해석을 하고 자기 취향에 맞는 방식으로만 받아들였다.

불신과 불안함, 주저와 잠시 머무르는 느낌의 첫 몇 해가 지나가자 카사바는 새로운 질서 속에서 자신의 자리를 찾기 시작했다. 주민들은 일자리와 돈벌이 그리고 안전을 찾게 되었다. 이것만으로도 생활이, 외부적인 생활이 충분히 '완성과 발전의 길로' 들어섰음을 알 수 있었다. 다른 모든 것들은 의식의 저 어두운 뒤편으로 밀려났다. 그러나 외형상으로는 아무리 보아도 죽어서 묻혀버린 것 같지만 특유한 인종과 신앙과 계급에 대한 기본적인 감정과 무너뜨릴 수 없는 신념이 그 의식의 밑바닥에 생명을 부지하고 안주하고 있으며 먼 미래에 있을 뜻밖의 변화와 큰 변화를 위한 준비를 하고 있는 것이었다. 그 어떤 민족도 이런 것들 없이 살 수 없지만 특히 이 땅의 사람들은 더욱 그런 것처럼 보였다.

초기의 오해와 충돌의 시간이 지나자 새 통치 세력은 사람들에게 확고하고 지속적이라는 결정적인 인상을 남겨놓았다. (그 통치 세력 자신들도 스스로 강력하고 영속적인 통치라는 절대적인 신념을 갖게 된 것이다.) 새 정부는 개인에 관계가 없고 간접적이어서 예전 터키 세력보다 훨씬 더 견딜 만했다. 잔인한 행동과 강력한 억압은 모두 전통적인 형식의 위엄과 위장으로 가려졌다. 사람들은 그래도 정부를 두려워했지만 그것은 그들이 질병과 죽음을 무서워하는 것과 흡사했고 악행이나 불행, 억압을 무서워하는 것과는 달랐다. 새로운 통치 세력의 대표들은 군인이거나 민간인을 막론하고 대부분 이 지방에 처음 와보는 사람들이었고 사람들을 다루는 솜씨가 서툴렀기 때문에 그들 자체만으로는 그리 대수롭지 않았다. 그러나 그들은 자신들이 고위 행정기관의 일부분이며 자기들 한 사람 한 사람의 배후에는 더욱 강력하고 거대한 조직이 수없이 많은 단계에 걸쳐 까마득하게 포진하고 있다는 인상을 매번 각인시켜주었다. 이것이 그들 개개인을 훨씬 능가하는 지위를 그들에게 부여했고 복종하기 쉬운 불가사의한 힘을 지니게 했다. 자신들과는 많은 차이가 있는 이 사람들은 근사해 보였다. 그들은 그들만의 침착함과 그들만의 유럽적인 습관들을 가지고 있었고 신뢰와 존경심을 불러일으켰으며 유쾌하거나 애정을 느끼는 감정은 없었어도 그들을 시기하고 헐뜯으려는 그런 마음을 자극하지는 않았다.

반면, 상당한 시간이 흐른 뒤에는 이 이방인 자신들도 그 속에서 살아야 하는 낯선 동양적인 환경의 영향을 전혀 받지 않을 수는 없었다. 그들의 아이들이 이곳 아이들에게 귀에 익지 않은 말투나 외국식 이름을 알려주고 새로운 놀이와 장난감을 가져다 준 것도 사실이었지만 그들 역시 마찬가지로 이 지방 아이들에게서 옛날 노래며 말투며 욕, 그리고 옛날부터 전해지는 놀이, 나무벽돌 쌓기와 술래잡기 놀이까지 쉽사리 배우게 되었다. 어른들의 경우에도 비슷했다. 귀에 익지 않은 언어와 낯선 의복과 더불어 새로운 질서를 가져왔지만 동시에 오래 이 지방에 살던 주민들의 언어와 생활방식을 매일 조금씩 받아들였다. 이 지역 주민들, 특히 기독교인들과 유태인들은 의복과 행동이 점점 이방인을 닮아갔지만 이방인들 역시 그들이 살아야 하는 환경의 영향을 받고 달라지지 않을 수 없었다. 관리들의 대부분은 대개 성급한 헝가리인들이거나 거만한 폴란드인들이었는데 그들은 마지못해 다리를 건너 억지로 이 카사바로 와서 처음에는 물 위의 기름마냥 겉돌기만 했다. 그러나 1년쯤 지난 뒤에는 그들 역시 몇 시간 동안을 카피야에 앉아 굵은 담배를 태우면서 마치 이 고장 사람처럼 연기가 흩어져 밝은 하늘 아래 황혼의 흔들리지 않는 공기 속에서 사라지는 모습을 지켜보고 있었다. 혹은 이 지방의 유지들과 베그들과 함께 저녁을 기다리며 푸른 동산에 앉아서 박하풀 꽃다발을 앞에 놓고 아무 생각 없이 그저 어렵지 않은 얘기들을 주고받으며 술 한 잔을 마시고 아주 가끔씩 안주를 입에 넣었는데 흡사 이 카사바에서 태어난 사람만이 하는 행동들을 하고 있는 것이었다. 이 이방인들과 관리들과 장인들 중에는 아예 이 카사바에서 결혼을 해서 떠나지 않기로 결정을 내린 사람들도 있었다.

그러나 카사바의 어떤 사람에게도 이런 새로운 생활이 그들이 정말로 뼛속 깊이 그리고 마음속 깊이 느끼고 원하는 것의 실현을 의미하지는 않았다. 반대로 그들은 이슬람 교도나 기독교도 모두 그들의 마음을 털어놓지 않고 이런 생활에 들어갔고 이런 마음의 장벽은 가슴속에 비밀로 감춰두었다. 반면에 새롭고 위대한 가능성을 지닌 삶은 가시적이었으며 박력이 있었다. 대부분 주저했던 시간이 짧고 길다는 차이는 있었지만 모두들 새로운 관념과 타협하고 생업에 종사하고 새로운 지식을 얻었으며 좀더 규모가 크고 또 모든 사람에게 더욱 많은 성공의 기회를 주는 새로운 관념과 새로운 풍습을 따르며 살았다.

이 새로운 존재는 예전 터키 시대보다 제약을 덜 한다거나 덜 조이거나 하지는 않았지만 훨씬 더 수월했고 더 인간적이었다. 그런 조건이나 제약이 이번에는 멀리 거리를 두고 교묘하게 강요되었기 때문에 개인으로서는 그것을 직접적으로 느끼지는 않았다. 그래서 누구나 자기 주변에서 생활이 갑자기 넓어지고 분명해지고 다양해지고 풍부해 진 것만 같았다.

훌륭한 통치 체계를 갖춘 새로운 정부는 터키 세력들이 횡포를 저지르고 약탈을 하거나 비합리적으로 수탈해갔던 강압적인 식으로가 아닌 고통 없는 방법으로 백성들의 세금과 공과금을 떼어가는 데 성공적이었다. 그러나 이런 새로운 방법은 같은 돈을 아니, 좀더 많은 돈을 거둬들이면서도 훨씬 더 신속했고 확실했다.

군인 다음에 헌병대가 왔고 그 다음에 관리들이 온 것처럼 그렇게 이제는 상인들이 관리들 뒤를 이었다. 산림 벌채가 시작되고 그들과 함께 외국의 하청업자들과 엔지니어, 아주 세세한 일까지도 하는 갖가지 형태의 일꾼들과 장사꾼들. 의복과 말에 있어서도 새로운 변화와 습관이 생겼다. 첫 호텔이 세워졌다. (이 점에 대해서는 나중에 더 얘기를 할 테지만) 이제껏 알지 못했던 공장들과 가게들이 들어섰다. 드리나 위에 다리를 세울 무렵 왔기 때문에 이곳에 온 지도 이미 몇백 년이나 되는 세파르드라는 스페인계 유태인들뿐만 아니라 이제는 아슈케나즈라는 알리치아계 유태인들도 있었다.

이제껏 보지도 못했던 양의 돈들이 마치 신선한 피처럼 공공연하게 드러난 채로 온 땅에 나돌기 시작했다. 금화, 은화, 지폐 등의 이 놀라운 유통에 누구나 한몫 낄 수 있었고 적어도 '눈요기'만은 할 수 있었다. 왜냐하면 아무리 가난한 사람이라고 할지라도 자기의 곤경은 단지 일시적이고 그래서 참을 수 있다는 환상을 가지고 있기 때문이었다.

전에도 물론 돈도 있었고 부자도 있었다. 그러나 부자는 흔치 않았고 구렁이가 몸을 감추듯 돈을 감추고 살았으며 권력이나 자기 방어라는 형태로만 자신들의 우월성을 나타낼 뿐이었다. 이 권력과 자기 방어라는 것은 그들 자신에게나 그들의 주위 사람에게나 다같이 어려운 일이었다. 그러나 이제 부는 향락과 개인적인 만족이라는 형태로 공공연하게 표시되었다. 그래서 사람들은 부의 환상을 눈으로 확인할 수 있게 되었다.

다른 것들도 마찬가지였다. 지금까지는 훔치고 감추던 향락을 이제부터는 돈으로 살 수 있고 드러내놓고 즐길 수가 있었다. 이것이 사람들의 흥미를 더욱 돋웠고 향락을 찾는 사람의 수를 늘렸다. 옛날에는 얻을 수 없었고 멀리 동떨어져 있었고 비용이 엄청나 법률이나 거역할 수 없는 관습으로 금지되어 있던 것을 이제는 돈이 있고 방법을 아는 사람은 누구나 대개 얻을 수 있게 된 것이다. 이제껏 깊숙한 곳에 묻어두었거나 전혀 만족을 얻지 못하던 여러 가지 정욕과 식욕과 기타 욕구가 대담하고 공공연하게 추구되었고 전적으로, 아니 적어도 부분적으로도 충족되고 있었다. 사실 이런 과정에서도 더욱 엄격한 제약과 질서와 법률적 장애가 없는 것은 아니었다. 못된 짓은 처벌을 받았고 향락을 위해서는 전보다도 과중하고 비싼 값을 치러야 했다. 그러나 법칙과 방법이 달라진 것이다. 다른 모든 경우와 같이 삶이 갑자기 폭이 넓어지고 더욱 호화스럽고 자유롭게 되었다는 환상을 가지게 되었다.

사실상의 만족감이 더 늘어난 것도 아니었고 게다가 실제 예전보다 행운이 더 많아진 것도 아니었지만 의심할 여지 없이 이런 만족에 가까이하기가 훨씬 더 수월해진 것은 사실이며 누구나 행복해질 수 있는 기회가 있는 듯했다. 비셰그라드 주민들의 무사태평한 향락생활에 대한 선천적인 애착은 이방인들이 가져온 새로운 관습과 새로운 형식의 장사와 거기서 나오는 이윤 속에서 어떤 뒷받침과 실현 가능성을 찾게 만들었다. 많은 가족들을 데리고 이민 온 폴란드계 유태인들은 모두가 이런 데 바탕을 둔 장사를 시작했다. 슈라이베르는 '메쇼비타 라드냐' 혹은, '슈페체라이'라고 불리는 잡화상을 열었고, 구텐플란은 군인들을 위한 주점을 열었고 찰레르는 호텔을 경영했으며, 슈페를링 일가는 소다 공장과 '아텔리에'라는 사진관을 열었고, 츠베헤르는 보석상과 시계점을 열었다.

돌 한 자리에 있었던 막사 뒤로 돌로 된 코나크를 짓고 그 안에는 지방 행정관청과 법원이 들어섰다. 그것 다음으로 카사바에서 가장 큰 건물은 찰레르의 호텔이었다. 호텔은 다리 한쪽의 강변에 세워졌다. 다리의 오른쪽은 좌우를 떠받드는 오래된 방축(防築)[120]이 있었는데 마치 물 위에 높은 언덕이 있는 것처럼 꽤 넓은 평지가 있었다. 이 평지를 사람들은 무살레[121]라고 불렀는데 이곳에서 마을의 아이들은 몇 세대에 걸쳐 놀이를 했던 것이다. 이제는 이 무살레의 왼쪽을 군청에서 사들여 과수들을 심고 하여 일종의 군청 과수원쯤으로 바뀌었고 무살레의 오른편에는 호텔이 들어섰다. 이제까지는 마을 읍내로 들어가는 초입에는 자리예 주막이 첫번째 건물이었다. 주막이 바로 '제자리'에 있었던 까닭은 왜냐하면 다리를 건너 카사바로 들어오는 피곤하고 목이 마른 행인들의 눈에 제일 먼저 이 집이 띄었기 때문이었다. 하지만 이제는 새로 지어진 호텔의 큰 건물 때문에 그늘에 가려서 얕고 낡은 주막은 땅속으로 기어 들어간 것처럼 날마다 더욱 오그라지고 업신여김을 받는 것만 같았다.

    새 호텔은 공식적으로는 그 옆에 있는 다리 이름을 따서 불렀다. 그러나 사람들은 무엇이든지 자기네 독특한 논리에 따라 이름을 지어 불렀고 그것이 자기네들에게 갖는 진정한 의미에 따라서 부를 뿐이었다. 찰레르 호텔 입구에는 '다리로 가는 호텔'이라고 독일어로 쓰여 있었다. 간판 글을 쓰는 군인이 대문자로 흐리게 써놓은 것이었다. 그러나 모두들 '로티카 호텔'이라고 불렀고 이 이름이 호텔의 이름으로 영원히 굳어버렸다. 왜냐하면 호텔은 뚱뚱하고 우둔한 유태인 찰레르가 소유하고 있었는데 그에게는 병든 아내 데보라와 두 명의 딸, 미나와 이레나가 있었지만 호텔의 실제 주인은 찰레르의 처제인 로티카였다. 그녀는 젊고

---

**120** 물을 막기 위해 쌓은 둑.
**121** 이슬람 교도들이 모두 모여 바이람 기도를 드리던 하늘이 보이는 넓은 장소. 바이람은 이슬람의 종교 휴일로, 일년에 두 번 라마잔 바이람과 쿠르반 바이람이 있다.

빼어난 미인인 데다 과부였고 누구에게나 말도 잘 걸고 남성적인 정력을 가진 여자였다.

　호텔 위층에는 깨끗하고 잘 정돈된 손님용 방 여섯 개가 있었고 아래층에는 크고 작은 홀이 두 개 있었다. 큰 홀은 보통 마을 사람들, 하사관, 기술공 같은 소박한 사람들이 들렀고 작은 홀은 안이 들여다보이지 않는 유리로 된 문으로 나뉘어져 있었고 한 쪽에는 '엑스트라,' 다른 한 쪽에는 '방'이라고 적혀 있었다. 이곳은 관리들과 장교들과 지역의 유지들을 위한 사교장이었다. 로티카 호텔에서는 사람들이 술을 마시고 도박을 하고 노래를 부르고 춤을 추고 중대한 의논도 하고 흥정도 맺고 좋은 음식들과 깨끗한 잠자리가 제공되었다. 지방 유지와 상인과 관리들이 해질 무렵부터 동이 틀 때까지 한자리에 눌러앉아서 술에 지치고 잠도 자지 못하고 도박을 하느라 지쳐 있는 일들이 흔히 있었다. (이제는 더 이상 우스타무이치 한에서처럼 어두컴컴한 구석에 숨어서 도박을 할 필요가 없었다.) 로티카는 너무 술에 취한 사람들이나 길을 잃고 휘청대는 사람들을 배웅하러 나가서는 술에 취하지 않은 손님들과 카드를 하길 원하는 새로운 손님들을 맞이했다. 어느 누구도 알지도 못했고 알려고도 하지 않았지만 이 여자는 도대체 언제 쉬고 언제 잠을 자며 언제 음식을 먹고 언제 저렇게 옷을 차려입는지를 알 수가 없었다. 누가 손짓을 하거나 부르기만 하면 늘 상냥하고 한결같이 그 자리에 있는 것 같았다(적어도 그렇게 보였다). 보통 키에 통통한 몸매에 피부가 희고 검은 머리칼에 불꽃 같은 눈빛을 가진 그녀는, 돈을 어마어마하게 쓰지만 술에 취하면 거만해지고 사나워지는 손님들을 익숙하게 다루는 완벽한 방법을 터득하고 있었다. 이런 손님들에게는 달콤하고 재치 있고 영리하게 아양을 떨면서 그들을 진정시켰다. (그녀의 목소리는 허스키하고 고저가 고르지 않았지만 가끔 나지막하고 부드러웠으며 몸짓을 섞어가며 말을 했다. 한번도 세르비아어를 제대로 배우지 않았기 때문에 자기만의 특이한 발음을 굴리는 이상한 언어로 말을 해서 늘 격변화가 제대로 되지 않았고 명사의 성도 맞지 않았지만 그 톤과 의미는 이 지역 사람들의 방식과 전적으로 일치했다.) 누구든지 돈과 시간만 소비하면 그녀를 붙잡고 온갖 고민과 소원을 호소할 기회가 있었다. 그 두 가지가 가장 확실했고 항시 존재할 뿐이었다. 모두들 그 이상의 것이 있을 거라 기대를 했지만 아무것도 없었다. 카사바의 유지들과 베그들의 돈 많은 방탕아들에게 로티카는 언제나 찬란하고 값비싼, 좀처럼 얻기 힘든 것이었다. 회자되는 이야기 속에서 그녀로부터 정말로 무언가를 얻었다는 소수의 사람들이 있기는 하지만 그 사람들은 무엇을 그리고 얼마만큼을 얻었는가에 대해 이야기할 줄을 몰랐다.

가끔 예기치 못한 본능들로 덤벼드는 돈푼깨나 있는 취객들을 다루는 일은 그리 단순하거나 쉬운 일이 아니다. 그러나 좀처럼 정열에 불붙지 않고, 재치 있고, 의지가 굳고, 지칠 줄 모르는 로티카는 자제를 잃은 남자들의 모든 욕구를 진정시키고 모든 분노를 쓰다듬어주었으며, 흠잡을 데 없는 육체를 뭐라고 설명하기 어려우리만큼 교묘하게 놀리고 고단수의 약은 수단과 이에 못지않은 용기로 남자들을 다루는 그녀의 솜씨는 언제나 자기와 그들 사이에 일정한 거리를 유지하게 만들었고 이는 남자들의 정욕을 부채질해서 자기 가치를 더욱 높일 뿐이었다. 이같이 자제를 잃은 남자들이 술에 취하고 화가 나서 제일 사나워지고 위험해지는 순간에도 그녀는 황소를 다루는 투우사처럼 그들을 다루었다. 자기가 다루는 사람들의 성격을 금세 파악했고 언뜻 보기에는 복잡한 듯한 그 요구의 열쇠를 쉽사리 알아차렸다. 그녀는 모든 것을 주기라도 할 것처럼 내보이고 약속을 수없이 하면서도 주는 것이 거의 없거나 전혀 없었는데 그들의 욕망이란 본질적으로 만족을 얻을 수 없는 것이기 때문에 결국은 그들 자신도 이 조금으로 만족했다. 대부분의 손님들을 그녀는 마치 때때로 헛소리도 하고 헛것도 보이는 병자처럼 취급했다. 그녀의 직업상 그리 정숙한 편은 아니었어도 실제 그녀는 정도 이상으로 술에 돈을 쓰거나 도박으로 돈을 많이 잃은 사람을 도와주고 달랠 줄도 아는 친절한 성품과 따뜻한 마음씨를 지닌 이해심 많은 여자였다. 남자들은 선천적으로 미치고 싶어했기 때문에 그녀는 그들을 모두 미치게 했고 남자들은 속고 싶어했기 때문에 그들을 속였고 남자들이 이미 내버리거나 잃기로 작정한 돈만을 그녀는 손에 넣을 뿐이었다. 그녀가 많은 돈을 벌고 자기 돈을 잘 관리해서 재산을 많이 늘린 것도 사실이었지만 그녀는 아무 말 없이 '부채를 청산'하는 법도 알았고 손해본 돈에 대해서는 금세 잊을 줄도 알았다. 거지나 병자에게는 동냥을 주었고 몰락한 부자나 양가의 과부들과 고아들, 그 밖에도 구걸할 줄 모르고 동정을 받으면 어색해하는 가난뱅이들을 묘한 방법으로 알뜰하게 도와주었다. 이 모든 일들을 그녀는 술에 취하고 정욕에 찬 손님들을 능숙하게 다루고 호텔을 경영하는 데서 나타낸 그 솜씨로 해냈다. 술에 취한 사람들에게서 얻을 수 있는 것은 무엇이든지 얻어내면서도 그들에게는 아무것도 주지 않았다. 그러나 그들을 결코 다시는 보지 않을 듯이 완전히 거절하지는 않았다.

세상과 역사를 알고 있는 사람들은 운명이 이 여자에게 이처럼 협소하고 초라한 역할을 맡긴 것을 가엾게 생각하는 일이 가끔 있었다. 돈을 있는 대로 착취해 가지만 인색하지는 않고 아름답고 매혹적이면서도 정숙하고 냉정하며 자기 혼자만을 생각하는 게 아니라 조그만 소도시의 호텔을 경영하면서 보잘것없는 모험가들의 주머니를 터는 현명하고 인간적인 이 여자가 이런 마을에서 이런 일을 하라는 운명이 아니었다면 어떤 훌륭한 여자가 되었을지 세상에 또 무엇을 남겼을지 어찌 알겠는

가. 아마 역사에 이름이 남는 여성으로 명문가나 궁정이나 국가의 운명을 뒤흔들고 모든 것을 선처하는 훌륭한 여성 중의 한 사람이 되었을 것이다.

1885년, 로티카가 한창 힘을 쏟고 일할 무렵, 우윳빛으로 안이 들여다보이지 않는 유리로 된 문으로 나누어진 특실에서는 밤이고 낮이고 시간을 보내는 부잣집 아들들이 있었다. 이른 저녁때면 벽난로 옆에 모여들어서 졸고 있는지 꿈을 꾸는지 어젯밤 마신 술이 아직도 깨지 않아 꾸벅꾸벅 졸면서 자기들이 어디 있으며 무엇 때문에 거기 앉아 있고 뭘 기다리는 지도 까맣게 잊고 있는데 이런 틈을 타서 로티카는 1층의 조그만 방으로 올라갔다. 원래 그 방은 잡일을 하는 어린 급사들을 위한 방이었지만 이제는 그녀가 '사무실'로 만들어서 아무도 들여보내지 않았다. 그 좁은 방에는 가지각색 가구며 사진들 그리고 금, 은, 수정으로 만든 물건들이 쌓여 있었다. 거기에는 또한 커튼 뒤에 감춰진 로티카의 초록색 철제금고와 자그마한 책상이 있었는데 이 책상 위에는 서류니 전표니 영수증이니 계산서니 오스트리아의 신문이니 금융계에 관한 기사며 복권 일람표 오려낸 것 등이 잔뜩 쌓여서 책상은 전혀 보이지 않았다.

이 좁고 물건들이 꽉 차서 숨이 막힐 것 같은 방에는 호텔에서 가장 작은 창이 하나 나 있었는데 이 창에서는 아주 가까운 거리에 있는 다리의 제일 작은 아치가 바로 내다보였다. 이 좁고 답답한 방에서 로티카는 한가한 시간을 보냈고 남모르는 자기만의 생활의 한때를 사는 것이었다.

훔친 자유의 시간 속에서 로티카는 금융계에 관한 기사를 읽고 회사 설립에 관한 설명서를 검토하고 계산서를 적고 은행에서 온 편지에 답장을 쓰고 결정을 내리고 지시서를 만들고 은행 예금을 처리하고 새로운 지출을 정리하고 했다. 이것은 아래층에 오는 모든 사람과 바깥세상에는 전혀 알려지지 않은 로티카의 일면이었고 보이지 않는 부분이기도 했다. 이 방에 들어오면 그녀는 미소의 가면을 벗어던지고 얼굴이 굳고 시선도 날카롭게 변하고 음침해진다. 이 방에서 수많은 친척들, 타르노브에 사는 압펠마예르 일가와 결혼한 형제며 여러 조카와 친척들 그리고 지금은 갈라치야, 오스트리아, 헝가리 전역에 흩어져 있는 동부 갈리치아계의 가난한 유태인 가족들에게 편지를 썼다. 수많은 유태인 가족의 운명을 조종하고 그들의 생활의 극히 사소한 부분까지에도 개입하고 결혼을 조정하고 결혼에는 축의금을 보내고 병자에게는 치료비를 보내고 일하기 싫어하는 방탕한 자를 경고하고 훈계했으며 검소하고 근면한 자를 독려했다. 그들의 불화한 가정을 화목하게 해주고 그들 모두에게 서로 더욱 이해하고 좀더 나은 좀더 품위 있는 생활을 하도록 격려하고 동시에 말만이 아니라 실제로 이런 생활이 가능하도록 도와주었다. 왜냐하면 편지들마다에 자기의 충고를 듣고 이에 따르면 일정한 정신적 육체적 욕구가 충족되며 빈곤을 면할 수 있다는 것을 보장하는 충분한 액수의 환금 수표를 넣어 보냈기 때문이었다. (이렇게 일가의 수준을 높이고 그 한 사람 한 사람을 자립하도록 만드는 일에 그녀는 진정한 만족과 자기 생활의 모든 고역이나 창피에 대한 보상을 발견했다. 압펠마예르 일가의 어느 누구든지 사회적으로 한 걸음이라도 높아지면 로티카는 자기 역시 높아진 것처럼 느꼈고 고된 일을 하고 악착같이 살아가는 보람을 발견했다.)

어떤 때에는 특실에서 너무 기진맥진해서 돌아와 편지를 쓸 힘도, 편지나 계산서를 읽을 힘도 없이 녹초가 되어 돌아와 조그만 창가에 가서 아래층과는 전혀 다른, 강으로부터 불어오는 신선한 공기를 마시는 때도 있었다. 그럴 때면 눈앞에 보이는 전경, 굳건하고 아담한 석조 아치와 그 밑으로 흘러내리는 급류에 시선이 머물렀다. 태양 아래건, 석양 아래건, 겨울 달빛 아래건, 하얀 별빛 아래건 그 모습은 늘 같았다. 양쪽으로 위를 향하여 모아진 선이 날카로운 정점에서 만나면서 완전무결하고 요지부동한 균형을 이루고 서로 떠받들었다. 세월이 흘러간다 하더라도 이것이 그에게 있어 유일하게 친밀한 정경이었다. 이것은 또한 이중인격을 가진 유태인 여성이 휴식과 기분전환이 필요할 때라든지, 자기 혼자 생각으로 해결해야 할 영업상 또는 가정상의 어려운 문제가 막다른 골목에 부딪쳐 해결책이 없을 때면 언제나 얼굴을 돌리고 바라보는 말없는 증인이 되기도 했다.

그러나 이런 휴식의 순간들은 오래가는 법이 없었다. 왜냐하면 언제나 아래층 카페에서 부르는 소리가 났기 때문이었다. 새로 온 손님이 그녀를 찾거나 주정꾼이 술이 깨자 다시 퍼마실 작정으로 술을 더 가져오라고 고함을 지르거나 램프를 켜라든지 악단을 불러오라든지 언제나 찾는 것은 로티카였다. 그럴 때면 그녀는 자신의 은신처를 떠나 조심스럽게 특수한 열쇠로 문을 잠그고 아래로 내려가 손님을 맞거나 마치 어린아이를 대하듯 웃음과 특별한 위안의 언어들로 주정꾼을 달래는 것이었다. 그리고는 의자에 앉혀놓고 다시 마시고 대화를 하고 노래를 부르고 돈을 쓰도록 하는 것이었다.

왜냐하면 아래층에서는 그녀가 없으면 모든 것이 제대로 돌아가지 않기 때문이었다. 손님들은 서로 말다툼을 했다. 츠른체에서 온 젊고 창백하고 마른 사람이 종업원이 가져다주는 술을 계속 쏟고 손님과 싸움을 하며 버티고 있었다. 몇 번 오지 않은 적도 있었지만 한동안 줄곧 이 호텔에 와서 술을 마시고 로티카를 탐내는 청년이었다. 그러나 너무 지나치게 술을 마시고 과하게 열을 올리는 것을 보면 자기도 모르는 어떤 심각한 슬픔이 그를 몰아세우는 것 같았다. 타르노브의 이 아름다운 유태인 여자에 대한 이루지 못할 사랑이라든지 까닭 없는 질투보다도 더 큰 무엇이 있는 것 같았다.
로티카는 두려움 없이 쉽게 그리고 자연스럽게 그에게 다가갔다.
"무슨 일이야, 에유브? 어이, 이런, 왜 소리를 지르는 거야?"
"어디 갔다 왔어? 네가 어디에 있었는지 알아야겠어!" 주정꾼은 이제는 진정이 된 듯 말을 더듬으면서 그녀를 무슨 환영처럼 바라보았다.
"나더러 독약을 마시라고 준단 말야. 나를 독살하려 들어, 독살하려구, 저들은 몰라 내가…… 내가 만약……"
"앉아, 앉아 조용히." 여자는 하얀 손을 그의 얼굴과 코앞에서 흔들며 그를 달랬다.
"앉아, 너를 위해서라면 내가 새의 젖이라도 구해주지. 만약 필요하다면 말이야, 내가 너를 위해 마실 것을 찾는단 말이야."
그녀는 웨이터를 불러서는 독일어로 뭔가 명령했다.
"내가 알아듣지도 못하는 말은 하지도 마, 그게 다 뭐야, 피르첸-푸프첸, 왜냐하면 나는…… 너도 나를 알잖아."
"알아, 알아, 에유브. 너보다는 잘 모르지, 너보다야……"
"음, 누구랑 있었어, 말해봐!"
술 취한 남자와 술에 취하지 않은 여자의 대화는 끝도 없고 의미도 없고 분별도 결론도 없이 횡설수설할 뿐이었다. 옆에는 값비싼 와인과 술잔이 두 개 놓여 있었다. 하나는 늘 채워져 있는 로티카의 잔이었고 다른 하나는 계속 채워졌다가 비워지는 에유브의 잔이었다.
젊은 베그의 쓸모없는 주정뱅이는 혀 꼬부라진 목소리로 사랑이니, 죽음이니, 약도 없는 병이니 하는 비슷한 소리들을 주저리 늘어놓았고 로티카는 이 모든 것들을 이미 외울 지경이었다. 왜냐하면 이 주정뱅이는 매일 찾아와 이런 비슷한 소리들을 지껄여댔던 것이다. 그녀는 슬그머니 일어나 저녁마다 이 호텔로 찾아오는 다른 손님들의 테이블로 옮겼다.

한 테이블에는 최근 들어 이 카페에 자주 들러서 술을 마시는 젊은 이들의 무리가 있었는데 그들은 자리예 주막은 싱겁고 너무 평범하지만 그렇다고 이 호텔은 으리으리해서 아직 용기가 나지 않았던 카사바의 속물들이었다. 다른 테이블에는 관리들과 이방인들, 그리고 로티카로부터 급히 돈을 융통할 목적으로 이날만은 장교관사(將校官舍)에 가지 않고 일부러 민간 호텔까지 내려온 한두 명의 장교가 있었다. 세번째 테이블에는 목재 수출을 위해서 이 고장에서는 처음으로 놓이는 산림 철도를 부설 중인 기술자들이 앉아 있었다.

맨 구석에 앉아 뭔가를 계산하고 있는 상인 파블레 란코비치는 젊은 사람들 중의 한 명이었지만 부자 상인들 중의 한 사람이기도 했다. 그리고 철도 부설 하청 일을 맡은 오스트리아인이 한 명 있었다. 상인 파블레는 터키식 복장에 붉은 페스를 쓰고 있었고 그것을 카페 안에서도 벗지 않았으며 그의 작은 눈은 창백한 얼굴에 까맣고 가느다란 두 개의 불이 켜진 틈새처럼 보였지만 행여 즐겁고 의기양양한 순간이면 눈이 유달리 커지면서 악마가 기뻐하는 것 같은 명랑한 표정을 지었다. 하청업자는 회색 운동복에 무릎까지 닿는 노란색 장화를 신고 있었다. 그는 은줄에 달린 금색 연필로 글을 썼고 파블레는 5년 전에 어떤 군납 목재상이 못이며 경첩 등 부속을 사러 자기 가게에 왔을 때 두고 간 짧은 연필 토막으로 썼다. 그들은 철도 부설 인부들의 식사 해결 문제에 관한 계약을 체결하는 중이었다. 그들은 자신들의 일에 완전히 몰두해서 더하고 빼는 일을 계속했다. 종이 위에 일련의 숫자를 늘어놓고 이것으로 상대편을 믿게 하고 속이려고 하면서 머릿속에서는 자세하고 신속하게 계산된 또 하나의 눈에 보이지 않는 숫자를 셈하고 눈에 보이지 않는 가능성과 이윤을 제각기 몰래 계산하고 있었다.

이런 가지각색의 손님들에게 로티카는 적절한 말을 던지고 온 얼굴에 미소를 지으며 이해에 넘치는 무언의 시선을 보내기까지 했다. 그리고는 다시 설쳐대는 젊은 베그 곁으로 돌아왔다.

밤새도록 떠들고 연정을 태우며 눈물을 흘리고 날뛰고 하면서 여자가 이미 너무도 잘 알고 있는 법석을 떨며 술타령이 진행되는 동안에도 로티카는 잠깐씩 틈을 내서는 자기 방으로 올라가 유백색 사기 램프 불빛 아래서 휴식을 취하며 편지 쓰기를 계속하다가 아래층에서 또다시 소동이 일어나거나 자기를 불러대면 내려가곤 했다.

내일은 또 하루의 오늘이었다. 똑같은 술 취한 베그들과 변덕스런 방탕자들, 그리고 마치 쉬운 놀이처럼 늘 보이는 똑같은 일과 로티카가 웃음 띤 얼굴로 그렇게 걱정해야 하는 날들이었다.

로티카가 하루 종일을 모두 보내게 되는 어마어마한 일의 양들과 그것을 모두 제대로 해낸다는 것은 정말로 이해할 수 없는 일이며 설명할 수 없는 일이었다. 그것은 여자의 지혜로써는 미치지 못하고 남자의 힘으로써도 감당하기 어려운 일이었다. 그러나 그녀는 불평 한 마디 하지 않고 누구에게나 설명하는 법도 없고 지금 금방 자기가 마친 일이라든지 자기를 기다리고 있는 일에 대해서 얘기하는 일도 없이 모든 일을 해냈다. 이런 모든 일들을 해치우면서도 그녀는 알리베그 파쉬치를 위해서 매일 적어도 한 시간씩 할애하는 일을 결코 빠뜨리지는 않았다. 그는 이해관계를 떠나서 로티카의 진정한 동정을 차지한 유일한 인물이라고 카사바 사람들은 여겼다. 그러나 그는 또한 카사바에서도 가장 내성적이고 과묵한 사람이었다. 파쉬치 형제들 중 제일 맏형이지만 결혼도 하지 않고 (카사바 사람들은 로티카 때문이라고 믿었다.) 직업을 가진 적도 없고 공공생활에 참여한 적도 없었다. 그는 한 번도 과음을 한 적이 없었고 자기 또래들과 어울려 다닌 적도 없었다. 늘 기분이 일정했고 누구에게나 상냥했고 모든 사람에게 마음을 터놓지 않고 남의 눈에도 띄지 않았다. 조용하고 내성적이었지만 사람들과 어울리는 것을 굳이 피하거나 대화하는 것을 굳이 피하지는 않았으며 단지 무슨 의견을 내놓거나 그가 한 말을 되풀이하는 법이 없을 뿐이었다. 그는 스스로 만족했고 있는 그대로의 자신과 남의 눈에 비치는 자기 자신에 전적으로 만족했다. 있는 그대로의 자신을 애써 다르게 보일 필요도 없었고 다를 필요도 없었으며 그에게 다른 사람이 되기를 기대하거나 되어달라고 요구하는 사람도 없었다. 그는 자기의 위엄이 삶을 완전히 만족시키는 소중하고 고상한 직업이나 되는 것처럼 여기며 살아가는 그런 사람이었다. 그것은 타고난 위대하고 위엄 있는 지위 그 자체로 만족스러운 것이었으며 설명하거나 부인하거나 모방할 수 없는 그런 지위였던 것이다.

큰 홀의 손님들과 로티카는 그다지 일이 많지 않았다. 그것은 여 종업원 말취카와 '카운터 종업원' 구스타브의 일이었다. 말취카는 온 마을에 잘 알려진 빈틈없는 헝가리 여자로 어느 야생동물 조련사 같은 모습의 여자였고 왜소하고 붉은 얼굴의 체코계 독일인 구스타브는 성미가 급하고 눈은 항상 충혈되어 있고 꾸부정한 다리에 평발이었다. 이 두 사람은 모든 손님들과 온 마을 사람들을 알고 있었다. 누가 돈을 잘 내고 누가 잘 내지 않으며 술버릇이 어떻고 누구는 냉정하게 맞아야 하고 누구는 다정하게 환영해야 하는지 '왜냐하면 이 호텔에 잘 맞지 않는다'라는 이유를 대며 못 들어오게 할 사람이 누군지를 잘 알고 있었다. 손님이 되도록 술을 많이 마시고 늘 셈을 치르도록 신경을 쓰는 한편, 말썽 없이 모든 일이 원만하게 끝나도록 주의를 게을리하지 않았다. 왜냐하면 로티카의 좌우명은 '어떠한 스캔들도 있어서는 안 된다!'였기 때문이었다. 예외적이지만 간혹 손님이 술에 취해서 갑자기 날뛴다든지 다른 카페에서 이미 많이 취해서 억지로 들어오려고 할 때는 밀란이라는 남자가 나타났다. 그는 리카[122] 출신으로 키가 매우 크고 어깨가 딱 벌어지고 털이 많은 거인이었는데 힘이 장사였으며 묵묵히 갖가지 잡일을 도맡아 했다. 그는 항상 호텔 직원 같은 옷차림을 하고 있었다. (왜냐하면 로티카가 그렇게 시켰기 때문이었다.) 언제나 외투를 입지 않고 갈색 조끼와 하얀 셔츠 위에는 기다란 초록색 앞치마를 둘렀고 겨울이든 여름이든 팔꿈치까지 걷어 올렸기 때문에 털이 많이 난 두 팔이 그대로 드러났다. 잘 손질한 수염과 검은 머리에는 군용 포마드를 마구 발랐다. 밀란은 어떤 경우에라도 모든 불상사를 잠식시키는 사람이었다.

이런 불쾌하고 바라지도 않는 비상수단을 쓰는 데는 오랜 경험으로 쌓은 훌륭한 수법이 있었다. 술에 취해서 광기를 부리는 손님을 구스타브가 붙들고 얘기를 하면 밀란이 뒤에서 다가온다. 밀란이 손님의 등 뒤에 붙어서면 카운터의 구스타브는 갑자기 비켜서고 밀란이 한 팔로 손님의 허리를 안고 한 팔은 목으로 돌려 뒤에서 끌어안아버린다. 이 동작이 하도 민첩하고 기술적이라서 '밀란의 잡아 낚아채기' 솜씨가 정말 어떤 것인지 아무도 눈으로는 보지 못했다. 이렇게 되면 온 마을에서 제일 힘이 세다는 건달도 인형처럼 문 밖 거리로 나가떨어지기 마련이다. 이때 말취카가 꼭 때를 맞춰서 문을 열고 기다리고 있는데 그렇게 거리로 바로 던져지는 것이다. 거의 동시에 구스타브는 그 남자의 뒤를 따라 모자와 지팡이 혹은 던질 만한 것은 뭐든지 던져버리고 밀란이 온몸의 체중으로 강철 덧문을 덜커덩 내린다. 이런 모든 행동이 긴밀한 협력으로 손쉽게 거의 눈 깜짝할 사이에 끝나서 다른 손님이 미처 구경할 틈도 없이 반갑지 않은 손님은 이미 거리에 나가떨어지게 되는 것이다. 그러나

---

[122] 크로아티아의 지역 이름.

이것은 호텔에서는 스캔들이 아니지만 거리에서는 그랬다. 그래서 언제나 호텔 옆에 있는 경찰의 몫이 되는 것이다. 밀란에게는 다른 카페 종업원들에게처럼 손님이 누구를 때려 눕혔다든가 홀 안을 설치고 다니면서 테이블이나 의자를 부순다든가 팔과 다리로 매달려서 황소가 끌어내도 떼어낼 수 없는 그런 일은 일어나지 않았다. 밀란은 그런 일들을 호전적인 열정으로나 개인적인 재수로 여기며 일을 처리하는 법이 없었다. 그래서 모든 것은 그렇게 신속하고 훌륭하게 처리되는 것이었다. 그렇게 던져버린 지 1분 뒤에는 그는 이미 부엌에서 자기의 일을 하고 있든가 아니면 음식 시중을 들든지 마치 아무 일도 없다는 듯이 일을 하고 있는 것이었다. 그러면 구스타브만이 마치 우연하게 특실을 지나가는 듯이 들렀다가 훌륭한 손님들과 앉아 있는 로티카를 보고는 두 눈을 깜빡거리면 그것은 뭔가 일이 있었지만 이미 처리되었다는 것을 의미했다. 그러면 로티카는 대화를 중단하지도, 미소 머금는 것을 그만두지도 않고 그녀 역시 아무도 눈치 채지 못하게 눈을 깜빡거리면 그것은 '좋아, 고마워, 계속 수고해!'라는 뜻이었다.

다만 쫓겨난 손님이 무엇을 마셨는지 무엇을 부쉈는지 하는 문제만이 남을 뿐이었다. 거기에 해당하는 금액을 로티카는 구스타브 앞으로 달아놓았으며 이것은 모두 밤늦게 붉은 장막 뒤에서 일어나는 일이었다.

## XV

소란을 피우다가 보기 좋게 쫓겨난 손님이 호텔 앞에서 곧장 감옥으로 끌려가지 않았다면 창피를 당한 다음에 용기와 기운을 회복하는 길은 얼마든지 있었다. 카페야까지 비틀대고 걸어가서 강물과 주위의 산에서 불어오는 시원한 바람을 쏘이고 생기가 나는 수도 있었다. 그리고 조금만 가면 그 마을의 시장에 위치한 자리에 주막까지 갈 수가 있으니 거기 들러서 마음대로 아무 방해도 받지 않고 이를 갈며, 아파서 꼼짝도 못하도록 만들어놓고 자기를 호텔 밖으로 내던지던 그 눈에 보이지 않는 사람에게 욕지거리를 하고 벼를 수도 있었다.

그곳에서는 어스름이 지기 시작하는 무렵이라 마을 청년들과 인부들이 단지 '목이나 축이자'는 생각으로 술을 마시고 이야기를 나누는 정도라 소동은 없었다. 왜냐하면 누구든지 마시고 싶은 만큼 또 돈을 치를 수 있는 만큼만 마시고 누구나 하고 싶은 대로 하고 마음대로 지껄이는 식이니 소동이 있을 리가 없었다. 왜냐하면 이곳에서는 손님에게 돈을 쓰라고, 술잔을 비우라고 권하는 법도 없었고 동시에 취하지 않은 척 꾸밀 필요도 없었다. 그러다 결국, 누군가 좀 지나치다 싶으면 말수 적은 자리예가 나타났다. 잔뜩 찌푸리고 화를 낸 그의 얼굴을 보면 아무리 술이 엉망으로 취한 사람이나 아무리 떠들썩하게 소란을 피우던 사람이라도 기가 꺾이고 만다. 그는 묵직한 손을 천천히 내저으며 저음의 목소리로 그들을 평정하는 것이었다.

"어이, 그만둬! 재롱도 그쯤 해두는 게 좋아!"

따로 나뉘어 있는 공간도, 종업원도 없는 그 오래된 주막에서는 언제나 산좌크에서 온 청년들이 시골 행색으로 일을 도왔기 때문에 이제는 옛날 습관과 새것이 묘하게 섞이고 있었다.

제일 깊숙한 구석자리에 자리한 라키야를 애용하는 무리들이 있었다. 그들은 그늘과 침묵을 사랑해서 라키야가 무슨 신성한 물건이나 되는 것처럼 들여다보고 앉아 있었으며 움직이는 것도 떠드는 것도 싫어했다. 위는 탈대로 탔고 간장에는 불이 붙었고 신경도 헝클어진 데다 면도도 하지 않고 만사가 다 귀찮은 듯이 스스로에게마저 권태를 느끼는 사람들은 그렇게 앉아서 술을 마셔댔다. 마시면서 완전히 술에 빠진 사람에게나 환히 비쳐주는 그 불가사의한 광명을 위해서 고통도, 결국에는 죽음도 달게 받을 각오로 그것이 오기만을 기다리고 있는 것이다. 안타깝게도 그것은 여간해서는 나타나지 않았고 그 빛도 차츰 약해지기만 했다.

가장 수다스럽게 떠들어대는 사람들은 대부분 부자 상인들의 아들들로 악의 수렁에 첫발을 내디딘 위험한 단계에 처한 젊은이들이었다. 그들은 풋내기들로 짧은 기간이건 오랜 기간이건 간에 음주와 나태라는 악덕에 누구나 한 번은 치러야 하는 세금을 치르고 있는 셈이었다. 그들 중의 대부분은 이 길에 오래 머물지 않았고 마음을 바로잡아서 가정을 이루고 악덕을 누르고 열정을 중화시켜 근면과 절약, 평범한 일상 시민 생활에 헌신하게 된다. 다만 저주받고 미리 운명이 정해진 극소수만이 그대로 영원히 이 길에 남아서 인생 대신에 알코올을 선택하게 되는 것이다. 덧없는 인생에서 가장 덧없는 환상에 불과한 술을 선택한 것이다.

그들은 알코올을 위해서 살다가 그것으로 생명이 다 닳아버려서 마침내는 구석 그늘에 앉아 있는 이 사람들처럼 시무룩하고 몽롱해지고 숨이 가빠지게 된다.

훈련도 주의도 없이 이런 새로운 시대는 시작되어 장사도 더욱 활기를 띠고 벌이도 좋아지자 지난 30년 동안 카사바의 잔치가 있을 때마다 늘 한몫을 했던 주를라[123]를 든 집시 숨보 외에도 아코디언을 멘 프란츠 푸를란도 주막에 자주 들렀다. 프란츠는 오른쪽 귀에 금 귀걸이를 했고 몸은 깡마르고 낯빛이 불그스름한 사람이었으며 나무를 깎는 일을 하는 사람으로 음악과 와인을 지나치게 좋아했다. 군인들과 외국 노동자들은 그의 연주를 듣는 것을 좋아했다.

가끔 구슬레를 켜는 몬테네그로인이 종종 나타나는 때도 있었다. 이 사람은 아주 깡마른 체구에 거지 같은 행색으로 모습은 궁색했지만 태도만은 점잖았다. 늘 굶주렸지만 체면을 차렸고 자존심도 있었지만 억지로 떠맡기는 동정은 거절하지 않았다. 그는 늘 한쪽 구석에 유난히 움츠리고 앉아서 아무것도 주문하지 않고 앞만 똑바로 쳐다보면서 어설프고 무관심한 체하고 있었다. 그러나 그의 외형으로 보여지는 것보다는 훨씬 다른 생각과 의도가 있다는 것이 드러났다. 그의 안에서 서로 상반되고 융화되지 않는 감정, 특히 다른 사람들 앞에서 이야기하고 드러낼 수 있는 수치와 나약함을 지닌 커다란 무언가가 서로 겨루고 있었다. 그래서 언제나 사람들 앞에서 그는 약간 상기되고 확신이 없는 표정이었다. 그는 누군가가 노래를 청할 때까지 점잖게 인내심을 가지고 기다리고 있다가 누가 노래를 한 곡 청하면 주저주저하면서 배낭에서 구슬레를 꺼내 가지고 먼지를 불어버린 다음 활이 습기로 늘어지지나 않

---

[123] 클라리넷 같은 악기.

앉나 살펴보고 음정을 맞췄다. 이러는 동안에도 될 수 있으면 이런 기술적인 준비 과정이 다른 사람의 관심을 덜 끌었으면 하는 기색이 역력했다. 활이 처음 줄을 타고 지나갈 때면 아직 소리가 떨리고 울퉁불퉁한 길처럼 고르지 않았다. 그러나 그런 길이라도 그럭저럭 지나가듯이 그 역시 입을 꼭 다문 채 콧소리로 조용히 악기 소리를 따르며 완전히 음정을 맞추었다. 마침내 소리가 한데 어우러져 그의 노래에 반주를 엮는 구슬프고도 잔잔한 가락이 되면 이 초라한 가수는 마술에 걸린 듯 돌변해서 괴로운 주저함은 사라지고 마음속의 갈등도 잊고 온갖 체면도 잊게 된다. 구슬레라는 겸손의 가면을 벗어던지고 자기가 누구이며 무엇을 하는 사람인지를 감출 필요도 없는 사람처럼 갑자기 머리를 쳐들고 우렁찬 소리로 노래의 첫 구절을 불쑥 터뜨렸다.

    가느다란 박하 가지가 울어댄다오,
    조용한 이슬이여, 왜 내게는 내리지 않는 거요?

그때까지도 이를 모른 척하며 서로 떠들어대던 손님들도 모두 조용해졌다. 이 노래 첫 구절을 들으면 터키인, 기독교인을 막론하고 똑같이 형언할 수 없는 목마름에 몸이 떨리는 것을 느꼈다. 노래에 있듯이 너, 나 가릴 것 없이 뭇사람의 가슴속에 살아 있는 이슬을 애타게 바라는 것이었다. 그러나 구슬레 연주자는 이내 다음 가사를 부드럽게 이어갔다.

    그건 한낱 박하 가지가 아니라……

박하와 이슬이라는 말 뒤에 숨은 베일을 걷어버리고 터키인과 세르비아인의 진짜 소원을 늘어놓기 시작하면 청중의 감정은 각자가 마음에서 느끼고 바라고 믿는 바에 따라 상반되는 두 갈래 길로 갈리게 되었다. 그런대로 금기시되는 것을 지키는 것처럼 그들은 모두가 끝까지 노래를 조용히 듣고 자기 기분을 억누른 채 앞에 놓인 라키야 잔만 들여다보았다. 라키야의 그 빛나는 표면에 그들은 이 세상에 존재하지도 않았던, 그렇게 소원이던 승리며 전쟁이며 영웅이며 영광과 광채를 눈으로 보는 것 같았다.

마을의 젊은 상인들과 상인의 아들들이 술을 마실 때가 주막에서는 가장 생기가 돌았다. 그때는 숨보와 프란츠 푸를란과 초르칸, 집시 쏴하가 일을 얻는 날이었다.

쏴하는 사팔뜨기 집시 여자인데 돈만 치러주면 누구하고나 술을 마시지만 절대로 취하지 않는 대담한 말괄량이었다. 쏴하와 그녀의 우스갯소리 없이는 술판을 상상할 수도 없었다.

그들과 함께 유쾌하게 즐기는 사람들은 바뀌었지만 초르칸, 숨보, 쏴하는 늘 그대로였다. 그들은 음악과 농담과 라키야로 살았다. 그들의 일은 남이 노는 시간 안에 있었고 그들의 보수는 남이 낭비하는 돈에 있었던 것이다. 그들의 진짜 생활 시간은 밤, 그것도 건강하고 행복한 사람들은 자고 있는 묘한 시간이었다. 그 시간에는 라키야와 지금까지 누르고 있던 본능이 시끄럽고 찬란한 기분을 조성하고 항상 똑같은 것인데도 늘 새로워 보이고 상상도 못하리만큼 아름답고 돌발적이며 열광적인 기분을 불러일으켰다. 그들은 누구든지 있는 그대로의 자신을 털어놓는 소위 '피부 밑에 흐르는 피' 같은 존재라 나중에라도 후회하거나 부끄러워 할 필요가 없는 사람들 앞에서 말없이 돈을 받고 자리를 지키는 증인들이었다. 그들과 함께 혹은 그들 앞에서는 다른 세상에서는 창피하게 여겨질 일들이 모두 허용되었고 집에서도 감히 있을 수 없는 일들도 허용되었다. 돈 많고 훌륭한 집안의 거룩하신 아버지나 아들들을 적어도 잠깐이나마 자기 책임과 자기 비용으로 감히 나타내지 못했던 진정한 자기 자신을 찾아주었던 것이다. 잔인한 자는 그들을 조롱하거나 때리고, 겁쟁이는 큰소리로 그들을 모욕하고, 방탕한 자는 후하게 보수를 줄 수 있었다. 허영심이 많은 자는 아첨을 샀고, 우울한 자는 그들의 농담과 익살을 샀으며, 자포자기한 자는 그들의 용기와 시중을 샀다. 정신생활이 마비되고 기형적으로 되어버린 카사바 주민들에게 그들은 영원한, 그러나 인정받지 못하는 구원자였다. 예술을 모르는 환경에서 그들은 오히려 예술가의 지위에 있었다. 카사바에는 언제나 그런 가수, 익살꾼, 어릿광대, 기인들이 있었다. 그들 중에서 누가 지쳐 죽어버리게 되면 다른 사람이 와서 새 자리를 메웠다. 왜냐하면 유명하고 널리 알려진 사람들의 옆에는 반드시 새 사람이 자라서 새로운 세대의 생활을 명랑하게 만들고 심심풀이를 해주기 때문이다. 그러나 애꾸눈 살코 초르칸 같은 사람이 또 나타나려면 오랜 세월이 지나야 할 것이다.

오스트리아의 점령 이후 처음으로 카사바에 서커스단이 왔을 때 초르칸은 줄타기 하는 여자에게 반해서 미친놈처럼 괴상한 짓을 한 죄로 얻어맞고 감옥까지 끌려갔었다. 별다른 생각 없이 그를 충동질해서 정신을 잃고 빗나가게 한 지방 유지들도 호된 벌금을 물어야 했다.

그렇게 몇 년이란 세월이 흘러서 사람들은 많은 것들에 익숙해졌고 이제는 외국에서 요술쟁이나 어릿광대, 마술사가 온다고 해도 서커스단이 처음 왔을 때처럼 그렇게 새롭지는 않았지만 서커스의 여자에 대한 초르칸의 사랑은 여전히 회자되었다.

그는 오랜 세월 동안 이 고장의 건달들이나 부자들이 술을 마시고 도박을 하는 데서 잔심부름이나 하면서 힘을 다 써버렸다. 이러는 동안에 세대가 바뀌었다. 한창 바람을 피우다가 물러나서 결혼을 하고, 마음을 잡는 사람이 있으면 또 바람을 피우고 싶어하는 젊은 세대가 대를 이었다. 이제 초르칸은 나이보다 지치고 늙어버렸다. 일하는 것보다 주막에 나와 앉아 있는 횟수가 훨씬 많아졌고 자기가 번 돈으로 살아가기보다 주막 단골손님이 주는 공짜 술이나 가벼운 식사로 살아가는 경우가 훨씬 많아졌다.

비가 내리는 가을 밤, 자리예 주막에 모여 있는 손님들도 지루해졌다. 한 테이블 앞에 몇몇 상인들이 앉아 있었다. 그들의 생각은 느릿느릿하게 움직였고 모든 것들은 슬프고 불쾌한 일들에 엮이기만 했다. 말들은 힘겨웠고 소리는 공허했으며 짜증스럽기만 할 뿐이었다. 얼굴은 냉랭했고 넋이 빠져 모든 것을 믿지 못하는 표정들이었다. 라키야조차도 그들에게 생기를 돋우거나 기분을 전환시켜주지는 못했다. 꿈과 축축한 더위와 라키야 첫잔이 주막의 구석 벤치에서 졸고 있는 초르칸을 짓누르고 있었다. 오늘은 게다가 오콜리슈테로 어떤 짐들을 실어 나르느라 땀에 흠뻑 젖어 있었다.

이때 상인들 테이블에 앉아 있던 손님 하나가 마치 우연히 생각난 것처럼 서커스단의 소녀와 초르칸의 불행한 사랑을 들춰냈다. 모두 구석을 쳐다보았지만 초르칸은 꼼짝도 하지 않고 그냥 졸고 있는 체했다. 지껄이고 싶은 대로 지껄이게 내버려두지. 그는 그렇게 마음을 정해버렸다. 어젯밤에 과음을 했기 때문에 바로 오늘 아침에 그들이 아무리 비웃고 조롱을 한다 해도 한마디도 대꾸하지 않기로 굳은 결심을 했고, 바로 이 주막에서 간밤에 누가 하던 그따위 되지도 않는 농담은 받아주지 않기로 했다.

"내 생각에는 지금도 서로 편지 왕래를 하는 것 같아." 누군가 말했다.

"그럼, 그 계집이 누구와는 편지로 사랑을 나누고 누구와는 무릎에 앉아 히히덕거린다는 거군!" 다른 이가 받았다.

초르칸은 못들은 체하려고 했지만 해가 얼굴을 태우듯 얘기가 그를 자극하고 화나게 만들었다. 그의 애꾸눈은 뜨고 싶어서 근질근질했고 얼굴 전체의 근육이 실룩거리면서 행복한 웃음으로 번졌다. 도저히 더 이상 꼼짝 않고 침묵을 지킬 수가 없었다. 처음에는 사소한 일이고 별로 관심 없다는 듯한 몸짓을 하면서 손을 내저어보이며 말했다.

"지난 일이야, 그건 지난 일이라구."

"지났다구, 그래? 어이 사람들, 이 초르칸이라는 친구가 어떤 사람이야. 한 여자는 어딘지 모르는 곳에서 이 자 때문에 죽어가고 여기서는 또 다른 여자가 죽느냐 사느냐 하니 말이야. 하나는 벌써 옛날에 끝났고 또 하나는 얼마 안 가서 끝나게 될 테니 이젠 세번째 차례군. 아니 여자들을 하나씩 차례로 그렇게 미치게 만드는 비법이 뭔가?"

초르칸은 이미 일어나 그들의 테이블로 향하고 있었다. 졸린 것도 피곤한 것도 이야기에 끌려들어가지 않기로 결심한 것도 모두 잊었다. 가슴에 손을 얹고 그는 손님들에게 그것은 자기 실수가 아니었고 자기들은 그들이 생각하는 것처럼 대단한 애인 사이도 아니었으며 또 여자를 유혹하지도 않았다고 잘라 말했다. 옷은 아직 축축했고 머리에 쓴 값싸고 붉은 페스의 색깔 때문에 얼굴은 비에 젖어 지저분했지만 술에 취한 덕분에 미소를 띠며 환해졌다. 그는 주인의 테이블 옆으로 가 앉았다.

"초르칸에게 럼주를 가져와." 산토 파포가 소리를 질렀다. 그는 뚱뚱하고 기름기가 줄줄 흐르는 유태인으로 철물상으로 꽤 유명한 멘테의 아들이자 모르데 파포의 손자였다.

왜냐하면 최근에 초르칸은 라키야 대신에 얻을 수만 있다면 럼주를 마시기 시작했기 때문이었다. 그 새 술은 꼭 자기 같은 사람을 위해 만든 술 같았다. 라키야보다 더 독하고 빨리 취하고 취하는 기분도 달랐다. 그것은 200ml들이 조그만 유리병에 들어 있는 술이었는데 병의 상표에는 진하게 칠한 입술에 눈은 타는 듯하고, 널따란 밀짚모자를 쓰고 금 귀걸이를 단 젊은 흑인과 백인의 혼혈인 여자의 그림이 있고 밑에는 자메이카라고 썩어 있었다. (최근에 알코올 중독자가 되어버린 이 보스니아인에게 이것은 어딘지 이국의 정취가 있어 보였다. 그러나 사실은 슬라본스키 브로드에 있는 아이슬러 시로와트카 회사에서 만든 것이었다.) 초르칸도 이 젊은 여자의 그림을 보고 있노라면 새 술의 화끈한 맛과 향취를 느낄 수 있었고 만약 1년 전에만 죽었더라도 이런 지상의 보물이 있는 줄도 모를 뻔했구나 할 정도였다. '세상에는 훌륭한 것이 얼마나 많은가 말야!' 그래서 럼주 병을 딸 때면 언제나 잠시 생각을 하기 위해 쉬곤 했다. 그런 생각으로 만족감을 느낀 후에야 그는 술의 달콤한 맛을 즐겼다.

그는 마치 술병에 대고 은밀한 대화를 나누는 것처럼 얼굴 앞에 좁은 병을 들고 있었다. 그때 그를 이야기에 끌어들인 사람이 엄숙하게 물었다.

"어이, 이 사람아, 그 여자하고는 어쩔 셈이야, 결혼을 할 거야, 아니면 다른 여자들처럼 그냥 장난만 칠 거야?"

문제의 여성은 두쉬체 출신의 파샤라는 여인이었다. 그녀는 카사바에서 제일 아름다운 여자였는데 아버지가 없었고 모녀가 재봉사였다.

지난 여름 수많은 재미난 자리들과 술타령에서 젊은 총각들은 파샤의 접근조차 할 수 없는 아름다움에 대해서 이야기를 하기도 하고 노래를 부르기도 했다. 그걸 듣고 있자니 초르칸 역시 자기도 모르게 점점 열을 올리게 되었다. 왜, 어떻게 그렇게 되었는지를 자기도 몰랐다. 그렇게 사람들은 그를 놀려대기 시작했다. 어느 금요일 거리에서 아쉬코바네[124]를 하고 있을 때 카사바 뒤에서 여자들의 킬킬대는 웃음소리가 들렸다. 파샤와 그녀의 친구들이 있는 마당 쪽에서 담 너머로 던진 국화

가지가 초르칸의 발 앞에 떨어졌다. 그는 어리둥절했고 그 꽃을 밟거나 집을 생각도 들지 않았다. 그를 데리고 온 청년들이 그의 등을 치면서 파샤가 많은 사람들 중에서 그를 선택했고 어느 누구도 아직 그녀에게서 관심을 산 적이 없다는 것을 축하했다.

그날 밤 사람들은 강가 옆 메잘리나의 호두나무 아래에서 새벽까지 술을 마셨다. 초르칸은 엄숙하게 홀로 불 옆에 앉아서 기쁘기도 하고 걱정이 들기도 하고 이런 저런 생각이 들었다. 그날 밤에는 아무도 커피나 음식을 달라는 시중을 그에게 요구하지 않았다.

"이 사람아, 소녀의 손에서 던져진 국화 가지가 의미하는 것을 모른단 말이야?" 그들 중 한 명이 말했다.

"그건 파샤가 이런 말을 하는 거나 다름없어. 나는 이 꺾은 꽃처럼 당신을 사모합니다. 하지만 당신은 나를 데려가지도 않고 내가 다른 곳으로 가는 것을 허락하지도 않는군요."

그들은 모두 아름답고 정숙하고 세상에 둘도 없는 여자, 파샤에 대해 얘기했다. 자기를 꺾어줄 손을 기다리고 있는데 그가 다름 아닌 바로 초르칸이라고 떠들어댔다.

상인들은 정말로 화를 내거나 소리를 지르기도 했다. 왜 초르칸이 눈에 들었을까? 다른 무리는 그를 옹호했다. 하지만 초르칸은 술을 마셨다. 한 순간은 이 기적을 믿었다가 또 한 순간에는 불가능한 일로 여겨버리고 떨쳐버렸다. 대화를 하면서도 그는 상인들의 농담에 변명을 했고 자기는 가난하고 늙고 형편없다고 했지만 침묵이 흐를 때는 파샤 생각을 하고 그 아름다움과 그것이 가능하거나 가능하지 않은 것은 별 문제가 되지 않으며 그에게 다가올 즐거움만을 생각하고 있었다. 라키

---

**124** 처녀 총각들이 나누는 사랑의 대화. 보스니아와 헤르체고비아에서 행해지던 풍습으로 총각들이 창문이나 마당으로 가 사랑의 대화를 전하는 것.

야와 노래가 그칠 줄 모르고, 풀밭에 타오르는 모닥불마저 끝없이 보이는 근사한 여름밤에는 모든 것이 가능할 것만 같고 적어도 전혀 불가능하지는 않을 것 같았다. 손님들이 자기를 놀리고 비웃는 것도 그는 잘 알고 있었다. 웃지 않고 사는 귀족들은 없기 때문에 누군가 그들을 웃겨야만 하고 그렇게 하도록 만들어야 했다. 그것은 예전에도 그랬고 앞으로도 그럴 것이다. 그러나 이 모든 것이 농담이라고 하더라도 그가 늘 꿈꾸어왔고 지금도 꿈꾸고 있는 훌륭한 여성과 이루지 못할 사랑에 대한 꿈은 결코 농담이 아니었다. 그의 꿈에서처럼 사랑이 진실도 아니고 거짓도 아니며 여자란 가까이 있으면서도 손에 닿지 않는다고 부르는 그 노래에는 농담이 있을 수 없었다. 손님들에게는 이 모든 것이 다 농담이었지만 그로서는 언제나 마음속에 간직하고 있던 참되고 신성한 것이었다. 그것은 손님들의 심심풀이나 술이나 노래나 그 밖의 모든 것, 심지어 파샤 그 자체와도 관련 없이 실현되고 의심할 여지 없이 참되고 신성한 것이었다.

이 모든 것을 그는 잘 알고 있었고 모든 것들은 다시 쉽게 잊혀졌다. 왜냐하면 그 안에서 영혼이 녹아버리고 마치 강물처럼 흘러갔기 때문이었다.

이렇게 초르칸은 줄 타는 오스트리아 여자와의 사랑에 대해 소문이 퍼진 지 3년 만에 또 다시 황홀한 새로운 사랑에 빠지게 되었고 돈 많고 할 일 없는 손님들은 누구나 몇 달 몇 해를 두고 넉넉히 웃음거리가 될 만한 잔인하고 재미있는 소일거리를 발견한 셈이었다.

한여름의 일이었다. 가을이 가고 겨울이 가도 아름다운 파샤를 향한 초르칸의 사랑에 대한 장난은 사라질 줄 모르고 낮에는 장터에서 장사꾼들의 얘깃거리가 되었고, 저녁에는 할 일 없는 사람들의 얘깃거리가 되었다. 그들은 초르칸을 언제나 신랑이나 애인이라고 불렀다. 졸리

기도 하고 이일 저일로 몸이 피곤해져 있는 낮에는 사람들이 이렇게 부르는 것에 초르칸은 놀랍기도 하고 화가 나기도 했지만 그냥 어깨를 으쓱할 뿐이었다. 그러나 어둠이 내리는 밤이 되자마자 자리예 주막에서 램프가 켜지고 누군가 '초르칸에게 럼주를!' 하며 외치는 것이었다. 누군가는 마치 우연인 것처럼 조용히 노래를 부른다.

해가 지는 저녁에 돌아와보니
너의 얼굴에는 더 이상 빛이 없고

그럴 때면 갑자기 모든 것이 변했다. 어깨를 누르는 무거운 짐도 카사바도 주막도 심지어 초르칸 자신도 없는 듯 그는 훌쩍거렸다. 남이 버린 옷을 걸친 채 면도도 하지 않은 채. 지는 해가 비추고 포도 넝쿨이 휘감고 있는 높은 발코니에서 국화 가지를 던져주며 자기를 기다리고 있는 젊은 여자가 있을 뿐이었다. 주변에서는 야비한 웃음소리와 걸쭉한 농담이 시끄러웠지만 이런 것은 마치 멀리 안개 속에 있었고 노래를 부르는 사람은 가까이 바로 그의 귀밑에 바싹 다가와 있었다.

나를 감싸 안아준다면
네 곁의 햇살 속에서!

날마다 카사바 위로 뜨고 지는 진짜 햇살 속에서는 한 번도 몸을 녹여본 일이 없는 그였지만 이미 서산으로 진 그 햇살 속에서 그는 몸을 녹이고 있었다.
"초르칸에게 럼주를!"
이렇게 겨울밤은 지나갔다. 그 겨울이 끝날 무렵 파샤는 시집을 갔다. 두쉬체의 편모 슬하에서 자란 아름다운 19살 처녀는 그라드[125] 뒤에 사는 55살의 부자 하쥐 오메르의 소실로 시집을 갔다.

하쥐 오메르는 결혼한 지 30년도 넘은 사람이었다. 그의 아내는 명문 집안 출신으로 영리하고 출중한 사람이었다. 그들의 재산인 그라드는 거의 한 마을 정도의 규모로 어마어마했다. 마을에 있는 그들의 가게들은 든든한 수입처였다. 하쥐 오메르는 이 마을을 하루에 두 번 정도 말을 타고 돌아볼 뿐이었고 그것을 관리하는 것은 그의 아내의 몫이었다. 카사바에서 모든 터키 여성들의 문제도 그녀가 결정하고 그녀의 말 한 마디가 중요한 역할을 했다.

모든 면에서 그의 가정은 가장 훌륭하고 최상이었지만 이 노부부에게는 아직 자녀가 없었다. 그들은 오래도록 희망을 버리지 않았다. 하쥐 오메르는 심지어 메카까지 성지 순례를 하고 아내는 종교 기관에 재산 기증을 한다는 유언장을 작성했고 가난한 사람들에게 적선을 아끼지 않았다. 세월이 가고 모든 것이 늘어나고 번창했지만 가장 중요한 이 일에만은 하늘의 은혜를 받지 못했다. 하쥐 오메르와 그의 작한 아내는 그들의 이런 불운을 현명하고 참을성 있게 견뎌냈지만 이제는 아이를 가질 희망이 사라졌다. 아내의 나이가 마흔 다섯이 되어버렸다.

문제는 하쥐 오메르가 남길 막대한 유산이었다. 이 문제에 대해서는 그들의 수많은 친척들 외에도 마을 전체가 관심을 가졌다. 어떤 사람들은 이들의 결혼이 끝까지 아이 없이 끝나기를 바랬지만 한편으로는 그가 상속자 없이 죽어서 재산이 여러 친척들에게 분배되는 것이 대단히 유감스러운 일이라고 생각하는 무리도 있어서 이들은 아직 상속자를 얻을 가망이 있는 동안에 어린 아내를 소실로 맞아들이라고 권유를 했

---

[125] 도시를 뜻하는 말이지만 지역의 일부를 지칭.

다. 이 지방의 터키인들도 이 문제에 있어서는 두 패로 갈라졌다. 그러나 이 문제는 아이를 낳지 못하는 하쥐 오메르의 아내가 직접 해결을 했다. 그녀는 모든 일에나 그렇지만 이번에도 터놓고 강경하게 그리고 솔직하게 결정을 내리지 못하는 남편에게 말을 했다.

"사랑하는 신께서는 우리에게 화목과 건강과 부를 주시고 모든 것을 허락하셨어요. 그저 감사하고 찬양할 뿐이에요. 그러나 가난한 사람들에게도 주시는 것을 우리에게는 주시지 않았지요. 자식을 낳아서, 우리가 누구에게 재산을 남길지를 알도록 해 주시지 않았던 거예요. 그것은 모두 저의 나쁜 운명 때문이지요. 나는 신의 뜻에 따라 그것을 견뎌야 하지만 당신은 그럴 필요가 없어요. 장터 사람들도 당신을 결혼시키려 들고 우리 걱정을 해준다는 것도 알아요. 하지만 그들이 어떻게 당신을 결혼시킬 수가 있겠어요. 그렇다면 내가 나서야지요. 왜냐하면 제가 당신의 가장 가까운 친구니까 말이에요."

그리고는 남편에게 자기 계획을 말했다. 자기네 둘은 이제 더 이상 아이를 가질 가망성이 없어졌으니 아이를 낳을 수 있는 젊은 여자를 소실로 데려와야 한다는 것이었다. 법적으로도 무리가 없다는 것이었다. 그리고 물론, 그녀도 이 집안에서 계속 살면서 '하쥐의 노부인'으로 살겠다는 것이었으며 모든 것이 잘 되도록 계속 살필 것이라는 것이었다.

하쥐 오메르는 거절했고 당신보다 나은 사람을 찾을 생각도 없으니 소실 같은 것은 필요 없다고 맹세했다. 그러나 하쥐의 아내는 자신의 의견을 굽히지 않고 자기가 택한 여자까지 알려주었다. 아이를 갖기 위해서 결혼을 하는 거니까 젊고 건강하고 아름답고 가난한 집 여자라야 건강한 상속자를 낳아줄 것이며 살아 있는 동안 유복한 재산에 만족할 것이라는 말이었다. 그래서 그녀의 간택이 두쉬체의 재봉사 딸 파샤에게 떨어졌던 것이다.

그렇게 모든 것이 해결됐다. 늙은 아내의 의지와 도움으로 하쥐 오메르는 아름다운 파샤와 결혼을 하게 되었다. 11개월 후에 파샤는 건강한 사내아이를 낳았다. 그렇게 하쥐 오메르의 유산 문제는 해결되었고 많은 친척들의 희망은 사라졌으며 장터 상인들의 입도 봉해졌다. 파샤는 행복했고 '하쥐의 노부인'도 만족했으며 그들은 마치 모녀간처럼 하쥐 오메르의 집에서 살았다.

하쥐 오메르의 상속 문제가 행복한 결론을 맺은 것이 초르칸에게는 큰 비애의 시작이 되었다. 그해 겨울 자리예 주막에 모이는 손님들의 주요 장난거리는 파샤의 결혼으로 인한 초르칸의 슬픔이었다. 이 불행한 애인은 전에 없이 술에 취하곤 했다. 손님들은 눈물이 나도록 웃어댔다. 모두들 그를 위해서 축배를 들고 모두들 그 돈 값어치의 장난을 했다. 그들은 파샤가 밤낮으로 눈물을 흘리고 그를 그리워하는데 슬픔의 이유를 아무에게도 이야기하지 않는다는 전갈이 온 것처럼 꾸며대며 그를 놀려댔다. 초르칸은 광란 상태에 빠져서 노래를 부르고 울고 하면서 모든 질문에 진지하고 자세하게 대답했고 자기를 이렇게 가난하고 못생기게 만들어놓은 운명을 한탄하고 있었다.

"그런데, 초르칸, 자네가 하쥐 오메르보다 몇 살 젊지?" 상인 중 한 명이 물었다.

"그건 왜! 내가 몇 살이 더 젊건 그게 무슨 상관이야?" 초르칸이 쏩쏠하게 대답했다.

"어이, 마음씨와 젊음으로라면야 하쥐 오메르가 지금 가지고 있는 것을 가질 리가 없고 우리의 초르칸이 여기 앉아 있을 이유가 없지." 어딘가에서 누군가가 대화에 끼었다.

초르칸을 약 올리고 나약하게 만드는 것은 그리 힘들지 않았다. 럼주를 자꾸 따라주면서 그들은 그가 더 젊고 더 잘생겼고 '가슴으로도'

파샤에게 훨씬 더 가까울 뿐만 아니라 그가 생각하고 남이 보는 것처럼 그렇게 가난하지도 않으며 못생기지도 않다고 믿게 만들었다. 긴긴 밤이 할 일 없는 사람들은 라키야를 마시면서 허황된 이야기들을 늘어놓았다. 초르칸의 아버지는 아무도 본 적은 없지만 이름 없는 어떤 터키 장교로써 비셰그라드에 있는 비합법적인 아들을 유일한 상속인으로 알고 아나톨리아에 있는 엄청난 재산을 남기고 죽었는데, 그곳에 있는 어떤 친척이 유언의 집행을 보류시키고 있으니 이제 초르칸은 멀리 떨어진 도시 부루사에 가서 가짜 상속인의 흉계와 거짓말을 증명하고 정당하게 자기 소유인 재산을 되찾을 일만 남았다고 꾸며댔다. 그렇게 되면 하쥐 오메르의 모든 재산을 다 사들일 수 있다고 말했다.

초르칸은 그들의 얘기를 듣고 술을 마시며 한숨만 쉴 뿐이었다. 모든 것이 그를 아프게 했지만 이 카사바에서뿐만 아니라 저 멀리 아름다운 땅, 그가 알지 못하는 아버지가 있었던 바로 그 땅에서도 그가 속임을 당하고 강탈을 당했다는 그런 사람으로 여겨지는 것이 한편으로는 기뻤다. 그 주위의 사람들은 부루사로 여행을 떠나도록 서두르는 체 했다. 그들의 장난은 끝도 없었고 작은 것까지 모두 짜여진 얘기들이었다. 어느 날 저녁에는 가짜 여권을 가지고 와서 야비한 농담을 던지고 방이 떠나갈 듯이 웃어대면서 초르칸을 방 한가운데 끌어다놓고 여권에 인상착의를 써놓기 위해서라며 그를 잡아 돌리고 살펴보고 했다. 또 한 번은 부루사까지 여행하는 데 필요한 여비를 계산하고 어떻게 여행을 하며 어디서 밤을 지새울 것까지 계획을 세웠다. 그렇게 그들의 기나긴 밤은 잘도 지나갔다.

술에 취하지 않았을 때는 초르칸도 자신을 방어했다. 그는 들은 얘기들을 모두 믿기도 하고 믿지 않기도 했지만 믿는 것보다는 믿지 않는 편이 더 많았다. 술에 취하지 않았을 때는 사실 이런 소리를 하나도 믿지 않았지만 취하기만 하면 금방 모든 것을 믿는 것처럼 행동했다. 왜냐하면 일단 알코올의 포로가 되면 무엇이 사실이고 무엇이 농담이고 거짓인지를 묻지 않았기 때문이었다. 럼주 두 병을 마시고 나면 벌써 저 멀리 도달할 수 없는 부루사의 향기로운 바람이 느껴지고 푸른 정원과 하얀 건축물들이 보이는 것이 사실이었다. 그는 태어나면서부터 모든 것에서, 가족, 재산, 사랑에서도 모두 기만당한 것이 사실이었다. 그것은 너무나 큰 잘못이라 신이나 인간이나 모두 그에게 빚을 지고 있다고 여겼다. 지금 이렇게 되었고 모두들 그런 사람으로 자기를 보지만 원래는 그렇지 않았다는 것이 명백했다. 이런 모든 얘기를 주위 사람들에게 해주고 싶은 욕망이 술 한 잔을 더 할 때마다 더욱 간절했다. 그러나 이 명백한 사실도 증명하기는 매우 어렵다는 것을 스스로도 느끼고 있었다. 자신의 마음속에서 또 주위에서 모두가 그렇지 않다고 그를 부추겼다. 럼주 첫 잔을 마실 때면 그는 매일 밤 모든 사람들에게 끊어지지도 않는 말들로 흉한 몸짓을 하면서 주정꾼의 눈물을 지으며 설명을 하는 것이었다. 그러나 설명을 하면 할수록 주위에서는 농담을 하고 웃어댔다. 그들은 너무 오래 실컷 웃어대서 갈빗대와 턱이 아팠다. 한 사람이 웃으면 같이 따라 웃고 참을래야 참을 수 없고 어떤 음식보다도 술보다도 더 달콤한 웃음이었다. 겨울의 지루함을 잊어가면서 그렇게 웃으면서 그들은 초르칸 옆에서 마구 마셔댔던 것이다.

"자살해버려!" 냉정하고 눈에 두드러지는 진지한 방법으로 초르칸을 흥분시키고 부추길 줄 아는 메하가 사라츄가 말했다.

"그런 약골 하쥐 오메르에게 파샤도 뺏기고 더 살아서 뭐해. 죽어버려. 초르칸, 그게 바로 내 충고란 말야."

"어이, 자살해, 자살해버리라구"

"내가 그 생각을 안 해본 줄 알아? 카사바에서 드리나로 뛰어내리려고 100번은 더 갔었지만 100번 모두 뭔가가 나를 돌아오게 하더라구." 초르칸은 울었다.

"뭐가 너를 돌아오게 한다는 거야? 겁이 나서겠지. 뚱보, 초르칸!"

"아냐! 겁나서가 아냐, 맹세코 겁먹어서가 아냐."

모두들 방이 떠나가라 크게 웃는 가운데 초르칸은 벌떡 일어나서 자기 가슴을 치며 앞에 놓인 빵에서 한 덩어리를 떼어 가지고 냉정하게 시치미를 떼고 있는 메하가의 얼굴에 던졌다.

"이거 보이지? 어이, 이게 빵이라구, 겁을 먹어서가 아냐, 그냥……."

누군가가 갑자기 나직한 소리로 노래를 부르기 시작했다.

　　더 이상 그대 얼굴에 빛이 비치지 않네.

모두들 따라 노래를 부르고 초르칸을 향해 고함치는 메하가의 소리는 묻혀버렸다.

"죽—어!"

이렇게 노래를 불러 초르칸을 미치게 하려던 것이 저희들이 미쳐버렸다. 완전히 광란의 술판이 되어버렸다.

2월의 어느 밤 그들은 자기들의 희생양이 된 초르칸과 함께 그렇게 광분을 하면서 새벽을 기다렸다. 그들이 주막에서 나온 것은 날이 환하게 밝은 다음날이었다. 술로 몸에 열이 오르고 혈관이 부풀어올라 뼈마디에서 꼬챙이 부러지는 소리가 났던 그들은 아직 이른 아침이라 엷게 얼음이 덮인 다리로 향했다.

소리를 지르며 웃음을 터뜨리면서 아침 일찍 나온 행인들도 몇 사람 있었지만 거들떠보지도 않고 서로 내기를 했다. 다리를 건너되 얇은 얼음이 덮여 반짝이는 좁은 돌난간으로 건널 수 있는가 없는가 하는 내기였다.

"초르칸이 할 수 있어." 주정꾼 중 하나가 소리쳤다.

"어림없는 소리! 초르칸 같은 소리 하고 있네!"

"누가 못해? 내가? 허어, 할 수 있지. 다른 사람은 못해도 나는 해." 초르칸이 자기 가슴을 치면서 외쳤다.

"어림도 없는 소리! 어이, 조심!"

"할 수 있다니까!"

"초르칸이 한단다! 할 수 있대!"

"못해! 거짓말이야!"

이들은 그 넓은 다리에서도 제대로 걸음을 걷지 못해 서로서로를 붙들고 엉금엉금 기어가다시피 하면서도 소리들을 질러댔다.

그들은 초르칸이 돌난간에 올라간 것을 보지 못했다. 갑자기 초르칸이 높이 뛰어올라서 취하고 풀어헤친 몸차림이었지만 꼿꼿이 서서 난간의 판석(板石)을 디디고 나가기 시작하는 것을 보았다.

돌난간의 폭은 27인치였다. 초르칸은 좌우로 흔들면서 걸었다. 난간 왼편에는 다리가 있었고 그 다리 밑에는 발 아래 주정뱅이들이 그를 한 걸음 한 걸음 따라오면서 뭐라고 한 마디씩 소리를 질러댔는데 무슨 소리인지 몰랐고 다만 알아들을 수 없는 웅성대는 소리만이 들릴 뿐이었다. 오른쪽에는 공간이 있었고 그 공간 저 아래에는 보이지 않는 강이 있었다. 짙은 안개가 거기서 떠돌다가 흰 연기가 되어서는 싸늘한 아침의 대기를 향해 올라왔다.

몇 안 되는 행인들은 겁에 질려 걸음을 멈추고 눈을 크게 뜬 채 이 술 취한 남자를 지켜보고 있었다. 그는 다리 대신에 다리의 좁고 미끄러운 난간에서 균형을 유지하며 팔을 미친 듯 흔들면서 걸어가고 있었다.

이 주정뱅이 패거리들 중에서도 술이 덜 취해서 약간은 정신이 들어 있는 사람들도 이 위험한 장난을 지켜보고 있었다. 다른 취객들은 위험한 것도 모르고 난간 곁으로 걸어가면서 심연 위에서 몸을 가누고 흔들거리며 춤을 추는 주정뱅이를 향해서 소리만 질러댔다.

자신의 이런 위험한 위치에서 초르칸은 갑자기 자기가 저 무리들과 동떨어진 존재라는 것을 느꼈다. 이제는 그들보다 훨씬 높은 곳에 있는 어떤 어마어마한 괴물 같았다. 그의 첫 발자국들은 조심스러웠고 느렸다. 그의 무거운 나막신은 얼음이 덮인 돌 위에서 자꾸만 미끄러져갔다. 다리를 헛디딜 것만 같았고 발밑의 심연이 그를 끌어당기는 것 같고 미끄러져서 떨어져야만 될 것 같았으며 이미 떨어져버린 것도 같았다. 그러나 지금과 같은 흔히 있을 수 없는 자신의 위치와 코앞에 다가선 큰 위험이 그에게 힘과 예전에 없던 담력을 주었다. 몸을 가누려고 애를 쓰면서도 점점 뜀질을 덜 하게 되고 허리와 무릎을 더욱 구부렸다. 걷는 대신 그는 춤을 추기 시작했다. 어떻게 된 일인지 자기도 알 수 없었지만 이처럼 좁고 얼음이 깔린 낭떠러지에 있는 게 아니라 넓고 푸른 들판에 있는 것처럼 걱정이 되지 않았다. 언젠가 사람이 꿈속에서 그랬던 것처럼 그는 갑자기 가벼워졌고 훌륭한 솜씨를 가지게 되었다. 무겁고 기진맥진한 몸이 아니라 무게가 없는 것 같았다. 술에 취한 초르칸은 심연 위에서 마치 날개가 돋쳐 날아갈 듯이 춤을 추기 시작했다. 자기가 추는 춤에 따라 흥겨움을 느끼면서 확신과 균형을 선사하는 흥겨운 힘이 흘렀다. 춤은 그를 걸어서는 결코 갈 수 없는 곳으로 이끌고 있었다. 위험이라든지 떨어질 가능성이라든지 하는 것들은 더 이상 생각지도 않고 그는 마치 샤르키야[126]에 맞춰 따라가는 것처럼 두 팔을 벌리고 껑충껑

---

**126** 현악기의 일종.

충 뛰었다.

"티리담, 티리담, 티리디리디리디리디리디리디리담, 티리담…… 하이, 하이, 하이!"

초르칸은 노래를 하며 스스로 박자를 넣고 박자에 맞춰 자신 있는 스텝으로 춤을 추면서 위험한 줄타기를 했다. 다리를 약간 구부리고 머리를 좌우로 흔들었다.

"티리담, 티리담……하이하이!"

모든 사람들 위에, 그 예외적이고 위험한 위치에 있는 그는 더 이상 장터와 주막에서의 흥겨운 초르칸이 아니었다. 다리 난간은 그가 수천 번이나 와서 빵을 우물거리며 저 물결 속으로의 달콤한 죽음을 꿈꿨던, 그리고 그가 카피야의 응달에서 잠을 잤던 그곳이 아니었다. 아니 이것이야말로 그들이 매일 밤 주막에서 저급한 농담과 야유로 얘기했던 그 멀고 가기 어려운 여행길인 것이다. 하지만 이제 드디어 그 길을 나선 것이다. 그것은 위대한 성공을 기약하는 밝은 앞날을 제시하고 있었고 진정한 부와 법적인 상속자가 있는 황제의 도시 부루사로 떠나는 것이었다. 그리고 태양이 지는 그곳에는 그의 아내 아름다운 파샤가 그의 아들을 데리고 기다리고 있는 곳이었다.

그렇게 황홀함 속에서 춤을 추면서 그는 소파 주위의 난간을 지나고 나머지 반을 건너갔다. 끝까지 와서 뛰어내린 그는 자기가 비셰그라드 길의 정든 땅을 다시 밟고 서 있는 것을 오히려 이상하게 생각하고 어리둥절해 하면서 사방을 둘러보았다. 그곳까지 따라오면서 그를 격려하고 놀리던 무리들도 그를 환영했다. 겁이 나서 걸음을 멈추고 있던 사람들도 뛰어왔다. 그들은 그를 얼싸안고 그의 어깨와 낡은 모자를 두드려주었다.

"브라보, 초르칸, 영웅의 아들이야!"

"브라보, 영웅!"

"초르칸에게 럼주를!" 산토 파포가 주막인 줄 착각하고 두 팔을 벌리며 스페인어 발음에 혀가 꼬부라진 목소리로 말했다.

이런 혼잡과 웅성거림 속에서 누군가가 집으로 흩어져 돌아가지 말고 초르칸의 모험을 축하하는 의미에서 술을 계속 마시자고 제안했다.

그때 8, 9세 된 아이들이 그날 아침 등교 길에서 얼어붙은 다리에서 주춤거리고 가다가 서서는 이 이상한 광경을 지켜보고 있었다. 그들은 놀라서 입을 벌리고 있었고 그 벌린 입에서는 하얀 입김이 새어나왔다. 목도리를 칭칭 두른 작은 아이들은 겨드랑이에 책과 썰매를 끼고 이 어른들의 이해할 수 없는 장난을 지켜보았는데 아이들은 이 다리와 관련해서 자기들도 잘 알고 있는 이 초르칸이 몰라보게 가벼워져서 걸어다니는 것을, 금지되어 있는 그래서 아무도 걸어다닌 적이 없는, 그 난간 위에서 겁도 없이 흥겹게 마치 마술에 걸린 사람처럼 춤을 추던 광경을 평생 잊지 않을 것이다.

XVI

　오스트리아의 노란색 선발 군용차가 다리를 지나간 지 20여 년이 지났다. 점령 20년은 기나긴 세월의 연속이었다. 그 하루하루나 한 달 한 달을 따로 떼어놓고 생각하면 불안정하고 일시적인 것 같지만 이것을 전체적으로 조합해보면 이 카사바에 일찍이 없었던 물질적인 발전과 장구한 평화가 유지된 시기였고, 이 시기에는 점령 당시 겨우 철이 들 나이밖에 안 되던 세대로서는 일평생의 중요한 부분이었다.

　이 시기는 눈에 띄게 번영하고 작은 돈벌이라고 해도 확실한 수입이 보장되던 때였다. 어머니는 자기 아들들에게 "건강하게 잘 자라서 얻기 쉬운 빵을 하나님께서 주시기를!"이라고 했고, 이 가난한 페르하트가 자라 한 달에 20포린트[127]를 받는 마을 가로등에 불을 켜는 직업을 갖게 되자 그의 아내가 자랑스럽게 한 말이 있다. "우리 남편 페르하트가 관리가 되었으니 하나님도 고마우시지."

　19세기 마지막 몇 해는 미지의 하구에 이르는 고요하고 넓은 강처럼 큰 변동이나 중요한 사건 없이 그렇게 흘렀다. 이로 판단해본다면 유럽인들의 생활에 발생했던 비극적인 사건들이 다리 옆 카사바에 사는

---

**127** 헝가리의 화폐 단위.

사람들에게는 사라진 것처럼 보였다. 바깥 세상에서 가끔 그런 일들이 있었지만 그것으로 그쳐서 비셰그라드까지 침투해 들어오지는 않았고 이곳 주민들에게는 머나먼 일이며 이해할 수 없는 일이었다.

이렇게 기나긴 세월이 흐르고 난 어느 여름날 카사바에는 하얀 종이에 관청의 공고가 나붙었다. 그것은 짧고 이번에는 굵직한 검은 테두리를 두른 것으로 엘리사베타 황후 폐하께서 제네바에서 루케니라는 이탈리아 무정부주의자의 손에 의해 암살당하셨다는 것이었다. 공고문은 계속해서 대(大) 오스트리아-헝가리 제국의 전 시민의 분노와 심심한 애도의 뜻을 표하고 황제의 주위에 굳게 뭉쳐서 충성을 다함으로써 가혹한 운명을 당한 통치자에게 가장 큰 위로를 드리도록 호소하고 있었다.

플래카드는 예전에 필리포비치 장군이 점령했다는 공고를 했던 비문이 적힌 하얀 판 아래 붙여졌고 사람들은 황후, 여자에 대한 것이었기 때문에 흥분을 했지만 제대로 이해하지도 깊은 공감을 느끼지도 못했다.

며칠 밤 동안 카피야에는 노래나 소란스런 모임이 전혀 없었다. 왜냐하면 당국에서 그렇게 명령을 했기 때문이었다.

이 소식으로 심각한 영향을 받은 사람은 카사바에서 단 한 사람뿐이었다. 그는 마을의 유일한 이탈리아인인 프예트로 솔라였는데 그는 하청업자이자 건축가, 석공, 화가이기도 한, 간단히 말해 무슨 일이든지 다 하는 카사바의 전문 기술자였다. 카사바 사람들은 그를 기술자 패로라고 불렀는데 점령 당시 이 마을에 와서 그대로 정착을 해서는 스타나라는 그다지 소문이 좋지 않은 가난한 여자와 결혼을 했었다. 그녀는 얼굴빛이 붉고 힘이 세었고 기술자 패로보다 두 배나 몸집이 크고 입이 거칠었으며 손도 매워서 모두들 그녀를 상대로 싸우지 않는 것이 상책이라고 생각하는 그런 여자였다. 기술자 패로는 왜소하고 등이 굽은, 푸른 눈은 부드럽고, 수염이 긴 사람으로서 마음씨가 아주 착했다. 그는 열심히 일을 해서 돈을 많이 벌었다. 세월이 흐름에 따라 완전히 이 고장 사람이 되었지만 로티카처럼 이 고장 말과 발음을 제대로 익히지는 못했다. 재주가 있고 마음씨가 착해서 누구나 그를 좋아했고 육체적으로 힘이 센 그의 아내는 그를 어린아이처럼 엄격하게 다루고 어머니 노릇을 해가면서 살았다.

돌먼지를 뿌옇게 뒤집어쓰고 얼룩을 묻혀가지고서는 일을 마치고 집으로 돌아오는 길에 기술자 패로는 카피야에서 이 공고를 읽고 모자를 눈까지 푹 뒤집어쓰고 그가 늘 이 사이에 끼고 다니던 자신의 얇은 파이프를 으드득 악물었다. 그는 마을의 점잖고 유력한 인사들을 누구든 만날 때면 자기가 이탈리아인이기는 하지만 그 비열한 범죄나 루케니와는 공통점이 하나도 없다고 설명했다. 그들은 그의 얘기를 듣고 위로해주면서 자기들은 그를 믿으며 더구나 그런 일은 생각도 해본 적이 없다고 잘라 말했다. 그래도 여전히 그는 사람들에게 부끄러워서 살 수가 없다고 하면서 자기는 신분이 높은 분은 고사하고 병아리 한 마리도 죽여본 적이 없다고 덧붙였다. 결국에는 그의 소심증이 실제 광증으로 변했다. 카사바 주민들은 기술자 패로의 걱정과 열의, 또 자기는 무정부주의자나 살인범과는 전혀 관계가 없다는 그의 야단스러운 맹세를 비웃기 시작했다. 그리고 카사바의 아이들도 이 사나운 장난에 가세했다. "루케니!" 가엾은 남자는 마치 벌떼로부터 몸을 피하듯이 자신을 방어했고 모자를 눈까지 푹 눌러쓰고 집으로 도망을 치고는 자기 아내의 넓은 무릎에 안겨 신세를 한탄하며 울기 시작했다.

"창피해, 창피해. 사람들을 쳐다볼 수가 없어." 가엾은 남자는 흐느꼈다.

"어이, 이 바보야, 뭐가 창피해? 이탈리아인이 황후를 살해한 것 때문에? 이탈리아 왕이나 창피해 하라고 해! 당신이 뭔데 무슨 짓을 했다고 창피해 해?"

"그러니까, 살아 있다는 게 창피해." 기술자 패로는 아내에게 호소했다. 그의 아내는 그를 두 손으로 잡아 흔들고 조금이라도 힘과 용기를 불어넣어주려고 애를 쓰면서 누구 앞이든지 눈을 내리깔지 말고 머리를 똑바로 쳐들고 장터를 걸어다니라고 일렀다

그동안 노인들은 카피야에 앉아서 돌처럼 굳은 표정으로 눈은 아래로 내리깔고 오스트리아 황후의 피살에 관한 자세한 내막과 그 밖에 가장 최근의 뉴스에 귀를 기울이고 있었다. 새로운 소식이라 해봤자 지체 높은 사람들과 왕족들의 운명에 대해 이러니저러니 하는 얘깃거리에 지나지 않았다. 비셰그라드의 무데리스인 후세인에펜디야가 점잖고 호기심 많고 무지한 마을 터키 주민들에게 무정부주의자가 누구이며 어떤 사람인지를 열심히 설명하고 있었다.

무데리스는 20년 전 카피야에서 최초의 오스트리아인들을 맞았던 그때처럼 여전히 화사하고 말쑥했으며 깔끔하고 단정한 모습 그대로였지만 당시 함께 있었던 물라 이브라힘과 폽 니콜라는 이미 오래전에 무덤에 안치되었다. 수염은 이미 하얗게 되었지만 여전히 정성껏 다듬고 손질을 했고 둥실둥실한 얼굴 전체가 고요하고 평화로워 보였다. 원래 고지식하고 강직한 성품을 지닌 사람은 잘 늙지 않는 법이다. 자기 스스로에 대해 늘 품고 다니던 자신감은 지난 20년 동안 오히려 더욱 커졌다. 사실 사람들이 그가 유식한 사람이라고 믿게 된 것은 모두 그가 가지고 있는 책 상자 때문이었는데 사실 그 중 대부분은 읽지 않았을 테고 그가 집필 중이라는 연대기도 지난 20년 동안 겨우 네 페이지를 메웠을 뿐이었다. 왜냐하면 그는 나이를 더 먹으면 먹을수록 자기 주위에 일어

나는 것들에 대해서는 그다지 대수롭지 않게 여겼고 오히려 자기 자신과 자신의 연대기만을 더욱 높이 평가했기 때문이었다.

그는 지금 조용한 음성으로 천천히 마치 알 수 없는 필사본을 읽는 것처럼 권위 있는 태도로 엄숙하고 장엄하게 이교도 황후의 운명을 예로 들면서 그러나 자신의 해석은 조금도 섞여 있지 않은 투로 말을 하고 있었다. 그의 해석에 의하면 (이 역시 그의 의견이 아니다. 왜냐하면 그가 은사이신 유명한 아랍호좌로부터 물려받은 옛날 책에 있는 내용이기 때문이다.) 그는 지금 소위 무정부주의자라고 하는 사람들은 어느 시대에나 존재했었고, 앞으로도 이 세상이 존속하는 한 언제까지나 존재할 것이라고 했다. 인간 생활이란 질서 정연해서 ─ 유일한 하나님께서 그렇게 정하셨으니 ─ 하나의 선함이 있는 곳에는 반드시 두 개의 악이 있고 이 지상에는 증오 없는 선함이 있을 수 없고 시기심 없는 위대함이 없으며 심지어 아무리 작은 물건이라도 그 그림자가 없을 수 없다는 것이었다. 그것은 특히 예외적으로 유명하고 지체 높은 사람들에게는 더욱 그렇다. 그들 한 사람 한 사람의 곁에는 영광과 함께 반드시 그 목숨을 노리는 자가 기다리고 있으니 언제든 기회를 얻게 된다는 것이었다.

"자, 우리나라 사람으로 이미 오래전에 천당에 간 메흐메드 파샤를 보시오. 세 명의 술탄을 모셨고 아사프보다 현명했고 우리가 지금 이렇게 앉아 있는 돌도 자신의 힘과 권세로 만드신 그가 칼에 맞아 돌아가시지 않았소. 그의 모든 힘과 현명함으로도 그는 죽음을 면치 못했소. 대(大) 베지르가 그들의 계획에 방해가 되자 그 엄청나고 강력했던 파당은 어느 미친 수도승을 위장해서 무장을 시켜 파샤가 바로 그 사원에 기도를 드리러 갔을 때 죽이도록 한 것 아니겠소. 초라한 수도승이 어깨에는 허름한 옷가지를 걸치고 손에는 묵주를 들고 있었는데 이 자가 그분의 길을 가로막고 공손하게 동냥을 청하자 그분께서 돈을 꺼내려고 주머니에 손을 넣는데 그 수도승이란 자가 칼로 찔러버렸잖소. 그렇게 메흐메드 파샤는 순교자로 돌아간 셈이지." 무데리스가 플래카드 위의 돌 판을 가리키면서 말했다.

사람들은 이야기를 듣고 있었고 담배 연기를 피하면서 어떤 때는 비문이 새겨진 석판을 쳐다봤다가 또 어떤 때는 검은 테두리를 두른 공고문을 쳐다보았다. 무데리스의 해석을 모두 이해하는 사람은 아무도 없었지만 모두들 주의를 기울이며 듣고 있었다. 그러나 자신들의 담배 연기를 따라 쳐다보면서 그 비문과 플래카드 너머로 이 세상 어느 곳에 이곳과는 다른, 또 다른 하나의 인생이, 성공과 실패의 폭이 아주 넓은 인생이 뒤섞여 있는 것이 보이는 것 같았고 그것이 이곳 카사바의 평화롭고 단조로운 생활과 어떤 연관이 있는 것인지는 모르겠지만 나름대로 균형을 잡고 있는 것 같았다.

그런 날들도 지나갔다. 카피야에는 큰소리로 일상적인 대화를 나누고 농담을 해대고 노래를 부르는 오래된 습관들이 돌아왔다. 무정부주의자에 대한 토론도 끝났다. 잘 알지도 못하는 외국 황후의 죽음을 알리던 플래카드도 태양과 비와 먼지로 모양이 바뀌고 나중에는 바람에 찢겨가더니 조각 조각나서 강물 속으로 흩어져버렸다.

그후에도 얼마동안 장난꾸러기 아이들은 기술자 패로를 보면 '루케니'라고 소리를 질렀지만 그들 자신도 그게 무슨 뜻이며 왜 그러는지를 알지 못했고 그저 심약하고 예민한 사람을 놀리고 괴롭히고 싶어하는 어린아이들의 충동일 뿐이었다. 그들은 소리를 질렀지만 다른 장난거리를 발견하자 소리 지르는 것도 그만두었다. 메이단의 스타나가 이 장난꾸러기 녀석들 중에서 가장 못된 놈을 사정없이 때려준 것이 이런 결과를 가져오는 데 적지 않은 구실을 한 것도 사실이었다.

두 달 뒤에는 황후의 죽음과 무정부주의자에 대해 더 이상 얘기하는 사람이 없었다. 영원히 길들여진 것같이 보이는 세기말 생활은 모든 것들을 그 광활하고 단조로운 흐름으로 감싸버렸고 사람들에게는 저 멀리 보이지 않는 미래로 향하는 평화로운 기쁨의 세기가 열린다는 기분이 들도록 만들었다.

외국의 행정가들이 벌여놓은 끊임없고 거역할 수 없는 활동은 20년 동안에 이 카사바의 외관과 주민들의 의복 습관 등 모든 것들을 바꿔놓았다. 이 옛날 다리도 영원히 변함없는 똑같은 모습으로 두지는 않으리라는 것도 어쩌면 자연스러운 일이었다.

그 행복하던 세기가 끝나 많은 사람들의 의식과 감정에 따라 더욱 행복해져야 하는 새로운 세기의 시작인 1900년이 도래했고 새로운 기술자들이 들어와 다리를 건너다니기 시작했다. 사람들은 이미 그들에게 익숙해져 있었다. 그 사람들이 가죽 재킷을 입고 바깥 주머니에는 온갖 색연필을 꽂고 다니며 언덕이나 건물 주위를 헤집고 다닐 때 그것이 무엇을 의미하는지는 아이들도 알고 있었다. 무언가가 헐리고 세워지고 땅을 파고 변경하게 마련이었다. 이 마을 사람들에게는 그들이 밟고 다니는 땅과 그 위의 하늘 같은 존재인 그 다리가, 카사바에서 영원하고 변할 수 없는 것으로 인식되던 그 다리가 어떻게 변하게 될지는 아무도 상상하지 못했다. 기술자들은 다리를 조사하고 측량해서 도면을 만들고는 그렇게 떠나버려서 그 일은 잊혀졌다. 그러나 한여름 수위가 가장 낮을 때 갑자기 하청업자들과 인부들이 와서는 다리 가까이에 기구를 보관할 임시 창고를 지었다. 벌써 다리를 고칠 것이라는 소문이 나돌았고 이미 교각들에는 나무판자들이 묶여 있었으며 다리 위에도 기중기를 가져다 놓았다. 기중기를 타고 인부들은 어떤 좁은 나무 발코니에 있는 것처럼 그렇게 교각을 타고 내려갔고 구멍이 난 곳이라든지 돌 틈으로 풀무더기가 자란 곳에서는 발을 멈추었다.

모든 구멍은 메워지고 풀은 뽑히고 새 둥지들은 치워졌다. 이 일이 끝나자 물에 잠긴 교각의 기초를 수리했다. 물줄기를 막아서 방향을 돌리자 시꺼멓게 이끼가 끼고 썩은 돌이 보였고 군데군데 참나무 기둥이 보이는데 330년 전에 박은 것이라 낡기는 했지만 돌처럼 단단했다. 지칠 줄 모르는 기중기는 계속해서 시멘트와 자갈을 실어내리고 가장 센 물살을 받아서 부식 정도가 가장 심한 가운데 교각 셋은 벌레 먹은 이를 때우듯 바닥에 땜질을 했다.

그 여름에는 카피야에 앉아 있는 일들도, 다리 주위에서 벌어지던 일상생활도 없었다. 다리는 모래와 시멘트를 운반하는 말들과 차량으로 들끓었다. 인부들과 십장들이 지르는 소리가 사방에서 울렸다. 카피야에도 판자로 만든 도구 창고가 세워졌다.

카사바의 사람들은 이 큰 다리에서 일어나고 있는 일들에 어리둥절해 하면서 구경을 하고 있었는데 농담을 하는 사람들도 있었고 손을 흔들고 가버리는 사람도 있었지만 모두들 생각하기를 저 외국인들은 다른 일도 마찬가지지만 무슨 일이든 해야만 속이 시원하기 때문에 이 공사도 하는 것으로 알고 있었다. 왜냐하면 일을 한다는 것이 그들에게는 일종의 피할 수 없는 운명이라서 일을 안 하고는 견디지 못하기 때문이었다. 이렇게 말을 하는 사람은 아무도 없었지만 모두들 느끼고는 있었.

카피야에서 시간을 보내는 것에 익숙해진 사람들은 이제는 로티카의 호텔 앞이나 자리예 주막 또는 다리 가까이에 있는 가게들의 판자 덧문 앞에서 앉아 있게 되었다. 그곳에서 그들은 커피를 마시고 이야기를 나누며 마치 소나기나 무슨 재앙이 지나가기를 바라는 것처럼 카피야가 다시 개방되어 다리에 대한 도전이 끝나기를 기다리고 있었다.

돌 한과 자리예 주막 사이에 있는 알리호좌의 가게에서는 다리 한쪽 끝이 보였는데 그 앞에서 밤낮 장터에서 세월을 보내는 터키인 두 사람이 이른 아침부터 앉아서 이런 저런 잡담을 나누고 있었는데 특히 다리에 대한 이야기가 많았다.

알리호좌는 아무 말도 하지 않고 시무룩한 표정으로 생각에 잠긴 채 개미떼처럼 인부들이 웅성거리는 다리를 보면서 그들의 말을 듣고 있었다.

지난 20여 년 동안 알리호좌는 세 번 결혼을 했다. 지금 아내는 훨씬 나이가 젊었는데 마을의 고약한 사람들은 그 이유 때문에 그가 늘 정오 때까지 시무룩하다고 말을 했다. 세 명의 아내에게서 14명의 아이를 얻었는데 그들 때문에 하루 종일 집안이 북적대고 시끄러웠으며 마을에서는 호좌가 자기 아이들의 이름도 알지 못한다고 농담을 해 댔다. 심지어 사람들이 말을 지어내기를 어느 날 그가 거리에서 자기 아이 중의 한 아이를 만났는데 어찌나 기특한지 손을 잡아주고 머리를 쓰다듬어 주면서 이렇게 말했다는 것이다. "기특하구나, 기특해! 네 아버지가 누구더냐?"

겉으로 보기에는 호좌가 그렇게 많이 변하지는 않았다. 그저 살이 조금 찌고 얼굴이 전처럼 붉지 않은 정도였다. 그리 많이 다니지도 않고 언젠가부터 심장이 약해져서 심지어는 꿈속에서도 그랬는데 메이단에 있는 오르막길을 아주 천천히 오르며 다녔다. 그 때문에 스레즈의 의사인 마로브스키 박사에게 치료를 받으러 다녔는데 그는 호좌가 이방인들 중에서 유일하게 존경하며 인정하는 인물이었다. 그 의사에게서 물약을 받았는데 그것은 병을 고치는 것이 아니라 그저 병을 견디는 데 도움이 되었을 뿐이었다. 그에게서 자신의 병명이 라틴어로 안기나 펙토리스[128]라는 것을 알게 되었다.

---

[128] 협심증.

그는 이방인들이 가져온 새로움과 변화를 아무것도 받아들이지 않은 몇 안 되는 이 마을 회교도 중의 한사람이었다. 그는 의복에서건 사고 방식이건 말이건 장사하는 방식이건 아무것도 받아들이지 않았다. 언젠가는 희망 없는 항거에 반대하여 날카로움과 끈기를 가지고 여러 해 동안 오스트리아적이고 이국적인 모든 것들을 물리치고 그의 주위에 있는 것들을 더욱 고수하며 지냈었다. 그런 이유 때문에 그는 사람들과 충돌하는 일도 있었고 경찰에 벌금을 물기도 했다. 지금은 다소 지치고 실망에 차 있다. 근본적으로 그는 카피야에서 카라만리야와 토론을 하던 시절과 조금도 다를 바가 없었다. 고집불통인 데다 늘 모든 면에 있어서 자신의 생각을 굽힐 줄 몰랐다. 달라진 것이 있다면 격언을 쓰던 정중함이 날카로움으로 바뀌었고, 그의 호전성은 아무리 과격한 말로도 가라앉지 않고 침묵을 지킬 때나 혼자 있을 때에만 가라앉고 사라질 수 있는 음침한 신랄함으로 바뀌었다.

세월이 흐름에 따라 호좌는 점점 조용한 명상에 잠기게 되었고 이 명상 속에서 그에겐 아무도 필요가 없었으며, 오히려 모든 사람들이 힘들고 성가셨으며 장터의 장사치나 손님들이나 그의 젊은 아내나 집 안에서 소란을 피우는 철부지 아이들도 모두 방해가 되었다. 해가 뜨기 전에 그는 집에서 뛰쳐나와 가게에 도착하여 다른 상인들보다도 먼저 가게 문을 열었다. 여기서 그는 사바흐[129]를 했다. 점심도 이리로 갖다가 먹었다. 낮에도 사람들과의 대화나 지나가는 사람들과 일들이 지루하다 싶으면 그는 판자 덧문을 닫아버리고 가게 뒤의 작은 방으로 몸을 숨겼는데 그는 이 방을 타부트[130]라고 불렀다. 좁고 낮은 어두운 비밀 장소는 호좌가 기어들어가면 거의 꽉 찼다. 이곳에는 융단을 덮은 조그마한 의

---

**129** 이슬람의 아침 기도.
**130** 뚜껑이 없는 이슬람의 관.

자가 하나 있어서 다리를 틀고 앉을 만하였다. 또 그곳에는 선반도 몇 개 있었는데 가게에 둘 자리가 없는 낡은 저울이니 빈 통이니 그 밖에 여러 가지 물건들이 얹혀 있었다. 이 좁고 어두운 구멍에서 호좌는 말발굽 소리며 물건을 파느라고 외치는 소리며 장터에서 나는 소리들을 엷은 벽 너머로 들을 수 있었다. 이 모든 소리들은 딴 세상에서 들려오는 것 같았다. 그의 닫힌 가게 문 앞에서 걸음을 멈추고 자기에 대한 고약한 농담이나 비판의 소리들도 들을 수 있었다. 그러나 그는 조용한 마음으로 이런 소리들을 들었다. 그의 눈으로 보면 이 사람들은 다 죽은 사람들이고 다만 자기들이 죽었다는 사실을 모르고 있을 뿐이었다. 그래서 호좌는 그런 얘기들이 귀에 들려오면 동시에 망각 속으로 파묻혀버렸다. 몇 장 두른 판자 뒤에 숨어 있노라면 이승의 삶이 자기에게 가져오는 모든 것들로부터 떨어져서 안전하다는 느낌이 들었다. 그의 견해로는 이승의 삶은 이미 오래전부터 부패하고 타락했으며 악의 길을 더듬어가고 있는 것이었다. 여기서 호좌는 자신을 발견하고 세상 운명에 대한 자신의 생각과 인간사의 발자취를 찾는 것이고 동시에 모든 것을—장터, 빚에 대한 걱정, 악한 라야들에 대한 걱정, 젊음과 아름다움이 갑자기 어리석음과 심술궂은 기질로 변해버린 자신의 너무나도 젊은 아내, 황제의 재산으로도 감당하기 어려운, 이제는 떠올리기만 해도 끔찍한 자식들을 잊게 되는 것이었다.

이곳에서 휴식을 취하고 기운을 회복하고 나면 호좌는 어딘가를 다녀온 사람처럼 다시 덧문을 열어놓았다.

지금 그렇게 그는 두 이웃 남자들의 공허한 대화를 듣고 있는 것이었다.

"세월이 어떤 건지 하나님의 선물이 어떤 건지 알겠지, 세월은 돌이라도 저렇게 신발 바닥처럼 깎아 먹으니 말이오. 하지만 저 오스트리아 놈들은 그것마저 그냥 두지 않고 깎은 곳을 금세도 고쳐놓는군." 시장에서도 게으르기로 이름난 어떤 자가 알리호좌의 커피를 마시면서 철학자인 양 말을 늘어놓았다.

"하지만, 드리나가 드리나로 남아 있는 동안에는 다리도 다리대로 남아 있을 거요. 건드리지 않아도 적혀 있는 대로 지속은 될 텐데. 저렇게 엄청난 돈을 들여도 헛장난에 지나지 않는 걸." 첫번째 손님과 같은 일에 종사하는 두번째 손님이 말했다.

이렇게 부질없는 한담이 오래 지속되고 있을 때 알리호좌가 그들의 말을 가로막았다.

"내가 생각하기에도 다리를 건드리는 것은 좋은 일이 아니라고 생각하지. 저렇게 수리해서 좋을 것이 없으니 두고 보시게나. 오늘 고친 것을 내일이면 부수게 되는 것처럼 말일세. 돌아가신 물라 이브라힘이 내게 말씀하신 건데 책에 나오는 말이지. 물살을 바꾸거나 막는 따위의 생명이 있는 물을 건드리는 것은 하루나 한 시간 동안이라도 큰 죄악이라고 했소. 저 오스트리아 놈들은 주위에 있는 것들을 망치질하고 끌질을 하지 않으면 살맛이 나지 않는 모양이야. 눈마저도 건드릴 자들이라구! 할 수 있다면 땅도 뒤집어놓을 자들이라구."

할 일 없는 두 사람 중에 먼저 말을 꺼낸 첫번째 남자가 어찌되었건 오스트리아 놈들이 다리를 수리하는 건 별로 나쁜 일이 아니라는 것을 설명하려고 애를 썼다. 물론, 다리의 수명이 길어지지는 않아도 아무 일도 없을 것이라고 했다.

"아무 일이 없을지 자네가 어떻게 알아?" 호좌가 화가 나서 그의 말을 가로막았다. "누가 그럽디까? 말 한 마디가 도시들을 망칠 수도 있는데 게다가 저런 어마어마한 소음거리를, 아니 알면서도 그런 소리를 하는 거요. 하나님의 이 땅덩어리도 단 한 마디로 모두 세워진 것을.

자네는 글을 읽을 줄도 모르고, 배운 것도 없어서 잘 모르겠지만 배운 사람들은 이것뿐만 아니라 모든 것들이 하나님의 사랑과 하나님의 뜻으로 지어진 것임을 알 거요. 한때 세우는 사람들이 있으면 어느 때에는 그것을 허무는 사람들도 있기 마련이지. 나이 든 사람들이 돌 한에 대해 하는 얘기들을 들었을 테지. 온 황국 전체에도 그런 건축물은 없었지. 그런데 그걸 누가 부수냐 말이오? 건축 상태나 기술 면에서 본다면 1000년은 더 지속될 거요. 그런데 초를 녹여 만든 것처럼 다시 녹여서는 이제 한이 있던 바로 그 자리에 돼지새끼가 꿀꿀거리고 오스트리아 놈들의 나팔 소리가 들리니 말이오."

"그런데, 제 생각으로는, 제가 보기에는……" 그 남자가 자신을 변호했다.

"잘못된 판단이오." 호좌가 그의 말을 가로막았다. "자네 머리대로라면 세울 것도 부술 것도 없다는 것 아니오. 내 말을 알아듣지 못하는군. 내가 단지 말하고자 하는 것은 다리에서나, 카사바에서나, 우리가 눈으로 보는 우리에게 벌어지고 있는 것들이 결코 좋은 징조는 아니라는 거요."

"그렇죠, 그래요. 다리가 어떤 건지는 호좌가 더 잘 아시지요." 다른 손님이 언젠가 알리호좌가 카피야에서 고통을 겪은 것을 짓궂게 상기하면서 말에 끼어들었다.

"내가 모른다고 생각하지 마시게." 호좌는 자신 있게 말하고 말을 이었는데 이미 완전히 평정을 되찾고는 사람들이 비웃고 그것을 몇 번이고 듣기를 좋아하는 바로 그 얘기를 하는 것이었다.

"언젠가 나의 돌아가신 아버지가 셰흐 데디야에서 들은 이야기인데 내가 어릴 적에 말씀을 해 주셨지. 세상에 다리가 생기고 어떻게 첫 다리가 생겼는가 하는 얘기요. 알라 레 샤누흐![131] 알라께서 세상을 창조하실 때 이 땅은 고르고 평탄해서 마치 잘 다듬어진 칠이 반들반들한 둥근 접시 같았단 말이오. 인간이 신으로부터 받은 선물에 악마가 시기심을 느낀 것이지요. 땅덩어리가 신의 손에서 금방 떨어져 아직 굳지 않은 진흙처럼 눅눅하고 물렁물렁할 때 악마가 이 하나님의 땅을 훔쳐다가 손톱으로 될 수 있는 한 여러 군데를 또 될 수 있는 한 깊게 할퀴었다는 거요. 그래서 전하는 이야기에 따르면 그렇게 깊은 강과 골짜기가 생겨서 마을과 마을을 떼어놓고 사람과 사람을 갈라놓고 하여 서로 다니지 못하게 하고 하나님이 인간에게 먹고 살 음식을 지을 땅을 마음대로 다니지 못하도록 만든 것이지. 이런 저주받은 짓을 보시자 하나님께서는 무척 마음이 아프셨지만, 악마가 손톱으로 망쳐놓은 일을 어찌할 수는 없어서 천사를 보내시어 인간들을 돕고 만사가 태평하게 이루어질 수 있도록 만드셨지. 그 천사들은 가엾은 인간들이 심연과 절벽을 건너지 못해서 할 일을 하지 못하고 몸부림을 치며 건너다보고 양쪽에서 소리만 지르고 있는 불쌍한 광경을 보고 자신들의 날개를 펴서 인간들에게 건너가도록 도와주었지. 그렇게 해서 인간들은 하나님의 천사로부터 다리 만드는 법을 배운 거지. 에, 그러니까 물이 있는 곳에선 다리를 만드는 일이 가장 우선시되었듯이 그것을 건드리는 일은 가장 큰 죄악인 셈이지. 왜냐하면 산중의 개천을 건너는 다리거나 메흐메드 파샤의 건축물에 이르기까지 모든 다리에는 하나님께서 보내주신 천사들이 그것을 지키고 지탱하고 있기 때문이지."

"이크, 하나님, 맙소사!" 두 남자가 공손하게 감탄을 했다.

그렇게 그들이 입씨름을 하면서 세월을 보내고 있는 동안, 날이 가고 다리에서는 공사가 진행되면서 마차가 삐걱대는 소리며 모래와 시멘

---

**131** 신을 부르거나 이야기할 때 쓰는 감탄사.

트를 혼합하는 기계의 굉음들이 울리곤 하였다.

늘 그렇지만 이번 토론에서도 호좌가 이겼다. 왜냐하면 어느 누구도 끝까지 그와 맞서려는 사람이 없었기 때문이었다. 게다가 이 한가하고 머리가 텅 빈 두 남자의 경우는 오늘도 여기서 커피를 마시고 내일도 이 가게 앞에서 커피를 마시며 하루의 대부분을 보내야 한다는 것을 잘 알고 있었기 때문에 두말할 나위가 없었다.

그렇게 알리호좌는 일 때문에 오든지 지나가는 길이든지 그의 가게 앞에 걸음을 멈추는 모든 사람들을 붙들고 이야기를 했다. 그들은 모두 조롱 섞인 호기심과 체면상 흥미를 보이는 척하면서 귀를 기울이기는 했지만 카사바를 통틀어서 그의 의견에 동조하고 그 자신도 설명할 수 없고 증거를 댈 수 없는 비관론을 이해하는 사람은 아무도 없었다. 게다가 그들은 호좌가 괴팍한 사람이고 고집불통이라는 것을 잘 알고 있었고 그런 사람이 요 근래에는 연로하고 환경도 여의치 않은 데다 젊은 아내의 영향도 있어서 매사에 어두운 면만 보며 모든 일에 괴상하고 불길한 의미만 붙이고 있다고들 생각했다.

카사바 사람들 대부분은 이 이방인들이 이미 여러 해에 걸쳐 그들의 마을과 주변에서 일을 하고 있는 것에 대해 그렇듯이 다른 모든 일들뿐만 아니라 다리에서 하는 일들에 대해서도 모두 무관심했다. 많은 사람들이 인부들에게 모래를 나르면서, 나무나 음식들을 나르면서 돈을 벌었다. 다만 어린아이들만이 그동안 그들이 아랍인이 살 거라고 믿었던 중앙 교각의 '방'에 인부들이 나무 사다리를 들고 들어가는 것을 보고 실망을 할 뿐이었다. 이곳에서 인부들은 수도 없이 많은 새들의 오물들을 끄집어내서 강물에 던져버렸다. 그것이 전부였다. 아랍인은 나타나지 않았다. 어린아이들은 그 어둠 속에서 얼굴이 검은 사람이 나와 그곳으로 들어간 첫번째 사람을 보기 좋게 갈겨주어서 강물로 떨어뜨리는 것을 보기 위해 강둑에서 몇 시간을 기다리며 지키고 있다가는 끝내는 보지도 못하고 학교에 늦고 말았다. 그런 일은 일어나지도 않았고 어떤 장난꾸러기 녀석들이 그런 일이 있었다며 꾸며댔으나 믿어지지 않았다. 그들이 맹세까지 하면서 말을 했지만 도움이 되지 않았다.

다리 고치는 일들이 끝나자마자 상수도 공사를 시작했다. 카사바에는 그때까지 나무 분수가 있었는데 그것은 메이단에 두 곳 있는 깨끗한 샘물에서 끌어온 것이었다. 그리고 아랫마을 나머지는 드리나 강 아니면 르자브 강과 연결되어서 이들 강물이 흐릴 때는 우물도 흐렸고 강의 수위가 낮아지는 한여름에는 아예 말라버리곤 했다. 이제 기술자들이 마을의 물이 건강에 좋지 않다는 것을 발견했다. 새 물은 심지어 드리나 강의 반대편 카베르니크 산에서 끌어온 것이기 때문에 수도관이 다리를 지나 마을로 들어와야 했다.

다리에서는 또 다시 소음과 법석이 일었다. 판석을 들어내고 수도관을 묻을 자리를 파냈다. 불을 지펴서 납을 녹였다. 대마를 땋아 밧줄을 만들었다. 전에도 늘 그랬지만 이번에도 사람들은 불신과 호기심을 가지고 공사를 지켜보았다. 알리호좌는 시장을 넘어서 자기 가게에까지 불어오는 연기 때문에 화가 치밀어서 경멸에 찬 표정으로 이 '불길한' 새 물 얘기를 했다. 쇠파이프를 타고 오기 때문에 음료수나 기도 전의 목욕재계용으로도 적당치 않고 품종이 좋은 말조차도 그런 물은 먹지 않을 거라고 하였다. 그 물을 호텔로 끌어가는 로티카를 비웃었다. 자기 얘기를 들어주는 사람이면 아무나 붙잡고 수도 공사는 조만간 이 카사바에 떨어질 재난이 가까워졌다는 것을 의미하는 것이라고 단언했다.

그러나 이듬해 여름 모든 공사가 끝난 것처럼 상수도 공사도 끝이 났다. 가뭄과 홍수에도 끄떡없는 깨끗하고 풍부한 물이 새로 만든 쇠 우물에서 쏟아져나왔다. 많은 사람들이 물을 마당으로 끌어왔고 어떤 이는 집 안으로 끌어오기도 했다.

같은 해 가을에는 철도 부설 공사가 시작되었다. 그것은 훨씬 더 길고 중요한 일이었다. 사실, 처음에는 다리와 아무 관련도 없는 듯했다. 그러나 그것은 피상적인 관찰이었다.

이것은 신문이나 공문서에서 '동부철도'라고 부르는 좁은 철도이었다. 그것은 사라예보와 세르비아 국경의 바르디슈테를 연결하고 우브체에 있는 터키의 노비파자르의 산좌크의 국경과 연결해야 했다. 그 노선은 가장 중요한 정거장이 될 이 카사바를 관통해야 했다.

외부에서는 그 노선의 정치적, 전략적 중요성과 보스니아와 헤르체고비나의 합병 문제, 산좌크를 지나 솔룬[132]까지 가려는 오스트리아-헝가리 제국의 향후 목표들과 이것과 관련된 모든 복잡한 문제들이 이야기되고 기사화되었다. 그러나 정작 카사바에서는 모든 것이 희망 없는, 심지어 매력적인 안목이 전혀 없는 것으로 보일 뿐이었다. 새로운 하청 업자들이 오고 인부들 무리가 들어오고 그러면 돈을 벌 수 있는 많은 기회가 생기는 셈이었다.

이번에는 모든 것들이 대규모였다. 전장 166킬로미터의 철도 부설 공사는 4년이나 걸렸다. 그 위에는 100개가 넘는 다리와 육교, 130여 개의 터널이 만들어졌는데 정부는 7천 4백만 크루나[133]를 들였다. 사람들은 이 억 단위의 돈을 이야기하면서 그저 먼 곳을 쳐다볼 뿐이었고 자기들의 셈이나 상상을 초월한 이 돈의 산더미를 보려고 해도 보이지 않는다는 표정이었다. '7천 4백만!' 그들은 마치 손바닥에 놓고 셀 수 있는 것처럼 아는 체를 하며 이렇게 되풀이했다. 왜냐하면 이 외진 카사바에서도 3분의 2 이상 되는 사람들은 여전히 동양적이어서 숫자로 장사를

---

**132** 그리스의 도시.
**133** 화폐 단위.

하기 시작했고 통계를 믿었기 때문이었다. '7천 4백만' '매 킬로미터마다 거의 100만의 절반인 정확히 445,782.12 크루나군' 그렇게 주민들의 입은 큰 숫자로 가득했지만 그것으로 더 부자가 된다든가 더 현명해지는 것은 아니었다.

이 공사가 진행되는 동안 사람들은 이것이 점령 초기의 쉽고 확실하고 걱정 없는 돈벌이가 아니라는 것을 처음으로 느끼게 되었다. 이미 최근 몇 년 사이에 물건 값과 생활필수품 가격이 뛰었다. 한번 뛴 물가는 다시 돌아오지 않았으며 짧은 시간이 지나든 긴 시간이 지나든 물건 값은 다시 뛰는 것이었다. 돈벌이가 있고 품삯이 높아진 것은 사실이었지만 실제 필요한 것보다 언제나 적어도 20퍼센트 정도는 부족했다. 이것은 많은 사람들을 더욱 고되게 하고 점점 더 미치게 만드는 인위적인 장난이었다. 그러나 이것은 당초 몇 해 동안의 번영과 마찬가지로 인력으로는 어쩔 수 없고 알 수도 없는 어떤 머나먼 원천에 달린 문제였기 때문에 그들로서는 별다른 도리가 없었다. 15년, 20년 전 점령 이후 이내 부자가 되었던 많은 상인들은 이제 가난해졌고 그들의 자식들은 남의 가게에서 일을 하게 되었다. 사실 새로 돈을 모은 사람들이 있기는 했지만 그들의 수중(手中)에서도 돈이 수은(水銀)처럼 놀아서 요술에 걸린 듯 어느새 빈손과 검은 뺨만이 남게 될 뿐이었다. 그들이 가져다 준 풍족한 이윤과 안락한 생활에는 동시에 대가가 있었고 또 아무도 그 법칙을 정확하게 아는 이가 없어서 누구도 그 결과를 예측하지 못하는 어떤 어마어마하고 불가사의한 조작의 단계라는 것이 점점 뚜렷해졌다. 그러나 누구를 막론하고 모두 이 조작에 참가해서 역할을 수행했다. 작은 역할을 한 사람도 있고 큰 역할을 한 사람도 있었지만 어찌되었든 모두 끊임없는 위험에 참여하고 있는 것이었다.

4년째 되는 여름에 푸른 나뭇가지와 깃발로 장식한 기차가 처음으로 카사바를 지나갔다. 이것은 마을의 커다란 경사였다. 인부들에게는 큰 맥주통과 함께 점심이 제공되었다. 기술자들은 첫 기관차 주위에서 사진을 찍었다. 그날 운행은 공짜였다("하루는 공짜지만 100년 동안 돈을 받을걸." 알리호좌는 이 첫 기차를 타는 사람들을 비웃었다).

철도 공사가 끝나고 기차가 다니기 시작하자 다리가 무엇을 의미하며 카사바 생활에 끼친 그것의 역할과 운명이 보이기 시작했다. 철도는 메이단 아래쪽 산허리를 도려낸 경사지를 지나 드리나 강에 이르러 카사바를 끼고 돌면서 르자브 강가 변두리 집들의 옆을 지나 평지로 내려왔다. 이곳에 역이 있었다. 사람이건, 화물이건 사라예보나 그곳을 지나 서쪽으로 가는 모든 교통은 이제 드리나의 오른편에 남아 있을 뿐이었다. 다리와 더불어 왼쪽 마을은 완전히 고립되었다. 드리나 왼편에 있는 사람들만이 다리를 건너다녔고, 무거운 짐을 실은 말을 모는 농부들이나 먼 숲이나 정거장으로 나무를 나르는 마차만이 지나다닐 뿐이었다.

다리에서 리예스카를 넘어 세메치로 나가는 길은 글라시나츠와 로마니야 산맥을 넘어 사라예보로 이어졌고 예전에는 가축을 몰고 장에 가는 사람들의 노랫소리와 짐을 실은 말발굽 소리가 산에 울려 메아리 쳤었는데 이제는 풀이 무성하고 길이나 건물이 허물어질 때 생기는 곱다란 푸른 이끼가 돋아나기 시작했다. 이 다리를 지나 여행을 하거나 작별 인사를 하는 사람은 없어졌고 카피야에서도 작별할 일도 없었고 이제는 말에서 내려 '여행의 행운을 위해' 라키야를 마시는 일도 없었다.

예전에 사라예보로 가는 여행에 사용했던 짐 싣는 말을 가진 사람이니 말이니 포장마차니 구식 마차니 하는 것들은 일감을 잃고 말았다. 여태까지는 로가티차에서 코나크에 머물며 꼬박 이틀을 여행해야 했지만 이제는 모두 4시간이면 충분했다. 이것은 잠시 걸음을 멈추고 생각해볼 만한 숫자였지만 사람들은 속도가 가져다 준 모든 이득과 이점(利

點)들을 계산하면서 무턱대고 흥분해서 그 점에 대해 계속 이야기했다. 어느 날 마을의 한 사람이 사라예보로 갔다가 일을 마치고 저녁에 돌아오자 모두들 기적이 일어난 것처럼 그를 쳐다보았다.

의심이 많고 고집이 센 알리호좌는 늘 매사에 그렇듯이 이번에도 정중하게 '사람들을 비웃으며' 예외적인 태도를 취했다. 이제까지 마친 일들이 아주 빠른 속도로 끝났기 때문에 그렇게 번 시간과 노력과 경비가 얼마인가를 떠벌이며 자랑하는 사람들에게 그는 사람이 얼마나 많은 시간을 벌었는가는 중요한 것이 아니고 그 벌어들인 시간으로 어떤 일을 했는가가 중요하므로 만약 악한 일에 다시 쓰였다면 이는 없는 것만 못하다고 매우 만족스러운 듯이 대답했다. 따라서 그가 말하고자 하는 것은 사람이 얼마나 빨리 가는 것이 중요한 문제가 아니라 어디를 가는지 어떤 일로 가는지가 중요하다는 것이었다. 그렇기 때문에 속도가 언제나 이로운 것은 아니라는 것이었다.

"만약 자네가 지옥을 가고 있는 것이라면, 천천히 가는 편이 낫겠지." 호좌는 어느 젊은 상인에게 퉁명스럽게 말했다.

"오스트리아 놈들이 자네가 빨리 여행을 해서 일을 할 수 있도록 저것을 만들고 그러느라 돈을 썼다고 생각하면 자네는 아주 바보지. 자네들은 타고 다니는 것밖에 모르고 그 기계가 이 마을에 무엇을 싣고 오고 또 자네나 자네 같은 사람 외에 다른 무엇을 싣고 다니는지 생각해 보지 않는단 말이야. 그런 건 미처 생각하지 못했겠지. 그러니 여보게 젊은 친구, 타시게, 타, 타고 싶으면 타야지. 그러나 그렇게 타다가는 언젠가 혼쭐이나 나지 않을까 걱정일세. 오스트리아 놈들이 자네가 가고 싶지 않은 곳, 가게 되리라고는 꿈도 안 꾸던 곳으로 자네를 태워 갈 날이 반드시 오고야 말 테니 말일세."

기관차가 돌 한을 넘어 경사진 곳을 지나가며 경적을 울릴 때면 알리호좌는 인상을 찌푸리고 입술을 깨물면서 알아들을 수 없는 혼잣말을 중얼거리며 가게에서 곁눈으로 변함없는 다리를 내다보면서 전부터 갖고 있던 생각을 되씹는 것이었다. 아무리 큰 건물이라도 말씀 한 마디로 세워졌으니 평화와 모든 도시와 그 주민들의 생존도 호각 소리 하나에 달려 있다는 것이었다. 적어도 옛날 추억만 가득하고 갑자기 늙어버린 이 쇠약한 노인에게는 그렇게 보였다.

그러나 다른 것에서도 그랬듯이 이 문제에 있어서도 알리호좌는 마치 기인이나 몽상가처럼 외톨이였다. 사실, 농부들도 기차에 익숙해지는 데는 힘이 들었다. 그들은 기차를 이용했지만 아무래도 마음이 놓이지 않았고 기차의 특성이며 규정을 받아들이기가 힘들었다. 새벽에 산에서 내려와 해 뜰 무렵 카사바에 도착해서 첫 가게에 도착하자마자 누구를 만나든 놀라서 묻는 것이었다.

"기계 지나갔나?"

"이미 지나갔으니 여보시게, 걱정 말고 편히 지내시게." 한가로운 가게 주인은 능청스럽게 거짓말을 했다.

"정말로?"

"내일 다른 기계가 지나갈 거요."

모두들 잠시도 걸음을 멈추지 않고 황급히 서둘러 가던 길을 가면서 잠시 서는 여자들과 아이들을 향해 고함을 지르면서 물었다.

그렇게 뛰어서 역에 도착했다. 역무원 중 한 사람이 와서는 안심을 시키며 좀 전에는 속인 것이니 기차가 출발하려면 3시간은 족히 있어야 한다고 말을 했다. 그제야 숨을 돌리고 기차역의 담을 따라 늘어앉아서 가방을 풀고 아침을 먹으며 대화를 나누거나 졸기도 했지만 늘 신경을 쏟고 있어서 화물열차의 기적만 들려도 벌떡 일어나 짐을 챙기며 소리쳤다.

"일어나! 기계 간다!"

역무원이 플랫폼에서 그들을 꾸짖으며 밖으로 내몬다.

"기차가 출발하려면 3시간은 있어야 한다고 내가 말했잖소? 그런데 왜 뛰는 거요? 제정신이오?"

그들은 자기 자리로 되돌아가서 다시 앉았지만 왠지 마음이 놓이지 않고 의심이 들었다. 무슨 소리가 나거나 심지어는 의심스러운 소리만 나도 플랫폼으로 다시 달려가 기계가 오는지 주의 깊게 듣고, 제때 오라는 말을 듣고서야 다시 돌아오곤 했다. 왜냐하면 그들 생각에는 '이 기계가' 오스트리아인들이 발명해낸 아주 빠르고 신기하고 잘 속여 먹는 일종의 신제품이라 눈 깜짝할 사이라도 주의를 기울이지 않으면 그냥 지나가버리고, 어떻게 하면 농부들을 태우지 않을까 하는 생각으로 고안된 물건이란 생각이 들었기 때문이었다. 역무원이 아무리 설명을 해주어도 그런 물건이 아니라는 납득은 가지 않았다.

그러나 농부들의 이런 서투름과 알리호좌의 불평과 궁시렁 모두 한낱 사소한 것에 지나지 않았다. 사람들은 그런 것들을 비웃었고 새롭고 편리하고 쾌감을 주는 다른 모든 것들에 길들여진 것처럼 철도에도 익숙해졌다. 지금도 여전히, 언제나 그랬던 것처럼 일상적인 일들로 다리를 지나다녔고 카피야에 앉았지만 새로운 시대가 그들에게 요구하는 방향과 방법으로 여행을 했다. 그들은 다리를 지나가는 길이 세상으로 가는 길이 아니며 다리는 동방과 서방을 잇는 예전의 다리가 아니라는 생각에 빠르고 쉽게 타협했다. 정확히 말해서 대부분의 사람들은 그런 생각조차 하지도 않았다.

하지만 다리는 언제나 그랬듯이 위대한 젊음을 지닌 채 인간이 만들어놓은 위대하고 선량한 것으로, 늙는다는 것과 변한다는 것을 모르는 채, 그리고 적어도 겉으로 보기에는 이 세상의 온갖 덧없는 운명에 휘말리지 않으려고 그대로 서 있었다.

## XVII

그러나 다리 옆의 이곳, 다리와 숙명적인 운명을 가지고 있는 카사바에서는 새로운 시대의 열매가 익어가고 있었다. 1908년 그때부터 더 이상 카사바를 짓누르기를 멈추지 않는 커다란 불안과 석연치 않은 위협이 찾아든 것이었다.

사실, 이것은 꽤 오래전에 시작된 것이었으며 철도가 건설되기 시작하고 새로운 세기가 시작될 무렵이었다. 물가의 상승과 더불어 유가 증권과 예금 이자의 상승과 급락에는 이해할 수 없을 정도의 움직임과 민감한 장난이 반복됐고 사람들은 정치에 대해 점점 더 자주 이야기를 하기 시작했다.

그때까지 카사바에 있는 사람들은 예외 없이 그들에게 친숙하고 잘 알려져 있는 것, 돈벌이와 오락에 관한 것들, 주로 자신들의 가족과 마을 사람들, 마을 사람이든 같은 종교를 가진 사람이든, 그러나 언제나 간접적으로, 경계를 그어서 이야기했고 멀리 앞날을 내다본다거나 아주 먼 옛날을 되돌아다본다거나 하는 법은 없었다. 그러나 이제는 이런 좁은 테두리를 벗어나 먼 앞날의 문제들이 아주 빈번하게 화제에 오르기 시작했다. 사라예보에는 세르비아인들과 이슬람 교도들로 나뉜 민족주의 종교 단체가 생겨났고 카사바에는 바로 그 지부가 설치되었다. 사라예보에서 발행되는 새로운 신문들이 이 카사바에도 들어왔다. 도서실(圖書室)을 만들고 합창단을 조직하였다. 처음에는 세르비아인, 다음에는 이슬람 교도들, 그리고 맨 마지막으로 유태인들까지도 도서실을 만들고 합창단을 조직하였다. 비엔나와 프라하로 유학을 떠났던 고등학생들과 대학생들이 방학이 되어 집으로 돌아올 때면 새로운 서적들과 소책자 그리고 새로운 표현방식들을 가지고 왔다. 그들은 이 카사바의 어린이들에게 나이 든 사람들이 늘 믿고 확신했던 것처럼 언제나 입을 다물어야 하고 자기의 생각을 가슴속에 파묻어야 한다는 것이 그리 좋은 것은 아님을 자신을 예로 들어 보여주었다. 민족주의적이며 종교적인 광범위한 토대와 더불어 대담한 강령을 가진 새로운 이름의 단체들이 계속해서 출현하였고 나중에는 노동자 단체까지 조직되었다. 그래서 처음으로 카사바에서 '파업'이라는 말이 들리게 되었다. 젊은 견습공들은 진중해졌다. 저녁이면 그들은 카피야에 모여 서로 알아들을 수 없는 이야기들을 주고받았고 '사회주의가 무엇인가?' '8시간 노동, 8시간 휴식, 8시간 자기 수양' '세계 프롤레타리아〔무산계급(無産階級)〕의 목적과 진로'라는 제목의 겉표지도 없는 작은 소책자를 서로 주고받았다.

농민들에게는 농촌 문제, 농노들, 그리고 베그의 토지 소유 문제에 대해 이야기했다. 농민들은 가끔씩 곁눈질을 하기도 하고 코밑수염을 움직이기도 하며 이마를 찡그리기도 하면서 마치 이 말들을 모두 들었다가 잘 기억해서 나중에 혼자든 아니면 친구와 함께 다시 생각해보려고 하는 것 같았다.

계속해서 주의를 기울이며 듣고 있거나 또는 이러한 신문들과 대담한 사상과 용어들을 배격하는 주민들도 많았다. 그러나 이런 모든 것들을 기쁜 소식이라고 받아들이는 사람들이 훨씬 더 많았는데 특히, 젊은 이들과 가난한 사람들, 게으른 사람들 사이에서는 더욱 그러했다. 이것이야말로 오랫동안 말 못하고 지내온, 뼛속까지 사무친 그들의 필요를 만족시켜주고 이제껏 누려보지 못했던 놀랍고도 훌륭한 인생을 실어다 주는 것이라고 믿었다. 단체나 종교기관에서 발부한 연설문과 논설, 그리고 항의문과 성명서 같은 것들을 읽으면서, 자신을 옭아매고 있는 쇠사슬이 풀리고 눈앞에 희망이 전개되고 생각이 자유로워지며 자기의 힘이 먼 곳에 사는 사람, 그리고 그때까지는 생각지도 못했던 어떤 다른 힘과 연결되는 것 같았다. 이제는 지금껏 한 번도 생각해보지 않았던 어떤 다른 시각에서 제각기 바라보기 시작했다. 간략히 말하자면 이 점에서도 그들의 생활은 더 넓어지고 풍부해진 것같이 생각되었으며, 허용되지 않았고 불가능했던 것들이 이제는 뒤로 물러서고 이제까지 그런 것을 가져보지 못한 자들에게도 예전에 없던 희망과 가능의 문이 열린 것같이 생각되었다.

사실, 지금도 그들은 새로운 어떠한 것을 갖지도, 더 나은 어떠한 것을 보지도 못했지만 지금까지의 자신들의 카사바에서의 생활을 넘어서 시선을 다른 곳으로 던질 수 있게 되었고, 폭넓고, 강력한, 흥분되는 환상을 가질 수 있게 되었다. 그들의 습관은 변하지 않았으며 생활 방식, 서로 간의 관계는 여전했다. 다만 달라진 것이 있다면 커피나 라키야를 마시며, 담배를 피우며, 한가하게 앉아 있던 오래된 예전 방식은 이제 관념적인 논쟁으로 접어들게 되었고, 대담한 말들이 오고갔으며 새로운 대화 방식이 나타났다는 것이다. 사람들은 새로운 기준들과 새로운 이념에 따라 혹은, 오래된 열정과 낡은 본능의 힘으로 서로 갈라지고 모이곤 하였다.

이제 카사바에서는 외부의 큰 사건의 반향이 나타나기 시작했다. 1903년 세르비아에서는 왕조(王朝)가 바뀌었고 다음에는 터키에서 정권 변화가 있었다. 터키의 국경과 그리 멀지 않은 세르비아의 국경에 자리하고 있는 카사바는 이 두 나라와 깊은 유대를 가지고 있었기 때문에 그 변화를 느낄 수 있었고 비록 생각하고 느끼는 모든 것에 대해 공공연하게 말을 하거나 드러내지는 않았지만 그런 변화들을 겪었고 해석하였다.

카사바에서는 당국의 압력과 활발한 활동이 느껴지기 시작했다. 처음에는 민간 이어서 군사당국. 그리고 그것은 전혀 새로운 방식이었다. 예전에는 누가 무엇을 하며 어떻게 통치가 되는가를 지켜보더니 이제는 누가 무슨 생각을 하고 어떻게 표현하는지를 물었다. 국경에 있는 변두리 마을들에 헌병의 수가 점점 늘어났다. 그 지역의 사령부에 리카 출신의 특수 정보 장교가 도착하였다. 헌병들은 불온한 성명서 배포와 금지된 세르비아 노래들을 불렀다며 젊은이들을 체포하고 벌금을 물렸다. 수상한 외국인들은 추방되었다. 그리고 주민들 사이에서도 의견 차이 때문에 서로 싸우고 폭행하는 일들이 발생했다.

철도가 부설됨에 따라 여행 시간이 단축되었을 뿐만 아니라 화물 수송도 더 수월해졌는데 어찌된 일인지 동시에 사건들이 일어나는 속도도 빨라졌다. 카사바의 사람들은 그러한 사실을 깨닫지 못했다. 왜냐하면 속도는 점차적으로 빨라진 것이었고 자신들도 그 속에 살고 있었기 때문이었다. 사람들은 소란스러운 것들에 익숙해졌다. 소란스런 소식들은 이제 더 이상 드문 일이 아니었고 예외적인 일도 아니었으며 일상의 식량이나 꼭 필요한 필수품 같은 것이었다. 생활 전체가 어디에서인지 빨라지는 것 같았고 이처럼 갑자기 그 속도를 더하는 모양은 마치 냇물이 빨라져 개천이 되고 험한 바윗돌을 넘어 폭포가 되는 것과도 같았다.

이 카사바에 처음으로 기차가 나타난 지 4년이 지난 어느 10월의 아침에 카피야의 터키 비문이 있는 돌판 아래 커다란 하얀색 플래카드가 나붙었다. 코타르[134]의 공무원인 드라고가 붙인 것이었다. 처음에는 아이들과 할 일 없는 사람들이 모여들었고 이어서 나머지 사람들이 모여들었다. 글을 읽을 줄 아는 사람들은 외국 표현이나 이상한 문장들에서는 더듬거리며 한 자 한 자 소리 내어 읽어내려갔다. 말없이 고개를 숙이고 듣다가는 위를 쳐다보지도 않고 이제까지 들어보지도 못한 그 말들을 지워버리기라도 하려는 듯 턱수염과 콧수염을 흔들어대는 사람들도 있었다.

오전 기도가 끝나자 알리호좌도 가게를 닫았다는 표시로 문 앞에 문빗장을 걸고 밖으로 나왔다. 이번에는 포고문이 터키어로 되어 있지 않기 때문에 호좌는 읽을 수가 없었다. 한 소년이 마치 학교에서 읽는 것처럼 아주 기계적으로 소리 내어 읽었다.

포고문
보스니아와 헤르체고비나의 주민에게

오스트리아 황제이자 체코의 왕인 프라뇨 1세와 헝가리 아포 아포스톨의 왕은 보스니아와 헤르체고비나 주민들에게 고하노라. 우리의 군대가 한 세대 전 그대들의 국경을 넘어섰을 때……

알리호좌는 흰색 아흐메디야 아래 오른쪽 귀가 윙윙거리는 것을 느꼈다. 마치 어제 일어난 것처럼 카라만리야와의 말다툼, 그 순간의 분노, 오스트리아 군인이 조심스럽게 못을 빼줄 때 눈물어린 그의 눈앞에서 흔들거리던 적십자 표시, 그리고 당시 주민들에게 선포한 흰 포고문

---

[134] 스레즈와 마찬가지로 행정 분할 단위.

종이 등이 다시 범벅이 되어 나타났다.

  소년은 계속 읽었다.

    ……그대들에게 우리가 적으로 온 것이 아니라는 화-화-확신을 준 바 있다. 그대들의 친구로, 장구한 세월을 두고 그대들의 조-조-조국을 억압하던 악을 물리치고 구원해줄 확고한 의지를 가지고 온 것이다.

    이 중-중대한 시-이-기에 그대들에게 주고자 하는 이 말은……

  이렇게 서투르게 읽는 바람에 사람들이 모두 화가 나 소리를 지르자 그는 얼굴을 붉히고 당황해서 군중 속으로 빠져나가버렸다. 대신 나타난 사람은 가죽외투를 입은 낯선 남자였는데 마치 이 기회를 기다리고 있었다는 듯이 마치 기도문을 외우기나 하는 것처럼 거침없이 읽어 내려가기 시작했다.

    이 중대한 시기에 그대들에게 약속한 것은 충실히 수행되었다. 우리 정부는 모든 일에 신중을 기하고 평화와 질서를 유지하고 그대들의 조국을 복된 미래로 이끌기 위해 언제나 진지하게 노력해왔다.

    그래서 우리는 우리의 이 같은 커다란 기쁨에 대해 다음과 같은 말을 하고자 한다. 밭고랑에 뿌린 씨앗은 풍요로운 수확을 거두었다. 그대들도 이 같은 풍요로움을 함께 느껴야 할 것이다. 폭력과 학정은 질서와 안정으로 대체되었고 일과 생활은 안정된 발전에 접어들었으며 무수히 많아진 교육의 영향으로 생활의 품격이 높아지고 안정된 행정 당국의 보호 아래 모든 일들은 즐거운 결실을 맺으며 할 수 있게 되었다.

우리 모두는 이런 진지한 의무를 끊임없이 해나갈 것임을 밝힌다.

이런 생각을 늘 해오면서 이 땅의 주민들에게 그 정치적 성숙의 단계로 우리의 신뢰를 보여줄 때가 왔음을 밝히고자 한다. 보스니아와 헤르체고비나를 더욱 성숙한 정치 단계로 끌어올리기 위해서 우리는 헌법 기관——그대들의 현실과 공동의 이익에 걸맞은——의 설치를 결정하였다. 이는 이 땅의 주민들의 희망과 이익을 대변할 합법적인 기관을 설치하고자 하는 데 의의가 있다.

그대들이 지금까지 독자적인 권한을 가지고 행사해왔던 것처럼 종전과 같이 그대들의 조국에 관한 일에 대해서는 그대들의 의견도 수렴하게 될 것이다.

그러나 국가 헌법의 제정에 앞서 우선 가장 필요한 것은 양 지역의 법적 지위에 대한 명확하고 의문의 여지가 없는 규정이다. 그런 이유로 오랜 시간 동안 우리의 선조들과 헝가리 왕조 그리고 이 지역들과 쌓아온 유대 관계에 따라 우리는 통치권을 보스니아와 헤르체고비나로 확대하고자 하며 따라서 이러한 전통이 그대들의 국가에서도 받아들여지기를 바라며 이는 우리의 국가를 함께 건설하는 중대한 기회가 될 것이다.

따라서 이 땅의 주민들도 우리의 영광스런 길에 동참하게 될 것이며 이것은 지금까지의 견고한 유대 관계를 영원히 지속시켜줄 것이다. 새로운 도약은 그대들의 조국에 문화적 번영을 가져다줄 것이며 확실한 안식처를 마련해줄 것이다.

보스니아인들이여! 그리고 헤르체고비나인들이여!

우리 왕조를 휘감고 있는 수많은 심려들 중에서 그대들의 물질적, 정신적 번영은 결코 경시되는 일이 없을 것이다. 법 앞에서는 모든 사람이 평등하다는 사상을 경험하게 될 것이다. 종교와 언어와 민족에 상관없이 모든 사람들이 평등하게 법의 혜택을 누리게 될 것이다.

개인의 자유와 사회 전체의 번영은 이 두 나라를 통치할 우리 정부의 몫이므로……

알리호좌는 입을 반쯤 벌리고 머리를 숙인 채 이 말을 듣고 있었으며 대부분이 그에게는 귀에 낯설고 이해가 되지 않았는데 그렇게 그의 머리에 떠오르는 것들은 어쩐지 이상하고 이해할 수 없는 것들뿐이었다. '씨앗이……밭고랑에 던져졌다' '이 나라의 안정을 위한 필수 불가결의 조건: 확실하고 의심의 여지가 없는 안정된 위치 확립……' '우리 정부의 찬란한 업적……' 그래, 이것은 모두 '황제의 말들이었다!' 호좌의 통찰력 있는 시선 앞에서 이런 말들은 때로는 멀고도 알 수 없는 위험한 모습으로 나타났고 또 어떤 때에는 그의 눈꺼풀 앞에서 검은 납덩이같은 어떤 커튼이 드리워지는 것이었다. 그렇게 번갈아서. 아니면 아무것도 보이지 않던가 아니면 이해할 수 없는 것들이 보이던가, 좋은 것이라고는 예측할 수 없는 것들이 보일 뿐이었다. 이 생활에서는 예외적이지 않은 것은 아무것도 없었으며 모든 기적은 가능했다. 사람이 무언가를 주의 깊게 듣고 한 치의 오해도 없이 받아들이고 모두 완벽하게 이해할 수 있는 곳이 어디란 말인가! 그 씨앗, 찬란한 별과 왕조의 심려들 같은 모든 것들이 실제 어떤 언어로 이야기되기는 했지만 호좌는 애써 그것이 무엇을 나타내는 것인지, 어떤 의미인지를 알려고 애를 썼다. 이미 30년 동안이나 이 황제들은 온 나라와 온 도시와 모든 사람들에게 외쳐댔다. 각각의 포고문에는 각각의 말들이, 그 나름의 황제가 있을 뿐이었다. 나라는 유린되고 사람들의 목은 날아갔다. 그럴 때에도 '씨앗…… 찬란한 별…… 왕조의 심려'를 운운하며 나라와 땅들과 그곳에 사는 사람들과 그들의 집들이 이 손에서 저 손으로 넘어갔고 착한 신앙인들은 이 땅 위에서 이미 평화를 찾을 수 없게 되었고 그와 동시에 이 짧은 인생에 필요한 최소한의 것조차 얻을 수 없게 되었으며 또한 지위와 재산이 자기의 소망과 선의와는 달리 의지할 곳 없이 그저 허망하게 남의 손으로 넘어가게 되었다.

알리호좌는 포고문을 읽는 소리를 듣고 이것이 30년 전의 그 포고문의 문구와 조금도 다를 바 없다는 느낌을 받았다. 가슴은 그때처럼 납덩어리같이 무거워졌다. 그것은 그들의 시대가 끝나고 '터키의 촛불이 꺼졌다'는 것을 말해주는 포고문이었다. 그러나 그들은 이해할 수 없고, 알 수 없는 말들을 되풀이해야 했고, 자기 자신들을 속여가며 아무것도 알지 못하는 척해야 했다.

그러므로 그대들은 그대들에 대한 우리의 신임을 입증하여 통치자와 백성들 사이에 존재하는 고귀한 조화에 동참할 것이다. 이런 귀한 노력은 국가의 발전과 우리들의 공동의 사업을 영원토록 번성케 할 것이다.

짐의 수도 부다페스트에서
프라뇨 요시프

가죽외투를 입은 남자는 그렇게 읽기를 멈추고 갑자기 느닷없이 큰 소리로 외쳤다.

"친애하는 우리 황제 폐하 만세!"

"만──세!" 도시의 가로등에 가로등을 켜는 일을 하는 키다리 페르하트가 마치 명령이라도 받은 듯이 소리쳤다.

그 순간 모든 사람들은 아무 말 없이 흩어졌다.

그날, 날이 어둡기도 전에 그 흰 종이에 쓴 포고문을 누군가가 찢어서 드리나 강에 던져버렸다. 다음 날 혐의를 받고 있던 세르비아 청년들이 체포되었고 카피야에는 새로 흰 종이에 쓴 포고문이 다시 붙었으며 그것을 지키기 위해 그 지역의 헌병 한 사람이 배치되었다.

어느 정부가 자기들의 시민들에게 평화와 번영을 알리는 플래카드를 붙일 필요가 있다고 느끼는 순간은 그것이 반대로 진행된다던가 혹은, 주의를 할 필요가 있다는 것을 의미한다. 10월 말에 이미 군대가 들어오기 시작했는데 그들은 기차로뿐만 아니라 지금까지 사용하지 않았던 오래된 길로도 들어왔다. 그들은 30년 전처럼 사라예보에서 비탈길을 따라 내려왔고 다리를 건너 카사바로 들어왔으며 많은 무기와 보급 식량을 실어 날랐다. 기병대를 제외하고는 무기들과 식량들로 가득 찼고 모든 막사들이 꽉 찼다. 그들은 막사에서 머물렀다. 끊임없이 새로운 부대가 들어왔고 며칠 동안은 마을에서 묵었지만 나중에는 세르비아 국경의 시골들로 배치를 받았다. 군인들은 대부분 여러 민족이 섞인 예비병(豫備兵)들이었고 모두들 돈이 많았다. 그들은 사소한 것들을 가게에서 샀고, 과일, 설탕, 과자들도 가게에서 샀다. 가격은 올랐다. 센나[135]와 귀리는 완전히 사라졌다. 그들은 마을 주위의 언덕들에 요새를 짓기 시작했다. 그리고 다리 위에서 이상한 작업이 시작되었다. 다리 중앙, 마을에서 드리나 강 왼쪽으로 오다가 카피야를 지나는 바로 그 지점에서 유독 이 작업에 쓰려고 데리고 온 인부들이 교각 하나에다 사방 1미

---

[135] 완화제로 쓰이는 잎사귀와 열매.

터 정사각형 정도의 커다란 구멍을 파기 시작하는 것이었다. 그들이 일하는 자리에는 초록색 천막이 쳐져 있었고 그 아래에서는 점점 더 깊이 파 들어가는 소리가 계속해서 들려왔다. 캐낸 돌은 곧바로 난간을 넘어 강에 던져졌다. 아무리 숨기려고 해도 그것은 다리에 지뢰를 묻는 일이라는 사실을 카사바 사람들은 알게 되었다. 곧장 다리의 기초로 통하는 교각 하나에다 큰 구멍을 뚫어서 혹시 전쟁이 일어나 다리를 파괴할 일이 생겼을 때를 대비해 폭발물을 장치해 둔다는 것이었다. 기다란 쇠 사다리로 구멍 밑바닥까지 연결하였는데 일이 다 끝난 뒤에는 그 위에 철제 맨홀 뚜껑을 덮었다. 밑에 지뢰와 폭발물이 있다는 사실은 꿈에도 생각지 못하고 마차가 지나가고 말이 달리고 일에 바쁜 카사바 주민들이 서둘러 뛰어다녔다. 다만 학교에 가는 어린아이들만이 이 지점에서 잠깐 발을 멈추고 호기심에 차서 그 밑에 무엇이 있는지 알아맞히려는 듯 그 철 뚜껑을 가볍게 두드려보았다. 그들은 다리에 숨어 있다는 아랍인의 얘기를 보충해서 완전한 것으로 만들었고 그 폭발물이 무엇인지, 그것은 얼마만 한 위력이 있는지, 그리고 과연 이렇게 큰 다리를 파괴할 수 있는지 서로 말다툼을 벌였다.

어른들 중에서는 작업이 진행되는 동안 이 주변을 돌아보고 의심스러운 눈초리로 저 초록색 천막을 쳐다보며 다리 위 철제 맨홀 뚜껑을 만져본 사람은 알리호좌뿐이었다. 그는 사람들이 하는 말과 속삭이는 말들을 들었다. 어느 교각에 우물처럼 구멍을 파서 그 안에 폭발물을 장치해두었고 그것을 도화선으로 둑까지 연결해놓았기 때문에 사령관은 밤이고 낮이고 아무때나 돌로 만든 것이 아니라 마치 설탕으로 만든 것처럼 쉽게 다리 한복판을 파괴시킬 수 있다는 것이었다. 호좌는 이 말을 듣고 고개를 가로저으며 낮에는 자신의 타부트에서, 밤에 잠을 잘 때에는 침대에서 이 점에 대해 생각을 했다. 때로는 믿기도 하고 때로는 너무도 미친 짓이라고 부인도 했지만 이 문제에 대해 어찌나 걱정을 했던지 어느 날 꿈속에 예전의 메흐메드 파샤의 바쿠프 관리인이 그의 앞에 나타나서 도대체 어찌된 일이며 그들이 다리에다 무슨 짓을 하고 있느냐고 심하게 문책을 한 일도 있었다. 그는 혼자서 이 문제를 머릿속으로 고심했다. 장터 어느 누구에게도 묻고 싶지 않았다. 왜냐하면 이 카사바에서는 사람답게 대화를 하고 조언을 구할 만한 그런 현명한 사람이 이미 없어진지 오래였고, 모든 사람들이 마치 그와 똑같이 그렇게 제정신을 잃고 흥분되어 있거나 이미 지쳐 있다고 생각했기 때문이었다.

그러나 얼마 가지 않아 이 일에 대해 더 많이 알 수 있는 기회가 찾아왔다. 비엔나에서 군복무를 했던 츠른체 출신의 베그 브란코비치 집안의 한 사람인 무하메드는 그곳에서 직업군인으로 남아 특무상사에까지 진급을 했다. (그는 바로 그 쉠시베그의 손자로 쉠시베그는 오스트리아 군대의 점령이 시작되자 자신의 고향 츠른체에 갇혀서 비통한 마음으로 세상을 떠난 인물이었는데 여전히 나이 든 터키 사람들 사이에서는 정신적 지주이자 숭고함의 귀감으로 회자되는 사람이었다.) 무하메드베그는 그해 휴가 차 온 것이었다. 그는 붉은 얼굴에 키가 크고 몸집이 건장한 남자로 푸른 제복에는 노란 줄과 붉은 장식이 있었고 목 주위에 은으로 된 별들이 달려 있었고 손에는 마치 꽃처럼 하얀 장갑을 끼고 있었으며 머리에는 붉은색 페스를 쓰고 있었다. 점잖게 미소를 지으면서 말쑥하고 단정한 옷차림으로 장터를 걸을 때면 그의 군도(軍刀)가 가볍게 자갈을 건드렸고 아는 사람들을 만날 때마다 즐겁고도 자신만만한 인사를 하는 모습은 황제의 녹을 먹는 사람, 자기가 중요한 사람이라는 것을 스스로 깨닫고 있는, 그래서 두려워할 아무런 이유도 가지고 있지 않은 그런 사람에게서만 나오는 것이었다.

바로 그 무하메드베그가 자기 가게를 찾아와서 안부를 물으며 자리에 앉아 커피를 마시고 있을 때 알리호좌는 이 기회를 이용해 이 카사바에서 멀리 떨어져 황제의 군인으로 살고 있는 사람으로서 요즘 자기를 괴롭히는 그 걱정거리에 대해 아는 대로 말을 해달라고 말했다. 그는 자기의 걱정이 무엇이며 다리에서 어떤 일이 벌어졌고 카사바 주민들은 뭐라고 말을 하는지를 얘기한 다음 정말 그런 일이 가능한 건지 그리고 이처럼 모든 사람에게 유익한 바로 이것을 과연 파괴할 수 있는지를 물었다.

무엇에 관한 이야기인지를 듣자마자, 특무상사는 심각해졌다. 환한 미소가 사라지고 면도를 한 그의 붉은 얼굴은 그가 행군 중 명령을 할 때 굳어지는, 마치 나무토막 같은 표정으로 바뀌었다. 조용! 곤경에 빠져 잠시 아무 말도 없더니 쉬쉬하는 목소리로 대답했다.

"그 모든 것에는 뭔가가 있습니다. 하지만 정말로 내가 진실을 말하기를 원하신다면, 가장 좋은 방법은 아무에게도 묻지 말고 아무 말도 하지 마시라는 겁니다. 왜냐하면 그것은 군사 작전으로 공무상 극비에 해당하는 등등의, 하여튼 그런 것들이기 때문이죠."

호좌는 새로운 표현 중 특히 '등등'이라는 표현을 싫어했다. 그 말이 귀에 거슬렸을 뿐 아니라 이 낯선 친구가 이렇게 말함으로써 은근히 자기의 말이 옳다는 것을 표시하고 종전에 사람들이 말한 것은 모두 아무것도 아니라는 것을 암시하기 때문이었다.

"아, 제발, 자네 그자들의 그 '……등등'이라는 말은 쓰지 마시게. 그러지 말고 가능하다면, 저 다리에 무엇을 하는 건지를 분석해보거나. 동네 아이들도 다 아는 건데 그게 무슨 비밀이란 말이오? 그나저나 저 다리와 저들의 전쟁들과 무슨 관계가 있다는 거요?" 호좌가 화가 나 그의 말을 가로막았다.

"있지요, 알리호좌, 있다마다요." 이제는 다시 미소를 머금은 브란코비치가 말했다.

그는 상냥한 얼굴로 마치 어린아이에게 말을 하듯 이것이 모두 군대식으로 진행되는 일이며 이러한 일은 공병대와 교량가설대들이 하는 일이며 제국 군대에서는 각자 자기 일만 알아서 할 뿐이지 다른 부문의 '작전'은 일체 상관하지 않는 것이라고 설명했다.

호좌는 듣고 또 듣고 쳐다보기를 계속했지만 도무지 이해가 되지 않아 오래 참고 있을 수가 없었다.

"그러게, 다 좋지, 훌륭해, 이 사람아, 그러나 이것은 베지르의 영혼과 안식을 위하여 세워둔 유물이며 하이르[136]라 여기서 돌 한 조각 떼어서는 안 된다는 것을 저들이 아느냐 말이지?"

특무상사는 단지 손을 크게 벌리고 어깨를 들썩이고 아무 말 없이 입술을 오므리고 눈을 감을 뿐이었는데 이때 그의 온 얼굴이 교활하고 비굴한 표정, 오래되고 부패한 기관들에서 오래 일해온 사람만이 지을 수 있는 눈을 감고 귀를 막는 식의 그 움직임 없는 표정을 지었다. 이런 기관에 오래 있으면 신중함이라는 것이 마침내 타락하고 복종이라는 미명 하에 비굴함을 보여주는 것이었다. 새하얀, 아무것도 적혀져 있지 않은 종이보다는 그의 얼굴 표정이 더 많은 것을 말해주고 있었다. 그리고는 이내 이 황제의 사람은 눈을 뜨고 손을 내리고 얼굴 표정을 풀며 다시 확실하고 환한 기쁨을 드러내는 미소를 지어보였다. 그 미소에는 마치 두 개의 물처럼, 비엔나 사람의 호인성과 터키 사람의 예의바름이 섞여 있었다. 화제를 바꿔서 그는 호좌의 건강과 젊음에 넘치는 용모를 칭찬하고 처음에 들어왔을 때의 그 환한 미소를 다시 지으면서 돌아갔다. 호좌는 여전히 당황스럽고 어찌해야 할지를 몰랐고, 걱정스러움은 예전과 달라진 것이 없었다. 그런 걱정스런 생각들로 고민을 하면서 가게 창

---

[136] 기념관이나 생활에 이용하는 유적.

밖으로 3월의 화창하고 아름다운 풍경을 내다보았다. 그의 맞은편, 약간 옆으로 언제나 변함없는 그 영원한 다리가 서 있었다. 다리의 흰 아치 사이로 드리나 강의 번쩍이는 푸른 강물이 힘차게 흘렀다. 그 모습이 마치 햇살을 받아 번쩍이는 두 가지 색깔의 묘한 목걸이처럼 보였다.

## XVIII

세상에서 '합병위기'라고 불리는 그 긴장이 이곳, 다리와 그 옆 카사바에 불길한 그림자를 드리우고는 곧 사라져버렸다. 저기 어딘가에서 이해 당사국들 간의 협상과 타협 중에 평화적인 해결책을 찾게 된 것이었다.

예전부터 늘 쉽게 불이 붙던 그 국경이 이번에는 불이 붙지 않았다. 국경 근처의 마을과 시골들을 가득 메웠던 수많은 군인들은 초봄이 되자 철수를 시작하고 그 수가 점점 줄어들기 시작했다. 그러나 늘 그랬듯이 그런 위기가 불러일으켰던 변화들은 그후에도 남아 있었다. 마을에 남은 상비군(常備軍)은 그 전에 있던 것보다 훨씬 더 규모가 컸다. 다리에는 여전히 지뢰가 있었다. 그러나 알리호좌 무테벨리치 외에는 아무도 이것을 생각하는 사람이 없었다. 다리 옆 오른쪽 넓은 땅, 오래된 담을 넘어 스레즈의 뜰이 놓여 있는 그 땅을 이제는 군 당국이 차지해버렸다. 뜰 가운데에 있던 과일나무들을 베어버리고는 그 자리에 2층짜리 훌륭한 집을 지었다. 이것은 장교들의 새 장교관사였는데, 이제까지는 비카바츠에 1층짜리 건물이 있었으나 장교들이 점점 늘어남에 따라 공간이 부족해졌기 때문에 지은 것이다. 그래서 이제는 다리 오른쪽에는 로티카의 호텔이, 다리 왼쪽에는 장교들의 장교관사가 있게 되었고 두 개의 건물은 흰색으로 거의 모양이 같았었다. 그 사이에는 사방으로 둘러싸인 가게들이 있는 시장, 시장 위쪽에는 사람들의 기억 속에 메흐메드 파샤의 대상숙관이자 예전에 그 자리에 있었지만 이제는 흔적도 없이 사라져버린 돌 한이라 불리는 커다란 막사가 있었다.

늘어난 군인들의 수 때문에 지난 가을 껑충 뛰어오른 물가는 여전히 그대로 유지되고 있었고, 물가가 서서히 떨어지기보다는 오히려 계속 오르는 것처럼 보였다. 그 해 세르비아 은행과 이슬람 은행 두 곳이 문을 열었다. 사람들은 약을 먹듯이 어음을 이용하게 되었다. 이제는 모든 사람들이 손쉽게 빚을 지게 되었다. 하지만 돈은 있을수록 필요한 법이었다. 벌어들이는 돈보다 계획 없이 써대는 돈이 더 많은 사람들에게 삶은 더 수월하고 아름답게 보였다. 하지만 상인들과 사업가들은 걱정이 들었다. 물건값을 지불해야 하는 신용기간이 점점 더 짧아졌다. 선량하고 신용 있는 고객들은 줄어들었다. 물가가 더 올라서 사람들이 살 수 없는 물건들이 더욱 늘어났다. 장사는 소규모로 이루어졌고 점점 더 값싼 것만 찾게 되었다. 물건을 많이 사고는 갚지 않는 사람들이 더욱 늘어났다. 유일하게 확실하고 훌륭한 사업은 군대나 정부 기관에 물건을 대는 것이었지만 그 일을 누구나 따낼 수도 없었다. 국세와 지방세는 점점 더 늘어났고 종류도 많아졌다. 세금을 걷는 태도도 갈수록 깐깐해졌다. 멀리서도 주가의 불건전한 변동을 느낄 수가 있었다. 그것으로 생기는 이익은 보이지 않는 손으로 넘어갔고 손해는 제국의 방방곡곡으로 번져서 영세 상인들에서 소매업자, 소비자들에 이르기까지 모두에게 큰 타격을 입혔다.

카사바에서 사람들의 전반적인 감정들은 조용하지도 평화롭지도 않았다. 이렇게 갑자기 풀린 긴장은 카사바의 세르비아인들에게나 이슬람에게나 모두 실제적 안정을 가져다주지는 못했다. 세르비아인들에게는 숨겨진 실망감만이 남아 있었고 이슬람 교도들에게는 미래에 대한 공포와 불신의 잔재만이 남아 있었다. 눈에 보이는 이유나 직접적인 원인 없이 그저 또 다시 큰일이 일어날 것 같은 예감이 커질 뿐이었다. 사람들은 어떤 일에는 희망을 품고 또 다른 일에는 무언가로부터 공포를 느꼈다. (사실, 희망을 갖는 사람도 있었고 공포를 느끼는 사람들도 있었다.) 모두들 이러한 시각을 가지고 그와 관련해서 받아들이고 생각하고 있을 뿐이었다. 한마디로 사람들의 심장은 불안으로 떨었다. 단순하고 무식한 사람들도 그러했고 특히 젊은이들이 더욱 그러했다. 이렇게 몇 년 동안을 끌어왔던 단조로운 생활이 어느 누구에게도 만족스럽지 않은 것은 당연했다. 모두들 더 많은 것을 원했고 더 나은 것을 찾거나 그렇지 않으면 악화될 상황에 두려워하고 있었다. 나이 든 사람들은 터키 시대에, 공적인, 사적인 생활의 가장 완벽한 형태이자 최종 목표로 생각했었고, 오스트리아 정부 초기 몇십 년 동안에도 지속되었던 그 '달콤한 침묵'을 동경하고 있었다. 그러나 이런 사람들은 소수였다. 그 밖의 모든 사람들은 소란스럽고, 활기가 있고, 자극이 있는 생활을 찾고 있었다. 그들은 감동할 수 있는 일, 혹은 그 메아리가 될 수 있는 일들을 바랬고 적어도 그런 감동의 환상을 줄 수 있는 다양한 일, 수다스러움과 흥분을 원했다. 이것은 정신 상태뿐 아니라 마을의 외형도 바꾸어놓았다. 카피야에서는 심지어 오랫동안 전해내려온 정착된 생활, 조용한 대화와 평화로운 명상을 일삼는 생활, 강과 강 사이로 오고가는 허물없는 농담과 사랑의 노래 그리고 하늘과 산마저도 변하기 시작했다.

카페 주인은 흉측스런 나무상자로 만든, 밝은 빛깔의 꽃 모양을 본뜬 큼직한 나팔이 달려 있는 축음기를 사들였다. 그의 아들은 레코드판과 바늘을 바꿔가며 쉴 새 없이 이 새로 나온 기계를 틀어대 그 소리가 카피야 전체에 퍼졌고 양쪽 둑에 메아리쳤다. 그는 다른 경쟁자들에게 뒤지지 않으려고 사들인 것이었다. 왜냐하면 축음기 소리는 사람들이 모인 장소와 도서실에서뿐만 아니라 라임나무 아래 잔디, 환하게 불을 켜놓고 서로 낮은 목소리로 이야기를 나누는 아주 보잘것없는 카페에서도 들렸기 때문이었다. 사방에서 축음기 소리가 들렸고 그것을 듣는 사람들의 취향에 따라 터키 행진곡, 세르비아의 애국 민중가요들, 또는 비엔나 오페라의 아리아들도 들렸다. 왜냐하면 북적거림, 빛, 움직임이 없는 곳으로는 사람들이 가지도 않았고 장사도 되지 않았기 때문이었다.

모두들 앞 다투어 신문을 읽었지만 그저 피상적으로 대충 읽을 뿐이었다. 모두들 일면에 실린 대문자로 쓰인 센세이셔널한 기사만 읽을 뿐이었다. 작은 활자로 된 논설이나 보도를 읽는 사람은 별로 없었다. 매사에는 소란이 뒤따랐고 화려한 대문자로 대서특필되어 있었다. 젊은 이들은 저녁에 잠들기 전에 그날 하룻동안 보고 들은 것이 귀에 윙윙거리고 눈에서 번쩍이지 않으면 그날을 살았다고 생각하지 않았다.

진지하지만 확실히 무관심한 마을의 아가들과 에펜디야들은 트리폴리스에서 일어나고 있는 터키와 이탈리아 간의 전쟁에 대한 최근 소식을 듣기 위해 카피야로 왔다. 그들은 소콜로비치 혹은 추프릴리치의 후손으로 술탄의 영토를 지키며 이탈리아인들을 무찌르고 있는 터키의 젊고 용감한 영웅 엔베르베그 소령에 대한 기사들이 신문에 어떻게 씌어 있는지를 쉽게 들을 수 있었다. 사색을 방해하는 축음기의 소리에는 기분이 상했지만 아프리카 저 멀리에 떨어져 있는 터키 땅의 운명에 대해서는 드러내지는 않았으나 진심으로 깊이 걱정했다.

바로 그때 이탈리아인 패타르, 온몸에 돌가루를 허옇게 뒤집어쓰고 페인트와 테레빈 기름이 묻은 마로 된 작업복을 걸친 기술자 패로가 일을 마치고 집으로 돌아오는 길에 다리를 건너고 있었다. 그는 나이가 들어서 더욱 허리가 굽어져 초라하고 겁이 많았다. 루케니의 황후 암살 사건 때처럼 이번에도 그는 오랫동안 멀리 떨어져 살아온 이탈리아 동포들이 외부 세계의 어느 마을에서 저지른 일 때문에 죄책감을 느끼고 있었다. 한 터키 청년이 외쳤다.

"빌어먹을 트리폴리스를 먹겠다는 거냐? 그래, 이거나 먹어라!"

그렇게 외치고는 '한 쪽 손을 팔꿈치 안으로 집어넣고 구부리는' 아주 상스러운 행동을 했다.

구부러진 허리에 지쳐 있는 기술자 패로는 연장을 팔꿈치에 낀 채 모자를 눈까지 푹 눌러쓰고 담뱃대를 꽉 물고선 그냥 메이단 위로 자기 집을 향해 갔다.

집에서는 그의 아내 스타나가 기다리고 있었는데 그녀 역시 늙어서 체력이 약해지기는 했지만 억세고 입이 사납기는 여전했다. 그는 아내에게 며칠 전 자기는 있는 줄도 몰랐던 고장인 트리폴리스를 들먹이며 그를 괴롭혔다는 터키 청년들에 대한 얘기를 하며 불평을 늘어놓았다. 스타나는 늘 그래왔듯이 그의 말을 들으려고도 이해하려고도 들지 않고 그런 모욕을 당하는 것은 모두 그의 잘못이라며 마구 소리를 질러댔다.

"당신은 남자답지는 못하지만, 아니 남자라면 그런 놈들을 끌이나 망치로 한 대 후려치기나 할 것이지. 그러면 다음에 당신이 다리에 나타나면 슬그머니 꽁무니를 뺄 거 아냐."

"휴우, 스타나, 스타나, 어떻게 사람이 사람을 끌이나 망치로 칠 수가 있어." 기술자 패로는 어이없다는 듯 다소 슬픈 표정을 지으면서 말했다.

그렇게 크고 작은 혼란들과 그것을 따르는 움직임 속에서 세월은 흘러갔다. 그렇게 1912년 가을이 왔고 발칸 전쟁에서 세르비아인들이 승리한 1913년이 왔다. 이상한 이야기지만 다리와 카사바 그곳에 사는 사람들의 운명에 중대한 영향을 끼치는 그런 사건들이 아무 소리 없이 조용히, 전혀 알지 못하는 사이에 일어났던 것이다.

옥수수 수확과 새 라키야를 기다리는 카사바 위로 해뜰 무렵과 해질 무렵에는 붉은빛이고 한낮에는 황금빛인 10월의 날들이 지나갔다. 한낮의 햇살을 받으며 카피야에 앉아 있는 것은 여전히 즐거운 일이었다. 시간이 카사바 위에서 멈춘 듯이 보였다. 바로 그때 일이 벌어졌다.

글을 읽을 줄 아는 사람들이 상반되는 뉴스 보도에 대해 논쟁을 벌이기도 전에 터키와 발칸의 네 나라 사이에서 벌어진 전쟁이 이미 발칸 반도를 넘어서 자신들의 오래된 길들에까지 번지기 시작했다. 전쟁이 왜 일어났는지 어떻게 일어났는지를 채 알기도 전에 전쟁이 이미 끝나서 세르비아와 기독교 국가의 군대들이 승리를 거두었다는 것이다. 국경지대에서는 총성 한 번도 없이, 그리고 카사바에서는 대포 소리도 한 번 들리지 않았고 사람의 희생도 없이 모든 일들이 비셰그라드에서 멀리 떨어진 곳에서 끝나버린 것이었다. 돈과 장사에서 그랬던 것처럼 이같이 중요한 일들도 먼 고장에서 믿을 수 없으리만큼 빠르게 변화되고 결정된 것이었다. 주사위가 굴려지는 것도 전쟁이 일어나는 것도 저 먼 고장이었고 이곳 사람들의 운명이 결정되는 것도 저 먼 고장이었다.

그러나 카사바의 겉모양이 평화롭고 변화가 없기는 했지만 이 사건들은 그들의 마음속에 대단한 열광과 심각한 불안의 폭풍을 일으켰다. 왜냐하면 최근에 세상에서 일어나는 일들이 그렇듯이 그것은 카사바에서 세르비아인들과 이슬람 교도들에게 완전히 반대되는 감정으로 받아들여졌기 때문이었다. 그들 사이에 같은 점이 있다면 아마도 감정의 힘과 깊이였을 것이다. 이 사건들은 세르비아인들에게는 희망을, 이슬람 교도들의 공포에는 변명거리를 주었다. 수백 년 동안 역사의 느린 발걸음에 초조해하던 희망들이 이제는 더 이상 그 느린 발걸음에 맞출 수가 없어 대단히 빠른 속도로 역사의 느린 발걸음을 앞서나가고 대담한 실현의 길로 매진하고 있는 것이었다.

카사바가 그 숙명적인 전쟁으로 인해 볼 수 있고 직접적으로 느낄 수 있는 모든 것들은 화살처럼 빠르게 지나갔으며 이상하게도 단순한 것이었다.

오스트리아-헝가리와 터키 사이의 국경지대인 우바츠에는 작은 강 우바츠가 흐르고 있었고 그곳에는 오스트리아 헌병대와 터키 방어사를 나누는 나무 다리가 있었는데 터키 장교가 호위병 몇 명을 거느리고 오스트리아 쪽으로 건너가고 있었다. 연극 같은 몸짓을 해가며 다리 난간에다 군도를 부딪쳐서 부러뜨리고 오스트리아 헌병대에게 항복을 했다. 그 순간 회색 군복을 입은 세르비아 보병들이 산에서 내려왔다. 보스니아와 산좌크 사이의 전체 국경을 따라 주둔하고 있던 구식 군대 아스케르[137]가 이들로 바뀐 것이었다. 오스트리아와 터키, 세르비아 사이의 삼각관계가 끝났다. 어제까지는 카사바에서 15킬로미터 떨어진 곳에 터키 국경이 있었지만 갑자기 1000킬로미터 이상이나, 심지어 저 멀리 예드렌까지로 물러난 것이었다.

그토록 어마어마한 일들이 아주 짧은 시간에 일어나 카사바를 통째로 흔들어놓았다.

드리나 위에 있는 다리에게 이 변화는 숙명적인 것이었다. 지금까지 보아온 바와 같이 사라예보 철도선은 서방과의 연결을 줄어들게 만들었고 이제는 동방과의 연결도 끝난 셈이었다. 사실 동방은 이 다리 자체를 만들어주었고 크게 동요되고 악화되기는 했지만 바로 어제까지 이곳에 있었고, 지금도 마치 땅과 하늘처럼 존재하는 현실적인 존재였지만 이제는 유령처럼 사라지고 말았다. 그리고 다리는 이제 두 개로 나누

---

[137] 터키의 군대.

어진 카사바를 연결하고 드리나 강 양쪽을 연결할 뿐이었다.

소콜로비치 출신 베지르의 착안과 경건한 결정에 따라 세워진 거대한 돌다리는 제국의 두 지역을 연결하고 동방과 서방으로 지나가는 것을 수월하게 하는 '신의 사랑에 따라' 만들어졌지만 이제는 동방과 서방 모두를 단절시키고 마치 좌초된 배처럼, 그리고 퇴락한 사원처럼 버려진 것이었다. 3세기 동안 다리는 모든 것들을 감당해왔고 모든 일들을 경험해왔으며 변함없이 처음의 목표에 따라 봉사를 했지만 이제 인간의 필요가 달라지고 세상이 변해서 다리의 임무는 끝이 나고 말았다. 크기나 견고함으로 보나 아름다움으로 보나 장차 몇 세기를 두고 군대와 상인들이 줄을 지어 건너가도 충분하건만 인간 관계의 영원한 연극, 예측할 수 없는 연극으로 말미암아 이 베지르의 유물은 마술사의 무슨 주문에라도 걸린 듯 생활의 주류 밖으로 갑자기 버림을 받은 것이었다. 다리의 지금 역할은 그 영원히 젊어 보이는 모습이나 거창하면서도 조화를 이룬 모습에는 결코 어울리지 않는 것이었다. 그러나 다리는 위대한 베지르가 눈을 감고 명상 속에서 보던 그 모습으로, 석공들이 처음 세웠을 때의 그 모습으로 힘차고 아름답게, 또한 모든 변화의 가능성을 초월한 모습으로 인내심을 가지고 우뚝 서 있었다.

여기에 몇 줄로 적어놓은 사건들과 몇 달 동안 일어난 모든 일들을 카사바의 사람들이 이해하는 데에는 시간과 인내가 필요했다. 꿈속에서 조차도 국경이 그토록 빠르게 그리고 멀리 움직인 적은 없었다.

이 다리처럼 말없이 움직이지 않고 사람들의 마음속에 아득한 옛날부터 고요히 잠자고 있던 모든 것들이 갑자기 생기를 띠며 그들의 일상생활, 그들의 일반적인 감정과 각 개인의 운명에까지 영향을 끼치기 시작했다.

1913년 초여름에는 비가 많이 내리고 숨이 막힐 듯했다. 낮에 카피야에서는 10여 명의 나이 먹은 회교도들이 젊은 사람 하나를 가운데 두고 둘러앉았다. 젊은이는 그들에게 신문을 읽어주고 외국의 표현들을 해석해주고 이상한 이름이나 지명들을 설명해주었다. 모두들 평화롭게 담배를 피우며 아무 동요 없이 앞을 바라보고 있었지만 그 불안하고 걱정되는 표정을 완전히 감출 수는 없었다. 그들은 이런 감정들을 숨겨가면서 허리를 구부리고 발칸 반도가 장차 어떻게 분할될지를 암시해주는 지도를 내려다보고 있었다. 종이 위의 그 곡선들을 보지 않아도 모든 것을 이해할 수 있었다. 왜냐하면 그들의 지도가 이미 혈관 속에 있었고 또한 그들만이 알고 있는 세계지도를 생물학적으로 느끼고 있었기 때문이었다.

"우슈추프[138]는 누가 차지하게 되오?" 한 노인이 무관심한 척하면서 신문을 읽고 있는 청년에게 물었다.

"세르비아요."

"어허!"

"셀라니크[139]는 누구의 땅이 되는 거지?"

"그리스요."

"어허! 어허!"

"그럼, 예드렌은?" 다른 노인이 나지막하게 물었다.

"아마 불가리아일 걸요."

"어허! 어허! 어허!……"

이것은 여자나 나약한 사람들의 슬픔어린 울부짖음이 아니라 가슴 깊숙이 꾹 참는 한숨소리였다. 그들이 쉬는 한숨은 코밑수염을 스쳐가는 담배 연기와 더불어 여름날의 하늘로 사라져갔다. 이 노인들의 대부

---

[138] 지금의 마케도니아 수도인 스코플예.
[139] 지금의 그리스 영토인 솔룬.

분은 이제 일흔의 나이를 넘긴 사람들이었다. 그들이 어렸을 때 터키 제국은 리카와 코르둔에서 곧장 이스탄불까지 그리고 이스탄불에서 멀고 먼 아랍 지역의 알 길 없는 사막 변경에까지 뻗쳐 있었다. (그때 '터키 제국'은 나누어질 수 없고 무너지지 않을 무하메드 신앙의 공동체로서 강력한 힘을 가지고 있어서 세상 어디에서든 '에잔[140]의 소리가 들릴 때면' 일제히 기도를 드렸다.) 그들은 이것을 잘 기억하고 있었지만 그후에 그들이 살아오는 동안 터키 세력이 세르비아에서 보스니아로 그리고 보스니아에서 산좌크로 축소된 것도 기억하고 있었다. 그런데 이제는 그 제국이 마치 어느 환상적인 대양의 썰물처럼 갑자기 후퇴해서 보이지 않는 곳으로 사라져 모습이 보이지 않게 되자 마치 그 뒤에 남아 있는 해초마냥 그렇게 있는 자신들의 모습을 발견하게 된 것이었다. 이것은 모두 하나님의 뜻이며 의심할 여지 없이 모두 하나님이 명령을 내린 일이었지만 인간에게는 이러한 사실이 이해할 수 없는 힘든 일이었다. 숨이 가쁘고 의식은 혼란스럽고 발밑의 굳은 땅이 속수무책으로 마치 양탄자처럼 어딘가 먼 곳으로 끌려가는 것만 같았다. 또한 굳건하고 영원무궁해야 할 국경이 마냥 흔들거리고 변덕스런 봄철의 냇물같이 먼 곳으로 흘러 사라져버리는 것만 같았다.

    그런 느낌들과 생각들에 잠기며 노인들은 카피야에 앉아서 그 신문들에 쓰여 있는 것들을 무관심하게 듣고 있었다. 신문들에서 말하는 황제들과 정부들은 건방지고 광적이며 뻔뻔스럽고 부질없어 보이고 그것을 쓰는 방식도 영원한 법과 삶의 논리와는 정반대로, 그래서 '전혀 뉘우침의 기색이 보이지 않는다'는 것을 알고 있음에도 불구하고, 그래서 그 따위 신문들은 배움이 있고 학식이 있는 사람이라면 전혀 받아들일

---

[140] 이슬람교의 기도를 알리는 소리.

수 없을 거라고 생각을 하면서 그저 아무 말 없이 듣고 있을 뿐이었다. 그들의 머리 위로는 담배 연기가 보일 뿐이었다. 여름의 비구름이 갑자기 덩어리를 이루더니 땅 위에 큼직한 그늘을 드리웠다.

밤이 되면 한밤중까지 세르비아 청년들이 카피야에 모여 목청을 높여 노래를 부르며 선동적인 세르비아 군가를 불러댔지만 아무도 감히 그들을 막을 수도 벌을 줄 수도 없었다. 그들 중에는 가끔 고등학생들과 대학생들도 눈에 띄었다. 그들은 대부분 가냘프고 창백한 얼굴의 청소년들이었는데 긴 머리에 얇고 차양이 넓은 검은 모자를 쓰고 있었다. 학기가 벌써 시작되었는데도 그해 가을에는 유난히 자주 모였다. 지령과 추천서를 가지고 사라예보에서 기차를 타고 이곳에 와서는 카피야에서 밤을 지새우는 것이었다. 하지만 다음 날 새벽에는 카사바에서 그들의 모습을 볼 수가 없었다. 왜냐하면 비셰그라드의 젊은이들이 확실한 경로로 그들을 세르비아로 보내주기 때문이었다.

여름 방학이 시작되는 하절기에는 고향으로, 집으로 돌아오는 학생들로 마을이 활기를 띠게 되었다. 이때 이들은 카사바에서의 모든 생활에 영향을 끼쳤다.

6월 말에는 사라예보에서 고등학생들이 몰려들었고 7월 초에는 비엔나, 프라하, 그라츠, 자그레브에서 법과 대학생, 의과 대학생 그리고 철학과 학생들이 하나 둘씩 들어오기 시작했다. 이들이 돌아오면 카사바의 외관마저 변하기 시작했다. 장터와 카피야에서 그들의 젊은 모습을 볼 수 있었고 그 태도, 말씨, 의복들은 카사바인들의 기성 습관이나 늘 변함없는 디자인과는 전혀 달랐다. 그들은 최근에 유행하고 있는 음침한 색깔의 옷을 입고 있었다. 그것은 당시 중부 유럽에서 가장 유행되었고 최고의 인기를 누리던 '글로켄 패션'이라는 옷이었다. 머리에는 차양이 축 늘어지고 점잖은 여섯 가지 색깔로 끝처리를 한 파나마 밀짚모자를 쓰고 있었고, 널찍하고 앞이 뾰족한 미국 구두를 신고 있었다. 그리고 이상하리만큼 두꺼운 대나무 지팡이를 짚고 있었고 상의 구멍에는 소콜의 금속 배지 아니면 어떤 학생회의 배지를 달고 있었다.

학생들은 동시에 새로운 어휘들, 농담, 새 노래, 지난 겨울 무도회에서 익힌 새로운 춤, 특히 세르비아어, 체코어와 독일어로 쓴 새 책들과 소책자들을 가지고 왔다.

전에 오스트리아 점령 초기 20여 년 동안에는 카사바에서 젊은이들이 유학을 떠나기는 했지만 수도 그다지 많지 않았고 이처럼 큰 영향을 받지도 않았다. 처음 이십 년 동안에는 사라예보의 교육 대학에 다닌 사람이 몇 있었고 비엔나 대학에서 철학이나 법학을 공부한 사람도 두세 명 있기는 했지만 이것은 매우 예외적인 일이었고 모두들 겸손해서 시험에 합격을 하고도 남에게 자랑하는 법도 없었으며, 일단 공부를 마치면 여기저기 흩어져서 여러 분야의 관리로 발령을 받았었다. 그러나 최근 들어서 유학생의 수가 갑자기 늘어났다. 국립 문화 기관의 도움으로 농민의 아들과 보잘것없는 기술자의 아이들까지도 대학에 갔다. 학생들의 정신과 성격도 더욱 변하게 되었다.

그들은 이미 점령 초기에 학생의 본분에만 몰두하는 고지식하고 순진한 예전의 학생들이 아니었다. 그들은 흔히 카사바에서 볼 수 있는 유형들, 젊어서 멋도 부리고 방탕한 생활도 하고 카사바에 모여서 넘치는 젊음과 정력을 낭비하다가 가족들이 '쓸데없는 짓을 못 하도록 장가나 보내야지!' 하는 소리를 하게 되는 미래의 지주도 가게의 주인들도 더 이상 아니었다. 이들은 여러 도시들과 나라들에서 다양한 교육을 받은 새로운 사람들이었다. 유학 갔던 큰 도시, 대학 또는 고등학교에서 이 젊은이들은 처음으로 얻은 불완전한 지식과 함께 자랑스럽고 대담하게 인간의 자유권이니 개인의 존엄성이니 향락의 권리니 하는 사상들을 들여왔다. 그들은 매년 여름 방학에 돌아올 때마다 사회와 종교 문제에 대한 자유로운 사고방식과 열광적으로 부활된 민족주의 사상을 들여왔으며 이는 최근에 특히 발칸 전쟁에서 세르비아가 승리를 거둔 후 보편적인 신념으로 퍼져 있는, 많은 젊은이들은 민족을 위해서는 어떤 행동이든 어떤 희생이든 마다하지 않아야 한다며 열을 올리고 있었다.

카피야는 그들이 모이는 중요한 장소였다. 저녁을 먹은 후에는 이곳에서 모였다. 어둠 속에서, 별빛과 달빛 아래서, 그리고 물결이 이는 강 위에서, 새롭고 대담하고 순진하며 또 성실하고 자기를 의식하지 않는 그들의 노랫소리, 시시덕거리는 소리, 떠들썩한 얘깃소리, 끝없이 토론하는 소리가 메아리처럼 울렸다.

이 학생들 사이에는 어린 시절에 이들과 함께 초등학교를 다녔고 후에 견습공, 점원 혹은 군청의 서기 직을 맡고 있는 사람들도 끼어 있었다. 이들 중에는 두 종류의 무리가 있었다. 어떤 사람들은 자기의 운명과 자기의 일생을 보낼 이 카사바 생활에 만족을 했다. 그들은 교육받은 친구들을 호기심을 가지고 바라보았고 자기네들과 그들을 비교할 생각도 하지 않고 그들을 존중했으며 조금의 질투심도 가지지 않고 자기 일에 만족하며 생활하고 있었다. 그러나 다른 무리들은 환경 때문에 떠나지 못해 이 카사바 생활에 만족하지 못하고 보다 높고 나은 생활을 갈망하는 사람들도 있었다. 그런데 이런 사람들은 옛날 친구들과 항상 만나기는 했지만 만나면 어색하게 비꼬고 냉랭하게 침묵을 지키기 때문에 교육을 받은 친구들을 자연히 멀리하게 되었다. 그들은 대등하게 대화에 끼어들 수 없었다. 그래서 늘 열등감에 사로잡혀 고통을 받았다. 그래서 그들은 자기의 운명을 받아들이는 친구들과는 반대로 자기네들의 무지함을 감추려 모든 것들을 비꼬게 되는 것이었다. 그래도 어쨌건 그들의 부러워하는 감정은 감출 수가 없었다. 그러나 젊음이란 최악의 본

능도 쉽게 견디게 하며 이들 본능 속에서도 자유롭고 거침없이 살아가고 움직이는 법이다.

카사바 위에 별이 반짝이고 아름다운 성좌(星座)와 달빛이 어리는 밤은 전에도 있었고 앞으로도 있겠지만 지금처럼 카피야에 젊은이들이 한데 모여 함께 느끼고 생각하며 대화를 나누는 일이 나중에도 있을는지는 누구도 알 수 없는 일이었다. 그들은 모든 권력과 힘을 여전히 가지고 있고 자긍심을 불태우는 그 짧은 순간에 반항하는 천사들의 세대였다. 버려진 보스니아 카사바의 농부들과 상인들과 기술자들의 아들들이 그다지 특별한 노력도 없이 이제는 자기들의 운명처럼 세계를 넘나들고 자유의 커다란 환상을 논하게 된 것이다. 그들은 자신의 타고난 카사바적인 기질을 가지고 세계로 나가서 자기의 성격, 일시적인 기분과 경우에 따라서 공부할 전공과목을 선택하고 즐기고자 하는 취미와 가깝게 지낼 친구들 무리를 스스로 선택하는 것이다. 그들 중 대부분은 그들이 보게 되는 모든 것들을 손에 넣거나 가진다고 해도 어찌해야 할지를 몰랐지만 자기가 가진 것이 모두 자기 것이라고 생각하는 사람은 아무도 없었다. 인생(이 말은 그 당시 문학이나 정치에서처럼 매우 자주 그들의 대화에 등장했다. 그리고 어디에서든 대문자로 쓰여 있다)은 그들 앞에서 하나의 객체로, 마치 그들의 자유로운 감성을 위한 그리고 지적인 호기심과 감성적인 성취를 위한 전장(戰場)으로서, 그들이 결코 경계를 알지 못했던 것들로 서 있는 것이었다. 그들 앞에는 모든 길들이 끝도 없이 그대로 펼쳐져 있었다. 이러한 길들의 대부분은 그들이 발도 내딛지 않을 테지만 (적어도 이론상으로는) 어떤 길을 택하든 자유이며, 이 길에서 저 길로 가로질러 갈 수 있다는 사실은 인생에 대한 황홀한 의욕을 북돋아주고 있었다. 다른 시대와 다른 지역의 다른 민족들이 몇 세대와 몇백 년에 걸친 노력을 통해서 목숨을 불사르고, 혹은 목숨보다 귀중한 절제와 희생의 대가로 얻은 모든 것들이 우연한 유산으로, 운명의 위태로운 선물로 그들에게 떨어진 것이었다. 한낱 환상이거나 있을 수 없는 일같이 보였지만 이것은 틀림없는 사실이었다. 그들은 사회적인 그리고 개인적인 도덕에서 범죄에 이르기까지 법들이 당시 온통 위기에 처해 있어서 멋대로 해석한 모든 집단이나 개인으로부터 떨어져나와 있거나 받아들여져 있는 세상에서 모든 것을 결정짓고 멋대로 제약없이 원하는 대로 생각을 할 수 있었다. 그들은 하고 싶은 말을 마음대로 할 수 있었고 대개는 이 말이 행동과 일치하였으며 그래서 영웅주의, 영광, 포악, 그리고 파괴에 대한 그들의 요구를 충족시켜주었다. 그렇지만 행동할 의무가 있는 것도 아니었고 말한 것에 대해서 뚜렷한 책임이 뒤따르는 것도 아니었다. 그들 중 가장 재능 있는 자들은 자기들이 배워야 할 것은 무시하고 할 수 있는 일들을 과소평가했지만 그들이 알지 못하는 것에는 자랑스러워했고 그들의 능력을 벗어나는 일들에는 열정을 쏟았다. 인생의 길에 들어서서 이처럼 위험하고 이상하면서 패가망신으로 이끄는 길치고 이보다 빠른 지름길은 없을 것이다. 그들 중에서 가장 훌륭하고 가장 강한 자만이 이슬람 수도자(修道者)의 광기로 실제 행동에 투신해서 마치 파리마냥 타버리고 나면 자신의 동년배 친구들로부터 이내 순교자나 성자(聖者)(왜냐하면 성자를 가지고 있지 않은 세대는 하나도 없기 때문이다)로 칭송을 받게 되고 도달할 수 없는 귀감의 주춧돌로 받들어지는 것이다.

 모든 인간 세대는 문명에 대한 자신들만의 환상과 관계를 가지고 있었다. 어떤 사람들은 그 흥망에 자신이 참여했다고 믿으며 또 어떤 사람들은 자신들이 그 멸망의 증인이라고 믿는다. 사실, 문명이란 장소와 보는 시각에 따라 항상 불타고 그을리고 또 사라지고 하는 법이다. 지금 별 아래, 강물 위, 카피야에 모여 철학을 논하고 정치와 사회적인 문제들을 토론하는 이 세대는 환상이 더 풍부할 뿐이다. 그것 외에는 다른 세대와 아주 유사했다. 이 세대는 새 문명의 첫 불꽃을 켜 올리고 한편으로는 다 꺼져가는 옛 문명의 마지막 불꽃을 꺼버리고 있는 두 가지 감각을 모두 지니고 있었다. 이 세대에 대해 특별히 말할 수 있는 것은 이 세대보다도 더욱 대담하게 인생, 향락, 그리고 자유에 대해서 꿈꾸고 이야기한 세대가 일찍이 없다는 것이며 이 세대 이상으로 고민하고 노력하고 많이 죽은 세대도 없다는 사실이다. 그러나 1913년 여름, 모든 것들은 결정된 것도 없었고 분명치도 않았다. 이 모든 것들은 저 오래된 다리 위에서 벌어지는 마치 소란스럽고도 새로운 장난과도 같았으며 7월의 강에 비친 다리는 깨끗하고 젊고 예전 그대로였으며 완벽한 아름다움과 강인함을 가지고 있었고 그것은 세월과 인간이 생각하고 이룩하는 것보다 훨씬 더 강했다.

## XIX

8월의 여름 밤이 다른 해 여름과 같이 무더운 것처럼 카사바의 고교생들과 대학생들의 대화도 늘 같거나 비슷했다.

달콤한 저녁 식사(왜냐하면 온종일이 수영과 일광욕으로 지나갔기 때문이었다)를 서둘러 먹고는 곧장 한 사람씩 카피야에 모여들었다. 메이단의 어느 재봉사의 아들 얀코 스티코비치는 그라츠에서 벌써 4학기째 기초과학을 공부하고 있었다. 그는 날카로운 옆모습에 윤기 흐르는 검은 머리의 여윈 청년으로 미신을 믿고 예민했으며 자기 자신에게도 불만이 있었지만 주위의 사람들에게 더 불만이 많은 젊은이였다. 독서도 많이 했고 그라츠와 자그레브에서 발행되는 청년 혁명지에서 이미 유명한 필명으로 논문도 게재를 했다. 그는 시도 썼는데 시는 다른 필명으로 출판을 했다. 그는 이미 단행본을 준비 중이었는데 이것은 '조라[141]——민족서를 내는 출판사'에서 맡기로 되어 있었다. 그 밖에도 그는 학생들 모임에서 훌륭한 연설자였으며, 열성적인 토론자였다. 벨리미르 스테바노비치는 건강하고 체격이 좋은 청년으로 근본이 확실치 않은 양자 출신이었고 빈정대기를 좋아하고 현실적이며 검소하고 부지런

---

[141] 새벽.

했다. 그는 프라하에서 의학을 마쳤다. 마음씨 좋고 유명한 비셰그라드 우편배달부의 아들인 야코브 헤라크는 몸집이 작고 거무스름했으며 눈이 날카롭고 말이 빠른 법학도이자 사회주의자였으며 논쟁을 즐기고 좋은 마음씨를 부끄러워하며 모든 감정들을 숨기는 인물이었다. 말수 적고 마음씨 좋은 란코 미하일로비치는 자그레브에서 법학을 공부했는데 이미 공무원 경력을 쌓고 있어서 사랑과 정치를 이야기하는 친구들의 대화와 논쟁, 인생과 사회 발전을 논하는 자리에는 거의 참석하지 않았다. 어머니 쪽으로 따져보면 그 옛날 바로 카피야에서 목이 잘리고 입술에 담배를 문 채 막대기에 매달려 있던 미하일로의 증손자 되는 사람이었다.

이곳에는 커다란 도시들과 상상 속에서의 인생과 실제 가능하며 그리고 현재보다도 훨씬 더 아름답고 근사하게 보이는 그런 소년적인 상상과 숨겨진 욕망, 이런 것들을 이야기하는 선배들의 이야기에 귀를 기울이고 있는 몇몇 사라예보의 고등학생들도 있었다. 그 중에는 니콜라 글라시촤닌이라는 얼굴이 창백하고 키가 큰 청년이 있었다. 그는 가난과 좋지 못한 건강상태, 낮은 학업성적을 이유로 고등학교 4년을 끝으로 학업을 그만두고 카사바로 돌아와 어떤 독일계 목재 수출 회사의 사무원으로 취직을 했다. 지금은 망했지만 그는 오콜리슈테의 어떤 상인 가문 출신이었다. 그의 할아버지 밀란 글라시촤닌은 점령 후 사라예보 정신병원에서 죽었는데 이유인 즉은 젊었을 때 재산의 대부분을 도박으로 탕진했었기 때문이었다. 권력도 이름도 의지도 없었던 병약한 사람인 그의 아버지 상인 패타르는 오래전에 죽었다. 이제 니콜라는 하루 종일 강둑에서 무거운 소나무 통을 막대로 밀고, 뗏목을 만드는 인부들 옆에서 목재의 크기를 재고 장부에 기재를 하는 일을 하고 있는 것이었다. 그는 인부들 틈에서 이렇게 희망도 없는 단조로운 일을 해나가야 한다는 사실에 일종의 고통과 굴욕을 느꼈다. 자기의 사회적 지위에 변화가 있을 수 없고 또 출세할 가망도 없었기 때문에 이 예민한 청년은 겉늙고 신경질적이고 말수 적은 사람으로 변했다. 시간이 나는 대로 독서를 많이 했지만 이런 마음의 양식도 그에게 힘을 주거나 기운을 돋우지는 못했다. 왜냐하면 모든 것이 그의 안에서 뒤틀려 있었기 때문이었다. 그의 나쁜 운명과 고독과 고통이 그의 눈을 열리게 해주고 많은 사물에 대한 정신을 날카롭게는 해주었지만 이런 가장 훌륭한 생각들과 가장 고귀한 인식들은 그를 더욱 암담하고 괴롭게 할 뿐이었는데 이것들은 카사바에서의 그의 실패와 그의 희망 없는 생활들을 더욱 뚜렷하게 보이게 만들었기 때문이었다.

또한 직업이 열쇠수리공인 블라도 마리치는 쾌활하고 성격이 좋은데다 순진하고 마음씨가 착할 뿐만 아니라 그의 바리톤의 강하고 아름다운 목소리 때문에 전문대학 동창인 그의 친구들로부터 인정을 받았고 사랑을 받았다. 머리에 '열쇠 수리공 스타일의' 모자를 쓴 이 건장한 청년은 자기 자신에 늘 만족해하는 겸손한 사람들과 어울렸고 누구와도 경쟁하거나 비교하는 법이 없었으며 삶이 그에게 내미는 모든 것들에 늘 감사하게, 겸허하게 받아들이면서 온갖 노력과 정성을 아끼지 않았다.

카사바 태생의 두 명의 교사가 있었는데 그들은 조르카와 자고르카라고 하는 여성들이었다. 젊은이들은 누구나 이 두 여선생의 호감을 사려고 서로 다투었고 그들을 둘러싸고 천진난만하면서도 복잡 미묘하고 가슴을 죄이는 사랑의 장난이 벌어졌다. 이들 여선생 앞에서 마치 지난 세기들의 아름다운 부인들 앞에서 벌였던 경기대회처럼 토론을 펼치는 것이다. 토론 후에는 이들 여성 때문에 카피야에 앉아서 어둠과 고독 속에서 담배를 피우기도 하고 혹은 그때까지 다른 곳에서 술을 마신 친구들과 노래를 부르기도 했다. 그들 때문에 친구들 사이에 반목과 질투가 생기고 공공연한 다툼도 벌어졌다. 10시쯤 여선생들은 집으로 돌아갔다. 젊은이들은 여전히 남아 있었지만 카피야에서는 어느새 그러한 열정들이 가라앉고 전투적인 연설도 숨을 죽였다.

이러한 토론에서 흔히 주도적인 역할을 하던 스티코비치가 오늘 저녁에는 아무 말도 하지 않고 담배를 피워대고 있었다. 그는 마음이 언짢고 스스로 불만족스러워하고 있었지만 언제나 감정을 드러내지 않듯이 이번에도 감정을 숨기려고 했는데 그는 한 번도 완벽하게 자기 감정을 숨기는 데 성공한 적이 없었다. 그는 이날 오후 여선생 조르카와 처음으로 단둘이서 만났던 것이다. 조르카는 매력 있는 여성으로 단아한 몸맵시에 흰 얼굴의 열정적인 눈을 가졌다. 스티코비치의 적극적인 간청으로 그들은 이 작은 카사바에서 무엇보다 어려운 일, 즉 젊은 남녀가 아무도 알 수 없는 비밀 장소에서 남몰래 만난다는 일을 해낸 것이다. 때마침 방학이었기 때문에 텅 빈 조르카의 학교를 택했다. 그는 이쪽으로 난 길로 해서 정원을 지나 들어갔고 조르카는 다른 쪽 길에서 정문으로 들어갔다. 그들이 만난 곳은 반쯤 어둠이 드리우고 먼지투성이인데다 책상을 천장에 닿도록 쌓아올려놓은 교실이었다. 이렇듯 사랑의 정열은 흔히 외지고 음침한 곳을 찾아 헤매는 법이다. 그들은 앉을 수도 누울 수도 없었다. 둘 모두 너무도 간절하고 불타오르고 있었다. 그들은 여자가 그토록 익숙해져 있던 나무 의자에서 꼭 껴안은 채 주위의 아무것도 쳐다보지 않고 의식하지도 않으면서 한몸이 되었다. 먼저 그가 정신을 차렸다. 젊은이들이 하는 방식으로 거칠게, 그는 자기 옷을 추스르고 헤어질 채비를 했다. 여자가 울음을 터뜨렸다. 둘 모두에게 실망감이 들었다. 그는 어느 정도 여자를 안정시키고는 거의 도망을 치듯이 옆문으로 빠져나갔다.

그는 집에서 그의 논문들이 실린 『발칸, 세르비아와 보스니아-헤르체고비나』라는 청년 잡지를 가지고 온 우편배달부와 마주쳤다. 자신의 논문을 다시 읽는 것은 방금 전의 경험들에 대한 생각으로 바뀌고 말았다. 그러나 여기에도 불만의 씨는 남아 있었다. 논문에는 잘못 인쇄된 곳도 있었고 그가 보기에도 아주 우스운 문장들도 있었다. 좀더 명료하게 그리고 수려하고 일목요연하게 표현할 수 있었겠다 싶은 문장들이 많았지만 이제 와서 수정할 수는 없었다.

 이날 저녁 내내 그들은 카피야에 앉아서 그 조르카 앞에서 그의 논문에 대해 토론을 하고 있었다. 그의 주요 적수는 모든 것을 엄격한 사회주의자의 시각에서 비판하고 관찰하는 언변 좋고 호전적인 헤라크였다. 나머지 사람들은 간간이 몇 마디를 할 뿐이었다. 그리고 두 명의 여선생들은 아무 말도 하지 않고 승리자에게 보이지 않는 화환을 준비하고 있었다. 스티코비치는 제대로 반론하지를 못했다. 첫째 이유는 비록 그가 다른 사람들에게 드러내고 있지는 않았지만 스스로 자기 논문에서 많은 약점과 비논리성을 지금 갑자기 발견하고 있다는 것이며 둘째는 이날 오후 그 먼지투성이의 답답한 교실에서 생긴 일, 지금은 우습고 추하게 생각되지만 오랫동안 이 아름다운 선생에 대해서 가장 열렬한 감정과 강한 욕망의 목표로 삼아왔던 그 일이 자꾸 머리에 떠올랐기 때문이었다. (그녀가 지금 여름의 어둠 속에 앉아 빛나는 눈으로 그를 쳐다보고 있는 것이다.) 그는 마치 채무자처럼 그리고 죄인처럼 그날 오후에 학교에 가지 않았더라면 혹은, 지금 이 여자가 곁에 있지 않았더라면 하는 생각만 하고 있었다. 이런 기분에 사로잡혀 있었기 때문에 그에게 헤라크가 공격적인 사람으로 여겨졌고 그의 반박을 막아내는 데 무척 힘이 들었다. 그는 자기 논문뿐만 아니라 그날 오후에 학교에서 벌어졌던 일에 대해서도 해명을 해야 할 것 같았다. 무엇보다도 혼자서 어디 외딴 곳으로 가서 논문과 여자를 제외한 다른 일들을 조용히 생각하고 싶었다. 그러나 자존심 때문에 자기의 주장을 옹호하지 않을 수 없었다. 스티코비치는 츠비이치와 슈트로스마에르를 인용했고 헤라크는 카우츠키와 베벨을 인용했다.

"자네는 서두르는 나머지 차를 전복시키고 있어." 헤라크가 스티코비치의 논문을 분석하면서 소리쳤다. 다시 말을 이었다. "가난과 빈곤에 시달리는 발칸의 농부들을 데리고 항구적이고 훌륭한 국가를 세운다는 것은 가능하지 않아. 착취를 당하는 노동자와 농민, 즉 인민의 대다수가 먼저 경제적으로 해방되는 것만이 독립국가 건설의 참다운 조건이 되는 거야. 이것은 당연한 과정이고 우리 모두가 택해야 하는 길이지. 그 밖에 다른 길은 없어. 더불어 민족의 해방과 통일은 사회주의적 해방과 부흥의 정신에서 수행되어야 하지. 그렇지 않으면 새로운 국가의 형성과정에서 농민과 노동자, 그리고 서민들의 빈곤과 노예근성이 무서운 전염병처럼 번지게 될 테고 소수의 착취자들이 그들의 기생충 같은 반동적인 정신 상태와 반사회적인 근성을 주입하게 될 거야. 그렇게 되면 항구적인 국가나 건전한 사회는 존속할 수 없다는 거지."

"그것은 모두 서적에나 나오는 외국의 지식일 뿐이야, 친구." 스티코비치가 대답했다. "그건 깨어나고 있는 민족주의적인 힘의 생생한 존립 앞에서 사라지고 있지. 처음에는 세르비아인들에게서 그 다음엔 크로아티아인들, 마지막으로 슬로베니아인들에게서 일어나고 있는 자각이라고. 모든 일은 독일 이론가들의 예언대로 되는 것이 아니라 우리의 역사와 우리의 민족적 운명에 대한 깊은 인식에 따라 이루어지는 것이란 말이다. '각자 모든 이들의 상전인 터키인들을 죽여라!'고 외쳤던 카라조르제의 선동에서부터 발칸의 사회 문제는 언제나 민족해방운동과 전쟁에 의해서 스스로 해결되지 않았는가 말이다. 모든 것들은 전적으로 논리적으로 진행되고 있지. 이를테면, 작은 데서 큰 데로, 지역적이고 종족적인 것에서 민족적인 것으로, 그리고 나중엔 국가 형성으로. 쿠마노보와 브레갈니차에서 우리가 승리한 것은 동시에 진보적 사상과 사회정의의 위대한 승리가 아닌가 말이다."

"그건 앞으로 보게 될 일이지." 헤라크가 말을 가로막았다.

"지금 보지 못하는 자는 앞으로도 볼 수 없지. 우리가 믿는 것은……"

"자네들은 그걸 믿지만 우리는 아무것도 믿지 않아. 단지 실제적인 증거들과 명제들을 가지고 확인하고 싶을 뿐이지." 헤라크가 대답했다.

"멸망의 첫 단계로써 터키 사람들이 사라지고 오스트리아-헝가리의 쇠약이 실제보다 나은 삶을 지향하는 약소 민주 국민들과 노예화된 계급의 진정한 승리가 아닌가 말이야?" 스티코비치는 자신의 생각을 말했다.

"만일 민족주의자들의 목표 달성과 더불어 사회정의가 창조된다면, 민족주의적 이상이 완수되었고 또 그 문제에 있어서는 만족을 느낀다고 할 수 있는 서구의 여러 국가들에서는 중대한 사회문제나 운동 및 투쟁이 있을 수 없지 않은가 말이야. 하지만 우리는 그렇지 않다는 것을 보고 있잖아. 반대로 말이야."

"내가 다시 말하지만," 스티코비치가 지친 목소리로 말을 이었다. "민족의 통일과 개인 및 사회적 자유의 개념에 입각한 독립 국가의 건설 없이는 '사회적 해방'이 논의될 수 없다는 말이지. 왜냐하면 어느 프랑스인이 말했듯이 정치가 우선이고 그 다음에……"

"식생활이 우선이겠지." 헤라크가 말을 가로막았다.

이때 다른 학생들도 핏대를 올렸다. 순진한 학생들의 토론장은 모든 이들이 이야기하는 객기의 싸움판으로 변했는데 누가 한 마디 어떤 말을 하자 한바탕 웃음판으로 변하고 말았다.

그것은 후퇴와 패배의 인상을 주지 않고 토론에서 빠져나와 침묵을 지킬 수 있는 스티코비치에게는 좋은 구실이었다.

10시쯤 조르카와 자고르카는 벨리미르와 란코가 집까지 바래다주어서 돌아갔고 나머지 사람들도 흩어졌다. 결국, 스티코비치와 니콜라 글라시촤닌만이 남게 되었다.

이들 둘은 동갑내기였다. 사라예보에서 김나지야[142]도 함께 다녔고 함께 지내기도 했었다. 서로를 아주 세세하게 알고 있었기 때문에 서로에 대해 제대로 평가할 수도 진심으로 좋아할 수도 없었다. 세월이 흘러감에 따라 그들 사이도 멀어져 점점 더 어색하기만 했다. 매번 방학 때마다 이곳 카사바에 모여 서로를 재봤는데 서로 헤어질 수 없는 친구이자 적으로 생각을 했다. 그런데 지금 그들 사이에 아름다운 말괄량이 여선생 조르카가 끼어든 것이다. 지난 겨울 내내 조르카는 글라시촤닌과 사귀었는데 그는 그녀를 얼마나 좋아하는지를 숨기려 하지도 않았고 감출 수도 없었다. 그는 비통함과 불만을 품은 사람만이 보일 수 있는 정열로 불같은 사랑에 빠졌었다. 여름이 되어 학생들이 돌아오기 시작하자 예민한 글라시촤닌이 스티코비치에게 쏠리는 조르카의 관심을 눈치채지 못할 리 없었다. 그런 이유 때문에 최근 들어 이 두 남자 사이에 고조된 긴장은 사실 오래된 것이었으며 사람들 앞에서만 언제나 드러나지 않았다.

그런데 지금 우연히 이렇게 둘이서 남게 되고 보니 두 사람 모두 얼핏 머릿속에 떠올린 것은, 불편한 대화일 테니 아예 말하지 않고 헤어지는 것이 좋겠다는 생각이었다. 그러나 그들은 젊은이들만이 이해할 수 있는 어떤 이상한 관념으로 헤어져야겠다는 생각을 억누를 수 있었다.

---

**142** 4년제 고등학교.

이때 다행히도 이 어색하고 무거운 침묵을 일순간이나마 깨뜨려주는 일이 일어났다.

어둠 속에서 산책을 하고 있는 두 남자의 목소리가 들렸는데 그들은 천천히 걸어오다가 카피아 옆 난간 모퉁이 뒤에서 걸음을 멈추었다. 소파에 앉아 있는 스티코비치와 글라시챠닌은 그들을 볼 수 없었고 그들 역시 이쪽 사람들을 볼 수 없었다. 그러나 말소리는 들렸는데 그 목소리는 그들에게 익숙한 음성이었다. 그들보다 더 나이가 어린 후배들이었다. 토마 갈루스와 페힘 바흐티야레비치였다. 이들은 스티코비치와 헤라크가 중심이 되어 밤마다 카피아에서 벌이는 학생들의 모임에 끼지 않았다. 왜냐하면 갈루스는 비록 더 어리기는 했지만 시인으로서 그리고 민족주의 연설가로서의 스티코비치를 전혀 인정하지도 않고 좋아하지도 않았으며 반면, 바흐티야레비치는 이상할 정도로 말이 없고 진정한 베그의 손자로서 초연하고 내성적이었다.

토마 갈루스는 붉은 뺨과 파란 눈의 키가 큰 청년이었다. 그의 아버지 알반 갈루스(알반 폰 갈루스)는 부르겐란트의 오래된 명문가의 마지막 자손으로 점령 후 이 카사바에 관리로 임명되어 왔었다. 이곳에서 '삼림간수'로 20여 년을 살았고 지금은 카사바에서 연금생활자로 살고 있다. 카사바로 온 지 얼마 되지 않아 그는 이곳 최고의 유지인 하지 토마 스탄코비치의 딸과 결혼을 했는데 그녀는 체격이 좋고 피부가 거무스름한 데다 의지가 대단히 굳은 사람이었다. 그들은 딸 둘과 아들 하나를 두었는데 모두 세르비아 정교회에서 세례를 받고 하지 토마의 손자답게 카사바 출신으로 성장했다. 젊어서는 키가 크고 미남이던 갈루스가 이제는 늙어서 머리가 백발이 되었지만 그 상냥한 웃음은 여전했다. 이미 토박이가 된 지 오랜 그를 사람들은 '알보 선생'이라고 불렀고 젊은이들은 누구나 그를 외국 사람이나 이방인으로 생각하지 않았다. 그는 어느 누구에게도 방해가 되지 않는 두 가지 열정이 있었으니 그것은 사냥과 파이프 담배였다. 코타르 전체에서 그는 오래되고 좋은 친구들을 가지고 있었는데 세르비아인들과 이슬람의 농부들 모두 사냥에 대한 열정으로 그와 연결되어 있었다. 마치 이곳에서 나서 자란 사람처럼 그는 이 고장 사람들의 습성을 완벽하게 익혔는데 특히 흥겨운 침묵과 조용한 대화의 방법을 터득했다. 이렇듯 사냥과 숲, 탁 트인 공간에서의 삶을 좋아하는 것은 사냥을 즐기는 사람들의 특성이었다.

 젊은 갈루스는 그해 사라예보에서 김나지야를 졸업하고 가을에 비엔나로 갈 생각이었다. 그러나 무엇을 전공할 것인지 하는 문제로 가족들 사이에 의견이 분분했다. 아버지는 공학이나 임학을 공부하라고 했고 아들은 철학을 공부하고 싶어했다. 토마 갈루스는 외형적인 모습은 아버지를 쏙 뺐지만 성격은 아버지와 정반대였다. 그는 공부도 잘하고 모든 점에서 모범이 되고 얌전했으며 모든 과목들을 대단히 쉽게 통과하는 뛰어난 학생이었고 그의 온통 솔직하고 현실적인 관심은 학교에서 배우는 정규과목보다는 그 무엇을 알고자 하는 정신적 열망을 만족시키는 데 있었다. 그들은 분명하고 단순한 감성을 지녔으나 호기심이 많고 한곳에 머물지 않는 정신을 지닌 학생들이었다. 그리고 그와 비슷한 나이의 많은 젊은이들이 직면하고 있는 사춘기 시기의 어렵고 위험한 고비를 의식하지 못했으며 따라서 정신적 불안을 진정시키지 못해 흔히 문학과 예술의 애호가로서 일생을 보내고 만다든가 혹은 안정된 직업이나 일정한 취미가 없는 이상한 사람이 되고 마는 수도 있었다. 그러나 젊은이들은 누구나 청춘과 성숙이라고 하는 대자연의 요구를 충족시켜야 할 뿐만 아니라 동시에 한때 젊은이의 마음을 지배하는 시대사조와 유행을 찬양해야 하기 때문에 갈루스도 시를 쓰고 혁명 민족주의 학생 조직의 열성적인 회원이 되기도 했다. 그 외에도 그는 5년 동안 선택과

목으로 프랑스어를 공부했고 문학, 특히 철학에 관심을 가지고 있었다. 그는 독서를 할 때 지칠 줄 모르고 열정적이었다. 사라예보 김나지야에서 당시 젊은이들이 주로 읽었던 책들은 독일의 크고 유명한 출판사인 레크람 유니버설 도서관의 문고들이었다. 책 표지가 노랗고 활자가 아주 작은 이 조그마하고 저렴한 문고판 책들은 그 무렵 학생들이 얻을 수 있는 중요한 정신적 양식이었다. 이러한 책에서 그들은 독일 문학뿐 아니라 독일어로 번역된 모든 주요 세계 문학들도 접할 수 있었다. 또 이러한 책을 통해 갈루스는 근대 독일의 철학자 니체와 슈티르너[143]에 대한 지식을 얻었고, 그 당시 많은 젊은이들이 그랬듯이 밀야츠카 옆의 강둑을 산책하면서 자기가 읽은 것에 대해 정열적인 토론을 끝없이 전개해나갔지만 그것은 언제나 자기의 실생활과는 전혀 거리가 먼 것이었다. 그렇게 너무 조숙하고 다방면에 게다가 정리되지 않은 지식으로 뒤범벅이 된 고교 졸업자들의 예는 당시 젊은이들 사이에서 그리 드문 경우가 아니었다. 얌전하고 공부 잘 하는 학생 갈루스는 대담한 사상과 광범위한 독서에만 청춘의 자유와 방종을 쏟아 부었다.

페힘 바흐티야레비치는 어머니 쪽에서 본다면 카사바 사람이었다. 그의 아버지는 로가티차 출신으로 지금도 로가티차에서 카디야[144]로 일을 하고 있지만 어머니는 오스마나기치의 훌륭한 집안 출신이었다. 그는 어린 시절부터 여름방학 때마다 어머니와 함께 카사바에 있는 외가에서 지냈다. 그는 몸이 날씬하고 우아하며 꽤 체격이 좋은 건장한 청년이었다. 모든 신체가 균형이 잡히고 절도가 있었다. 달걀형의 얼굴은 햇볕에 탔고 살갗은 갈색으로 검푸른 점들이 간간이 보였고 외출은 짧고 드물었다. 눈은 검고 흰자위가 푸르스름하게 보였으며 시선은 선명했으

---

[143] 독일의 철학자. 개인주의적 무정부주의자.
[144] 이슬람 재판관.

나 광채는 없었다. 강한 눈썹에다 구부린 입술 위로는 얇은 검은 콧수염이 나 있었다. 페르시아 미니어처에 나오는 그런 남자의 얼굴이었다.

그해 여름 그는 고등학교 마지막 시험을 통과하고 지금은 비엔나에서 동양어학을 공부하기 위해 국비 장학금을 기다리고 있는 중이었다.

이 두 젊은이는 조금 전 시작된 대화를 계속하고 있었다. 문제는 바흐티야레비치의 전공 선택에 관한 것이었다. 갈루스는 그에게 동양어학을 택하게 된다면 실수하는 것이라고 설명하는 중이었다. 대체로 갈루스가 훨씬 더 말을 많이 하고 활발하게 하는 편이었는데 왜냐하면 그는 사람들이 자신의 말을 듣는 것에 익숙해져 있었고 설교하는 것을 좋아했기 때문이었다. 반면에 바흐티야레비치는 마치 자신의 확고한 신념을 가지고 있어서 다른 사람의 마음을 상하게 할 필요는 없다고 생각하는 사람처럼 간단하게 그리고 조금만 말을 하고 있었다. 책을 많이 읽은 젊은이들이 대개 그렇듯이 갈루스는 말 한 마디 한 마디를 아름답게 표현하고 비유를 들어 자기 의견을 일반화하는데 순진한 만족감을 느끼고 있었고 반면에 바흐티야레비치는 무미건조하고 짤막하며 거의 신경쓰지 않는다는 듯이 말을 했다.

그림자 속에 숨어 돌 의자에 앉아 스티코비치와 글라시촤닌은 마치 다리 위 두 친구의 대화를 듣기로 무언의 약속이나 한 듯이 서로 침묵을 지켰다.

학업에 관한 토론을 마치면서 갈루스는 불같이 말했다.

"그런 점에서 너희 이슬람들, 베그의 자손이라는 사람들이 종종 잘못을 저지른단 말야. 새로운 시대에 당황한 너희들은 이 세상에서 자신들의 위치를 똑바로 완벽하게 인식하지 못하고 있다는 말이야. 동양적인 것이라고 하는 모든 것들에 대한 너희들의 애정은 단지 너희들이 말하는 '권력에의 의지'를 나타내는 현대적인 표현일 뿐이지. 동양적 생활

양식과 사고방식은 그 사회 및 법적 질서와 밀접한 관련이 있고 이 질서는 너희들에게는 몇백 년에 걸친 지배의 기반이 되었으니 말이다. 그러니 그건 이해가 되기는 하지. 그러나 그것이 너희들이 학문으로써 동양학을 할 수 있는 능력이 있다는 것을 의미하지는 않아. 너희들은 동양인이지. 하지만 그렇기 때문에 동양어학을 공부해야 한다고 생각을 한다면 실수를 저지른다는 얘기야. 너희들은 학문에 대한 자격도 소질도 전혀 없는 사람들이라구."

"봐봐!"

"아니, 전혀 없어. 내가 이렇게 단정하는 것은 화를 내게 하거나 공박을 하려는 것이 결코 아냐. 그 반대지. 너희들은 이 땅에서 유일한 주인이었어. 아니 적어도 과거에는 그랬지. 너희들은 여러 세기 동안 칼과 책으로, 합법적으로, 종교적으로, 혹은 힘으로 너희들의 특권을 확대하고 강화하고 옹호해왔지. 이러한 사실들이 너희들을 전형적인 군인, 행정관, 그리고 지주로 만들어놓았단 말이야. 세계 어디에서나 그런 지배 계급에 속한 사람들은 추상적인 과학을 자기네들이 직접 공부하지 않고, 그것밖에는 할 것도 할 수 있는 것도 없는 사람들에게 떠맡겨버리지. 너희들이 정말 배워야 할 것은 법학과 경제학이야. 왜냐하면 너희들은 구체적인 직책들을 가지고 있는 사람들이니까. 그런 사람들은 지배 계급에 늘 필요한 사람들이거든."

"그 말은 우리는 교육을 받지 않은 상태로 남아 있어야 한다는 거군."

"아니, 그런 뜻이 아니지. 그런 게 아니고 너희들은 지금의 너희들 아니 원한다면 예전의 너희들 그 모습으로 남아 있어야 한다는 거야. 그래야만 한다구. 왜냐하면 어느 누구도 자신의 실제의 모습도 되면서 동시에 반대의 모습도 될 수는 없으니까."

"그런데 우리는 이제 지배 계급이 아니야. 이제 우리는 평등하잖아." 바흐티야례비치는 씁쓸함과 자존심이 배어 있는 말투로 빈정댔다.

"그래, 너희들이 아닌 것은 사실이야. 사실 너희들이 지배 계급 행세를 하던 시대는 이미 변한 지 오래지. 하지만 그것이 같은 속도로 너희들이 변할 수 있다는 것을 의미하는 것은 아니지. 제 기반을 잃고도 똑같은 모습으로 존재하는 사회 계급이 그것이 처음도 마지막도 아니야. 세상 여건이 변해도 사람의 계급은 그대로 남아 있는 법이니까. 왜냐하면 계급은 그 생긴 대로 존재하고 또 사멸될 수밖에 없기 때문이지."

보이지 않는 두 청년들의 대화는 잠시 바흐티야례비치의 침묵으로 가라앉더니 멈췄다.

검은 산 위로 맑은 하늘에 마치 배 모양으로 잘라진 초승달이 떴다. 터키 글자를 새겨놓은 다리의 흰 기념비가 달빛에 반사되어 마치 검푸른 어둠 속에서 희미하게 비치는 유리창 같았다.

바흐티야례비치가 지금 무슨 말을 했지만 그 목소리가 너무 작아서 스티코비치와 글라시촤닌에게는 단지 이어지지 않고 이해할 수 없는 말들이었다. 젊은이들이 토론하는 주제는 흔히 대담하고 빠르게 바뀌듯이 이 두 사람의 대화도 이제는 전혀 다른 문제로 옮겨갔다. 그들이 이야기는 동양학 연구에서 잠시 앞에 있는 흰 기념비 위에 새겨진 내용으로 옮겨졌다가 다음에는 다리 얘기로, 그 다음에는 다리를 건설한 사람의 얘기로 넘어갔다.

갈루스의 음성은 더욱 힘 있고 설득력이 있었다. 바흐티야례비치가 이 같은 다리를 건설한 메흐메드 파샤 소콜로비치와 그 시대의 행정력의 우수성을 칭찬하자 갈루스는 그 말에 동의하면서 민족의 과거와 장래, 문화 및 운명 등에 대한 자신의 민족주의적 견해를 피력했다. (왜냐하면 학생들의 이 같은 토론에서는 저마다 자기 생각만 따르기 때문이었다.)

"네 말이 맞아." 갈루스가 말했다. "그는 틀림없이 천재였을 거야. 우리 민족의 사람으로 외국의 황국을 섬긴 사람은 그가 처음도 아니고 마지막도 아니지. 우리는 몇백 년 동안에 걸쳐 정치가, 장군들과 예술가들 같은 사람들을 이스탄불과 로마, 비엔나에 배출해왔어. 우리 민족의 통일에 대한 생각은 위대하고 강력한 현대국가로 되어야 한다는 점에서 그 의의를 찾을 수가 있지. 우리의 힘은 우리나라에 머물러 있어야 하고 우리나라에서 발전되어 우리 민족의 이름으로 세계 문화에 이바지해야 한단 말이지. 외국의 문화 중심지에서가 아니라 말이야."

"너는 지금 말한 그 문화의 '중심지'라는 것이 우연히 생겼고, 또 원하는 대로 언제 어디서든 누구든 만들 수 있다고 생각하는 거야?"

"우연이냐 아니냐 하는 것이 아니지. 그것은 이제 더 이상 문제가 아니고 그것들이 어떻게 생겼느냐는 중요하지도 않아. 중요한 것은 오늘날 몰락하는 과정에 있다는 사실 그리고 일찍이 개화했다는 사실, 새로 일어나는 중심지에 양보해야 한다는 사실인 거지. 처음으로 역사의 무대에 등장하는 새로운 자유 민족들은 이 새로 일어나는 중심지를 통해서 자신을 직접 표현할 수 있기 때문이야."

"너는 만약 메흐메드 파샤 소콜로비치가 저 너머 소콜로비치에서 그대로 농부의 아들로 남아 있었더라도 과연 그런 인물이 될 수 있었고 또 무엇보다도 지금 우리가 서서 이야기하고 있는 이 다리를 건설할 수 있었으리라고 생각하는 거야?"

"그 당시는 물론 안 됐겠지. 하지만 결국 이스탄불이 우리 민족과 기타 여러 그들이 지배하는 민족으로부터 빼앗은 것이 재산과 돈뿐만이 아니라 우리의 가장 우수한 인재와 순수한 혈통 또한 빼앗아갔다는 것을 감안해 보면 그들이 이 같은 다리를 세우는 것은 어려운 일이 아니었다는 말이지. 만약 세기를 거듭하면서 우리에게서 어떤 것을 얼마나 앗아갔는지를 생각해본다면 모든 건축물은 단지 부스러기에 지나지 않는단 말이야. 그러나 우리 민족이 자유와 독립을 얻게 되었을 때 우리의 돈과 피는 우리만의 것이 되고 또 우리 것으로 보전할 수 있다는 거지. 모든 것이 오직 민족 문화 향상을 위해서만 존재할 것이며 그 문화는 우리의 도장과 이름을 지니게 될 것이며 미래에 우리 민족의 가장 폭넓은 계층의 행복과 발전을 갖게 한다는 말이야."

바흐티야레비치는 아무 말도 하지 않았는데 그 침묵은 마치 가장 생동적이고 가장 설득력 있는 반박처럼 갈루스를 격분시켰다. 그는 당시 청년민족주의 문헌 안에 있는 온갖 어휘를 써가며 혁명 청년 운동의 계획과 목표를 생생하게 설명하기 시작했다. 민족의 모든 살아 있는 힘들은 깨어나 행동으로 옮겨질 것이다. 그들의 일격 하에서 민족의 감옥인 오스트리아-헝가리 제국은 유럽의 터키 제국이 쓰러진 것처럼 쇠퇴할 것이다. 오늘날 우리 민족적 역량을 저해하고 분열시키고 잠자게 하는 온갖 반민족적 및 반동적 세력은 사멸될 것이다. 우리가 살아가는 시대의 정신은 우리의 가장 훌륭한 동맹자이며 모든 핍박받는 약소민족들이 우리를 지지하기 때문에 이 모든 것은 이루어질 것이다. 동시대의 민족주의는 종교적 분파와 구시대의 편견을 초월하여 승리할 것이며 민족을 외국의 세력과 이방인들의 착취로부터 해방시킬 것이다. 그리고 그때 민족국가가 탄생될 것이다.

갈루스는 그런 다음 완전한 민족의 평등과 종교적 인내, 시민의 평등에 기반을 둔 세르비아 주위의 마치 피예몬타처럼 모든 남(南)슬라브인들을 아우르게 될 새로운 민족국가의 이로운 점과 아름다움을 설명했다. 그의 얘기 속에는 동시대 삶의 필요성들을 이야기하는 표현들과 불분명한 의미들이 담긴 대담한 어휘들로 뒤섞여 있었다. 일상적인 현실의 정당하고 실현 가능한 요구들과 영원히 머무르는 것으로 운명지어진 어느 민족의 가장 깊은 소망들. 또 여러 세대를 거치면서 무르익어왔지만 젊은이들만이 예견하고 대담하게 표현할 수 있는 큰 진리가 결코 꺼지지 않지만 결코 현실로 이루어질 수도 없는 영원한 환영(幻影)과 더불어 뒤섞여 있었다. 왜냐하면 마치 신화의 햇불처럼 청년들의 다른 청년들에게 그것을 넘겨주었기 때문이었다. 젊은이의 말에는 물론 현실의 비판을 이겨내지 못할 주장도 많았고 경험의 증거가 없는 억설(臆說)도 많았지만 그 안에는 인간성의 나무를 유지하고 젊게 만드는 소중한 주스와 신선한 입김이 있었다. 왜냐하면 마치 신화의 햇불처럼 젊은이들은 다른 젊은이들에게 그것을 전달해주었기 때문이었다.

바흐티야레비치는 말이 없었다.

"이해가 될 거야, 페힘." 몰두해 있는 갈루스는 마치 그것이 오늘밤이나 내일의 일이라도 되는 듯이 자신의 친구를 설득했다. "너는 보게 될 거야. 우리는 인류의 진보에 가장 크게 공헌할 국가를 창조할 거야. 그 국가에서는 어떠한 노력도 축복을 받고 어떠한 희생도 신성시되고 모든 사상이 독창적이고 또한 우리말로 표현될 것이며 무엇을 하거나 우리의 이름으로 하게 될 거야. 그때에는 우리가 우리의 자유로운 노동의 산물과 우리 순종의 천재들의 표현인 작품들을 만들어낼 것이며 그 창조물들로 외국의 지배를 받았던 수 세기 동안 만들어진 모든 것들이 마치 장난감처럼 보이게 할 거야. 더 큰 강과 더 깊은 심연 위에 다리를 건설할 거야. 새롭고 더 크고 더 좋은 다리들을 건설하자구. 그것은 종속된 지역들과 외부의 중심지들을 연결하는 것뿐 아니라 우리나라의 땅들과 전 세계의 모든 땅과 우리를 연결하게 될 거야. 왜냐하면 그 점에 대해서는 더 이상 의심의 여지가 없어. 우리 이전 세대가 열망했던 것을 우리 세대가 이루어야 한다고 운명지어졌으니 말이지. 마치 하나님의 생각들의 일부가 땅에서 이루어지듯이 정의에 입각하여 자유 속에서 태어나는 국가인 것이지."

바흐티야레비치는 말이 없었다. 갈루스의 목소리도 가라앉기 시작했다. 이상이 높아짐에 따라 말소리는 더욱 작아지고 거칠어지더니 마침내 힘차고 열정적인 속삭임으로 변하더니 결국에는 밤의 커다란 고요 속에서 사라지고 말았다. 이제는 두 젊은이 모두 말이 없었다. 그러나 바흐티야레비치의 침묵만은 어둠 속에서 무겁고 끈덕진 좀 다른 무언가 같았고 그것은 암흑 속에서 마치 지나갈 수 없는 담처럼 상대방이 이야기하고 자신의 고요하고 뚜렷하고 변함없는 생각을 설명하는 모든 것을 단지 자신의 존재의 무게만으로 단호하게 거절하는 것이었다.

'세상의 기본들과 인생과 사람들의 관계의 기본들은 그 안에서 여러 세기를 두고 고정되어 있지. 이 말은 그것들이 변하지 않는다는 뜻이 아니라 인간이 존재하는 그 시간의 길이로 재어볼 때 영원하게 보인다는 얘기지. 그것들의 지속과 인간 세기의 길이들의 관계는 마치 강의 물결과 바닥의 관계와 같아서 물결은 불안정하고 변화가 빠르지만 바닥은 안정되고 견고하여 그 변화가 느리기 때문에 눈에 보이지는 않는다는 얘기지. 그 '중심'의 변화에 대한 생각만은 건전하지 못하며 용납될 수 없는 일이야. 그것은 마치 어떤 사람이 큰 강의 근원지나 산의 토대를 바꾸거나 이동시키고자 하는 것과 같지. 급격한 변화를 원하는 소망과 그들의 힘으로 밀어붙이려는 생각은 흔히들 사람들 사이에서 마치 병처럼 나타나고 대개는 젊은이들의 머릿속에서 행동을 떠오르게 하지. 단지 그런 머리들은 제대로 생각을 하는 것이 아니고 결국에는 아무것도 아닌 것이 되어 어깨에 그리 오래 짊어지고 있지 않으려고 한다는 거야. 왜냐하면 인간의 소망은 세상의 사물들로 조정하고 고칠 수 있는 게 아니기 때문이지. 바람과 같은 욕망은 한 장소에서 다른 장소로 먼지를 옮기고 때로 전체 시야를 가리기도 하지만 결국에는 스스로 가라앉고 떨어져 자신의 뒤에 세상의 오래되고 항구적인 그림을 남기게 되는 거야. 땅 위의 항구적인 업적은 하나님의 뜻으로 만들어지고 인간은 단지 그의 눈멀고 복종하는 연장일 뿐이지. 욕망들, 인간들의 욕망으로 자라나는 업적은 태동하지 못하거나 혹은, 항구적이지 못하지. 어쨌든 좋은 것은 아니야. 밤하늘 아래 카사바에서 일어나는 이 모든 격동적인 욕망 그리고 대담한 말들은 근본적으로 변화할 수가 없지. 세상의 커다랗고 상시적인 현실 위로 넘어갈 것이며 모든 욕망과 바람이 고요해지는 바로 그곳에서 사라질 뿐이지. 그러니까 정말로 위대한 사람들은 위대한 건물들처럼 공허하고 지나가는 욕망과 인간의 허영과는 상관없이 하나님의 뜻에 따라 정해진 바로 그 자리에서 흐르고 또 흐르게 될 거야.'

그러나 바흐티야례비치는 이 말을 한 마디도 입 밖에 내지 않았다. 베그의 손자인 이슬람의 청년으로서 철학을 자신의 피 속에 지니고 그에 따라 살고 죽었지만 그들은 그런 것을 말로 표현할 줄도 모르고 그렇게 할 필요도 느끼지 않았다. 이 같은 긴 침묵이 흐른 뒤 글라시촤닌과 스티코비치는 그 두 젊은이 중의 누군가가 불이 채 꺼지지 않은 담배꽁초를 벽 뒤로 던지자 마치 별똥별처럼 드리나 강 위로 떨어지는 것을 보았다. 동시에 그들은 그 두 젊은이가 장터 쪽으로 걸어가는 소리를 들었다. 그들의 발자국 소리도 그들과 함께 빠르게 사라져버렸다.

다시 둘만 남게 된 스티코비치와 글라시촤닌은 이제 막 만난 사람들처럼 깨어나 서로를 쳐다보았다.

희미한 달빛에 비친 그들의 얼굴은 검은 부분과 밝은 부분이 뚜렷이 윤곽을 드러내서 실제보다 훨씬 더 나이가 들어 보였다. 입술에서 담뱃불이 탈 때마다 얼굴에 인광(燐光)이 서렸다. 두 사람은 모두 의기소침했다. 이유는 전혀 달랐지만 의기소침한 것은 서로 마찬가지였다. 두 젊은이 모두 같은 소망을 가지고 있었다. 이제는 그만 일어나 집으로 돌아가자는 것이었다. 그러나 그들은 여전히 태양열이 남아 온기가 있는 돌 의자에 못으로 박은 듯 움직이지 않았다. 우연히 두 후배들의 이야기를 들을 때에는 침묵을 지킬 수 있는 좋은 구실이 있었지만 이제는 말을 하지 않을 수 없었다.

"헤라크의 논쟁을 들었지?" 스티코비치가 먼저 그날 저녁의 토론을 언급하면서 말을 꺼냈지만 이내 자신의 입장이 불리하다는 것을 느꼈다.

글라시촤닌은 마치 재판관처럼 자신의 유리한 입장을 일순간 다시 느꼈지만 곧바로 대답하지 않았다.

"생각해봐." 스티코비치가 황급히 말을 이었다. "민족의 통일과 해방이 혁명적인 방법들로 이룩된다는 것을 누구나 다 아는 이때에 계급투쟁을 이야기하고 사소한 일을 제시한다는 것은 말장난이지! 그건 아주 우스운 거라구!"

스티코비치의 목소리에는 질문과 동시에 대화를 제의하는 빛이 역력했다. 그러나 글라시촤닌은 다시 대답하지 않았다. 그 복수심과 저주스런 침묵의 고요함 속에서 강둑 장교관사에서 이제 막 시작된 음악소리가 그들에게 들려왔다. 1층에는 창문이 모두 열려 있었고 모두 환하게 불이 켜져 있었다. 누군가 피아노 반주에 맞춰 바이올린을 연주하고 있었다. 바이올린을 연주하고 있는 사람은 군의관인 레게멘차르트 발라슈 박사였고, 주둔군 사령관 바예르 대령의 아내가 반주를 넣고 있었다. (그들은 슈베르트의 피아노와 바이올린 이중주를 위한 소나타 제2악장을 연습하고 있었다. 제대로 조화를 이루며 연주되는가 싶더니 중간도 되지 않아 피아노가 앞서가기 시작했다. 바이올린이 멈췄다. 서로 맞지 않는 부분을 상의하느라 잠시 음악이 멈췄다가 다시 들려왔다.) 그들은 거의 매일 밤늦게까지 이렇게 연습을 했다. 그 동안 대령은 다른 방에서 시작했다하면 끝도 모르는 프레퍼런스 카드놀이를 하던가 아니면 모스타르 와인과 오스트리아 담배를 물고는 그냥 졸던가 했다. 그렇게 되면 젊은 장교들은 사랑에 빠진 두 음악가들을 화제로 농담을 주고받았다.

실제로 몇 달 전부터 바예르 부인과 젊은 군의관 사이에는 묘한 얘기들이 떠돌았다. 장교들 중에서도 아주 예리하다고 하는 사람들도 그 두 사람의 진짜 관계를 알아내지는 못했다. 어떤 사람들은 이 두 사람의 관계가 순수하게 정신적인 것이라고 (물론, 빈정대는 것이었지만) 믿었고, 다른 사람들은 이미 육체적 관계를 맺은 사이라고 단언했다. 어쨌든 그 둘은 이미 일과 나이, 와인과 담배로 지쳐버린 마음씨 좋은 한 남자, 아버지 같은 대령의 허락으로 헤어질 필요도 없었다.

카사바 전체는 이 두 남녀를 커플이라고 생각했다. 하여튼 장교 사회 전체는 이 마을의 주민들이나 토박이뿐만 아니라 외국 관리들과도 전혀 유대 관계가 없이 완전히 분리되어 지냈다. 이상한 꽃들을 둥그렇게 꽃 모양으로 심어놓은 공원 입구에는 실제로 개와 민간인의 출입을 금지한다는 내용을 써놓은 표지판이 붙어 있었다. 군복을 입지 않은 모든 사람들에게는 그들의 오락과 사교춤들도 접근할 수 없는 것이었다. 그들의 모든 생활은 어떤 배타적 세습 사회 계급의 거대하고 복잡한 생활과도 같았다. 이 배타성은 권력의 가장 중요한 일부분이었고 그 엄격하고 찬란한 외곽 바로 아래에는 위대한 사람과 가엾은 사람, 행복한 사람과 괴로운 사람들이 경험하는 온갖 삶이 감추어져 있었다.

그러나 그 천성적으로 아무리 굳은 장벽이라도 뚫을 수 있고 아무리 엄한 경계도 뚫을 수 있는 그래서 도저히 숨길래야 숨길 수도 없는 것들이 있다. (터키인들은 숨길래야 숨길 수 없는 것들이 세 가지가 있다고 했다. 그것은 '사랑' '기침' 그리고 '가난'이다.) 이 사랑에 빠진 두 사람의 경우가 그러했다. 두 사람이 이야기를 주고받느라 정신이 팔려 모든 것을 잊은 채 조용한 길을 산책하는 광경을, 남녀노소를 막론하고 카사바 사람들은 누구나 보았다. 목동들은 5월의 길가 풀숲에서 짝지어 뒹구는 딱정벌레를 보듯 서로 안고 있는 그들에게 익숙해졌다. 두 사람의 모습은 어디서나 볼 수 있었다. 드리나 강변, 르자브 강가, 옛 요새의 폐허 아래, 스트라쥐슈테 주변 마을에서 나가는 길 위, 하루 온종일. 왜냐하면 연인들에게는 시간이 언제나 짧게 마련이고 길은 멀지 않은 법이었기 때문이다. 그들은 말도 탔고 조그만 마차도 이용했지만 대부분은 걸어다녔다. 그들만의 독특한 발걸음으로 함께 걷는 모습은 마치 서로 주고받는 이야기 외에는 전혀 아랑곳 없다는 태도였다.

    그는 헝가리에 귀화한 슬로바키아인으로 관리의 아들이었고 가난했으며 국비로 교육을 받았다. 젊은 데다 정말로 음악적 감각이 뛰어났으며, 야심도 있었지만 너무나 예민한 성격 탓에 특히 자기 혈통에 민감하게 신경을 썼기 때문에 오스트리아나 헝가리 출신 장교들과 잘 어울리지 못했다. 그녀는 이 남자보다 8살이나 연상인 40대의 여자였다. 키가 크고 금발이었으며 좀 나이를 먹은 듯했지만 그래도 피부는 아직 희고 분홍빛이었으며 크고 푸른 눈은 언제나 반짝였고 용모와 거동이 젊은 처녀들을 마법에 빠지도록 만드는 여왕의 초상화를 닮았다.

    이 두 남녀 모두 자신들의 개인적이고 현실적이며 공허한 자신들의 삶에 깊이 불만을 품은 이유가 있었다. 그 외에도 크게 공통되는 이유가 하나 있었다. 카사바에서나 경박하고 무식한 장교들의 사회에서나 두 사람은 불행하고 버림받은 존재라 느꼈다는 사실이다. 그래서 그들은 마치 조난에서 살아남은 사람처럼 서로 의지했다. 그들은 긴 대화를 주고받거나 그렇지 않으면 지금처럼 음악 속에서 서로 정신을 잃고 사랑하는 사이가 되어버렸다.

    이들이 눈에 보이지 않는 연인이었으며 그들의 음악은 두 청년 사이의 괴로운 침묵을 메워주었다.

고요한 밤공기를 타고 흘러나오는 음악은 어느 순간 음이 맞지 않아 다시 중단되었다 순간 멈췄다. 글라시촤닌은 이 침묵을 이용해서 스티코비치의 마지막 말귀를 꼬집어대면서 굵직한 목소리로 말을 시작했다.

"우습다고? 정당하게 따진다면 이 토론에는 우스운 것 투성이더군."

스티코비치는 갑자기 입술에서 담배를 뺐고 글라시촤닌은 천천히 하지만 단호하게 그날 밤에 생각한 것이 아니라 분명히 오랫동안 그를 괴롭혀온 문제에 대하여 자신의 견해를 피력해나갔다.

"나는 너희 두 사람과 카사바에 사는 모든 교육받은 사람들의 토론들을 신중하게 들었었고 또 신문과 시사평론도 읽었지. 이런 토론을 들을 때 점점 더 확신을 갖게 되는 것은 이러한 토론은 말로 하는 것이건 글로 하는 것이건 우리가 체험하는 삶의 요구와 문제 혹은 삶 그 자체와 관련이 없다는 사실이야. 왜냐하면 사실 나는 진정한 삶을 가까이서 보고 타인들의 삶에서도 보고 내 스스로도 느끼고 있지. 내 생각이 틀릴지도 모르고 표현이 서투를지도 모르겠어. 하지만 내가 생각하기에는 도대체가, 기술이 발달되고 어느 정도 평화를 누릴 수 있게 되자 인위적이고 비현실적인 혼수상태 같은 분위기가 조성되었고 그 속에서 소위 지식층이라는 특수한 계층이 나태에 빠져가지고서는 '인생관과 세계관'이 어쩌느니 하며 관념의 유희에 몰두하게 된단 말이지. 그것은 살아 있는 사람들 무리가 움직이고 있는 현실적이고 단단한 땅과는 아무 관계 없이 그저 인위적인 기후와 이국적인 꽃들로 가득 찬 유리로 된 정원에 지나지 않는다구. 너희들은 토론에서 대중의 운명을 결정하려 들고 어떤 목표를 세워놓고 그것을 달성하기 위한 투쟁에 대중을 끌고 가려 들지만 실은 너희들의 머릿속에서 돌리는 바퀴는 대중의 생활이나 삶 전체와는 전혀 관련이 없단 말이지. 그 따위 장난은 타인에게나 너희들 스스로에게나 위험한 짓이고 적어도 위험해질 가능성이 있는 거야."

글라시촤닌이 말을 멈췄다. 스티코비치는 이 친구가 이렇게 길게 자기의 신중한 의견을 털어놓는 데 놀라서 그의 말을 중단시키거나 대답한다는 것은 생각지도 못했다. '위험해질'이라는 말을 들었을 때에야 빈정대듯 손짓을 했을 뿐이었다. 더욱 활기를 띠고 말을 잇는 글라시촤닌은 이 손짓에 화가 났다.

"물론, 너희들의 말을 듣고 있으면 모든 문제가 잘 해결되고 모든 위험들이 영원히 없어지고 길이 열려서 사람들은 그저 갈 길만 따라가면 될 것 같지. 그런데 삶에서는 아무것도 해결된 것이 없으며 쉽게 해결할 수도 없고 완전히 해결되리라 보이지도 않고 오히려 모든 일이 어렵고 복잡하며 희생도 많고 위험도 많은 법이지. 헤라크의 대담한 희망이나 너의 커다란 전망들은 모두 비현실적이지. 인간은 일생을 통해 고통 속에서 헤맬 뿐이며 바라는 것은 고사하고 필요한 것도 얻지 못하는 형편이라구. 너희들의 이론은 장난을 쫓는 끝없는 인간의 필요성을 만족시킬 뿐이고 자신의 미신에 아부하며 자신뿐 아니라 남들을 기만하는 것이지. 그게 사실인데 적어도 나에게는 그런 것 같아."

"그렇지 않아. 다만 다양한 역사적 시기들을 비교해보고 소위 말하는 인간의 투쟁의 진행과 생각을 보게 되겠지. 그에 따라 투쟁에 방향을 제공해 주는 '이론'도 알 수 있게 되지."

글라시촤닌은 곧바로 이것이 그의 학업을 중단하게 만든 것을 깨닫고는 그런 경우에 늘 그랬듯이 속으로 부르르 떨었다.

"나는 역사를 공부하지 않아." 그는 시작했다.

"그렇지, 공부를 했다면 너는 알 수 있었을 거야……"

"하지만 너도 역사를 공부하지는 않잖아."

"왜 안 해? 그건 말야…… 음, 난 물론 공부하지."

"기초과학과 함께 말이지?"

목소리는 분노에 떨렸다. 스티코비치는 순간 당황했지만 이내 싸늘한 목소리로 말을 이었다.

"그러니까, 정말 알고 싶다면 말이야, 난 기초과학 외에도 정치적, 역사적, 사회적인 문제들을 다루고 있거든."

"그걸 다 할 수 있다면 다행이군. 왜냐하면 내가 알기로 너는 그 외에도 연설가이자 선동가요, 시인이자 또 연인이잖아."

스티코비치는 어색하게 웃었다. 마치 아득하지만 불투명한 사물이 오늘 오후에 텅 빈 학교에서 있었던 일들 사이로 그의 머리에 스치더니 그제야 그가 카사바로 돌아오기 전에 글라시촤닌과 조르카가 가까운 사이였다는 사실을 깨달았다. 사랑하지 않는 사람은 타인의 사랑의 크기나 질투나 그 안에 숨겨진 위험을 느낄 능력도 없는 것이다.

이 두 젊은이들의 대화는 처음부터 건너갈 곳도 없이 그들 머리 위에 붕 떠 있는 불 튀는 개인적인 싸움으로 번졌다. 어린 짐승들이 서로 물어뜯고 하면서 심하게 싸우며 노는 것처럼 젊은이들은 싸움을 피하는 법이 없다.

"내가 무엇을 하건 어떤 것에 관심을 갖건 결국 아무하고도 상관없는 일이잖아. 나는 네가 사각 나무를 가지고 있든 통나무를 가지고 있든 묻지 않잖아."

글라시촤닌은 자신의 신세에 관계되는 말이 나오면 화가 치밀었다. 이번에도 유난히 화가 났다.

"내 목재는 내버려둬. 난 그것으로 살아가는 것이지 그것으로 사람을 농락하거나 속이거나 유인하지는 않아……"

"내가 누구를 유인했어?" 스티코비치가 시치미를 뗐다.

"어떤 남자든 혹은 여자든 유인할 만한 사람이겠지."

"그건 사실이 아니야!"

"그건 사실이야. 너 자신도 사실이라는 것을 알고 있지. 네가 그리 듣기를 원하니 그럼 말을 해주지."

"난 호기심이 많지 않아."

"하지만 난 너에게 말을 해주고 싶어. 왜냐하면 하루 종일 나무 통 위에서 뛰어다니면서도 사람은 보고 배우고 생각하고 느끼기 때문이지. 난 너에게 너의 수많은 직업들과 그리고 너의 재능들과 너의 대담한 이론들과 그리고 너의 시들과 너의 사랑에 대해서 내가 어떻게 생각하는지 말해주고 싶군."

스티코비치는 마치 일어서려는 듯한 몸짓을 하다가는 이내 곧 자리에 앉았다. 장교관사의 바이올린과 피아노는 다시 연주를 계속했고 (명쾌하고 활기찬 소나타 3악장이었다) 그들의 음악은 밤의 강 물결 속으로 사라져버렸다.

"고마워. 난 다른 사람들, 너보다 더 똑똑한 사람들에게 다 들었어."

"아니, 아니야. 다른 사람들은 너를 모르거나 너에게 거짓을 말하거나 아니면 나처럼 생각을 하기는 하지만 말을 하지 않고 있지. 너의 모든 이론들, 그 모든 정신적인 직업들은 너의 사랑과 너의 우정처럼 모두 너의 야망으로부터 나오는 거지. 그런데 너의 야망은 단지 허영심에서, 바로 그 너의 허영심에서 나오는 것이기 때문에 거짓이며 불건전하단 말이야."

"하, 하!"

"그렇지. 네가 지금 이렇게 열광적으로 설교하는 민족주의 사상마저도 역시 너의 허영심의 한 특별한 형태일 뿐이라는 얘기야. 왜냐하면 너는 너의 어머니나 누이들과 친동생도 사랑할 줄 모르면서 어떻게 사상을 사랑할 수 있냐는 말이지. 너는 오로지 허영심으로만 착하고, 재능 있고, 희생적인 그런 사람이 될 수 있는 거야. 왜냐하면 너의 허영심은 네가 움직일 수 있는 가장 중요한 힘이고, 너의 유일한 성자이며, 네가 네 자신보다도 더 사랑하는 유일한 것이기 때문이지. 너를 잘 모르는 사람들은 너의 정력과 호전성, 너라는 사람 위에 있는 민족주의 이념, 과학, 시 아니면 그 이상 무엇이 되었든 간에 그에 대한 너의 몰입을 지켜보면서 쉽게 속아 넘어가지. 하지만 너라는 사람은 그 어떤 것도 섬길 수 없으며 어느 누구와도 영원히 남아 있을 수가 없는 사람이지. 왜냐하면 너의 그 허영심이 그걸 허용하지 않기 때문이야. 너의 허영심이 문제되지 않는 그 순간 모든 것들이 너에게는 낯설고 아득한 것들이 되어버릴 테지. 너는 진실로 원하는 것이 없고, 또 원하는 것을 얻으려고 손가락 하나 까딱 하는 사람이 아니니까 말이야. 그것 때문에 너는 네 자신도 배반하게 되겠지. 왜냐하면 네 스스로가 허영심의 노예이기 때문이야. 너는 네가 얼마나 허영심에 차 있다는 것을 모르지. 나는 너의 정신세계까지도 알고 있을 뿐만 아니라 그런 허영심에 찬 괴물이라는 사실도 알고 있어."

스티코비치는 아무런 대답도 하지 않았다. 그는 처음으로 지금 갑자기 그 앞에서 예측할 수 없는 역할과 새로운 빛 속에서 모습을 드러내고 있는 자기 친구의 열정적인 연설과 생각에 놀라고 있었던 것이다. 처음에는 화나게 만들고 그를 자극했던 말들이 차츰 흥미로워졌고 이제는 거의 편안하게 들렸다. 사실, 그의 가슴을 찌르는 듯한 모든 말들이 그를 아프게는 했지만 모든 것들이 함께 ──전체적으로 예리하고 깊이 있게 그의 성격을 파고들어서는── 어떤 특별한 방법으로 그에게 적중했고 맞아 떨어졌다. 왜냐하면 젊은 사람에게 이처럼 너는 괴물이다라고 하는 말은 그 안에 있는 오만함과 자기도취를 일깨우게 만들기 때문이다. 그리고 실제로 그는 글라시촤넌이 자기의 내적 자아를 사정없이 들춰내고 숨은 개성을 발굴해내면서 계속해주기를 원하고 있었다. 왜냐하면 그는 그 안에서 스스로의 우수성과 출중함의 한 증거만을 찾고 있었기 때문이었다. 그의 시선은 반대편 벽의 흰 기념비에 머물렀고 그것은 달빛에 붉게 보였다. 그는 마치 읽기라도 하려는 듯이 그 이해할 수 없는 터키 비문을 뚫어져라 쳐다보고 있었고 그의 옆에서 이 사악한 친구가 이야기하는, 날카롭고 그리고 지어낸 생각들을 이해하려는 듯 애를 썼다.

"너에게 흥미로운 것은 아무것도 없어. 너는 정말로 좋아하는 것도 싫어하는 것도 없지. 왜냐하면 좋아하는 것도 싫어하는 것도 적어도 그 순간에는 자기 자신에서 나와 자신과 자신의 허영심을 넘어 표현하고 잊어야 하기 때문이지. 하지만, 너는 그렇게 할 수 없어. 네가 그런 것을 할 수 있다고 해도 실제 너는 그럴 생각이 전혀 없지. 타인의 슬픔이 너를 건드리지도 못하는데 하물며 아프게 한다는 것은 있을 수도 없는 일이지. 너는 아무것도 원하지도 않고 그 어떤 것으로도 기뻐하지 않아. 너는 심지어 시기하는 마음도 없지만, 그건 네가 착해서가 아니라 너의 그 끝없는 이기심 때문이지. 왜냐하면 네가 타인의 불행을 깨닫지 못하듯이 타인의 행복도 깨닫지 못하기 때문이야. 어떤 것도 너를 감동시키거나 움직이게 할 수 없지. 너는 멈추는 법도 없는데 그건 네가 용감해서가 아니라 마음속의 건전한 충동이 모두 메말라버리고 허영심만 가득 찼기 때문이야. 너에게는 그 허영심 외에는 혈육도, 양심도, 신도, 세상도, 친척도, 친구도 없어. 너는 타고난 능력도 인정하지 않는 사람이니까. 네 마음을 상하게 하는 것은 양심이 아니라 상처 입은 허영심이지. 왜냐하면 언제나 그 허영심만이 네가 모든 것들에 대해 말을 하게 하고 너의 행동을 명령하고 있기 때문이야."

"조르카 때문에 그러는 거냐?" 스티코비치가 갑자기 말을 했다.

"음, 네가 그렇게 원한다면 그 점에 대해서도 말을 해주지. 그래. 조르카 때문이기도 해. 너는 그녀를 조금도 좋아하지 않아. 그것은 너에게 우연히 그리고 한 순간 주어진 것이고 너의 허영심에 아첨을 하는 것 앞에서 네가 멈춰서 지탱하는 단지 너의 무능력함일 뿐이야. 그래, 네가 갈피를 잡지 못하는 그 불쌍하고 경험 없는 여선생을 유혹하는 것도 네가 논문과 시를 쓰고 연설과 강의를 하는 것과 같은 것이지. 너는 그것들을 완전히 정복해버리기도 전에 이미 힘들다는 것을 느끼게 되지. 왜냐하면 너의 그 허영심은 사악해서 욕심에 차 그 이상의 것을 바라보고 있기 때문이야. 그러나 네가 멈추지 못하고 단 한 번도 만족하지 못한다는 것은 너의 저주일 뿐이야. 너는 모든 것들을 스스로의 허영심에 종속시키지만 네가 바로 그 허영심의 첫번째 노예이자 가장 큰 순교자인 셈이지. 너는 정신 나간 여자의 나약함을 얻는 것보다 훨씬 더 커다란, 아주 큰 성공과 영예를 얻을 수는 있겠지만 한순간도 만족하지 못할 거야. 왜냐하면 너의 허영심이 너를 채찍질해서 몰고 가기 때문이며, 그것은 모든 것을 삼켜버리고 가장 큰 성공까지도 삼켜버리지. 그리고는 이내 잊어버리지만 실패와 모욕은 아무리 작더라도 영원히 기억하지. 모든 것이 시들고 부서지고 더럽혀지고 굴복되고 파멸될 때 너는 스스로 파놓은 그 쓸쓸한 공허 속에서 고독하게 허영심만을 대하게 될 것이고 그 허영심을 만족시킬 어떠한 것도 찾을 수 없게 될 거야. 그때에는 네 자신을 갉아먹게 되지만 그것도 아무 소용이 없지. 왜냐하면 더 풍부한 것을 갉아먹던 허영심은 너를 멸시하고 거절할 것이기 때문이지. 대부분의 사람들 눈에는 네가 다르게 보일지라도 그리고 너 자신은 너에 대해 다르게 생각하고 있을지라도 나는 너를 알아."

거기서 글라시촤닌은 갑자기 말을 멈췄다.

카사바에 밤의 신선함이 이미 느껴졌고 영원한 강물 소리와 함께 침묵이 번졌다. 그들은 둑에서 들려오던 음악 연주가 그친 것도 몰랐다. 두 젊은이는 오직 젊은이들만이 그럴 수 있듯이 각자 자기 생각에 사로잡혀 자기네들이 지금 어디에서 무엇을 하고 있는지도 잊고 있었다. 질투심 많고 불행한 '목재 측량공'은 모두 그가 몇 해에 걸쳐 생각해오던 문제들을 말했다. 이제까지는 적절한 말과 표현이 나오지 않았던 것이 오늘 저녁에는 아주 유창하게 비통함과 영리함이 섞인 말로 흘러나왔던 것이다. 스티코비치는 꼼짝 않고 앉아서 그의 말을 들으며 터키 글자가 새겨진 하얀 비문을 바라보고 있을 뿐이었다. 모든 말들이 그의 폐부를 찔렀고 각각의 말들의 날카로움을 느끼고는 있었지만 그의 곁에서 말을 하고 있는 친구의 이야기 속에서 그는 더 이상 모욕과 위험을 느끼지는 못했다. 오히려 글라시챠닌의 말 한 마디 한 마디에 자기는 더 성장하여 보이지 않는 날개를 타고 빠르게, 소리 없이, 기쁘고, 대담하게 날아가는 것 같았다. 지상의 모든 인간과 인간관계, 법, 감정 따위를 초월하여 홀로 자랑스럽고, 위대하고, 행복하게 아니 행복에 가까운 일종의 따스한 감정을 지니고 어디론가 날아가는 것 같았다. 그는 모든 것을 넘어서서 날고 있었다. 그 목소리와 자기의 적수가 말하는 모든 것은 자기 발밑 작은 세계의 물결 소리이며 조그마한 울부짖음에 지나지 않았다. 그 소리가 무엇이건 무슨 생각을 가졌건 또 무엇을 말하건 그것은 중요한 문제가 아니었다. 왜냐하면 그는 마치 새처럼 그 위를 넘어 날아가고 있었기 때문이었다.

　글라시챠닌의 침묵이 두 청년을 제정신으로 돌아오게 했다. 그들은 서로를 쳐다볼 엄두가 나지 않았다. 때마침 장터에서 돌아오는 취객들이 큰 소리로 노래를 부르며 다리 위를 지나가지 않았다면 그들의 말다툼이 어떻게 번졌을까는 하나님만이 알 뿐이었다. 취객들 중에 한 사람이 맑고 아주 고음의 테너 목소리로 오래된 노래를 부르는 것이었다.

　　슬기로워라, 아름다워라,
　　아브다가의 어여쁜 파타여!

　목소리만 들어도 알 수 있는 몇몇 젊은 상인들과 지주들의 아들들이었다. 어떤 이들은 똑바로 천천히 걸었지만 또 어떤 이들은 비틀거리며 쓰러질 듯 걸었다. 큰 소리로 떠들어대는 농담으로 미루어보건데 그들은 '포플러나무 아래'에서 돌아오는 길이라는 것을 알 수 있었다.
　앞서의 이야기 중에 카사바의 새로운 것들 가운데 잊고 이야기를 하지 않은 것이 있다. (이야기하기를 좋아하지 않는 것들에 대해서는 쉽게 잊게 된다는 것을 그대들도 눈치 챘을 것이다.)
　15년도 더 지난 일인데 철도가 건설되기 전의 일인데 한 헝가리인이 아내를 데리고 카사바로 이주해왔다. 그의 성은 테르디크, 그의 아내는 율카였는데 율카는 노비사드[145] 태생이었기 때문에 세르비아어를 했다. 그들이 카사바로 온 것은 이곳 사람들이 이름조차 알지도 못하는 새로운 장사를 하기 위해서였다는 것을 이내 알 수 있었다. 마을 끝자락 스트라쥐슈테 비탈길 옆에 자라고 있는 키가 큰 포플러나무 아래 오래된 베그의 집을 사서 완전히 새로 뜯어고치고는 그곳에 가게를 열었다.
　이곳은 카사바의 부끄러운 장소였다. 그 집에는 하루 종일 창문이 닫혀 있었다. 어둠이 내리면 입구에 온 밤을 밝히는 하얀 촛불이 켜졌다. 1층에서는 노래와 자동 수형(豎型) 피아노 소리가 울려퍼졌다. 젊은이들과 건달들 사이에서는 테르디크가 데리고 와서 이곳에 머물고 있

---

**145** 유고 보이보디나 지방의 도시.

는 아가씨들이 이야기를 주고받고 있었다. 처음에는 네 명의 아가씨들이 있었다. 이르마, 일로나, 프리다와 아란카.

매주 금요일이 되면 '율카의 아가씨들'이 병원으로 일주일에 한 번씩 받게 되어 있는 검진을 받기 위해 두 대의 마차를 타고 내려오는 것을 볼 수 있었다. 그들은 얼굴을 하얗게 칠하고 붉게 입술을 바르고 꽃을 단 모자를 쓰고 마차의 운전대까지 늘어지는 챙이 아주 긴 양산을 들고 있었다. 이 마차가 지나가면 여자들은 자기 딸들을 감추느라 바빴고 메슥거림과 수치와 연민이 섞인 감정으로 고개를 돌렸다.

철도 공사가 시작되고 돈과 인부들의 수가 늘어나자 아가씨들 수도 늘어났다. 테르디크는 오래된 터키 집들 옆에 '계획대로' 먼 곳에서도 볼 수 있도록 붉은 벽돌로 지붕을 만든 새로운 건물을 지었다. 그곳에는 일반실, 특실과 장교들의 살롱으로 나뉘어져 있었다. 손님들과 가격에 따라 방을 나누어놓은 것이다. 카사바 사람들의 말에 따르면 그 전에 자리예 주막 그리고 나중에 로티카의 호텔에서 술을 마셨던 사람들의 돈을 물려받은 아들들과 손자들은 이제 이곳 '포플러나무 아래'에서 돈을 탕진한다는 것이었다. 가장 음탕한 농담들과 엄청난 싸움들, 광란의 술주정들과 감상적인 드라마들이 이곳에서 연출되었다. 카사바에서의 수많은 개인적, 가족적인 불행들이 이곳에서 나왔다.

초저녁에는 '포플러나무 아래'에서 보내고 지금은 카피야로 와서 바람을 쏘이고 있는 술 취한 자들의 중심에는 니콜라 페치코자가 있었다. 그는 마음씨 좋은 주책스러운 젊은이였는데, 지주의 아들들이 그를 두고 농담을 하고 있는 중이었다.

그들은 카피야에 이르기 전에 난간에 잠시 멈췄다. 큰 소리로 떠들어대는 취객들의 시비소리들이 들렸다. 니콜라 페치코자는 2리터의 포도주를 걸고 다리 끝까지 돌난간으로 걸어가는 내기를 했다. 시비들은 멈췄고 젊은이는 난간으로 올라가 두 팔을 크게 벌린 채 마치 몽유병 환자처럼 비틀대며 걷기 시작했다. 그가 카피야에 도착했을 때에는 두 명의 술집 손님들이 있었지만 그들에게는 아무 말도 하지 않고 뭔가 노래를 부르며 그렇게 위험한 길을 계속 걸었고 그 뒤를 흥겨운 무리들이 따르고 있었다. 희미한 달빛 아래 그의 커다란 그림자가 다리 위에서 춤을 추고 있었고 반대편 난간에서는 부러진 듯 보였다.

술 취한 사람들은 큰 소리로 떠들며 지나갔다. 두 명의 젊은이들은 일어나 인사도 하지 않은 채 각자 자기 집으로 향했다.

글라시촤닌은 드리나 강의 왼쪽 둑의 어둠 속으로 사라졌고 그 길은 오콜리슈테로 올라가는 그의 집으로 가는 길이었다. 스티코비치는 가벼운 걸음으로 반대편 시장 쪽으로 향했다. 그는 천천히 마음을 정하지 못한 채 걸었다. 마을보다도 더 밝고 신선한 이곳을 그는 떠나고 싶지 않았다.

그는 다리 난간 옆에서 멈췄다. 그는 뭔가를 붙들고 기대어야 할 필요를 느꼈다.

달은 비도브 산에 누워 지고 있었다. 다리 끝 난간에 기댄 젊은이는 마치 지금 처음으로 보는 것처럼 자기 고향의 커다란 그림자들과 희미한 불빛들을 오랫동안 쳐다보고 있었다. 장교관사에는 두 개의 창문만이 불이 켜져 있었다. 음악소리는 더 이상 들리지 않았다. 아마도 두 불행한 연인, 군의관과 대령의 아내가 음악, 사랑 혹은 각자 평온해지는 것도 서로 조화롭게 어울리는 것도 주어지지 않은 자신들의 불우한 운명 같은 무슨 이야기라도 하고 있을 것이다.

스티코비치는 지금 자기가 서 있는 곳에서 로티카 호텔의 유리창 하나에 아직도 불이 켜져 있는 것을 보았다. 젊은이는 마치 그것들로부터 무언가를 기대하기라도 하듯이 다리 양쪽을 밝히는 그 불이 켜져 있는 창문을 바라보았다. 그는 지쳤고 슬픔에 잠겨 있었다. 이 탈진한 페치코자의 산책은 그가 어린 시절 학교에 갈 때 다리 난간으로 걸어가고 있던 초르칸을 바라보았던 시간을 상기시켰다. 어린 시절에 대한 모든 기억들은 그에게 불안과 슬픔을 일으켰다. 글라시촤닌의 비통하고 불같은 말들이 일깨워주던 더 한층 드높은 숙명적 위대성 그리고 만인과 만물을 넘어 훨훨 나는 듯한 감정이 사라져가는 것이었다. 갑자기 떨어져 마치 다른 것들과 마찬가지로 땅에서 간신히 기어다니는 것 같았다. 여선생과 있었던 모든 일들에 대한 기억이 그를 괴롭혔으며 일어나서는 안 될 일들(마치 다른 사람이 그의 이름으로 행한 것처럼!)이 그를 괴롭혔고 그가 보기에도 실수와 부족한 점투성이인 논문들(마치 다른 사람이 써서 그의 의지와는 반대로 그의 이름으로 써서 낸 것처럼!), 그리고 이제 와서 갑자기 악의와 증오, 신랄한 모욕과 위험들을 내포하고 있는 글라시촤닌의 구구한 말들 모두가 그를 괴롭혔다.

    그는 강에서 불어오는 아침의 찬 기운과 상쾌함으로 부르르 떨었다. 마치 잠에서 깨어난 듯 그제야 장교관사의 두 창문의 불빛이 모두 꺼졌다는 것을 깨달았다. 장교관사에서 마지막 손님들이 나오고 있었다. 어두운 시장을 지나가자 그들의 군도들이 부딪쳐 소리가 났고 큰소리로 지껄이는 소리도 들렸다. 그때 젊은이는 마치 카사바 전체를 비추는 최후의 불빛을 보듯이 호텔 안에 밝게 켜진 창문들을 다시 한 번 바라보면서 힘겹게 다리 난간에서 몸을 떨어뜨렸고 메이단 위에 있는 자신의 궁색한 집을 향하여 천천히 발걸음을 옮겼다.

## XX

카사바에서 그날 밤의 깨어 있음의 마지막 표시로 남아 있는, 유일하게 불이 켜져 있는 창문은 호텔의 2층, 로티카의 작은 방이 놓여 있는 곳이었다. 그곳에서 로티카는 밤늦게까지 이것저것 잔뜩 올려져 있는 책상 앞에 앉아 있었다. 20여 년 전 호텔의 복잡한 일들을 잠시 벗어나 휴식을 취하기 위해 이곳을 들렀던 때와 다를 바가 없었다. 지금 다른 것이 있다면 아래층이 더 조용하고 어둡다는 것이다.

10시쯤 로티카는 자기 방으로 와서 잘 준비를 했다. 자려고 눕기 바로 직전에 그녀는 창가 쪽으로 다가가 다시 한 번 더 강에서 불어오는 신선한 공기를 들이키며 희미한 달빛에 비치는 다리의 저 마지막 아치를 쳐다보았다. 그것은 그녀의 창문에서 보이는 유일한 풍경이었으며 대단히 아름다운 광경이었다. 순간 문득 어떤 오래된 계산서를 떠올리고는 그것을 찾기 위해 다시 책상에 앉았다. 그러나 그녀가 자기 계산서들을 들여다보기 시작할 때면 그녀는 다시 일에 몰두해서 자야 할 시간도 잊은 채 책상에 앉은 채로 2시가 훨씬 넘을 때까지 그렇게 있곤 하였다.

자정은 오래전에 지났고 일에 몰두한 로티카는 숫자를 계속해서 세어가며 한 장 한 장을 넘기고 있었다.

로티카는 피곤했다. 하룻동안 대화와 일에 파묻혀 있을 때에는 언제나 활기차고 언변도 좋고 활동적이었지만 혼자 남게 되는 밤이 되면 세월의 무게와 피로를 느끼게 되었다. 로티카는 나이를 먹었다. 예전의 아름답던 모습은 이제 흔적으로만 남아 있을 뿐이었다. 몸은 말랐고 얼굴은 노랬다. 머리는 윤기가 없고 숱이 적었다. 한때 새하얗게 반짝이고 튼튼했던 이도 이제는 누렇고 사이가 벌어졌다. 그러나 여전히 광채가 나는 검은 눈빛만은 또렷했고 어딘지 슬픔이 깃들어 있었다.

로티카는 피곤했지만 이 피로감은 엄청난 일을 해내거나 돈을 두둑하게 벌거나 하는 바쁜 일들로 잠시 피곤한 몸을 쉬려고 이 방을 찾았을 때의 그 행복이 가득하고 달콤한 피로는 아니었다. 나이가 든 것을 느꼈고 몸이 좋지 못하다는 것을 알게 되었다.

그것은 말로 표현할 수 있는 것도 자기 스스로도 제대로 설명할 수 없는 것이었지만 매 순간 적어도 자기 눈앞에 뭔가를 얻고 가족들을 보살핀 사람에게는 세월이 망쳐지고 있다는 것을 느끼게 되는 것이었다. 그녀가 30년 전에 보스니아로 와서 일을 시작했을 무렵에는 삶이 마치 하나의 조각처럼 여겨졌다. 모든 사람들이 그녀가 가는 그 방향으로만 갔다─일과 가족들을 위해서. 모든 사람들이 자기 자리에 있었고 모든 이들을 위한 자리는 늘 있었다. 모든 사람들 위에는 한 가지 법칙과 한 가지 법이 있었다── 확고한 서열과 엄격한 법. 그때 로티카에게는 세상이 그렇게 보였다. 그런데 이제 모든 것들은 변했고 거꾸로 되었다. 사람들은 나누어지고 분열되었고 그리고 그녀가 보기에는 법칙도 없이 가시적인 의미도 없이 그렇게 분열되는 것처럼 보였다. 늘 인간 활동을 지배하고 있던 신성한 법칙─이해득실(利害得失)의 법칙은 이제 효력을 상실한 것 같았는데 왜냐하면 그토록 많은 사람들이 행하고, 말하고 그녀에게는 목적이나 의미가 보이지 않는 것들을 적고는 그것들에서 단지 손해와 불편을 보고 있기 때문이었다. 모든 생활이 찢겨지고 분해되고 파괴되었다. 이 세대는 인생 자체보다도 인생관을 중요시하는 것 같았다. 그것은 로티카가 보기에는 미친 짓이고 전혀 이해할 수 없는 것이었지만 현실은 그러했다. 그런 것들 때문에 인생은 그 가치를 상실했고 모든 것들은 말 속에서 허비되고 있었다. 로티카는 그것을 확실히 보았고 매순간 느끼고 있었다.

한때는 눈앞에서 양떼가 뛰노는 것만 같던 자신의 일도 이제는 생기가 없어지고 유태인들 무덤의 큼직한 묘비(墓碑)처럼 생명을 잃었다. 호텔의 벌이가 변변치 않게 된 지도 거의 10여 년이 되었다. 카사바 주위의 숲은 베어져나갔고, 이제는 점점 더 잘려져나감과 동시에 가장 훌륭한 호텔의 손님과 돈벌이도 잘려져나갔다. 이 오만하고 염치없는 촌놈 테르디크는 포플러나무 아래 자신의 '집'을 열고 로티카의 호텔에서는 아무리 돈을 많이 내도 얻을 수 없는 여러 가지 서비스를 제공하는 손님 유인책으로 로티카의 수많은 손님들을 빼앗아갔다. 로티카는 이 파렴치하고 옳지 못한 경쟁에 대항해 오랜 시간을 싸웠고 법과 질서와 정정당당한 돈벌이가 없는 최후의 시간이 도래했다고 단언했다. 너무도 화가 치밀어 당초에 한 번 테르디크를 '포주놈'이라고 부른 적이 있었다. 그는 로티카를 고소했고 그녀는 재판에 불려가 명예 훼손죄로 벌금형을 받았다. 그러나 그녀는 지금도 그를 그렇게 부른다. 다만 누구 앞인지를 조심할 뿐이었다. 새로운 장교관사에는 자체 레스토랑이 있었고 음료를 보관하는 지하실과 밤을 지새울 수 있는 객실도 있어서 지체 높은 외국인들이 이곳에서 머물곤 했다. 무뚝뚝하고 시무룩하기는 했으나 그런 대로 능력 있고 믿음직한 구스타브도 수년간 이 호텔에서 일을 했지만 이제는 그만두고 손님의 발길이 가장 잦은 시장에 카페를 열었기 때문에 동료에서 경쟁자가 되어버렸다. 그리고 우리가 본 바와 같이 최근에 카사바에 생겨난 성가대와 여러 도서실들도 자신들의 카페가 있었기 때문에 많은 손님들을 끌어갔다.

커다란 홀에도 그렇고 더구나 특실에서는 예전의 활발했던 모습을 볼 수가 없었다. 그저 이곳에서는 미혼의 관리가 찾아와 점심을 먹고 신문을 읽으며 커피를 마시는 것이 전부였다. 매일 오후에 말수가 적고 불같은 성격의 로티카의 어릴 적 친구 알리베그 파쉬치가 찾아올 뿐이었다. 그의 말투나 행동은 예전보다 더 조심스럽고 신중했으며 옷 입는 모양새도 더 단정하고 꼼꼼했지만 머리는 완전히 새하얗고 몸은 무거웠다. 몇 해 전부터 당뇨병이 심했기 때문에 그의 커피에는 언제나 사카린을 넣어주었다. 그는 조용히 담배를 피우면서 늘 하던 대로 아무 말도 하지 않고 로티카의 말을 듣고 있었다. 그리고 시간이 되면 역시 조용하게 말없이 자리에서 일어나 자기의 집이 있는 츠른체로 향했다. 매일 오는 사람으로 로티카의 이웃이자 상인인 파블레 란코비치도 있었다. 그는 오래전부터 전통 의상을 벗어버리고 '꽉 조이는' 도시형의 복장을 입고 다녔지만 머리에는 얕은 붉은색 페스를 쓰고 있었다. 그는 언제나 풀을 먹여서 칼라와 소매가 빳빳한 셔츠를 입고 있었는데 소매에는 숫자나 무슨 기록을 적어두는 버릇이 있었다. 그는 이미 오래전에 이곳 장터에서 일인자의 자리에 올랐다. 이제 그의 지위는 확실했고 탄탄했지만 그런 그에게도 걱정이나 고민이 없는 것은 아니었다. 다른 모든 나이 든 사람이나 재산을 가진 사람들처럼 이 새로운 시대와 새로운 생활방식과 사고방식, 표현방식은 그를 혼란스럽게 만들었다. 그의 눈에는 이 모든 것들이 '정치'라는 한마디로 표현될 수 있었다. 만사(萬事) 억제하고 절약하며 일만 해온 터라 이제는 휴식과 만족을 즐겨야 될 즈음에 그 '정치'라는 것이 나타나 그의 좋은 시절을 망쳐버려서 화가 나게 만들고 어처구니없게 만들어버렸다. 왜냐하면 그는 다른 사람들과 떨어지거나 자신의 동족들과 멀리하는 것을 원치 않았지만 당국과 충돌을 하는 것도 바라지 않았고 언제나 평화를 유지하며 적어도 형식적으로라도 사이좋게 지내기를 원했기 때문이었다. 하지만 그것은 어렵고 거의 불가능한 것이었다. 하기야 자기가 낳은 친자식과도 서로 제대로 이해할 수 없는 법이니 말이다. 다른 어린 세대들처럼 그의 자식들도 그저 이해할 수 없고 대책이 없는 자들이었다. (그러나 필요에 따라서인지 아니면 나약해서인지 많은 나이 든 사람들은 젊은이들의 말을 따랐다.) 모든 행동과 처세, 그리고 그들의 행동에 따라 판단해보면 상인 파블레에게 이 젊은 세대는 마치 도망을 치는 것처럼, 마치 이 상황에서 살고 죽는 것을 생각조차 하지 않고 마치 산속에서 도적처럼 영원히 지낼 것처럼 보였다. 젊은 세대들은 말하는 것에 주의도 기울이지 않고 무슨 행동을 하는지 보지도 않으며 얼마나 돈을 쓰는지 세지도 않고 자신의 개인적인 일에는 가장 적게 신경을 쓰며 어디서 온 빵인지도 생각지 않으면서 먹고, 그저 말하고, 말하고, 말하고 파블레가 자기 아들들을 꾸짖을 때 쓰는 표현처럼 '별을 보고 짖듯이' 그렇게 지껄이고 있었다.

경계가 없는 그 사고방식, 도를 넘어선 말들과 계산을 하지 않거나 셈이 전혀 없는 생활, 이것은 일생을 계산에 의해서 계산과 더불어 일해온 파블레를 화나게 하고 절망하도록 만들었다. 젊은이들을 보거나 그 대화를 들을 때면 그는 겁이 났고 그들은 아무 생각도 없이 무책임하게 인생의 기초를 허물어뜨리는가 하면 파블레에게는 가장 소중하고 신성하게 여겨지는 모든 것들을 마구 산산조각으로 부숴놓는 것만 같았다. 파블레가 젊은이들에게 설득력 있고 진정할 수 있는 설명을 해달라고 했더니 그들은 멸시하듯 건방진 태도를 지으면서 자유니, 미래니, 역사니, 학문이니 영광이니, 위대성이니 하는 막연한 말을 마구 늘어놓는 것이었다. 이런 추상적인 한 마디 한 마디 말에 파블레는 그저 소름이 끼칠 뿐이었다. 그렇기 때문에 그는 로티카와 마주 앉아 커피를 마시는 것을 좋아했다. 왜냐하면 그녀와는 확실하고 누구나 이해할 수 있는 근거를 가진 장사와 사건들을 이야기할 수 있으며 아무것도 설명될 수 없고 아무것도 확신할 수 없는 데다 모든 것을 위험으로만 이끌고 가는 '정치'라는 것과 동떨어진 것들을 이야기할 수 있기 때문이었다. 이야기 도중 그는 25년 전의 바로 그 연필은 아니지만 여전히 반질반질하고 보이지 않을 듯 작은 연필로 로티카와 주고받은 말을 어김없이 모두 암호로 적어놓는 것이었다. 이야기 도중 옛날 사건들이나 우스운 일들이 떠올랐는데 그 일에 관계된 대부분의 사람들은 이미 죽고 없었다. 그러고 나면 파블레는 조심스럽게 허리를 굽히고 장터에 있는 자기 가게로 돌아갔다. 로티카는 자신의 걱정들과 계산들을 짊어진 채 혼자 남게 되는 것이었다.

　로티카의 생각에는 호텔의 돈벌이보다 우선하는 것은 없었다. 점령 초기에는 장사가 잘 돼서 어느 회사의 주식(株式)이라도 살 수가 있었고 누구나 그것은 잘 하는 투자이며 큰돈을 벌어들일 거라고 확신하고 있었고 다만 한 가지 의문이 있다면 이익이 얼마나 될 것인가 하는 것뿐이었다. 그러나 사실은 그 당시 호텔은 겨우 영업을 시작한 터라 로티카가 마음대로 할 수 있는 돈도 없었고 신용도 없었다. 로티카가 돈과 신용 모두를 다 손에 넣었을 때는 마침 환시세가 많이 달라졌다. 그렇게 19세기 말 20세기 초에는 오스트리아-헝가리 제국을 심각한 순환적 공황이 장악해버렸다. 그녀의 주식은 마치 바람에 먼지처럼 날아가버리기 시작했다. 그녀는 매주 비엔나 메르쿠르 신문의 증권시세란(欄)을 읽으면서 슬픔에 차 울었다. 그때까지만 해도 아직 영업이 괜찮던 호텔의 이익금을 모두 쏟아부어도 주식시세 폭락으로 생긴 손해를 메우지 못할 실정이었다. 이런 때에 신경쇠약에 걸려 꼬박 2년을 고생했다. 통증으로 미칠 것만 같았다. 사람들과 대화를 나누기는 했지만 남들이 말하는 것을 듣지도 않았고 자신이 무슨 말을 하고 있는지도 생각하지 않았다. 다른 사람들의 얼굴을 직시하고 있었지만 그 얼굴을 보는 것이 아니라 그녀에게 행운이나 불운을 가져다 줄 메르쿠르 신문의 작은 칼럼을 보고 있을 뿐이었다. 그때 그녀는 복권을 사기 시작했다. 이미 모든 것은 도박이었고 이런 상황이고 보면 이렇게 끝까지 가보는 것도 괜찮은 듯 싶었다. 당시에 그녀는 모든 나라들의 모든 가능성 있는 복권들을 쥐고 있었다. 그녀는 상금이 1천 500만 페제트[146]나 되는 스페인 크리스마스 복권의 4분의 1을 구매하는데 성공했다. 매번 당길 때마다 몸을 떨었고 당첨된 복권을 신문에서 읽을 때마다 울었다. 그녀는 기적이 일어나기를 기도했고 1등 상금에 당첨되기를 기도했다. 그러나 한 번도 상금을 받은 적은 없었다.

    7년 전 로티카의 형부 찰레르가 돈이 많은 연금생활자 두 명과 함께 카사바에 '현대 우유 조합'을 열었다. 기초자본금의 5분의 3을 로티카가 출자했다. 사업이 번창할 것이라고 판단되었다. 우선 성공이 확실한데다 일단 성공만 하면 카사바를 벗어나 보스니아 밖에서도 자본을 끌어올 수 있을 거라 생각했다. 그러나 이 기업은 과도기인 위기의 상황에 직면하자 합병의 위기가 닥쳐들었다. 이것은 새로운 자본을 끌어들일 희망을 없애버렸다. 경계에 있는 지역들은 그렇게 확신이 없어지자 이미 투자한 자본들을 빼내기 시작했다. 우유 조합은 설립된 지 불과 2년 만에 사업을 접게 되었고 투자액을 고스란히 날리게 되었다. 로티카는 손해 본 것을 메우기 위해서 사라예보 양조회사 D. D와 투즐라의 소다 공장 솔바이 같은 곳에 제일 확실하고 안전한 어음을 저당 잡히지 않

---

**146** 스페인의 화폐 단위.

을 수 없었다.

이러한 경제적인 타격과 더불어 집안에 걱정과 실망이 생겨났다. 찰레르의 딸 이레나는 의외로 좋은 곳에 시집을 갔었다. (로티카가 신부지참금을 주었다.) 그러나 이레나의 언니 미나는 시집을 못 갔다. 동생이 먼저 시집을 가는 바람에 속이 뒤집히고 그렇다고 신랑감도 선뜻 나서지 않는 터라 미나는 입이 거칠고 심술궂은 노처녀가 되어버렸고 집에 있거나 호텔에 있거나 모든 것이 힘에 부치고 참을 수가 없었다. 아버지 찰레르는 워낙 굼뜬 데다 재치도 없었는데 이제는 더욱 답답하고 우유부단해졌다. 성격만 좋았지 가정에 있어서는 그저 해도 득도 되지 않는 벙어리 손님일 뿐이었다. 찰레르의 아내 데보라는 몸에 병이 있어서 달도 차기 전에 사내아이를 낳았는데 저능아인 데다 꼽추였다. 벌써 열 살이 다 되었는데도 말도 제대로 하지 못하고 제대로 일어나지도 못했다. 그저 외마디 소리만 지르고 온 집안을 기어다니는 것이었다. 이 불쌍한 인간은 애처롭고 불쌍하기 그지없었다. 자기 엄마보다 로티카를 훨씬 너 따랐기 때문에 로티카는 걱정과 할 일이 태산 같으면서도 그를 돌봐주고 먹이고 입히고 자장가를 불러 재워주곤 했다. 이 기형아를 대할 때마다 일이 잘 되지 않는 것보다 더 마음이 아팠으며 비엔나의 유명한 병원이나 어떤 치료기관에 보낼 만한 돈이 없다는 것에 더욱 마음 아파했고 혹은, 기적이 일어나지 않는 것에 대해, 인간의 선행과 기도들이 하나님의 의지에 따라 이루어지지 않는다는 것에 더욱 마음 아파했다.

갈리치아[147]에는 로티카가 잘나가던 시절에 교육을 시키고 혹은 결혼을 도와준 가족들이 있었는데 이들은 또한 적지 않은 골칫거리를 만들어서 로티카를 실망시켰다. 그 중에는 가정을 이루고 사업이 잘 돼서

---

[147] 폴란드 남부 루마니아 북부 지방의 옛 이름.

재산을 모은 사람들도 있었다. 그들로부터 로티카는 정기적으로 축하 엽서를 받았고 감사와 존경과 집안 사정들을 낱낱이 적은 내용의 편지들도 받았다. 그러나 로티카가 삶의 길을 열어준, 학교도 보내주고 집도 마련해주었던 압펠마예르 일가는 갈리치아에서 힘들게 살고 있는 다른 일가들을 돌보거나 도와주지도 않고 아예 다른 지방으로 이사를 해서 자기네들과 자기네 아이들만 걱정을 하며 살아가는 것이었다. 그들의 가장 커다란 성공은 타르노브를 잊고 그 답답하고 비참한 환경을 벗어나는 데 있었다. 그들은 여기서 성장했지만 운이 좋게 이곳을 벗어난 사람들이었다. 그러나 로티카는 예전처럼 돈을 마련해서 타르노브의 이 암담한 가난에 생기를 불어넣어줄 처지는 못되었고 앞길을 열어줄 형편도 아니었다. 타르노브에서 어느 친척이 헤어날 길 없는 가난의 구렁텅이, 자기는 너무도 잘 알고 있으며 평생을 두고 싸워온 그 창피스런 가난의 수렁에 영원히 빠져서 무지와 오욕에 얽매이고 있다는 생각이 로티카에게서 떠나질 않았다.

그녀가 도와준 사람들에게서도 역시 우는 소리와 불만이 끊이질 않았다. 그들 중에서 꽤 괜찮다던 사람들도 최초의 성공과 밝은 희망을 가진 바로 직후에 잘못 길을 들어 실패를 했다. 로티카의 도움으로 비엔나 음악학교를 마친 재능 있는 피아니스트였던 조카딸은 몇 해 전에 음독자살을 했다. 그것도 처음으로 가장 큰 성공을 거둔 시기에 일어난 일이었다. 아무도 그 이유는 알지 못했다.

조카들 중에서 알베르트는 가문의 희망이었으며 로티카의 자랑거리였다. 그는 김나지야와 대학을 아주 훌륭한 성적으로 마쳤지만 그가 유태인이라는 이유 때문에 로티카가 은근히 바랬던 졸업은사상 sub auspiciis regis을 받지 못했다. 어쨌든 로티카는 그가 비엔나나 라보브에서 훌륭한 변호사로 일해주기를 바랬다. 왜냐하면 유태인이기 때문에 높은 자리에는 오르지 못하지만 나름대로 가장 성공할 수 있는 것은 변호사라고 생각했기 때문이었다. 로티카는 자기를 희생하면서 그를 공부시킨 보람을 이런 희망 속에서 찾고 있었다. 그러나 여기서도 쓰라린 실망을 경험하지 않을 수 없었다. 젊은 법학 박사는 언론계에 들어가 사회당 당원이 되었고 사회당은 1906년 비엔나 총파업 때부터 악명 높은 극렬분자들이었다. 로티카는 자기 눈으로 비엔나의 신문에서 다음과 같은 기사를 읽었다. '비엔나의 외국인 파괴분자들을 일소하는 가운데 악명 높은 유태인 선동분자 알베르트 압펠마예르 박사는 20일간의 구류 처분을 받고 이를 마친 뒤에 국외로 추방되었다.' 이것은 카사바의 말로 말하자면 하이두크가 되었다는 소리와 다를 바가 없었다. 그리고 몇 달 후 로티카는 자신이 아끼는 알베르트로부터 부에노스아이레스에서 이민자로 살아간다는 내용을 담은 편지를 받게 되었다.

그 무렵 로티카는 자기 방에서도 평화를 찾지 못했다. 편지를 손에 쥔 채 언니와 형부에게 달려가 우는 것 밖에는 알지 못하는 언니 데보라의 얼굴을 바라보면서 절망적이고 그리고 화가 치밀어서 소리를 질렀다.

"우리는 어떻게 되는 거야? 아무도 성공하지 못하고 제 몸 하나도 추스르지 못하는 이때에 우리는 어쩌란 말야? 그를 겨드랑이에 끼고 부축하지 않으면 그는 나가떨어지고 만다구. 우리는 어쩌란 말야? 우리는 저주받았다구. 그래 저주받았어!"

"하나님, 하나님, 하나님!" 가엾은 데보라는 두 볼에 눈물을 흘리면서 통곡했다. 물론 로티카의 물음에 답할 것이 없었다. 로티카 자신도 해답을 찾지 못하고 하늘을 쳐다보며 두 손을 마주 잡고 있었지만 데보라처럼 울거나 넋이 빠진 것이 아니라 화가 머리끝까지 났고 절망적일 뿐이었다.

"사회당원이 됐어! 사-회-당-원! 우리가 유태인인 것도 모자라 한술 더 뜬 거라구! 오, 위대한 하나님이시여 제가 무슨 죄를 지었기에 이런 벌을 내리시나이까? 사회당원!"

그녀는 마치 알베르트가 죽은 것처럼 울었고 그후로는 그에 대해 일체 이야기하지 않았다.

그 조카의 일이 있은 지 3년 뒤 알베르트의 누이가 페스트의 아주 좋은 혼처에 시집을 가게 되었다. 로티카가 신부의 혼수 준비를 맡았고 또 이 결혼으로 말미암아 일어난 집안의 정신적 위기에도 주도적 역할을 했다. 타르노브의 압펠마예르 가(家)는 아이들이 많았고 아주 오래된 종교적 전통을 고수하고 있었다. 그녀의 조카가 결혼을 할 사람은 아주 부유한 증권거래소 증시전문가였는데 기독교도인 데다 칼뱅교도여서 신부의 조건이 개종을 해야 한다는 것이었다. 신부의 부모들은 모두 반대했지만 로티카는 집안의 이해관계를 마음속으로 계산하면서 배 한 척에 너무도 많은 사람을 태우면 더 있기가 어려운 법이니 모두를 살리기 위해서 무엇인가를 물 속으로 던져야 하는 경우도 있다는 말을 했다. 그녀는 조카 편을 들어주었다. 그녀의 말은 결정적이었다. 조카는 세례를 받고 결혼을 했다. 로티카는 이 새로 들어온 사위 덕에 다른 조카들 중의 아무라도 적어도 몇 명은 페스트의 사업장으로 보낼 수 있을 거라고 희망했다. 그러나 어찌나 운수가 사나웠던지 증권거래소 증시전문가였던 신랑은 결혼한 첫해에 죽고 말았다. 그 슬픔으로 젊은 신부는 정신 이상이 생겼다. 몇 달이 지나가도 그녀의 슬픔은 가시지 않았다 이 젊은 과부는 4년째 페스트에서 살고 있는데 슬픔이 지나쳐 약간 광기를 띠었다. 호화롭고 넓은 아파트는 그녀의 검은 상복으로 가득 찼다. 그녀는 매일 묘지에 찾아가서 남편의 무덤 앞에 앉아 이른 아침부터 저녁까지 하루 종일 증권시세표를 처음부터 끝까지 나지막한 소리로 열심히 읽고 있었다. 사람들이 어서 정신을 차리고 깨어나라고 일러주면 고인은 증권시세표를 무엇보다도 좋아했고 그것을 읽어주는 것이 그에게는 가장 달콤한 음악이라고 조용히 대답했다.

이렇게 이 조그만 방안에 수많은 운명들이 쌓여 있었다. 이렇게도 적어놓고 저렇게도 적어놓은 커다란 로티카의 장부에는 정리해야 할 것도 많고 지워졌거나 아예 없애버린 확실치 않은 계산서도 많았다. 그러나 사업의 기본은 늘 같았다. 그녀는 지쳤지만 낙담하지는 않았다. 손해를 보거나 실패를 할 때마다 모든 수단을 사용해 이를 악물고 방어하기 위해 최선을 다했다. 왜냐하면 근간에 들어서는 방어 위주로 일을 하기는 했지만 지난날 돈을 벌고 전진을 계속하던 시절과 조금도 변함없는 포부를 가지고 있었기 때문이었다. 이 호텔에서는 그녀가 '남자 주인'이었고 카사바 전체에서는 '로티카 아주머니'였다. 이곳뿐 아니라 외부에서도 그녀의 도움과 충고 적어도 덕담이라도 원하는 사람은 여전히 많았다. 그들은 그녀가 피곤한지 지쳐 있는지를 묻지도 않았고 개의치도 않았다. 하지만 로티카는 시쳤다. 님들이 짐작하는 것 이상으로 그리고 자기 스스로가 아는 이상으로 많이 지쳐 있었다.

벽에 걸린 작은 나무 시계가 한 시를 울렸다. 로티카는 두 손을 허리에 갖다대면서 힘들게 일어났다. 나무 테이블 위에 놓여 있는 커다란 초록색 램프를 조심스럽게 끄면서 늙은이의 종종걸음으로 침대로 가서 드러누웠다.

잠든 카사바에는 칠흑 같은 어둠이 드리울 뿐이었다.

## XXI

　마침내 드리나 강의 다리에 대한 연대기의 마지막 해인 1914년이 왔다. 이 해도 지난 해들처럼 세월의 평화로운 발걸음과 더불어 찾아왔지만 이 해에는 파도가 파도 위에 덮치듯이 더욱 새롭고 더욱 이상한 사건들이 일어나던 해였다.

　그토록 많은 하나님의 시간들이 다리 옆 카사바를 지나갔고 앞으로도 그렇게 지나갈 것이다. 별의별 사건들이 있었고 앞으로도 있겠지만 1914년이라는 해는 각별하다. 적어도 이 해를 살아 넘긴 사람들에게는 더욱 그러했다. 훗날 아무리 이야기하고 글로 쓴다고 해도 이때 그들이 본 시간의 뒤에, 사건의 아래에, 인간의 운명의 바닥에 있는 것은 감히 말로 표현할 수 있을 것 같지는 않았다. 갑자기 사람들의 간담을 서늘하게 하고 생물에서 무생물로, 그리고 지역들과 건축물들로까지 번져가던 그 전율을 어떻게 표현하고 전달할(그들은 그렇게 생각하는데!) 수 있겠는가? 말 못하는 동물적 공포로부터 자멸적인 열광으로, 살인과 약탈을 자행하는 저급한 충동으로부터 가장 위대하고 가장 고귀한 희생으로, 인간으로 하여금 인간 세계의 법칙과는 다른 법칙이 지배하는 위대한 세계의 영역을 잠시나마 맛보게 하는 희생으로 번져가는 그 소용돌이 물결을 어떻게 표현할 수 있단 말인가? 그것은 결코 이야기될 수 없을 것이다. 왜냐하면 그것을 보았고 경험하고 살아남은 자들은 말을 잃었고 죽은 자는 어떻게도 말을 할 수 없기 때문이었다. 이런 일들은 말로 전해지지 않고 잊혀진다. 왜냐하면 그것들이 잊혀지지 않는다면 어떻게 되풀이될 수 있겠는가?

1914년 여름, 인간의 운명을 쥐고 있는 통치자들은 대부분 유세장에서 진일보하여 이미 마련되어 있던 국민개병(國民皆兵)의 경기장으로 유럽의 인권을 몰아갔다. 카사바에도 점점 유럽으로, 더 나아가 전세계로 퍼지고 있는 전염병의 첫 증후가 나타나기 시작했다. 그것은 인간사에서 두 시대의 경계선에 위치한 시기였으며 이런 시기에는 사라져가는 시대의 종말은 뚜렷이 보이지만 다가오는 시대의 시초는 분명치 않았다. 이 시대에는 폭력을 합리화하려고 애썼고 만행과 흡혈을 떠받들기 위해서 지난 세계의 정신적 보고에서 명분을 찾아 헤맸다. 실제로 일어난 모든 사건들은 겉으로는 위엄과 신기한 견인력과 무시무시하고 덧없고 말로 표현할 수 없는 매력 비슷한 것도 있었지만 그것은 이내 감쪽같이 사라져버렸기 때문에 그 당시 이를 생생하게 느꼈던 사람들조차 기억에 되새길 수가 없었다.

그러나 이 모든 일은 우리가 문득 언급을 할 뿐이지만 후대의 시인들과 과학자들은 우리가 상상하지 못하는 방법과 도구들로 또 우리의 경지를 훨씬 초월한 마음의 자유와 넘치는 고요함과 대담성을 가지고 조사하고 해석하고 재생시킬 것이다. 그들은 이 이상한 해에 대해서 해석을 내릴 것이고 세계사와 인류 발전사에 올바른 위치를 마련하는 데 아마도 성공할 것이다. 이 해는 드리나 강의 다리에 있어서는 아주 치명적인 해였고 우리로서는 유일한 해가 아닐 수 없었다.

1914년 여름은 그것을 경험한 사람들에게는 가장 영광스럽고 가장 아름다운 기억으로 남을 만한 해였다. 왜냐하면 그들의 의식 속에는 이해 여름이 영원히 뻗어나간 고난과 불행의 그 거창하고 어두운 지평선 위에서 환하게 불타고 있었기 때문이었다.

그해 여름은 그전의 어느 해 여름보다도 훌륭하게 시작되었다. 슐리바는 유례없이 풍성하고 곡식은 풍년이었다. 혼란과 동요가 끝난 지 10여 년이 지나 사람들은 어느새 적어도 지난날의 손해와 불행을 보상해줄 좋은 시절이 올 거라고 원하고 있었다. (모든 인간의 가장 슬프고도 비극적인 약점은 의심할 여지도 없이 한 치의 앞날을 내다보지 못하는 데 있었다. 인간은 재주도 많고 기술과 지식도 많았지만 앞을 내다보는 능력만은 도무지 없었다.)

이렇게 태양의 따사로움과 땅의 습기가 아주 잘 어우러진 유난히 행복한 이례적인 해가 와서 비셰그라드의 넓은 골짜기 전체는 넘쳐나는 힘과 풍년에 대한 기대로 들썩거렸다. 대지는 부풀어오르고 대지 위의 모든 것들은 힘차게 싹이 트고 잎이 퍼지고 꽃이 피어서 가지마다 열매가 가득했다. 풍년의 그 기운이 밭고랑마다, 흙더미마다, 아늑하고 푸른 구름처럼 서려서 흐느적거리는 것이 훤히 잘도 보였다. 소와 양들은 젖이 넘칠 듯이 부풀어올라 뒷다리가 벌어지고 힘겹게 걷고 있었다. 해마다 초여름이면 르자브 강 하류까지 떼를 지어 내려와 알을 까는 물고기들이 그해에는 유난히도 많고 강의 합류점에 마구 몰려들어 아이들이 마치 개울에서 양동이로 신나게 퍼내는 것 같았다. 모든 것들이 가쁘게 숨쉬고 힘차게 익어가는 무더위 속에서 땅으로부터 치솟아 온 카사바의 하늘로 올라가는 그 힘과 풍요로움이 다리에도 전염되어 다리는 마치 살아 있는 물체처럼 부풀어오르고 다리를 이루는 그 다공질 석재는 부드러워졌다.

이런 여름은 비셰그라드 골짜기에 흔히 있는 일이 아니었다. 그러나 이런 여름이 막상 오고 보면 사람들은 불행하던 지난날들의 모든 악은 잊고 그리고 지금도 여전히 다가올 수 있는 불행은 생각지도 않으며 풍년의 축복이 깃들어 있는 골짜기의 힘찬 활기 속에서 살았고 그들 자신은 습기와 열과 익어가는 과즙의 놀이에서 그저 일부에 지나지 않았다.

언제나 불평거리를 찾던 농부들도 금년만은 풍년이 들 거라는 것을 인정해야 했고 그런 칭송을 할 때마다 이런 말을 덧붙였다. "이렇게만 된다면……" 그때 장터의 상인들은 꽃잎에 기어들어가는 벌레와 벌떼처럼 자신들의 장사에 몰두했다. 그들은 카사바 주위의 마을들을 다니면서 아직 추수하지도 않은 곡식들과 이제 겨우 꽃이 핀 슐리바를 미리 사두었다. 전에 없는 풍년에다 이렇게 미리 사려고 달려드는 상인들이 몰려오는 바람에 어리둥절한 농부들은 열매가 무르익어서 가지가 휘어진 과일나무나 바람에 금빛으로 물결치는 밀밭머리에 서서, 그를 정신없도록 만드는 카사바 상인들과의 흥정에서 신중하고 자제를 잃지 않는 표정으로 흥정을 하지는 못하고 있었다. 농부들의 얼굴에는 신중함과 자제가 새겨놓은 불안과 동요의 표정이 배어 있었다. 이런 걱정에 찬 농부의 표정은 과거 흉년이 들었을 때 그의 얼굴에 배어 있던 공포와 마치 쌍둥이처럼 똑같은 모양이었다.

돈이 많고 힘이 있는 상인들에게는 농부들이 찾아갔다. 장이 서는 날에는 상인 파블레 란코비치의 가게에 돈이 필요한 농부들이 가득 찼다. 비셰그라드의 유태인들 중에서 일인자의 위치에 있는 상인 산토 파포의 가게에도 마찬가지였다. (왜냐하면 은행이나 신용으로 돈을 빌릴 수 있는 기관들이 있기는 했지만 농부들 특히, 노인들은 자기들의 아버지들이 돈을 빌리고 물건들을 샀던 마을의 상인들에게서 돈을 빌리고 예전 방식대로 물건을 사는 것을 좋아했기 때문이었다.)

산토의 가게는 비셰그라드의 시장에서도 가장 규모가 크고 견실한 가게 중의 하나였다. 이 가게는 단단한 돌로 지어 벽이 두껍고 바닥에도 조각돌을 깔아놓았다. 육중한 문과 창문마다에는 덧창이 철로 되어 있었고 높고 좁은 창문에는 굵은 창살이 붙어 있었다.

건물의 앞쪽이 가게로 사용되었다. 벽을 둘러가며 나무선반을 걸어놓았고, 그 위에는 에나멜을 입힌 그릇들이 가득 얹혀 있었다. 이상하리만큼 높아서 어둠 속에서는 아예 보이지도 않는 천장에는 크고 작은 등잔들, 커피를 끓이는 제즈바, 살림도구들과 쥐덫, 철사를 꼬아서 만든 여러 가지 물건 등의 비교적 가벼운 물건들이 매달려 있었다. 기다란 가판대 주위에는 못들이 가득한 상자 더미들, 시멘트와 횟가루, 다양한 페인트들이 들어 있는 자루들 그리고 아직 나무 자루를 끼우지 않은 호미며 삽이며 괭이며 하는 것들이 묵직한 고리에 철사로 꿰어 있었다. 구석에는 파라핀, 테레빈, 석유 등을 넣은 양철통이 놓여 있었다. 이곳은 한여름에도 서늘했고 하루 종일 어둠침침했다.

그러나 가게에 나와 있는 것들은 그리 대수롭지 않은 물건들이었고 물건의 대부분은 철문으로 들어가게 되어 있는 낮은 통로를 지나 뒤쪽에 있는 여러 창고에 쌓여 있었다. 난로며 쇠지레며 부삽이며 곡괭이며 그 밖의 큰 연장들이며 무겁고 큰 물건은 모두 거기에 보관되어 있었다. 이런 물건들을 마구 더미로 쌓아올려놓았기 때문에 마치 높은 담 사이에 난 길처럼 물건 더미 사이에 생긴 좁은 길로 지나다니게 되어 있었다. 그곳은 언제나 캄캄한 어둠이었고 등잔불 없이는 들어가지도 못했다.

두꺼운 벽, 돌바닥과 쌓아올린 쇳더미로부터 돌과 금속의 싸늘하고 매운 기운이 올라왔다. 그 어떤 것도 이 기운을 쫓을 수도 달굴 수도 없었다. 이런 기운은 처음에는 얼굴이 불그스름하고 활발하던 점원들의 얼굴을 몇 년 사이 말이 없고 창백하고 붓게 만든 반면에 능숙하고, 검소하며, 신뢰가 가는 장인의 조수로 만들어버렸다. 이것은 점원들처럼 젊은 세대들에게는 의심할 여지없이 힘들고 손해 보는 일도 있지만 동시에 이것이 재산을 모으고 돈을 벌고 부자가 되는 길이라는 생각을 하면 마냥 기쁘고 즐거운 일이었다.

그 그늘의 앞쪽에 어둠침침한 테이블들 앞에 베르트하임이라는 커다란 금속 금고 옆에 앉아 있는 사람은 30년 전에 독특한 목소리로 "초르칸에게 럼주를!"이라고 하며 외치던 남자하고는 전혀 닮은 데가 없었다. 세월과 일이 그를 아주 다른 사람으로 바꿔놓았다. 지금 산토는 덩치가 크고 육중했으며 얼굴이 누리끼리하고 눈 주위에는 뺨의 중간까지 늘어진 어두운 둥근 링 같은 것이 있었고 눈빛은 약해졌고 툭 불거진 두 눈은 금속 테의 두꺼운 안경 너머로 험상궂으면서도 소극적인 표정이 엿보였다. 그는 여전히 유일하게 남아 있는 터키 전통 복장인 체리색의 페스를 쓰고 다녔다. 그의 아버지 상인 멘토 파포는 체구가 작고 머리가 벗겨진 80대 노인이었는데 시력이 약해졌을 뿐 여전히 정정했다. 해가 쨍한 날이면 그는 가게로 나왔다. 두터운 안경 너머 녹아내리는 듯한 눈물이 가득 고인 눈으로 금고 옆의 아들과 금고 앞에 앉아 있는 손자가 가게의 독특한 냄새를 들이키는 것을 보고는 10살 먹은 손자의 어깨에 오른손을 올려놓고 다시 종종걸음으로 집으로 향했다.

산토에게는 여섯 명의 딸들과 다섯 명의 아들이 있었는데 대부분은 시집을 가고 장가를 들었다. 그의 맏아들 라포에게는 이미 장성한 아들이 있어서 가게에서 그의 일을 도와주고 있었다. 라포의 아들 중의 한 명은 할아버지와 이름이 같은데 이미 사라예보의 김나지야를 다니고 있었다. 그는 창백하고 근시인데다 호리호리한 소년으로 8살 때에 요반 요바노비치 즈마이[148]의 시들을 학교 오락 시간에 모두 암송을 했었다.

---

[148] 낭만주의 시기 세르비아의 대표적인 애국 시인.

그러나 학교 성적은 좋지 않았고 유태교회를 다니는 것도 좋아하지 않았으며 방학에 할아버지 가게 일을 도와주지도 않았다. 그리고는 자기는 배우가 되러 떠날 것이며 아니면 그런 유명하고 특별한 사람이 될 것이라며 떠들어댔다.

산토는 허리를 푹 숙이고 알파벳 순서로 된 장부를 들고 이미 닳아서 기름때가 반질반질한 커다란 카운터에 앉아 있었다. 그의 옆에 있는 빈 못 상자 위에는 우자브니차 출신의 농부 이브로 쵀말로비치가 쪼그리고 앉아 있었다. 상인 산토는 이 농부에게서 받을 빚이 얼마이며 빚을 더 주는 데는 무슨 조건이 붙는 것이 좋을지를 곰곰이 따져보는 중이었다.

"열다섯, 열다섯하고 여덟…… 열다섯하고 여덟, 열여섯과 셋……" 상인 산토는 스페인어로 세어가며 중얼거렸다.

농부는 자기의 빚이 얼마라는 것을 자세히 알고 있었고 꿈속에서도 빚 걱정이 머리를 떠나지 않아서 산토가 셈하는 것을 들을 것도 없이 그저 주문 외는 것을 보듯 조마조마한 마음으로 지켜보고 있었다. 산토가 세면서 이자를 더해 수를 말할 때는 농부는 이 사이로 "그렇게 되나?"라고 말을 하면서 산토가 계산하는 것과 자신이 계산하는 것을 비교할 시간이나 벌자는 식으로 시간을 끌 뿐이었다.

"그래, 이브로, 이러면 틀림없지." 산토는 이런 경우들에 자기가 말하는 특이한 방식으로 대답했다.

그렇게 이제까지 진 빚에 대한 계산을 마치자 농부는 새로 빚을 달라고 요청했고 산토는 더 줄 만한 돈이 있는지 조건은 어떻게 달아야 할지를 따져보고 있었다. 그러나 결론은 쉽게도 빨리도 나지 않았다. 그때 둘 사이에는 한창 실랑이가 벌어졌는데 그것은 50여 년 전 이렇게 추수를 앞둔 즈음에 우자브니차의 이브로와 산토의 아버지 멘토 사이에 벌어졌던 실랑이와 어찌나 흡사한지 거의 같을 지경이었다. 대화의 주요 요점은 끊임없이 말이 이어져 나오기는 했지만 내용은 별것 아니었고 아무리 되풀이해봐도 그 말이 그 말이었다. 사정을 모르는 사람이 이 광경을 지켜본다면 분명 빚이나 돈과는 아무 상관도 없는 것이라고 생각했을 것이다. 적어도 종종 그렇게 보였다.

"슐리바는 영글었고 우리한테는 올해가 풍년이지. 어느 다른 코타르에도 없는." 산토가 말을 이었다. "아주 이례적인 해가 될 거야."

"그럼요, 무척 많이 열렸죠. 알라께서 날씨가 이렇게만 유지되도록 허락하신다면 과일과 빵도 생기겠죠. 안 그럴 수가 없지. 다만 그 가격을 누가 아느냐지?" 걱정이 많은 농부는 거친 초록색 천에 엄지손가락을 비벼대면서 곁눈으로 산토의 눈치를 살폈다.

"지금은 몰라도 내가 비셰그라드로 가져올 때는 알게 되겠지. 이렇게들 말하잖아, 값은 파는 사람 손에 달려 있다고."

"하긴 그렇죠. 만약 신께서 당신에게도 은혜를 베푸신다면야." 농부가 다시 조건을 달았다.

"그야 하나님의 뜻이 아니고는 추수고 뭐고 없지. 아무리 자기가 심어놓은 것이 잘 되는 것 같아도 하나님이 축복을 내리지 않으시면 다 소용없는 거니까." 산토는 손을 하늘을 향해 쳐들고 바로 거기서 하나님의 축복이 내려오기라도 하듯이 농부들의 크고 작은 등잔들과 잡동사니 물건들이 걸려 있는 가게의 시꺼멓게 그을린 묵직한 서까래 위를 가리켰다.

"소용없지. 맞는 말씀이지요." 이브로는 한숨을 내쉬었다. "사람이 씨를 뿌리고 심고 해봤자 마찬가지라니까. 다 위대하고 유일한 하나님의 뜻인걸. 그건 물에다 던지는 거나 마찬가지죠. 땅을 갈고 호미질하고 풀을 깎고 해봤자 별 수 있나. 어림없지! 그렇게 적혀진 곳이 아니라면 축복을 받을 수도 없지. 하지만 하나님께서 풍년을 내리시기로 결정만 하시면 누구든지 아쉽지 않게 되고 이전의 빚을 모두 청산하고 다시 빚을 얻을 수 있게 되지. 단지 건강하기만 하면 되지, 신이시여!"

"그럼, 건강이 최고지. 건강과 견줄 것은 아무것도 없어. 그래서 이렇게들 이야기하잖아, 모든 걸 주고서라도 건강을 얻어라. 그러면 아무것도 잃은 것이 없는 것이다." 산토는 대화의 방향을 완전히 그쪽으로 몰고 가면서 확신에 차 있었다.

그때 농부도 산토의 생각과 거의 유사한 일반적이고도 잘 알려져 있는 건강에 대한 자신의 견해를 피력했다. 그 순간 이야기는 아무런 의미도 없고 시시한 것으로 흘러가버리는 것 같았다. 그러나 마치 전통적인 예식처럼 농부는 적당한 순간에 처음에 시작했던 주제로 돌아갔다. 그제야 다시 흥정이 시작되었는데 새로 얻을 빚의 액수와 이자, 기한과 상환방법이 논의되는 것이었다. 오랜 시간 때로는 활기차게 때로는 조용하게 걱정스러운 듯 설명을 했지만 결국에는 서로 이해가 갔고 흥정이 이루어졌다. 그러자 산토는 일어서더니 주머니에서 열쇠꾸러미를 꺼내어 체인에 달린 열쇠 하나를 골라 그것으로 금고를 열었다. 마치 다른 모든 커다란 금고들처럼 천천히 그리고 근사하게 열리더니 닫힐 때는 탄식하듯 쇳소리를 냈다. 그는 헬러 동화까지 한 푼 한 푼 세어서 농부에게 건네주었다. 아주 신중하게 그리고 세심하고 엄숙할 정도로 가라앉은 분위기로 건네주었다. 그리고 그때 소리를 쳤지만 전혀 다른 목소리에 썩 생기가 넘쳤다.

"이러면 맞지, 자네 맘에 들 거야. 이브로?"

"그럼요. 당연히." 농부는 조용히 생각에 잠긴 듯 말했다.

"하나님께서 자네에게 축복과 이익을 내리시기를 비네! 그럼 다시 만날 때까지 건강하시게나." 사뭇 쾌활해진 산토는 이렇게 말했다. 그리고 그는 손자에게 길 건너편 카페에 가서 '설탕을 넣은 것과 넣지 않은 것'으로 커피 두 잔을 주문하라고 했다.

이미 가게 앞에는 다음 차례를 기다리는 다른 농부가 있었고 용건은 거의 같았으며 액수도 비슷했다.

이 농부들과 앞으로 있을 추수와 농사에 대한 그들의 계산들과 더불어 아주 이례적인 풍년의 따듯하고 힘거운 기운이 어둠침침한 산토의 가게 속으로 스며들었다. 철로 된 초록색 금고는 그 기운으로 이슬이 맺혔고 산토는 살이 쪄서 누렇고 부드러운 목덜미에 검지를 넣어서 칼라를 헤치고 손수건으로 안경에 서린 김을 닦아냈다.

그렇게 여름은 시작되었다.

그럼에도 불구하고 이 축복의 해는 처음부터 공포와 슬픔의 짧은 그림자를 드리우고 있었다. 이른 봄에 예전에는 터키와 오스트리아의 국경이었고 지금은 세르비아와 오스트리아의 국경선에 위치하고 있는 조그만 마을 우바츠에서 발진티푸스가 발생했다. 위치가 국경선인 데다 또 국경의 검문소에도 환자가 두 사람이나 발생했기 때문에 비셰그라드의 군의관인 발라쉬 박사 자신이 남자 간호사 한 사람과 함께 필요한 의약품을 가지고 갔다. 의사는 환자를 격리시키는 데 필요한 모든 조치를 아주 능숙한 솜씨로 해치우고 치료를 시작했다. 그래서 15명의 환자 중에서 단 두 사람만이 사망했고 전염병 자체도 우바츠에만 한정되었기 때문에 그 발생지에서 막아낼 수 있었다. 그 병에 걸린 최후의 사람이 바로 발라쉬 박사였다. 그가 어떻게 병에 걸렸는지 과정이 확실치도 않고, 투병기간도 매우 짧은 데다 병세도 이상하고, 갑자기 죽었기 때문에 이 모든 것은 아주 예외적인 비극에 낙인을 찍은 셈이었다.

전염의 위험성 때문에 젊은 군의관의 시신은 우바츠에 매장되었다. 바예르 여사가 남편과 몇몇 장교들과 함께 장례식에 참석했었다. 그녀는 돈을 주어서 군의관의 무덤에 화강석 묘비를 세워주도록 했다. 그 일이 있은 후 바로 그녀는 카사바와 남편을 떠났다. 카사바에는 그녀가 비엔나 근처의 쏴나토리윰[149]에 갔다는 소문이 퍼졌다. 그것은 바로 카사바의 소녀들 사이에서 떠도는 얘기였고 전염병이 사라지고 방역 조치가 끝나자 마을의 어른들은 의사의 얘기며 바예르 대령 부인의 얘기도 모두 잊어버렸다. 경험도 없고 교육도 받지 못한 이곳의 처녀들은 그 쏴나토리윰이라는 말이 정확히 어떤 뜻인지를 몰랐지만 의사와 바예르 대령의 부인이 얼마 전까지 그랬던 것처럼 두 남녀가 산기슭으로 오솔길로 함께 걸어다니는 것이 무엇을 의미하는지는 잘 알고 있었다. 이 불행한 연인들에 대해 확신을 가지고 있는 소녀들의 대화에서는 그 외국어를 발음하면서 쏴나토리윰이라는 곳은 아름답고 실수를 저지르는 여인들이 자신의 부족한 사랑을 용서하는, 신비스럽고 아주 먼 곳에 있는 슬픈 곳이라고 생각하면서 그곳을 쏴나토리윰이라고 부르는 것을 마음에 들어했다.

유난히 풍성하고 찬란한 여름은 카사바 주변의 들과 산꼭대기에서 무르익어갔다. 저녁이면 강을 내려다보곤 했던 다리 옆의 장교관사 창문에는 지난해와 다름없이 불이 환히 켜져 있고 활짝 열려 있었지만 피아노 소리와 바이올린 소리는 들리지 않았다. 마음씨 좋고 늘 미소를 짓는 바예르 대령은 여름 습기와 붉은 포도주 때문에 땀을 흘리면서 선임 장교들과 앉아 있었다.

마을의 청년들은 무더운 밤이면 카피야에 앉아서 노래를 불렀다. 6월도 거의 다 지나가고 얼마 안 있으면 예년처럼 학생들이 돌아올 무렵이었다. 이런 밤에 카피야에 앉아 있노라면 시간이 멈추고, 인생은 한

---

[149] 요양원.

없이, 한꺼번에, 그리고 안이하게 흘러가고 이 상태가 언제까지 계속될지 아무도 예측할 수 없는 것 같았다.

이 무렵에는 큰 거리들에 불이 환하게 밝혀졌다. 왜냐하면 그해 봄부터 이 카사바에도 전기가 들어왔기 때문이었다. 1년 전에 마을에서 2킬로미터 떨어진 강 옆에 제재소(製材所)가 세워졌고 그 옆에는 소나무 조각에서 테레빈 기름과 수지산염을 생산하는 공장이 들어섰다. 공장 자가 발전소에서 전기를 끌어와 마을의 거리들을 밝히기로 공장과 군청이 합의를 한 것이었다. 그렇게 석유를 쓰던 초록색 가로등은 사라지고 이와 더불어 그것을 청소하고 불을 켜주던 키 큰 페르하트의 모습도 볼 수 없게 되었다. 다리에서 신작로까지 마을 전체로 이어지는 중심 가들에는 우윳빛 유리의 커다란 전등이 밝혀져 있었고 이 중심가에서 좌우로 갈라져 비카바츠 주위의 구불구불한 길이나 메이단과 오콜리슈테로 올라가는 길에는 작은 일반 전구가 끼워져 있었다. 그 등과 등 사이에는 어둠이 드문드문 길게 뻗어 있었다. 그것은 언덕 위에 있는 마당이거나 혹은 넓은 정원이었다.

그렇게 어두운 정원 중의 한 곳에 여교사 조르카와 니콜라 글라시촤닌이 앉아 있었다.

작년에 학교 방학을 이용해 스티코비치가 그들 사이에 나타났을 때 벌어졌던 앙금은 꽤 오래 갔고 새해 초까지 계속되었다. 그 무렵 매년 그랬듯이 세르비아인들 사이에서는 연주회와 연극을 함께 하는 성 사바[150] 축제를 준비하고 있었다. 조르카와 글라시촤닌 또한 그러한 축제 준비에 참여했고, 그들은 리허설을 마치고 집으로 돌아오는 길에 지난 여름 이후 처음으로 말을 했다. 처음에는 대화도 짧고 서먹서먹했으며 서로

---

**150** 세르비아 최초의 왕조를 건설한 스테판 네마냐의 셋째 아들로 교회에 입적하여 후에 성인으로 추대된 인물.

자존심을 내세웠다. 그러나 서로 만나고 대화를 나누는 것은 멈추지 않았다. 왜냐하면 젊은이들은 사랑의 유희나 사랑의 의식이 없는 고독과 따분함보다는 가장 절망적이고 가장 씁쓸하다고 할지라도 사랑싸움을 더 좋아하기 때문이었다. 끝없이 싸우는 어느 순간에는 언제 어떻게 됐는지 자신도 모르는 사이에 타협이 성립되는 것이다. 이 무더운 여름밤마다 그들은 이미 정기적으로 만나고 있는 것이다. 가끔 보이지 않는 스티코비치의 모습이 그들 사이에 나타나기만 하면 다시 해결책 없는 불꽃이 튀었지만 그것이 그들을 헤어지게 하거나 떨어지게 하도록 만들지는 않았고 오히려 매번 화해할 때마다 더욱 가까워졌다.

지금 그들은 무거운 어둠 속에서, 호두나무 고목을 베어낸 그루터기에 앉아 각자의 생각에 잠기어 그저 도도히 흐르기만 하는 드리나 강변, 이 카사바의 크고 작은 등을 내려다보고 있었다. 오랫동안 말을 하던 글라시촤닌이 순간 말을 멈췄다. 저녁 내내 조르카는 아무 말도 하지 않았고 단지 여성만이 마음속에 얽힌 사랑의 갈등, 인생에서 무엇보다도 자신들에게 친밀하고 소중한 사랑의 갈등을 언제 어떻게 풀어헤치느냐를 알고 있다는 그런 침묵으로 일관했다.

작년 이 무렵 스티코비치가 나타났을 때 그녀는 자신 앞에 감정과 생각이 일치하고, 희망은 키스처럼 감미롭고, 인간 존재와 더불어 무궁무진한, 사랑이 가득한, 행운의, 끝없는 낙원이 영원히 열린 것이라고 생각했다. 그러나 그 환상은 그리 오래가지 않았다. 아무리 경험 없고 똑똑하지 못한 조르카라고 하더라도 그 사람은 쉽게 불붙었다가는 그렇게 쉽게 꺼져버리는 사람이라는 것을 알아차리지 않을 수 없다. 그는 자기 자신의 법칙에 따라, 그녀에 대해서는 조금의 배려도 없이, 그녀가 자신과 그보다도 더 소중하고 큰 것이라 여겼던 것들과는 아무 상관도 없이 그렇게 작별 인사도 하지 않은 채 떠나버렸다. 홀로 남겨진 조르카는 숨겨진 그 상처를 안고 아파했으며 말 못할 고민에 빠졌었다. 그에게서 온 편지는 전형적인 문학적 기교를 부려서 매끈하게 다듬기는 했지만 마치 변호사의 얘기같이 앞뒤를 재고 한 말투였고 빈 유리그릇을 들여다보듯 속이 훤히 들여다보였다. 그 편지에는 그들의 사랑에 대해 말은 하고 있었지만 그것은 마치 죽은 지 100년이나 된 사람의 것처럼 이제는 무덤에 있는 사람들의 그런 사랑 같았다. 그에게 보내는 그녀의 활기차고 따뜻한 답장의 편지에 대해 그는 이러한 엽서를 보내왔다. '나를 조이고 부러뜨리는 일들과 걱정 속에서, 나는 마치 강물이 흘러가는 소리와 눈에 보이지 않는 풀 향기가 가득한 비셰그라드의 평화로운 그 밤을 생각하듯이 너를 생각해.' 이것이 전부였다. 강물 소리를 언제 들었고 눈에 보이지 않는 풀 냄새를 언제 맡았는지를 떠올려보아도 소용없는 일이었다. 그것은 그의 엽서 안에나 있을 뿐이었다. 당연히 그들 사이에 있었던 일들을 그가 기억하지 못하듯이 그녀 역시 기억하지 못했다. 자신이 속았다는 생각이 그녀를 참담하게 만들었고 자신도 알 수 없는 그 무엇, 기적보다도 일어나기 힘든 그 무엇으로 자신을 더욱 힘들게 만들었다. '그는 이해할 수 없는 사람이야.' 그녀는 혼자서 중얼거렸다. '이방인 같고 냉정하며 이기적이고 말수도 적고 변덕스럽지. 하지만 어쩌면 특출한 남자들은 모두 그럴지도 몰라.' 당연히 이 모든 것들은 사랑이라기보다는 연민에 가까웠다. 자신 안에서 은신처를 찾고 자신의 가장 깊은 심연 속에서 부러지면서 그녀는 그가 만들어놓은 사랑의 모든 짐이 그녀에게서 놓여져 그는 안개 속과 그녀가 진정한 이름으로 감히 부를 수 없는 아득한 곳에서 사라져버렸다는 것을 느꼈다. 왜냐하면 사랑에 빠진 여자가 완전히 실망에 차 있을 때는 마치 태어나지 못할 운명의 아기처럼 자신의 사랑을 아끼는 법이기 때문이다. 그녀는 마음을 단단히 먹고 그의 엽서에 답장을 하지 않기로 했다. 그러나 두 달

동안 소식이 없더니 다시 엽서가 도착했다. 그것은 알프스의 높은 산들에서 써 보낸 것들이었다. '해발 2000미터의 높이에서 여러 나라의 말을 하는 여러 나라의 사람들에 둘러싸여 나는 끝없는 지평선을 바라보며 당신과의 지난 여름의 일을 생각한다.' 아무리 그녀가 젊고 경험이 부족해도 이쯤 되면 충분했다. 차라리 이렇게 써 놓으면 그렇게 모호하지도 더 아프지도 않았을 것을. '난 너를 사랑한 적도, 지금도 너를 사랑하지도, 앞으로도 너를 사랑할 수는 없을 거야.' 왜냐하면 어찌되었든 이것은 사랑에 관한 문제지 아득한 추억이나 해발 몇 미터에서 편지를 쓰거나 주위에 누가 있거나 그들이 어떤 나라의 말을 하는지 그런 것들은 문제가 되지도 않기 때문이었다. 어쨌든 사랑은 없었다!

조르카는 부모 없는 고아로 이곳 친척집에서 자랐다. 사라예보에서 사범학교를 졸업했을 때 비셰그라드에 자리가 생겨서 부유하지만 단순한 사람들이 있는 이 집으로 돌아왔었는데 이 사람들과는 아무런 관계도 없었다.

조르카는 창백해지고 몸이 야위는가 하면 점점 더 내성적이 되었지만 아무도 믿지 않았고 그렇게 냉정하고 간략하고 빈틈없는 문장으로 된 그의 크리스마스 카드에는 답장도 하지 않았다. 그녀는 어느 누구의 도움이나 격려도 없이 자신의 실수와 수치를 스스로 해결하고 싶었지만 이렇게 여리고, 상처받고, 어리고, 경험도 없고, 철부지인 그녀는 현실과 욕망의 헤어날 수 없는 거미줄, 자신의 생각과 그의 도무지 이해할 수 없는 이상한 행동의 거미줄에 자꾸만 끌려들어가는 것을 어쩔 수가 없었다. 만약 누군가에게 묻거나 조언을 해줄 만한 사람이 있었다면 의심할 여지없이 쉬웠을 테지만 그런 창피함이 그녀를 허락하지 않았다. 온 마을 사람들이 자신이 실연당했다는 사실을 알고 있을 거라는 생각이 종종 들었고, 시장을 지날 때마다 사람들이 비웃는 것 같았고, 악의에 찬 눈초리가 자신의 몸을 꿰뚫고 지나가는 것만 같았다. 사람들에게서도 책에서도 어디에도 설명은 없었다. 하지만 스스로도 어떻게 설명해야 할지를 몰랐다. 만약 그가 지난 여름 그녀를 정말로 사랑하지 않았다면 그 모든 정열적인 사랑의 말과 사랑의 맹세는 희극(喜劇)이라도 된단 말인가? 사랑이란 말이 아니고는 합리화할 수도 변호할 수도 없고 사랑이 아니라면 참을 수 없는 모욕밖에 되지 않는 그 학교 걸상 위에서의 에피소드는 무엇이라 해석해야 하는가? 그런 장난에 쉽게 자신과 타인을 밀어넣을 만큼 자신과 타인을 그 정도밖에 존중하지 않는 사람이 있다는 것이 가능한 걸까? 사랑이 아니라면 무엇이 그들을 그곳까지 이끌고 간 것일까? 그의 불타는 듯한 눈빛, 뜨겁고도 가쁜 숨결, 정열적인 키스는 무엇이란 말인가? 사랑이 아니라면 이 모든 것들은 무엇이란 말인가? 하지만 사랑은 아니야! 그녀는 자신이 원했던 것보다 더 확실하게 그리고 정확하게 보고 있었다. 그러나 그것들로 다시 평온을 찾을 수는 없었다. (누가 그런 것들로 완전히 평온을 찾은 적이 있는가?) 이런 내적인 모든 고통 뒤의 자연스런 종말은 행복에 대한 모든 사람들의 꿈에 잠재해 있는 죽음에 대한 생각으로 이르게 되는 것이다. 유서도 남기지 않고 작별 인사도 하지 않고 또 자살이라는 증거나 수치의 흔적도 남기지 않고 마치 실수로 그런 것처럼 카사바에서 강으로 뛰어내릴까 하고 조르카는 생각했었다. 그녀는 막 꿈을 꾸기 시작하는 순간과 아침에 잠에서 깨어 의식이 돌아올 때 그리고 아주 신나게 이야기를 하는 중이거나 미소를 짓고 있는 마스크 아래에서 '죽는다!'라는 생각을 했었다. 그녀 안에서는 언제나 '죽는다! 죽는다!'라는 생각만이 되풀이되고 있었지만 죽지 않고 오히려 자신 안에 견딜 수 없는 생각들을 가지고 살아갈 뿐이었다.

조르카 자신이 전혀 생각지 못했던 곳에서 위로의 손길이 다가왔다. 크리스마스 방학 무렵 그녀의 고통은 절정에 달했다. 그런 생각들과 대답 없는 그런 의문들은 병보다도 더 사람을 아프게 할 뿐만 아니라 사람을 더 무너뜨리는 법이다. 모든 사람들이 그녀의 나쁜 변화들을 알아차렸고 모두 그녀를 걱정해주었으며 친척들과 자식이 많은 마음씨 좋은 그녀의 교장선생님과 친구들도 의사의 진찰을 받아보라고 충고해주었다.

이때 축제 준비를 하게 되어 몇 달이 지난 후에 처음으로 다시 글라시촤닌과 이야기를 하게 된 것은 참으로 다행한 일이었다. 이때까지 그는 그녀와 만나거나 이야기를 나눌 기회를 피해왔다. 그러나 조그마한 마을에서 열리는 이런 소박하고 성의 있는 연극, 연주회에서는 언제나 따뜻한 분위기가 흐르는 것이기에 그 맑고 차디찬 밤 집으로 돌아가는 길에 사이가 멀어졌던 이 두 남녀는 점점 더 가까워질 수 있었다. 그녀는 자신의 고통을 덜기 위해서 그에게 다가갈 필요를 느꼈고 그의 이러한 순수하고 깊은 사랑은 쉽게 용서하고 잊도록 만들었다.

그들이 처음에 주고받은 말들은 당연히 냉랭하고 비아냥거리며 이중적인 뜻을 내포한 말들이었다. 그렇지만 그들의 첫 대화들은 아무 의미 없는 얘기들뿐이었으나 길게 지속되었다. 그것이나마 여자에게는 상당히 큰 위안이었다. 이제야 처음으로 그녀는 자기 마음속의 수치스럽고 참담한 심정을 자기 이외의 타인과 이야기할 수 있게 되었으며 그 창피스럽고 괴로운 세세한 이야기까지는 말할 필요도 없었다. 글라시촤닌은 오래도록 쾌활하게 그러나 그녀의 자존심을 지켜주면서 따뜻하고 사려 깊게 이야기를 이어갔다. 스티코비치에 대해서는 날카롭게 쏘아대지도 않았지만 피할 수도 없었다. 그의 설명은 카피야에서 그날 저녁 우리가 들은 바와 같았다. 간결하고 확신이 있는 추상적인 말들이었다. 스티코비치는 천성적으로 이기적인 사람이며 괴물이고 어느 누구도 사랑할 수 없고 살아 있는 동안 언제나 고민하고 불만을 토로할 것이며 자기가 속인 사람과 주변에 있는 모든 사람들을 괴롭히기만 하는 인간이라는 것이었다. 글라시촤닌은 자신의 사랑에 대해서는 많은 이야기를 하지는 않았지만 그녀는 모든 말들, 매번 시선과 행동으로 그의 사랑을 알 수 있었다. 여자는 거의 대부분을 침묵을 지키면서 그의 말을 듣고 있었다. 그 대화들에서 모든 것이 그녀를 기쁘게 했다. 그런 대화를 나눈 뒤에 그녀는 자신 안에서 평화가 찾아오고 맑아지는 것을 느꼈다. 몇 달 만에 처음으로 그녀는 폭풍 같은 마음이 가라앉고 휴식할 시간을 가졌으며 자기 자신이 그리 가치 없는 인간이 아니라는 시각으로 자기 자신을 바라보게 되었다. 왜냐하면 사랑과 존경으로 가득 찬 청년의 말들은 그녀에게 그녀가 버림받은 것은 아니며 그녀의 절망은 지난 여름 꿈에서 일어난 환상에 지나지 않는다는 것을 보여주었기 때문이었다. 그의 말들은 이미 그녀가 자기 자신을 잃기 시작했던 그 어두운 세계로부터 그녀를 돌려놓았고 모든 면에서 혹은 거의 모든 면에서 약과 도움들이 존재하는 살아 있는 인간의 현실로 그녀를 되돌려놓았다.

성 사바 축제가 지난 뒤에도 그들의 대화는 계속되었다. 겨울이 지나고 다시 봄이 왔다. 그들은 거의 매일 만났다. 시간이 지나면서 여자는 오직 젊음만이 해낼 수 있는 일과도 같이 빠르고 자연스럽게 건강을 되찾았고 강해졌으며 기쁨을 되찾았다. 이렇게 이 풍요롭고 불안한 여름이 온 것이었다. 사람들은 조르카와 글라시촤닌이 서로 '사랑하는' 사이라고 생각하는 것에 익숙해졌다.

전에는 글라시촤닌의 긴 얘기를 마치 약을 마시듯 열심히 듣던 조르카가 요즈음은 다소 흥미를 잃기 시작했다. 서로 신뢰하고 고백해야 한다는 것이 때때로 그녀에게는 짐처럼 느껴졌다. 두려움과 솔직한 놀라움으로 그녀는 둘 사이가 어떻게 가까워졌는지를 자문했지만 이내 그가 지난 겨울 '영혼을 구제해주고' 지루함을 달래주면서, 마치 꼭 그래야 하는 채무자라도 되는 듯이 자신이 그의 말을 경청했던 것을 떠올렸다.

지난 여름밤 그는 자신의 손을 그녀의 손 위에 올려놓았다(그것은 그의 겸손한 대담성의 극치였다). 그 접촉으로 밤의 따뜻한 풍성함이 그에게도 전해져왔다. 그런 순간들에서 그는 이 여자 안에 숨겨져 있는 아주 귀중한 것들을 확실히 볼 수 있었으며 동시에 사랑의 힘으로 자신들이 결합하기만 한다면 그의 삶의 고통과 불만족을 풍성하고 충분한 힘으로 변화시켜 두 사람 모두를 아주 멀리 있는 목표까지 끌고 갈 수 있을 것이라고 생각했다.

이 어둠 속에서 그런 기분들로 가득 차 있는 그는, 매일 보는 비셰그라드의 큰 회사에서 근무하는 직원 글라시촤넌이 아니라 자유롭고, 먼 안목을 가지고 자신의 삶을 설계해나가는 강인하고 확신에 찬 또 다른 사람이었다. 왜냐하면 비록 짝사랑이라고 하더라도 위대하고 진실하고 자기를 돌보지 않는 사랑으로 가득 찬 남자 앞에서는 약아빠지고, 야심에 차고, 이기적인 사람들은 감히 알지도 못하고 또 그들에게는 개방되지도 않은 넓은 지평선, 가능성 그리고 탁 트인 길이 열려 있기 때문이었다. 그는 자기 옆에 있는 여자에게 말했다.

"난 내가 실수한다고 생각하지 않아. 설령 다른 이유 때문이 아니라고 할지라도, 내가 너를 속일 수가 없기 때문에 나는 실수하고 있다고 생각하지 않아. 다른 사람들이 떠들고 외치고 장사하고 돈을 버는 동안 나는 냉정하게 세상사를 관찰했는데 결국 이 마을에는 참다운 삶이 없다는 것을 알게 되었어. 앞으로 오랫동안 평화도, 질서도, 유익한 일들도 없을 거야. 스티코비치도 헤라크도 그런 것들을 만들 수는 없지. 반대로 계속 나빠질 뿐이야. 마치 무너져가는 집에서 나와야 하는 것처럼 이곳에서는 탈출만이 필요하다구. 매 순간 모습을 드러내는 저 수많은 당황스러운 구원자들이 우리가 재앙을 맞이하고 있다는 가장 훌륭한 증거지. 도움을 줄 수 없을 때는 적어도 스스로 구원을 찾아야겠지."

여자는 말이 없었다.

"난 너에게 한 번도 이런 말을 한 적이 없지만 자주 그리고 많이 생각했고 그럭저럭 해놓은 일도 있어. 너도 오콜리슈테의 내 친구 보그단 주로비치가 벌써 미국에서 3년이나 살고 있는 거 알지. 작년부터 이미 그와 편지를 주고받고 있어. 그가 나에게 보낸 사진을 너에게도 보여주었었지. 그는 나더러 돈도 많이 벌 수 있고 확실한 일자리도 있으니 오라는 거야. 그런 것이 쉽고 단순한 것이라고는 생각하지 않지만 불가능한 것은 아니라고 생각해. 난 모든 것들을 따져보고 계산해봤지. 오콜리슈테에서 내가 가지고 있는 것들은 팔 생각이야. 만약 네가 허락한다면 가능한 한 빨리 결혼해서 아무에게도 우리가 자그레브로 떠난다는 것을 알리지 않고 떠나자는 거야. 그곳에 미국으로 가는 이민자들의 행정을 맡아주는 이주회사가 있대. 그곳에서 보그단이 선서서(宣誓書)를 보내주기 전까지 한두 달 정도 기다려야 할 거야. 그동안 영어를 공부할 생각이지. 만약 내 군대 문제 때문에 그곳에서 일이 잘 풀리지 않으면 거기서 바로 세르비아로 넘어가 미국으로 떠날 생각이야. 최대한 네가 편하도록 내가 준비해놓을 거야. 그리고 미국에 가서는 우리 둘 다 일을 하는 거지. 그곳에는 세르비아 학교가 있어서 교사가 필요할 거야. 나도 일을 찾을 수 있겠지. 왜냐하면 그곳은 모든 사람들에게 일자리가 개방되어 있고 공개되어 있으니 말이야. 우리는 자유로워지고 행복해질 거야. 만약 너만 좋다면…… 너만 동의한다면 내가 모든 일을 추진할게."

거기서 젊은이는 말을 멈췄다. 대답 대신에 그녀는 그의 손에 두 손을 얹었다. 그는 그녀의 커다란 감사의 마음을 느낄 수가 있었다. 하지만 그녀의 대답은 승낙도 거절도 아니었다. 그녀는 그에게 그런 엄청난 걱정과 관심 그리고 그의 끝없는 호의에 깊이 감사했고 학기가 끝나기 전까지 대답을 줄 테니 시간적 여유를 달라며 감사하는 마음과 더불어 정중하게 부탁했다.

"고마워, 니콜라, 고마워! 넌 정말 좋은 사람이야." 그의 손을 꼭 잡으면서 그녀는 속삭였다.

카피야 아래에서 젊은이들의 노랫소리가 들려왔다. 그들은 비셰그라드의 청년들이었는데 아마도 사라예보의 학생들인 듯싶었다. 15일 후면 대학생들이 돌아올 것이다. 그때까지 그녀는 아무런 결정도 내릴 수 없을 것이다. 모든 것이 그녀를 아프게 했지만 특히 이 남자의 호의가 가장 아프게 만들었고 가슴을 갈기갈기 찢는다 해도 그녀는 승낙의 말을 할 수는 없었을 것이다. 아무런 희망도 없었지만 단지 한 번 더 '아무도 사랑할 수 없는 그 남자'를 보고 싶을 뿐이었다. 한 번만 더, 그런 다음에는 될 대로 되라지. 니콜라가 기다릴 것이라는 것을 그녀는 알고 있었다.

그들은 자리에서 일어나 서로 손을 잡은 채 천천히 비탈길을 내려와 조금 전 노랫소리가 들려오던 다리를 향해 걸어갔다.

## XXII

 다른 해와 마찬가지로 비도브단[151]에는 매년 세르비아 사람들이 모여서 메잘린에서 하는 놀이가 있었다. 드리나 강과 르자브 강이 만나는 곳, 높고 푸른 둑 위 무성한 호두나무 아래에서 천막을 여러 개 치고, 그 안에서는 술을 마셔대고 있었고 그 앞에서는 은근한 불 위에서 어린 양고기가 구워지고 있었다. 메잘린으로 점심을 싸온 가족들은 그늘에 자리를 잡고 앉았다. 싱싱한 나뭇가지가 그늘을 만든 그 아래에서는 이미 악기 연주가 시작되었다. 잘 다져진 공지(空地)에서는 이미 오전부터 콜로 춤을 추고 있었다. 아침 예배를 마치자마자 바로 교회에서 메잘린으로 달려온 가장 나이가 어리고 가장 게으른 사람들만이 춤을 추고 있었다. 사실상 축제는 오후에야 시작되었다. 하지만 콜로는 이미 생기가 있었고 열기가 올랐으며 나중에 사람들이 모여들 때보다도 더욱 근사하고 힘차게 보였다. 유부녀들과 늘 불만에 싸여 있는 과부들, 힘없는 어린아이들까지 모이면 한층 더 흥이 나고 길어졌지만 제멋대로인 난장판으로 바뀌는 것이었다. 아가씨들보다도 청년들이 더 많이 추는 이 짧은 콜로는 마치 던져진 덫처럼 여름에도 뜨거웠다. 그들 주위의 모든 것

---

**151** 코소보 전투를 기리는 축제일.

들, 이를테면 음악 선율 속의 공기, 울창한 나무들, 여름날 하얀 구름들, 두 강의 빛나는 물살들이 움직이며 물결을 치는 것 같았다. 그들 아래와 그들 주위에서 땅이 요동치고 사람들의 움직임에 맞춰 진동을 하는 것 같았다. 청년들은 길에서 뛰어와 곧장 콜로 춤에 끼었지만 아가씨들은 주저하며 마치 박자를 세고 또 그 속에서 나오는 무언가 신비스런 자극을 기다리려는 듯 한동안 그대로 서 있었다. 그러다가는 마치 찬물에 뛰어들어가는 사람처럼 두 눈을 꼭 감고 머리를 숙이고 무릎을 구부리며 콜로 춤에 끼어들었다. 따뜻하고 힘찬 땅의 기운이 춤추는 사람들의 발로 옮겨지고 마주 잡은 뜨거운 손으로 번졌다. 콜로 춤은 그렇게 서로 마주 잡은 손으로 같은 리듬을 타면서 같은 피가 흐르는 생명체처럼 움직였다. 청년들은 머리를 뒤로 제치고 창백한 얼굴에 콧구멍을 벌렁거리면서 춤을 추었고 붉은 볼에 수줍은 듯이 감은 두 눈의 아가씨들은 자신들을 가득 채우고 있는 환희가 드러나지 않도록 조심스럽게 춤을 추었다.

　놀이가 이제 막 시작된 그 순간, 검은 제복과 한낮의 햇볕에 반짝이는 총검을 든 헌병 몇몇이 메잘린 언덕의 끝자락에 모습을 드러냈다. 보통 장터나 이런 놀이들을 순찰할 때보다 더 많은 헌병이었다. 그들은 곧장 악사들이 있는 그늘 쪽으로 갔다. 악사들은 한 사람 한 사람씩 제멋대로 악기 연주를 멈추었다. 콜로 춤은 머뭇머뭇대더니 이내 멈춰버렸다. 사방에서 청년들의 항의 소리가 들렸다. 모두들 여전히 손을 잡고 있었다. 그렇게 도취된 채로 악사들이 다시 음악 연주를 시작하기를 기다리며 그 자리에서 춤을 추고 있는 사람들도 있었다. 그러나 악사들은 허둥지둥 몸을 일으켜 나팔과 바이올린을 쌌다. 헌병들은 걸음을 옮겨 잔디에 있는 천막들과 가족들 쪽으로 갔다. 가는 곳마다 하사관은 나직하고 날카로운 목소리로 명령을 내렸고 마치 어떤 마술에라도 걸린 듯 즐거움은 사라지고 춤도 그치고 대화도 중단되었다. 헌병들이 가는 곳마다 사람들은 일을 그만두고 가능한 한 빨리 물건을 싸 가지고 바로 그 자리를 떠났다. 가장 나중에 떠난 사람들은 콜로 춤을 추던 청년들과 아가씨들이었다. 이 초원 위에서 그들에게는 춤이 멈춰지지가 않았고 정말로 이 기쁨과 즐거움의 끝이라는 것이 머리에서 이해가 되질 않았다. 그러나 헌병대 하사관의 그 창백한 얼굴과 충혈이 된 눈빛에는 아무리 끈질긴 사람이라도 물러서지 않을 수 없었다.

실망에 차고 당황스러워하는 사람들은 메잘린을 떠나 그 허허벌판 길을 줄지어 돌아갔고 마을에 더 가까이 들어서면서 그날 아침 사라예보에서 일어난 암살 사건을 알게 되었으며 그에 대한 확실하지 않은, 그리고 겁에 질린 소문들이 돌고 있었다. 프란츠 페르디난트 황제 내외가 암살되었고 사방에서 세르비아인들에 대한 박해가 행해질 거라는 것이었다. 코나크에는 우선적으로 체포된 사람들이 묶여 있었고 그들 중에는 젊은 폼 밀란도 있었는데 헌병대는 그들을 감옥으로 끌고 갔다.

성대하고 기쁨에 차야 했던 그 여름날의 하반기는 그렇게 혼란과 고통 혹은 두려운 앞날로 변해버렸다.

카피야에는 축제의 흥겨움과 축제를 즐기는 사람들의 생기 대신에 죽음의 침묵이 흐를 뿐이었다. 이곳에는 이미 보초 한 명이 배치되었다. 새로운 장비를 갖춘 군인이 소파에서 폭발물이 장치된 교각 위 맨홀까지 5보 내지 6보 되는 거리를 쉴새없이 천천히 왔다 갔다 했고 몸을 돌릴 때마다 마치 신호처럼 그의 대검이 번쩍거렸다. 다음 날 날이 밝자 터키 비문 바로 아래 벽에는 대문자로 쓴 글씨에 아주 검은 테두리를 두른 하얀 종이의 공고가 나붙었다. 사라예보에서 일어난 황태자 암살 사건의 소식과 그 불온 행위에 대한 분노의 표시였다. 그러나 지나가는 사람들 중에는 아무도 발을 멈추어 그것을 읽으려 하는 사람이 없었고 모두들 머리를 숙이고 가능한 한 빨리 공고와 보초 옆을 지나가려 했다.

그날부터 다리에는 보초가 섰다. 카사바의 모든 생활은 중단되었고 성대하고 즐거워야 할 7월의 모든 생활 또한 메잘린에서의 그 콜로처럼 중단되었다.

이제는 저 묵묵히 읽는 신문에 관심이 갔고, 수군거리고, 공포와 반항, 세르비아인들과 수상한 여행객들의 체포, 그리고 국경에는 군인들의 수가 엄청나게 늘어나는 이상한 날들이 계속되었다. 여름밤은 음악이나 젊은이들이 카피야에 앉는 일이나 어둠 속에서 연인들이 속삭이는 것도 없이 지나갔다. 읍내에서는 군인들이 제일 많이 눈에 띄었다. 밤 9시에 오스트리아군 병사와 다리 옆 막사에서 취침 시간을 알리는 구슬픈 나팔 소리가 들릴 때쯤이면 거리는 거의 비다시피 했다. 남몰래 사랑을 속삭이고 싶은 사람들에게는 나쁜 시절이었다. 매일 초저녁 글라시촤닌은 조르카의 집 앞을 지나갔다. 그녀는 높은 1층에 창문을 열어놓고 있었다. 거기서 이야기를 아주 짧게 나눴다. 왜냐하면 어둠이 내리기 전에 오콜리슈테로 돌아가려면 그는 서둘러야 했기 때문이었다.

그날 저녁에도 찾아왔다. 창백한 얼굴에 손에 모자를 들고 조르카에게 대문으로 나오라고 했다. 왜냐하면 아주 조용히 그녀에게 전할 말이 있다는 것이었다. 머뭇거리다가 그녀는 내려갔다. 마당의 반침에 서니 그녀는 홍분되어 말을 하는 청년과 거의 키가 같았다. 그는 아주 낮은 소리로 속삭였다.

"우린 도망가기로 결심했어. 오늘 저녁에. 블라도 마리치와 남자 두 명 더. 준비를 단단히 해두었으니까 넘어갈 수 있을 거라 생각해. 그러나 만일 잘 안 되면…… 만약 무슨 일이 일어난다면? 조르카!"

청년의 속삭임은 멈췄다. 크게 뜬 그녀의 눈에서 그는 공포와 당황스러움을 보았다. 그는 그녀에게 괜히 말했다는 생각이 들었고, 작별 인사를 하러 온 것이 후회스러웠다. 그는 당황해했다.
"난 너에게 말하는 것이 나을 거라고 생각했어."
"고마워! 그럼 우리⋯⋯ 아무것도 아닌 거네. 미국으로 가자는 건 소용이 없어진 거지?"
"아니, 아니야. ─아무것도 아닌 게─ 아니지. 내가 한 달 전에 너에게 제안을 했을 때 너도 동의를 했다면 지금쯤 우리는 아마 아주 멀리 가 있었겠지. 하지만 이렇게 된 것이 더 나을 수도 있겠지. 어떤 상황인지 너도 알겠지. 난 친구들과 떠나야 해. 여기는 전쟁이고 세르비아에서는 우리 같은 사람들이 필요해. 그래야만 한다구, 조르카, 그래야만 해. 왜냐하면 의무니까. 이 일을 다 겪고도 만약 내가 살아 있다면 그리고 만약 자유롭게 된다면 아마도 바다 건너 미국으로 가지 않아도 될 거야. 왜냐하면 우리도 이곳에서 열심히, 정직하게 일할 수 있고, 즐겁고, 자유롭게 살 수 있는 땅, 우리만의 미국을 갖게 될 테니까. 그리고 그 땅에서는 만약 너만 원한다면 너와 나 둘의 삶을 살 수도 있을 거야. 너에게 달려 있으니까. 난⋯⋯ 너를 생각할 거야, 그럼 너는⋯⋯ 가끔씩⋯⋯."
여기서 청년은 말을 잊지 못하고 갑자기 손을 올려서 조르카의 그 탐스러운 갈색 머리를 쓰다듬었다. 그것은 정말 오래전부터 그의 가장 큰 소망이었다. 그리고 지금 마치 죄인에게처럼 그 소망이 이루어지도록 허락되어지고 있는 것이다. 소녀가 놀라서 뒤로 물러서자 그의 손만이 허공에 남아 있었다. 대문은 소리 없이 닫혔고 이어 바로 조르카의 창문에 크게 뜬 두 눈에 꼬듯이 비트는 손가락의 창백한 얼굴이 나타났다. 젊은이는 창가에 다가가서 머리를 들이밀고 아무 걱정도 없이 즐거운 듯 미소를 지어 보였다. 마치 앞으로 일어날 일을 보기라도 하듯이 소녀는 이미 불이 꺼진 방으로 들어가버렸다. 그녀는 침대에 앉아 머리를 숙이고 소리내어 울었다.

처음에는 조용히 울었지만 막연한 희망도 없는 아주 힘들다는 생각과 함께 점점 더 거세게 울기 시작했다. 울면 울수록 울음의 이유를 알게 되었고 자기 주위의 모든 것이 더욱 절망적인 것처럼 여겨졌다. 출구도 없고 해결책도 없다. 이제 자기 앞을 떠나는 착하고 성실한 니콜라를 그 성의에 보답할 만큼 진실로 좋아할 수도 없을 것이고 자기가 아무리 기다려도 한 남자는 결코 자기를 사랑하지 않을 것이다. 바로 지난 해 이 마을에서 함께 보낸 다정하고 행복했던 시절은 두 번 다시 돌아오지 않을 것이다. 우리들 중 어느 누구도 이 겹겹이 쌓인 산들을 넘어가지 못할 것이며 그 미국을 보지도 못할 것이며 사람들이 많이 이야기하기는 하지만 즐겁고 자유롭게 살 수 있는 그런 땅은 이곳에 만들어지지 않을 것이다. 절대로!

다음날 블라도 마리치, 글라시챠닌과 몇몇의 청년들이 세르비아로 도망을 쳤다는 소문이 들렸다. 가족들과 친척들이 있는 나머지 모든 세르비아인들은 함정을 벗어나지 못한 채 이 불타는 골짜기에 남아 있었다. 위험과 위협적인 분위기가 카사바를 뒤덮고 나날이 더해갔다. 7월 말 경에 마침내 국경에서 전쟁이 일어났는데 이것은 조만간 온 세계에 퍼져 여러 나라와 도시의 운명을 결정짓고 동시에 드리나 강 위의 다리의 운명을 결정지을 무서운 폭풍이었다.

카사바에서는 바로 이때부터 세르비아인들과 그와 관련된 모든 사람들에게 진정한 박해가 시작되었다. 사람들은 핍박을 하는 자와 받는 자로 나뉘어졌다. 사람 안에 살고 있는, 그리고 감히 모습을 드러낼 수 없는 저 굶주린 짐승이 좋은 관습과 법의 장벽을 넘어서 이제는 자유의 몸이 된 것이다. 신호가 떨어지고 장벽이 무너져버린 것이다. 인간의 역사에서 흔히 일어나듯이 만일 그것이 더 큰 이익을 위한 것이고 확실한 통제 하에서 정해진 수의 사람들과 정해진 명분과 확신이 있게 행해진 것이라면 포악, 약탈 그리고 심지어 살인까지도 묵인되었다. 그 시대를 살았던 맑은 정신과 눈을 크게 뜨고 있던 사람들은 그 기적이 어떻게 행해지고 하룻동안에 인간 사회가 어떻게 변하게 되었는지를 볼 수 있었다. 적대감, 시기, 종교적 갈등, 그리고 잔인성이 있는 것도 사실이지만, 이런 모든 야만적인 본능을 억누르고 마침내는 그것을 잘 안정시켜 사람들을 보편적인 인생의 목표로 훌륭하게 이끌어가는 용기, 동지애, 그리고 법률과 질서에 대한 추구가 살아 있던, 세기를 거듭해 오던 전통이 있는 장터가 단 몇 분 만에 사라져버렸다. 장터에서 40여 년을 주도해왔던 사람들은 마치 그들이 늘 이야기하던 습관들과 의식들, 제도들과 더불어 죽어버린 것처럼 하룻밤 사이에 사라져버렸다.

세르비아에 선전 포고를 한 다음 날 방위군 분대가 온 마을을 순찰하기 시작했다. 갑자기 무장을 갖추게 된 이 부대는 세르비아인들을 쫓을 목적으로 정부를 도와주는 일을 맡게 되었는데 오랫동안 사회와 법률과 충돌하며 골치를 썩여오던 사람들, 집시, 주정뱅이 그리고 소문이 좋지 못한 자들로 구성되었다. 명예도 일정한 직업도 없는 어떤 후초코코와르라는 집시는 젊은 시절 수치스런 병으로 코가 찌그러진 사람인데 기다란 대검(帶劍)이 꽂힌 구식 베른들 형(型) 소총으로 무장한 10여 명을 지휘하고 장터에 군림했다.

이런 위협에 직면하자 파블레 란코비치는 세르비아 교회-학교 연합회 회장으로서 네 명의 군청 유지들과 함께 읍장인 사블야크에게 찾아갔다. 그는 크로아티아 태생으로 뚱뚱하고 완전히 대머리였는데 얼마 전에 비셰그라드에 부임해온 사람이었다. 지금은 어리둥절해서 잠이 덜 깬 얼굴이었다. 눈은 충혈되었고 입술은 핏기가 없고 늘 말라 있었다. 발에는 부츠를 신고 있었고 초록색 사냥 코트의 깃 끝에는 검은색과 노란색 두 개의 배지를 달고 있었다. 그는 선 채로 그들을 맞았고 자리를 권하지도 않았다. 누런 얼굴의 쌍꺼풀이 없는 두 눈을 가진 상인 파블레는 묵직하고 이국적인 목소리로 말했다.

"읍장님, 무슨 일이 일어나고 무엇을 준비하는지를 보고 계실 겁니다. 그리고 우리 비셰그라드 주민들인 세르비아인들은 이런 걸 원하지 않는다는 것을 잘 아실 겁니다."

"난 아무것도 모릅니다. 선생." 읍장은 화난 목소리로 그의 말을 가로막고서는 말했다. "난 알고 싶지도 않소. 난 지금 당신들의 말을 듣는 것보다 더 중요하고 급한 용무들이 있는 사람이오. 이것이 내가 말하고자 하는 전부요."

"읍장님." 파블레는 자신이 침착해짐으로써 이 화가 나서 날카로워진 관리를 진정시키려는 듯 침착하게 다시 말을 걸었다. "우리는 당신에게 봉사를 하러 온 것이며 그리고 당신을 믿으며……"

"난 당신들의 봉사는 필요치도 않고 날 믿을 생각도 하지 마시오. 당신들은 사라예보에서 당신네들이 무엇을 알고 있는지를 보여주었지."

"읍장님." 상인 파블레는 목소리를 변치 않고 더욱 끈질기게 말을 계속했다. "우리는 법이 허용하는 범위에서……"

"그렇지. 이제 법을 기억하시는군! 어떤 법에 호소할 작정이신가?"

"국법이지요, 읍장님. 만민(萬民)에게 적용되는."

읍장은 갑자기 심각해졌고 그리고 약간 진정을 했다. 상인 파블레는 곧바로 이를 이용해 말을 했다.

"읍장님, 우리의 가족과 우리가 안전하고 생명과 재산이 존중될 거라고 확신해도 좋겠습니까? 만약 그렇지 않다면 어떻게 하면 좋을지 말씀 좀 해주실 수 있을까요?"

읍장은 그때 상인 파블레 쪽으로 손바닥을 뒤집으면서 두 팔을 벌리고 어깨를 으쓱거리더니 두 눈을 감고 얇고 창백한 입술을 발작적으로 다물었다.

상인 파블레는 아주 중요한 순간들에 정부 공무원들이 보지도 않고 듣지도 않고 말하지도 않는 아주 잔인한 이런 특징적인 표현을 잘 알고 있었기 때문에 이 대화를 더 이상 해도 아무 소용이 없을 거라는 것을 이내 알게 되었다. 읍장은 팔을 내린 후 그들을 쳐다보면서 조금 전보다 더욱 부드러운 목소리로 말했다.

"군 당국이 각자에게 무엇을 해야 할지를 알려줄 것이오."

이번에는 상인 파블레가 순간 두 팔을 벌리고 눈을 감고 어깨를 으쓱거리고는 이내 어떤 묵직하고 조금 전과 변함없는 목소리로 말을 했다.

"고맙습니다, 읍장님!"

군청에서 나온 네 명의 남자들은 어색하고 어정쩡하게 고개를 숙였다. 모두들 마치 죄인들처럼 나왔다.

장터는 혼란스러운 움직임과 숙덕거리는 소리들로 가득 찼다.

알리호좌의 가게에는 몇몇 터키인 유지들, 나일베그 투르고비치, 오스마나가 쇼바노비치, 술야가 메질쥐치가 앉아 있었다. 그들은 창백하고 걱정스런 표정들이었고 예상치 못한 사건들이나 커다란 변화가 생기면 잃을 것이 있는 사람들에게서만 보이는 그런 심각하고 딱딱한 표정을 짓고 있었다. 정부는 그들에게 방위군의 수장이 되도록 요청했다. 그래서 지금 그들은 마치 우연히 모인 것처럼 여기서 만나서 자기네들이 취할 태도를 비밀리에 의논하는 중이었다. 어떤 사람들은 받아들이자고 했고 또 어떤 이들은 거부하는 사람들도 있었다. 당황한 알리호좌는 얼굴이 상기되고 언제나 번쩍거리는 눈빛으로 방위군에 참가하는 것을 강경하게 반대했다. 그는 특히 그러한 요청을 수락해서 무기를 받은 다음에 집시들에게 주는 것이 아니라 지도층에 있는 사람으로서 이슬람 의용군들의 수장들에게 넘겨주자는 말을 하는 나일베그에게 말했다.

"난 살아 있는 동안 그런 일에 가담할 수는 없소. 자네도 현명하다면 그러지 않을 걸세. 저 이방인들이 우리 주위를 베어버린 다음에 결국에는 우리 목을 베어버린다는 것을 자네는 보지 못한다는 말이오?"

그는 언젠가 카피야에서 오스만에펜디야 카라만리야를 공박하던 그 말솜씨로 어느 쪽이건 '터키인들의 귀'에 좋을 것은 없으며 공연히 개입했다가는 손해만 볼 뿐이라는 것을 말하고 있었다.

"오래전부터 이미 어느 누구도 우리에게 물어본 적이 없었고 계산에 넣지도 않았소. 오스트리아 놈들이 보스니아로 들어왔지만 터키 황제도 오스트리아 황제도 우리에게 묻지 않았지. 베그들과 터키의 지주들이 허가를 했는가 말이오? 또 어제까지도 우리의 라야였던 세르비아와 몬테네그로가 반란을 일으켜 터키 제국의 영토를 반이나 빼앗아갔지만 아무도 우리를 거들떠보지 않았지. 이제는 오스트리아 황제가 세르비아를 치는데 역시 우리에게는 묻지도 않고 대신에 총과 군복을 주며 오스트리아 놈들의 앞잡이가 되어 자기네들이 직접 쇼르간으로 가서 뒈질 필요 없이 우리더러 세르비아인들을 쫓으라는 말이잖아. 자네한테는 이런 생각이 들지 않는단 말이야? 우리에게는 그 수많은 세월 동안 그토록 큰일들이 있었지만 아무도 우리에게 묻지도 않았는데 이제 와서 이런 호의라니 갈비뼈가 튀어나올 일이 아닌가. 내가 자네에게 말하건대, 이것은 아주 커다란 일이니 필요 이상 한쪽으로 쏠리지 않는 것이 상책이야. 이곳 국경에서는 싸움이 시작되었지만 그것이 어디까지 닿을지 누가 아느냐 말이야. 이 세르비아의 뒤에도 누군가가 있어. 그렇지 않을 리가 없어. 자네는 네주케에 사니까 창문 앞이 언덕이니 저 멀리 앞이 보이지 않을 뿐이지. 그러니 시작했더라도 그만두게. 자네도 하지 말고 남에게도 권하지 말라고. 자네에게 남아 있는 열 명 남짓의 농노들이 주는 것이나 받아먹고 있는 게 상책이야."

　모두 말없이 움직이지도 않고 심각하게 있었다. 나일베그도 분명히 화는 났지만 말이 없었고 자기가 화가 난 것을 숨기고 있음에도 불구하고 시체처럼 창백한 얼굴로 머리 속에서는 중대한 결정을 내리고 있었다. 나일베그를 제외하고 알리호좌는 그들 모두를 설득시키고 차분하게 만들었다. 그들은 담배를 피우면서 군용 짐마차와 짐을 실은 군마의 끝없는 대열이 다리를 건너는 광경을 말없이 지켜보았다. 그리고는 하나 둘씩 일어나 가버렸다. 나일베그가 마지막으로 일어섰다. 그의 시무룩한 인사에 알리호좌는 한 번 더 그의 눈을 보면서 거의 슬픔에 찬 목소리로 말했다.

　"난 자네가 가기로 결심했다는 것이 보이는군. 자네가 죽기를 원하고 집시들이 자네를 덮칠 거라는 두려움에 차 있다는 것을 알아. 그러나 옛 사람들이 이런 말을 했다는 것을 기억하게. 죽을 시간이 온 것이 아니라 누가 어떤 사람인지를 봐야 할 때라고. 지금은 바로 그런 때야."

　호좌의 가게와 다리 사이에 있는 시장은 차들과 말들, 무장을 한 군인들과 신고식 하러 온 예비병들로 북새통을 이루었다. 때때로 헌병들이 포박한 농민들과 주민들을 끌고 지나갔다. 모두 세르비아인이었다. 공중에는 먼지가 자욱했다. 모두 목청을 높였고 필요 이상으로 바쁘게 움직였다. 땀이 흐르고 붉어진 얼굴을 한 사람들은 가지각색의 언어들로 욕을 지껄였다. 두 눈은 위험과 유혈 사태들의 가까이에 군림하는 그러한 고통스런 불안과 알코올, 불면으로 번쩍거렸다.

　다리 정면 시장 한가운데서 새 제복을 입은 헝가리 예비병들이 어떤 나무토막들을 자르고 있었다. 망치 소리가 들리고 톱질을 하느라 분주했다. 시장을 따라 소곤대는 소리가 들렸고 나중에는 소문이 되었다.

그들 주위에서는 아이들이 수영을 하고 있었다. 알리호좌는 자신의 가게 창문으로 그들이 먼저 두 기둥을 세우고 어느 수염 난 예비병이 그 위로 올라가 세번째 기둥을 묶어 꼭대기를 가로질러 놓는 광경을 보았다. 군중들은 마치 할바를 나눠주는 것처럼 교수대 주위에 살아 있는 원을 만들었다. 대개는 군인이었지만 터키 시골 가난뱅이들과 마을의 집시들도 섞여 있었다. 준비가 되자 군중 사이로 길이 열리고 장교와 그의 서기병이 앉을 두 개의 의자와 테이블을 가져왔다. 그리고는 농부 두 사람과 주민 한 사람을 끌고 왔다. 농부들은 국경 근처 시골인 포즈데르취치와 카메니차에서 온 농노들이었고 주민 바요는 리카 출신으로 오래전에 하청업자로 이 카사바에 와서 이곳에서 결혼을 한 사람이었다. 세 명 모두 묶여 있었고 초췌하고 먼지를 뒤집어쓰고 있었다. 고수병(鼓手兵)이 서서는 자신의 북을 힘차게 두드렸다. 군중이 일제히 웅성거리며 동요하는 가운데 북소리가 먼 천둥처럼 울렸다. 교수대 주위에서 원 모양을 만들고 서 있는 사람들 사이에 침묵이 흘렀다. 헝가리인, 예비역 소위인 장교가 날카로운 목소리로 선고문을 독일어로 읽고 뒤이어 하사관이 통역을 했다. 세 명 모두 간이 재판소에서 사형 선고를 받은 죄인이었다. 왜냐하면 그들이 야간에 세르비아 국경을 향해서 불빛으로 신호를 보낸 것을 증인들이 목격했다고 선서를 하며 증언했기 때문이었다. 교수형은 다리 옆 시장에서 공개적으로 집행하도록 되어 있었다. 농부들은 마치 곤경에 처했을 때처럼 눈을 깜박거리면서 말이 없었다. 리카 출신의 바요는 얼굴의 땀을 씻으며 부드럽고 처량한 목소리로 자기는 억울하다고 맹세를 하고, 혹시 지금이라도 자기 말을 들어줄 사람이 있을지 광기어린 눈으로 사방을 둘러보았다.

    사형을 집행하려는 순간 구경꾼들 중에 몸집이 왜소하고 얼굴이 붉으며 다리가 알파벳 X자처럼 굽은 군인 한 명이 튀어나왔다. 그는 한때 로티카 호텔에서 카운터를 보다가 지금은 아래 장터에서 카페를 경영하는 구스타브였다. 그는 하사관 견장을 단 새 군복을 입고 있었다. 얼굴은 상기되고 눈은 여느 때보다 더 충혈되어 있었다. 그는 설명을 시작했다. 하사관이 그를 밀어내려고 했지만 호전적인 카페 주인은 밀려나지 않았다.

"나는 고위 군사 당국자의 신임 하에 여기서 15년째 정보원으로 있는 사람이오." 그는 술 취한 목소리로 독일어로 외쳤다. "난 비엔나에서 때가 오면 내 손으로 두 명의 세르비아인을 죽이도록 해주겠다는 약속을 받은 사람이오. 그 일을 누가 해야 하는지 모르시는군. 그 일은 내 임무요. 그런데 이제 당신들이 나를……"

군중은 중얼대고 서로 쑥덕대는 소리가 들렸다. 상사는 곤경에 빠졌다. 구스타브는 점점 더 공세적으로 나오면서 자기 손으로 교수할 수 있도록 사형선고를 받은 두 명을 자기에게 넘기라며 덤벼들었다. 그때 신사다운 외모에, 얼굴이 검고, 야윈 소위가 마치 자기가 선고받은 죄인인 것처럼 얼굴에는 핏기도 하나 없이 절망스러워하고 있었다. 비록 취했음에도 불구하고 구스타브는 바른 자세로 서 있었지만 붉은 수염은 떨렸고 두 눈은 좌우로 바쁘게 움직였다. 장교는 바짝 다가와서 마치 그에게 침이라도 뱉을 듯이 그 붉은 얼굴에 가까이 다가갔다.

"즉시 여기에서 나가지 않으면 포박하여 감옥으로 보내라는 명령을 내리겠다. 내일 보고해. 알겠나? 자 이제 나가! 앞으로!"

소위는 헝가리어투의 독일어로 아주 낮은 목소리로 말했지만, 술 취한 카페 주인이 이내 생각을 고쳐먹고 군대식 경례를 몇 번이나 되풀이하면서 알아들을 수 없는 사과의 말을 중얼거리며 군중 속으로 사라질 정도로 매우 날카롭고 강한 어조였다.

그때서야 모든 사람의 관심이 다시 수형자(受刑者)들에게 돌아왔다. 두 명의 시골 가장들은 완전히 똑같은 행동을 취하고 있었다. 그들은 두 눈을 깜빡거리고 지금 자기들을 괴롭히는 것은 햇볕과 군중이 내뿜는 열기뿐이라는 듯 인상을 찌푸렸다. 그러나 바요는 가냘프고 눈물어린 목소리로 자신은 죄가 없다고 주장했고, 자신의 경쟁자가 이렇게 누명을 뒤집어씌웠으며 자기는 군대에 복무한 일도 없고 따라서 불빛으로 신호를 할 수 있다는 것조차 모르고 살아왔노라고 맹세했다. 그는 독일어를 조금 알고 있었다. 필사적으로 단어와 단어를 조합해가면서 바로 어제 자기를 휩쓸어가더니 오늘은 아무 죄도 없이 이 땅에서 영영 없애버리려는 이 광적인 폭포수를 막아보려고 그럴듯한 표현을 찾으려고 애를 썼다.

"헤어 오베르레우트난트, 헤어 오베르레우트난트, 움 고테스 빌렌…… 이히, 운슐디게르 멘쉬…… 필레 킨데르…… 운슐디히! 뤼게! 알레스 뤼게!(소위님, 소위님, 맹세코…… 저는 죄가 없는 사람입니다…… 자식들이 많고…… 죄가 없는! 거짓말! 모두 거짓입니다!)" 바요는 마치 올바르고 자신을 구해줄 말을 찾기라도 하듯이 단어를 골랐다.

군인들은 이미 첫번째 농부에게로 다가왔다. 그는 얼른 털모자를 벗고 교회가 있는 메이단을 향해서 성호를 두 번 힘차게 그었다. 장교는 눈짓으로 바요를 먼저 처형하라고 명령했다. 그러자 리카 태생의 절망에 빠진 남자는 자기 차례인 것을 알아차리고 애원하듯 두 손을 하늘로 쳐들고 힘껏 소리쳤다.

"나인! 나인! 니히트, 움 고테스 빌렌! 헤어 오베르레우트난트, 지 비센…… 알레스 니스트 뤼게…… 고트…… 알레스 뤼게!(안돼! 안돼! 하나님 안돼! 소위님, 아시잖아요…… 모든 것이 거짓이라는 걸…… 하나님…… 모두 거짓이오!)" 바요는 소리쳤고 군인들은 그의 다리와 허리를 잡아 밧줄 아래 발판으로 떠밀고 갔다.

숨을 죽인 군중들은 누가 지고 누가 이기나 하는 호기심에 불타서 이 불행한 하청업자와 소위 사이의 장난인 것처럼 모든 것을 지켜보고 있었다.

그때까지도 이해할 수 없는 소리들을 들으면서, 빽빽이 둘러싼 군중들 가운데서 무슨 일이 일어나고 있는지를 짐작도 못하고 있던 알리 호좌는 갑자기 군중 위로 겁에 질린 바요의 얼굴을 보고는 마치 벌에게 쏘인 것처럼 벌떡 일어나서 모든 영업장소들은 문을 열고 있으라는 군 당국의 특별 명령에도 불구하고 가게 문을 닫아버렸다.

새로운 부대가 계속 카사바로 들어왔고 뒤이어 군수 물자, 군량미(軍糧米), 군 장비들이 사라예보에서 열차 편으로뿐만 아니라 로가티차를 통과하는 낡고 지저분한 길로도 들어 왔다. 말과 짐마차가 밤낮을 가리지 않고 다리를 건너다녔는데 그들의 눈에 제일 먼저 뜨이는 것은 시장에 매달려 있는 세 남자의 시체였다. 때때로 혼잡한 거리에서 선두대열의 전진이 막히게 되면 대열 전체는 다리 위나 교수대 옆의 시장에 멈췄다가는 선두대열의 정체가 풀리면 다시 앞으로 나갔다. 먼지를 뒤집어쓰고, 흥분하여 고함과 분노로 목이 쉰 하사관들은 말을 타고 짐마차와 짐 실은 말 사이를 뛰어다니며 손으로 절망적인 신호들을 해댔고 오스트리아-헝가리 제국에서 통용되는 모든 언어와 공인된 모든 종교의 온갖 성스러운 이름을 걸고 욕설을 퍼부었다.

나흘인가 닷새째 되는 이른 아침에는 보급물자 운반대열이 혼잡한 장터를 지나 거의 기어가다시피 천천히 전진하고 있었는데 다시 한 번 다리 위에서 막혀버리고 말았다. 이때 카사바 상공에서 날카롭고 귀에 익지 않은 소리, 윙윙거리는 소리가 들리더니 카사바에서 멀지 않은 다리 한가운데 카피야 옆으로 포탄이 날아와 돌난간에 명중해서 폭발하고 말았다. 돌과 쇠 파편들이 사람과 말들을 강타했고, 소란이 일어났으며,

말들은 놀라 뒷발로 서고는 사방으로 도망을 치기 시작했다. 어떤 사람들은 앞쪽 시장을 향해서, 다른 사람들은 그들이 왔던 길로 달아났다. 이어 포탄 세 발이 더 떨어졌는데 두 발은 강물에 떨어지고 한 발은 사람과 말들이 밀집해 있는 다리에 명중했다. 눈 깜짝할 사이에 다리에서는 사람의 그림자가 깨끗이 없어졌다. 이제 텅 빈 다리에는 죽은 말들과 군인들의 시체가 마치 까만 점처럼 보일 뿐이었다. 부트코바 바위로부터 모습을 드러낸 오스트리아-폴란드 포병은 멈춰 서서 지금 다리 양쪽에서 유산탄으로 포격을 가한 세르비아 산포(山砲)[152]를 찾으려고 했다.

그날부터 파노스에 구축한 진지에서 산포는 계속 다리와 그 옆의 군 막사를 포격했다. 며칠 후 이른 아침에 또다시 골레슈 동쪽 어딘가에서 새로운 소리가 들려왔다. 대포 소리는 멀지만 깊었고 카사바 위로 포탄이 떨어졌다. 그것은 곡사포였는데 모두 2문이었다. 첫번째 포탄은 드리나 강에 떨어졌고 두번째 포탄은 다리 위의 빈 공간에 떨어져 주위의 모든 집들과 로티카의 호텔, 장교관사를 부숴버렸고, 다음부터는 일정한 간격을 두고 규칙적으로 일제 사격한 포탄이 다리와 부대에 명중하여 떨어지기 시작했다. 한 시간 뒤 부대는 불길에 휩싸였다. 파노스에서 산포가 유산탄을 쏘아 불을 끄려는 군인들을 박살을 냈다. 결국 군인들은 부대의 운명에 맡길 수밖에 없었다. 더운 낮이라 나무로 된 것들은 모두 타버렸고 가끔 포탄이 화염에 떨어져서 건물 내부를 파괴하기도 했다. 이렇게 돌 한은 두번째로 파괴되어 또다시 돌무더기로 변해버렸다.

골레슈로부터 두 문의 곡사포는 계속해서 다리를 특히, 한가운데 교각을 조준했다. 포탄은 다리 좌우편 강물에도 떨어졌지만 대개는 거

---

**152** 산악 전투에서 쓸 수 있도록 분해하여 운반할 수 있게 만든 가벼운 대포.

대한 돌 교각에 맞아 산산이 부서졌고 때로는 다리에도 명중했다. 그러나 다리를 폭파하기 위한 폭약이 장치된 중앙 교각으로 들어가는 입구에 덮인 철제 맨홀 뚜껑을 맞추지는 못했다.

10여 일에 걸친 포격으로도 다리에 심한 타격을 주지는 못했다. 포탄은 미끄러운 교각들과 둥근 아치를 맞추기는 했지만 스치기만 하고 그리고 공중에서 폭발해서 돌로 된 벽들에 하얀, 아주 경미한, 거의 눈에 띄지 않는 상처만을 남겼을 뿐이었다. 유산탄 파편은 마치 총탄처럼 매끄럽고 단단한 벽돌을 부숴버렸다. 실제로 다리 위의 길을 맞춘 포탄만이 돌길에 조그만 구멍을 남겼는데 이것도 다리 위로나 가야 볼 수 있지 눈에 띄지도 않았다. 이렇게 카사바를 부수고 뿌리째 흔들어버리고 오래된 관습들과 살아 있는 사람이건 죽은 사물이건 간에 모두 전복시켜버리는 이 새로운 폭풍우 속에서도 다리는 예전부터 늘 그랬던 것처럼 언제나 한결같이 희고, 튼튼하고, 상처받지 않는 모습을 지닌 채 서 있었다.

## XXIII

끊임없는 포격 때문에 낮에는 다리를 지나다니는 모든 큰 이동수단들은 차단되었다. 민간인들은 자유롭게 건너다녔고 군인들도 각각 빠르게 뛰어다녔지만 조금이라도 큰 무리가 이동을 할라치면 파노스에서 발사되는 유산탄으로 박살이 나고 말았다. 며칠 뒤에는 일종의 규율이 생겼다. 사람들은 언제 포격이 가장 심하고 언제가 덜하며 언제 완전히 멎는지를 알아두었다가 그런 점들을 감안해서, 그리고 오스트리아의 정찰대가 허가하는 범위 내에서 이동하며 자기들의 가장 필수적인 용무들을 마쳤다.

파노스의 산포는 낮에만 사격을 해왔지만 골레슈에서는 밤에도 곡사포를 쏘아대면서 다리 양쪽의 부대 이동과 보급로 차단을 꾀하였다.

마을의 중심, 다리와 길 가까이에 집들이 있는 주민들은 포격을 피하기 위해 메이단으로 가족들을 데리고 건너가거나 친척이나 아는 사람들이 있는 다른 대피소나 멀리 떨어져 있는 곳으로 갔다. 아이들과 가장 필요한 살림살이들을 가지고 떠나는 그 피난은 카사바에 '대홍수'가 났을 때의 그 힘겹던 밤을 연상시켰다. 다만 이번에는 각기 다른 종교를 가진 사람들이 서로 섞이는 일도 없었고 공동의 불행에 대한 모색을 함께 찾으려는 공감대도 없었으며 예전처럼 대화 속에서 방법과 위안을 찾기 위해 함께 앉는 일도 없었다. 터키인들은 터키인들의 집에서 마치 격리된 것처럼 세르비아인들은 세르비아인들의 집에서 모였다. 그러나 이렇게 서로 나눠지고 흩어져도 그들은 대개 비슷한 생활을 했다. 긴 시간 동안 무엇을 해야 할지, 자신들의 걱정과 혼란스런 생각들에 어찌할 바를 모른 채 남의 집에 처박혀 있는 할 일 없고 마치 화재 난민처럼 빈털터리인 사람들은 생명에 대한 공포, 재산에 대한 불안감을 느끼면서, 물론 각자 그런 마음들을 감추고는 있었지만 서로 상반되는 희망들과 소원들로 고통을 받고 있었다.

마치 언젠가 대홍수 때처럼 터키인들과 세르비아인들 각각의 연장자들은 인위적인 침착함과 애써 평화를 찾은 모습으로 주위의 사람들에게 농담과 이야기들로 분위기를 돋워주려고 애를 썼다. 그러나 이런 종류의 불행에 처해서는 오래된 농담들이나 우스갯소리들은 도움이 되지 않으며 예전의 그런 이야기들은 퇴색해버리고, 온갖 우스갯소리들은 맛과 의미를 잃어서 고통스럽게 그리고 서서히 새로운 이야기들로 만들어지고 있었다.

어느 누구도 제대로 눈을 붙일 수는 없었지만 밤이면 모두들 잘 채비를 했다. 비록 그들의 머리 위에서 어느 때는 세르비아의 포탄이, 또 어느 때에는 오스트리아의 포탄이 굉음을 내며 떨어지고 있는 이 판국에 그들 스스로도 왜 자신들이 귓속말을 하고 있는지도 몰랐지만 귓속말로 속삭이고 있었다. 사람들은 그 신호들을 어떻게 보내는 것인지 그런 신호들이 의미하는 것이 무엇인지를 알지 못했지만 그것이 '적에게 신호를 보내는 것'이 아닐까 하는 두려움에 떨었다. 하여간 그 두려움이 어찌나 컸던지 어디에서도 어느 누구도 성냥개비 하나를 그어대는 사람은 없었다. 불을 지피는 일도 없었다. 담배를 피우고 싶은 남자들은 창문도 없는 꽉 막힌 작은 방으로 들어가거나 아니면 머리까지 이불을 뒤집어쓰고 담배를 피웠다. 눅눅한 열기로 숨이 막힐 지경이었다. 모두들 땀으로 목욕을 할 지경이었지만 문이란 문들은 다 걸어 잠그고 창문들도 모두 닫고 덧창까지 내렸다. 카사바는 막을 수도 없는 일격들 앞에서 마치 두 손으로 눈을 가리고 그렇게 기다리고 있는 아주 불쌍한 사람과 흡사했다. 모든 집들은 마치 죽은 이들의 집과 같았다. 왜냐하면 살아남기를 원하는 사람들은 누구나 죽은 척해야 했기 때문이었다. 하지만 늘 그것이 도움이 되는 것은 아니었다.

이슬람인들의 집에는 약간의 생기가 돌았고 좀더 자유로웠다. 이곳에는 아주 오래된 호전적인 본능이 있었지만 나쁜 시간이 왔다는 것을 의식하고 그들의 머리 위에 두 개의, 모두 기독교인들의 포탄들이 날아오는 판국이라 혼란스럽고 어찌할 바를 모르고 있었다. 그들 역시 감추어진 커다란 걱정들이 있었고 출구와 눈에 보이는 해결책이 없는 불행이 있었던 것이다.

그라드[153] 아래 알리호좌의 집 안에는 메크테브[154]가 만들어졌다. 그의 많은 아이들과 무야가 무타브쥐치의 10명의 아이들이 더 왔다. 그들 중 3명만이 성인이었고 나머지 모두는 계속 쫓아다녀야 하는 어리고 힘이 없는 아이들이었다. 그들을 계속 돌볼 수도, 매 순간 부르러 마당으로 갈 수도 없었기 때문에 그들 모두를 알리호좌의 아이들과 함께 시원하고 넓은 알바트[155]에 가두어놓고, 한 순간도 멈추지 않고 법석을 떨며 고함을 질러대는 놈들을 어머니들과 누나들이 돌봐주었다.

우쥐체에서 온 이 무야가 무타브쥐치는 카사바로 이주해온 사람이었다(조금 뒤에 그가 왜, 어떻게 왔는지를 보게 될 것이다). 50대에 완전

---

**153** 도시를 뜻하는 말로 옛날 '요새(要塞)'를 가리킴.
**154** 이슬람 초등종교학교.
**155** 낡은 집 1층의 넓고 큰 방.

한 백발로 매부리코에, 주름살이 잡힌 얼굴에, 목소리가 굵직했고, 행동은 군대식으로 민첩했다. 알리호좌보다도 10살 정도는 젊었지만 나이가 더 들어 보였다. 그는 알리호좌와 같이 집 안에 앉아서 쉴 새 없이 담배를 피워대며 아주 가끔씩 몇 마디만을 말했고 그의 얼굴과 행동에서 보이는 그런 생각들에 잠겨 있었다. 그는 한 자리에 오래 앉아 있지 않았다. 잠시 앉아 있다가는 일어서서 집 앞으로 나가 마당에서 카사바 주위의 강 이쪽저쪽에 있는 언덕들을 쳐다보았다. 그렇게 머리를 추켜올린 채 서서는 마치 궂은 날씨를 맞추기라도 하듯이 뚫어져라 바라보았다. 그를 혼자 내버려두지 않는 알리호좌는 쉴새없이 그에게 말을 붙이며 위로를 하느라 그의 뒤를 졸졸 쫓아다녔다.

그 마당에는 약간 가파른 경사지가 있기는 했지만 썩 훌륭하고 큰 곳이었고 여름날의 평화와 풍요로움이 마당을 지배하고 있었다. 마늘은 벌써 뽑아서 펴놓아 말리고, 해바라기는 활짝 피어서 그 검고 무거운 머리에는 벌들이 윙윙거렸다. 마당 곳곳에는 이미 꽃씨가 맺혀 있는 작은 꽃들이 있었다. 이 높은 지대에서 내려다보면 드리나와 르자브 두 강 사이 모래톱에 펼쳐져 있는 카사바의 전경과 그 주위를 둘러싼 높이도 같지 않고 모양도 다양한 언덕의 화환이 눈에 띄었다. 카사바와 가파른 언덕의 경사지 주변의 아래쪽에는 초록색 옥수수의 띠와 더불어 잘 익은 보리들이 띄엄띄엄 보였다. 집들은 하얗게 빛났고 산을 덮은 숲은 까맣게 보였다. 좌우에서 쏟아지는 포화는 이곳에서는 화려하게, 아무 의미도 없어보였고, 이제 막 시작된 여름날의 청명함 속에서 땅과 그 위 하늘의 광활함만큼 넓어보였다.

이 광경을 보고 걱정에 싸인 무야가도 입이 열렸다. 그는 알리호좌의 고마운 말들에 대답하고 그에게 자신의 운명을 이야기했다. 호좌가 모르는 바는 아니지만 무야가는 이곳 햇빛 아래에서 자기를 사로잡고 있는, 억누르고 있는 긴장을 조금은 풀 수 있었고, 이 여름날 좌우에서 으르렁대는 포성이 들릴 때마다 자신의 운명이 지금 이곳에서 결정되는 것이라고 느꼈다.

터키인들이 세르비아의 도시들에서 철수해야만 했을 당시 그는 아직 다섯 살도 채 되지 않았었다. 오스만 제국의 사람들은 터키로 떠났지만 이미 젊은 나이에 우쥐체의 터키인들 중에서 유지로 명성을 날리던 그의 아버지 술야가 무타브쥐치는 그의 조상들이 전에 살고 있던 보스니아로 건너올 생각을 굳혔었다. 그는 그 당시에 가지고 있던 땅들과 가옥들을 처분한 돈을 가지고 아이들을 광주리에 실은 다음 우쥐체를 영원히 떠났다. 수백 명의 우쥐체 피난민들과 함께 그는 여전히 터키령이었던 보스니아로 건너와서 자신의 가족들을 데리고 우쥐체의 무타브쥐치 일가가 살았었던 카사바로 와서 정착을 했다. 이곳에서 10여 년을 지내며 이제 겨우 장터에서 자리를 잡을 만하자 오스트리아 점령이 시작된 것이다. 날카롭고 타협할 줄 모르는 그는 이 기독교 정부가 싫어서 도망을 가 다른 기독교 정부 아래에서 사는 것이 부질없는 짓이라고 생각하고 있었다. 오스트리아인들이 들어온 지 1년 뒤에 그는 '교회 종소리가 들리는' 땅에서는 살 수 없다고 생각하는 다른 가족들과 함께 다시 보스니아를 떠나 산좌크의 노비 바로쉬로 이주해 갔다. (이때 무야가는 15살이 조금 지난 나이였다.) 이곳에서 술야가 무타브쥐치는 장사를 계속하고 나머지 아이들도 이곳에서 낳았다. 그러나 그는 한시라도 우쥐체에 자신이 두고 온 것들을 잊을 수가 없었고, 산좌크에서 새로운 사람들과 다른 생활에 적응을 할 수가 없었다. 이것이 그가 일찍 세상을 등진 이유이기도 하다. 아름답고 평판도 좋았던 딸들은 모두 시집을 잘 갔다. 아들들은 아버지의 얼마 되지 않는 유산을 상속받고 재산을 늘려나갔다. 그들이 결혼해서 새로운 땅에서 이제 뿌리를 내리고 살아가려 하자 1912년 발칸 전쟁이 일어난 것이다. 노비 바로쉬 주위에서 터키 군대가 세르비아와 몬테네그로에 대항해서 저항을 하고 있을 때에 무야가도 참전을 했었다. 항전은 짧았고 그 자체로써는 미약했다거나 실패였다고는 말할 수 없었지만 마치 무슨 마술에 걸린 것처럼 그의 운명은 전쟁 자체나 수천 명의 생존자들과 마찬가지로 그곳에서 결정되지 않고, 어디 멀리 먼 고장에서 저항이 거셌든 미미했든 그와 상관도 없이 결정되어졌고, 터키 군대는 산좌크에서 철수했다. 어렸을 때에 우쥐체에서 그들을 피해 피난을 왔던 바로 그 적들을 앉아서 기다릴 수도 없었고, 이제는 성공 없이 저항이 수포로 돌아갔기 때문에 어느 곳으로도 갈 곳이 없었던 무야가는 그의 아버지가 싫어서 떠났던 바로 그 정부가 있는 땅, 보스니아로 다시 돌아갈 결심을 하지 않을 수가 없었다. 그렇게 세번째로 피난민이 된 그는 다시 가족들을 데리고 한때 어린 시절을 보냈던 이 카사바로 건너온 것이었다.

가지고 온 현금 얼마와 비셰그라드의 터키인들의 도움으로 그 중에는 그의 친척들도 있었는데 그는 2년 동안 장사 기반을 마련했다. 그러나 그리 쉬운 것은 아니었는데 왜냐하면 우리도 보아왔듯이 시절도 어렵고 불확실한 데다 오래전부터 기반을 가지고 있는 사람들도 돈벌이를 하기가 어려웠다. 대개는 더 좋은 시절과 평화로운 시절을 기다리면서 현금으로 살았다. 그리고 이제 카사바에서 힘겨운 2년간의 피난민 생활을 마친 뒤에 그는 어떻게 할 수도, 할 줄도 모르는 폭풍우를 만나게 된 것이었다. 그에게 남은 유일한 것은 사태가 어떻게 진행될지를 걱정하고 그 행보와 결과를 염려하는 것뿐이었다.

지금 이 두 명의 남자는 조용히 멈추지도 않고 이 점에 대해서 이야기를 하고 있는데 이미 너무도 잘 알고 있는 얘기들, 끝 부분이든 처음이든 말하는 중간에 쉬고 있는 부분이든 어느 것을 들어도 알 수 있는 그런 이야기들을 하고 있는 것이었다. 이상하게도 무야가를 좋아하고 존중하는 알리호좌는 어떻게든 위로하고 안정시킬 수 있는 말을 찾으려고 애를 썼고 그를 반드시 도와줄 수가 있다고 믿어서가 아니라 이 훌륭하고 불행한 사람, 진정한 이슬람교인의 얄궂은 운명에 어떤 식으로든 가담해야 한다는 의무감을 느끼고 있었던 것이다. 무야가는 앉아서 담배를 피우고 있었다. 그것은 운명이 너무도 무거운 짐을 지운 사람의 진정한 모습이었다. 그의 이마와 관자놀이에는 커다란 땀방울이 맺혀서 일정 시간 그대로 있더니 햇빛에 반짝이면서 주름진 얼굴을 타고 주르르 흘러내렸다. 하지만 무야가는 그것을 느끼지도 닦지도 않았다. 그는 가늘게 뜬 눈으로 자기 앞에 있는 풀을 바라보며 생각에 골몰해서는 자신 안에서 일어나고 있는 소리들에 귀를 기울이고 있었다. 그것은 어떤 위안의 말이나 가장 격렬한 포격보다 강하고 우렁찼다. 가끔 손을 약간 흔들거나 무슨 말을 중얼거리기도 했지만 그것은 주위에서 일어나는 일이나 자기에게 하는 말에 대한 대답이라기보다는 자신의 마음속 이야기의 일부분에 훨씬 가까운 것들이었다.

"나의 알리호좌여, 이제 이렇게 되고 보니 다른 방도가 없소. 유일하신 하나님께서는 나의 아버지와 내가 순결한 신앙에 살았고 진실한 이슬람으로 남기 위해 할 수 있는 모든 것을 했다는 것을 알고 계실 거요. 나의 조부는 우쥐체에 뼈가 묻혔지만 지금은 그 흔적도 알 수 없소. 내 아버지는 내 손으로 노비 바로쉬에 묻어드렸지만 지금은 저 기독교 놈들의 가축들이, 그 위에 짐승을 기르고 있는지도 모르는 일이오. 난 적어도 나만큼은 에잔이 여전히 들리는 곳에서 죽을 수 있다고 생각했는데 이제 와 보니 우리 자손은 전부 멸종해서 무덤이 어딘지도 모를 운명인가 보오. 하나님께서 진정 이것을 원한단 말이오, 이게 뭐냐구? 난 단지 아무 데도 갈 곳이 없다는 것만을 알고 있을 뿐이오. 진정한 신앙은 길도 출구도 없고 굴복해야 한다는 것만을 알려주는 시간이 된 것 같소. 나일베그와 함께 방위군에 들어가서 오스트리아 놈들의 총을 손에 쥔 채 죽어서 이승에도 저승에도 수치스러움만 남기는 그런 삶을 살아야 하겠소? 아니면 세르비아가 쳐들어오는 것을 가만히 기다려야 한다는 거요. 50년 전에 피난민이 되어서 도망 나온 그 꼴을 지금 또 다시 앉아서 맞아야 한단 말이오?"

알리호좌는 조금이라도 희망을 북돋아줄 격려의 말을 하려고 했지만 부트코바 암산에서 오스트리아군의 일제사격이 가해지고 이에 곧바로 파노스에서 대포를 쏴서 응수하는 소리에 중단되고 말았다. 골레슈에서도 포격을 해왔다. 낮은 각도로, 바로 그들의 머리 위에 포격이 가해졌기 때문에, 포탄은 머리 위에서 소리의 그물을 치고 내장이 뒤엉키고 혈관이 아프도록 조여들게 되었다. 알리호좌는 일어서서 이런 공포라도 피할 수 있는 곳으로 가자고 제안을 했고 무야가는 마치 몽유병자처럼 그의 뒤를 쫓았다.

메이단의 교회 근처에 모여 있는 세르비아인들의 집들에는 과거에 대한 회한이나 미래에 대한 공포는 없으며, 다만 현재에 대한 공포와 그 무거운 짐만이 있을 뿐이었다. 테러와 체포, 그리고 법과 재판 없이 벌어지는 학살이 일어났던 초기의 일격이 지난 뒤에 사람들에게 언제나 남아 있는 일종의 특별하고 소리 없는 경악이 그곳을 지배하고 있었다. 그러나 이런 경악의 밑바닥은 그 이전과 조금도 달라지지 않았다. 몇백 년도 훨씬 전인 그 옛날에 이주해 온 사람들이 놓은 불이 파노스를 태우던 때와 똑같은 기대가 있었고 그때와 똑같은 희망과 신중함이 있었으며 또 달리 방법이 없다면 모든 것을 견딜 수밖에 없다는 각오와 결국에 가서는 좋은 결과가 오리라는 믿음 역시 그때와 마찬가지였다.

저 언덕에서 온 손자와 증손자들은 모두들 자기들 집에 갇혀서 걱정과 겁에 질려 있었지만 저 위 벨레토보의 카라조르제의 포탄 소리를 들으려고 마음속 깊이 감격해하며 귀를 기울이고 있었다. 그들은 지금 훈훈한 어둠 속에서 머리 위를 지나가는 곡사포탄의 으르렁대는 소리를 듣고 있었고 그것이 세르비아 포인지 오스트리아 놈들 포인지를 추측하며 별명을 짓거나 욕을 퍼붓기도 했다. 그것들은 모두 높이 떴다가 변두리에 떨어졌지만 낮은 각도로 다리나 카사바를 목표로 할 때에는 갑자기 조용해졌다. 그 넓은 공간의 완전한 침묵 속에서 양측 모두 자신들이 살고 있는 집들을 목표로 할 거라는 생각을 하며 맹세를 하고 있었다. 가까운 곳에서 포탄이 떨어지는 굉음이 사라진 뒤에야 그들은 달라진 목소리로 말을 하기 시작했고 서로들 그 포탄이 아주 가까이 떨어졌으며 나머지 다른 포탄 중에서도 아주 특별히 흉악한 포에서 떨어진 것이라고 믿고 있었다.

세르비아 정교 성직자의 집 바로 위에 있는 리스티치의 집은 성직자의 집보다 더 크고 근사했으며 가파른 언덕에서 터지는 대포의 불똥으로부터도 안전해서 장터의 사람들이 대부분 이곳에 피신을 했다. 남자들은 별로 없었고 여자들이 많았는데 그들의 남편들은 대부분 체포되었거나 포로로 끌려갔으며 이곳에는 아이들과 온 것이었다.

집은 넓고 풍요로웠다. 그 안에는 상인 미하일로 리스티치가 아내와 며느리만을 데리고 있었는데 그의 며느리는 남편이 죽은 뒤 자기 친정으로 돌아가지도 않고 이 두 늙은이들 곁에서 아이들을 돌보며 살고 있는 과부 신세였다. 그녀의 큰아들은 2년 전에 세르비아로 넘어가서 자원입대하였는데 브레갈니차에서 전사하고 말았다. 그때 그의 나이는 18세였다.

늙은 상인 미하일로와 그의 아내 그리고 며느리는 마치 슬라바[156]

---

**156** 세르비아 정교에만 있는 종교 축일.

때처럼 이 모든 예기치 못한 손님들을 접대했다. 특히 노인은 지칠 줄을 몰랐다. 그가 맨머리인 것은 참으로 이상한 일이었다. 왜냐하면 그는 한 번도 자신의 붉은색 터키 모자를 벗은 일이 없었기 때문이다. 그의 숱이 많은 백발은 귀와 앞이마를 덮었고 담배로 끝이 누렇게 된 은색의 뻣뻣한 수염 주위는 마치 영원한 미소처럼 그의 입술을 둘러싸고 있었다. 누가 겁을 먹었거나 다른 사람들보다 우울해하는 사람을 발견하자마자 그는 즉시 다가가 말을 건네고 라키야와 커피 그리고 담배를 권했다.

"못 해요, 쿰 미하일로, 아버지처럼 대해주시는군요, 고마워요. 하지만 여기가 아파서 못 하겠어요." 아직 나이가 어린 여자가 자신의 둥글고 하얀 목을 보여주면서 말을 했다.

그녀는 오콜리슈테의 패타르 가탈의 아내였다. 패타르는 며칠 전에 장사 차 사라예보에 갔었다. 거기서 전쟁이 터져서 그의 아내는 그 후로 그의 소식을 듣지 못했다. 군인들이 그녀를 집에서 몰아냈고 그래서 지금은 상인 미하일로의 집에서 아이들을 데리고 숨어 있었다. 미하일로는 남편에게 오래전부터 쿰이 되는 사이였다. 그녀는 남편과 버리고 온 집에 대한 걱정으로 기진맥진해졌다. 두 손을 비틀고 흐느끼며 한숨을 쉬었다.

상인 미하일로는 그녀 주위에서 잠시도 눈을 떼지 않고 계속 있었다. 그날 아침 패타르가 사라예보에서 돌아오는 기차 안에서 포로로 잡혀 바르디슈테로 끌려가서는 그곳에서 폭동이 일어났다는 잘못된 보도로 인하여 총살당했다는 소식이 들려왔다. 상인 미하일로는 그녀에게 이 소식을 숨기고 누군가 생각 없이 불쑥 이 소식을 그녀에게 전할까봐 최선을 다해서 막았다. 여자는 계속해서 일어나 마당으로 나가 오콜리슈테를 쳐다보려고 했지만 상인 미하일로는 이를 막았고 가능한 한 모든 수단을 이용해 나가지 못하도록 했다. 왜냐하면 오콜리슈테의 가탈로비치의 집들이 이미 타고 있어서 그는 이 불행한 여인이 적어도 그 광경만은 보지 않도록 하고 싶었다. 농담을 하고 웃게 만들고 피곤할 정도로 그녀에게 권했다.

"어이, 쿠마[157] 스타노이카, 저기, 한 잔만 마셔봐. 이건 라키야가 아니고 진짜 진통제라 모든 통증을 잊게 할 수가 있어."

여자도 유순하게 받아 마셨다. 상인 미하일로는 차례로 모든 사람들에게 음식을 대접했고 그의 지칠 줄 모르고, 거절할 수 없는 환대에 모두들 감격했다. 그리고는 다시 패타르 가탈로비치의 아내에게로 돌아갔다. 목구멍을 조이는 듯한 이 통증이 정말로 사라졌다. 이제는 더욱 안정을 찾고 단지 앞만을 바라보고 있었다. 그러나 상인 미하일로는 그녀 곁을 떠나지 않았고 그녀에게 마치 어린아이에게 이야기하듯 이런 일들이 잘 지나가고 패타르도 건강하고 생기 있게 사라예보에서 돌아와서 가족들 모두 오콜리슈테에 있는 집으로 다시 들어갈 수 있을 거라고 말해주었다.

"난 패타르를 알지. 그가 세례 받던 자리에도 있었으니까 말이야. 그 세례에 대해서는 오래도록 이야기를 나누었지. 오늘 일어난 일처럼 기억을 하고 있지. 내가 청년이었을 때였는데 나는 돌아가신 아버지와 함께 결혼식에 갔지. 나의 아버지는 상인 얀코 아이들의 쿰이 되어주기 위해 오콜리슈테로 가셨는데 너의 남편인 패타르에게도 세례를 해주셨지."

이것은 누구나 알고 있는 일이었지만 패타르 가탈로비치의 세례에 관한 이야기는 이런 이상한 밤 시간에는 마치 새로운 얘기처럼 들렸다.

---

[157] 세르비아 정교의 대모(代母), 대녀(代女)를 가리키는 말.

남자들과 여자들은 더 가까이 다가가 이야기를 들었고 이야기를 들으면서 위험을 잊었고 대포 메아리에 신경을 쏟지 않고 있었고 상인 미하일로는 이야기를 하고 있었다.

유명한 폼 니콜라가 카사바에서 교회 성직자로 있던 태평시절에 오콜리슈테의 상인 얀코 가탈은 오랜 결혼 생활과 연이어 딸아이를 낳은 지 몇 년 후에 아들을 얻게 되었다. 첫 주가 지나자 기뻐하는 아버지와 쿰 그리고 몇 명의 친척과 이웃들이 세례 받으러 가는 아기와 함께 나섰다. 오콜리슈테 아래로 내려오면서 때때로 멈춰 서서 쿰이 들고 있는 커다란 병에 든 독한 라키야를 한 모금씩 마셨다. 다리를 지나가면서 카피야에 도착했을 때 잠시 쉬기 위해 앉아서는 한 모금을 더 마셨다. 쌀쌀한 늦가을이어서 카피야에는 커피를 파는 사람도 커피를 마시며 앉아 있는 마을의 터키인들도 없었다. 그래서 오콜리슈테에서 온 사람들은 마치 집에서처럼 둘러앉아서 음식이 든 가방을 풀고 새 라키야 병을 땄다. 그리고는 서로 건배를 하면서 마음을 터놓고 대화를 나누는 동안 아기와 잠시 후 예배 때에 그에게 세례를 해 줄 폼도 잊고 있었다. 그 당시 ─1870년대는─ 교회에 종이 있지도 않았고 감히 있을 수도 없는 때여서 흥에 겨운 사람들은 시간이 지나는 줄도, 예배가 오래전에 끝나 버린 것도 깨닫지 못하고 있었다. 그들의 대화에는 부모의 과거와 더불어 아기의 미래가 섞여 있었고 시간이란 그리 중요하지도 않았고 알려들지도 않았다. 몇 번이나 쿰은 양심에 찔려서 그만 나서자고 했지만 다른 사람들은 이내 입을 다물고 말았다.

"자, 그만들 가세. 법과 기독교 신앙이 명하는 대로 일을 마쳐야지." 쿰이 우물쭈물거렸다.

"뭐가 그리 급하다는 건가, 이 교구(敎區) 안에서 세례를 받지 않은 사람은 아무도 없잖아." 다른 사람이 이렇게 대답을 하고 따른 술을 그에게 권했다.

　아버지도 한때는 가자고 서둘렀지만 결국엔 라키야가 그들의 입을 봉하고 한패로 만들어버렸다. 그때까지 추워서 파랗게 된 손으로 아기를 안고 있던 여자는 아기를 돌 벤치에 내려놓고 무늬가 있는 숄로 둘둘 감싸주었는데 그러자 아기는 마치 요람에 있는 것처럼 얌전해졌고 때로는 잠을 자고 때로는 자기도 이런 흥겨움에 끼어들려하기라도 하듯이 호기심에 찬 두 눈을 뜨고 있었다. ("이 애도 카사바의 사람인걸. 친구들을 좋아하고 놀이를 좋아하는 게 보이잖아." 쿰이 말했다.)

　"건강하게, 얀코. 자네 아들이 행복하고 오래 살기를 비네. 착한 사람으로 자라서 세르비아인들 사이에서 길이길이 기억되길 비네. 하나님이 허락하실 걸세……" 한 이웃이 소리쳤다.

　"자, 이제 그만 세례를 받으러 가야 하지 않겠나?" 아버지가 가로막았다.

　"세례는 염려 말아." 모두들 소리를 지르며 라키야 잔을 돌렸다.

　"라깁에펜디야 보로바츠도 세례는 받지 않았지만 그 사람은 어떤가. 말도 그 사람 앞에서는 고개를 숙이지 않느냐 말이야." 이웃 한 사람이 이렇게 말을 하자 모두들 웃었다.

　그러나 카피야에 있는 사람들에게는 시간이 아무래도 상관이 없었지만 교회 문 앞에서 기다리고 있던 폽 니콜라에게는 그렇지가 않았다. 그는 이제 화가 났고 여우 털로 된 목도리를 두르고 메이단에서 마을로 내려갔다. 누군가가 아기를 데리고 있는 사람들이 카피야에 있다는 것을 그에게 알려주었다. 그는 자기 방식대로 그들을 혼내주기 위해 갔지만 그들이 진심어리게 환영하고 존경을 표하며 정중하게 사과를 하는 바람에 깐깐하고 엄격한 성격의 폽 니콜라 역시 카사바인들의 그런 따뜻한 마음씨에서 우러난 라키야와 안주를 받지 않을 수가 없었다. 그가 갓난아이를 들여다보며 사랑어린 짓궂은 말로 부르자 붉은 볼의 아기는 커다란 푸른 눈을 뜨며 수염이 나 있는 커다란 얼굴을 쳐다보았다.

이 아기가 카피야에서 세례를 받았다는 것은 전적으로 사실이라고 말할 수는 없지만 그곳에서 사람들이 독한 술을 진탕 마시고 수도 없이 축배를 든 것은 사실이었다. 저녁 늦게야 이 흥겨운 무리들은 메이단으로 올라가서 쿰이 있는 교회 문을 열고 더듬더듬 혀 꼬부라진 소리를 해가며 새로운 카사바인의 이름으로 악귀를 물리쳤다.

"그렇게 우리는 패타르에게 세례를 주는 거지. 건강하고 장수하기를. 그는 40이 넘었지만 아무것도 부족한 게 없었지." 쿰 미하일로가 자신의 말을 마쳤다.

그들은 모두 라키야 한 잔씩을 더 마시고 커피를 마시며 금방이라도 다가올지 모를 현실을 잊고 있었고 모두들 더욱 자유롭고 더욱 편안하게 이야기를 나누며 이 암흑과 공포, 살인적인 포격 외에 인생에는 좀더 즐겁고 인간적인 다른 무엇이 꼭 있는 것만 같았다.

이렇게 밤은 지나갔고 그와 더불어 위험과 고생으로 가득 찼지만 명백하고, 흔들리지 않고, 자신에게 충실한 인생도 지나갔다. 오래전부터 이어져오고 그렇게 이어져내려온 본능으로 그들은 그런 것들 속에서 자신을 잊고 인생을 순간적인 감상들과 직접적인 필요들로 나누어버렸다. 왜냐하면 이렇게 살아야만, 매 순간을 따로 떼어놓고 앞뒤도 보지 않고 살아야만, 견딜 수 있고 좀더 나은 앞날을 바라보며 계속 그런 삶을 지켜나갈 수 있었기 때문이었다.

그렇게 날이 밝았다. 그것은 포격이 더욱 생생해지고 그 빛 속에서 이해할 수 없는 전쟁놀이가 지속된다는 것을 의미하고 있었다. 왜냐하면 그들 각자에게는 하루하루가 더 이상 이름도 의미도 없었고 시간은 모든 의미와 가치를 상실했기 때문이었다. 사람들은 단지 기다리고 벌

벌 떨 줄만 알았다. 어쨌든, 사람들은 마치 기계처럼 생각하고 일하고 말을 하고 움직이고 있었다.

이렇듯 사람들은 메이단과 그라드 아래 가파른 길들에서 유사하게 살고 있었다.

마을 아래 장터에 남아 있는 몇몇의 마을 사람들이 있었다. 전쟁이 터진 첫날부터 가게들은 지나가는 군인들이 사소한 물건이라도 살 수 있도록 문을 열어두어야 한다는 명령이 내렸지만 그것보다는 주민들에게 적이 아주 멀리 있으며 카사바에서는 어떤 위험도 없다는 것을 보여주려는 속셈이었다. 그 명령이 지금도 여전히 포격이 가해지고 있는데도 시행되고는 있었지만 모두들 그럴싸한 구실을 붙여서 하루의 거의 대부분 동안 가게 문을 닫아두었다. 상인 파블레 란코비치와 알리호좌의 가게들처럼 다리와 돌 한에 아주 가까이 있는 가게들은 포격이 너무 잦은 이유로 하루 종일 문을 닫고 있었다. 로티카의 호텔도 완전히 비어 있었고 문이 닫혀져 있었는데 지붕은 포탄으로 부서졌고 벽들에는 유산탄 구멍이 뚫려 있었다.

알리호좌는 하루에 한두 번쯤 언덕에서 내려와 모든 것이 그대로인지를 살펴보고는 다시 집으로 돌아갔다.

로티카는 가족 모두를 데리고 다리에 포격이 시작된 지 첫날에 이미 호텔을 떠났다. 드리나의 왼쪽 강변으로 건너가 어느 넓은 터키인 집으로 피난을 갔다. 그 집은 길에서 멀리 떨어져 있었고 좀 낮은 곳에 위치해 있었으며 사방이 무성한 과수원으로 둘러싸여 있어서 빨간 지붕만이 보일 뿐이었다. 집주인은 가족 모두를 데리고 시골에 가 있었다.

그들은 완전히 어둠이 내리자 밤을 틈타 호텔을 떠났다. 호텔 직원 중에 남은 사람이라고는 유일하게 밀란뿐이었다. 그는 충직하며 한결같았고 노총각이었는데 일하는 데에는 빈틈이 없었지만 그가 호텔에서 내

몰아야 하는 사람들이 없어진지 꽤 오래전의 일이었다. 이런 경우들은 아주 빈번하게 일어나는 일이듯이 나머지 사람들은 카사바에 첫번째 포격이 있자 바로 도망을 쳐버렸다. 언제나 그래왔던 것처럼 이번에도 로티카는 자신의 이주 문제에 어떠한 반대도 없이, 감독하고 주선을 끝냈다. 그녀는 가장 필요한 것이 무엇이며 가지고 가야 할 가장 중요한 것이 무엇인지 무엇을 남겨둬야 하는지를 정했고 무엇을 입고 가야 하며 데보라의 절름발이 백치 아들은 누가 업어줄 것이며 웃기만 하는 병든 데보라는 누가 데리고 갈 것이며 공포에 질려 거의 정신이 나간 미나는 누가 데리고 갈 것인지를 결정했다. 무더운 여름밤의 어둠을 틈타 그들 —로티카, 찰레르, 데보라와 미나—는 얼마 되지 않는 짐과 아이를 손수레에 싣고 가방과 보따리를 들고 그렇게 다리를 건넜다. 30년 만에 처음으로 호텔은 문을 닫았고 그 안에는 살아 있는 사람이라고는 한 명도 없었다. 첫번째 포격으로 손상을 입게 된 어둠침침한 호텔은 마치 폐허처럼 보였다. 제대로 걷지도 못하는 늙고, 쇠약하고, 절름발이에, 뚱뚱보 안짱다리인 그들이 다리를 넘으려고 첫발을 내디딘 순간 피난처를 찾아 전 세계를 헤매고 다니는 가엾은 유태인의 티가 갑자기 도드라지게 나타나기 시작했다.

그렇게 그들은 건너편 강변으로 건너가 넓은 터키인의 집이 있는 코나크에 도착했다. 그곳에서도 로티카가 모든 것을 정리했고 짐과 사람들을 제 위치에 배열했다. 그러나 그녀가 한평생을 함께 했던 종이들과 물건들 없이 반쯤 텅 빈 남의 방에 혼자 눕게 되자 마음이 울적해지고 난생처음으로 아무 힘도 없는 자기 자신을 인식하게 되었고 갑자기 모든 것들이 무너져내리는 것을 느꼈다. 텅 빈 터키인의 집에 그녀의 울부짖는 소리가 메아리쳤다. 그것은 이제껏 아무도 보지도 듣지도 감히 있을 거라고 생각도 할 수 없었던 일이었다. 로티카의 울부짖는 소리는 남자의 울음소리처럼 무섭고 끔찍하며 무겁고 목이 멘 소리였고 참을 수도 참으려고도 하지 않았다. 온 집안 식구들이 놀라서 어쩔 줄을 몰랐다. 처음에는 흡사 신이 내린 침묵 같은 것이 흘렀고 다음에는 대성통곡을 하는 소리였다. 그들에게는 전쟁, 피난, 집과 재산을 잃은 것보다 로티카 아주머니의 낙심이 더 큰 충격이었다. 왜냐하면 그녀만 있으면 모든 것을 밟고 올라서고 딛고 넘어갈 수 있었지만 그녀가 없이는 아무것도 생각할 수도 할 수도 없었기 때문이었다.

다음 날 새들이 지저귀고 장밋빛 구름과 굵은 이슬이 맺힌 환한 여름날이 밝자 지난밤까지 그들 모두의 운명을 조종하던 예전의 로티카가 아니라 늙고 힘없는 유태인 노파가 방바닥에 웅크리고 앉아 있는 것이었다. 그녀는 자기 몸 하나도 어찌할 바를 모르고 이해할 수 없는 두려움에 떨며 무엇이 두려운지 어디가 아픈지도 알지 못한 채 마치 아이처럼 울기만 할 뿐이었다. 그때 또 하나의 기적이 일어났다. 늙고 몸도 무겁고 밤낮 졸기만 하는 찰레르가 젊었을 때 자기 의지나 생각도 없이 지내던 모습 대신에 이제는 온 가족을 염려하고 로티카를 돌보며 사실 한번도 젊었던 적이 없는 그가 이제 현명함과 능력을 갖춘 모습으로 한 가정의 가장 역할을 하고 있는 것이었다. 필요한 결정을 내릴 능력도 가지고 있었고 그것을 실행할 충분한 힘도 가지고 있었다. 그는 처제를 마치 병든 아이처럼 보살폈고 바로 어제까지 처제가 하던 것과 마찬가지로 온 가족의 시중을 들었다. 조용해질 때면 마을로 내려가서 빈 호텔에 있는 음식과 물건, 옷가지를 가지고 왔다. 어딘가에서 의사를 찾아 병든 여인에게로 데리고 왔다. 의사는 이 피로에 지치고 늙은 여인이 완전히 신경이 마비되어가고 있으니 되도록 빨리 전쟁의 포화가 미치지 않는 여기서 먼 곳으로 데리고 가라며 처방전을 써주고는 다른 환자를 보기 위해 떠났다. 찰레르는 짐마차를 얻어 모든 가족을 먼저 로가티차로 옮기고 그다음에 사라예보로 옮길 수 있도록 군 당국과 협상을 했다. 그러나 적어도 로티카가 떠날 채비를 하려면 2, 3일은 더 기다려야 했다. 그러나 로티카는 마치 마비된 것처럼 누워서 소리를 지르며 울부짖는가 하면 말도 안 되고 맥락도 통하지 않는 말들로 극단적인 절망과 공포, 증오를 중얼거릴 뿐이었다. 데보라의 바보 아이는 맨 바닥에 누워서 로티카의 주위를 돌면서 호기심어린 눈초리로 아주머니의 얼굴을 들여다보며 그전 같으면 로티카가 잘도 알아들었지만 이제는 대답도 해주지 않는 알아들을 수 없는 소리를 해대고 있었다. 로티카는 아무것도 먹으려 하지 않았고 누구도 볼 수가 없었다. 그녀는 온통 육체적인 고통을 당하는 이상한 환각으로 신음하고 있었다. 그녀는 가끔씩 자기가 누워 있는 마루의 판자 두 개가 마치 함정의 문처럼 입을 벌리고 자기가 미지의 심연으로 떨어지는 것 같았고, 소리를 지르는 것 외에는 자신을 구해주고 붙들어주는 것이 없는 것만 같았다. 그리고 때로는 자기에게 마치 거인의 다리와 아주 강한 날개가 생겨서 어마어마하게 크고 가볍지만 힘이 있어서 마치 타조처럼 달려갈 수도 있고 그 걸음이 이곳에서 사라예보까지 마치 한걸음에 갈 수 있다는 생각이 들었다. 그렇게 그녀의 발바닥 아래에서 마치 작은 웅덩이처럼 강과 바다가 철썩거렸고 도시와 시골들이 자갈이나 풀밭처럼 달그락거렸다. 이럴 때면 가슴이 마구 두근거리고 숨이 가빠졌다. 이 날개 돋친 동물이 자신을 어디로 데리고 가는지 알 수는 없었지만 자신이 누워 있는 이 믿지 못할 판자로부터 번개 같은 속도로 도망을 가고 있는 것만은 알고 있었다. 머물러 있어서는 안 되는 땅을 등지고 걸어가는 길이며 인간이 말과 숫자로 서로 거짓말을 하고 속이고 하는 시골과 도시를 밟고 넘어가고 있다는 것만은 알고 있었다. 말이 복잡해지고 숫자가 뒤엉키면 요술쟁이가 수를 바꾸듯이 금방 장면이 바뀌었다. 지금까지 한 이야기나 기대했던 것과는 반대로 이야기도 타협도 동의도 할 수 없는 새 인물들이 충혈이 된 눈을 부릅뜨고 대포와 소총을 가지고 진군을 하는 것이었다. 이런 광경들 앞에서 그녀는 갑자기 더 이상 달리고 있는 강력하고 거대한 새가 아니었고 힘없고 나약하고 가련한 늙은 여자에 불과했다. 그러면 수천 명 수백만 명의 사람들이 뛰어드는 것이었다. 그들은 총을 쏘고 목을 베고 물에 던지고 인정도 이성도 없는 파괴를 자행했다. 그 중 한 사람이 자기 위에 몸을 구부렸다. 얼굴은 보이지 않았지만 갈비뼈가 갈라진 사람의 가장 부드러운 곳에 대검의 끝이 닿는 것이 느껴졌다.

"아, 아아! 제발, 제발 그러지 마! 그만!" 로티카는 비명을 지르며 깨어나 덮고 있는 잿빛의 가벼운 숄을 갈기갈기 찢어버렸다.

저 어린 바보 아이는 벽에 기댄 채 쭈그리고 앉아서 공포나 동정보다는 호기심이 가득 찬 새까만 눈으로 그녀를 쳐다보고 있었다. 옆방에 있던 미나가 달려와 로티카를 안정시키고 그녀의 얼굴에 흐르는 땀방울을 씻어주며 아주 조심스럽게 진정제를 몇 방울 떨어뜨린 물을 마시게 했다.

푸른 계곡에 펼쳐진 기나긴 여름날은 끝이 없는 것 같았고 언제 날이 밝았는지 사람들은 기억도 나지 않고 언제 어둠이 내리는지 생각할 수도 없는 지경이 되어버렸다. 여기 집 안은 덥기는 했지만 못 견딜 정도는 아니었다. 발자국 소리가 집 안에 울렸다. 마을에서 다른 주민들이 계속 찾아왔다. 어떤 군인이나 장교들이 주변을 살피고 다녔다. 창고에는 음식과 과일이 있었다. 밀란은 쉴새없이 커피를 볶았다. 때때로 로티카의 절망적인 비명소리가 터져나오지만 않았다면, 마치 성내는 듯한 분노의 아우성만 없었다면, 그리고 보편적이고도 개별적인 불행이 이렇게 고요함이 휘감고 있는 날씨보다도 훨씬 가깝고 크다는 것을 일깨워주지만 않았다면 사람들이 마치 시골에 와서 기나긴 휴일을 보내고 있다는 생각이 들 것이었다.

이것이 전쟁이 로티카의 호텔과 그 안에 사는 사람들에게 끼친 일이었다.

상인 파블레 란코비치의 가게도 역시 문을 닫았다. 상인 파블레는 전쟁이 일어난 지 이틀째 이미 세르비아의 몇몇 유지들과 함께 포로로 잡혀갔었다. 그들 중 일부는 철도의 안전과 질서의 원활한 소통을 생명을 걸고 보장해야 하는 정거장에 배치되었고 나머지는 다리에서 멀지 않은 시장의 한쪽 끝에 있는 조그만 목조 창고에 갇혀 있었는데 이 창고는 장날이면 읍 소유의 저울을 보관하고 물품 반입에 관한 세금을 받는 곳이었다. 이곳에서도 포로들은 어느 누구도 다리를 파괴하거나 손상시키지 못하도록 생명을 걸고 막아야 했다.

이곳 어딘가에서 상인 파블레는 카페 의자에 앉아 있었다. 손을 무릎 위에 올려놓고 머리를 숙인 모습을 하고 있는 그는 마치 무슨 힘든 일을 하고 난 뒤 기진맥진해서 잠시 쉬려고 앉은 사람 같았지만 몇 시간이 지난 뒤에도 같은 모습으로 앉아 있는 것이었다. 문 쪽에 빈 포대(包袋) 더미 위에는 두 명의 예비병이 앉아 있었다. 문은 닫혀 있었고 그래서 안은 캄캄하고 숨이 막힐 듯 후덥지근했다. 파노스나 골레슈에서 쏘는 포탄이 머리 위로 윙윙거리며 지나가면 상인 파블레는 침을 꿀꺽 삼키고 그것이 어디에 떨어졌는지에 귀를 기울이고 있었다. 그는 다리에 이미 오래전부터 지뢰장치가 되어 있다는 것을 알고 있었고 쉴새없이 그 생각을 하며 저 포탄이 화약을 꿰뚫으면 폭탄에 점화를 할 수 있을까 하고 자문해 보았다. 보초병이 교대할 때마다 하사관이 보초를 서는 군인들에게 지침을 내리는 것을 그는 듣고 있었다. 매번 이런 식으로 명령은 끝났다. '다리를 부수려는 움직임이 조금이라도 있거나 그런 계획을 세우는 의심스런 움직임이 보이면 그런 자는 즉시 사살한다.' 상인 파블레는 마치 자신과는 전혀 상관없는 일인 것처럼 그 말들을 조용히 듣는 것에 이미 익숙해져 있었다. 창고 가까이에서 포탄이 터지거나 유산탄(榴散彈)이 쏟아져서 자갈이나 파편들이 판자를 때릴 때 그는 더욱 불안해졌다. 그러나 그를 가장 고통스럽게 만드는 것은 자신의 길고 끝없는 시간들과 견딜 수 없는 생각들이었다.

상인 파블레는 자신과 그의 집과 자신의 엄청난 재산이 어떻게 될 것인가를 줄곧 생각했다. 생각하면 할수록 모든 것이 악몽 같았다. 왜냐하면 요 며칠 동안에 자기에게 일어난 모든 일들을 어떻게 설명할 수 있단 말인가. 이미 첫날 아직 학생인 그의 두 아들을 헌병들이 데리고 가버렸다. 집에는 아내 홀로 딸들과 남아 있다. 오소이니차에 있는 큰 창고는 그의 눈앞에서 태워버렸다. 인근 시골들에서 온 농노들은 아마도 화형에 처해졌거나 흩어졌을 것이다. 코타르 곳곳에 있는 그의 채권은 결국 없어진 것이었다. 여기에서 몇 발자국 되지 않는 그의 가게, 카사바에서도 가장 아름다운 그의 가게는 문이 닫혀 있고 아마도 모두 약탈을 당했거나 포탄으로 불탔을 것이다. 이렇게 포로로 이런 어둠침침한 창고에 앉아 있는 그는 그의 능력으로는 조금도 어찌할 수 없는 이 다리의 운명에 목숨을 걸고 있는 셈이었다.

그의 머리 속에서 생각들은 그때까지 한 번도 없었던 무질서 속에서 서로 소용돌이치고 교차하다가는 사라져버렸다. 평생을 자기의 일과 집만을 바라보던 사람이 다리와 무슨 관계가 있단 말인가? 그가 지뢰장치를 한 것도 아니고 그가 폭파할 것은 더더군다나 아니었다. 그는 결혼을 하지 않았던 도제(徒弟) 시절에도 비셰그라드의 여느 젊은이들처럼 카피야에 앉아서 노래와 한가한 농담으로 시간을 허비한 일이 없었다. 이미 오래전에 잊고 있었던 아주 사소한 일들과 더불어 그의 일생(一生)이 눈앞에 스쳐지나갔다.

그는 14살의 소년으로 산좌크에서 주린 배를 움켜쥐고 닳아빠진 나막신을 신고 오던 것이 떠올랐다. 상인 패타르에게 매년 옷 한 벌과 음식 그리고 두 켤레의 나막신을 주면 일을 하겠다고 협상했었다. 아이들을 데려다주고, 가게에서 일을 돕고, 물을 길어오고, 말들을 손질했다. 다리조차도 완전히 뻗을 수 없고 창조차 없는 그런 좁고 어둠침침한 창고 아래에서 잠을 잤다. 이렇게 고된 생활을 견디고 18살이 되자 비로소 '월급을 받고' 가게에 들어가게 되었고 그의 자리는 산좌크에서 온 다른 소년이 대신했다. 그때 절약이라는 위대한 사상을 알게 되고 이해하게 되었으며 절약이 주는 혹독하지만 근사한 열정과 커다란 힘을 느끼게 되었다. 그는 5년 동안 가게 뒤에 있는 아주 조그마한 방에서 잠을 잤다. 그 5년 동안 한 번도 불을 지핀 적이 없었고 촛불을 켜고 누운 적도 없었다. 23세가 되었을 때 상인 패타르가 차이니차에서 온 착하고 부유한 소녀와 결혼을 시켜주었다. 그녀는 상인의 딸이었다. 이제는 둘이서 저축을 했다. 그러자 점령 시대가 되어서 장사가 활발해지고 돈벌기가 쉬워지고 생활비는 적게 들게 되었다. 그는 소비를 줄이면서 벌어들인 돈을 잘 활용했다. 그렇게 그는 자기 가게를 차릴 수 있었고 재산을 모으기 시작했다. 당시는 돈을 버는 것이 어렵지 않았다. 그 당시는 많은 사람들이 돈을 쉽게 벌었고 동시에 더욱 쉽게 잃었다. 그러나 번 돈을 지키기는 정말로 어려웠다. 그는 그것을 잘 지켰고 날마다 다시 돈을 벌어들였다. 요 근래 불안과 '정치'가 두드러진 시대에 들어서 그는 이미 나이가 꽤 들었지만 새 시대를 이해하고 그것과 겨루며 자신을 적응시키며 손해를 보거나 창피를 당하지 않고 헤쳐나가보려고 했었다. 그는 읍의회 부의장, 세르비아 합창단 '화음'의 회장, 세르비아 은행의 대주주, 지방 은행의 운영 위원의 자리를 차지하고 있었다. 시장의 규칙에 따라 날마다 심해져가는 적대 세력 사이에서 현명하고 정직하게 자기 길을 걷느라 애를 썼고 자기 이익이 희생되는 것을 용인하지 않으면서 당국의 혐의를 받지 않고 동포 앞에 부끄럽지 않게 살기 위해 최선을 다했다.

이렇게 그는 인간 세기의 반 이상을 일하고 절약하고 염려하고 돈을 벌면서도 개미 한 마리도 밟지 않으려고 주의했고 누구에게나 친절했으며 똑바로 자기 앞만 내다보고 소리 없이 돈만 벌었다. 그런데 결과가 이렇게 되었다. 마지막 남은 산적처럼 두 명의 군인 사이에 앉아서 포탄이나 그 밖에 어떤 것들이 다리를 해칠 때면 그 이유로 그의 목을 베거나 총살할 때까지 이렇게 기다려야 하는 것이었다. 그는 자기 자신을 공연히 혹사하고 괴롭히고 학대하고 있다는 생각(이것이 그를 가장 아프게 했다)이 들기 시작했다. 자기는 길을 잘못 잡았고 자기 아들이나 다른 '젊은이들'이 옳았다는 생각이 들었다. 척도나 계산이 없는 시대가, 아니 새로운 척도와 다른 계산을 하는 시대가 온 것이다. 어쨌든 그의 계산은 이제 정확하지 않고 그의 척도는 짧다는 것이 드러난 것이다.

그런 거지, 그런 거야. 상인 파블레는 혼자 중얼거렸다. 모두들 너에게 일하고 저축해야 한다고 가르치며 강요하지. 교회와 정부와 너의 타고난 이성도. 너는 그 말을 듣고 신중하게 길을 가며 바르게 살고 있지만 사실은 사는 게 아니라 일하고 절약하고 걱정하고 하는 동안 너의 평생은 그 안에서 지나가버리는 거야. 그러다가 갑자기 모든 것이 거꾸로 뒤집어져서 세상이 이성을 비웃고 교회는 문을 닫고 침묵해버리며 정부는 힘없이 되어버리고 정직하고 피땀 흘려 돈을 번 사람들은 잃게 되고 빈둥빈둥 세월을 보낸 자들은 얻게 되지. 아무도 너의 노력을 인정하려 들지 않고 어느 누구도 너에게 도움을 주려 하지 않으며 네가 얻은 것과 저축한 것을 지킬 수 있도록 조언해 줄 사람도 아무도 없지. 이게 말이 되나? 정말 이럴 수가 있을까? 상인 파블레는 끊임없이 자문하며 아무런 대답도 얻지 못한 채 다시 출발점, 자기가 가진 모든 것의 상실이라는 생각으로 되돌아갔다.

뭐가 되었든 다른 생각을 하려고 했지만 허사였다. 그렇게 끊임없이 똑같은 생각으로 언제나 돌아가는 것이었다. 시간은 섬뜩할 정도로 느리게 지나갔다. 수천 번을 건너다녔지만 한 번도 제대로 쳐다본 적이 없는 이 다리가 이제는 마치 설명할 수도 없고 운명적인 비밀처럼, 그리고 마치 어떤 깨어날 수 없는 꿈속에서의 바다처럼 아주 무거운 무게로 그의 두 어깨를 짓누르고 있었다.

그래서 상인 파블레는 머리와 어깨를 구부리고 웅크린 채 의자에 앉아 있었다. 그는 두껍고 뻣뻣한 셔츠며 칼라며 단추 아래의 땀구멍마다에 땀이 스며나오는 것을 느끼고 있었다. 페스 아래에서는 땀이 줄줄 흘렀다. 그는 땀을 닦지도 않고 얼굴로 흘러서 땅바닥에 뚝뚝 떨어지도록 내버려두었다. 그에게는 흐르는 땀이 모든 것을 앗아가고 자기만 두고 가버리는 인생처럼 느껴졌다.

헝가리 시골 출신으로 중년의 나이인 이 두 군인들은 아무 말도 하지 않고 빵과 베이컨에 고춧가루를 뿌려서 먹고 있었다. 그들은 마치 밭에 나와 있는 것처럼 조그만 나이프로 한 입 크기로 빵을 자르고 그 다음에는 베이컨을 잘라 천천히 먹었다. 그리고는 수통에서 와인을 한 모금 들이키고는 짧은 담배에 불을 붙였다. 연기를 뿜으며 그 중 한 명이 조용히 말했다.

"어이, 난 저렇게 땀을 흘리는 사람을 본 적이 없어."

그런 다음에는 아예 입을 다물고 계속 담배만 피워댔다.

그러나 상인 파블레만이 이런 피땀을 흘리며 깨어날 수 없는 꿈속에서 길을 잃고 있는 것이 아니었다. 이 여름날 드리나 강과 메마른 국경 사이의 손바닥만한 땅 위에서, 카사바 안에서, 촌락에서, 길거리에서 그리고 숲 속에서 도처에서 사람들은 자기 자신이나 남들의 죽음을 발견하게 되었고 동시에 힘 닿는 모든 수단을 이용해 그 죽음을 피해 도망치고 방어했다. 전쟁이라고 불리는 이 이상한 인간의 놀이는 점점 더 치열해지고 번져가서 모든 생물과 죽어 있는 것들을 당국에 항복시키고 말았다.

그 군청 창고에서 멀지 않은 곳에 그날 아침부터 이상한 군인들의 부대가 자리를 차지하고 있었다. 하얀 제복에 머리에는 흰색의 열대용(熱帶用) 헬멧을 쓰고 있었다. 그들은 독일 부대로 소위, 스카다르 부대였다. 전쟁 전에 그들은 스카다르로 파견되어 다른 나라에서 온 부대들과 함께 연합군(聯合軍)의 일부로 법과 질서를 유지했었다. 전쟁이 발발하자 명령을 받고 스카다르로 떠나 가장 가까운 오스트리아 군사령관의 요청으로 세르비아 국경에 배치되었다. 이 밤에 도착해서 지금은 읍내와 시장을 나누는 길 한가운데서 쉬고 있는 것이었다. 그들은 그 꽉 막힌 모퉁이에서 앞으로 진격(進擊) 명령을 기다리고 있었다. 그들의 수는 거의 120명 정도였다. 더위를 힘겹게 견디고 있는, 몸집이 뚱뚱하고 얼굴이 붉은 그들의 대장은 헌병 상사 다닐로 레파츠에게 독일 군대의 상사만이 할 수 있는 방법으로 그를 나무랐으며 어려운 말을 마구잡이로 늘어놓으며 쏘아대고 있었다. 대장은 자기 병사들이 목이 말라 죽을 지경이라며 불평을 했고 가장 필요한 보급조차 제대로 되어 있지 않고, 아마도 모든 것들이 가득 차 있는 가까운 가게들이, 문을 열고 있으라는 명령을 어기고 닫혀 있다며 야단을 치고 있었다.

"넌 여기서 뭐야? 헌병이야, 인형 나부랭이야? 내가 이곳에서 부하들과 함께 죽어야 한단 말이냐! 아니면 도적처럼 가게를 부술까? 당장 주인들을 찾아서 우리에게 필요한 식량과 음료수를 공급할 수 있도록 해! 당장! 당장이라는 말이 무슨 말인지 알겠나?"

드리나 강의 다리 459

그가 말을 할 때마다 머리에는 핏발이 섰다. 흰 제복에 짧게 깎은 머리가 마치 노여움으로 횃불처럼 타고 있는 것 같았다.

상사 레파츠는 거의 굳은 몸으로 반복할 뿐이었다.

"예, 대장님. 당장 시행하겠습니다. 예, 당장."

온몸이 굳은 것처럼 뻣뻣하던 그는 갑자기 미친 듯한 동작으로 돌아서서 읍내로 뛰어갔다. 그는 대장에게 너무 가까이 다가가서 그의 주위에 있던 불에 데어 펄쩍펄쩍 뛰면서 욕하고 자신을 두들겨 패고 있었다.

그렇게 미친 듯이 달려가다가 제일 먼저 만난 것이 알리호좌였다. 그는 자기 가게를 둘러보려고 마침 집에서 내려오는 길이었다. 한때 가깝게 지냈던 이 '경비병' 레파츠가 완전히 변해서 자기를 향해 마구 달려오는 것을 보며 놀란 호좌는 이 야만적이고 광적인 군인이 몇 해 동안 그의 가게 앞을 지나다니던 조용하고 위엄 있고 인정 많은 그 '경비병'과 같은 사람일까 하고 자문하고 있었다. 이제 이 음흉하고 격분한 레파츠는 이미 아무도 안중에 없으며 공포만이 어려 있는 두 눈으로 그를 노려보고 있었다. 상사는 즉시 소리를 지르기 시작하고 바로 조금 전에 독일군 대장에게서 들은 대로 그에게 반복했다.

"이런 빌어먹을, 다들 목 졸라 죽여버리겠어! 가게 문을 열어놓으라는 명령을 모른단 말이야! 내가 이런 자식들 때문에······"

놀란 호좌가 미처 한 마디 말을 하기도 전에 그는 호좌의 오른쪽 뺨을 때려서 아흐메디야가 오른쪽 귀에서 왼쪽으로 미끄러져 내려갔다.

상사는 그렇게 미친 상태로 다른 가게들을 열게 하기 위해 달려갔다. 호좌는 자신의 아흐메디야를 바로 고쳐 쓰고 덧문을 내리고 그 위에 앉아서 거의 넋이 나간 채 있었다. 가게 주위에는 전에 한 번도 보지 못했던 흰색 제복의 이상한 군인들이 몰려들었다. 호좌는 거의 꿈을 꾸는 것 같았다. 그러나 하늘에서 따귀가 떨어지는 요즘 세상에는 어떤 일을 당해도 더 이상 놀라운 일이 아니었다.

    그렇게 다리에 대한 일시적인 포격과 사방의 언덕들에서 퍼붓는 사격, 온갖 고생과 폭력과 혹독한 불행을 예견하는 가운데 한 달이 지났다. 두 개의 불덩이 사이에 놓여 있는 이 마을을 대부분의 사람들은 초반에 이미 등졌다. 9월 말경에는 카사바에서 완전철수가 시작되었다. 마지막 한 사람의 관리까지도 밤을 틈타 다리 건너 이 길을 따라 철수했다. 왜냐하면 철도가 끊어져버렸기 때문이었다. 다음에는 다리의 오른쪽에서 군대가 서서히 철수했다. 이제는 소수의 방어 부대와 몇몇 기술병 분대와 순찰 헌병이 남아 있을 뿐이었다. 아직 그들에게는 명령이 내려지지 않은 모양이었다.

    다리는 마치 선고를 받은 것처럼 서 있었지만 이 두 교전군 사이에서 사실상 아무 손상도 입지 않은 채 그대로 서 있었던 것이다.

## XXIV

밤새도록 하늘에는 마치 가을인양 구름이 덮여 있었고 산 위에서는 구름이 매달려 하늘 위에서 서로 뒤엉켜 있었다. 오스트리아인들은 마지막 남은 부대의 철수를 위해서 어두운 밤을 이용했다. 날이 밝기 전까지 모든 것들은 드리나의 저쪽 강변뿐 아니라 세르비아의 포격 사정거리를 벗어나는 리예슈테의 꼭대기 너머 고지에도 있었다.

날이 밝자 마치 가을비 같은 이슬비가 내렸다. 이 빗속에서 최후의 순찰병은 다리 근처 모든 가게들과 집들을 돌아다니며 그 안에 누가 남아 있지나 않은지를 조사했다. 모든 것이—장교관사, 로티카의 호텔, 폐허가 된 막사, 장터로 들어가는 입구에 놓인 가게 서너 개—쥐 죽은 듯 조용했다. 이제 막 집에서 나와서 덧창을 내리고 있는 알리호좌를 그의 가게 앞에서 볼 수 있을 뿐이었다. 호좌가 괴팍한 사람이라는 것을 알고 있는 그들은 다리 근방에 머무르는 것은 '생명의 위험'까지 감수해야 하니 엄격하게 금지되어 있으므로 즉시 가게 문을 닫고 시장을 떠나라고 아주 진지하게 경고했다. 호좌는 술이 취해 무슨 말을 하는지 알아들을 수 없는 사람처럼 그들을 쳐다보더니 이곳에서는 생명이야 오래전부터 위험한 상태에 있었고 어찌되었든 이렇게든 저렇게든 모든 사람들은 죽은 목숨이니 차례로 묻힐 날만을 기다리고 있을 뿐이라고 대답해주고 싶었지만 요 며칠 사이의 괴상한 경험으로 교훈을 얻은지라 생각을 고쳐먹고 가게에서 가져갈 물건이 있어서 나온 것이니 곧 돌아갈 것이라고 아주 조용히 자연스럽게 그들에게 말을 했다. 서두르고 있던 헌병들은 그에게 다시 한 번 더 가능한 한 빨리 이곳에서 멀리 떨어지라고 경고를 하고는 시장 건너편 다리 쪽으로 발걸음을 옮겼다. 아침 비가 축축하고 두꺼운 양탄자를 만들어놓았고, 알리호좌는 그 먼지 위를 발자국 소리도 없이 걸어가는 그들을 지켜보았다. 먼지는 비와 섞여 축축하고 두꺼운 양탄자가 되었다. 호좌는 그들이 다리를 지나가는 것을 보고 있었는데 돌난간에 가려서 그들의 머리와 어깨와 총 끝의 기다란 끝부분만이 보일 뿐이었다. 부트코바 암벽에 햇볕이 내리쬐었다.

알리호좌는 그들의 모든 명령들은 늘 이렇게 엄격하고 중요하며 기본적으로는 아무 의미도 없는 것이라는 생각을 하면서 마치 선생님을 속인 아이처럼 속으로 웃었다. 덧문은 자신이 간신히 비집고 들어갈 만큼만 올려놓았기 때문에 결국 밖에서 보면 가게는 닫혀져 있는 것처럼 보였다. 어둠 속에서 그는 뒤편에 있는 작은 방에 몸을 숨기고 있었는데 그곳은 귀찮은 세상, 그에게 해를 끼치고 지루하게 했던 이야기들로부터, 가족과 자신의 걱정으로부터 피해 몸을 숨기고 있던 곳이었다. 그는 딱딱하고 짧은 의자에 다리를 괴고 앉아서 한숨을 쉬었다. 그의 내면 세계는 외부의 영향으로 물결치더니 이내 조용해지고 마치 좋은 저울처럼 균형을 찾았다. 타부트의 좁은 공간은 이내 그의 체온으로 가득 찼다. 호좌는 고독과 평화와 망각의 감미로움을 느꼈으며 그것은 밀폐되고 어둡고 먼지 구덩이의 좁은 방을 눈에 보이지 않는 시냇물이 속삭이고 푸른 둑이 있는, 끝없는 낙원 같은 장소로 만들어주었다.

이 좁은 공간의 어둠과 밀폐된 공기 속에서 여전히 그는 새벽 비의 신선함과 해돋이를 느낄 수가 있었다. 밖에는 이상한 침묵—기적적이게도!——이 흐르고 있었고 어떤 포성도 사람의 목소리도 발자국 소리도 들리지 않았다. 알리호좌는 행복과 감사의 마음으로 가득 차 있었다. 해결의 기미가 보이지 않는 온갖 슬픔과 걱정, 서로 다른 적국들의 종교, 똑같이 극악무도한 두 적국이 머리 위에서 격투를 벌이는 포격 속에서 진실한 이슬람 신도를 구하고 보호하는 데에는 하나님의 도움과 몇장 안 되는 이 판자면 충분하다는 생각이 홀로 들었다. 전투가 벌어진 이후로 이런 고요는 없었다고 호좌는 즐겁게 생각했다. 고요는 감미롭고 좋은 것이었다. 그 안에는 적어도 순간이나마 어떤 진실한 것이 되돌아오며 완전히 자취를 감추었던 인간 생활의 작은 부분이라도 이 고요 속에서 되돌아온다는 것이다. 고요는 기도를 위한 것이며 그 자체가 마치 기도와도 같은 것이다.

그 순간 호좌는 마치 자기가 앉아 있던 의자가 번쩍 들려서 장난감처럼 그를 튕겨지게 하는 느낌이 들었다. 그의 '감미로운' 고요는 부서져버리고 갑자기 대기를 진동하는 육중한 폭음과 엄청난 파괴음으로 변해서 고막을 찢고 천지에 가득 차서 견딜 수가 없었다. 맞은 편 벽에 걸어놓은 선반이 부서지면서 거기 있던 물건들이 그에게로 쏟아져 그 역시 그쪽으로 튕겨져나갔다. 아아! 호좌는 비명을 질렀다. 사실, 그것은 비명을 질렀다는 생각을 할 뿐이었다. 왜냐하면 그에게는 딛고 설 자리도 땅도 없는 것처럼 이제는 이미 소리를 내거나 들을 능력도 없었기 때문이었다. 모든 것들이 폭음으로 귀가 먹고 뿌리째 뽑혀서 산산조각이 나고 엉망이 되면서 그의 주위에서 소용돌이치고 있었다. 카사바가 위치한 이 두 강 사이의 좁은 땅이 무시무시한 소리를 내면서 대지로부터 뽑혀서 공중에 집어 던져지는, 있을 수 없는 생각마저 들었다. 두 강이 하류에서 치솟아올라 공중에 던져져 주위에 어마어마한 물을 퍼부으면서 이제껏 결코 그친 일이 없거나 꺾인 일이 없는 두 개의 폭포수처럼 다시 한 번 떨어지는 것 같았다. 책에서나 유식한 사람들이 말하는 거짓에 찬 세상이 눈 깜짝할 순간 정말로 사라지거나 타버리게 된다는 최후의 심판인 키야메트[158]날이 바로 이 날이란 말인가? 그러나 눈 한 번 깜짝하면 세상을 창조하고 없애버릴 수 있는 하나님께서 왜 이런 소동을 일으키는 것일까? 이것은 하나님의 뜻이 아니야. 그렇다면 인간의 손에 언제부터 이런 어마어마한 힘이 있었단 말인가? 인간의 사고까지도 포함한 모든 것을 질식시키고 부숴버린 이 무서운 폭발로 인해 놀라고 기만당하고 압도당한 그가 어떻게 이에 대한 답을 내릴 수 있단 말인가? 자기를 끌어올린 것이 무엇인지도 모르면서 그를 어디로 날려보내며 어디에 멈추게 할는지도 몰랐지만 알리호좌는 언제나 모든 면에서 정당했다. 아아, 알리호좌는 다시 한 번 더 비명을 질렀는데 이번에는 고통스런 비명이었다. 왜냐하면 그를 튕겨 올렸다가 다시 거칠고 사납게 되돌려주기는 했지만 같은 위치로가 아닌 나무 벽과 뒤집어진 의자 사이의 바닥으로 나뒹굴게 했기 때문이었다. 머리에 둔탁한 충돌과 무릎 아래와 등에 통증을 느꼈다. 이제는 청각으로만 모든 것을 식별할 수 있었다. 보편적인 뇌성과는 동떨어진 전혀 다른 소리가 뭔지 무거운 물체가 가게 지붕을 때리더니 판자 너머에서는 마치 가게 안에 있는 물건들이 마치 생명이라도 있는 것처럼 나무나 쇠붙이로 만든 물건들이 서로 부딪치고 깨지고 날아가고 허공에서 맴돌기 시작했다. 그러나 알리호좌는 이미 의식을 잃었고 자신의 타부트에서 움직이지 않은 채로 누워 있었다.

밖은 벌써 대낮이었다.

그는 얼마나 오래 누워 있었는지 짐작도 가지 않았다. 깊은 무의식

---

[158] 심판의 날을 뜻하는 아랍어.

의 상태에서 그를 깨어나게 한 것은 햇빛과 동시에 어떤 사람의 목소리였다. 그는 가까스로 정신을 차렸다. 이곳의 완전한 어둠 속에서 앉아 있었다는 것을 잘 알고 있었는데 이제는 좁은 입구로 가게에서 햇살이 스며들어왔다. 그는 사람 안의 내장을 녹아버리게 하고 귀를 먹도록 만들었던 그 끔찍한 소리와 소란으로 가득 찼던 세상을 떠올렸다. 지금은 고요하지만 그를 내동댕이친 커다란 소음이 전에 그를 기쁘게 만들었던 그 감미롭던 고요가 아니라 아주 사악한 고요의 자매와도 같았다. 이 고요가 얼마나 깊었던지 아주 멀리서 그의 이름을 부르면 외쳐대는 것을 희미한 소리로 너무도 잘 느낄 수 있었다.

호좌는 자기가 아직 살아 있고 아직도 이 타부트 안에 있다는 것을 의식하고는 선반에서 떨어져서 머리 위로 떨어져 쌓여 있는 물건을 헤치고 나와 계속 괴로운 신음 소리를 내며 일어났다. 아아! 이제는 거리에서 들리는 사람들의 목소리도 똑똑히 들을 수 있었다. 그는 내려와서 좁은 가게로 기어나왔다. 떨어지고 깨진 물건이 사방에 널려 있었고 그 위로 대낮의 햇살이 비치고 있었다. 가게는 활짝 열려 있었다. 왜냐하면 기대어만 두었던 덧문이 진동으로 떨어져버렸기 때문이었다.

가게 한가운데 흐트러진 물건과 깨진 물건들이 어수선하게 아수라장은 이룬 와중에 사람 머리만 한 묵직한 돌이 굴러와 있었다. 호좌는 시선을 들었다. 그리고 하늘 위에서 햇살이 관통하고 있었다. 공중으로 날아와서 널판자로 덮은 약한 지붕을 뚫고 떨어진 것이 분명했다. 그리고는 다시 돌, 희고 구멍이 숭숭 나고 양쪽은 깨끗하게 다듬어서 반들반들하지만 원래는 날카롭고 보기 흉하게 깨진 돌을 다시 찬찬히 보았다. "아하, 다리!" 호좌는 생각했지만 거리에서 사람들의 소리가 더욱 크고 단호하게 그를 불러대는 바람에 더 이상 생각할 수가 없었다.

타박상을 입고 의식이 반쯤 깨어난 호좌는 자신이 먼지를 뒤집어쓰고, 면도도 하지 않고, 회색 군복에 머리에는 쏴이카카추[159]를 쓰고 나막신을 신고 있는 5, 6명의 청년들과 마주하고 있다는 것을 깨달았다. 그들은 모두 무장을 하고 있었으며 반짝거리는 조그만 총알이 가득 찬 탄약대를 열십자로 메고 있었다. 그들 중에는 열쇠공 블라도 마리치가 있었는데 늘 쓰고 다니던 '열쇠공' 모자가 아니라 털모자를 쓰고 있었으며 어깨에는 탄띠를 두르고 있었다. 그 중에서 확실히 지휘관인 듯한 얼마 없는 검은 수염에 이목구비가 잘 생기고 눈에 불을 켠 듯한 단정한 용모의 젊은 남자가 갑자기 알리호좌에게 다가왔다. 소총을 사냥꾼처럼 어깨에 메고 오른손에 가느다란 개암나무 가지를 들고 있었다. 청년은 화가 난 듯 욕을 하며 갑자기 소리를 질렀다.

"그래, 너? 가게를 이렇게 활짝 열어놓았단 말이야? 뭐가 없어지기만 하면 내 부하들이 약탈을 했다고 말을 할 테지. 내가 네 물건도 지켜줘야 하느냐 말이다?"

그 남자의 얼굴은 평화로웠고 거의 움직임이 없었지만 목소리는 성이 나 있었고 그의 손에 든 지팡이를 위협적으로 흔들었다. 그때 블라도 마리치가 그에게 다가가서 뭐라고 조용히 말했다.

"좋아, 좋아, 착하고 정직한 사람이겠지. 하지만 다시 한 번 더 지시 없이 이렇게 가게 문을 활짝 열어놓았다간 그냥 넘어가지는 않을 것이다."

무장한 사람들은 멀리 가버렸다.

'이건 다른 무리들이군.' 호좌는 혼자 중얼대면서 그들의 뒷모습을 쳐다보았다. '왜 들어오기만 하면 나한테 덤벼드는 거야? 이 카사바에서도 무슨 변화가 있을 때마다 꼭 내 머리에 뭐든지 쏟아놓아야 하는 모

---

[159] 유고 군인 모자.

양이지!'

엉망이 된 가게에서 그는 무거운 머리와 다친 몸을 간신히 지탱하며 서 있었다. 그 앞에는 아침 햇살 속에서 시장이 펼쳐져 있었는데 크고 작은 돌조각이며 벽돌과 부러진 나뭇가지가 너저분하게 널려 있어서 마치 전쟁터 같았다. 그는 다리로 시선을 돌렸다. 카피야는 제자리에 있었지만 카피야 바로 뒤는 끊어져 있었다. 다리의 일곱번째 교각이 없었다. 여섯번째와 여덟번째 사이가 텅 비어 있었고 그 사이로 푸른 강물이 보였다. 여덟번째 교각부터는 다시 이어져 어제 그리고 늘 서 있던 그대로의 완만하고, 정연하고, 새하얀 강둑까지 뻗어 있는 그 모습 그대로였다.

호좌는 믿을 수 없다는 듯이 몇 번 눈을 깜박거리더니 눈을 감았다. 그의 감은 두 눈에 5, 6년 전에 본 군인들이 생각났다. 그들은 초록색 차도르[160]로 얼굴을 숨기고는 바로 그 교각 밑을 팠다. 그리고 최근에 그 폭파 장치가 된 교각으로 들어가는 입구를 덮은 철제 맨홀 뚜껑의 모양도 기억이 났으며 귀머거리에 장님에 말도 못하는, 수수께끼 같으면서도 언변 좋아 보이는 특무상사 브란코비치의 얼굴도 떠올랐다. 그는 소름이 끼쳐서 다시 눈을 떴지만 그 앞에는 모든 것이 옛날 그대로 남아 있었다. 시장은 크고 작은 돌무더기가 쌓여 있었고 교각이 하나 없는 다리가 부서진 두 아치 사이로 입을 크게 벌리고 있었다.

그런 것들은 꿈에서나 겪고 볼 수 있는 것들이었다. 꿈에서만. 그러나 이 믿을 수 없는 광경에서 눈을 돌리자 그의 눈앞에는 일곱번째 교각의 조각들로 된 커다란 돌들이 일부분이 흐트러진 물건들과 함께 가게가 있었다. 만약 꿈이라면 그것은 도처에 있었다.

---

**160** 이슬람 여자들이 쓰는 베일.

장터로 내려오는 길 쪽에서 누군가를 부르는 큰 목소리의 세르비아어의 명령이 들렸고 서두르는 헌병들의 발자국 소리가 들렸다. 알리호좌는 서둘러 덧문을 올리고 커다란 자물쇠를 채운 뒤 산 위에 있는 집으로 올라갔다.

전에도 이렇게 언덕길을 오르노라면 숨이 차고 심장이 이상하게 뛰고 그랬었다. 벌써 오래전 그의 나이가 50이 되면서부터는 이 자기의 고향 같은 언덕이 점점 더 가파르고, 집으로 가는 길은 더 길어지는 것 같았다. 그러나 될 수 있는 한 빨리 장터를 벗어나서 되도록 일찍 집으로 돌아가고 싶은 오늘처럼 이 길이 그렇게도 멀게 느껴진 적이 없었다. 심장이 이상하게 뛰고 숨이 막혀서 그는 걸음을 멈추지 않을 수 없었다.

저 아래에서는 사람들이 노래를 부르고 있는 것 같았다. 저 아래에는 무시무시하고 참혹하고 반으로 잘린, 파괴된 다리가 있었다. 이런 광경을 보기 위해 몸을 돌릴 필요는 없었다. (그 어떤 일에도 그는 몸을 돌리지 않을 것이었다.) 멀리 교각은 큰 나무토막처럼 매끄럽게 잘려 산산조각 난 수천 개의 돌조각이 사방에 흩어져 있었고 그 교각의 양쪽으로 아치도 무자비하게 절단되어 있었다. 절단된 두 아치 사이의 빈 공간은 15미터를 조금 넘는 넓이였다. 절단된 아치들의 부서진 부분들은 고통스러운 듯이 서로 주저앉아 있었다.

아니, 정말로 그는 어떤 일에도 몸을 돌리지 않을 것이다! 하지만 앞으로 더 올라갈 수도 없었다. 왜냐하면 그의 심장은 점점 질식할 듯했고 다리가 말을 듣지 않아서 도저히 언덕을 더 올라갈 수 없었기 때문이었다. 그는 멈춰 서서 깊게, 서서히 그리고 규칙적으로 호흡을 하기 시작했다. 전에는 이렇게 하는 것이 꽤 도움이 되었다. 지금도 도움이 되었다. 가슴이 조금 편안해졌다. 일정한 심호흡 조절과 심장의 고동 사이에 그는 일종의 균형을 잡았다. 다시 걷기 시작했지만 집과 침대로 간다는 생각이 그를 앞으로 밀고 있는 것이었다.

힘겹게 천천히 걸었지만 그의 눈앞에는 마치 파괴된 다리의 전경이 움직이듯이 계속 펼쳐져 있었다. 우리를 쫓고 고통을 주는 것을 멈추게 하려고 하나의 사물로부터 등을 돌리는 것은 충분한 것이 아니다. 눈을 감는다 해도 그는 그것을 보게 될 뿐이었다.

그렇다. 호좌는 좀더 수월하게 숨을 쉴 수 있었기 때문에 약간 생기 있는 생각을 했다. 이제는 그들의 모든 기구와 장비가 또 그들의 조급함과 기쁨이 정말로 무엇을 의미하는지가 보였다. (그는 언제나 옳았다, 언제나, 모든 것에서 그리고 그의 의견에 반대되는 것들에서도. 그러나 지금은 이것도 더 이상 아무런 만족을 주지 못했다. 처음으로 이제는 그것이 문제가 되지 않았다. 그는 너무도 지나치게 옳았던 것이다!) 오랜 세월 동안 호좌는 사람들이 다리에서 관심을 버리지 않고, 깨끗하게 청소를 하고, 꾸미고, 기초 공사를 보수하고, 수도를 끌어오고, 전기를 설치하는 것을 지켜보았다. 그러더니 어느 날 마치 산에 있는 돌이라도 되듯이 더 이상 기념물도 아니고 하이르도 아니고 미적인 것도 아닌 양 하늘 높이 폭파해버리는 것이었다. 이제야 그들이 무엇이었으며 어떤 것을 원했는지가 보였다. 그는 예전부터 알고는 있었지만 이제는 아무리 우둔한 바보라도 알 수 있게 되었다. 그들은 가장 단단하고 가장 영원한 것부터 공격을 했으며 하나님으로부터도 빼앗아가고 있었다. 어디쯤에서 이런 짓을 멈출 지 누가 알겠는가! 베지르의 다리마저도 마치 목걸이처럼 부서지고 말았으니 이것은 한 번 시작되면 어느 누구도 말릴 수 있는 것이 아니었다.

호좌는 다시 걸음을 멈췄다. 숨이 가빠졌고 그의 앞에 있는 언덕은 갑자기 험해졌다. 다시 깊은 호흡으로 심장의 고동을 달랬다. 이번에도 호흡을 바로잡는 데 성공하고 생기가 돌아서 더욱 빨리 걷기 시작했다.

만약 이곳에서 부숴버린다면 다른 곳에 또 세우면 된다는 생각을 계속했다. 하나님의 양식을 갖춘 지각 있고 평화로운 사람들이 다른 곳에는 있기 마련이었다. 만약에 하나님께서 드리나 강의 이 불행한 카사바에서 두 손을 들어버리신다면 하늘 아래 모든 마을과 사람들을 버리시는 것이 아닐까? 이 자들도 영원히 이렇게 하지는 못할 것이다. 하지만 누가 아는가? (아아, 좀더 깊이 숨을 쉬고 좀더 공기를 마실 수만 있다면!) 누가 아는가? 모든 것을 정돈하고 깨끗이 청소하고 고치며 가꾸더니 어느 날 갑자기 그것도 맹렬하게 허물고 부숴버리는 이 불순한 이교도의 신앙이 전 세계에 퍼질지도 모른다. 아마도 그것은 하나님의 세계를 무의미한 전설과 범죄적인 파괴를 위한 광야로 만들거나 그 만족할 줄 모르는 굶주림과 이해할 수 없는 욕망을 위한 목장을 만들지도 모르는 일 아닌가? 모두 가능하지. 그러나 한 가지는 불가능하지. 하나님의 사랑을 위해서 영원한 건축물을 세워 이 세상을 더욱 아름답게 하고 그 속에 사는 사람들을 더욱 즐겁고 편안하게 해주는 고귀한 정신을 가진 위대하고 현명한 사람들이 영원히 이 세상 어디에서든 자취를 감춰버리는 일은 있을 수 없는 일이었다. 만약 그들이 사라진다면 그것은 하나님의 사랑이 이 세상에서 사라지고 자취를 감춘다는 것을 의미하는 것이었다. 그것은 있을 수 없는 일이었다.

그런 생각을 하면서 호좌는 더욱 힘겹게 그리고 더욱 천천히 걸음을 옮겼다.

장터에서 노래하는 소리가 이제는 확실하게 들렸다. 좀더 많은 공기를 들이마시고, 길이 조금만 덜 가파르고, 집에 돌아가서 침대에 몸을 눕히고 곁에 자기 식구가 있는 것을 보며 그들의 소리를 들을 수 있다면 얼마나 좋을까! 이것이 그가 바라는 전부였다. 하지만 불가능했다. 호흡과 심장 사이의 미묘한 균형은 더 이상 유지할 수 없었다. 마치 가끔 꿈속에서 일어났던 대로 심장이 완전히 호흡을 막아버렸다. 이곳에서만은 깨어날 수가 없었다. 그는 입을 크게 벌리고 그의 두 눈이 머리에서 튀어나오는 것을 느꼈다. 이때까지 자꾸만 가팔라지던 비탈길은 이제 그의 얼굴에 바싹 다가섰다. 그의 눈앞에 펼쳐진 언덕은 단단하고 가파른 길이었으며 어둠으로 변해서 그를 감싸고 있는 것이었다.

알리호좌는 메이단으로 가는 비탈길에 누워 짧은 호흡으로 숨을 내쉬고 있었다.

■ 작품 해설

# 이보 안드리치의 생애와 작품 세계

## 생애

이제는 지구상의 어느 곳에도 존재하지 않는 나라, 제각기 흩어져 새로운 역사를 이루며 살아가고 있는 구 유고 연방이 낳은 20세기 최고의 작가 이보 안드리치는 바로 그러한 발칸의 역사, 발칸의 살아 있는 현주소를 작품에 담고 있다.

외교관이란 신분상 유럽의 여러 나라뿐 아니라 아시아에서도 거주했던 바 있는 그였지만 굳이 그러한 직업상의 이유를 들지 않더라도 안드리치는 틈만 나면 여행을 즐기는 이른바 여행광이었다. 그래서 구 유고슬라비아 연방의 공화국과 도시별로 작가의 궤적을 살펴보는 작업은 안드리치가 세르비아 문학에 속하느냐 크로아티아 문학에 속하느냐를 놓고 양 민족간의 심한 신경전을 벌이는 이 시점에서 중요한 길잡이가 되어줄 것이다.

### 1. 보스니아

이보 안드리치는 1892년 10월 9일 보스니아의 작은 마을 트라브니크에서 당시 금세공 장인으로 일하던 크로아티아인 아버지 안툰 안드리치Antun Andrić와 가톨릭 신자인 어머니 카타리나 페이치 안드리치 Katarina Pejić Andrić사이에서 이반Ivan이라는 이름으로 태어났다. 사라예보 출신이었던 아버지 안툰 안드리치는 이보 안드리치가 태어난 지 2년 뒤에 사망했기 때문에 당시 사라예보의 양탄자 공장에서 일을 하고 있던 어머니 카타리나는 이보 안드리치를 고모인 아나 마트코브셰크 Ana Matkovšek에게 맡기기 위해 비셰그라드로 데려간다. 이곳에서 초등학교를 다니던 무렵 무슬림 출신의 젊은 교사 압둘로비치는 일찍이 안드리치의 문학적 재능을 발견하여 많은 도움을 주었고 그후 사라예보에서 김나지야를 다니던 시절부터는 류보미르 포포비치가 안드리치를 평생 동안 후원하고 보살펴주었다. 두 살 때 아버지를 여의고 어머니 곁을 떠나 고모 밑에서 자란 안드리치는 또래 아이들이 느꼈던 감정과 사랑을 충분히 느끼지 못했기에 늘 불안과 초조함을 떨쳐버리지 못했는데 이런 그에게 이 두 선생은 그에게 절대적인 영향을 끼치게 된다.

모든 사람들이 걱정 없이 즐겁게 시간을 보내는 어린 시절조차도 나는 그렇지를 못했다. 나는 나 스스로 행복하지도 평온하지도 즐겁지도 않았다는 것을 깨달으며 살 수밖에 없었다.
—『이보 안드리치의 일기』에서

1903년 가을 안드리치는 사라예보에 위치한 당시 보스니아-헤르체고비나 최고(最古)의 명문으로 알려져 있는 벨리카 김나지야에 입학한다. 김나지야 6학년 때에는 수학에 낙제 점수를 받아 다시 6학년을 다닐 정도로 수학에는 별 흥미를 느끼지 못했으나 문학과 역사에는 상당한 관심을 가지고 있어 문학 서적뿐 아니라 당시에 출판된 잡지와 신문들까지도 탐독했으며 큰 서점의 진열대를 바라보며 희열을 느낄 정도로 심한 독서광이었다.

고등학교 3학년이었던 나는 책을 향한 간절한 목마름으로 괴로워하고 있었다. 책을 쉽게 구할 수 없었기 때문에 그 목마름은 훨씬 더 컸었던 것 같다. 그 당시 우리 생활에 있어서 책은 귀하고 비싸고 거의 손에 넣기가 쉽지 않은 것이었다. 〔……〕 나는 학창 시절, 많은 시간들을 서점의 진열대 앞에서 보냈다. 그것은 나의 첫번째 그리고 오랜 시간 동안 나의 유일한 '세상으로의 창'이었고, 어딘가에 존재할 거라는 사실 외에는 내가 전혀 아는 바가 없었던, 그리고 어느 누구도 그것에 관해서 심지어 우리 문학 선생님께서도 문학과 그다지 많은 관계를 맺고 있지도 않았던 당시에도, 그리고 조금 시간이 지난 후에도 아무 말씀을 해주실 수 없었던 거대한 세계문학(그렇게 나는 생각했었다)과 나의 유일한 '끈'이었다.

── 단편「어떻게 내가 문학의 세계에 들어가게 되었을까」에서

보스니아-헤르체고비나의 수재들이 다니던 벨리카 김나지야의 학생들은 모국어 외에도 2개의 외국어에 능통하였는데 안드리치도 예외는 아니어서 독일어, 영어, 슬로베니아어에 모두 능통하여 원어로 문학 작품을 읽을 정도의 외국어 실력을 갖추고 있었다. 당시 그는 서유럽 작가들의 작품에 심취해 있었으며 키에르케고르와 바이런은 그의 사상과 문학관에 지대한 영향을 끼치게 된다. 이 무렵 안드리치는 시작(詩作) 활동을 시작했으며 1911년에는 문학지 『보산스카 빌라』와 일간지에 시를 발표하게 된다. 그의 김나지야 재학 시절 국어를 가르치던 스승이자 시인인 투고미르 알라우포비치 박사는 후에 문화부 장관까지 오르게 되는데 일찍이 안드리치의 문학적 재능을 발견하여 그의 창작을 돕는 한편 사춘기 시절 아버지 없이 자라 외롭게 지내던 안드리치에게 정신적인 지주 역할을 해주었고 이러한 그들의 사제지간의 정은 우정으로 이

어져 평생 동안 지속된다.

그리고 이 무렵 안드리치는 유고슬라비즘에 대한 깊은 애착을 갖고 있어 당시 오스트리아-헝가리 제국의 점령 하에 있던 모든 남슬라브 민족의 해방을 주장하던 진보적 민족단체인 '청년 보스니아' 운동에 가담하여 적극적인 활동을 하게 된다. 그가 고등학생이던 1908년은 보스니아가 오스트리아-헝가리 이중제국에 의해 공식적으로 합병이 되는 해였다. 1914년 오스트리아 황실의 대공 프란츠 페르디난트가 사라예보의 어느 다리에서 피살되는 사건으로 말미암아 '청년 보스니아'의 단원들은 체포되기에 이르는데 안드리치도 예외는 아니었다. 그는 3년의 징역을 선고받아 제1차 세계 대전 당시 오스트리아의 여러 감옥들에서 고독한 시간을 보내게 된다. 그러나 당시 독서는 허용이 되었으므로 이후 안드리치에게 사상적으로 상당한 영향을 끼치게 되는 도스토예프스키, 키에르케고르를 탐독하여 이는 훗날 그의 창작에 직, 간접적으로 많은 영향을 끼치게 된다.

### 2. 크로아티아

가톨릭 신자들 중에서 불우한 처지에 있는 학생들을 후원하는 사라예보 소재 크로아티아 문화 교육 단체로부터 장학금을 받아 자그레브에서 대학 생활을 시작한 안드리치에게 당시 크로아티아어로 출간되는 일간지만 11개, 독일어로 발행되던 일간지 3개 그 외의 수많은 간행물들이 발행되고 있는 자그레브는 또 다른 세계였던 것이다. 자그레브에 머무는 동안 안드리치는 당시 20세기 크로아티아 문학의 거장으로 꼽히는 안툰 구스타브 마토슈를 비롯한 여러 문인들과 교우를 맺으며 그들과의 문학적 만남을 지속적으로 갖게 된다. 역사, 철학, 어문학 외에도 역학, 음향학, 광물학, 해부학 등의 다양한 학문에도 호기심을 갖고 있던 안드리치는 열정적으로 여행에 몰두하게 된다. 외교관으로 근무하던 1923년에는 오스트리아의 그라츠 대학에서 보스니아 문화사로 박사 학위를 받게 된다.

### 3. 세르비아

1921년, 투고미르 알라우포비치 박사의 도움으로 자그레브에서 베오그라드로 거처를 옮긴 후부터는 외교관으로서 유럽의 여러 나라에 머물던 기간을 제외하고는 줄곧 베오그라드에서 지내게 된다. 건강상의 이유와 과중한 업무 때문에 창작의 시간이 없었음에도 불구하고 그는 정력적으로 집필을 하여 1920년에는 처녀 단편집 『알리야 제르젤레즈의 여행』을 출간하였고 1924년부터 1936년까지 세 권의 단편집을 꾸준히 내놓게 된다. 이 작품집에서는 보스니아에 살고 있는 여러 민족들의 다양한 문화와 역사, 관습들을 소재로 인간의 열정과 삶의 무상함이 그려지고 있다. 베오그라드로 거처를 옮긴 후부터는 줄곧 에카브스키 버전으로 글을 쓰기 시작하였으며 또한, 당시 세르비아의 유수한 작가들과 깊은 교우를 맺게 되면서 베오그라드에서의 생활에 적응하였다. 1933년 『신 크로아티아 서정시선집』에 안드리치의 시를 싣고 싶다는 미호일 콜롬보 박사의 제안을 정중하게 거절했던 안드리치의 태도는 유고슬라비아 연방 해체 이후 그를 크로아티아 작가로 보느냐 세르비아 작가로 보느냐의 문제를 가늠하는 결정적인 단서가 된다. 사후에 발표된 (1976년) 작품집들인 『오메르 파샤 라타스』 『외딴 집』까지 100여 편이 넘는 단편과 중·장편 소설들을 발표한 안드리치는 여러 굴곡의 시간들 속에서도 끊임없이 창작 활동을 함으로써 이른바 유고슬라비아에서 가장 많은 독자들을 가진 작가로 꼽히게 되었다. 안드리치가 32세가 되는 1925년 2월, 세르비아 왕국 아카데미로부터 상을 받음으로써 작가로서의 공식적인 지명도를 얻기 시작하였고 그후 줄곧 여러 상을 받기는 했지만 한 인간으로서의 안드리치는 언제나 고독과 외로움을 견뎌야 했다. 외교관으로서 작가로서 바쁜 나날을 보내던 안드리치가 친구의 미망인이자 베오그라드 국립극장의 유명한 무대 장식가였던 밀리차 바비치와 결혼하게 되는 1958년부터 그가 베오그라드의 육군 병원에서 심장 발작으로 영면하게 되는 1975년까지의 말년은 그야말로 명예와 존경, 행복의 시간이었다.

## 작품 세계

구 유고 연방의 보스니아 출신의 작가 이보 안드리치는 자신의 고향이자 발칸의 생생한 역사를 담고 있는 보스니아의 이야기를 3부작에 걸쳐 완성하였다. 1941년 4월 독일의 유고 침공 직전까지 베를린에서 유고슬라비아 대사로 머물던 안드리치는 첫 공습이 시작되기 불과 몇 시간 전에 베오그라드에 도착하게 된다. 이후 그는 독일군에 의해 가택 연금을 당하게 되어 저항 운동에는 참여하지 못했지만 그러한 열정을 창작에 몰입하여 불후의 명작인 보스니아 3부작을 집필하게 된다. 1961년 이보 안드리치가 노벨 문학상을 타는 데에 결정적인 역할을 한 보스니아 이야기의 1부『드리나 강의 다리』와 '영사들의 시간'이라는 부제를 갖고 있는 2부『트라브니크의 연대기』, 여성의 시각과 심리를 통하여 세상을 바라보고 있는 3부『아가씨』는 500년이라는 긴 세월 동안 변화했던 보스니아의 얼굴을 가장 잘 드러내고 있다고 해도 과언이 아닐 것이다.

1892년 보스니아의 작은 도시 트라브니크에서 태어난 안드리치는 유년 시절 스스로 경험했던 세상들, 예컨대 이슬람으로 대변되는 동양의 문화와 기독교로 대변되는 서양의 문화 속에서 보스니아의 자화상과 정체성을 찾고자 했다. 안드리치 작품의 주요 배경이 되고 있는 도시들 모두 작가 스스로가 어린 시절을 보냈거나 성장기를 보냈던 곳들인데 기독교 문화와 이슬람 문화를 스스로 체험한 바 있는 작가 안드리치는 그러한 자신의 풍부한 경험을 작품들에서 유감없이 드러내게 된다.

안드리치가 태어난 트라브니크, 유년 시절을 보낸 비셰그라드, 성장기를 보낸 사라예보가 있는, 사방이 험준한 산들로 둘러싸인 보스니아는 여러 다양한 종교 문화적 집단인 무슬림들, 정교도인 세르비아인들, 가톨릭 신자들인 크로아티아인들, 유태교 신자들 간의 직접적인 접촉이 그대로 드러나 지역적 규모로는 작은 세상이지만 여러 종교들과 문화의 충돌과 갈등을 겪고 있다는 의미에서는 대단히 큰 세상이며 넓은 무대였던 것이다.

열한 살 때까지 고모의 집에서 자상한 보살핌과 엄격한 가톨릭 교육을 받으며 자랐던 안드리치는 고모의 집이 있는 비셰그라드에서 후에 그의 주옥같은 작품들에서 묘사한 수많은 경험들을 하게 된다. 예컨대 그가 어린 시절을 보냈던 고모의 집은 비셰그라드에 있는 드리나 강의 왼편에 있었고 초등학교는 오른편에 있었기 때문에 그는 드리나 강을 가로질러 세워져 있는 다리를 하루에도 매일 두 번씩은 건너다녀야 했다. 메흐메드 파샤 소콜로비치라는 보스니아 출신의 터키 제국 고관이 자신의 고향 형제들을 위해 세웠다는 유명한 드리나 강의 다리에 대한 전설을 들으며 그는 이슬람, 가톨릭, 세르비아 정교, 유태교 등 다양한 문화가 혼재하는 보스니아에서 인간의 온갖 풍습들을 관찰하고 경험할 수 있었던 것이다.

『드리나 강의 다리』에서는 소설의 시간적 배경상 평범치 않은 400

여 년의 세월 동안 세르비아 정교도, 이슬람, 가톨릭, 유태인들 간의 갈등과 충돌이 벌어지는 온갖 사건들의 무대로써의 다리가 그들 모두에게 관찰자이자 주인공으로 자리하고 있다. 안드리치는 이 소설 속에서 다리는 인간이 만들어낸 창조물 중에서 가장 위대한 것이라고 설파한 바 있다. 『트라브니크의 연대기』 역시 안드리치의 고향인 트라브니크에 프랑스 영사가 오게 된 1807년부터 프랑스 영사와 오스트리아 영사가 트라브니크를 떠나게 되는 1814년까지를 시간적 배경으로 하고 있는 역사소설로써 터키 재상에 대한 영향력 행사를 둘러싸고 프랑스와 오스트리아 영사가 서로 각축을 벌이며 마찰을 빚는 동안 일어나는 역사적 사건들이 매우 사실적으로 묘사되고 있어 안드리치 소설 중에서 가장 생생하게 역사적 사건들과 인물들이 등장하고 있다고 평가되며 이른바 안드리치를 역사가로 인정받게도 하는 작품이기도 하다. 제2차 세계 대전 당시 오랜 칩거 생활 끝에 완성한 이 세 권의 소설을 조국이 슬픔에 빠져 있는 때에 출판하는 것이 적절치 못하다고 생각한 안드리치는 전쟁이 끝난 1945년에 동시에 발표함으로써 당시 유고 문학계에 새로운 부흥을 일으킴과 동시에 세계 문학사에 새로운 획을 긋게 된다.

    1961년 '조국의 역사와 관련된 인간의 운명과 인류의 문제를 철저히 파헤치는 서사적 필력'이라는 평가를 받으며 안드리치가 스웨덴의 한림원으로부터 노벨 문학상을 수상하게 되는 데 결정적인 역할을 했던 『드리나 강의 다리』는 16세기부터 제1차 세계대전 이전까지 보스니아와 세르비아의 접경에 위치한 작은 도시 비셰그라드 Višegrad와 이 작은 도시를 가로질러 흐르고 있는 드리나 강 위에 놓인 다리를 중심으로 펼쳐지고 있는 400여 년의 인간사를 조명한 대하소설이다. 총 24장으로 이루어진 『드리나 강의 다리』는 첫장부터 8장까지는 터키 시대(1516~1878), 9장부터 마지막 24장까지는 오스트리아 시대

(1878~1914)의 이야기들을 다루고 있는데 특정 주인공이 부각되어 스토리가 전개되지 않는 대신 11개의 아치로 이루어진 석조 다리가 이야기 구성의 구심점 역할을 하고 있는 것이 특징이다. 보스니아 3부작에 해당하는 『트라브니크의 연대기』 『아가씨』 역시 개별 주인공들이 부각되어 스토리를 이어간다는 측면보다는 보스니아에 사는 민족 공동체의 공통된 역사와 운명을 조명하고 있다.

소설 속에 등장하는 주인공들의 삶과 죽음 그리고 한 제국의 흥망성쇠가 마치 서사시처럼 씌어 있는 『드리나 강의 다리』를 통해 우리는 두 문화의 공존과 충돌, 배척으로 이어지는 갈등의 역사적 현실을 목도하게 된다. 안드리치의 소설 속에서 수백 년 동안 여러 민족들 간의 불신과 증오 때문에 조화로운 삶을 건설하는 데 실패하는 보스니아인들은 더욱 첨예하게 나뉘게 되고 그 속에서 전쟁과 평화를 겪고 함께 동고동락하는 이슬람-기독교 두 문화 집단의 이야기가 보스니아의 얼굴을 대변하고 있음을 알 수 있다.

소설의 주요 무대는 보스니아의 총독 메흐메드 파샤 쇼콜로비치 Mehmed Paša Šokolović가 드리나 강 위에 건설한 다리이며 안드리치는 다리의 중심부에 위치한 카피야에서 기독교인들과 무슬림들이 조우하면서 일어나는 일련의 역사적 사건들과 주인공들의 내면세계를 서술하고 있다. 따라서 『드리나 강의 다리』는 드리나 강 위에 세워진 다리를 중심으로 나누어진 마을 카사바에서 세대를 가로질러 일어나는 사건들에 관한 연대기일뿐만 아니라 종교에 의해 나누어진 주민들 사이의 관계에 관한 연대기이기도 하다. 안드리치는 종교적으로 철저하게 분리되어 있는 사람들이 어떻게 400여 년 동안의 긴 세월을 함께 보냈는가를 소설 속에서 이야기하고 있다.

비셰그라드가 자리하고 있는 보스니아는 지리적으로 볼 때 다뉴브 강 주변 국가들을 아드리아 해변과 세르비아, 크로아티아라는 두 변방과 유럽 문화를 연결시키고 있는 지역이다. 그러나 인종적·지리적인 여건상 유럽에 속해 있으면서도 오스만 투르크의 침략 이후와 이슬람에 굴복한 후부터 기독교국으로써 유럽 문화 발전을 함께 이행하지 못했던 보스니아는 특유의 지역적인 색깔로 이슬람, 기독교의 문화적인 양상을 유지, 발전시켜나갔다. 보스니아는 오스만 투르크 제국의 500여 년의 지배와 그후 오스트리아-헝가리 제국의 지배로 인해 각 지역에 여전히 이슬람·기독교 문화적인 특성이 남아 다양한 지역 문화로 승화된 땅이며 이러한 문화적 혼재와 공존은 다문화적 특성이 응집되어 나타나게 되는 직접적인 원인이기도 하다. 이처럼 다문화적 현상에 기인하고 있는 종교의 공존과 이로 인한 갈등은 쉽게 해결될 수 있는 성질의 것이 아님에도 불구하고, 보스니아에서는 기독교 문화와 이슬람 문화의 갈등과 견제 속에서 발칸 특유의 문화를 만들어내는 데 성공했다는 점에 주목하지 않을 수 없다.

\* \* \*

흔히들 번역은 반역(反逆)이라고들 한다. 이는 어느 한 나라의 말로 된 작품을 다른 나라의 말로 옮긴다는 것이 그만큼 어려운 작업이라는 것을 대변하는 말일 것이다. 특히, 언어권이 다른 데다 전혀 다른 문화를 가지고 있는 나라의 말로 옮긴다는 것은 생각만 해도 어려운 작업이 아닐 수 없다. 게다가 작품의 내용을 전달하는 방법 면에서 작가의 필체가 두드러지는 작품일 경우에는 그 어려움이란 이루 말로 형용할 수가 없다. 이보 안드리치는 작품의 시대성을 살리기 위하여 오스만 투르크 제국의 지배 당시 사용되었던 터키어를 비롯하여 이슬람권의 어휘를 작품에서 그대로 사용하고 있다. 그래서 세르비아어를 모국어로 하는 독자들조차도 그의 작품을 읽을 때에는 따로 터키어 사전 Turcizam을 찾아보아야 할 정도이니 세르비아어를 모국어로 하지 않는 외국 사람들의 어려움에 대해서는 두말할 여지도 없을 것이다. 그러한 의미에서 이보 안드리치의 작품은 번역하기에 대단히 까다로운 작품이다. 그럼에도 불구하고 현지에 계신 많은 교수들의 조언과 도움이 있어 번역을 마칠 수 있었다. 번역 텍스트로는 세르비아의 프로스배타 출판사에서 나온 1992년도 판을 사용하였으며 20세기 유고 문학의 정전으로 알려져 있는 이보 안드리치의 작품 전집은 1963년 구 유고 연방의 베오그라드, 자그레브, 류블랴나, 사라예보에서 총 10권으로 일제히 출판되었음을 밝힌다.

■ 작가 연보

1892  10월 9일, 보스니아(당시 오스트리아 영토)의 지방 도시 트라브니크 근교 드라츠 마을에서 태어남. 부친 안툰은 금세공을 하는 영세 가내 수공업자였다. 당시 가족은 사라예보에 살고 있었으나 만삭의 몸인 모친이 객지에서 안드리치를 출산했다.

1894  부친의 급사에 따라서, 모친 카타리나를 따라 안드리치의 고모가 사는 드리나 강변의 소도시 비셰그라드로 이주하고 안드리치는 초등 교육을 마치는 유년 시절과 소년 시절의 초기를 이 도시에서 보냈다.

1904  사라예보의 벨리카 김나지야에 입학. 독일어와 프랑스어의 학습에 의해 새로운 지적 세계에 눈을 뜬다.
이 시절 오스트리아-헝가리 제국에 의한 보스니아-헤르체고비나 병합에 저항하는 지하조직 '청년 보스니아' 운동에 적극 참여하고, 또 시를 쓰기 시작.

1911  벨리카 김나지야를 졸업함. 사라예보의 월간 문학지 『보스니아의 요정』에 최초의 시(詩)를 발표.

1912  자그레브 대학 철학과에 입학. 자그레브에서 크로아티아의 시인 마토슈(1873~1914), 우예비치(1891~1955)가 주재하는 문학 서클에 참가하여 모더니즘의 영향을 받는다. 1913년 겨울까지 자그레브에서 지낸다.

1913  빈 대학으로 전학.

1914  폴란드의 크라크프 대학으로 전학. 제1차 세계 대전 개전 직후, 민족

|  | 해방운동 '청년 보스니아' 운동에 참가한 죄로 오스트리아 당국에 체포되어 쉬베니크(달마티아), 마리보르(슬로베니아) 등지에서 옥중 생활을 하다. 옥중에서 키에르케고르를 읽음. |
|---|---|
| 1917 | 카레르 4세 즉위. 특사로 석방되어 자그레브로 돌아와서 동세대의 동지들과 문학지 『크니제브니 유고(南方文學)』(1918~1919)를 발행. |
| 1918 | 오스트리아의 그라츠 대학에서 중단한 학업을 재개. 처녀 시집 『엑스 폰토』를 출판. |
| 1920 | 제2시집 『네미리』, 단편집 『알리야 제르젤레즈의 여행』을 출판. 외무부에 취직. |
| 1924 | 논문 「터키 지배 영향 하에서의 보스니아 정신 생활의 발전」(독일어)으로 그라츠 대학에서 박사학위 취득. 제1단편소설집 출판. 세르비아 학술원 객원 회원이 됨. |
| 1926 | 세르비아 과학 아카데미 준회원으로 피선. 1936년에는 정회원이 됨. |
| 1931 | 단편소설집(「첩 마라」를 포함)을 출판. 이 시기부터 크로아티아어보다 세르비아어로 많이 집필하기 시작. |
| 1936 | 단편소설집(「오르야치 마을」을 포함) 출판. |
| 1941 | 1920년대, 1930년대는 외교관으로서 이탈리아, 프랑스, 스페인, 포르투갈, 벨기에, 스위스 등 유럽 각국에 주재했으나 1939년부터 취임 중이던 베를린 특병 전권대사를 끝으로 외무부를 사임하고, 베오그라드에 귀환. 귀국한 바로 그날 베오그라드 대공습을 맞음. 그후, 전쟁 종결까지 나치스 점령 하의 베오그라드에 한 시민으로서 남아 장편소설의 집필에 전념. |
| 1944 | 10월 20일 베오그라드 해방. 「트라브니크의 연대기」 「드리나 강의 다리」 「아가씨」는 이미 탈고한 상태였다. |
| 1945 | 세 권의 장편소설 출판. 전후의 유고슬라비아 문단에 새바람을 불러 |

|      | 일으킴. 연방 의회 의원이 됨(1953년까지 의원직 수행). |
|------|---|
| 1946 | 유고슬라비아 작가동맹 의장 취임(1952년까지 의장직 수행). 세르비아 학술원 정회원에 선출. |
| 1951 | 자그레브에 있는 유고슬라비아 학술원의 객원 회원이 됨. |
| 1953 | 슬로베니아 학술원의 객원 회원이 됨. |
| 1954 | 「저주받은 안뜰」 탈고. |
| 1956 | 문학 활동의 공로로 유고슬라비아 작가동맹, 출판 연합, 기업 연합상을 수상. 10월, 소련 및 중공 방문. |
| 1961 | 10월, '자국(自國)의 역사의 주제와 운명을 서술해서 얻은 서사시적 필력(筆力)'이라는 평가로 스웨덴 아카데미로부터 노벨 문학상 수상. |
| 1963 | 전10권으로 된 작품집이 베오그라드, 자그레브, 류블랴나에서 동시에 출판. |
| 1970 | 7월 27일, 국가상을 수상. |
| 1971 | 비셰그라드 명예 시민으로 추대됨. |
| 1972 | 5월, 부크 카리치 문학상 수상. 10월 10일, 80세 탄생일에 유고슬라비아 사회주의 연방공화국으로부터 공로 영웅의 칭호와 훈장을 수상. |
| 1975 | 5월 13일, 육군 병원에서 영면. |

■ 기획의 말

# '대산세계문학총서'를 펴내며

　근대 문학 100년을 넘어 새로운 세기가 펼쳐지고 있지만, 이 땅의 '세계 문학'은 아직 너무도 초라하다. 몇몇 의미 있었던 시도에도 불구하고, 전체적으로는 나태하고 편협한 지적 풍토와 빈곤한 번역 소개 여건 및 출간 역량으로 인해, 늘 읽어온 '간판' 작품들이 쓸데없이 중간되거나 천박한 '상업주의적' 작품들만이 신간되는 등, 세계 문학의 수용이 답보 상태에 머물러 있었음을 부인하기 힘들다. 분명한 자각과 사명감이 절실한 단계에 이른 것이다.

　세계 문학의 수용 문제는, 그 올바른 이해와 향유 없이, 다시 말해 세계 문학과의 참다운 교류 없이 한국 문학의 세계 시민화가 불가능하다는 의미에서, 보다 근본적으로, 우리의 문화적 시야 및 터전의 확대와 그 질적 성숙에 관련되어 있다. 요컨대 이것은, 후미에 갇힌 우리의 좁은 인식론적 전망의 틀을 깨고 세계 전체를 통찰하는 눈으로 진정한 '문화적 이종 교배'의 토양을 가꾸는 작업이며, 그럼으로써 인간 그 자체를 더 깊게 탐색하기 위해 '미로의 실타래'를 풀며 존재의 심연으로 침잠하는 작업이라 할 수 있다.

　우리의 현실을 둘러볼 때, 그 실천을 위한 인문학적 토대는 어느 정도 갖추어진 듯이 보인다. 다양한 언어권의 다양한 영역에서 문학 전공자들이 고루 등장하여 굳은 전통이나 헛된 유행에 기대지 않고 나름의 가치 있는 작가와 작품을 파고들고 있으며, 독자들 또한 진부한 도식을 벗어나 풍요로운 문학적 체험을 원하고 있다. 새롭게 변화한 한국어의 질감 속에서 그 체험이 이루어지기를 바라는 요청 역시 크다. 그러므로 필요한 것은 어쩌면 물적 토대뿐일지도 모른다는 판단이 우리를 안타깝게 해왔다.

    이러한 시점에서, 대산문화재단의 과감한 지원 사업과 문학과지성사의 신뢰성 높은 출간을 통해 그 현실화의 첫발을 내딛게 된 것은 우리 문화계의 큰 즐거움이 아닐 수 없다. 오늘의 문학적 지성에 주어진 이 과제가 충실한 결실을 맺을 수 있도록, 우리는 모든 성실을 기울일 것이다.

'대산세계문학총서' 기획위원회